AF216733

BRIDGET COLLINS

DIE VERBORGENEN STIMMEN DER BÜCHER

 aufbau taschenbuch

BRIDGET COLLINS hat an der London Academy of
Music and Dramatic Art studiert. »Die verborgenen Stimmen
der Bücher« stand in Großbritannien mehrere Wochen auf der
Bestsellerliste.

ULRIKE SEEBERGER hat mehrere Jahre in Schottland gelebt. Seit 1987 ist sie freie Übersetzerin und Dolmetscherin in
Nürnberg.

Emmett Farmer arbeitet auf dem Hof seiner Eltern, als ein Brief
ihn erreicht. Er soll bei einer Buchbinderin in die Lehre gehen.
Seine Eltern, die Bücher aus ihrer Welt verbannt haben, lassen
ihn ziehen – auch weil sie glauben, dass er nach einer schweren
Krankheit die Arbeit auf dem Hof nicht leisten kann. Die Begeg-
nung mit der alten Buchbinderin beeindruckt den jungen Mann,
obwohl Seredith ihn nicht in das Gewölbe mit den kostbaren
Büchern lässt. Menschen von nah und fern suchen sie heimlich
auf. Emmett kommt ein dunkler Verdacht: Liegt ihre Gabe darin, den Menschen ihre Seele zu nehmen? Dann stirbt die alte
Buchbinderin, und er erkennt, welch Wohltäterin sie war – und
in welche Gefahr er selbst geraten ist. Denn er hat seine eigene
Geschichte, die ihn in den Abgrund reißen könnte, sollte sie je
ans Licht gelangen.

BRIDGET COLLINS

DIE VERBORGENEN STIMMEN DER BÜCHER

ROMAN

Aus dem Englischen
von Ulrike Seeberger

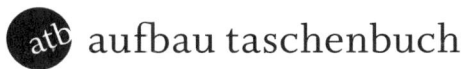

aufbau taschenbuch

Die Originalausgabe unter dem Titel
The Binding
erschienen 2018 bei Harper Collins, London.

MIX
Papier aus verantwor-
tungsvollen Quellen
FSC® C083411

ISBN 978-3-7466-3728-0

Aufbau Taschenbuch ist eine Marke
der Aufbau Verlag GmbH & Co. KG

1. Auflage 2020
Vollständige Taschenbuchausgabe
© Aufbau Verlag GmbH & Co. KG, Berlin 2019
Die deutsche Erstausgabe erschien 2019 bei Rütten & Loening,
einer Marke der Aufbau Verlag GmbH & Co. KG
Copyright © 2018 by Bridget Collins
Umschlaggestaltung www.buerosued.de, München
unter Verwendung eines Bildes von © Arcangel Images / Ildiko Neer
Gesetzt aus der Adobe Caslon durch Greiner & Reichel, Köln
Druck und Binden CPI books GmbH, Leck, Germany
Printed in Germany

www.aufbau-verlag.de

TEIL EINS

1

Als der Brief kam, band ich draußen auf dem Feld die letzte Weizengarbe mit Händen, die so sehr zitterten, dass ich den Knoten kaum fertig brachte. Ich war schuld daran, dass wir auf die altmodische Weise arbeiten mussten, und ich würde, verdammt, nicht aufgeben. Ich hatte mich durch die Nachmittagshitze gekämpft, die dunklen Flecken weggeblinzelt, die am Rand meines Gesichtsfelds aufflackerten. Die Nacht zog herein, und ich war fast fertig. Die anderen waren aufgebrochen, als die Sonne unterging, hatten mir über die Schulter hinweg zum Abschied zugerufen, und ich war froh darüber. Zumindest war ich nun allein und musste nicht so tun, als könne ich mit ihnen mithalten. Ich machte weiter, versuchte nicht daran zu denken, wie leicht alles mit der Erntemaschine gewesen wäre. Ich war zu krank gewesen, um die Maschinen zu überprüfen – nicht dass ich mich an viel erinnerte, was zwischen den immer wieder kurz aufblitzenden Augenblicken von Klarsichtigkeit lag. Für mich bestand der Sommer nur aus Echos und Geistern und dunklen, schmerzenden Lücken. Es hatte auch niemand sonst daran gedacht, nach der Maschine zu sehen. Jeden Tag stolperte ich über eine andere Aufgabe, die nicht erledigt war; mein Vater hatte sein Bestes gegeben, aber er konnte ja nicht alles schaffen. Meinetwegen würden wir das ganze Jahr in allem hinterherhinken.

Ich zog die Stängel fest um die Mitte der Garbe und lehnte sie gegen die anderen. Fertig. Nun konnte ich nach Hause gehen … Doch rings um mich pulsten und wirbelten Schatten, tiefer als das blaue Violett der Abenddämmerung, und mir zitterten die Knie. Ich ließ mich in die Hocke sinken, keuchte vor Schmerzen in allen Knochen. Es war schon besser als sonst – besser als die schwindelerregenden Krämpfe, die mich monatelang immer wieder ohne Vorwarnung überfallen hatten –, doch ich fühlte mich noch so spröde und zerbrechlich wie ein alter Mann. Ich biss die Zähne zusammen. Ich war so schwach, dass ich hätte heulen mögen; aber das würde ich nicht, eher würde ich sterben, obwohl das einzige Auge, das mich beobachtete, der volle, runde Herbstmond war.

»Emmett? Emmett!«

Es war nur Alta, die sich zwischen den Korngarben hindurch auf mich zuschlängelte; ich rappelte mich auf und versuchte, das Schwindelgefühl zu unterdrücken. Über mir wankten die wenigen Sterne erst hierhin, dann dorthin. Ich räusperte mich. »Ich bin hier.«

»Warum hast du nicht einen von den anderen gebeten, das fertig zu machen? Ma hat sich solche Sorgen gemacht, als die anderen die Gasse entlangkamen und du nicht dabei ...«

»Sie hat keinen Grund zur Sorge. Ich bin doch kein Kind mehr.« Mein Daumen blutete, wo ein scharfer Halm in die Haut eingedrungen war. Das Blut schmeckte nach Staub und Fieber.

Alta zögerte. Vor einem Jahr war ich so stark gewesen wie all die anderen. Jetzt schaute sie mich mit schief gelegtem Kopf an, als wäre ich jünger als sie. »Nein, aber ...«

»Ich wollte den Mond aufgehen sehen.«

»Ja, sicher.« Im Zwielicht wirkten ihre Züge weicher, aber ich sah trotzdem, wie überlegt sie mich anschaute. »Wir können dich nicht dazu zwingen, dich auszuruhen. Wenn dir nichts daran liegt, gesund zu werden ...«

»Jetzt redest du schon wie sie. Wie Ma.«

»Weil sie recht hat. Du kannst nicht erwarten, dass du mit einem Schlag wieder so bist, als wäre nichts geschehen. Nachdem du so krank warst.«

Krank. Als hätte ich mit einem Husten oder mit Erbrechen oder von Pusteln übersät das Bett gehütet. Selbst durch den Nebel meiner Alpträume hindurch konnte ich mich an mehr erinnern, als ihnen bewusst war; ich wusste um das Schreien und die Halluzinationen, um die Tage, an denen ich nicht zu weinen aufhören konnte oder niemanden erkannte; um die Nacht, als ich mit bloßen Händen das Fenster eingeschlagen hatte. Ich wünschte, ich hätte mir wirklich tagelang hilflos die Eingeweide aus dem Leib und in den Nachttopf geschissen; das wäre besser gewesen, als immer noch die Striemen an den Handgelenken zu sehen, wo sie mich festbinden mussten. Ich wandte mich von Alta ab und konzentrierte mich nur noch darauf, an der Wunde unten an meinem Daumen zu saugen, mit der Zunge daran zu lecken, bis ich kein Blut mehr schmecken konnte.

»Bitte, Emmett«, sagte Alta und strich mit den Fingern über den Kragen meines Hemdes. »Du hast ein ebenso gutes Tagwerk verrichtet wie alle anderen. Kommst du jetzt nach Hause?«

»Na gut.« Eine Brise hob mir die Nackenhaare in die Höhe. Alta bemerkte, dass ich zitterte, und senkte die Augen. »Was gibt's denn zum Abendessen?«

Sie warf mir ihr Grinsen zu, das eine Zahnlücke entblößte. »Gar nichts, wenn du dich nicht beeilst.«

»Na schön. Wer zuerst da ist.«

»Du kannst noch mal mit mir um die Wette laufen, wenn ich kein Mieder trage.« Sie wirbelte herum, dass ihr der staubige Rock um die Fußgelenke flog. Wenn sie lachte, sah sie noch immer wie ein Kind aus, aber die Knechte schnüffelten bereits um sie herum. In manchem Licht wirkte sie schon wie eine junge Frau.

Ich trottete neben ihr her, war so erschöpft, dass ich mich wie betrunken fühlte. Die Dunkelheit verdichtete sich, sammelte sich unter den Bäumen und in den Hecken, während das Mondlicht die Sterne am Himmel ausbleichte. Ich dachte an kaltes Brunnenwasser, glasklar, mit winzigen grünen Pünktchen unten am Boden – oder nein, an Bier, grasig und bitter, bernsteinfarben, mit Vaters Spezialmischung von Kräutern angesetzt. Davon würde ich gleich einschlafen, aber das war gut. Ich wollte nur eines: erlöschen wie eine Kerze, in eine traumlose Bewusstlosigkeit sinken. Keine Alpträume, keine nächtlichen Angstattacken, und am Morgen im sauberen neuen Sonnenlicht aufwachen.

Die Turmuhr im Dorf schlug neun, als wir durch das Tor in den Hof traten. »Ich habe einen Bärenhunger«, sagte Alta. »Die haben mich nach dir losgeschickt, ehe ich ...« Plötzlich unterbrach sie die Stimme meiner Mutter. Sie schrie. Alta hielt inne, während das Tor hinter uns zuschwang. Unsere Blicke trafen sich. Ein paar Wortfetzen schwebten über den Hof: *Wie kannst du nur sagen ... wir können das nicht, wir können es einfach nicht machen!*

Meine Beinmuskeln zitterten, weil ich mich zwang, stockstill zu stehen. Ich streckte die Hand aus, stützte mich an der Mauer ab und wünschte, mein Herz schlüge langsamer. Schimmernd drang ein Keil aus Lampenlicht durch einen Spalt in den Küchenvorhängen. Dahinter bewegte sich ein Schatten hin und her: Mein Vater ging auf und ab.

»Wir können nicht die ganze Nacht hier draußen bleiben«, flüsterte Alta.

»Es ist wahrscheinlich nichts.« Die beiden stritten sich schon die ganze Woche darüber, warum niemand die Erntemaschine überprüft hatte. Keiner erwähnte, dass es eigentlich meine Aufgabe gewesen wäre.

Ein dumpfer Schlag: Fäuste hieben auf den Küchentisch. Mein Vater erhob die Stimme. »Was erwartest du denn von mir? Dass ich nein sage? Die verdammte Hexe wird uns so schnell verfluchen wie ...«

»Das hat sie doch schon! Sieh ihn dir doch an, Robert – was ist, wenn er nie wieder gesund wird? Das ist alles ihre Schuld ...«

»Seine Schuld, meinst du wohl – wenn er ...« Eine Sekunde lang schrillte ein hoher Ton in meinen Ohren und übertönte Vaters Stimme. Die Welt kippte und richtete sich wieder auf, als hätte sie kurz auf ihrer Achse geruckelt. Als ich mich wieder konzentrieren konnte, herrschte Schweigen.

»Das wissen wir nicht«, sagte mein Vater endlich, laut genug, dass wir es hören konnten. »Sie hilft ihm vielleicht. All die Wochen hat sie geschrieben und sich erkundigt, wie es ihm geht.«

»Weil sie ihn für sich haben wollte. Nein, Robert, *nein*, ich lasse das nicht zu. Er gehört hierher, zu uns, was immer er auch getan hat, er ist immer noch unser Sohn – und *die*, die jagt mir Angst ein.«

»Du hast sie doch noch nie gesehen. Du musstest doch nie dahin gehen und ...«

»Das ist mir gleichgültig! Sie hat genug angerichtet. Sie kriegt ihn nicht.«

Alta schaute mich an. Irgendwas veränderte sich in ihrem Gesicht, und sie packte mich beim Handgelenk und zerrte mich vorwärts. »Wir gehen jetzt da rein«, sagte sie mit der hohen, aufgeregten Stimme, mit der sie auch die Hühner rief. »Es war ein langer Tag, du hast bestimmt einen Bärenhunger. Ich habe den jedenfalls. Wenn jetzt keine Pastete mehr übrig ist, bringe ich jemanden um. Steche ihm die Gabel direkt ins Herz.« Sie hielt vor der Tür inne. Dann riss sie die Tür auf.

Meine Eltern standen an entgegengesetzten Enden der Küche: mein Vater beim Fenster, mit dem Rücken zu uns, meine Mutter am Kamin, sie hatte rote Flecken auf den Wangen wie Rouge. Zwischen ihnen auf dem Tisch lagen ein Blatt dickes, weißes Papier und ein offener Umschlag. Mutter blickte rasch von Alta zu mir und machte einen halben Schritt auf den Tisch zu.

»Abendessen«, verkündete Alta. »Emmett, setz dich, du siehst aus, als würdest du jeden Augenblick umkippen. Ich hoffe, die Pastete ist im Ofen.« Sie stellte einen Stapel Teller neben mir ab. »Brot? Bier? Ehrlich, ich könnte genauso gut Küchenmagd sein ...« Sie verschwand in der Speisekammer.

»Emmett«, sagte mein Vater, ohne sich zu mir herumzudrehen. »Auf dem Tisch liegt ein Brief. Den solltest du lesen.«

Ich zog das Blatt zu mir her. Die Schrift auf dem Papier verschwamm zu einem formlosen Klecks. »Meine Augen sind zu staubig. Sag mir, was drinsteht.«

Mein Vater neigte den Kopf, seine Nackenmuskeln spannten sich an, als müsse er etwas Schweres hinter sich herschleppen. »Die Binderin will einen Lehrling.«

Meine Mutter gab ein Geräusch von sich, das klang, als verschluckte sie ein Wort.

Ich fragte:»Einen Lehrling?«

Es herrschte Stille. Eine Scheibe Mond leuchte durch die Lücke in den Vorhängen, tauchte auf ihrem Pfad alles in Silberglanz. Vaters Haar sah darin fettig und grau aus.»Dich«, antwortete er. Alta stand in der Tür zur Speisekammer, ein Glas mit Essiggemüse an sich gedrückt. Eine Sekunde lang fürchtete ich, sie würde es fallen lassen, aber sie setzte es sorgfältig auf der Anrichte ab. Der Aufprall von Glas auf Holz war lauter, als das Klirren gewesen wäre.

»Ich bin zu alt, um ein Lehrling zu sein.«

»Sie sieht das nicht so.«

»Ich dachte …« Meine Hand lag flach auf dem Tisch: eine dünne weiße Hand, die ich kaum wiedererkannte. Eine Hand, die kein ehrliches Tagwerk verrichten konnte.»Es geht mir immer besser. Schon bald …« Ich hielt inne, weil mir meine Stimme so fremd vorkam wie meine Finger.

»Darum geht es nicht, mein Sohn.«

»Ich weiß, ich bin jetzt zu nichts nutze …«

»Oh, mein Liebling«, sagte meine Mutter.»Das ist doch nicht deine Schuld … es hat nichts damit zu tun, dass du krank warst. Du bist sicher schon bald wieder der Alte. Wenn das alles wäre … Du weißt doch, wir haben immer gedacht, du würdest einmal mit deinem Vater den Hof führen. Und das hättest du tun können, du könntest es noch immer … aber …« Ihr Blick wanderte zu meinem Vater.»Wir schicken dich nicht weg. Sie fragt nach dir.«

»Ich weiß nicht, wer sie ist.«

»Das Buchbinden … ist ein gutes Handwerk. Ein ehrliches Handwerk. Das ist nichts, vor dem man sich fürchten muss.« Alta rumpelte gegen die Anrichte, und Mutter schaute ihr über die

Schulter hinweg zu, wie sie mit einer raschen Armbewegung verhinderte, dass ein Teller auf den Boden fiel. »Alta, pass doch auf.« Mein Herz hüpfte und pochte. »Aber … ihr hasst doch Bücher. Sie sind böse. Das habt ihr mir gesagt … damals, als ich das Buch vom Lenzmarkt mitgebracht habe …«

Sie warfen einander einen Blick zu, so rasch, dass ich ihn nicht deuten konnte. Mein Vater meinte: »Das ist jetzt nicht wichtig.«

»Aber …« Ich wandte mich wieder meiner Mutter zu. Ich konnte das alles nicht in Worte fassen: den raschen Themenwechsel, sobald jemand ein Buch erwähnte, das Schaudern des Abscheus bei diesem Wort, ihre Mienen … Wie sie mich einmal, als ich noch klein war und wir uns in Castleford verlaufen hatten, wütend an einem schmuddeligen Laden vorbeigezerrt hatten – *A. Fogatini, Pfandleiher und lizenzierter Buchhändler.* »Was meinst du damit, dass das ein *gutes Handwerk* ist?«

»Es ist nicht …« Mutter holte tief Luft. »Nun, vielleicht ist es nicht das, was ich mir für dich gewünscht hätte, ehe …«

»Hilda.« Mein Vater griff sich mit den Fingern an den Hals, massierte sich die Muskeln, als schmerzten sie. »Du hast keine andere Wahl, mein Junge. Du wirst ein geregeltes Leben führen. Sicher, es ist weit weg, aber das ist ja nicht schlimm. Dort ist es ruhig. Die Arbeit ist nicht schwer, und es bringt dich niemand vom rechten Weg ab …« Er räusperte sich. »Und nicht alle sind wie sie. Du richtest dich dort bequem ein, erlernst das Handwerk, und dann … Na ja. In der Stadt gibt es Buchbinder, die eigene Kutschen haben.«

Ein winziges Schweigen. Alta klopfte mit dem Fingernagel an den Rand des Glases und schaute mich an.

»Aber ich habe doch nicht – ich habe noch nie – wie kommt sie denn darauf, dass ich …?« Keiner wollte mir in die Augen sehen. »Was meinst du damit, dass ich keine andere Wahl habe?«

Niemand antwortete. Schließlich schritt Alta durch das Zimmer und nahm den Brief in die Hand. »›Sobald er reisen kann‹«, las sie laut vor. »›Die Binderei kann im Winter sehr kalt werden. Bitte sorgt dafür, dass er warme Kleidung mitbringt.‹ Warum hat sie an dich und nicht an Emmett geschrieben? Weiß sie nicht, dass er lesen kann?«

»So machen es alle«, erwiderte mein Vater. »Man bittet die Eltern um einen Lehrling, so geht das eben.«

Es war gleichgültig. Meine Hände auf dem Tisch waren nichts als Knochen und Sehnen. Vor einem Jahr waren sie noch braun und muskulös gewesen, beinahe Männerhände; jetzt gehörten sie niemandem. Sie taugten zu nichts, außer zu einem Handwerk, das meine Eltern verachteten. Aber warum hatte sich die Binderin ausgerechnet mich ausgesucht? Hatten meine Eltern sie vielleicht doch darum gebeten? Ich breitete die Finger aus und presste sie fest auf den Tisch, als könnte ich so die Stärke des Holzes durch die Haut meiner Handflächen aufnehmen.

»Was ist, wenn ich nein sage?«

Mein Vater tappte zum Schrank, beugte sich hinunter und nahm eine Flasche Brombeergin heraus. Es war ein starkes, süßes Gesöff, das meine Mutter nur an Festtagen oder zu medizinischen Zwecken ausschenkte, aber jetzt schüttete er sich einen halben Becher voll, und sie sagte kein Wort. »Wir haben hier für dich keinen Platz. Vielleicht solltest du dankbar sein. Das ist etwas, das du tun kannst.« Er kippte die Hälfte des Gins hinunter und hustete.

Ich holte tief Luft. Auf gar keinen Fall sollte mir die Stimme versagen. »Wenn es mir erst besser geht, bin ich wieder genauso stark wie …«

»Mach das Beste draus«, erwiderte mein Vater.

»Aber ich will nicht …«

»Emmett«, sagte Ma, »bitte … es ist das Richtige für dich. Sie weiß, was sie mit dir machen muss.«

»Was sie mit mir *machen* muss?«

»Ich meine doch nur … wenn du wieder krank wirst, dann kann sie …«

»Wie in einem Irrenhaus? Ist es das? Ihr schickt mich irgendwohin, meilenweit weg von allem, nur weil ich jeden Augenblick wieder den Verstand verlieren könnte?«

»Sie will dich haben«, erwiderte Ma und krallte die Hände in ihren Rock, als wolle sie Wasser herauswringen. »Ich wünschte, du müsstest nicht gehen.«

»Dann gehe ich nicht!«

»O doch, du gehst, mein Junge«, sagte mein Vater. »Gott weiß, du hast uns schon genug Schwierigkeiten ins Haus gebracht.«

»Robert, nicht doch ...«

»Du gehst. Und wenn ich dich wie ein Paket zusammenschnüren und vor ihrer Tür ablegen muss, du gehst. Mach dich bereit für morgen.«

»Morgen?« Alta wirbelte so schnell herum, dass ihr Zopf wie ein Seil nach vorne schwang. »Er kann morgen noch nicht gehen. Er braucht Zeit zum Packen ... und dann ist da auch noch die Ernte und das Erntemahl ... Bitte, Pa.«

»Halt den Mund!«

Stille.

»Morgen?« Die roten Punkte auf Mas Wangen hatten sich zu großen scharlachroten Flächen ausgeweitet, die wie Blutflecken leuchteten. »Wir haben nie gesagt, dass ...« Ihre Stimme erstarb. Mein Vater hatte seinen Gin ausgetrunken, hatte ihn mit einer Grimasse heruntergeschluckt, als hätte er den Mund voller Steine.

Ich wollte Ma versichern, es wäre in Ordnung, ich würde gehen, sie müssten sich meinetwegen keine Sorgen mehr machen, doch mein Hals war von der Erntearbeit zu trocken.

»Noch ein paar Tage. Robert, die anderen Lehrlinge gehen doch erst nach der Ernte – und er ist immer noch nicht gesund, nur ein paar Tage ...«

»Die sind jünger als er. Wenn er einen Tag auf dem Feld arbeiten kann, ist er auch gesund genug zum Reisen.«

»Ja, aber ...« Sie bewegte sich auf ihn zu und packte ihn beim Arm, so dass er sich nicht wegdrehen konnte. »Nur noch ein bisschen Zeit.«

»Herrgott, Hilda!« Er gab ein ersticktes Geräusch von sich und versuchte, sich von ihr loszureißen. »Mach doch nicht alles noch schwerer. Meinst du, ich lasse ihn gern ziehen? Meinst du, nachdem wir uns so bemüht haben – darum gekämpft haben, dieses Haus reinzuhalten. Meinst du, dass es mich mit Stolz erfüllt, wo doch mein eigener Vater mit dem Kreuzzug marschiert ist und dabei ein Auge verloren hat?«

Meine Mutter schaute zu Alta und mir. »Nicht vor den …«

»Was hat das jetzt schon noch zu sagen?« Er wischte sich mit dem Unterarm über die Augen und schleuderte mit einer hilflosen Geste den Becher auf den Boden. Er zerbrach nicht. Alta beobachtete, wie er auf sie zurollte und liegenblieb. Mein Vater wandte uns den Rücken zu, beugte sich über die Anrichte, als müsse er wieder zu Atem kommen. Dann herrschte Schweigen.

»Ich gehe«, sagte ich. »Ich gehe morgen.« Ich konnte keinen ansehen. Ich stand auf, schlug mir, als ich meinen Stuhl zurückschob, das Knie an der Tischkante an. Mühsam schleppte ich mich zur Tür. Es schien mir, als wäre der Griff kleiner und schwerer zu bewegen als sonst. Als die Tür aufging, hallte das Klacken laut von den Wänden wider.

Draußen teilte der Mond die Welt in tiefes Blau und Silber. Die Luft war warm und sahneweich, erfüllt von Heuduft und Sommerstaub. Eine Eule gluckste in einem Feld in der Nähe.

Ich schwankte zur anderen Seite des Hofes und lehnte mich dort an eine Mauer. Ich konnte kaum atmen. Mas Stimme hallte in meinen Ohren wider: *Die verdammte Hexe wird uns verfluchen.* Und die Antwort meines Vaters: *Das hat sie doch schon!*

Sie hatten recht; ich war zu nichts nutze. Elend stieg in mir hoch, so stark wie der stechende Schmerz in meinen Beinen. Vor all dem hier war ich nie krank gewesen. Ich hätte nie gedacht, dass mein Körper mich im Stich lassen, dass mein Verstand erlöschen könnte wie eine Lampe und nur Dunkelheit zurückbleiben würde. Ich konnte mich nicht erinnern, wie ich krank geworden war. Jedes Mal, wenn ich es doch versuchte, sah ich nur ein Wirrwarr aus alptraumhaften Bruchstücken. Selbst meine Erinnerungen an das Leben davor – an den letzten Frühling, den letzten Winter – waren von demselben Schatten beschmutzt, als wäre gar nichts mehr gesund. Ich wusste, dass ich nach dem Mittsommer zusammengebrochen war, denn Mutter hatte es mir erzählt. Ich war auf dem Heimweg von Castleford gewesen; aber niemand hatte mir je erklärt, wo genau ich gewesen oder was geschehen war. Ich musste den Wagen gelenkt haben – ohne Hut unter der heißen Sonne wahrscheinlich –, aber wenn ich versuchte, es mir ins Gedächtnis zu rufen, war da nichts, nur eine Luftspiegelung, ein letzter schwindelerregender Blick auf das Sonnenlicht, ehe mich die Schwärze verschluckte. Wochenlang war ich nur aus dieser Finsternis aufgetaucht, um zu schreien und mich zu wehren und sie anzubetteln, mich loszubinden. Kein Wunder, dass sie mich loswerden wollten.

Ich schloss die Augen. Ich konnte die drei immer noch sehen, wie sie da standen, die Arme umeinandergelegt. Hinter mir flüsterte etwas, kratzte etwas wie mit trockenen Krallen an der Wand. Es war keine Wirklichkeit, doch es übertönte die Eule und das Rascheln der Bäume. Ich barg den Kopf in den Armen und tat so, als könnte ich es nicht hören.

Ich hatte mich wohl instinktiv in die tiefste Ecke der Dunkelheit zurückgezogen, denn als ich die Augen wieder aufschlug, rief Alta mitten auf dem Hof meinen Namen, ohne in meine Richtung zu schauen. Der Mond war weitergewandert und stand nun über dem Giebel des Hauses. Alle Schatten waren kurz und gedrungen.

»Emmett?«

»Ja«, antwortete ich. Alta schrak zusammen und machte einen Schritt vorwärts, um in die Schatten zu schauen.

»Was machst du da? Hast du geschlafen?«

»Nein.«

Sie zögerte. Hinter ihr bewegte sich das Licht einer Lampe hinter dem oberen Fenster, während dort jemand zu Bett ging.

Ich rappelte mich langsam auf die Füße, hielt inne und fuhr zusammen, als der Schmerz mir in die Gelenke schnitt.

Alta schaute zu, wie ich aufstand, ohne mir Hilfe anzubieten. »Hast du das ernst gemeint? Dass du gehst? Morgen?«

»Pa hat es auch ernst gemeint, als er gesagt hat, dass ich keine andere Wahl habe.«

Ich wartete darauf, dass sie mir widersprach. Alta war schlau, fand immer neue Wege oder irgendeine andere Art und Weise, die Dinge zu erledigen, Schlösser aufzubekommen. Doch nun legte sie nur den Kopf in den Nacken, als wolle sie ihre Haut vom Mondlicht bleichen lassen. Ich schluckte. Dieses blöde Schwindelgefühl war wieder zurück – ganz plötzlich zog es mich hierhin und dorthin –, und ich schwankte gegen die Wand und rang nach Luft.

»Emmett? Geht's dir gut?« Sie biss sich auf die Lippe. »Nein, natürlich nicht. Setz dich.«

Ich wollte ihr nicht gehorchen, aber meine Beine sackten unter mir zusammen. Ich schloss die Augen und atmete tief den Duft des Heus und der abkühlenden Erde ein, die überreife Süße der zerdrückten Kräuter und einen stinkenden Hauch von Dung.

Altas Rock bauschte sich auf und raschelte, als sie neben mir in die Hocke ging.

»Ich wünschte, du müsstest nicht gehen.«

Ich hob eine Schulter, ohne sie anzuschauen, und ließ sie wieder sacken.

»Aber ... vielleicht ist es am besten so ...«

»Wie kann das sein?« Ich schluckte, versuchte, das Krächzen in meiner Stimme aufzufüllen. »Na gut, ich verstehe schon. Ich bin hier zu nichts nutze. Es ist besser für euch alle, wenn ich ... wo immer sie ist, diese Binderin.«

»Draußen im Sumpf, an der Straße nach Castleford.«

»Richtig.« Wie würde der Sumpf riechen? Nach stehendem Wasser, verrottendem Schilf. Schlamm. Schlamm, der einen bei lebendigem Leib verschlang, wenn man sich zu weit von der

Straße entfernte, und der einen nie wieder ausspucken würde …

»Wieso weißt du so viel darüber?«

»Ma und Pa denken nur an dich. Nach allem, was geschehen ist … Dort bist du in Sicherheit.«

»Das hat Ma auch gesagt.«

Eine Pause. Alta begann, an ihrem Daumennagel zu kauen. Im Obsthain unterhalb der Ställe flötete eine Nachtigall und gab dann auf.

»Du weißt ja nicht, wie es für sie war, Emmett. Immer diese Angst. Du bist ihnen ein bisschen Ruhe und Frieden schuldig.«

»Ich kann doch nichts dafür, dass ich krank war!«

»Du kannst aber dafür, dass du …« Sie schnaufte. »Nein, ich weiß. Ich habe das nicht so gemeint … nur brauchen wir alle … bitte sei nicht böse. Es ist gut so. Du erlernst ein Handwerk.«

»Ja. Bücher binden.«

Sie zuckte zusammen. »Sie hat dich ausgewählt. Das muss doch bedeuten …«

»Was bedeutet das? Wie kann sie mich ausgewählt haben, wenn sie mich noch nie gesehen hat?« Ich meinte, Alta hätte zum Sprechen angesetzt, aber als ich ihr den Kopf zuwandte, starrte sie nur mit ausdrucksloser Miene den Mond an. Ihre Wangen waren schmaler als vor meiner Krankheit, und die Haut unter ihren Augen sah aus, als wäre sie mit Asche verschmiert. Sie war eine Fremde, unerreichbar.

Als wäre es eine Antwort, sagte sie: »Ich komme dich besuchen, wann immer ich kann …«

Ich ließ den Kopf nach hinten sinken, bis ich die Steinmauer an meinem Schädel spürte. »Die haben dich rumgekriegt, nicht?«

»Ich habe Vater noch nie so gesehen«, antwortete sie. »So wütend.«

»Ich schon«, erwiderte ich. »Er hat mich einmal geschlagen.«

»Ja«, sagte sie, »na ja – ich denke, du …« Sie unterbrach sich.

»Als ich klein war«, fügte ich hinzu. »Du warst nicht alt genug, um dich daran zu erinnern. Es war am Tage des Frühlingmarkts.«

»Oh.« Als ich aufschaute, huschten ihre Augen fort. »Nein. Daran erinnere ich mich nicht.«

»Ich habe … da war ein Mann, der Bücher verkauft hat.« Ich konnte mich noch genau daran erinnern, wie an jenem Tag das Jahrmarktsgeld in meiner Hosentasche geklimpert hatte – Sixpence in Farthings, so viele Farthings, dass sie die Tasche ausbeulten –, genauso an das berauschende, sorglose Gefühl, wie ich zum Frühlingsmarkt ging, mich von den anderen wegschlich und mir überlegte, was ich kaufen würde. Ich war an den Ständen mit Fleisch und Hühnern vorbeigegangen, am Fisch aus Coldwater und den gemusterten Baumwollstoffen aus Castleford, war kurz am Stand mit den Süßigkeiten stehengeblieben und hatte mich dann einem anderen, kleineren zugewandt, der ein wenig abseits war und wo ich einen Blick auf Gold und satte Farben erhascht hatte. Man konnte ihn kaum Stand nennen; es war nur ein Tisch auf Böcken, den ein Mann mit ruhelosen Augen bewachte. Doch darauf waren hoch Bücher aufgetürmt.

»Ich habe da zum ersten Mal welche gesehen. Ich wusste nicht, was das war.«

Unvermittelt erschien wieder dieser seltsame, lauernde Ausdruck auf Altas Gesicht. »Du meinst …?«

»Vergiss es.« Ich wusste nicht, warum ich ihr das erzählte. Ich wollte mich nicht erinnern. Aber jetzt konnte ich den Gedanken daran nicht mehr loswerden. Ich hatte die Bücher für Schachteln gehalten, kleine Kästchen aus vergoldetem Leder, in denen man Dinge aufbewahrte, zum Beispiel Mutters bestes Silber oder Vaters Schachfiguren. Ich war hingeschlendert, hatte mit meinem Geld geklimpert, und der Mann hatte rechts und links über die Schulter geschaut, ehe er mich angrinste. »Ah, was für ein goldlockiger kleiner Prinz! Seid Ihr für eine Geschichte hergekommen, junger Herr? Für eine Erzählung über Mord oder Inzest, über Schande oder Ruhm, über eine Liebe, die das Herz so sehr durchbohrte, dass man sie besser vergisst, oder eine finstere Übeltat? Ihr seid zum richtigen Händler gekommen, junger Mann, diese Bücher hier sind das Beste vom Besten, sie erzählen

Euch wahre und schreckliche Geschichten voller Gewalt und Leidenschaft und Gemütserregung. Oder wenn Euch der Sinn nach Komödien steht, davon habe ich auch einige, die allerseltensten. Von was sich die Leute so trennen! Schaut nur her, junger Herr, lasst Euer Auge über all das schweifen … Gebunden von einem Meister in Castleford, vor vielen Jahren.«

Es gefiel mir nicht, wie er mich immer *junger Herr* nannte, aber als er mir das Buch reichte, fiel es auf, und ich vermochte es einfach nicht zurückzugeben. Sobald ich die Buchstaben auf den Seiten sah, begriff ich es: Das waren viele Seiten, die man alle zusammengequetscht hatte – wie Briefe, viele Briefe, nur in einem besseren Kästchen. Eine Geschichte, die immer weiterging. »Wie viel kostet es?«

»Ah, das hier, junger Herr. Für einen so jungen Mann habt Ihr einen hervorragenden Geschmack. Das ist ein ganz besonderes Buch, eine echte Abenteuergeschichte, die reißt Euch mit wie ein Reiterangriff. Ninepence dafür. Oder zwei für einen Shilling.«

Ich wollte das Buch. Ich wusste nicht, warum, nur dass es mir in den Fingerspitzen juckte. »Ich habe nur Sixpence.«

»Die nehme ich«, sagte er und schnipste mir mit den Fingern zu. Sein breites Lächeln war verschwunden. Als ich seinem hastigen Blick folgte, sah ich, dass sich unweit von uns ein Haufen Männer murmelnd zusammengerottet hatte.

»Hier.« Ich kippte ihm meine Handvoll Farthings in die ausgestreckte Hand. Er ließ einen fallen, starrte jedoch unverwandt auf die Männer und beugte sich nicht herunter, um ihn aufzuheben. »Danke.«

Ich nahm das Buch und eilte davon, triumphierend, aber unruhig. Als ich das geschäftige Treiben des Marktes wieder erreicht hatte, blieb ich stehen und drehte mich um. Die Männer bewegten sich auf den Stand des Mannes zu, während er verzweifelt seine Bücher in den staubigen kleinen Karren warf, der hinter ihm stand.

Irgendetwas warnte mich, dort lieber nicht hinzustarren. Ich rannte nach Hause, fasste das Buch nur mit der Manschette meines Hemds an, um den Umschlag nicht mit meinen verschwitzten Fingern zu beflecken. Auf der Treppe zur Scheune setzte ich mich in die Sonne – hier würde mich keiner sehen, die anderen waren noch auf dem Jahrmarkt – und untersuchte das Buch genauer. Es war anders als alles, was ich je gesehen hatte. Es war von einem tiefen, schweren Rot mit einem Goldmuster, und es fühlte sich so weich an wie Haut. Als ich es aufschlug, stieg mir der Duft von Moder und Holz in die Nase, als hätte man es jahrelang nicht angefasst.

Es zog mich in seinen Bann.

Die Geschichte spielte in einem Heerlager in einem fremden Land und war zunächst verwirrend: voller Hauptmänner, Majore und Oberste, voller Streitgespräche über militärische Taktik und die Androhung eines Kriegsgerichts. Aber irgendwas brachte mich dazu, immer weiterzulesen: Ich konnte alles vor mir sehen, in allen Einzelheiten, ich konnte die Pferde hören und das Klatschen der Zeltleinwand im Wind, ich spürte, wie mein Herz beim Geruch des Schießpulvers schneller zu schlagen begann … Ich stolperte weiter durch das Buch, wurde widerwillig hineingezogen. Allmählich begriff ich, dass diese Männer am Vorabend einer Schlacht standen und dass der Mann in dem Buch ein Held war. Bei Sonnenaufgang würde er seine Leute zu einem glorreichen Sieg führen – ich spürte seine Erregung, seine Erwartung, ich spürte sie selbst …

»Was zum Teufel machst du da?«

Diese Worte zerstörten den Zauber. Ich rappelte mich instinktiv auf die Beine, blinzelte durch den Dunst. Mein Vater – und die anderen hinter ihm, meine Mutter mit Alta auf dem Arm, alle vom Jahrmarkt zurück. Jetzt schon … doch es wurde bereits dunkel.

»Emmett, ich habe gefragt, was du da machst!« Er wartete meine Antwort nicht ab, riss mir nur das Buch weg. Als er sah, was es war, erstarrte sein Gesicht. »Wo hast du das her?«

Von einem Mann, wollte ich sagen, von einem Mann auf dem Jahrmarkt, er hatte Dutzende davon, und sie sahen aus wie Kästchen für Juwelen, aus Leder und Gold … Aber als ich Vaters Miene wahrnahm, zog sich irgendwas in meinem Kehlkopf zusammen, und ich konnte nicht reden.

»Robert? Was …?« Mutter streckte die Hand danach aus und zuckte dann zurück, als hätte es sie gebissen.

»Ich verbrenne es.«

»Nein!« Meine Mutter ließ Alta taumelnd auf den Boden rutschen und kam auf uns zugestolpert, um meinen Vater beim Arm zu packen. »Nein, wie kannst du das tun? Vergrabe es.«

»Es ist alt, Hilda. Die sind schon alle tot, schon jahrelang.«

»Du darfst es nicht tun. Nur für alle Fälle. Schaff es weg. Wirf es weg.«

»Damit jemand anderer es findet?«

»Du weißt, dass du es nicht verbrennen darfst.« Einen Augenblick lang starrten sie einander mit angespannter Miene an. »Vergrab es. An einem sicheren Ort.«

Endlich nickte mein Vater kurz und knapp. Alta bekam Schluckauf und begann zu wimmern. Vater stieß das Buch zu einem der Knechte hin. »Hier! Pack das gut ein. Ich gebe es dem Totengräber.« Dann wandte er sich wieder mir zu. »Emmett«, sagte er, »ich will dich nie wieder mit einem Buch sehen. Hast du mich verstanden?«

Nichts verstand ich. Was war geschehen? Ich hatte das Buch gekauft, ich hatte es nicht gestohlen, aber irgendwie hatte ich anscheinend etwas Unverzeihliches getan. Ich nickte, noch ganz benommen von den Bildern, die sich vor meinen Augen geformt hatten. Ich war an einem anderen Ort gewesen, in einer anderen Welt.

»Gut. Daran wirst du dich erinnern«, sagte mein Vater.

Und dann schlug er mich.

Ich will dich nie wieder mit einem Buch sehen.

Und nun schickten sie mich zu einer Buchbinderin, als wäre etwas viel Schlimmeres an die Stelle der Gefahr getreten, vor der mich mein Vater gewarnt hatte. Als wäre jetzt *ich* die Gefahr.

Ich blickte zur Seite. Alta starrte auf ihre Füße hinunter. Nein, sie erinnerte sich nicht an jenen Tag. Niemand hatte je wieder darüber ein Wort verlauten lassen. Niemand hatte je erklärt, warum Bücher schändlich waren. Einmal hatte in der Schule jemand gemurmelt, der alte Lord Kent hätte eine Bibliothek; doch als alle kicherten und die Augen verdrehten, fragte ich nicht, warum das denn so schlimm war. *Ich* hatte ein Buch gelesen: Was immer mit Lord Kent nicht stimmte, ich war genauso. Tief in mir war die Schande noch da.

Und ich hatte Angst. Es war eine schleichende, formlose Angst, wie der Nebel, der vom Fluss hereinzog. Ihre kühlen Ranken wucherten um mich und in meine Lungen hinein. Ich wollte nicht einmal in die Nähe der Binderin gehen. Aber ich musste.

»Alta …«

»Ich gehe rein«, sagte sie und sprang auf. »Du schaust besser auch, dass du nach oben kommst, Em. Du musst noch packen, und die Reise ist morgen sehr weit, nicht? Gute Nacht.« Dann lief sie über den Hof, nestelte die ganze Zeit an ihrem Zopf herum, so dass ich ihr Gesicht nicht sehen konnte. An der Tür rief sie noch »Bis morgen«, ohne sich noch einmal umzudrehen. Vielleicht lag es am Echo, das von der Stallmauer zurückkam, dass die Worte so unaufrichtig klangen.

Morgen.

Ich schaute auf den Mond, bis meine Angst zu groß wurde. Schließlich ging ich in mein Zimmer und packte meine Sachen.

2

Von der Straße her sah es so aus, als würde die Binderei brennen. Hinter uns ging die Sonne unter, das rotgoldene Feuer des letzten Sonnenlichtes spiegelte sich in den Fenstern. Unter dem dunklen Strohdach erschien jede Scheibe wie ein Rechteck aus Flammen, zu gleichmäßig, um ein Feuer zu sein, aber doch so hell, dass ich zu spüren meinte, wie meine Handflächen vor Hitze prickelten. Mir lief ein Schauder durch alle Gliedmaßen, als hätte ich das alles schon einmal im Traum gesehen. Ich umklammerte den schäbigen Sack auf meinem Schoß und wandte den Blick ab. Hinter uns lag der Sumpf unter der versinkenden Sonne, flach und endlos; grün mit bronzeroten und braunen Flecken, glitzernd vor Wasser. Ich roch nasses Gras und die Wärme des Tages. Unter all der Feuchtigkeit lag ein widerlicher Modergeruch, und der riesige, sterbende Himmel über uns war blasser, als er hätte sein dürfen. Mir schmerzten die Augen, mein Körper war von der Feldarbeit gestern mit einer Landkarte stechender Kratzer überzogen. Ich hätte auch heute dort bei der Ernte helfen sollen, doch stattdessen rumpelten mein Vater und ich schweigend über die raue, matschige Straße. Wir hatten nicht miteinander geredet, seit wir uns vor der Morgendämmerung auf den Weg gemacht hatten, und es gab immer noch nichts zu sagen. Die Worte stiegen in mir auf, aber dann zerplatzten sie wie Gasblasen im Sumpf und hinterließen auf meiner Zunge einen schwachen Geschmack der Verwesung.

Als wir den letzten Abschnitt des Weges entlangholperten, wo er im hohen Gras vor dem Haus auslief, warf ich von der Seite einen verstohlenen Blick auf Vaters Gesicht. Die Bartstoppeln an seinem Kinn waren weiß gesprenkelt, und seine Augen saßen tiefer in ihren Höhlen als im letzten Frühjahr. Alle waren älter geworden, während ich krank war; als wäre ich aufgewacht und hätte festgestellt, dass ich jahrelang geschlafen hatte.

Wir hielten an. »Wir sind da.«

Ein Schauder durchfuhr mich: Entweder würde ich mich übergeben oder meinen Vater anflehen, mich wieder mit nach Hause zu nehmen. Ich nahm den Sack auf meinem Schoß und sprang herunter. Die Knie gaben beinahe unter mir nach, als ich mit den Füßen auf dem Boden landete. Ein ausgetretener Pfad führte zwischen den Grasbüscheln hindurch zur Haustür. Ich war noch nie hier gewesen, aber das Scheppern der Glocke war mir so vertraut wie ein Traum. Ich wartete, war so entschlossen, nicht zu meinem Vater zurückzublicken, dass die Tür vor mir schimmerte und schwankte. »Emmett.« Plötzlich war die Tür offen. Einen Augenblick lang sah ich nur zwei blassbraune Augen, so blass, dass die Pupillen erschreckend schwarz schienen. »Willkommen.«

Sie war alt – schmerzlich, skelettartig alt – und weißhaarig, ihr Gesicht war zerknittert wie Papier, ihre Lippen waren beinahe von der gleichen Farbe wie ihre Wangen; aber sie war so groß wie ich, und ihre Augen waren so klar wie Altas. Sie trug eine lederne Schürze und Hemd und Hose wie ein Mann. Die Hand, die mich hineinwinkte, war dünn, aber muskulös, die Venen schlängelten sich wie blaue Schnüre über die Sehnen.

»Seredith«, sagte sie. »Komm rein.«

Ich zögerte. Zwei Herzschläge, dann begriff ich, dass sie mir ihren Namen genannt hatte.

»Komm rein.« Während sie an mir vorbeischaute, sagte sie: »Danke, Robert.«

Ich hatte nicht gehört, wie mein Vater vom Wagen gestiegen war, aber als ich mich umdrehte, stand er neben mir. Er hustete und murmelte: »Wir kommen dich bald besuchen, Emmett, in Ordnung?«

»Pa …«

Er schaute nicht einmal in meine Richtung. Er warf der Binderin einen langen, hilflosen Blick zu; dann tippte er sich zum Gruß an die Stirn, als wüsste er nicht, was er sonst tun sollte, und ging mit großen Schritten zum Karren zurück. Ich wollte ihm etwas hinterherrufen, aber ein Windstoß nahm mir die Worte, und Vater drehte sich nicht um. Ich schaute ihm zu, wie er zu seinem Sitz hochkletterte und die Stute schnalzend antrieb.

»Emmett.« Die Stimme der Buchbinderin riss mich zu ihr zurück. »Komm rein.« Ich merkte, dass sie es nicht gewöhnt war, irgendwas dreimal sagen zu müssen.

»Ja.« Ich hielt den Sack mit meinen Habseligkeiten so fest umklammert, dass meine Finger schmerzten. Sie hatte meinen Vater *Robert* genannt, als würde sie ihn kennen. Ich machte einen Schritt und dann noch einen. Dann trat ich über die Schwelle und in einen dunkel getäfelten Flur, wo vor mir eine Treppe nach oben führte. Eine Standuhr tickte. Links befand sich eine halb geöffnete Tür, ich konnte einen Blick in die Küche dahinter werfen. Rechts führte eine weitere Tür in …

Die Knie gaben unter mir nach. Übelkeit breitete sich in mir aus. Ich fühlte mich fiebrig und fröstelte doch, kämpfte um mein Gleichgewicht, während die Welt sich um mich drehte. Ich war schon einmal hier gewesen – nur hatte ich nicht …

»Oh, verdammt«, sagte die Binderin und streckte die Hand aus, um mich festzuhalten. »Alles gut, mein Junge, atmen.«

»Es geht mir gut«, beteuerte ich.

Dann wurde alles schwarz um mich.

Als ich aufwachte, tanzte Sonnenlicht wie ein wogendes Netz an der Zimmerdecke, wie Wasserkräusel, die sich über das schmale Rechteck von Helligkeit breiteten, das zwischen den Vorhängen hereinsickerte. Die weißgetünchten Wände wirkten leicht grünlich wie das Fleisch eines Apfels. Draußen pfiff ein Vogel immer und immer wieder, als rufe er einen Namen.

Das Haus der Binderin. Ich setzte mich auf. Plötzlich pochte mein Herz erregt. Aber hier gab es nichts, vor dem man sich fürchten musste; hier war nichts außer mir, dem Zimmer und dem gespiegelten Sonnenschein. Ich merkte, dass ich auf Tierlaute lauschte, auf die ständige Rastlosigkeit eines Bauernhofs, aber ich hörte nur den Vogel und das leise Rascheln des Windes im Strohdach. Die verblassten Vorhänge bauschten sich auf, und ein breiteres Lichtband blitzte über die Decke. Die Kissen dufteten nach Lavendel.

Gestern Abend …

Ich ließ meine Augen auf der gegenüberliegenden Wand ruhen, folgte den Buckeln und Windungen eines Risses im Putz. Nachdem ich ohnmächtig geworden war, konnte ich mich an nichts außer Schatten und Angst erinnern. Alpträume. Im klaren Licht des Tages schienen sie längst vergangen; aber sie waren schlimm gewesen, hatten mich im Schlaf immer wieder in die Tiefe hinuntergerissen. Ein, zwei Mal hatte ich mich beinahe von ihnen losgekämpft, aber dann hatte mich das Gewicht meiner eigenen Gliedmaßen wieder nach unten gezogen, in eine erstickende tiefschwarze Blindheit. Ein schwacher Nachgeschmack von verbranntem Öl war mir im Rachen verblieben. So schlimm waren sie viele Tage lang nicht gewesen. Ein Windstoß verursachte mir Gänsehaut auf den Armen, und ich versuchte, meine Haut glattzustreichen. So in Ohnmacht zu fallen, in Serediths Arme … Es war wohl die Müdigkeit nach der Reise gewesen, der Kopfschmerz, die Sonne in den Augen und der Anblick meines Vaters, wie er ohne einen Blick zurückfuhr.

Meine Hose und mein Hemd hingen über der Rückenlehne des einzigen Stuhls. Ich stand auf und zerrte sie mir mit ungeschickten Fingern über, versuchte, mir nicht vorzustellen, wie Seredith mich ausgekleidet hatte. Zumindest hatte ich noch meine Unterhose an. Außer dem Stuhl und dem Bett war der Raum beinahe leer: eine Truhe am Fußende des Bettes, ein Tisch beim Fenster und die blassen, sich bauschenden Vorhänge. Es gab keine Bilder und keinen Spiegel. Das machte mir nichts aus. Zu Hause hatte ich weggeschaut, wenn ich im Flur an meinem Spiegelbild vorüberging. Hier war ich unsichtbar; hier konnte ich Teil der Leere sein.

Das ganze Haus war still. Als ich auf den Treppenabsatz hinaustrat, hörte ich die Vögel über den Sumpf hinweg singen, das Ticken der Uhr im Flur unten und ein dumpfes Hämmern von irgendwo; aber unter all dem lag eine Stille, die so abgrundtief war, dass alle Geräusche darüber hinwegschlitterten wie Kiesel über Eis. Die Brise strich mir über den Nacken, und ich ertappte mich dabei, wie ich über die Schulter schaute, als wäre da jemand. Das kahle Zimmer versank einen Augenblick lang in Düsternis, als eine Wolke über die Sonne wanderte; dann leuchtete es heller als zuvor, und die Ecke eines Vorhangs klatschte in der Brise wie eine Fahne.

Ich hätte mich beinahe umgedreht und wäre wieder ins Bett gegangen wie ein Kind. Aber ich lebte nun in diesem Haus. Ich konnte nicht den Rest meines Lebens in meinem Zimmer verbringen.

Die Treppe knarzte unter meinen Füßen. Jahrelanger Gebrauch hatte das Geländer glänzend poliert, aber im Sonnenlicht flirrte dicht der Staub, und der weißgetünchte Putz löste sich blasig von der Wand. Das Haus war älter als unser Bauernhaus, älter als unser Dorf. Wie viele Buchbinder hatten hier schon gelebt? Und wenn diese Binderin – Seredith – starb … würde dieses Haus dann eines Tages mir gehören? Ich ging langsam die Treppe hinunter, als hätte ich Angst, dass sie unter mir nachgeben würde.

Das Klopfen hörte auf, und ich hörte Schritte. Seredith öffnete eine der Türen zum Flur.»Ah, Emmett.« Sie fragte mich nicht, ob ich gut geschlafen hatte.»Komm in die Werkstatt.«

Ich folgte ihr. Irgendetwas daran, wie sie meinen Namen sagte, ließ mich die Zähne zusammenbeißen, aber sie war nun mein Lehrmeister – nein, meine Lehrmeisterin, *nein*, mein Lehrmeister –, und ich hatte ihr zu gehorchen.

An der Tür zur Werkstatt hielt sie inne. Einen Augenblick lang dachte ich, sie wolle mir den Vortritt lassen, aber dann ging sie mit großen Schritten quer durch das Zimmer und wickelte rasch etwas in ein Tuch, ehe ich sehen konnte, was es war.»Komm rein, mein Junge.«

Ich trat über die Türschwelle. Es war ein langer, niedriger Raum, erfüllt vom Morgenlicht, das durch eine Reihe hoher Fenster hereinströmte. Werkbänke verliefen auf beiden Seiten des Raumes, und dazwischen befanden sich andere Dinge, die ich noch nicht benennen konnte. Ich nahm den ermatteten Glanz alten Holzes wahr, das scharfe Schimmern einer Klinge,

Metallgriffe, die dunkel vom Schmierfett waren ... aber es gab zu viel zu sehen, und meine Augen konnten nicht lange auf einzelnen Dingen verweilen. Am hinteren Ende des Raumes stand ein Ofen, der mit Kacheln in Rostrot, Ocker und Grün umgeben war. Über meinem Kopf hingen Papiere über einen Draht gebreitet, in satten Farben, dazwischen immer wieder Blätter, die wie Stein, Federn oder Laub gemustert waren. Ich ertappte mich dabei, wie ich die Hand nach dem ausstreckte, das am nächsten hing: Irgendwas war an diesen strahlend eisvogelblauen Flügen, die da über mir hingen ...

Die Binderin legte ihr Bündel ab und kam auf mich zu, deutete dabei auf verschiedene Dinge. »Blockpresse. Beschneidepresse. Veredelungspresse. Planschrank – hinter dir, Junge –, Werkzeuge in dem Schrank da drüben und in dem daneben, Leder und Tuch im nächsten. Makulatur kommt in diesen Korb, fertig zur Wiederverwertung. Pinsel gehören auf dieses Brett, Leim da hinein.«

Ich konnte gar nicht alles aufnehmen. Nach dem ersten Versuch, mir alles zu merken, gab ich auf und wartete nur darauf, dass sie aufhörte. Schließlich sah sie mich mit zusammengekniffenen Augen an und sagte: »Setz dich.«

Ich fühlte mich seltsam. Mir war nicht eigentlich übel, und Angst hatte ich auch nicht. Es war, als wachte etwas in mir auf und bewegte sich. Die Wirbel der Maserung im Holz der Werkbank vor mir kamen mir vor wie die Landkarte eines Ortes, den ich einmal gekannt habe.

»Es ist ein komisches Gefühl, nicht wahr, mein Junge?«

»Was?«

Sie blinzelte mich an, die Sonne hatte auf dieser Seite ihres Gesichts eines ihrer braunen Augen beinahe weiß gebleicht. »Es packt einen, all das hier. Wenn du der geborene Buchbinder bist – und das bist du, mein Junge.«

Ich wusste nicht, was sie meinte. Zumindest ... Irgendwas an diesem Raum war einfach *richtig*, ließ mein Herz – völlig unerwartet – höherschlagen. Als könnte ich nach einer Hitzewelle den kommenden Regen fühlen – oder als könnte ich einen Blick auf mein früheres Ich, das Ich vor meiner Krankheit, erhaschen.

Ich hatte so lange nirgendwo mehr hingehört, und nun hieß mich dieser Raum mit seinem Duft nach Leder und Leim willkommen.

»Du weißt nicht viel über Bücher, oder?«, fragte Seredith.

»Nein.«

»Glaubst du, dass ich eine Hexe bin?«

Ich stammelte: »Was? Natürlich … nein …« Aber sie brachte mich mit einer Handbewegung zum Schweigen, während ihr ein Lächeln um die Mundwinkel spielte.

»Schon in Ordnung. Meinst du, ich bin so alt geworden, ohne zu wissen, wie die Leute über mich reden? Über uns.« Ich wandte den Blick ab, aber sie fuhr fort, als hätte sie es nicht bemerkt. »Deine Eltern haben Bücher von dir ferngehalten, nicht wahr? Und jetzt weißt du nicht, was du hier sollst.«

»Du hast nach mir gefragt. Das stimmt doch?«

Sie schien mich nicht zu hören. »Mach dir keine Sorgen, Junge. Es ist ein Handwerk wie jedes andere. Und dazu noch ein gutes. Das Binden ist so alt wie das Alphabet – älter sogar. Die Leute verstehen es nicht, aber wieso sollten sie auch?« Sie verzog das Gesicht. »Zumindest ist der Kreuzzug vorbei. Du bist zu jung, um dich daran zu erinnern. Dein Glück.«

Es herrschte Schweigen. Ich verstand nicht, wie das Binden älter sein konnte als die Bücher, aber sie starrte in die Ferne, als wäre ich nicht da. Eine Brise brachte den Draht über mir zum Schwingen, und die bunten Papiere flatterten. Seredith zwinkerte, kratzte sich am Kinn, ihre Augen kehrten zu mir zurück. »Morgen fängst du mit ein paar Arbeiten an. Aufräumen, Pinsel auswaschen, solche Sachen. Vielleicht kannst du auch schon Leder schärfen.«

Ich nickte. Ich wollte hier allein sein. Ich wollte Zeit haben, die Farben richtig anzuschauen, die Schränke durchzusehen und das Gewicht der Werkzeuge in meiner Hand zu prüfen. Der ganze Raum sang für mich, lud mich ein.

»Schau dich um, wenn du möchtest.« Aber als ich aufstehen wollte, machte sie eine unwillige Geste, als hätte ich ihr nicht gehorcht. »Nicht jetzt. Später.« Sie nahm ihr Bündel auf und wandte sich zu einer kleinen Tür in der Ecke, die ich bisher nicht bemerkt hatte. Es waren drei Schlüssel in drei Schlössern nötig, um sie zu öffnen. Ich erhaschte einen Blick auf eine Treppe, die nach unten ins Dunkel führte, ehe Seredith das Bündel auf ein Brett gleich bei der Tür legte, sich wieder zur Werkstatt wandte und die Tür hinter sich zuzog. Sie schloss ab, ohne mich anzuschauen, schirmte die Schlüssel mit ihrem Körper vor mir ab. »Da hinunter gehst du noch lange nicht, mein Junge.« Ich wusste nicht, ob sie mich damit warnen oder beruhigen wollte. »Rühre nichts an, was abgeschlossen ist, dann wird alles gut.«

Ich holte tief Luft. Der Raum sang immer noch für mich, aber in die süße Melodie hatte sich eine schrille Note gemischt. Unter dieser ordentlichen, sonnendurchfluteten Werkstatt führte eine steile Treppe in die Dunkelheit. Ich konnte die hohle Leere unter meinen Füßen spüren, als begänne der Boden unter mir nachzugeben. Vor einer Sekunde hatte ich mich noch sicher gefühlt. Nein. Ich hatte mich … *verzaubert* gefühlt. All das war durch diesen kurzen Blick auf die Dunkelheit verdorben; wie in dem Augenblick, wenn ein Traum sich in einen Alptraum verwandelt.

»Kämpfe nicht dagegen an, Junge.«

Sie wusste es also. Es war wirklich, ich bildete mir das nicht nur ein. Ich hob die Augen, halb fürchtete ich mich, ihren Blick zu erwidern; aber sie starrte über den Sumpf, hatte die Augen gegen das blendende Licht zusammengekniffen. Sie sah älter aus als irgendwer, den ich je gesehen hatte.

Ich stand auf. Die Sonne stand immer noch am Himmel, aber nun schien das Licht im Raum beschmutzt. Ich wollte nicht mehr in die Schränke schauen oder die Stoffballen ans Licht ziehen. Aber ich zwang mich, an den Schränken vorbeizugehen, die Schilder wahrzunehmen, die matten Messingknäufe und das Leder, das um die Kante einer Tür eine grüne Zunge herausstreckte. Ich machte kehrt und ging durch den Gang zwischen den Werkbänken, wo der Boden glattgetreten war von den Schritten vieler Jahre, von Menschen, die kamen und gingen. Ich gelangte zu einer weiteren Tür. Auch sie hatte drei Schlösser. Aber hier gingen Menschen ein und aus – das konnte ich an den Bodendielen erkennen, an dem gut ausgetretenen Pfad, auf dem eine leichtere Staubschicht lag. Warum kamen die Leute her? Was tat die Buchbinderin hinter dieser Tür?

Schwärze glitzerte in meinen Augenwinkeln. Jemand flüsterte mir wortlos etwas zu.

»Gut«, sagte sie. Irgendwie war sie neben mir aufgetaucht, zog mich auf einen Schemel. »Nimm den Kopf zwischen die Knie.«

»Ich ... kann nicht ...«

»Ruhig, Junge. Es ist die Krankheit. Das geht vorüber.«

Es war Wirklichkeit. Da war ich mir sicher. Etwas Wildes, Unersättliches, Falsches, das mich aussaugen, mich zu etwas anderem machen wollte. Sie zwang mich jedoch, den Kopf zwischen die Knie zu nehmen, und hielt mich fest, und die Gewissheit schwand. Ich war krank. Es war dieselbe Furcht, die mich dazu gebracht hatte, meinen Vater und meine Mutter anzugreifen ... Ich biss die Zähne zusammen. Ich durfte dem nicht nachgeben. Wenn ich mich gehenließ ...

»So ist's gut. Braver Junge.«

Bedeutungslose beschwichtigende Worte, als wäre ich ein Tier. Endlich richtete ich mich auf und verzog das Gesicht, als mir das Blut durch den Kopf wirbelte.

»Besser?«

Ich nickte und kämpfte gegen die Übelkeit an. Meine Hände zuckten, als hätte ich eine Schüttellähmung. Ich ballte sie zu Fäusten und stellte mir vor, wie ich mit Fingern, denen ich nicht vertrauen konnte, ein Messer benutzen sollte. Ich würde mir den Daumen abschneiden. Ich war zu krank, um hier zu sein – und doch ...

»Warum?«, fragte ich; das Wort klang wie ein Jaulen. »Warum hast du mich ausgewählt? Warum *mich*?«

Die Buchbinderin wandte ihr Gesicht wieder zum Fenster und starrte ins Sonnenlicht.

»War es, weil ich dir leidgetan habe? Der arme, verrückte Emmett, der nicht mehr auf dem Feld arbeiten kann? Zumindest ist er hier in Sicherheit und allein und verstört seine Familie nicht ...«

»Glaubst du das?«

»Was sonst könnte es sein? Du kennst mich nicht. Warum sonst würdest du dir jemanden aussuchen, der krank ist?«

»Was sonst, allerdings.« Ihre Stimme hatte einen scharfen Ton, aber dann seufzte sie und schaute mich an. »Erinnerst du dich, wann es angefangen hat? Das Fieber?«

»Ich glaube, ich war ...« Ich holte tief Luft, versuchte, meine Gedanken zu beruhigen. »Ich war in Castleford gewesen und auf dem Heimweg – und als ich aufwachte, war ich zu Hause ...« Ich unterbrach mich. Ich wollte nicht über die Lücken und Alpträume nachdenken, die Ängste bei Tag, die plötzlichen, entsetzten Augenblicke der Klarheit, in denen ich wusste, wo ich war ... Der ganze Sommer war zerfetzt, vom Fieber zerrissen, bestand aus mehr Lücken als Erinnerungen.

»Du warst hier, mein Junge. Hier bist du krank geworden. Dein Vater ist dich holen gekommen. Erinnerst du dich daran?«

»Was? Nein. Was habe ich hier gemacht?«

»Das Haus liegt an der Straße nach Castleford«, sagte sie mit einem leisen Lächeln. »Aber mit dem Fieber ... du erinnerst dich daran und dann wieder nicht. Das ist teilweise das, was dich krank macht.«

»Ich kann nicht hierbleiben. Dieses Haus – diese verschlossenen Türen. Hier wird es mir nur schlechter gehen.«

»Das vergeht. Vertraue mir. Und es wird hier schneller vergehen als an jedem anderen Ort.« Es lag ein seltsamer Ton in ihrer Stimme, als schämte sie sich beinahe.

Eine neue Angst zerrte an mir. Ich müsste hier bleiben und mich fürchten, bis es mir besser ging; ich wollte das nicht, ich wollte weglaufen ...

Sie schaute auf die verschlossene Tür. »In gewisser Weise«, fuhr sie fort, »denke ich, dass ich dich ausgewählt habe, weil du krank bist. Aber nicht so, wie du denkst. Nicht aus Mitleid, Emmett.«

Unvermittelt drehte sie sich um, drängte sich an mir vorbei, und ich stand da und starrte auf den Staub, der in der leeren Türöffnung wirbelte.

Sie log. Das hatte ich an ihrer Stimme gehört.

Sie bemitleidete mich doch.

Vielleicht jedoch hatte sie recht. Irgendetwas an der Stille des alten Hauses, an den niedrigen Räumen, die vom beständigen Herbstsonnenlicht erfüllt waren, an der ruhigen Ordnung der Werkstatt begann, die Ängste in mir aufzulösen. Tag für Tag verging, bis das Haus mir nicht mehr neu oder seltsam vorkam; dann Woche um Woche ... Ich lernte einiges auswendig: die gekräuselten Spiegelungen an meiner Zimmerdecke, die aufklaffenden Säume an der Decke auf meinem Bett, die unterschiedlichen Knarzer jeder Stufe unter meinen Füßen, wenn ich nach unten ging. Dann waren da die Werkstatt, das Schimmern der Kacheln am Ofen, der erdige Safranduft des Tees, der milchige Schimmer einer gut gemischten Paste in einem Glastopf ... Die Stunden vergingen langsam, voller kleiner, verlässlicher Einzelheiten; zu Hause hatte ich in der Geschäftigkeit des Lebens auf dem Bauernhof nie Zeit gehabt, einfach dazusitzen und vor mich hinzustarren oder meine Aufmerksamkeit darauf zu richten, wie ein Werkzeug aussah oder wie gut es gemacht war, ehe ich es benutzte.

Die Arbeiten, die mir Seredith in der Werkstatt übertrug, waren einfach. Sie war eine gute Lehrerin, klar und geduldig. Ich lernte Vorsatzpapiere machen, Leder schärfen, mit Blindprägung oder Goldprägung veredeln. Sie muss enttäuscht gewesen sein, wie ungeschickt ich mich anstellte – wie ich eine Seite an die eigenen Finger leimte oder mit einem scharfen Prägestempel eine tiefe Scharte in ein makelloses Stück Kalbsleder machte –, aber sie sagte nichts, nur gelegentlich: »Wirf es weg und fang neu an.« Während ich übte, ging sie spazieren oder schrieb Briefe oder Listen von Vorräten, die wir mit der nächsten Post bestellen sollten, während sie hinter mir an der Werkbank saß; oder sie kochte, und das Haus wurde erfüllt vom Duft nach Fleisch und Teig. Wir teilten uns alle anderen Aufgaben, aber nach einem Morgen, den ich mit tüfteligen Arbeiten verbracht hatte, war ich froh, Holz zu hacken oder den großen Waschzuber zu füllen. Wenn ich mich schwach fühlte, erinnerte ich mich daran, dass Seredith das alles, ehe ich kam, allein bewerkstelligt hatte.

Doch alles, was ich tat – alles, wobei ich ihr zusah –, hatte mit der Vorbereitung von Material oder mit dem Üben für die letzte Veredelung der Bücher zu tun. Nie bekam ich einen Buchblock oder gar ein fertiges Buch zu Gesicht. Eines Abends, als wir in der Küche aßen, fragte ich: »Seredith, wo sind die Bücher?«

»Im Gewölbe«, antwortete sie. »Sobald sie fertig sind, müssen sie an einem sicheren Ort aufbewahrt werden.«

»Aber …« Ich hielt inne, dachte an den Bauernhof und daran, wie schwer wir dort alle schufteten und wie es doch nie reichte; ständig hatte ich mit Vater gestritten und ihn gebeten, all die neuen Erfindungen anzuschaffen, die unseren Hof so ertragreich wie möglich machen sollten. »Warum machen wir nicht mehr Bücher? Sicher können wir doch umso mehr verkaufen, je mehr wir machen?«

Sie hob den Kopf, als wollte sie darauf mit Schärfe erwidern; dann schüttelte sie den Kopf. »Wir machen die Bücher nicht, um sie zu verkaufen, mein Junge. Bücher *verkaufen*, das ist falsch. Zumindest darin hatten deine Eltern recht.«

»Dann … verstehe ich nicht …«

»Auf das Binden kommt es an. Das Handwerk, die Würde. Wenn zum Beispiel eine Frau zu mir kommt und ein Buch möchte. Dann mache ich ein Buch für sie. Für *sie*, verstehst du?

Nicht, damit Wildfremde es anglotzen.« Sie schlürfte Suppe
von ihrem Löffel. »Es gibt Buchbinder, die nur an ihren Gewinn
denken, denen außer ihrem Konto bei der Bank alles gleichgültig ist, die, ja, die Bücher verkaufen – aber einer von denen wirst
du nie sein.«

»Aber – bisher ist niemand zu dir gekommen …« Ich starrte
sie an, gründlich verwirrt. »Wann setze ich endlich all das um,
was du mir beibringst? Ich lerne so viel, aber ich habe noch nicht
einmal …«

»Du lernst schon bald mehr«, antwortete sie und stand auf, um
noch Brot zu holen. »Wir wollen die Sache langsam angehen,
Emmett. Du bist krank gewesen. Alles zu seiner Zeit.«

Alles zu seiner Zeit. Hätte das meine Mutter gesagt, so hätte
ich unwillig geschnaubt; aber ich schwieg, denn irgendwie hatte mir die Zeit hier gutgetan. Allmählich ließen die Alpträume
nach, und die Schatten, die tagsüber lauerten, zogen sich zurück.
Manchmal konnte ich lange stehen, ohne dass mir schwindelig wurde; manchmal waren meine Augen so klar wie früher.
Nach ein paar Wochen wanderte mein Blick nicht einmal mehr
zu den verschlossenen Türen am anderen Ende der Werkstatt.
Die Werkbänke, Werkzeuge und Pressen murmelten mir trös-
tende Worte zu: Alles war nützlich, alles am rechten Platz. Es
war gleichgültig, wozu alles diente, außer dass ein Leimpinsel für
Leim war, das Schärfmesser fürs Schärfen. Manchmal, wenn ich
innehielt, um die Dicke eines Lederstücks zu überprüfen – an
manchen Stellen musste es dünner sein als ein Fingernagel, sonst
würde es sich nicht gut falten lassen –, schaute ich vom dunklen Lederstaub auf und spürte, dass ich am rechten Ort war. Ich
wusste, was ich zu tun hatte, und ich tat es – auch wenn ich vor-
erst nur übte. Ich *konnte* es schaffen. Das war seit meiner Krankheit nicht mehr vorgekommen.

Natürlich vermisste ich mein Zuhause. Ich schrieb Briefe und war halb froh und halb betrübt, wenn ich die Antworten las. Ich wäre gern beim Erntemahl dabei gewesen und beim Tanz danach; vielmehr: Ich wäre gern dabei gewesen, bevor ich ... Ich las diesen Brief immer und immer wieder, ehe ich ihn zusammenknüllte und dann an meiner Lampenflamme vorbei in die blaue Dämmerung starrte und versuchte, den Schmerz, den ich empfand, zu ignorieren. Aber der Teil von mir, der sich nach Musik und Lärm sehnte, das war der alte, der gesunde Teil; ich wusste, dass ich nun diese Stille, die Arbeit und die Ruhe brauchte. Selbst wenn ich mich manchmal so einsam fühlte, dass ich es kaum ertragen konnte.

Die ruhigen Tage zogen sich hin, als warteten wir auf etwas.

Wann war es? Vielleicht vierzehn Tage oder einen Monat nach meiner Ankunft kam der erste Tag, an den ich mich klar erinnere. Es war ein heller, kalter Morgen, ich hatte an ein paar alten Lederresten Goldprägung geübt und mich sehr darauf konzentriert. Es war schwierig, und als ich die Folie abzog und einen ungleichmäßigen, undeutlichen Abdruck meines Namens sah, fluchte ich leise und rollte mit den Schultern, um den Schmerz zu lösen. Draußen bewegte sich etwas, ich blickte auf. Die Sonne blendete mich, und einen Augenblick lang sah ich nichts als einen Umriss, der sich vor dem Licht abzeichnete. Ich kniff die Augen zusammen, das blendende Licht wurde weicher. Ein Junge – nein, ein junger Mann, so alt wie ich, vielleicht ein wenig älter – mit dunklem Haar, dunklen Augen und einem hageren, bleichen Gesicht beobachtete mich.

Ich fuhr zusammen und hätte mich beinahe an dem Werkzeug verbrannt, das ich benutzte. Wie lange stand er schon da und beobachtete mich mit diesen schwarzen Steinaugen? Ich legte das Werkzeug sorgfältig auf die Kohlenpfanne zurück, verfluchte das Zittern, das mich plötzlich überfiel und so ungeschickt machte wie einen alten Mann. Was bildete der Kerl sich ein, hier so herumzulungern und zu spionieren?

Er klopfte an das Glas. Ich wandte ihm den Rücken zu, aber als ich über die Schulter blickte, war er immer noch da. Er deutete zur Seite zu der kleinen Hintertür, die auf den Sumpf hinausging. Er wollte, dass ich ihn einließ. Ich stellte mir vor, wie er lautlos im Schlamm versank, bis zu den Knien, dann bis zur Taille. Ich konnte den Gedanken nicht ertragen, mit ihm zu reden. Ich hatte seit Tagen niemanden außer Seredith gesehen; aber es war nicht nur das. Sein Starren war so durchdringend, dass ich das Gefühl hatte, als drücke er mir einen Finger zwischen die Augen. Ich hielt mein Gesicht vom Fenster abgewandt, während ich Lederkrümel auf den Boden fegte, die Reste der Goldfolie in ihre Schachtel zurücklegte und die Schraube des heißen Letternhalters lockerte, damit ich die Lettern auf die Werkbank kippen konnte. In einer Minute würden sie kühl genug sein, dass ich sie in den Setzkasten zurücksortieren könnte. Ein Abstandhalter, kaum mehr als ein winziger Messingsplitter, fiel auf den Boden, und ich bückte mich, um ihn aufzuheben.

Als ich mich aufrichtete, um das kleine Metallstück auf die Werkbank zu schnipsen, hatte der Schatten sich noch immer nicht bewegt. Ich versuchte, den beißenden Schmerz aus meinem verbrannten Finger zu saugen, und gab mich geschlagen.

Die Hintertür war verzogen – wann hatte man sie zum letzten Mal benutzt? – und klemmte im Rahmen fest. Als ich es endlich schaffte, sie aufzuziehen, pochte mein Herz wie wild vor Anstrengung. Wir starrten einander an. Schließlich sagte ich: »Was willst du?« Es war eine törichte Frage; er war eindeutig kein Händler, der etwas lieferte, gewiss auch kein Freund von Seredith, der sie besuchen wollte.

»Ich …« Er wandte den Blick ab. Hinter ihm schimmerte der Sumpf wie ein alter Spiegel, fleckig und gesprenkelt, aber immer noch hell. Als er sich wieder zu mir umdrehte, war sein Gesicht starr. »Ich bin hier, weil ich zur Buchbinderin will.«

Ich wollte ihm die Tür vor der Nase schließen, aber er war ein Kunde – der erste seit meiner Ankunft – und ich nur ein Lehrling. Ich trat einen Schritt zurück und öffnete die Tür ein Stück weiter.

»Danke.« Er brachte dieses Wort mit einiger Mühe heraus und stand sehr still auf der Stufe, als fürchtete er, er würde sich die Kleidung beschmutzen, wenn er mir zu nahe käme. Ich drehte mich um und ging in die Werkstatt zurück: Nun, da er drinnen war, war er nicht mehr mein Problem. Er konnte die Glocke läuten oder nach Seredith rufen. Auf keinen Fall würde ich um seinetwillen meine Arbeit unterbrechen. Er hatte sich nicht einmal entschuldigt, dass er mich gestört oder beobachtet hatte.

Ich bemerkte, dass er zögerte und mir dann folgte.

Ich trat an meine Werkbank zurück und beugte mich über die Prägung, an der ich gearbeitet hatte. Ich rieb über eines der Wörter, um zu sehen, ob ich so die Buchstaben ein wenig deutlicher machen könnte. Beim zweiten Versuch war das Prägewerkzeug zu heiß gewesen – oder ich hatte es zu lange darauf gehalten –, und das Gold war verlaufen; der dritte Buchstabe war ein bisschen besser, aber ich hatte nicht gleichmäßig gedrückt. Von der offenen Tür her kam ein kühler Luftzug, es waren leise Schritte zu hören. Der junge Mann stand hinter mir. Ich hatte ihn nur eine Sekunde lang angeschaut, aber ich sah sein Gesicht noch so deutlich vor mir, als wäre es im Fenster gespiegelt: weiß, von Schatten befleckt, mit rot unterlaufenen Augen. Ein Gesicht wie auf dem Totenbett, ein Gesicht, das niemand anschauen wollte.

»Emmett?«

Mein Herz setzte einen Schlag aus, denn er hätte meinen Namen nicht kennen dürfen.

Dann begriff ich: die Prägung. EMMETT FARMER. Die Buchstaben waren war wohl gerade groß genug, dass er sie aus ein paar Schritten Entfernung lesen konnte. Ich nahm das Leder und klatschte es auf die andere Seite, mit der Schrift nach unten. Natürlich zu spät. Er warf mir ein schiefes, leeres Lächeln zu, als wäre er stolz darauf, es bemerkt zu haben, als wäre er erfreut über meine plötzliche Blässe. Er hob an, um etwas anderes zu sagen.

Ich fuhr dazwischen: »Ich weiß nicht, ob die Buchbinderin im

Augenblick Aufträge übernimmt.« Aber er schaute mich weiter mit diesem seltsamen Halblächeln an. »Wenn du deswegen gekommen bist. Und sie verkauft keine Bücher.«

»Wie lange bist du schon hier?«

»Seit der Erntezeit.« Er hatte kein Recht, mich das zu fragen; ich wusste nicht, warum ich antwortete, ich wollte nur, dass er mich in Ruhe ließ.

»Du bist ihr Lehrling?«

»Ja.«

Er sah sich in der Werkstatt um, schaute wieder zu mir zurück. Dieser Blick hatte etwas zu Langsames, zu Bemühtes, das konnte nicht nur einfach Neugier sein. »Ist das ein ... gutes Leben?«

Eine Spur Verachtung schwang in seiner Stimme mit. »Hier, allein mit ihr?«

Der süße, leicht versengte Geruch von den Werkzeugen auf dem Ofen verursachte mir Kopfschmerzen. Ich griff nach dem kleinsten, einem komplizierten Prägestempel, der in Gold nie richtig herauskam. Ich fragte mich, wie es sich anfühlen würde, wenn ich ihn auf den Rücken meiner anderen Hand drückte. Oder auf seine.

»Emmett ...« So wie er es sagte, klang es wie ein Fluch.

Ich legte den Prägestempel weg und griff nach einem neuen Stück Leder. »Ich muss hier weitermachen.«

»Tut mir leid.«

Schweigen. Ich schnitt das Leder quadratisch zu und befestigte es an einem Holzstück. Er beobachtete mich. Ich nestelte ungeschickt daran herum, hätte beinahe meinem Daumen mit dem Skalpell erwischt. Ich hatte das Gefühl, als hätten sich unsichtbare Fäden zwischen meinen Fingern verheddert. Ich drehte mich zu ihm um. »Soll ich gehen und Sere... die Buchbinderin holen?«

»Ich ... noch nicht. Nicht gleich.«

Er hatte Angst. Diese Erkenntnis überraschte mich. Einen Augenblick sah ich über meinen eigenen Groll hinweg. Er hatte so große Angst und fühlte sich so elend, wie ich das noch nie bei jemandem wahrgenommen hatte. Er war verzweifelt, aber ich konnte kein Mitleid für ihn aufbringen, denn in seinem Blick lag noch etwas anderes: Hass. Er schien mich zu hassen.

»Sie wollten nicht, dass ich komme«, sagte er. »Mein Vater wollte das nicht. Er findet, dass das Binden etwas für andere Leute ist, nicht für uns. Wenn er wüsste, dass ich hier bin …« Er verzog das Gesicht. »Doch wenn ich nach Hause zurückkehre, ist es schon zu spät. Dann bestraft er mich nicht. Wie könnte er auch?«

Ich antwortete nicht. Ich wollte mir keine Gedanken darüber machen, was er meinte.

»Ich war mir nicht sicher. Ich hätte nicht gedacht …« Er räusperte sich. »Ich hatte gehört, dass sie dich ausgewählt hat, und da habe ich gedacht, ich komme und … aber ich glaube nicht, dass ich es wirklich wollte – bis ich dich hier gesehen habe.«

»Mich?«

Er holte tief Luft und streckte die Hand aus, um ein Stäubchen von der Beschneidepresse abzuwischen. Sein Zeigefinger zitterte. Er lachte, aber nicht so, als wäre irgendwas lustig. »Dir ist das alles gleichgültig, was? Wieso auch nicht? Du hast keine Ahnung, wer ich bin.«

»Nein, die habe ich nicht.«

»Emmett«, platzte es aus ihm heraus, und er schien über die Silben zu stolpern. »Bitte … sieh mich an, nur eine Sekunde, bitte. Ich verstehe nicht …«

Ich hatte das Gefühl, dass ich mich bewegte und die Welt so schnell an mir vorbeiraste, dass ich sie nicht sehen konnte, dass das Rauschen der Geschwindigkeit seine Worte übertönte. Ich zwinkerte und versuchte, mich festzuhalten, aber eine schwindelerregende Strömung riss mich in die Höhe und wirbelte mich herum. Er redete noch immer, die Worte rauschten jedoch an mir vorüber.

»Was ist hier los?« Serediths Stimme unterbrach ihn.

Er fuhr herum. Die Röte kroch ihm über die Wangen und die Stirn. »Ich bin zum Binden hergekommen.«

»Was machst du in der Werkstatt? Emmett, du hättest mich sofort rufen sollen.«

Ich versuchte, meine Übelkeit zu bezwingen. »Ich dachte ...«

»Es war nicht Emmetts Schuld, es war meine«, sagte er. »Ich heiße Lucian Darnay. Ich hatte geschrieben.«

»Lucian Darnay.« Seredith runzelte die Stirn. Ein seltsamer, argwöhnischer Ausdruck trat auf ihre Züge. »Und wie lange redet Ihr schon mit meinem Lehrling? Na gut, macht nichts.« Ihre Augen wanderten zu mir, ehe er antworten konnte. »Emmett?«, fragte sie nun sanfter. »Alles in Ordnung?«

Schatten wirbelten um mich herum, schwärzten die Ränder meines Gesichtsfeldes; aber ich nickte.

»Gut. Mr Darney, kommt bitte mit.«

»Ja«, sagte er, aber er regte sich nicht. Ich konnte die dunklen Wellen seiner Verzweiflung spüren.

»*Kommt*«, wiederholte Seredith, und endlich drehte er sich um und ging auf sie zu. Sie griff nach ihren Schlüsseln und machte sich daran, die Tür am anderen Ende der Werkstatt aufzuschließen; dabei schaute sie nicht auf ihre Hände, sondern sah auf mich.

Die Tür schwang auf. Ich hielt die Luft an. Ich wusste nicht, was ich erwartet hatte. Ich erhaschte nur einen Blick auf einen geschrubbten Holztisch, zwei Stühle und ein dunstiges Quadrat Sonne auf dem Boden. Ich hätte erleichtert sein sollen, doch etwas krallte sich fest um mein Herz. Es sah so ordentlich aus, so karg – und doch ...

»Geht hinein, Mr Darnay. Setzt Euch. Wartet auf mich.«

Der junge Mann holte lange und langsam Luft. Er warf mir einen Blick zu, die Wildheit seiner Augen war für mich so schwer zu lesen wie ein Rätsel. Dann straffte er die Schultern, ging zur Tür und weiter ins Zimmer. Als er sich hinsetzte, hielt er den Rücken sehr aufrecht, als versuchte er, nicht zu zittern.

»Emmett, geht es dir gut? Er hätte niemals ...« Serediths Augen forschten in meinem Gesicht nach einer Reaktion, die sie dort aber nicht fanden. »Geh und leg dich hin.«

»Alles gut.«

»Dann rühre in der Küche ein Glas Leim an.«

Ich ging an ihr vorüber, und sie schaute mir nach. Ich musste mich anstrengen, um nicht zu taumeln. Schwarze Flügel flatterten wild um mich herum, ich konnte kaum sehen, wohin ich ging. Dieses Zimmer, dieses ruhige kleine Zimmer ... Ich setzte mich auf die Treppe. Das Licht lag in einem silbrigen Gitter auf dem Boden. Dieses Muster ließ mich an etwas denken – an einen halb erinnerten Alptraum, ein kurzes Aufblitzen von Lucian Darnays Gesicht, von seinen schwarzen Augen. Die Dunkelheit hing lange vor mir wie ein Nebel; nur war nun etwas Neues darin aufgetaucht, ein Aufblitzen wie von Zähnen, schärfer, als ich es ertragen konnte. Kein Hass – aber etwas, das mich, wenn es gekonnt hätte, zerrissen hätte.

Dann schlug die Dunkelheit um mich zusammen, und ich war fort.

3

Allmählich tauchte ich in einem weichen, grauen Tag auf und lauschte dem gedämpften Klang von Regen. Da war noch ein Geräusch, eines, das ich nicht gleich identifizieren konnte. Ich starrte an die Zimmerdecke und fragte mich träge, was es sein könnte. Ein Wischen, eine Pause, ein menschliches Atmen, ein Wischen ... Nach langer Zeit drehte ich den Kopf und sah Seredith gebeugt am Tisch beim Fenster sitzen. Vor ihr war eine Art Holzrahmen mit Stapeln von gefalztem Papier aufgebaut. Sie nähte die gefalzten Bögen zusammen, erst in die eine Richtung, dann in die andere. Der Faden flüsterte, wenn sie ihn straffte. Ich beobachtete sie lange, vom stetigen Rhythmus eingelullt: rein, ziehen, raus, rüber, rein ... Sie zog einen Stich stramm, schnitt das Garn ab, langte nach der Spule, schnitt ein neues Stück ab und knotete es fest. Es war so still im Zimmer, dass ich ein kleines Klicken hörte, als sich der Knoten zuzog.

Seredith schaute zu mir und lächelte. »Wie fühlst du dich?«

»Ich …« Ich schluckte, der Staub in meiner Kehle brachte mich zurück in die Wirklichkeit. Mir tat alles weh. Mein Handgelenk brannte. Ich schaute zur Seite, einen Augenblick lang verwirrt. Mein Handgelenk war mit einem weißlichen Stoffstreifen ans Bett gebunden. Der Streifen hatte sich zusammengerollt und schnitt mir ins Fleisch, als hätte ich mich gewehrt, um mich herauszuwinden.

»Du hattest schlimme Ängste« erklärte Seredith. »Erinnerst du dich?«

»Nein.« Oder doch? Ein Widerhall von Schreien, ein Aufblitzen dunkler Augen, die mich beobachteten …

»Macht nichts. Jetzt bist du wach, und ich binde dich los.«

Sie stand auf, legte die Nadel sorgfältig auf dem halb genähten Stapel Papier ab und beugte sich über mich, um mit ihren knorrigen Fingern an dem Knoten meiner Fessel zu ziehen. Ich lag still, schaute sie nicht an. Was hatte ich gemacht? War ich wieder wahnsinnig geworden? Bei meinem letzten schlimmen Anfall hatte ich nach meinem Vater und meiner Mutter geschlagen. Alta hatte Angst gehabt, sich mir zu nähern. Hatte ich etwa Seredith angegriffen?

Sie zog den Stuhl an mein Bett und setzte sich mit einem scharfen Schnaufen hin. »Hast du Hunger?«

»Nein.«

»Aber du kriegst ihn bald. Du warst fünf Tage weg.«

»Weg?«

»Noch zwei Tage Bettruhe. Mindestens. Dann kannst du versuchen aufzustehen.«

»Es geht mir gut. Ich kann jetzt schon aufstehen.« Ich hievte mich in eine aufrechtere Position und packte die Seiten des Bettes, um mich gegen den plötzlichen Sog des Schwindels zu stemmen. Langsam hörte das Wirbeln auf, aber es hatte mir alle Kraft genommen, und ich ließ den Kopf wieder auf das Kissen sinken. Ich kniff die Augen zu und verbot mir zu weinen. »Ich dachte, es ginge mir langsam besser.«

»Das tut es auch.«

»Aber …« Ich wollte nicht darüber nachdenken, wie es wohl gewesen war: Eine schwache alte Frau stellt sich gegen ihren wild gewordenen halluzinierenden Lehrling. Ich hatte sie vielleicht verletzt, oder schlimmer …

Sie verlagerte das Gewicht. »Mach die Augen auf.«

»Was?«

»Sieh mich an. So ist's besser.« Sie beugte sich zu mir. Ich roch Seife und Leim und das Leder ihrer Schürze. »Du hattest einen Rückfall. Aber das Schlimmste ist vorüber.«

Ich wandte das Gesicht ab. Dergleichen hatte ich meine Mutter auch schon sagen hören, und jedes Mal hatte es weniger überzeugend geklungen.

»Du kannst mir vertrauen, mein Junge. Ich weiß ein bisschen was über das Buchbinderfieber. Normalerweise ist es nicht so schlimm, aber … Du wirst dich erholen. Natürlich nur langsam.«

»Was?« Ich hob den Kopf so plötzlich, dass mir der Schmerz in die Schläfen schoss. Es gab einen *Namen* für das, was ich hatte? »Ich dachte, es wäre nur – Wahnsinn.«

Sie schnaubte. »Du bist nicht wahnsinnig, mein Junge. Wer hat dir das denn weisgemacht? Nein, es ist eine Krankheit wie jede andere. Eine Art vorübergehende Raserei.«

Eine Krankheit wie die Grippe, Skorbut oder Ruhr. Wie gern ich das glauben wollte. Ich schaute auf die roten Striemen an meinen Handgelenken. Weiter oben am Arm waren zwei bläuliche Flecken, wie Fingerabdrücke. Ich schluckte. »Buchbinderfieber? Was hat das mit Buchbinden zu tun?«

Sie zögerte. »Nur Buchbinder bekommen das. Das heißt … nicht Buchbinder, sondern Leute, die Buchbinder sein könnten. Wenn du die Berufung hast … dann geht manchmal etwas schief in deinem Kopf. Daher wusste ich, dass du Buchbinder werden würdest, mein Junge – und dazu noch ein guter. Deswegen muss man sich nicht schämen. Und jetzt, wo du hier bist, wird es vergehen.«

»Bekommen das alle Buchbinder?«

»Nicht alle, nein.« Ein Regenschwall klatschte ans Fenster. Seredith schaute auf, und ich folgte ihrem Blick, aber da draußen war nichts, nur die graue Leere des Sumpfs und die nassen Schleier des Nebels. »Eine der größten Buchbinderinnen wäre beinahe daran gestorben«, sagte sie. »Margaret Pevensie. Sie war Witwe und hat im Mittelalter gelebt. Sie hat über zwanzig Bücher gebunden – das war damals viel. Nur wenige davon sind erhalten geblieben. Ich habe einmal eine Reise nach Haltby gemacht, nur um sie mir anzusehen.« Ihre Augen wanderten wieder zu mir. »Mein alter Meister hat immer gesagt, dass erst das Buchbinderfieber jemanden zum Künstler macht, nicht zum bloßen Handwerker. Ich habe immer gedacht, dass er mich zum Narren hält, aber wenn er recht hatte ... na, dann wirst du ein richtig guter Lehrling.«

Ich legte die Hand auf die Blutergüsse an meinem Arm, einen Finger auf jeden Flecken. Der Wind murmelte im Strohdach und trieb einen weiteren Regenschwall gegen die Fensterscheibe, aber das Haus hatte dicke Mauern, war massiv wie ein Felsen. Buchbinderfieber, kein Wahnsinn, keine Schwäche.

»Ich hole dir ein wenig Suppe.« Sie stand auf, verstaute die Garnspule und die losen, bereits gefalzten Blätter in ihrer Schürzentasche und hob den Nährahmen hoch.

Ich verrenkte den Hals. »Ist das ...?«

»Lucian Darnays Buch. Ja. Das wird es.«

Sein Name hatte sich in meinem Inneren eingehakt. Lucian Darnay, der Junge, der mich hasste. Der Haken bohrte sich tiefer, zerrte fester. »Was tust du für ihn?« Seredith schaute mich an, antwortete aber nicht. »Kann ich es einmal sehen?«

»Nein.« Mit großen Schritten ging sie an mir vorüber zur Tür.

Ich versuchte aufzustehen, aber der Raum drehte sich um mich. »War es ...?«

»Geh wieder ins Bett.«

»Er, Seredith, war er es – bin ich seinetwegen wieder krank geworden. Oder ... wer war er, warum hat er ...?«

»Er kommt nicht mehr zurück. Er ist fort.«

»Woher weißt du das?«

Ihr Blick wich mir aus. Über mir knarzte ein Balken, und plötzlich hatte ich das Gefühl, dass das Haus zerbrechlich war, als wären die dicken Mauern nur ein Traum.

»Ich hole dir jetzt die Suppe«, sagte sie und schloss die Tür hinter sich.

Eine ganze Weile danach schloss sich Seredith nachmittags in der Werkstatt ein. Sie erklärte mir nicht, was sie machte, und ich fragte nicht danach. Aber ich wusste, dass sie an Darnays Buch arbeitete. Manchmal lehnte ich mich, nachdem ich meine Arbeiten erledigt hatte, an die Tür, halb lauschend, halb träumend, versuchte, dem einen Sinn abzugewinnen, was ich hörte. Die meiste Zeit war es still – eine merkwürdig schwere Stille, als lauschte das ganze Haus mit mir –, doch ab und zu hörte man ein Klopfen oder Kratzen, dann einmal das Klirren und den Aufprall eines umgeworfenen Topfs. Als es kälter wurde, prickelten meine Gelenke und schmerzten, wenn ich so lange still dastand, aber ich konnte mich nicht losreißen. Ich hasste den Zwang, der mich dort festhielt, während ich auf etwas wartete, das ich nicht verstand. Aber es war unwiderstehlich, eine Mischung aus Neugier und Furcht, angetrieben von den Alpträumen, die mich immer noch heimsuchten.

Die Alpträume kamen mittlerweile seltener, sie hatten sich auch verändert – aus formlosen schwarzen Angstzuständen waren klare Träume voller Sonnenlicht geworden –, doch sie waren noch genauso schlimm. Seit jenem Tag neulich hatte die Angst ein Gesicht: das von Lucian Darnay. Ich sah ihn immer wieder, seine wilden Augen, den letzten Blick, den er mir zuwarf, ehe er durch die halb geöffnete Tür am anderen Ende der Werkstatt schritt. Ich sah, wie er sich hinsetzte, in diesem stillen, hellen, schrecklichen Zimmer, und eine Welle der Panik durchflutete mich – denn in meinem Traum saß nicht er dort, sondern ich. Die Träume versuchten mir etwas mitzuteilen. Ich wusste nicht, wovor ich Angst hatte. Aber was immer es war, es lebte in Serediths verschlossenem Zimmer. Wenn ich aufwachte und nicht mehr einschlafen konnte, setzte ich mich an mein Fenster, ließ mir von der scharfen Nachtluft die feuchte Haut trocknen und versuchte zu verstehen. Doch wie ich es drehte und wendete, wie sehr ich mich auch bemühte, über die Angst hinwegzusehen, da war nichts außer Lucian Darnay und diesem nur halb erspähten Zimmer. Was immer dort geschehen war, es sickerte aus dem Zimmer, es ging mir durch und durch.

Während ich eines Abends einen Topf ausscheuerte und Seredith Stew kochte, fragte ich sie nach ihm. Sie blickte nicht auf, aber ihre Finger wurden ungeschickt und stießen eine halbe Zwiebel auf den Boden. Sie bückte sich langsam, um sie aufzuheben. »Versuche, nicht an Lucian Darnay zu denken«, antwortete sie.

»Warum willst du mir sein Buch nicht zeigen? Ich lerne immer nur all die Veredelungsarbeiten, und ich dachte doch, ich sollte ...?« Sie spülte die Zwiebel ab und schnitt sie weiter. »Seredith! Wann wirst du ...«

»Ich bringe dir schon bald mehr bei«, versprach sie und schob sich an mir vorüber in die Speisekammer. »Wenn du gesund bist.«

Während Tag um Tag verrann, bis ich beinahe wieder so stark war wie eh und je, erzählte sie es mir immer noch nicht.

Aus dem Herbst wurde Winter. In unserem alltäglichen Leben verlor ich das Gefühl für die Zeit. Die Tage drehten sich an mir vorüber wie Räder, angefüllt mit denselben Aufgaben. Meistens landeten meine Probestücke in dem alten Fass, das Seredith als Abfalltonne benutzte; aber selbst wenn sie auf eines der Papiere starrte und ohne ein Lächeln meinte: »Behalte das«, wanderte es in den Planschrank und blieb dort verborgen. Nichts schien je benutzt zu werden. Ich dachte beinahe nicht mehr darüber nach, wann meine Arbeiten wohl endlich gut genug wären, wann ich je ein echtes Buch zu sehen bekäme; und vielleicht war es das, was Seredith wollte. In der reglosen Stille der Werkstatt begann ich mich auf kleine Dinge zu konzentrieren: das Gewicht des Polierers, das Quietschen des Bienenwachses unter meinem Daumen.

Eines Morgens blickte ich auf und sah voller Schrecken, dass draußen die Schilfrohre aus einer dünnen Schicht Schnee aufragten. Ich hatte bemerkt, dass es kalt geworden war, aber nur auf eine ferne, praktische Art und Weise, die mich dazu brachte, mit meiner Arbeit näher an den Ofen zu rücken und ein Paar fingerlose Handschuhe herauszukramen. Nun wurde mir schlagartig klar: Ich hatte bereits mehrere Monate hier verbracht. Schon bald würde die Wintersonnenwende kommen. Ich holte tief Atem in der kühlen Luft, fragte mich, wie – ob – wir sie feiern würden, ganz allein hier an dem Ort, wo sich Fuchs und Hase gute Nacht sagten. Es schmerzte mich, wenn ich mir meine Familie vorstellte, inmitten von Tannengrün und Misteln, wie sie mit Bierpunsch auf abwesende Freunde anstießen ... Aber Seredith hatte mit keinem Wort erwähnt, dass sie mich nach Hause gehen lassen würde, und wenn tiefer Schnee fiel, wären die Straßen ohnehin unbefahrbar. Nicht dass nach Lucian Darnay noch jemand gekommen wäre, außer der wöchentlichen Post. Der Postkarren blieb vor unserer Tür stehen, und der Fahrer trippelte rasch ins Haus, um einen Becher heißen Tee herunterzustürzen, ehe er weiterfuhr.

Ein paar Wochen später hingen eines Tages die Wolken so tief, und die Luft war so unheilvoll ruhig, dass der Postbote den Kopf schüttelte, als ich ihn ins Haus bat. Er warf mir jedoch ein Päckchen Briefe und einen Sack mit Vorräten vor die Füße, ehe er sich auf seinem Kutschbock wieder in seine Decken kuschelte. »Wird bald wieder schneien, Junge«, meinte er. »Bin mir nicht sicher, wann ich wiederkomme. Dann vielleicht bis zum Frühjahr.«

»Bis zum Frühjahr?«

Ein blaues Auge blitzte mich aus dem Zwischenraum zwischen Mütze und Schal an. »Bist das erste Mal hier draußen, was? Keine Sorge. Sie kommt immer durch.«

Damit schnalzte er dem bibbernden Pferd zu, und der Karren holperte über den Weg hinunter zur Straße. Ich stand da und schaute ihm hinterher, bis er außer Sichtweite war, trotz der Kälte.

Ich zermarterte mir das Hirn, um mich daran zu erinnern, was ich im Brief an meine Familie geschrieben hatte – dem letzten in diesem Jahr … Aber was hätte ich denn nun hinzugefügt? Ihnen eine frohe Wintersonnenwende gewünscht, mehr nicht. In gewisser Weise war ich froh, dass mein Zuhause so weit weg schien, dass ich hier stehen konnte und gar nichts spürte, als hätte die eiskalte Luft meine Gedanken so taub gemacht wie meine Finger.

Ein Zittern überkam mich, und ich ging ins Haus.

Der Postbote hatte recht. Es schneite ununterbrochen in jener Nacht. Als ich aufwachte, war die Straße in der weißen Weite kaum noch als eine kleine Welle zu erkennen. Ich wollte als Erstes immer den Ofen anzünden, doch als ich an jenem Morgen in die Werkstatt kam, war Seredith schon wach und an ihrer Werkbank beschäftigt. Sie beobachtete einen Vogel, der draußen hüpfte und flatterte und kleine Spuren hinterließ, wie Buchstaben. Ein Hauch Mehl von dem Leim, den sie angerührt hatte, erweckte den Anschein, als wäre der Schnee auch durchs Fenster hereingekommen.

Seredith hatte den Ofen angezündet, aber ich zitterte. Sie schaute sich um. »Der Tee ist fertig. Oh, und brauchst du sonst noch was? Ich schreibe gerade eine Liste für die nächste Bestellung aus Castleford.«

»Der Postbote hat gemeint, er kommt vor dem Frühjahr nicht mehr.« Ich war so steif vor Kälte, dass ich beinahe den Tee verschüttet hätte, als ich mir einzuschenken versuchte.

»Oh. Toller ist ein Narr. Es ist noch viel zu früh für den Winter. Das taut alles in ein paar Tagen wieder weg.« Sie lächelte, als ich unwillkürlich auf den Schnee schaute, der am fernen Fenster hochgeweht war. »Vertraue mir. Der richtige Schnee kommt erst nach der Sonnenwende. Es ist noch genug Zeit für die Vorbereitungen.«

Ich nickte. Das bedeutete, dass ich doch noch einen Brief nach Hause schreiben konnte; aber was würde ich darin erzählen?

»Geh raus in den Lagerraum und verschaffe dir einen Überblick.« Ich schaute auf die glitzernden Schneeverwehungen, und mir lief ein Schauder über den Rücken. Sie fügte hinzu: »Draußen ist es kalt«, und mit einem Zwinkern in den Augen, das halb Spott, halb Mitleid war: »Zieh dich warm an.«

Es war gar nicht so schlimm, sobald ich mich an die Arbeit machte. Ich musste Kisten, Säcke und riesige Gefäße hin und her wuchten, um festzustellen, was noch da war. Nach einer Weile keuchte ich vor Anstrengung. Ich ließ den Sack fallen, den ich herumgetragen hatte, und lehnte mich an den Türpfosten, um wieder zu Atem zu kommen. Meine Augen ruhten auf dem Holzstoß, und ich fragte mich, ob das Holz uns den Winter durch reichen würde. Wenn nicht, musste ich irgendwie mehr auftreiben; aber in dieser weiten, kahlen Landschaft gab es nirgendwo Holz zu sammeln. Eine Wolke war heraufgezogen und hatte die Sonne verdeckt, und eine Brise pfiff mir um die Ohren, sirrte, als schärfte jemand weit weg ein Messer. Es würde wieder schneien. Sicher hatte sich Seredith mit dem Tauwetter geirrt.

Ich sollte mich besser wieder an die Arbeit machen. Dann jedoch fiel mein Auge auf etwas – es war noch zu weit weg, als dass ich es deutlich sehen konnte, es kämpfte sich an der schwachen Linie der Straße entlang wie ein Insekt, das an feuchter weißer Farbe festgeklebt ist. Endlich entwickelte sich der dunkle Klecks zur Form eines Pferdes, das durch den Schnee stapfte und einen buckligen Klecks von einem Reiter auf dem Rücken trug. Nein – es waren zwei Reiter, die so klein aussahen wie Kinder, ehe ich bemerkte, dass das Pferd ein riesiges Shire war. Es waren zwei Frauen: Die eine saß hinten aufrecht, die andere, zusammengesunken vor ihr, rutschte bei jedem Schritt zur Seite. Bevor ich ihre Gesichter ausmachen konnte, trugen bereits ihre Stimmen weit über den Schnee: ein dünnes, elendes Klagen, das ich irrtümlich für das Sirren des Windes gehalten hatte.

Als die beiden vor dem Haus anhielten und die erste Frau ungeschickt in den Schnee abstieg, hätte ich hingehen und ihr helfen sollen. Stattdessen beobachtete ich, wie sie sich abmühte, die andere Frau vom Pferd zu hieven, als wäre sie eine leblose Puppe. Das schrille Klagen hörte nicht auf, es war hoch, beinahe unmenschlich, nur gelegentlich durch einen Schluchzer unterbrochen, wenn die Frauen auf dem Weg zur Haustür ins Stolpern gerieten. Ich erhaschte einen Blick auf weite, glasige Augen, loses, wirres Haar und blutig gebissene Lippen; dann kauerten die beiden zusammen im Windfang, und der schiefe Ton der Türglocke ertönte.

Ich wandte mich erneut der geordneten Vertrautheit des Lagerraums zu. Doch nun lauerten hinter jedem Stapel Schatten und schauten mich aus jedem Gefäß heraus an. Wer würde sich durch diesen Schnee kämpfen, es sei denn, er war verzweifelt? Jemand, der verzweifelt ein Buch gebunden haben wollte … so wie Lucian Darnay. Aber was konnte ein Buch schon bewirken? Was konnte Seredith bewirken?

Gleich würde die Buchbinderin den Frauen die Tür öffnen. Dann würde Seredith sie durch die Werkstatt in den verschlossenen Raum führen …

Ehe ich Zeit hatte, darüber nachzudenken, hatte ich schon den kleinen Hof überquert, mich seitlich am Haus vorbeigedrückt, um zur Hintertür hereinschlüpfen zu können. Ich blieb im Flur stehen und lauschte.

»Bring sie herein.« Serediths Stimme.

»Ich versuch's.« Atemlos, ein bäuerlicher Zungenschlag, ausgeprägter als meiner. »Ich kann sie nicht dazu bringen ... komm schon, Milly, bitte ...«

»Wollte sie nicht kommen? Wenn sie nicht einverstanden ist, kann ich nicht ...«

»Oh!« Ein kurzes Lachen, scharf voller Bitterkeit und Müdigkeit. »O doch, sie wollte kommen. Hat gebettelt und gebettelt, sogar in diesem schlimmen Schnee. Und dann ist sie nach einer halben Meile auf der Straße zusammengesackt wie eine Lumpenpuppe – und sie hört nicht mit diesem gottverdammten Wimmern auf ...«

»Nun gut.« Seredith sagte das ohne Zorn, aber scharf genug, um die junge Frau zum Schweigen zu bringen. Das Jammern ging weiter, schluchzend und bebend wie ein kleiner Wasserstrom. »Milly? Komm her. Komm herein. Ich kann dir helfen. So ist es gut. Und jetzt den anderen Fuß. Braves Mädchen.«

Irgendetwas an ihrem Tonfall erinnerte mich an den Tag meiner Ankunft. Ich wandte den Kopf ab und konzentrierte mich auf die Wand vor meiner Nase. Der Wind hatte eine dünne Kruste von Schnee hierhergeweht, und sie klebte an dem rauen Putz, so komplex und körnig wie Salzkristalle.

»So ist es besser. So ist's gut.« Es klang wie Vaters Stimme, wenn er leise und beruhigend auf eine nervöse Stute einredete.

»Gott sei Dank!« Die Stimme der Frau brach. »Sie ist wahnsinnig geworden. Ihr müsst sie heilen. Bitte.«

»Wenn sie mich darum bittet. Da sind wir, Milly. Jetzt habe ich dich.«

»Sie kann Euch nicht bitten – sie hat den Verstand verloren ...«

»Lass sie los.« Eine Pause, dann verebbte das Wimmern ein wenig. Die andere Frau schniefte. Seredith fügte sanfter hinzu: »Du hast getan, was du konntest. Jetzt kümmere ich mich um sie.« Ich hörte, wie die Tür zur Werkstatt aufging, dann waren drei verschiedene Schrittfolgen zu vernehmen: Serediths vertrauter Tritt, der leichtere Schritt der anderen Frau und ein schleppendes, zögerliches Schlurfen, das mir Schauder über den Schädel jagte.

Die Tür ging wieder zu. Ich schloss die Augen. Ich konnte die Zeit abzählen, die sie brauchten, um über die ausgetretenen Dielen zur verschlossenen Tür zu gelangen, bis zu dem Augenblick, an dem Seredith ihre Schlüssel vom Gürtel losmachte und sie in die Schlösser steckte … Ich meinte vielleicht sogar gehört zu haben, wie sich die Tür öffnete und wieder schloss. Es sei denn, es war das Pochen meines Herzschlags in meinen Ohren gewesen.

Was immer hinter dieser Tür geschah – es geschah mit dieser Frau, die aussah wie ein verletztes Tier.

Ich wollte es nicht wissen. Ich zwang mich, in den Vorratsraum zurückzugehen. Ich hatte noch Arbeit zu erledigen. Doch als ich den letzten Sack wieder an Ort und Stelle gehievt und die letzten Zahlen mit Kreide auf die Wand geschrieben hatte, war es, als wäre kaum Zeit verstrichen. Es war schon beinahe Sonnenuntergang, und ich hatte den ganzen Tag noch nichts gegessen oder getrunken. Ich reckte mich, aber selbst der Schmerz in meiner Schulter war fern und unwichtig.

Als ich in die Werkstatt trat, lag der Raum in dämmrigem Grau. Feines Schneegestöber knisterte gegen die Fenster.

»Oh!«

Ich fuhr herum und hielt die Luft an. Die andere Frau, nicht die Wahnsinnige, sondern die Große, die sie hergebracht hatte … Irgendwie hatte ich doch gewusst, dass alle allein dort in dieses Zimmer hineingingen, allein mit der Buchbinderin. Natürlich hatte Seredith diese Frau gebeten, draußen zu warten. Ich war ein Idiot, dass ich so zusammengeschrocken war.

»Wer bist du?«, fragte die Frau. Sie trug ein formloses blaues Wollkleid, ihr Gesicht war wettergegerbt und voller Sommersprossen, aber sie sprach mit mir, als wäre ich ein Dienstbote.

»Der Lehrling der Buchbinderin.«

Sie warf mir einen argwöhnischen, feindseligen Blick zu, als gehörte sie hierher, ich aber nicht. Dann ließ sie sich langsam wieder auf ihrem Platz neben dem Ofen nieder. Sie hatte aus meinem Becher getrunken; ein dünnes Fädchen Dampf stieg daraus hervor und löste sich in der Luft auf.

»Deine … Freundin«, sagte ich. »Ist sie noch … da drin?«

Sie wandte den Blick ab.

»Warum hast du sie hergebracht?«

»Das ist ihre Angelegenheit.«

Nein, wollte ich sagen, nein, das meine ich nicht, ich meine, was geschieht da mit ihr, warum bringst du sie *hierher*, was kann Seredith ausrichten? Doch es gefiel mir gar nicht, wie sich die junge Frau abgewendet hatte, wie sie meine Frage abgetan hatte. Ich setzte mich hin und streckte die Hand nach dem Gefäß mit der Mehlpaste aus, wühlte in einer Schublade nach einem sauberen Pinsel. Ich hatte ein paar Vorsatzblätter geschnitten, die fertig zum Kleben waren. Das konnte ich tun, ohne mich zu konzentrieren, während sich der Raum mit dem leisen Summen aus dem verschlossenen Raum erfüllte …

Aber nun war er nicht verschlossen. Wenn ich hinginge und den Türknauf drehte, würde die Tür aufgehen. Und ich sähe dann … was?

Ein Klümpchen Paste tropfte mir vom Pinsel auf die Werkbank. Die Frau ging auf und ab, ihre Absätze klapperten bei jeder Drehung auf dem Boden. Ich hielt die Augen auf meine Arbeit gerichtet, auf den schmutzigen Lappen, mit dem ich die Paste wegwischte.

»Wird sie sterben?«

»Was?«

»Milly, meine Freundin. Ich will nicht, dass sie stirbt.« Ich konnte hören, wie sehr sie versuchte, diese Worte nicht laut auszusprechen. »Sie hat es nicht verdient, dass sie stirbt.«

Ich schaute nicht auf, bis ich spürte, dass sie sich mir näherte. Ihre Kleidung verströmte den Geruch von feuchter Wolle und alten Sätteln. Wenn ich nach unten schaute, sah ich den Saum ihres Rocks. Der blaue Wollstoff war am unteren Rand mit Schlammspritzern beschmutzt. »Bitte. Ich habe gehört, dass sie manchmal sterben.«

»Nein.« Aber es drehte mir das Herz um. Soweit ich wusste …

»Du Lügner.« Sie drehte sich abrupt von mir weg. »Ich wollte sie nicht herbringen. Ich habe zu ihr gesagt, eine alte Hexe, warum solltest du zu der alten Hexe gehen? Du weißt, dass es falsch ist, es ist böse, bleib stark, gib nicht nach. Ich hätte niemals …« Sie unterbrach sich, als hätte sie plötzlich bemerkt, wie laut sie gesprochen hatte, doch nach einem Augenblick redete sie weiter. »Aber heute war sie völlig von Sinnen. Ich konnte es nicht mehr aushalten. Also habe ich sie zu diesem schrecklichen Ort hier gebracht, und jetzt ist sie da drin schon …« Ihre Stimme bebte und verging.

»Aber du hast doch gesagt … du hast Seredith gebeten, ihr zu helfen …« Ich biss mir auf die Zunge.

Sie schien mich nicht gehört zu haben, geschweige denn bemerkt zu haben, dass ich vorhin gelauscht hatte. »Ich will sie nur zurückhaben, meine wunderbare Milly. Ich will nur, dass sie wieder glücklich ist. Selbst wenn sie dafür ihre Seele verkaufen muss. Es ist mir gleichgültig, ob es ein Handel mit dem Satan ist, was immer die alte Schlampe da tun muss. Bringt mir Milly zurück, mehr will ich nicht. Aber wenn sie da drin stirbt …«

Ein Handel mit dem Satan. War es das, was Seredith machte? Die Schlampe, die alte Hexe … Ich versuchte, das farbige Papier auf das weiße zu legen, verfehlte es jedoch. Ungeschickte Hände, dumme zitterige Hände. *Selbst wenn sie dafür ihre Seele verkaufen muss.* Aber was hatte das mit Büchern zu tun, mit Papier und Leder und Leim?

Die Sonne kam zwischen zwei Wolkenscheiben hervor. Ich blickte hinauf in einen rosa Nebel aus Licht. Er stach mir in die Augen; eine Sekunde lang dachte ich, ich hätte vor der gleißenden Helligkeit einen Umriss, eine dunkle Silhouette gesehen. Dann war die Sonne verschwunden, und der Junge war auch weg. Ich zwinkerte ein paar glitzernde Tränen fort und schaute an dem Nachbild vorbei auf meine Arbeit. Ich hatte das Papier wellig werden lassen; und ich hatte es trocken werden lassen. Als ich versuchte, es abzulösen, riss es ein. Ich fuhr mit dem Daumen über die klebrige weiße Narbe, die nun über das fedrige Muster verlief. Ich musste noch einmal von vorn anfangen.

»Tut mir leid, ich wollte nicht …« Die Frau schritt zum Fenster. Als sie mich anschaute, lagen ihre Augen im Schatten, aber ihre Stimme hatte einen flehentlichen Unterton. »Ich weiß nicht, was ich sage. Das habe ich so nicht gemeint. Bitte sei nicht böse. Bitte sag ihr – der Buchbinderin – nichts davon, ja? Bitte.«

Sie hatte Angst. Ich knüllte mein verdorbenes Vorsatzpapier zusammen und warf es weg. Nicht nur Angst vor Seredith, sondern auch Angst vor mir …

Ich holte tief Luft. Mehr Vorsatzpapiere schneiden. Mehr Paste anrühren. Die Seiten aufkleben, sie hinlegen, sie in der Presse beschneiden, dann zum Trocknen aufhängen … Ich wusste nicht, was ich tat, aber irgendwie machte ich weiter. Als ich wieder zu mir kam, war es so dämmrig im Zimmer, dass man kaum etwas sehen konnte, und ein Stapel geklebter Papiere wartete darauf, zwischen Brettern gepresst zu werden. Es war, als wachte ich aus einem Traum auf. Es war ein Geräusch zu hören, die Tür ging auf.

Serediths Stimme, trocken wie ein Stein. »Auf dem Ofen steht Tee. Bring ihn her.«

Ich erstarrte, aber sie redete nicht mit mir. Sie schaute nicht in meine Richtung, sie hatte mich gar nicht gesehen. Sie rieb sich die Augen; sie wirkte ausgelaugt, unendlich müde. »Schnell«, sagte sie, und die Frau eilte mit der überschwappenden Teekanne und klirrenden Tassen auf sie zu.

»Geht es ihr … gut?«

»Stell keine dummen Fragen.« Einen Augenblick später fügte Seredith hinzu: »In einer Minute ist sie so weit, dass sie dich sehen kann. Dann solltet ihr eilig nach Hause fahren, ehe noch mehr Schnee fällt.«

Die Tür schloss sich wieder. Eine Pause. Ein Sprühnebel von Schneeflocken streifte das Fenster wie ein Vogelflügel. Das war's also mit dem Tauwetter. In einer Weile würde die Tür erneut aufgehen. Ich zwang mich dazu, mich bloß nicht umzudrehen, wenn es so weit war.

»Komm, meine Liebe.« Seredith führte das jammernde Mädchen in die Werkstatt – nur war sie nun gefügig, still.

Dann umarmten die beiden sich, die andere Frau lachte erleichtert, schluchzte immer wieder »Milly«, während Seredith langsam und bedächtig die Tür hinter ihnen abschloss.

Die andere Frau lebte also. Sie war also bei Sinnen. Nichts Schreckliches war geschehen, oder?

»Gott sei Dank ... oh, sieh doch nur, es geht dir wieder gut – danke ...«

»Bring sie nach Hause und lass sie ausruhen. Versuche, nicht mit ihr darüber zu sprechen, was geschehen ist.«

»Natürlich nicht ... ja ... Milly, wir gehen jetzt nach Hause.«

»Gytha. Nach Hause ...« Sie strich sich das wirre Haar aus der Stirn. Sie war immer noch hager und schmuddelig, aber vor nicht allzu langer Zeit war sie schön gewesen. »Ja, ich würde gern nach Hause fahren.« Diese Worte hatten etwas Leeres und Zerbrechliches, klirrten wie gesprungenes Glas.

Die Frau – Gytha – führte sie auf den Flur. »Danke«, rief sie Seredith noch einmal zu, blieb an der Tür stehen. Wenn niemand sie schob, stand Milly reglos da, ihr Gesicht war so ruhig, dass es wie das einer Statue aussah. Ich schluckte. Diese verblüffende Heiterkeit ... Sie ließ mir die Haare zu Berge stehen. Mein Herz sagte: *Falsch, falsch, falsch.*

Dann waren die beiden fort, und die Tür schloss sich hinter ihnen. Eine Sekunde später hörte ich, wie die Haustür auf- und zuging. Das Haus versank erneute in der gedämpften Schneestille.

»Emmett?«, fragte Seredith. »Was machst du hier drin?«

Ich drehte mich zur Werkbank. In diesem Licht sahen meine Werkzeuge aus wie Zinn, und ein silberner Schmierstreifen Leim schimmerte auf dem Holz wie die Spur einer Schnecke. Der Stapel fertiger Vorsatzpapiere hatte alle Grauschattierungen: Rosenasche, Pfauenasche, Himmelasche.

»Ich dachte, ich hätte dich gebeten, das Lager aufzuräumen.«

Ein Luftzug schleuderte feine Körner aus Eis gegen das

Fenster und ließ einen der Drähte über meinem Kopf schwirren.

Es hingen mehr Papiere da, mehr matte Flügel, trocken und staubig, mehr Blätter, als wir je verbrauchen könnten.

»Ich bin fertig. Ich habe mehr Vorsatzpapiere gemacht.«

»Was? Warum? Wir brauchen keine ...«

»Ich weiß nicht. Weil das etwas ist, was ich kann.« Ich schaute mich um. Es lagen Rollen über Rollen mit Buchleinen aufgestapelt wie Holzscheite auf dem Regal, alle düster und schattig in dieser silbrigen Halbdämmerung. Im Schrank darunter befanden sich Ziegenleder, ein Kasten mit Lederresten, Flaschen mit Färbstoffen ... Und daneben glänzten matt die Kästen mit den Prägewerkzeugen, deren winzige, komplizierte Füßchen ins Licht ragten. Rollen mit Goldfolie hingen schlaff wie blasse Zungen. Vorne waren die Pressen, dann kamen noch eine lange Werkbank, die Pappschere, der Beschneidhobel ...

»Ich verstehe es nicht«, sagte ich. »All dies – um Bücher zu verzieren, die du nicht einmal verkaufst.«

»Bücher sollten wunderschön sein«, sagte Seredith. »Niemand sieht das, aber darum geht es nicht. Damit erweist man Menschen eine Ehre – wie in den alten Zeiten mit Grabbeigaben.«

»Aber was immer in deinem verschlossenen Zimmer geschieht ... das ist das wahrhaftige Binden, nicht wahr? Du machst da drin Bücher für die Menschen. Wie geht das?«

Sie machte eine plötzliche Bewegung, doch als ich sie anschaute, war sie schon wieder reglos. »Emmett ...«

»Ich habe nie auch nur gesehen ...«

»Bald.«

»Das sagst du immer ...«

»Jetzt nicht!« Die Buchbinderin taumelte, fing sich und sackte auf den Stuhl beim Ofen. »Bitte jetzt nicht, Emmett. Ich bin müde.«

Ich ging an ihr vorüber zu der verschlossenen Tür. Ich strich mit der Hand über die drei Schlösser. Es kostete mich einige Mühe. Meine Schulter schmerzte, weil es mich drängte, die

Hand wegzuziehen. Hinter mir schrammte Serediths Stuhl über den Boden, als sie sich umdrehte, um zu mir zu schauen.

Ich blieb, wo ich war. Wenn ich lange genug wartete, würde diese Angst vorübergehen. Und ich wäre bereit. Aber sie ging nicht vorüber. Und unter all dem lag wie eine Krankheit, die ich nicht gekannt hatte, ein Gefühl des Verlustes, das so stark war, dass ich hätte weinen mögen.

»Emmett.«

Ich machte auf dem Absatz kehrt und ging.

In den nächsten Tagen sprachen wir nicht mehr darüber; wir redeten nur über die Arbeiten und das Wetter, bewegten uns vorsichtig wie Menschen, die sich über neues Eis voranpirschen.

4

Ich erwachte aus einem Feuertraum. Ich schlug die Augen auf und blinzelte das flackernde rote Licht fort. Ich war in einem Palast gewesen, in einem Labyrinth aus Flammen, so hoch und heiß, dass sie mir die Luft aus den Lungen saugten. Einen Augenblick lang meinte ich das bittere Kratzen von Rauch noch im Rachen zu spüren. Doch das Zimmer war dunkel, und als ich einatmete, roch ich nur den feinen metallischen Duft des Schnees. Ich setzte mich auf und rieb mir die Augen.

Ein Klopfen. Das hatte mich aufgeweckt: ein hartes Hämmern an der Haustür, das kaum einmal aussetzte. Jemand schrie. Es schepperte auch eine Glocke, ein ständiges Schrillen wie ein Alarm.

Ich schleppte mich aus dem Bett und zog mir die Hose über. Die Dielen waren kalt unter meinen nackten Füßen, aber ich machte mir nicht die Mühe, in die Schuhe zu steigen. Ich stolperte auf den Flur und stand eine Sekunde dort und lauschte.

Eine atemlose Männerstimme: »Ich weiß, dass du da bist.« Die Tür bebte im Rahmen. »Komm raus, oder ich schlag dir deine gottverdammten Fenster ein! Raus!«

Ich ballte die Fäuste. Zu Hause hätte mein Vater das Gewehr zur Hand genommen, und sobald er die Tür geöffnet hätte, hätte der Mann da draußen, wer immer er auch war, irgendwas gestammelt und dann geschwiegen. Aber ich war nicht zu Hause, und ich hatte kein Gewehr. Ich ging über den Flur und klopfte an Serediths Tür. »Seredith?« Ich hatte keine Zeit, eine Antwort abzuwarten. Ich drückte die Tür auf und schaute mich um, versuchte auszumachen, wo ihr Bett stand. Ich war noch nie in diesem Zimmer gewesen. »Seredith, da draußen ist jemand. Bist du wach?«

Nichts. Ich konnte nahe beim Fenster auf dem Bett soeben die bleichen Falten ihrer Kissen und die verkrumpelten Betttücher ausmachen. Sie war nicht da. »Seredith?«

Irgendwas murmelte in der Dunkelheit. Ich fuhr herum. Sie saß auf einem Stuhl in der Zimmerecke zusammengekauert, schirmte den Kopf mit Händen ab, als würde gleich der Himmel auf sie einstürzen. Ihre Augen waren geöffnet, blickten mich schimmernd an. Ihr Gesicht war so bleich, dass es in der Luft zu schweben schien.

»Seredith. Da hämmert jemand an die Tür. Soll ich aufmachen? Was geht hier vor?«

»Kommen uns holen«, murmelte sie. »Sie sind gekommen. Ich wusste es, der Kreuzzug, der Kreuzzug …«

»Ich verstehe das nicht.« Meine Stimme schwankte. »Soll ich die Tür aufmachen? Möchtest du mit ihm reden?«

»Die Kreuzzügler sind gekommen, um uns alle zu verbrennen, uns umzubringen – wir können nirgends mehr hinlaufen, versteck dich, versteck dich im Keller, gib die Bücher nicht her, stirb mit den Büchern, wenn es sein muss …«

»Seredith, bitte!« Ich ließ mich vor ihr in die Hocke sinken, so dass meine Augen auf gleicher Höhe mit ihren waren. Ich zog sanft an einem ihrer Handgelenke, versuchte, ihr die Hand vom

Ohr zu ziehen. »Ich weiß nicht, wovon du redest. Möchtest du, dass ich ...«

Sie wich vor mir zurück. »Wer ... Hände weg von mir ... wer, wer, wer ...«

Ich kippte nach hinten, verlor das Gleichgewicht. »Ich bin's! Seredith, Emmett!«

Stille. Das Hämmern hatte aufgehört. Wir starrten einander durch die dichte, körnige Dunkelheit an. Ich hörte ihren heiseren Atem. Unten klirrte Glas.

»He!«, schrie der Mann. »Komm raus, du alte Schlampe!«

Seredith schauderte. Ich versuchte, ihre Hand zu nehmen, aber sie kroch weiter in die Zimmerecke hinein, kratzte wie eine Wahnsinnige am Putz. Ihr Gesicht war glänzend vor Feuchtigkeit, ihr Mund stand halb offen. Eine Sekunde lang hatte sie gewusst, wer ich war, aber nun starrte sie wieder an mir vorbei, ihre Lippen zitterten, und ich wagte es nicht, sie noch einmal zu berühren.

Ich stand auf. Sie packte mein Hemd und zerrte daran. Beinahe wäre ich hingefallen. »Seredith.« Ich löste ihre Finger einen nach dem anderen. Sie waren überaus zart und schweißfeucht, und ich fürchtete, ich könne ihr die Knochen brechen. »Lass mich los. Ich muss ...«

Ich zog zu fest, und sie schrie auf. Aber während sie sich den Schmerz aus dem Handgelenk schüttelte, schienen ihre Augen klar zu werden. »Emmett«, sagte sie.

»Ja.«

»Ich habe geträumt. Hilf mir auf ...«

»Es ist gut. Ich gehe. Du bleibst hier.« Auf zittrigen Beinen trat ich auf den Flur zurück.

Die Stimme des Mannes tönte lauter, war mittlerweile, da das Fenster eingeschlagen worden war, klarer zu hören. »Ich räuchere dich aus! Komm raus und rede mit mir, du alte Hexe!«

Ich wusste nicht mehr, wie ich die Treppe heruntergekommen war oder die Riegel an der Haustür aufgeschoben hatte, aber plötzlich stand ich in der offenen Tür. Der Mann vor mir trat verblüfft einen Schritt zurück. Er war kleiner, als ich erwartet hatte. Hinter ihm wandten mir weitere dunkle Gestalten den Kopf zu. Einer von ihnen trug eine Fackel. Ich *hatte* also wirklich Rauch gerochen.

Der Mann baute sich vor mir auf, als wäre er so groß wie ich, obwohl er den Kopf in den Nacken legen musste, um mir in die Augen zu sehen. »Wer zum Teufel bist du?«

»Ich bin der Lehrling der Hexe. Wer zum Teufel seid Ihr?«

»Hol sie hier runter!«

»Was wollt Ihr von ihr?«

»Ich will meine Tochter zurück.«

»Deine Tochter? Sie ist nicht hier. Hier ist niemand außer …« Ich unterbrach mich.

»Du weißt genau, wovon ich rede. Du bringst ihr Buch hier raus, jetzt sofort, und gibst es mir. Oder …«

»Oder was?«

»Oder wir brennen das Haus nieder. Und alles, was darin ist.«

»Sieh dich um. Es hat geschneit. Diese Mauern sind drei Fuß dick. Glaubst du wirklich, du kannst das Haus anzünden? Mit einer Fackel? Warum macht ihr, du und dein Hilfstrupp, nicht, dass ihr …«

»Denkst du, wir sind so blöd?« Der Mann deutete auf einen Freund, der einen abgedeckten Eimer hochhievte und grinste. Eine Flüssigkeit schwappte über die Seite. Ich roch Öl. »Du glaubst, wir sind den ganzen weiten Weg hergekommen, um leere Drohungen auszustoßen? Du solltest meine Worte ernst nehmen, Bürschchen. Ich meine, was ich sage. Und jetzt *bring mir das Buch*!«

Das Haus hatte dicke Mauern, und auf dem Strohdach lag Schnee, aber ich hatte einmal im Winter die Scheune von Greats Farm in Flammen stehen sehen, und ich wusste, wenn das Feuer sich erst einmal festgesetzt hatte … »Ich weiß nicht, wo es ist«, antwortete ich. »Ich …«

Hinter mir ertönte Serediths Stimme: »Geht nach Hause.«

»Das ist sie«, sagte eine der dunklen Gestalten. »Die alte Frau!«

Der Mann schaute mir wütend über die Schulter. »Kommandier mich nicht herum, alte Vettel. Du hast gehört, was ich zu deinem ... was immer er ist ... gesagt habe. Ich will meine Tochter zurück. Sie hatte nicht das Recht, hierher zu kommen.«

»Sie hatte jedes Recht.«

»Du verrückte alte Schlampe! Sie hat sich ohne meine Erlaubnis aus dem Haus geschlichen, und dann kommt sie halb leer zurück – schaut mich an, als wüsste sie nicht mal, wer ich bin ...«

»Es war ihre Entscheidung. Alles war ihre Entscheidung. Wenn du nicht ...«

»Halt's Maul!« Er macht eine ruckartige Bewegung. Wenn ich nicht dagewesen wäre, hätte er sie vielleicht geschlagen. Ich roch einen Hauch saures Bier in seinem Atem. »Ich kenne Euch. Ich lasse nicht zu, dass du das Buch meiner Tochter verkaufst, an irgendeinen ...«

»Ich verkaufe keine Bücher. Ich bewahre sie sicher auf. Und jetzt *geht*.«

Es herrschte Stille. Das Licht der Fackel tanzte auf dem Gesicht des Mannes. Er schaute sich um, leckte sich die Lippen, und seine Freunde starrten ihn an. Er ballte und löste seine Fäuste.

Eine Brise strich über das Gras und ließ die Flamme der Fackel aufflackern. Einen Augenblick lang spürte ich diesen feuchten Atem auf meiner Wange, wie er den scharfen Rauchgeruch fortblies; dann verging er, und die Flammen loderten wieder in die Höhe.

»Gut«, sagte der Mann. »Gut, dann machen wir es auf meine Weise.« Er riss dem anderen Mann den Öleimer aus der Hand und schleifte ihn zur Tür zurück. »Ich will, dass das Buch verbrannt wird. Wenn du es mir nicht bringst, dann brenne ich das ganze Haus nieder, mitsamt dem Buch.«

Ich versuchte zu lachen. »Sei kein Narr.«

»Ich warne dich. Du kommst besser hier raus.«

»Sieh uns doch an – eine alte Frau und ein Lehrling, du kannst nicht allen Ernstes ...«

»Wart's nur ab.«

Meine Hand umfasste den Türrahmen fester. Das Blut pulste so heftig in meinen Fingern, dass es sich anfühlte, als würde das Holz sich meinem Griff entwinden. Ich schaute Seredith an. Sie starrte auf den Mann, ihr Gesicht war weiß, ihr Haar lag wirr über ihren Schultern. Hätte ich sie nie zuvor gesehen, ich hätte glauben können, dass sie eine Hexe ist. Sie murmelte etwas, aber zu leise, als dass ich es hätte verstehen können.

»Bitte«, flehte ich. »Sie ist alt, sie hat nichts Falsches gemacht. Was immer Eurer Tochter zugestoßen ist …«

»*Was immer ihr zugestoßen ist*? Gebunden hat sie meine Tochter – das ist ihr zugestoßen! Und jetzt geh aus dem Weg, oder ich schwör dir, ich verbrenne dich mit allem anderen mit …« Er stürzte sich auf mich und zerrte mich vor. Ich stolperte von der Tür weg, überrascht von der Kraft seines Zupackens. Dann warf ich den Arm hoch, um seinen Griff zu lösen. Ich taumelte auf die Seite, doch ehe ich mich wieder fangen konnte, hatte mich schon jemand von hinten gepackt. Der andere Mann schwang seine Fackel vor mir hin und her, als wäre ich ein Tier. Die Hitze prickelte mir auf den Wangen, und ich blinzelte stechende Tränen fort.

»Und du«, schrie der Mann durch die Tür. »Du kommst auch raus. Du kommst raus, und dann tun wir dir nichts.«

Ich versuchte, mich von dem, der mich hielt, loszureißen. »Du meinst, du lässt uns hier einfach im Schnee zurück? Meilenweit von allem weg? Sie ist eine alte Frau.«

»Halt's Maul!« Er fuhr zu mir herum. »Ich bin sehr freundlich, dass ich Euch überhaupt warne.«

Ich wollte ihn würgen. Ich zwang mich, tief Luft zu holen. »Sieh mal – du kannst das nicht tun. Du würdest deportiert – das willst du doch nicht riskieren.«

»Dafür, dass ich das Haus einer Buchbinderin niedergebrannt habe? Ich habe zehn Freunde, die schwören, dass ich den ganzen Abend im Gasthaus war. Und jetzt hol die alte Schlampe raus, sonst wird sie mit dem ganzen Rest geräuchert wie ein Hering.«

Die Haustür knallte zu. Ein Riegel wurde vorgeschoben.

Plötzlich troff geschmolzener Schnee vom Dach, als hätte sich dort oben eine Pfütze gebildet, die nun überlief. Eine Brise erhob sich und legte sich wieder. Ich meinte, Seredith durch das zerbrochene Fenster winseln zu hören.

Ich schluckte. »Seredith?«

Sie antwortete nicht. Ich riss mich von dem Mann los, der mich festgehalten hatte. Er ließ mich kampflos gehen.

»Seredith. Mach die Tür auf. Bitte.« Ich lehnte mich zur Seite, um durch das schartige Loch zu schauen, wo die Fensterscheibe gewesen war. Sie saß wie ein Kind auf der Treppe, die Beine ordentlich an den Knöcheln gekreuzt. Sie schaute nicht auf. »Was tust du? Seredith?«

Sie murmelte etwas.

»Bitte lass mich rein ...«

»Das reicht! Die Schlampe will verbrennen.« Nun lag ein schriller Ton in seiner Stimme, als wolle er sich Mut zureden; doch als ich zu ihm zurückblickte, warf er mir ein breites, hässliches Grinsen zu. »Sie hat sich entschieden. Und jetzt geh mir aus dem Weg.« Er stürzte sich vorwärts und kippte Öl an die Mauer bei meinen Füßen. Der Gestank stieg zu mir auf wie ein Nebel, dicht und wirklich.

»Nicht ... du kannst doch nicht ... bitte!« Er grinste nur weiter zu mir hin, zuckte nicht mit der Wimper. Ich drehte mich um und hämmerte gegen die letzten Glasscherben im Fenster, schlug sie mit der Seite meiner Faust weg; aber das Fenster war zu schmal, um durchzusteigen. »Seredith! Komm raus! Die stecken das Haus in Brand, *bitte*.«

Sie regte sich nicht. Ich hätte gedacht, sie könnte mich nicht hören, hätte sie nicht die Schultern ein wenig hochgezogen, als ich *bitte* sagte.

»Ihr könnt das Haus nicht anzünden, solange sie da drin ist. Das ist Mord.« Meine Stimme klang nun schrill und heiser.

»Aus dem Weg.« Er wartete jedoch nicht ab, bis ich mich bewegte. Öl schwappte auf meine Hose, als er vorbeirannte. Er schüttete den letzten Rest an die seitliche Mauer und trat zurück. Der Mann mit der Fackel beobachtete ihn, seine Miene so offen und neugierig interessiert wie die eines Schuljungen.

Vielleicht würde es nicht reichen. Vielleicht würde der Schnee auf dem Dach das Feuer auslöschen, oder die Mauern würden zu dick und zu feucht sein. Aber Seredith war alt, und allein der Rauch würde sie schon umbringen, wenn sie im Haus blieb.

»He, Baldwin. Hol den anderen Eimer. Den auf der anderen Seite.« Er deutete mit der Hand.

»Bitte tut das nicht.« Ich wusste, dass es nichts nützen würde. Ich wirbelte herum und warf mich gegen die Tür. Ich hämmerte mit den Fäusten gegen das Holz. »Seredith! Mach die Tür auf. Verdammt, *mach die Tür auf.*«

Jemand riss mich am Kragen zurück. Ich würgte und wäre beinahe gefallen.

»Gut. Halt ihn zurück. Jetzt.«

Der Mann mit der Fackel stieß ein Grunzen aus und trat vor. Ich wand mich verzweifelt, um mich loszureißen. Der Saum meines Hemdes riss, und ich wäre fast zwischen die brennende Fackel und die Tür getaumelt. Der Geruch von Öl war so stark, dass ich ihn auf der Zunge wahrnahm. Der kleinste Funke, und ich würde in Flammen stehen. Die brennende Fackel schwebte vor meinen Augen.

Irgendwas traf mich im Rücken. Ich war rückwärts gegen die Tür gefallen. Ich lehnte mich dagegen. Nun gab es keinen Ausweg mehr.

Der Mann hob die Fackel wie einen Speer und kippte sie, bis sie direkt vor meinem Gesicht war. Dann senkte er sie. Ich schaute zu, wie sie flackerte, beinahe den Fuß der Mauer berührte, beinahe nahe genug war, um sie in Brand zu setzen.

»Nein.«

Meine Stimme und doch wieder nicht meine. Das Blut stieg mir in die Ohren und sang so laut, dass ich mich nicht denken hören konnte.

»Wenn ihr das macht, seid ihr verflucht«, sagte ich, und in der plötzlichen Stille war es, als spräche eine andere Stimme aus mir. »Tötet mit Feuer, und ihr werdet im Feuer umkommen. Verbrennt andere voller Hass, und *ihr* werdet brennen.«

Keiner antwortete. Keiner regte sich.

»Wenn ihr das tut, sind eure Seelen mit Blut und Asche befleckt. Alles, was ihr berührt, wird grau und welk. Jeder, den ihr berührt, wird krank oder wahnsinnig oder stirbt.«

Ein Geräusch: schwach, weit weg, als näherte sich etwas. Aber die Stimme, die aus meinem Inneren drang, gönnte mir keine Pause zum Lauschen. »Ihr werdet verhasst sein und einsam sterben«, sagte die Stimme. »Es gibt kein Verzeihen, niemals.«

Um mich breitete sich Stille aus wie die Kräuselwellen auf einem Teich, ließ das Fauchen des Windes und das Knistern der Flammen ersterben. Aber in dieser Ruhe war etwas Neues zu hören, ein leises Ticken wie von trocknendem Holz oder fallenden Blättern.

Die Männer starrten mich an. Ich blickte in die Runde, schaute ihnen in die Augen, ließ die andere Stimme durch mich sprechen. Meine Hand hob sich und deutete, ruhig wie die Hand eines Propheten, auf den Mann, der mich bedroht hatte. »Geh.«

Er zögerte. Das Ticken verstärkte sich zu einem Knistern, dann einem Zischen, dann einem Rauschen.

Regen.

Es goss in Strömen, wolkenbruchartig, machte mich blind, durchnässte mir Haar und Kleidung innerhalb von Sekunden. Eisiges Wasser rann mir über den Nacken, während ich erschreckt keuchte. Der Mann schwang seine Fackel zur Seite, um sie unter dem überhängenden Dach zu schützen, doch der Wind fegte einen Regenvorhang darüber, und dann war gar kein Licht mehr zu sehen.

Ich beugte den Kopf, versuchte, nach Luft zu schnappen, während der Regen auf mich niederprasselte. Rufe waren zu hören, ein paar erstickte Angstschreie, ich hörte, wie jemand im Dunkeln stolperte. »Er hat den Regen heraufbeschworen – verdammt. Lasst uns gehen – der Zauber …«

Ich blinzelte, sah aber nur noch verschwommene Schatten, die rannten und verschwanden wie Irrlichter. Jemand rief, jemand antwortete und fluchte, als er strauchelte und sich wieder auf die Füße rappelte; dann entfernten sich die Geräusche. Weit weg hörte ich noch murmelnde Stimmen und Pferde.

Ich schloss die Augen. Ich war nass bis auf die Haut. Der Sumpf zischte und gurgelte unter dem Regen, antwortete wie ein Echo. Das Strohdach flüsterte sein eigenes Lied, während der Wind durch das zerbrochene Fenster summte. Es roch nach Schlamm, Schilf und Schnee, der taute.

Ich fror. Ein Zitteranfall schüttelte mich, und ich beugte mich vor, schützte mich mit den Armen, als käme das Beben von draußen. Als es vorbei war, blinzelte ich mir das Wasser von den Wimpern. Die Dunkelheit war aufgehellt, und nun erkannte ich wieder die zitternden silbrigen Kanten der Dinge: die Scheune, die Straße, den Horizont.

Ich drehte mich um und starrte durch das Fenster. Selbst jetzt lief es mir eiskalt über den Rücken, und ich wandte mich von der riesigen Leere ab, wo die Straße war. Aber ich hatte die Männer weggehen hören.

Leise rief ich: »Seredith? Sie sind fort. Lass mich rein.«

Ich war nicht sicher, ob ich sie wirklich sehen konnte oder ob mein Hirn den gespenstischen Flecken in der Dunkelheit erfunden hatte. Ich wischte mir das Wasser aus den Augen und versuchte, sie zu erblicken. Die Buchbinderin war da, saß auf der Treppe. Ich lehnte mich so weit zu der gebrochenen Glaskante, wie ich konnte.

»Seredith. Es ist alles gut. Mach die Tür auf.«

Sie regte sich nicht. Ich redete leise mit ihr, als versuchte ich ein Tier zu zähmen: dieselben Wörter immer und immer wieder. Ich vergaß schon allmählich, was meine Stimme und was der Regen war. Mir war so kalt, dass ich in eine Art Traum verfiel, in dem ich der Sumpf war und das Haus und ich selbst, in dem ich glitschiges nasses Holz und klumpiger Schlamm war …

Als endlich der Riegel zurückgeschoben wurde, war ich so steif und benommen vor Kälte, dass ich nicht gleich reagierte.

Seredith sagte: »Dann komm rein.«

Ich humpelte ins Haus und stand triefend auf den Dielen. Seredith kramte in der Anrichte. Ich hörte, wie sie ein Streichholz nach dem anderen anriss, als sie versuchte, die Lampe anzuzünden. Schließlich ging ich zu ihr hinüber und nahm ihr sanft die Schachtel weg. Bei meiner Berührung zuckten wir beide zusammen. Ich schaute sie nicht an, bis die Lampe brannte und ich den Glaskolben über die Flamme gestülpt hatte.

Sie zitterte, ihr Haar stand ihr wirr vom Kopf ab; doch als sie mir in die Augen schaute, warf sie mir ein schiefes Lächeln zu, das mir verriet, dass sie mich erkannte. Sie streckte die Hand nach der Lampe aus.

»Seredith …«

»Ich weiß. Ich gehe ins Bett, sonst hole ich mir den Tod.«

So hatte ich das nicht sagen wollen. Ich nickte.

»Du machst das besser auch«, fügte sie viel zu rasch hinzu. »Bist du sicher, dass sie fort sind?«

»Ja.«

»Gut.«

Schweigen. Sie starrte auf die Lampe, und in dem weichen Licht hätte ihr Gesicht auch jung sein können. Endlich sagte sie: »Danke, Emmett.«

Ich antwortete nicht.

»Ohne dich hätten sie das Haus niedergebrannt, ehe der Regen einsetzte.«

»Warum hast du nicht …«

»Ich hatte solche Angst, als ich das Klopfen gehört habe.« Sie hielt inne. Sie machte einen Schritt auf die Treppe zu und wandte sich zu mir um. »Als sie kamen, habe ich geträumt … Ich dachte, es wäre der Kreuzzug. Hier hat es seit sechzig Jahren keinen Kreuzzug gegeben, aber … Ich erinnere mich noch daran, wie sie gekommen sind, um uns zu holen. Ich muss damals so alt wie du gewesen sein. Und mein Meister ...«

»Der Kreuzzug?«

»Schon gut. Diese Zeiten sind vorbei. Jetzt sind es nur ab und zu ein paar Bauern, die uns genug hassen, um uns ermorden zu wollen ...« Sie lachte ein wenig. Ich hatte sie das Wort Bauern noch nie mit solcher Verachtung sagen hören.

Ich sagte langsam: »Aber die wollten uns nicht ermorden. Eigentlich nicht. Die wollten das Haus niederbrennen.« Eine Pause. Die Flamme flackerte, also konnte ich nicht erkennen, ob sich ihr Gesichtsausdruck geändert hatte. »Warum hast du dich eingeschlossen, Seredith?«

Sie griff nach dem Treppengeländer und begann mühsam die Stufen hinaufzusteigen.

»*Seredith.*« Meine Arme schmerzten, so sehr musste ich mich bemühen, nicht nach ihr zu greifen. »Du hättest sterben können. Ich hätte sterben können, als ich versucht habe, dich nach drau-ßen zu holen. Warum hast du dich eingeschlossen?«

»Wegen der Bücher«, antwortete sie und drehte sich so plötz-lich um, dass ich fürchtete, sie würde fallen. »Warum denn sonst, mein Junge? Weil die Bücher in Sicherheit bleiben müssen.«

»Aber ...«

»Und wenn die Bücher verbrennen, dann will ich mit ihnen verbrennen. Verstehst du?«

Ich schüttelte den Kopf.

Sie schaute mich lange an. Es schien, als wollte sie noch et-was sagen. Dann zitterte sie so gewaltig, dass sie sich festhalten musste, und als der Anfall vorüber war, schien sie völlig erschöpft zu sein. »Jetzt nicht«, sagte sie. Ihre Stimme war heiser, als hätte sie ihren letzten Atemzug erreicht. »Gute Nacht.«

Ich lauschte darauf, wie ihre Schritte zum Treppenabsatz hi-naufstiegen und zu dem Zimmer gingen, in dem sie schlief.

Der Regen wirbelte durch das zerbrochene Fenster herein, aber ich konnte mich nicht dazu überwinden, mich darum zu kümmern.

Ich hatte Schmerzen am ganzen Leib von der Kälte, und mir schwindelte vor Müdigkeit. Doch wenn ich die Augen schloss, sah ich Flammen, die fauchend ihre Krallen nach mir ausstreckten. Das Geräusch des Regens teilte sich in verschiedene Noten auf: das trommelnde Zischen des Wassers auf dem Dach, das Flüstern des Windes, menschliche Stimmen ... Ich wusste, dass die nicht Wirklichkeit waren, aber ich konnte Worte heraushören, als hätten alle Menschen, die ich je gekannt hatte, das Haus umringt und riefen nach mir. Es war Erschöpfung, nur Erschöpfung, aber ich wollte nicht einschlafen. Ich wollte ... Am allermeisten sehnte ich mich danach, nicht allein zu sein, doch ausgerechnet das war nicht möglich.

Ich musste mich aufwärmen. Meine Mutter hätte mich in eine Decke gepackt und die Arme um mich gelegt, bis ich zu zittern aufhörte; sie hätte mir heißen Tee mit Kognak gemacht, mich ins Bett geschickt und neben mir gesessen, während ich das trank. Der vertraute Schmerz des Heimwehs drohte mich zu überwältigen. Ich ging in die Werkstatt und zündete den Ofen an. Draußen war schon ein Anflug von Licht zu sehen, ein Spalt zwischen den Wolken und dem Horizont, der heller grau war als der Rest. Es war später, als ich gedacht hatte.

Mir kam verschwommen der Gedanke, dass ich Seredith das Leben gerettet hatte.

Ich kochte Tee und trank ihn. Die Flammen, die in meinem Kopf tanzten, begannen sich zu legen. Die Stimmen wurden schwächer, während der Regen nachließ. Der Ofen knackte und knarzte und roch nach warmem Metall. Ich setzte mich auf den Boden, lehnte mich an den Planschrank, die Beine weit von mir gespreizt. Aus diesem Blickwinkel und in diesem Licht sah die Werkstatt aus wie eine Höhle: geheimnisvoll, lauernd, die Knäufe und Schrauben der Pressen hatten sich in seltsame Felsgebilde verwandelt. Der Schatten der Pappschere an der Wand sah aus wie das Gesicht eines Mannes. Ich rollte den Kopf, nahm alles in mich auf, und eine Sekunde lang war ich von der wilden Freude erfüllt, dass ich all das gerettet hatte: meine Werkstatt, meine Dinge, meinen Platz.

Die Tür am Ende des Raumes war angelehnt.

Ich blinzelte. Zunächst dachte ich, dass mir das Licht einen Streich spielte, dass es nur ein besonders tiefer Schatten auf der Schwelle war. Ich setzte meinen erkalteten Teebecher ab und beugte mich vor, erkannte den Spalt zwischen Tür und Pfosten. Es war die Tür links vom Ofen, nicht die zu dem Zimmer, in das Seredith die Leute mitnahm, sondern die andere Tür, die in die Dunkelheit hinunterführte.

Beinahe hätte ich sie mit einem Tritt zugestoßen. Ich hätte das tun können, ich hätte sie unversperrt, aber geschlossen lassen und ins Bett gehen können. Beinahe hätte ich es getan. Ich streckte den Fuß aus, doch anstatt sie zuzuschieben, zog ich sie vorsichtig auf.

Schwärze. Ein leeres Regalbrett gleich hinter der Tür, dahinter eine Treppe nach unten. Nicht mehr, als ich schon gesehen hatte.

Ich stand auf und griff nach der Lampe. Ich war nicht mehr schläfrig. Die Spannung kribbelte mir in den Fingerspitzen und juckte mir zwischen den Schulterblättern. Ich drückte die Tür weit auf und ging in die Dunkelheit hinunter.

Es roch nach Feuchtigkeit. Das bemerkte ich zuerst: einen Geruch wie von modrigem Schilf. Ich blieb auf der Treppe stehen, mein Herzschlag beschleunigte sich. Feuchtigkeit war beinahe so schlimm wie Feuer. Sie brachte Schimmel mit sich, wellte das Papier und weichte den Leim auf. Und es roch nach Alter und toten Dingen, es roch verkehrt … Aber als ich am Treppenabsatz um die Ecke bog und die Lampe hob, sah ich nichts Ungewöhnliches: ein kleines Zimmer mit einem Tisch und Schränken, einen Besen und einen Eimer, Schubladen, die mit den Schildchen eines Schreibwarenhändlers beklebt waren. Ich hätte beinahe aufgelacht. Nur ein Lagerraum. Am entfernten Ende – nicht weit weg, nur ein paar Schritte – war in die Wand eine Bronzeplatte eingelassen. Sie sah aus wie ein massives Rad, kompliziert und dekorativ. An den anderen Wänden stapelten sich bis hoch oben Kisten und Kästen. Die Luft schien so trocken wie oben; vielleicht hatte ich mir den Modergeruch nur eingebildet.

Ich wandte den Kopf, dachte schon, ich hätte etwas gehört. Aber es war alles vollkommen still, durch die dicht gepackte Erde vom Geräusch des Regens abgeschirmt.

Ich stellte die Lampe ab und schaute mich um. Eine Schublade balancierte auf einem Stapel von Kästen, voller zerbrochener Werkzeuge, die darauf warteten, dass man sie reparierte oder wegwarf, dazu noch mit einer Reihe von Glasflaschen mit dunklen Flüssigkeiten, die wie Farbstoff oder Ochsengalle zum Marmorieren von Papier aussahen. Beinahe wäre ich über drei Feuereimer mit Sand gestolpert. Auf dem Tisch lagen ein unförmiges, in Sackleinen gewickeltes Paket und einige Werkzeuge, die ich nicht kannte. Es waren dünne, zarte Instrumente mit Zacken wie Fischzähnen. Ich trug die Lampe näher hin. Neben dem Bündel lag ein weiteres Tuch, über einen Gegenstand gebreitet. Hier arbeitete Seredith, wenn ich oben in der Werkstatt war.

Ich streckte die Hand aus und packte das Bündel aus, so sanft, als wäre es lebendig. Es war ein Buchblock, säuberlich genäht, mit dicken, dunklen Vorsatzpapieren, die von weißen Fäden durchzogen waren wie winzige Wurzeln, die durch das Erdreich wachsen. Mir sang das Blut in den Fingerspitzen. Ein Buch. Das erste Buch, das ich hier seit meiner Ankunft zu sehen bekommen hatte; das erste seit meiner Kindheit, seit ich gelernt hatte, dass Bücher verboten waren. Doch als ich es nun in der Hand hielt, spürte ich nichts außer einer Art Frieden, als begrüßte etwas in mir etwas Wohlvertrautes.

Ich führte das Buch ans Gesicht und sog den Duft des Papiers ein. Ich hätte es beinahe aufgeschlagen, um die Titelseite anzuschauen. Aber ich war zu neugierig auf das, was sich unter dem anderen Stück Sackleinen verbarg. Ich legte den Buchblock hin und zog das Tuch weg. Hier lag der Einband, an dem Seredith gearbeitet hatte. Einen Augenblick lang, ehe ich begriff, was ich da vor mir sah, erschien er mir wunderschön.

Der Hintergrund war aus schwarzem Samt, der so fein war, dass er jeden Lichtschimmer verschluckte und auf der Werkbank lag wie ein Stück massiver Dunkelheit. Dagegen hob sich das eingelegte Muster wie Elfenbein ab, schimmerte weich und bleich golden im Lampenlicht.

Knochen. Ein Skelett, das Rückgrat wie eine Perlenschnur um die blassen Zweige von Beinen und Armen und um die winzigen Splitter der Zehen und Finger gekrümmt. Der Schädel wölbte sich vor wie ein Pilz, größer, als er hätte sein sollen. Sie waren kleiner als meine ausgestreckte Hand, diese Knochen. Sie waren so klein und zerbrechlich wie die eines Vogels.

Aber es war kein ... es war kein Vogel gewesen. Es war ein Säugling.

5

 »Fass das nicht an.«

Ich hatte nicht gehört, wie Seredith in den Raum gekommen war, aber ein ferner, wachsamer Teil von mir war nicht überrascht, ihre Stimme zu hören. Ich weiß nicht, wie lange sie schon da gestanden hatte. Erst als ich einen Schritt zurück machte – sorgsam, als wäre hier etwas, das ich aufzuwecken fürchtete –, bemerkte ich die steife Kälte in meinen Gelenken, das Kribbeln in meinen Füßen, und ich wusste, dass es lange gewesen war. Obwohl ich mich so vorsichtig bewegte, stieß ich mir den Knöchel an einer Kiste, doch die Erde jenseits der Mauern dämpfte den hohlen Klang.

Ich sagte: »Ich hätte es nicht angefasst.«

»Emmett ...«

Ich antwortete nicht. Der Docht der Lampe musste dringend

geputzt werden, und die Schatten sprangen und duckten sich. Die kleinen Knochen glänzten auf ihrem Bett aus Schwärze. Während das Licht hin und her tanzte, hätte ich mir einreden können, dass sie sich bewegten; doch als die Flamme endlich wieder ruhig brannte, lagen sie still da.

»Es ist nur ein Einband«, sagte sie. Sie bewegte sich im Türrahmen, aber ich schaute nicht zu ihr hin. »Es ist Perlmutt.«

»Keine echten Knochen.« Es tönte wie Spott aus mir. Das hatte ich nicht beabsichtigt, aber ich war froh, schrecklich froh, dass es die Stille durchschnitt.

»Nein«, antwortete sie leise. »Keine echten Knochen.«

Ich starrte auf die schimmernden, komplizierten Formen auf dem Samt, bis sie mir vor Augen verschwammen. Endlich streckte ich die Hand aus und zog das Tuch wieder darüber; ich stand da und schaute auf das grobe braune Sackleinen. Hier und da, wo das Gewebe lockerer war, konnte ich noch die glatte Kante eines Oberschenkels sehen, die Perlmuttwölbung des Schädels, einen winzigen, vollkommenen Fingerknochen. Ich stellte mir vor, wie sie daran arbeitete, die unendlich kleinen Formen aus dem Perlmutt schnitzte. Ich schloss die Augen und lauschte auf mein rauschendes Blut und jenseits davon auf die Totenstille der Mauern und der Erde.

»Erzähle es mir«, sagte ich, »erzähle mir, was du tust.«

Die Lampe murmelte und spuckte. Sonst regte sich nichts.

»Du weißt es schon.«

»Nein.«

»Wenn du darüber nachdenkst, weißt du es.«

Ich machte den Mund auf, um erneut *nein* zu sagen, aber irgendwas blieb mir im Hals stecken. Die Lampenflamme schoss in die Höhe, leckte nach oben und sank dann zu einer winzigen blauen Kugel zusammen. Die Dunkelheit trat einen Schritt auf mich zu.

»Du bindest ... Menschen«, sagte ich. Mein Hals war so trocken, dass das Sprechen schmerzte; aber das Schweigen schmerzte mehr. »Du machst aus den Leuten Bücher.«

»Ja, aber nicht so, wie du es meinst.«

»Welche andere Weise gibt es noch?«

Sie ging auf mich zu. Ich drehte mich nicht um, doch das Licht ihrer Kerze wurde heller, schob die Schatten zurück. »Setz dich, Emmett.«

Sie berührte meine Schulter. Ich zuckte zusammen und fuhr herum, stolperte rückwärts gegen den Tisch. Werkzeuge fielen klirrend zu Boden und schlitterten weg. Wir starrten einander an. Sie hatte auch einen Schritt zurück gemacht; nun stellte sie ihre Kerze auf einer der Kisten ab, und die Flamme vervielfachte das Zittern ihrer Hand. Wachs war auf den Boden gespritzt; es verfestigte sich innerhalb einer Sekunde, als würde Wasser zu Milch werden.

»Setz dich.« Sie hob eine offene Schublade mit Glasgefäßen von einer Kiste. »Hierhin.«

Ich wollte nicht sitzen, während sie stand. Ich erwiderte ihren Blick, und sie schaute als Erste weg. Sie stellte die Schublade wieder ab. Dann bückte sie sich müde, um die kleinen Werkzeuge aufzuheben, die ich vom Tisch gestoßen hatte.

»Du fängst sie ein«, sagte ich. »Du nimmst die Leute und steckst sie in Bücher. Sie gehen hier weg und sind … leer.«

»Ich nehme an, das stimmt in gewisser Weise …«

»Du stiehlst ihre Seele.« Meine Stimme brach. »Kein Wunder, dass sie Angst vor dir haben. Du lockst sie hierher und saugst sie aus, du nimmst dir, was du willst, und schickst sie mit nichts wieder weg. Das ist dann ein Buch, nicht wahr? Ein Leben. Eine Person. Und wenn es verbrennt, sterben sie.«

»Nein.« Sie richtete sich auf, umklammerte mit einer Hand ein winziges Messer mit Holzgriff.

Ich nahm das Buch vom Tisch und hielt es ihr hin. »Sieh nur«, sagte ich. Meine Stimme wurde lauter. »Das ist eine Person. Da drin ist eine Person – und die wandert jetzt irgendwo da draußen herum –, es ist wirklich böse, was du tust. Sie hätten dich verbrennen sollen, verdammt.«

Die Buchbinderin schlug mir ins Gesicht.

Stille. In der Luft lag ein dünnes, hohes Sirren, das nicht wirklich war. Mir traten Tränen in die Augen und rollten über meine Wangen. Ich wischte sie weg. Der Schmerz verebbte zu einem heißen Prickeln, als trocknete Salzwasser auf meiner Haut. Ich legte das Buch wieder hin und glättete das Vorsatzpapier an der Stelle, wo ich es verknittert hatte. Diese Falte würde nie wieder ganz verschwinden; sie war erhaben wie eine Narbe, verzweigte sich um die Kante. Ich sagte: »Es tut mir leid.«

Seredith wandte sich ab und ließ das Messer in die offene Schublade neben mir fallen. »Erinnerungen«, sagte sie schließlich. »Nicht Leute, Emmett. Wir nehmen Erinnerungen und binden sie. Was die Leute an Erinnerungen nicht ertragen können. Womit sie nicht leben können. Wir nehmen diese Erinnerungen und verwahren sie an einem Ort, wo sie keinen Schaden mehr anrichten können. Das ist alles, mehr sind Bücher nicht.«

Endlich schaute ich ihr in die Augen. Ihr Blick war offen, aufrichtig, ein wenig müde, genau wie ihre Stimme. Es klang so richtig, wie sie es sagte – so notwendig; wie wenn ein Arzt eine Amputation beschreibt. »Keine Seelen, Emmett«, betonte sie. »Nur Erinnerungen.«

»Es ist unrecht«, erwiderte ich und versuchte, meinen Tonfall ihrem anzupassen. Ruhig, vernünftig ... aber meine Stimme bebte und verriet mich. »Du kannst nicht sagen, dass es richtig ist, das zu tun. Wer bist du denn, dass du sagen kannst, womit sie leben können und womit nicht?«

»Das tun wir auch nicht. Wir helfen Menschen, die zu uns kommen und uns darum bitten.« Ein Hauch von Mitleid wehte über ihr Gesicht, als wüsste sie, dass sie gewonnen hatte. »Niemand *muss* zu uns kommen, Emmett. Sie entscheiden das selbst. Wir helfen ihnen nur beim Vergessen.«

So einfach war das nicht. Irgendwie wusste ich, dass es das nicht war. Aber ich hatte kein Argument dagegen vorzubringen, keine Verteidigung gegen die Sanftheit ihrer Stimme und ihre aufrichtigen Augen. »Was ist damit?« Ich deutete auf die

Kindergestalt unter der Sackleinwand. »Warum machst du *so* ein Buch?«

»Millys Buch? Willst du das wirklich wissen?«

Mir lief ein Schauder über den Rücken, wild und plötzlich. Ich biss die Zähne zusammen und antwortete nicht.

Sie ging an mir vorbei, starrte einen Augenblick auf die Sackleinwand und schob sie dann sachte zur Seite. In ihrem Schatten schimmerte das kleine Skelett bläulich.

»Sie hat es bei lebendigem Leibe vergraben«, sagte Seredith. In ihren Worten lag kein besonderes Gewicht, nur eine stille Präzision, die alles Fühlen mir überließ. »Sie konnte nicht mehr weiter, sie dachte, sie könne nicht mehr weiter. Und so hat sie das Kind eines Tage, als es einfach nicht zu weinen aufhören wollte, eingewickelt und es auf den Misthaufen gelegt und Unrat und Dung darüber gebreitet, bis sie es nicht mehr hören konnte.«

»Ihr Kind?«

Ein Nicken.

Ich wollte die Augen schließen, aber ich konnte nicht wegsehen. Genauso hatte der Säugling wohl dagelegen, zusammengekrümmt und hilflos, hatte zu weinen versucht, hatte zu atmen versucht. Wie lange hatte es gedauert, bis es zu einem Teil des Misthaufens geworden war und mit allem anderen verweste? Es war wie ein schreckliches Märchen: Knochen, die zu Perlmutt wurden, Erde, die zu Samt wurde. Aber es war die Wahrheit. Es war die Wahrheit, und die Geschichte war in ein Buch eingeschlossen, fortgesperrt, auf tote Seiten geschrieben. Meine Hand prickelte an der Stelle, wo ich das Vorsatzpapier glattgestrichen hatte: dieses dicke, von Adern durchzogene Papier, schwarz wie die Erde.

»Das ist Mord«, sagte ich. »Warum hat der Dorfpolizist sie nicht verhaftet?«

»Sie hatte das Kind geheimgehalten. Niemand wusste davon.«

»Aber ...« Ich unterbrach mich. »Wie konntest du ihr helfen? Einer Frau – einer jungen Frau, die ihr eigenes Kind umgebracht hat – auf *diese* Weise – du hättest ...«

»Was hätte ich tun sollen?«

»Sie leiden lassen! Sie damit leben lassen! Die Erinnerung ist Teil der Strafe. Wenn man etwas Böses tut …«

»Es war auch das Kind ihres Vaters. Des Mannes, der gekommen ist, um dieses Buch zu verbrennen. Er war ihr Vater und der des Kindes.«

Einen Augenblick lang begriff ich nicht, was sie meinte. Dann wandte ich den Blick ab. Mir war übel.

Ich hörte das Rascheln der Sackleinwand, als Seredith sie wieder über die Knochen zog, und dann das Knarren der Kiste, als sie sich darauf setzte, sich am Tisch festhielt, um sich zu stützen.

Endlich sagte sie: »Ich war nicht ehrlich zu dir, Emmett. Manchmal schicke ich wirklich Leute weg. Sehr, sehr selten. Und nicht, weil sie etwas so Schreckliches getan haben, dass ich nicht helfen kann; nur weil ich weiß, dass sie auch weiter schreckliche Dinge tun werden. Wenn ich mir darüber sicher bin, weigere ich mich, ihnen zu helfen. Aber es ist in über sechzig Jahren nur dreimal passiert. Den anderen habe ich geholfen.«

»Ist es nicht schrecklich, ein Kind zu vergraben?«

»Natürlich«, antwortete sie und neigte den Kopf. »Natürlich ist es schrecklich, Emmett.«

Ein Atemzug. »Du hast gesagt, was Bücher sind … Also ist jedes Buch«, fuhr ich fort, »jedes Buch, das je gebunden wurde, ist dann die Erinnerung von jemandem. Etwas, das ein Mensch sich zu vergessen entschieden hat.«

»Ja.«

»Und …« Ich räusperte mich. Plötzlich konnte ich den Abdruck der Hand meines Vaters auf meiner Wange fühlen, den stechenden Schmerz, den er mir vor Jahren mit seiner Ohrfeige verursacht hatte, als wäre der Schmerz nie wirklich verebbt. *Ich will dich nie wieder mit einem Buch sehen.* Davor hatte er mich schützen wollen. Und nun war ich ein Lehrling, würde Buchbinder werden.

»Du glaubst«, sagte ich langsam, »du glaubst, ich würde einmal das tun, was du tust.«

Sie schaute nicht einmal zu mir auf. »Es wird einfacher«, erwiderte sie aus weiter Ferne, »wenn du nicht voller Verachtung darauf blickst. Nicht die Bücher verachtest – nicht die Menschen verachtest, die Hilfe brauchen – und nicht dich selbst verachtest. Deine Arbeit.«

»Ich kann das nicht«, sagte ich. »Ich will das nicht. Es ist nicht …«

Sie lachte. Das Lachen war ihrem üblichen belustigten Schnauben so ähnlich, dass sich mir der Magen umdrehte. »Doch, du kannst es. Buchbinder werden geboren, nicht gemacht. Und du bist zum Buchbinder geboren, mein Junge. Der Gedanke gefällt dir jetzt vielleicht nicht besonders. Aber du wirst es schon verstehen. Und es wird dir keine Ruhe lassen. In dir ist eine große Kraft. Das hat dich krank gemacht, als … Du bist darin stärker als die meisten anderen Buchbinder, die ich kenne. Du wirst schon sehen.«

»Woher weißt du das? Vielleicht irrst du dich …«

»Ich weiß es einfach, Emmett.«

»Woher?«

»Das Buchbinderfieber hat dich verraten. Du wirst ein guter Buchbinder werden. In jeder Hinsicht.«

Ich schüttelte den Kopf. Ich schüttelte ihn immer weiter, obwohl ich nicht wusste, warum.

»Manchmal«, fuhr sie fort, »ist das, was wir tun, sehr schwer. Manchmal macht es mich wütend oder traurig. Manchmal bedaure ich es – wenn ich gewusst hätte, was die Erinnerungen sein würden, hätte ich nicht …« Sie unterbrach sich und wandte den Blick ab. »Die meiste Zeit berührt es mich nicht einmal. Aber manchmal bin ich so froh, wenn ich sehe, wie der Schmerz schwindet, dass es die Sache wert wäre, selbst wenn dies die einzige Person wäre, der ich je geholfen habe.«

»Ich mache das nicht. Es ist Unrecht. Es ist … unnatürlich.«

Sie senkte den Kopf und atmete so tief ein, dass ich sah, wie sich ihre Schultern bewegten. Die Haut unter ihren Augen sah so zart und verletzlich aus wie der Staub auf den Flügeln eines

Schmetterlings: eine Berührung, und sie wäre weggewischt und nur die nackten Knochen blieben zurück. Ohne mich anzuschauen, sagte sie: »Es ist eine heilige Berufung, Emmett. Die Erinnerung eines anderen Menschen anvertraut zu bekommen ... Den Menschen den tiefsten, dunkelsten Teil abzunehmen und sicher zu verwahren, für immer. Das zu ehren, es wunderschön zu machen, obwohl niemand es je zu Augen bekommt. Es mit seinem eigenen Leben zu bewachen ...«

»Ich will kein besserer Gefängniswärter sein.«

Sie fuhr auf. Einen langen Augenblick fürchtete ich, sie würde mich wieder schlagen. »Deswegen habe ich es dir nicht früher gesagt«, erklärte sie endlich. »Weil du noch nicht bereit bist, weil du noch dagegen ankämpfst ... Aber jetzt weißt du es. Du hast Glück, dass du hier bei mir bist. Wenn du in eine Buchbinderei in Castleford gegangen wärst, hätten sie dir schon vor langer Zeit deine Skrupel aus dem Leib geprügelt.«

Ich streckte einen Finger aus und ließ ihn einmal, zweimal durch die Kerzenflamme gleiten, verlangsamte die Bewegung, bis ich es kaum noch ertragen konnte. In mir waren einfach zu viele Fragen. Ich konzentrierte mich auf den Schmerz. »Warum bin ich also hier?«

Sie blinzelte. »Weil ich in der Nähe war. Und ...« Sie sprach nicht weiter.

Ihr Blick wich mir aus. Sie massierte sich die Stirn, und zum ersten Mal bemerkte ich, wie hochrot ihre Wangen waren. »Ich bin erschöpft, Emmett. Ich glaube, das war genug für heute. Du nicht auch?«

Sie hatte recht. Ich war so müde, dass ich spürte, wie die Welt sich um mich drehte. Ich nickte, und sie stand auf. Ich streckte die Hand aus, um ihr zu helfen, aber sie übersah mich. Sie ging vorsichtig durch den schmalen Gang zur Tür zurück.

»Seredith?«

Sie blieb stehen, drehte sich aber nicht um. Ihr Ärmel war zurückgeschlagen, als sie sich an die Wand lehnte, und ihr Handgelenk wirkte zart und zerbrechlich wie das eines Kindes. »Ja?«

»Wo sind die Bücher? Wenn du sie sicher aufbewahrst?«

Sie deutete mit ausgestrecktem Arm auf die runde Platte in der Wand. »Jenseits davon«, antwortete sie, »ist ein Gewölbe.«

»Kann ich es sehen?«

»Ja.« Sie drehte sich um, langte nach einem Schlüssel, den sie um den Hals hängen hatte, doch dann umfasste sie ihn fest mit der Hand. »Nein. Nicht jetzt. Ein andermal.«

Ich hatte nur aus Neugier gefragt. Aber es war etwas in ihrem Gesicht – vielmehr war etwas nicht in ihrem Gesicht, etwas, das hätte da sein sollen … Ich starrte sie an. Haarsträhnen hingen aus ihrem Zopf, pappten ihr an der Stirn, klebrig vor Schweiß. Sie taumelte. Ich machte einen Schritt auf sie zu, aber sie wankte zurück, als könne sie es nicht ertragen, dass ich ihr zu nahe kam. »Gute Nacht, Emmett.«

Ich beobachtete, wie sie sich drehte, sich am Türpfosten festhielt, als hätte sie zu kämpfen, um auf den Beinen zu bleiben. Ich hätte sie gehen lassen sollen, aber ich konnte mich nicht beherrschen. »Seredith … Was geschieht, wenn die Bücher verbrennen? Sterben die Menschen dann?«

Sie blickte mich nicht an. Sie schlurfte zur Treppe und begann hinaufzusteigen. »Nein«, sagte sie. »Sie erinnern sich wieder.«

Ich war so müde, dass ich nicht mehr denken konnte. Seredith war zu Bett gegangen; ich sollte das auch tun. Hätte ich mich doch vor einer Stunde schlafen gelegt, anstatt mich in der Werkstatt neben den Ofen zu setzen … Schlaf. Ich wollte sofort über die Kante ins Unbewusste fallen. Ich wünschte mir diese Dunkelheit mehr als alles andere. Ich wollte nicht hier sein.

Ich setzte mich hin. Vielmehr bemerkte ich, dass ich bereits saß, zusammengekauert auf dem Boden mit verschränkten Beinen, den Rücken gegen eine Kiste gelehnt. Ich hatte nicht die Energie, mir eine bessere Position zu suchen. Stattdessen schlang ich die Arme um die Knie, legte den Kopf darauf und schlief.

Als ich aufwachte, verspürte ich zunächst eine Art Frieden. Es war beinahe pechfinster – die Kerze war erloschen –, und ich hatte das Gefühl, zu schweben, mich schmerzlos in den feinen Strömungen des Dunkels aufzulösen. Dann kam mir einiges, was geschehen war, wieder ins Gedächtnis – aber klein, zu weit weg, als dass es mir wehtun konnte, wie Spiegelungen in einem Silberkelch. Ich stand auf und tastete mich die Treppe hinauf. Ich hatte gedacht, es wäre noch mitten in der Nacht, und nun ließ mich das gräuliche Licht blinzeln, das durch die Fenster der Werkstatt hereinströmte, und ich musste mir die Augen reiben. Es regnete immer noch, obwohl es inzwischen ein dünnes, leises Nieseln war, und der Schnee hielt sich an einigen wenigen Stellen auf dem Boden, schmutzig und pockennarbig. Seredith hatte mit dem Tauwetter recht gehabt; die Post würde es mindestens noch einmal zu uns schaffen, ehe der Winter richtig begann.

Es war kalt. Der Ofen war ausgegangen. Ich zögerte, wollte ihn sich selbst überlassen und nach oben ins Bett gehen; aber es war Morgen, und es gab Arbeit zu tun. … Arbeit. Ich wollte nicht an die Arbeit denken. Ich ging in die Hocke und zündete das Feuer wieder an. Als es richtig brannte, wurde mir ein wenig wärmer, doch die tiefe, kalte Stille des Hauses brauchte mehr als einen Ofen, um aufzutauen. Ich hatte das zerbrochene Fenster nicht vernagelt; daran lag es allerdings nicht, es lag an etwas anderem. Ich schüttelte den Kopf, fragte mich, ob mir meine Ohren einen Streich spielten. Es war so, wie wenn Schnee jedes Geräusch dämpfte, als hörte ich alles nur als Echo …

Tee. Die Dose war beinahe leer. Ich stellte Wasser auf und ging in die Speisekammer ein neues Paket holen. Als ich den Flur überquerte, wandte ich das Gesicht von dem feuchten Luftzug ab, der durch die schartige Fensteröffnung hereingeweht kam. Sobald ich etwas Heißes getrunken hatte, würde ich ein Stück Pappe suchen …

Seredith saß zusammengekrümmt auf der Treppe, den Kopf an das Geländer gelehnt.

»Seredith? Seredith!«

Erst als sie sich bewegte, begriff ich, dass ich Angst um sie gehabt hatte. Ich zog sie sanft auf die Beine, entsetzt darüber, wie leicht sie war und welche Hitze ihre Haut ausstrahlte. Sie fühlte sich klamm an, und ihr Gesicht war gerötet. Sie murmelte etwas, und ich beugte mich nah zu ihr, um sie hören zu können. »Es geht mir gut«, sagte sie. Ihr Atem roch schrecklich, als verweste etwas in ihr. »Ich wollte nur ...«

»Ja«, antwortete ich. »Jetzt bringen wir dich ins Bett.«

»Es geht mir blendend. Ich brauche keine ...«

»Ich weiß«, erwiderte ich. »Und jetzt komm.« Halb schob ich sie, halb trug ich sie nach oben, Schritt für Schritt, und dann über den Flur in ihr Zimmer. Sie kletterte mühsam ins Bett und zog die Decken über sich, als sei ihr sehr kalt. Ich eilte nach unten, um einen Krug Wasser für sie zu holen, dazu Kräutertee, um das Fieber zu lindern, und noch mehr Decken; aber als ich in ihr Zimmer zurückkam, schlief sie bereits. Sie hatte sich ausgezogen, und ihre Kleider lagen in einem zerknüllten Haufen auf dem Boden.

Ich stand reglos da, lauschte auf die Stille. Ich hörte Serediths Atem – schneller und lauter, als er hätte sein sollen – und das schwache Knistern des Regens an der Scheibe; doch jenseits von all dem und dem Rauschen des Bluts in meinen Ohren war nichts als die massive Leere des Hauses und des Sumpfes draußen. Ich war einsamer, als ich es je gewesen war.

Ich setzte mich hin. In diesem Licht und schlafend sah Seredith noch älter aus. Das Fleisch ihrer Wangen hing schlaff, so dass die Haut sich dünn über die Knochen ihrer Nase und Augen spannte. Sie murmelte etwas und drehte sich um. Ihre Hände zuckten und umklammerten die Bettdecke. Ihre Haut war kreidig gelblich vor dem indigo-weißen Muster der Decke, während hier und da der Schatten eines Regentropfens über die Baumwolle kroch.

Ich schaute mich um. Ich war noch nie bei Tageslicht hier gewesen. Es gab einen kleinen Kamin, einen gepolsterten Fenstersitz und einen moosweich aussehenden Sessel, aber sonst war das Zimmer beinahe so karg wie meines. Es standen keine Bilder oder Zierrat auf dem Kaminsims. Der einzige Schmuck an den Wänden war das Licht vom Fenster, das schwache Gittermuster, das gleitende Silber der Regenschatten. Selbst meine Eltern besaßen mehr. Und doch war Seredith nicht arm; das wusste ich von der Liste von Vorräten, die wir jede Woche in Castleford bestellten, und von den Säcken, die Toller uns brachte. Ich hatte nie darüber nachgedacht, woher ihr Geld kam. Wenn sie starb ...

Ich schaute zu ihrem Gesicht auf dem Kissen hinunter; Panik ergriff mich. Mit Mühe beherrschte ich mich, sie nicht aufzuwecken und ihr den Tee mit Gewalt einzuflößen; es war das Beste, sie schlafen zu lassen. Ich könnte ein Feuer anzünden, feuchte Tücher bringen, Honig in Wasser auflösen, sobald sie von allein aufwachte ... Aber ich saß reglos da, unfähig, sie zu verlassen. Es war so viele Male genau andersherum gewesen – dass sie, geduldig wie ein Stein, an meinem Bett wachte, während ich schlief –, aber sie hatte mir niemals das Gefühl vermittelt, ich müsse dankbar sein. Zum ersten Mal überlegte ich, ob ihre brüske Art Absicht gewesen war. Mein Hals schmerzte.

Eine Stunde später nahm ich durch das Rauschen des Regens das ferne Knarzen und Rumpeln eines Karrens wahr, schließlich das misstönige Schrillen der Glocke. Die Post. Ich hob den Kopf, und ein Teil von mir wollte, dass der Bote wieder ginge, mich in diesem seltsamen, verlassenen Frieden in Ruhe ließe; aber ich stand auf und machte ihm die Tür auf.

»Seredith ist krank. Ich weiß nicht, wen ich ... Könnt ihr jemanden schicken?«

Er blinzelte mich über seinen hochgeschlagenen Mantelkragen an. »Jemanden schicken? Wen?«

»Einen Arzt. Oder ihre Familie.« Ich schüttelte den Kopf. »Ich weiß nicht. Sie schreibt doch Briefe, oder nicht? Sagt es den Leuten, an die sie schreibt.«

»Ich ...« Er hielt inne und zuckte mit den Achseln. »Nun gut«, meinte er. »Aber verlass dich nicht drauf, dass sie kommen.«

Er fuhr weg. Ich schaute ihm hinterher, bis der Karren nur

noch ein winziger Punkt in der getupften Weite von braunem Gras und halb geschmolzenem Schnee war.

6

 Das Haus lag so ruhig da, als hielten seine Mauern den Atem an. Alle paar Stunden musste ich an diesem und den folgenden Tagen nach draußen gehen und dem trockenen Wind im Schilf lauschen, nur um sicher zu sein, dass ich nicht taub geworden war. Ich holte eine Glasscheibe aus dem Lager, um das zerbrochene Fenster zu reparieren, aber als ich sie einpasste, merkte ich, dass ich meine Werkzeuge unnötig heftig ablegte und härter als nötig gegen das Glas klopfte. Ich hatte Glück, dass ich es nicht zerbrach. Wenn ich an Serediths Bett saß, hustete und zappelte ich und zupfte an der sich abschälenden Haut meines Zeigefingers. Doch kein Geräusch, das ich machen konnte, reichte aus, um die Stille zu durchbrechen. Selbst Serediths Atem schien nur lautlos über die Leere zu gleiten wie ein Kiesel über eine Eisfläche.

Erst hatte ich Angst. Aber nichts änderte sich. Es ging ihr nicht besser; es ging ihr auch nicht schlechter. Zunächst schlief sie stundenlang, doch als ich eines Morgens an ihre Tür klopfte, war sie wach. Ich hatte ihr einen Apfel und eine Tasse Tee mit Honig gebracht. Sie dankte mir und beugte sich über die Tasse, um den Dampf einzuatmen. Sie hatte bei offenen Vorhängen geschlafen – oder vielmehr hatte ich sie in der Nacht zuvor nicht zugezogen –, und der Himmel hing voller graubäuchiger Wolken, die der Wind zerfetzte. Hier und da blitzte die Sonne durch. Ich hörte sie seufzen: »Geh, Emmett.«

Ich drehte mich um. Ihr Gesicht war feucht, aber ihre Wangen waren nicht mehr hochrot, und sie sah besser aus. »Ich meine es ernst. Geh und mach dich nützlich.«

Ich zögerte. Nun, da sie wach war, wollte ich ihr eigentlich Fragen stellen – all die Fragen, die in mir entstanden waren, seit ich das erste Mal über die Schwelle der Buchbinderei getreten war. Jetzt, da sie keinen Grund mehr hatte, mir nichts zu verraten … Doch irgendetwas in mir schrak vor dem Gedanken an so viele Antworten zurück. Ich wollte es nicht wissen; das Wissen würde alles wirklich machen. Also sagte ich nur: »Bist du sicher?«

Sie lehnte sich zurück, ohne etwas zu erwidern. Nach einer langen Pause holte sie noch einmal mühsam Luft und sagte: »Hast du nichts Besseres zu tun? Ich kann es nicht ertragen, wenn man mich so *beobachtet*.«

Diese Worte hätten mich verletzen können, taten es aber irgendwie nicht. Ich nickte, obwohl ihre Augen geschlossen waren, und ging erleichtert auf den Flur.

Ich war entschlossen, nicht zu grübeln, machte mich also an die Arbeit. Als ich später auf die unterste Treppenstufe sackte und auf die Uhr schaute, merkte ich, dass ich stundenlang geschuftet hatte: saubergemacht, die Lampen aufgefüllt, den Boden geschrubbt, die Küchenschränke mit Essig ausgewaschen, den Flur gefegt und den Boden mit Lavendelwasser besprengt, das Treppengeländer mit Bienenwachs poliert … Das waren Arbeiten, die zu Hause meine Mutter oder Alta übernommen hätte; dort hätte ich nur die Augen verdreht und gedankenlos Fußspuren auf ihren sauberen Böden hinterlassen. Nun klebte mir das Hemd am Rücken, und ich roch ranzig vor Schweiß, aber ich ließ den Blick schweifen und freute mich über die Verbesserung, die ich herbeigeführt hatte. Ich hatte gedacht, ich täte es für Seredith, doch plötzlich wusste ich, dass ich es für mich selbst gemacht hatte. Jetzt, da Seredith krank war, gehörte das Haus niemandem außer mir.

Ich rappelte mich auf. Ich hatte seit dem Morgen nichts gegessen, trotzdem verspürte ich keinen Hunger. Ich stand lange da, einen Fuß auf der nächsten Stufe, als müsste ich eine Entscheidung treffen. Irgendetwas ließ mich umkehren und wieder auf den Flur treten, der zur Werkstatt führte. Die Tür war geschlossen, und als ich sie öffnete, flutete helles Tageslicht über mich herein.

Ich schürte den Ofen mächtig an, denn ich hatte das Holz selbst gehackt, und niemand konnte sehen, wie ich es verschwendete. Dann räumte ich den Raum methodisch von einem Ende zum anderen auf, rückte Regalbretter gerade, schärfte Werkzeuge, ölte die Beschneidepresse und fegte den Boden. Ich ordnete Dinge in den Schränken und entdeckte Vorräte an Leder und Leinen, von denen ich nichts geahnt hatte, und einen Stapel marmorierter Papiere ganz unten im Planschrank. Ich fand ein Falzbein, in das kaum sichtbar Blumen geritzt waren, ein Heft mit Blattsilber, einen Polierer mit einem dicken Achat mit umbrabraunen Streifen … Seredith war ordentlich, aber es schien mir, als hätte sie nie etwas weggeworfen. In einem Schrank entdeckte ich ein Holzkästchen voller kleiner Gegenstände, die in alte Seide gewickelt waren, als wären sie wichtig: ein Kindermützchen, eine Haarlocke, eine Daguerreotypie, die man in ein Uhrengehäuse gefasst hatte, einen schweren Silberring, den ich lange in der Hand hin und her wendete, um zu beobachten, wie die Farben von Blau ins Violett und Grün changierten. Ich stellte dieses Kästchen sorgfältig zurück, schob es hinter einen Stapel Gewichte. Sobald es mir aus den Augen war, vergaß ich es beinahe sofort. Da gab es noch eine Schachtel mit Typen, die sortiert werden mussten, und Gläser mit Farben, die so alt waren, dass man sie wegschütten musste, und kleine ausgetrocknete Brocken Schwamm, die auszuwaschen waren. All das bereitete mir Vergnügen – ein ungewohntes, sinnliches Vergnügen, bei dem ich alles – den ordentlichen Schliff einer Klinge, den Wind im Kamin, den Hefeduft alt gewordenen Leims, die Holzscheite, die im Ofen zu Asche zerfielen – deutlich und verstärkt wahrnahm.

Jedoch verspürte ich, als ich fertig war, keine Zufriedenheit, sondern Angst, als hätte ich mich auf eine Feuerprobe vorbereitet.

Als ich Serediths schmutzige Kleidung mitgenommen hatte,

waren die Schlüssel in ihrer Hosentasche gewesen. Nun waren sie in meiner. Nicht der Schlüssel, den sie um den Hals trug, aber die Schlüssel für die anderen Türen, vorne und hinten in der Werkstatt ... Ihr kaltes Gewicht fühlte sich in meiner Tasche wie ein Teil meines Körpers an. Mein Besitzergefühl hatte sich nun vage mit etwas anderem vermischt.

Ich blickte auf das weite Moor hinaus. Der Wind hatte sich gelegt, die Wolken hatten sich zu einer dicken grauen Bank aufgetürmt, während das glitzernde Wasser still wie ein Spiegel dalag. Nichts regte sich; es hätte ein Bild sein können, das jemand auf die Fensterscheibe gemalt hatte. Totes Wetter. Was würden sie wohl gerade zu Hause machen? Es war Schlachtzeit, es sei denn, mein Vater hatte früher angefangen. Es waren Reparaturen auszuführen ... Wenn wir eine Weißdornhecke oben am Hohen Feld anlegen wollten, wie ich es letztes Jahr vorgeschlagen hatte, müssten wir sie bald pflanzen. Meine Nerven prickelten bei der Erinnerung an die scharfen Dornen, die mir damals in die kalten Finger gestochen hatten. Einen Augenblick lang glaubte ich, Terpentin und Kampfer zu riechen, den Balsam, den Mutter gegen Frostbeulen angerührt hatte; doch als ich die Hand an die Nase hob, roch meine Handfläche nur nach Staub und Bienenwachs. Ich hatte dieses andere Leben wie eine Haut abgestreift.

Ich hob den Kopf und lauschte. Nirgendwo ein Geräusch. Das ganze Haus wartete. Ich nahm den Schlüsselbund aus der Tasche, ging um die Blockpresse herum und über die ausgetretenen Dielen zur Tür am anderen Ende. Mein Herz pochte, doch die drei Schlüssel passten in die drei Schlösser und ließen sich mühelos drehen, einer nach dem anderen.

Seredith hatte die Scharniere stets gut geölt. Die Tür schwang so leicht auf, als hätte sie jemand von der anderen Seite aufgedrückt. Ich weiß nicht, warum ich erwartet hatte, dass sie schwer gehen würde. Plötzlich beschleunigte sich mein Puls zu einem Crescendo, das mir schwarze Pünktchen vor den Augen tanzen ließ; aber nach ein paar Sekunden sah ich wieder klar und erblickte einen blassen, kahlen Raum mit hohen Fenstern ohne Vorhänge, genau wie die Werkstatt. An einem Tisch aus blankgescheuertem Holz standen sich zwei Stühle gegenüber. Boden und Wände waren unbedeckt. Ich legte die Schlüssel auf den Tisch, und das Geräusch ließ mich zusammenfahren.

Ich hatte nicht das Recht, hier zu sein. Aber ich musste hier sein. Ich stand reglos da.

Vor dem getupften Grau der Fenster war der Stuhl der Buchbinderin als Silhouette zu erkennen. Er war schlicht und hatte eine hohe Rückenlehne – war unbequemer als der näher an der Tür –, aber irgendwie wusste ich, dass es Serediths Stuhl war. Ich zog den anderen Stuhl vom Tisch zurück, hörte, wie die Stuhlbeine holperten, als ich ihn über den unebenen Boden schleifte, und setzte mich hin. Wie viele Leute hatten hier schon darauf gewartet, dass man ihnen ihre Erinnerungen abnahm? Genug, um beim Kommen und Gehen einen Pfad in die Dielenbretter zu treten …

Wie fühlte sich das an? Ich konnte mir die krankhafte Angst vorstellen, den Schrecken, wenn man versuchte, nach dem Punkt ohne Wiederkehr auf die Person zu schauen, die man danach sein würde … Aber der Augenblick selbst? Dass jemand einem etwas aus den tiefsten Tiefen herausriss – wie fühlte sich *das* an? Und nachher, wenn man dieses Loch im Inneren verspürte … Ich sah wieder die Leere in Millys Augen vor mir, als sie fortgegangen war. Was war schlimmer? Nichts mehr zu spüren oder um etwas zu trauern, an das man sich nicht mehr erinnerte? Sicher, wenn man vergaß, dann vergaß man auch, traurig zu sein, oder wozu war das alles sonst gut? Und doch würde einem diese Taubheit auch einen Teil des eigenen Ichs wegnehmen, es würde so sein, als wäre einem die Seele eingeschlafen …

Ich holte tief Luft. Es war zu leicht, mir vorzustellen, wie ich hier auf diesem Stuhl saß. Ich hätte mich auf Serediths Platz setzen sollen. Wie wäre es, so zu sein wie sie? Jemandem in die Augen zu schauen und dann *das* mit ihm zu machen? Beim Gedanken daran wurde mir übel. Wie immer man es betrachtete …

Seredith hatte es »helfen« genannt. Aber wie konnte so etwas recht sein?

Ich stand auf, blieb mit dem Knöchel am Tischbein hängen und fasste an die Lehne, um mich zu fangen. Das geschnitzte Muster grub sich mir in die Handfläche, nicht sehr, aber doch genug, um mir weh zu tun und mich zu überraschen. Ich blickte auf die Form hinunter, auf den bläulichen Lichtschimmer auf dem hölzernen Schnörkel.

Schon so oft hatte das Licht, das auf etwas fiel, meine Krankheit wieder ausgelöst. Die vom Gitter durchbrochene Sonne auf dem Boden des Hausflurs, der schräge Einfall des Tageslichts, das ich durch eine halb geöffnete Tür sah ... Ich wusste, wie es begann, dieses strahlend helle Etwas – kaum eine Erinnerung –, das wie ein Schlüssel in meine Gedanken passte, und die Krankheit, die dann herausströmte. Nun verspürte ich denselben Schrecken des Wiedererkennens und der Angst. Ich zuckte instinktiv zusammen, wartete darauf, dass die Schwärze mich verschlingen würde. Das würde das Ende sein, der Abgrund. Jetzt, da ich hier war, an dem Ort, vor dem ich mich am meisten fürchtete ... an der Quelle, mitten im Herzen.

Meine Knie gaben nach. Ich sackte auf den Stuhl und wappnete mich wie gegen einen Zusammenprall. Meine Gedanken blieben jedoch ruhig. Ein Balken knarzte, eine Maus kratzte im Stroh des Dachs über dem Fenster. Die Dunkelheit rollte und saugte wie die Gezeiten, nur eine Armlänge von mir entfernt; dann aber ertränkte sie mich nicht, sondern ebbte ab.

Ich hielt den Atem an. Nichts geschah. Die Dunkelheit zog sich immer weiter zurück, bis ich mich ganz dem Licht ausgeliefert fühlte, vom grauen Tageslicht überspült, bis mir die Augen tränten.

Die Zeit verging. Ich blickte auf meine Hände auf der Tischplatte hinunter. Als ich von zu Hause fortgegangen war, waren sie todesbleich und spinnengleich gewesen. Nun hatte ich an meinem linken Zeigefinger Hornhaut, weil ich mit einem zu stumpfen Messer Leder geschärft hatte, und mein linker

Daumennagel war lang, damit ich ein Prägewerkzeug an die richtige Stelle schieben konnte, ohne mich zu verbrennen. Doch es war eigentlich die Form meiner Hände – dünn, aber nicht knochig, stark, aber nicht massig –, die mich dazu brachte, sie mir zum ersten Mal anzusehen. Es waren keine Hände eines Bauern, aber es waren auch nicht die Hände eines Kranken. Ich hätte sofort gewusst, dass es die Hände eines Buchbinders waren, nicht nur, weil es meine waren.

Ich drehte sie um und betrachtete die Linien auf meinen Handflächen, die mir angeblich verrieten, wer ich war. Jemand – war es Alta? – hatte mir einmal erzählt, dass einem die Linke das Schicksal zeigt, mit dem man geboren wird, die Rechte dagegen das Schicksal, das man sich selbst schafft. In meiner rechten Hand schnitt eine tiefe lange Linie in der Mitte die ganze Handfläche in zwei Hälften. Ich stellte mir einen anderen Emmett vor, der vielleicht den Bauernhof übernommen hätte, wie meine Eltern es immer geplant hatten. Einen Emmett, der nicht krank geworden und nicht allein hier gelandet war. Ich sah, wie er mit einem Grinsen zu mir zurückschaute, die Hände mit den Frostbeulen in die Hosentaschen steckte und sich dann fröhlich pfeifend auf den Heimweg machte.

Ich neigte den Kopf und wartete darauf, dass die plötzliche Traurigkeit verging; aber das tat sie nicht. Irgendetwas gab in meinem Inneren nach, und ich begann zu weinen.

Zunächst konnte ich mich nicht dagegen wehren. Es war, wie wenn man sich übergeben muss: Mächtige Krämpfe schüttelten mich. Doch schon bald ließ der Zwang nach, und ich hatte Zeit, zwischen den Schluchzern Luft zu schnappen. Schließlich wischte ich mir die Tränen aus dem Gesicht und schlug die Augen auf. Das Gefühl des Verlustes war noch immer so stechend, dass mir wieder die Tränen in die Augen traten, doch ich blinzelte sie fort und konnte diesmal meinen Atem beherrschen.

Als ich den Kopf wieder hob, war die Welt leer und frei wie ein abgeerntetes Feld. Ich konnte meilenweit sehen, ich konnte sehen, wo ich war. Mein Gesichtsfeld war so lange von Schatten eingegrenzt gewesen, dass ich mich an sie gewöhnt hatte, doch nun waren sie verschwunden. Dieser stille Raum war nicht schrecklich; es war einfach nur ein Raum; die Stühle, auf denen sich zwei Menschen gegenübersitzen konnten, waren einfach nur Stühle.

Ich hielt einen Augenblick inne, betastete den Ort, wo die Angst gewesen war, als führe ich mit der Zunge über einen faulen Zahn. Nichts – oder nein, vielleicht noch ein schwacher Nachhall des Schmerzes: nicht der matte Schmerz des Verfalls, sondern etwas, das sauberer war, wie eine Wunde, die bereits zuheilte. Es lag ein Duft in der Luft wie von der Erde nach einem Regen, als wäre alles frisch und neu.

Ich nahm die Schlüssel und verließ das Zimmer, ohne die Tür wieder hinter mir abzuschließen.

Ich hatte einen Bärenhunger. Auf einmal stand ich in der Speisekammer und stopfte mir aus einem Glas eingelegtes Gemüse in den Mund – und dann, endlich gesättigt, war ich so erschöpft, dass ich nicht mehr geradeaus sehen konnte. Ich hatte eigentlich Seredith eine Schale Suppe nach oben tragen wollen, aber ich schlief am Küchentisch ein, den Kopf auf die Arme gelegt. Als ich aufwachte, war der Küchenherd ausgegangen, und es war schon beinahe dunkel. Ich zündete den Herd wieder an – bedeckte dabei mich und den sauberen Boden mit Asche –, wärmte eilig die Suppe auf und trug sie in Serediths Zimmer hinauf. Die Schale war nur wenig wärmer als lauwarm, aber sie würde zweifellos ohnehin schlafen. Ich drückte die Tür mit dem Fuß auf und blickte um die Kante ins Zimmer.

Die Buchbinderin war wach und saß aufrecht da. Die Lampe war angezündet, und davor stand eine Glasschüssel mit Wasser, die das Licht auf ein Hemd bündelte, das sie soeben flickte. Sie schaute lächelnd zu mir auf. »Du siehst besser aus, Emmett.«

»Ich?«

»Ja.« Sie linste mich an, und ihr Gesicht veränderte sich. Ihre Finger ruhten, und einen Augenblick später legte sie das Hemd hin. »Setz dich.«

Ich stellte das Tablett auf dem Tisch neben ihrem Bett ab und zog einen Stuhl neben sie. Sie streckte die Hand aus und drückte mir mit einem Finger ans Kinn, um mein Gesicht zum Lampenlicht zu drehen. Es war nicht das erste Mal, dass sie mich berührte – sie hatte schon oft meinen Griff an einem Werkzeug korrigiert oder sich nah zu mir gelehnt, um mir zu zeigen, wie etwas gemacht werden musste –, aber diesmal fühlte es sich an wie Frost, der auf meiner Haut prickelte.

Sie sagte: »Du hast deinen Frieden damit geschlossen.«

Ich blickte auf und sah ihr in die Augen. Sie nickte vor sich hin. Dann lehnte sie sich mit einem langen Seufzer in die Kissen zurück. »Braver Junge«, sagte sie. »Ich wusste, du würdest das früher oder später schaffen. Wie fühlt es sich an?«

Ich antwortete nicht. Es war noch zu zart. Wenn ich darüber sprach, sogar mit ihr, könnte es möglicherweise zerbrechen.

Sie lächelte zur Decke hinauf, dann wanderten ihre Augen seitwärts zu mir. »Ich bin froh. Du hast schlimmer an dem Fieber gelitten als die meisten. Aber jetzt nichts mehr davon. Oh« – sie zuckte mit den Achseln, als hätte ich geredet – »ja, noch etwas, es wird niemals leicht sein, ein Teil von dir wird immer fehlen, aber jetzt gibt es keine Alpträume, keine Schrecken mehr.« Sie hielt inne. Ihr Atem ging flach.

»Ich weiß gar nichts«, sagte ich. Es kostete mich Mühe, als müsste ich mir die Taubheit aus den Gliedmaßen schütteln. »Wie kann ich Buchbinder sein, wenn ich nicht einmal weiß, wie es geht …«

»Jetzt nicht, sonst wird daraus ein Binden am Sterbebett.« Sie lachte, es klang, als schluchzte sie. »Aber wenn es mir wieder gut geht, dann bringe ich es dir bei, Junge. Das Binden selbst wird wie von allein kommen, den Rest musst du lernen …« Ihre Stimme verebbte in einem Husten. Ich schenkte ein Glas Wasser ein und bot es ihr an, aber sie winkte ab, ohne hinzusehen. »Sobald der Schnee getaut ist, besuchen wir eine Freundin in Littlewater. Sie war ...« Sie zögerte. »Sie war der letzte Lehrling meines Meisters, nachdem ich ihn verlassen hatte ... Sie wohnt jetzt mit ihrer Familie in diesem Dorf. Sie ist eine gute Buchbinderin. Und auch Hebamme«, fügte sie hinzu. »Binden und heilen, das geht schon immer Hand in Hand. Schmerzen lindern, Leuten ins Leben helfen, Leuten aus dem Leben helfen.«

Ich schluckte; aber ich hatte schon zu oft miterlebt, wie Tiere geboren wurden und starben, als dass ich nun vor diesem Thema zurückschrecken würde.

»Du wirst das gut machen, mein Junge. Vergiss nur nie, warum wir das tun, dann machst du es gut.« Sie warf mir einen funkelnden Blick von der Seite zu. »Binden – unsere Art von Binden – ist manchmal nötig. Ganz gleich, was die Leute sagen.«

»Seredith, an dem Abend, als die Männer kamen, um die Buchbinderei niederzubrennen ...« Die Worte kosteten mich viel Mühe. »Da hatten sie Angst vor dir. Vor uns.«

Sie antwortete nicht.

»Seredith, die haben gedacht ... das Gewitter ... dass ich es heraufbeschworen hatte. Die haben dich Hexe genannt und ...«

Sie lachte wieder. So sehr, dass sie husten musste, bis sie sich an der Bettkante festhalten musste, um wieder zu Atem zu kommen. »Wenn wir alles könnten, was die uns nachsagen«, keuchte sie, »dann würde ich in Seide und Golddamast schlafen.«

»Aber ... es hat beinahe den Anschein gehabt, als ob ...«

»Sei nicht albern.« Sie schnaufte. »Man nennt uns schon seit Urzeiten Hexen. Wortzauber, so haben sie es bezeichnet – auf einer Stufe mit dem Heraufbeschwören von Dämonen ... Wir sind dafür auch auf den Scheiterhaufen gekommen. Der Kreuzzug war nichts Neues, wir sind schon immer die Sündenböcke. Nun ja, Wissen hat immer einen gewissen magischen Zauber. Aber ... nein. Du bist Buchbinder, nicht mehr und nicht weniger. Für das Wetter bist du ganz sicher nicht verantwortlich.« Die letzten Worte klangen sehr leise und atemlos. »Jetzt ist es gut.«

Ich nickte. Wenn es ihr wieder gut ging, würde ich sie fragen können, was immer ich wollte. Sie lächelte mich an und schloss die Augen, und ich dachte, sie wäre eingeschlafen. Aber als ich mich erhob, deutete sie auf mich und auf den Stuhl. Ich nahm wieder Platz und merkte nach einer Weile, wie sich mein Körper lockerte, als löste die Stille Knoten auf, die ich nicht einmal bemerkt hatte. Das Feuer war beinahe schon wieder erloschen; die Asche war wie Moos über der Glut gewachsen. Ich sollte mich darum kümmern, aber ich brachte es nicht über mich, vom Stuhl aufzustehen. Ich bewegte die Finger durch die gebündelte Ellipse des Lampenlichts. Als ich mich wieder zurücksetzte, schien das Licht auf die Decke. Ich stellte mir vor, wie Seredith die Decke nähte, sie einen ganzen langen Winter Flecken für Flecken aufbaute. Ich konnte sie vor mir sehen, wie sie beim Feuer saß, ein wenig die Stirn runzelte, während sie das Ende eines Fadens abbiss; aber in meinen Gedanken löste sie sich in einen anderen Menschen auf, in Mutter oder Alta, war jung und alt zugleich …

Die Glocke schrillte. Ich rappelte mich mühsam auf; mir drehte sich alles im Kopf. Ich hatte gedöst. Eine Weile hatte ich an der Schwelle zum Wachsein Geräusche gehört: Räder und ein Pferd, die über die Straße zum Haus gepoltert kamen; aber erst jetzt begriff ich. Es war dunkel draußen, und mein Spiegelbild starrte mich im Fenster an, gespenstisch und verdattert. Die Glocke schrillte abermals, dann hörte ich unten vom Windfang eine gereizte Stimme. Es war der Lichtschimmer einer Laterne zu sehen.

Ich blickte zu Seredith, aber sie schlief. Die Glocke läutete, diesmal länger, ein zerrissenes wütendes Scheppern, als hätte man zu fest an der Klingelschnur gezogen. Seredith verzog das Gesicht, der Rhythmus ihres Atems änderte sich.

Ich eilte aus dem Zimmer und die Treppe hinunter. Die Glocke bimmelte schon wieder schrill, ehe ich die Riegel weggeschoben und die Tür geöffnet hatte; dann hielt ich viel zu spät inne und fragte mich, ob es wohl wieder die Männer mit den Fackeln waren, die zurückgekehrt waren, um unser Haus niederzubrennen. Aber sie waren es nicht.

Der Mann, der vor mir stand, hatte gerade angefangen, etwas zu sagen; er unterbrach sich und musterte mich von Kopf bis Fuß. Er trug einen hohen Hut und einen Umhang. In der Dunkelheit konnte ich nur seine Umrisse und das scharfe Aufblitzen seiner Augen ausmachen. Hinter ihm stand ein Pferdewagen, an dessen Sitzschiene eine Laterne baumelte. Das Licht fiel auf den Dampf, der vom Pferd aufstieg, und auf seine Atemwolken. Ein weiterer Mann trat einige Schritte entfernt von einem Bein aufs andere und zischte ungeduldig zwischen den Zähnen hervor.

»Was wollt Ihr?«

Der erste Mann schniefte und wischte sich mit dem Rücken seines Handschuhs über die Nase. Er nahm den Hut ab und reichte ihn mir, machte dann einen Schritt und zwang mich so, ihn über die Schwelle zu lassen. Einen Finger nach dem anderen streifte er sich die Handschuhe ab und legte die dann über die Krempe seines Huts. Er hatte wirre Locken, die ihm bis fast auf die Schulter fielen. »Erst einmal ein heißes Getränk und ein gutes Abendessen. Kommt rein, Ferguson, da draußen ist es bitterkalt.«

»Wer zum Teufel seid Ihr?«

Er schaute mich an. Der andere Mann – Ferguson – schritt ins Haus und stampfte mit den Füßen, um sie zu wärmen, rief dann über die Schulter dem Kutscher zu: »Wartet hier, ja?« Mit einem schweren klirrenden Schlag stellte er seine Tasche auf dem Fußboden ab.

Der Mann seufzte. »Du musst der Lehrling sein. Ich bin Mr de Havilland und habe Dr Ferguson mitgebracht, damit er nach Seredith sieht. Wie geht es ihr?« Er ging zum kleinen Spiegel an der Wand, schaute hinein und strich sich über den Schnurrbart. »Warum ist es hier so dunkel? Zünde um Himmels willen ein paar Lampen an.«

»Ich bin Emmett.«

Er tat das mit einem Handwedeln ab, als wäre mein Name nicht von Interesse. »Ist sie wach? Je schneller der Arzt sie untersuchen kann, desto schneller kann er wieder zurückfahren.«

»Nein, ich glaube nicht, dass sie …«

»Dann müssen wir sie wohl aufwecken. Bring uns eine Kanne Tee und Kognak. Und was immer du zu essen hast.« Er schritt an mir vorüber und die Treppe hinauf. »Hier entlang, Ferguson.«

Ferguson folgte ihm, umweht von einer Wolke von kalter Luft und feuchter Wolle, langte dann in einem nachträglichen Einfall zu mir zurück und hielt mir seinen Hut hin. Ich drehte mich um und hängte den Hut an den Haken gleich neben der Tür, grub absichtlich meinen Fingernagel tief in den glatten Filz. Eigentlich wollte ich keine Befehle von de Havilland entgegennehmen, aber jetzt, da die Tür geschlossen war, war es so dunkel, dass ich kaum sehen konnte. Ich zündete eine Lampe an. Die beiden Männer hatten Fußspuren auf dem Boden des Flurs hinterlassen; dünne Prismen aus Schlamm von den Absätzen ihrer Stiefel waren über die ganze Treppe verteilt.

Ich zögerte. Groll und Unsicherheit zerrten mich hin und her. Schließlich ging ich in die Küche, kochte eine Kanne Tee – für Seredith, redete ich mir ein – und trug sie nach oben. Als ich anklopfte, antwortete mir de Havillands Stimme: »Jetzt nicht.« Er sprach wie die Leute aus Castleford, aber seine Stimme erinnerte mich an irgendjemanden.

Ich rief durch die geschlossene Tür: »Ihr sagtet …«

»Jetzt nicht!«

»Emmett?«, sagte Seredith. »Komm rein.« Sie hustete, und als ich die Tür aufdrückte, sah ich, wie sie sich beim Versuch, Luft zu bekommen, an der Bettdecke festklammerte. Sie hob den Kopf, ihre Augen waren gerötet und feucht. Sie winkte mich herein. De Havilland war am Fenster, die Arme vor der Brust verschränkt. Ferguson stand beim Kamin und schaute zwischen den beiden hin und her. Der Raum erschien mir auf einmal sehr klein. »Das ist Emmett«, brachte Seredith mit Mühe hervor. »Mein Lehrling.«

Ich erwiderte:»Wir kennen uns schon.«

»Da du einmal hier bist«, wandte de Havilland ein,»kannst vielleicht du Seredith bitten, zur Vernunft zu kommen. Wir sind den weiten Weg von Castleford hergekommen, und jetzt weigert sie sich, vom Arzt untersucht zu werden.«

Sie sagte:»Ich habe Euch nicht hergebeten.«

»Dein Lehrling hat das gemacht.«

Von dem Blick, den sie mir zuschoss, prickelten mir die Wangen.»Nun, es tut mir leid, dass er Eure Zeit verschwendet hat.«

»Das ist doch absurd. Ich bin ein viel beschäftigter Mann, das wisst Ihr. Ich habe dringende Arbeiten ...«

»Ich habe bereits gesagt, dass ich Euch nicht hergebeten habe!«

Sie wandte den Kopf auf die Seite wie ein Kind, und de Havilland schaute den Arzt an und verdrehte die Augen.»Es geht mir blendend«, fuhr sie fort.»Ich habe mich neulich abends erkältet, mehr nicht.«

»Ihr habt da einen schlimmen Husten.« Ich hörte zum ersten Mal den Arzt mit ihr reden, und seine Stimme war so höflich, dass sie geradezu schon salbungsvoll wirkte.»Vielleicht könntet Ihr mir doch ein wenig mehr darüber erzählen, wie es Euch geht.«

Sie schmollte wie ein Kleinkind, und ich war mir sicher, dass sie sich weigern würde. Aber ihre Augen huschten zu de Havilland, und endlich sagte sie:»Müde. Fiebrig. Schmerzen in der Brust. Mehr nicht.«

»Und dürfte ich vielleicht ...« Er bewegte sich zu ihr hin und ergriff ihr Handgelenk so rasch, dass sie keine Zeit hatte, es wegzuziehen.»Ja, ich verstehe. Danke.« Er schaute de Havilland an, und es lag etwas in seinem Blick, das ich nicht deuten konnte. Dann sagte er:»Ich glaube, wir sollten hier nicht länger stören.«

»Nun gut.« De Havilland ging an ihrem Bett vorüber, hielt inne, als wolle er etwas sagen, zuckte dann mit den Schultern. Er machte einen Schritt auf mich zu, genau wie schon vorhin, mit einer geistesabwesenden Entschlossenheit, die mich zwang, ihm aus dem Weg zu gehen. Ferguson folgte ihm, und dann war ich mit Seredith allein.

»Es tut mir leid, ich habe mir Sorgen gemacht.«

Sie schien mich nicht zu hören. Sie hatte die Augen geschlossen, die geplatzten Äderchen leuchteten auf ihren Wangen wie rote Tinte. Aber sie wusste, dass ich da war, weil sie mich nach einer Minute mit einer Handbewegung aus dem Zimmer scheuchte.

Ich ging auf den Flur hinaus. Das Licht der Lampe flutete die Stufen hinauf und durch das Geländer und umrahmte alles mit Gold. Ich konnte die beiden Männer unten im Flur reden hören. Ich ging zur Treppe, hielt inne und lauschte. Ihre Stimmen waren sehr deutlich zu hören.

»... dickköpfige alte Frau«, sagte de Havilland. »Wirklich, ich entschuldige mich. Nach dem, was der Postbote gesagt hat, hatte ich den Eindruck, dass sie darum gebeten hatte ...«

»Keine Ursache. Jedenfalls glaube ich, dass ich genug gesehen habe. Sie ist gebrechlich, aber nicht in Gefahr, es sei denn, ihr Zustand verschlechtert sich ganz plötzlich.« Er ging über den Flur, und ich vermutete, dass er seinen Hut vom Haken nahm. »Habt Ihr entschieden, was Ihr tun wollt?«

»Ich bleibe hier und behalte sie im Auge. Bis es ihr besser geht oder ...«

»Schade, dass sie so weit draußen wohnt. Sonst hätte ich mich sehr gern um sie gekümmert.«

»Ja, wirklich«, stimmte de Havilland zu und schnaufte. »Sie ist ein lebendiger Anachronismus. Man sollte meinen, wir leben noch im finstersten Mittelalter. Wenn sie schon unbedingt weiter Bücher binden muss, dann könnte sie das genauso gut in meiner Buchbinderei machen, in aller Bequemlichkeit. Wie oft ich schon versucht habe, sie zu überreden ... Aber sie besteht darauf, hier zu bleiben. Und jetzt hat sie noch diesen verdammten Lehrling eingestellt ...«

»Sie erscheint mir ein wenig ... dickköpfig.«

»Sie kann einen zur Weißglut bringen«, zischte de Havilland.
»Nun ja, ich denke, ich muss das eine Weile aushalten und versuchen, sie zur Vernunft zu bringen.«

»Viel Glück. Oh …« Man hörte, wie ein Verschluss aufgeknipst wurde, dann ein Klirren. »Wenn sie Schmerzen hat oder nicht schlafen kann, sollten ein paar Tropfen hiervon helfen. Aber nicht mehr.«

»Ja. Dann gute Nacht.«

Die Tür ging auf und wieder zu, und draußen fuhr der Pferdewagen knirschend und holpernd fort. Gleichzeitig kam de Havilland mit schweren Schritten die Treppe herauf. Als er mich sah, hob er die Lampe und musterte mich. »Hast gelauscht, was?« Aber er ließ mir keine Zeit für eine Antwort. Er schob sich an mir vorbei und fügte dann über die Schulter hinzu: »Bring mir sauberes Bettzeug.«

Ich folgte ihm. Er öffnete die Tür zu meinem Schlafzimmer, hielt inne und drehte fragend den Kopf zu mir: »Ja?«

Ich sagte: »Das ist mein Zimmer. Wo soll ich denn …?«

»Keine Ahnung.« Dann schlug er mir die Tür vor der Nase zu und ließ mich im Dunkeln stehen.

7

 Ich schlief im Wohnzimmer, in eine der überzähligen Decken eingehüllt. Das Sofa war aus glänzendem Rosshaar und so glatt, dass ich mich schließlich mit einem Fuß auf dem Boden abstützen musste, um nicht herunterzurutschen. Als ich aufwachte, war es eiskalt und noch immer dunkel, und ich hatte Schmerzen am ganzen Körper. Ich hatte die Orientierung verloren; einen Augenblick lang dachte ich, ich wäre irgendwo draußen, umgeben von den undeutlichen Stümpfen winterlicher Ruinen.

Es war so kalt, dass ich nicht einmal versuchte, wieder einzuschlafen. Ich stand auf, die Decke noch um die Schultern gerafft, und taumelte mit steifen Beinen in die Küche. Ich schürte den Ofen an und machte im Kessel Teewasser heiß, während die letzten Sterne am Horizont verblassten. Der Himmel war klar, und als ich meinen Tee getrunken und eine Kanne für oben aufgebrüht hatte, war die Küche schon voller Sonnenlicht.

Ich ging über den oberen Flur und hörte, wie die Tür zu meinem Schlafzimmer aufging. Zum ersten Mal fiel mir auf, wie vertraut mir dieses Geräusch geworden war: Ohne nachzudenken, wusste ich, dass es meine Tür war und nicht die von Seredith.

»Ah. Ich hatte gehofft, du bringst Wasser zum Rasieren. Na, sei's drum, Tee ist auch gut.«

Ich blinzelte das Bild des Küchenfensters weg, das immer noch in meinem Gesichtsfeld eingebrannt zu sein schien. De Havilland stand in Hemdsärmeln in meiner Tür. Jetzt, da es hell war, konnte ich seine Erscheinung besser wahrnehmen – die hellen, angegrauten Locken, die blassen Augen, die bestickte Weste – und die verächtliche Miene. Es war schwer zu sagen, wie alt er war. Sein Haar und seine Augen waren so verwaschen, dass er genauso gut vierzig wie sechzig hätte sein können. »Beeil dich, Junge.«

»Der Tee ist für Seredith.«

Eine Sekunde lang dachte ich, er würde Einwände dagegen erheben. Er seufzte. »Na gut. Bring noch eine Tasse hoch. Das heiße Wasser hat Zeit bis später.« Er drängte sich an mir vorbei und ging in Serediths Zimmer, ohne anzuklopfen. Die Tür wollte zufallen. Ich hielt sie mit dem Ellbogen offen und ging rückwärts hinter ihm ins Zimmer.

»Geh weg«, sagte Seredith. »Nein, du nicht, Emmett.«

Sie saß aufrecht da, das Gesicht von einem Heiligenschein weißer Haarsträhnen umgeben, die Decke mit den Fingern bis unters Kinn gezogen. Sie war dünn, aber ihre Wangen hatten wieder Farbe bekommen, und ihre Augen waren so scharf wie immer. De Havilland warf ihr ein dünnes Lächeln zu. »Ich sehe, du bist wach. Wie fühlst du dich?«

»Belagert. Warum bist du hier?«

Er seufzte. Er bürstete ein paar Staubkörnchen von dem moosgrünen Sessel und ließ sich darauf nieder, zog dabei zart am Knie die Hosenbeine hoch. Er drehte den Kopf, um das Zimmer zu mustern, hielt hier und da inne, um die Risse im Putz zu betrachten, das verkratzte Fußende des Bettes und den dunkleren blauen Rhombus, wo die Decke geflickt war. Als ich das Tablett neben dem Bett abstellte, beugte er sich an mir vorbei, um Tee in die einzige Tasse zu schenken, und trank mit einer Grimasse davon. »Das ist alles so leidig. Wie wäre es, wenn wir keine Zeit mehr verschwenden und uns so benehmen, als würde ich mir Sorgen um dich machen«, sagte er.

»Blödsinn. Wann hast du dir je Sorgen um mich gemacht? Emmett, holst du bitte noch zwei Tassen?«

Ich sagte: »Das ist schon in Ordnung, Seredith, ich habe keinen Durst«, als de Havilland einwandte: »Eine wird wohl reichen, denke ich.« Ich biss die Zähne zusammen und verließ das Zimmer, ohne ihn anzuschauen. Ich ging, so schnell ich konnte, in die Küche und zurück und holte eine weitere Tasse. Als ich oben an der Treppe einen Blick auf die Tasse warf, sah ich, dass sich im Inneren eine Staubfeder aufgerollt hatte. Wenn sie für de Havilland bestimmt gewesen wäre, hätte ich sie so gelassen, aber das war sie ja nicht. Als ich Serediths Schlafzimmertür aufmachte und die Tasse mir vom Finger baumelte, saß Seredith kerzengerade im Bett und hatte die Arme vor der Brust verschränkt, während de Havilland sich im Sessel räkelte.

»Ganz gewiss nicht«, beteuerte er. »Du bist eine hervorragende Buchbinderin. Altmodisch natürlich, aber ... Na ja. Du könntest nützlich für mich sein.«

»In deiner Buchbinderei arbeiten?«

»Du weißt, dass mein Angebot noch steht.«

»Da würde ich lieber sterben.«

De Havilland wandte sich sehr betont mir zu. »Ich bin froh,

dass du endlich doch noch den Weg zu uns zurück gefunden hast«, sagte er. »Vielleicht hättest du die Güte, Seredith eine Tasse Tee einzuschenken, ehe sie verdurstet.«

Ich wollte ihm lieber nicht darauf antworten. Ich schenkte dunklen Tee in die nun saubere Tasse und reichte sie Seredith, umfasste dabei ihre Hände mit meinen, um sicher zu sein, dass sie die Tasse fest umfangen hielt.

Sie schaute zu mir auf, ihr Gesicht wirkte ein wenig sanfter. »Danke, Emmett.«

De Havilland lächelte, jedoch ohne jede Wärme. »Die Zeiten haben sich geändert, Seredith. Einmal ganz abgesehen von deiner Gesundheit, wünschte ich doch, du würdest es dir noch einmal überlegen. Dieses Einsiedlerleben, meilenweit von allem entfernt, das Binden von ungebildeten, abergläubischen Bauern ... Wir haben hart dafür gearbeitet, dass unser Ruf sich bessert, damit die Menschen verstehen, dass wir Seelenheiler und keine Hexen und Zauberer sind. Du wirfst ein schlechtes Licht auf unser Gewerbe ...«

»Halt mir keine Predigten.«

Er strich sich mit gespreizten Fingern eine Haarsträhne aus der Stirn. »Ich will dir nur erklären, dass wir aus dem Kreuzzug gelernt haben ...«

»Du warst ja während des Kreuzzugs noch nicht einmal am Leben! Wie kannst du es wagen ...«

»Gut, gut!« Nach einem Augenblick beugte er sich vor und schenkte sich erneut Tee ein. Inzwischen war der Tee dunkel wie Tinte, aber de Havilland schien das nicht zu bemerken, bis er einen Schluck nahm und den Mund verzog. »Sei vernünftig, Seredith. Wie viele Leute hast du dieses Jahr gebunden? Vier? Fünf? Du kannst unmöglich genug zu tun haben, um dich selbst beschäftigt zu halten, geschweige denn einen Lehrling. Und alles Bauern, die kein Verständnis für unser Handwerk haben. Die halten dich für eine Hexe ...« Er beugte sich vor und fuhr mit leiserer Stimme fort: »Wäre es nicht angenehmer, mit nach Castleford zu kommen, wo Buchbinder Respekt genießen? Wo

Bücher Respekt genießen? Ich habe ziemlich viel Einfluss. Ich betreue einige der besten Familien.«

»Betreust sie?«, wiederholte Seredith. »Ein einziges Binden sollte fürs ganze Leben reichen.«

»O bitte … Wenn man den Schmerz lindern kann, wer sind wir, den Menschen unsere Kunst vorzuenthalten? Du bist zu starr und unbeugsam in deinen Ansichten.«

»Das reicht!« Sie schob ihren Tee so heftig von sich, dass er über die Flicken der Decke schwappte. »Ich komme nicht mit nach Castleford.«

»Dieser Hochmut ist wohl kaum in deinem Interesse. Warum verrottest du lieber hier an diesem gottverlassenen Ort …«

»Du verstehst es nicht, oder?« Noch nie hatte ich erlebt, dass Seredith so gegen ihre Wut ankämpfen musste. »Einmal von allem anderen abgesehen, kann ich die Bücher nicht verlassen.«

De Havilland stellte seine Tasse mit einem Klirren auf der Untertasse ab. Der Siegelring an seinem kleinen Finger glitzerte. »Das ist doch absurd. Ich verstehe deine Skrupel, aber das ist alles ganz einfach. Wir können die Bücher mitnehmen. Ich habe Platz in meinem Gewölbe.«

»Dir meine Bücher geben?« Sie lachte. Es klang, als knackte ein Zweig.

»In meinem Gewölbe sind sie völlig sicher. Sicherer, als wenn du sie hier bei dir in der Buchbinderei aufbewahrst.«

»Darum geht es doch, nicht wahr?« Sie schüttelte den Kopf und lehnte sich an die Kissen zurück. »Ich hätte es wissen müssen. Warum sonst würdest du dir die Mühe machen, hierherzukommen? Du hast es auf meine Bücher abgesehen. Natürlich.«

Er setzte sich kerzengerade auf, und zum ersten Mal schlich sich ein Hauch Röte auf seine Wangen. »Es besteht kein Anlass, jetzt …«

»Wie viele von deinen eigenen Büchern landen überhaupt in deinem Gewölbe? Glaubst du, ich weiß nicht, woher du das Geld für die neue Buchbinderei und deine … deine *Westen* hast?«

»Es nicht illegal, Bücher für den Handel zu binden. Das sind doch nur Vorurteile.«

»Ich spreche nicht vom Buchbinden für den Handel«, erwiderte sie und verzog den Mund, als hätte sie etwas Bitteres geschmeckt. »Ich spreche davon, dass du die echten Bindebücher ohne Erlaubnis verkaufst. Und das ist illegal.«

Sie starrten einander einen Augenblick lang an. Serediths Hand lag wie ein weißes Knäuel aus Sehnen an ihrer Kehle; sie umklammerte den Schlüssel, den sie um den Hals trug, als bestünde die Gefahr, dass ihn ihr jemand entreißen würde.

»Herrgott«, sagte de Havilland und sprang auf. »Ich weiß nicht, warum ich mir überhaupt die Mühe mache.«

»Ich auch nicht. Warum gehst du nicht nach Hause?«

Er stieß einen theatralischen Seufzer aus und hob die Augen zum rissigen Putz der Zimmerdecke. »Ich gehe nach Hause, wenn es dir besser geht.«

»Oder wenn ich tot bin. Darauf wartest du doch eigentlich, nicht wahr?«

Er vollführte eine kleine spöttische Verbeugung in ihre Richtung und ging mit großen Schritten zur Tür. Ich lehnte mich an die Wand zurück, um ihn vorbeizulassen, und er schaute mir in die Augen und zuckte zusammen, als hätte er vergessen, dass ich da war. »Heißes Wasser«, sagte er. »In mein Zimmer. Sofort.« Er schlug die Tür mit einem Knall hinter sich zu, der die Wände erzittern ließ.

Seredith schaute mich von der Seite an, zupfte dann an der Decke, als wolle sie überprüfen, ob das Muster vollständig war. Als sie nichts sagte, räusperte ich mich.

»Seredith … wenn du möchtest, dass ich ihn rauswerfe …«

»Und wie würdest du das bewerkstelligen?« Sie schüttelte den Kopf. »Nein, Emmett. Er geht schon von allein, wenn er sieht, dass ich mich erholt habe. Das dauert nicht mehr lange.« Irgendwas an der Art, wie sie das sagte, stieß mir sauer auf. »Inzwischen …«

»Ja?«

Sie schaute mir in die Augen. »Versuche, nicht seinetwegen die Beherrschung zu verlieren. Du brauchst ihn vielleicht doch noch.«

Dieses kurze Aufflackern einer Komplizenschaft tröstete mich jedoch nicht, als die Tage vergingen und de Havilland keinerlei Anstalten zum Aufbruch machte. Ich konnte nicht verstehen, warum Seredith ihn hier duldete, aber ich wusste, dass ich ihn ohne ihre Zustimmung nicht zum Gehen auffordern konnte. Ich war ja selbst schuld daran, dass er hier war, doch dieses Wissen machte es mir nicht leichter, meine Bemerkungen herunterzuschlucken, wenn er prüfend an dem Pökelfleisch im Eintopf herumdrückte oder mir ein paar Hemden hinwarf und mich anwies, sie zu waschen. Mit meinen Arbeiten im Haus, dem Betreuen von Seredith und den zusätzlichen Aufgaben, die er mir aufhalste, blieb mir keine Zeit mehr für irgendetwas anderes; die Stunden verrannen in einem verschwommenen Wirbel aus Plackerei und Verärgerung, und ich setzte nicht einen Fuß in die Werkstatt. Es fiel mir schwer, mich daran zu erinnern, dass ich noch vor wenigen Tagen, ehe de Havilland auftauchte, das Gefühl gehabt hatte, das Haus gehöre mir. Nun war ich auf den Status eines Sklaven gesunken. Aber die Arbeit war nicht das Schlimmste – zu Hause hatte ich schwerer arbeiten müssen, ehe ich krank wurde –, es war die Art und Weise, wie de Havillands Anwesenheit das ganze Haus erfüllte. Ich hatte noch nie jemanden gekannt, der sich so leise bewegte; mehr als einmal spürte ich, wenn ich den Ofen schürte oder einen Topf scheuerte, die eiskalte Berührung seines Blicks im Nacken. Ich fuhr herum, erwartete, dass er blinzeln oder lächeln würde, aber er beobachtete mich einfach weiter, als wäre ich ein Tier, das ihm noch nie zu Augen gekommen war. Ich starrte zurück, wild entschlossen, nicht als Erster wegzuschauen, und endlich wanderten seine Augen an mir vorüber auf das, was ich gerade machte, ehe er sich leise aus dem Zimmer schlich.

Eines Morgens begegnete er mir am Fuß der Treppe, als ich einen Korb mit Holzscheiten für den Küchenherd hereintrug. »Seredith schläft. Ich möchte, dass du im Wohnzimmer ein Feuer machst.«

Ich lud das Holz in der Küche ab, ohne ihm zu antworten. Ich wollte ihm sagen, er solle sein eigenes Feuer anzünden – oder etwas viel Unflätigeres –, aber beim Gedanken an Seredith, die hilflos oben schlief, schluckte ich die Bemerkungen herunter. De Havilland war unser Gast, ob es mir nun gefiel oder nicht, also packte ich mir ein paar Scheite vor die Brust und trug sie über den Flur ins Wohnzimmer. Die Tür stand offen. De Havilland hatte den Schreibtisch umgedreht und saß mit dem Rücken zum Fenster. Er blickte nicht auf, als ich hereinkam, deutete nur auf den Kamin, als wüsste ich nicht, wo der sich befand.

Ich kauerte mich hin und begann, die Überreste des letzten Feuers vom Kaminrost zu fegen. Die feine Holzasche wirbelte auf wie ein Rauchgespenst. Als ich das Anmachholz zurechtlegte, spürte ich wieder das kalte Kitzeln im Nacken; es kam mir wie eine Niederlage vor, mich umzudrehen, um zu sehen, ob er mich beobachtete, aber ich konnte nicht anders. De Havilland lehnte auf dem Stuhl und tippte sich mit der Feder an die Zähne. Er schaute mich lange an; es erschien mir wie eine Ewigkeit, während mir das Blut in den Schläfen zu summen begann. Dann lächelte er leise und wandte sich wieder dem Brief zu, den er geschrieben hatte.

Ich zwang mich, mit dem Feuer weiterzumachen. Ich zündete es an und wartete, bis die Flammen sich ausgebreitet hatten. Als es sicher brannte, stand ich auf und versuchte, mir die grauen Flecken vom Hemd zu bürsten.

De Havilland las ein Buch. Er hatte immer noch die Feder in der Hand, aber nun lag sie locker zwischen seinen Fingern, während er die Seiten umblätterte. Sein Gesicht war sehr ruhig; er hätte genauso gut aus dem Fenster schauen können. Einen Augenblick später hielt er inne, blätterte eine Seite um und machte sich eine Notiz. Als er damit fertig war, fiel sein Blick auf mich.

Er legte die Feder weg und strich sich über den Schnurrbart, die Augen über der streichenden Hand, die seinen Mund bedeckte, auf meine Augen gerichtet. Unvermittelt wich der vage, interessierte Blick einem Funkeln von etwas anderem, und er hielt mir das Buch hin.

»*Master Edward Albion*«, sagte er. »Gebunden von einem anonymen Buchbinder aus Albions Werkstatt. Schwarzes Saffianleder, Goldprägung, erhabene Scheinbünde. Kapitalbänder in Schwarz und Gold genäht, Vorsatzblätter marmoriert, roter zurückgezogener Marmor. Möchtest du mal sehen?«

»Ich ...«

»Nimm's ruhig. Vorsichtig«, fügte er mit plötzlicher Schärfe in der Stimme hinzu. »Es ist wohl ... oh, fünfzig Guineas wert. Bestimmt mehr, als du je zurückzahlen könntest.«

Ich wollte das Buch schon ergreifen, aber irgendetwas in meinen Gedanken warnte mich, und ich zog die Hand zurück. Es war der Anblick seines Gesichts, so unendlich heiter, wie er da las: Wörter, auf die er kein Recht hatte, die Erinnerungen eines anderen ...

»Nein? Nun gut.« Er legte das Buch auf den Tisch. Dann blickte er wieder zu mir zurück, als wäre ihm gerade etwas eingefallen, und er schüttelte den Kopf. »Ich sehe, dass du dieselben Vorurteile hast wie Seredith. Das ist eine Lehrbindung, weißt du. Für den Handel, aber völlig legitim. Nichts, das irgendjemandes Zartgefühl verletzen könnte.«

»Ihr meint ...« Ich unterbrach mich. Ich wollte ihm nicht die Genugtuung geben, ihn zu fragen, was er damit meinte, aber er kniff die Augen zusammen, als hätte ich es getan.

»Schade, dass du bei Seredith in der Lehre bist«, meinte er. »Da musst du ja den Eindruck haben, dass die Binderei im finstersten Mittelalter stehengeblieben ist. Dabei besteht sie nicht nur aus okkultem Gemurmel und dem Buch von Wiccia, weißt du ... Oh.« Er verdrehte die Augen. »Du hast noch nie vom Buch von Wiccia gehört? Oder von der Bibliothek von Pompei? Oder den großen Bindereien am Totenbett aus der Renaissance? Oder der

Binderei von Fangorn? Oder von Madame Sourly? Nein? Von den Prozessen von North Berwick? Von den Kreuzzügen, vermutlich hast sogar du schon einmal von den Kreuzzügen gehört?«

»Ich war krank. Seredith konnte mich noch nicht ordentlich unterrichten.«

»Von der Gesellschaft der Edlen Buchbinder?«, fuhr er fort und zog eine Augenbraue in die Höhe. »Vom Gesetz über den Verkauf von Erinnerungen von 1750? Von den Regulierungen zur Vergabe von Lizenzen an Buchhändler? Himmel, was *hat* sie dir denn beigebracht? Nein, du brauchst es mir nicht zu sagen«, fügte er verächtlich hinzu. »Wie ich Seredith kenne, hast du wahrscheinlich drei Monate mit Vorsatzpapieren zugebracht.«

Ich wandte mich ab und hob den vollen Aschenkasten auf. Mein Gesicht brannte.

Als ich den Raum verließ, eine Wolke von Aschestaub hinter mir herziehend, rief er noch: »Oh, und meine Laken riechen muffig. Wechsle sie, ja?«

Als ich später am Nachmittag das Tablett bei Seredith abholen ging, war sie aufgestanden. Sie saß, in ihre Decke gehüllt, am Fenster, ihre Wangen waren gerötet. Sie lächelte, als ich ins Zimmer trat, aber es lag eine seltsame Leere in ihren Augen. »Da bist du ja«, sagte sie. »Das ist schnell gegangen. Wie war es?«

»Was?« Ich hatte die Laken bei de Havilland gewechselt.

»Das Binden, natürlich«, antwortete sie. »Ich hoffe, du warst vorsichtig, als du sie nach Hause geschickt hast. Wenn man ihnen sagt, dass sie gebunden wurden, hören sie dich manchmal, obwohl ... Nur im ersten Jahr oder so, während sich die Gedanken daran anpassen, aber es ist eine gefährliche Zeit, und man muss vorsichtig vorgehen ... Dein Vater konnte mir den Grund nie erklären, warum manches irgendwie durchkommt ... Aber ich frage mich ... ich glaube, tief im Inneren wissen sie, dass ihnen etwas fehlt. Du musst *vorsichtig* sein.« Sie bewegte sich unruhig, bewegte ihren Mund, als hätte sie einen losen Zahn. »Manchmal meine ich, du hast zu jung angefangen. Ich habe dich Leute binden lassen, ehe du dazu bereit warst.«

Ich setzte das Tablett wieder ab. Ich versuchte, es sanft abzustellen, aber das Porzellan klirrte. »Seredith? Ich bin's, Emmett.«

»Emmett?« Sie blinzelte. »Emmett. Ja. Tut mir leid. Ich glaubte einen Augenblick lang …«

»Kann ich …« Meine Stimme brach. »Kann ich dir irgendwas bringen? Möchtest du mehr Tee?«

»Nein.« Sie zitterte und zog sich die Decke fester um die Schultern, grunzte ein wenig vor Kälte, doch als sie aufschaute, waren ihre Augen hell und klar. »Verzeih mir. Wenn man so alt ist wie ich, dann … verschwimmen die Dinge mitunter.«

»Macht nichts«, sagte ich mit einer dümmlichen Höflichkeit, als hätte sie mir nicht etwas verraten. »Soll ich …?«

»Nein. Setz dich.« Lange Zeit sagte sie jedoch nichts mehr. Wolkenschatten huschten vorüber, über das Moor und die Straße, schnell wie Schiffe.

Ich räusperte mich. »Seredith … vor einem Augenblick, für wen hast du mich da vorhin gehalten?«

»Er glaubt, ich habe dich absichtlich so unwissend gehalten«, erwiderte sie. An der Schärfe in ihrer Stimme erkannte ich, dass sie de Havilland meinte. »Er glaubt, ich bin gegen jeden Fortschritt. Eine störrische, altmodische Langweilerin. Nur weil ich finde, dass unsere Handwerkskunst heilig ist. Er lacht darüber. Für ihn geht es nur um Macht. Um Geld. Er kennt keine … Ehrfurcht. Ich weiß«, fuhr sie fort, obwohl ich gar nichts gesagt hatte. »Ich weiß, dass viel zu viele Leute uns immer noch für Hexen halten. Die Leute spucken über die Schulter, wenn sie über Buchbinder reden – wenn sie überhaupt von ihnen sprechen. Leute wie deine Eltern – nun ja, dein Großvater war einer von den Kreuzzüglern, nicht? Dein Vater hatte zumindest den Anstand, sich deswegen zu schämen … Aber das ist nur Unwissen. Die Art und Weise, wie *er* diese Dinge macht …«

»De Havilland?«

Sie schnaufte. »Dieser absurde Name! Nein, bei ihm stimmt gar nichts. Buchbindereien voller Leute, die keine Ahnung haben, was sie da machen – Bücher für den *Handel* ... Wir machen Bücher ... wir machen wunderschöne Bücher ... aus Liebe.« Sie fuhr herum, und ihr Gesicht war härter, als ich es je gesehen hatte. »Aus Liebe. Verstehst du?«

Eigentlich nicht. Aber ich musste nicken.

»Es gibt einen Augenblick, wenn man mit dem Binden beginnt, da werden der Binder und der Gebundene eins. Du sitzt nur da und wartest darauf. Du lässt den Raum ganz still werden. Sie haben Angst, sie haben immer Angst ... Es ist deine Aufgabe, zuzuhören, abzuwarten. Dann geschieht etwas Geheimnisvolles. Deine Gedanken öffnen sich für ihre, und sie lassen los. Dann kommen die Erinnerungen. Wir nennen diesen Augenblick den *Kuss*.«

Ich schaute weg. Ich hatte außer meiner Familie noch nie jemanden geküsst.

»Du wirst ein bisschen zu jeder Person, die du bindest, Emmett ... Nur für eine kleine Weile schlüpfst du in ihre Haut. Wie kannst du das tun, wenn du sie dann hinterher gewinnbringend verkaufen willst?«

Plötzlich verkrampften sich meine Beine. Ich trat mit den Füßen hin und her, um den Schmerz zu lindern, und stand dann auf und ging zum Kaminsims und zu meinem Stuhl zurück. Seredith folgte mir mit den Augen. Eine Wolke zog über die Sonne, so dass ihre Falten verschwammen und ihr Gesicht weicher wurde. »Ich möchte nicht, dass du ein Buchbinder wie er wirst, Emmett.«

»Ich würde mir lieber die Kehle durchschneiden, als so wie er ...«

Ihr Lachen war ein trockenes, schmerzliches Rasseln. »Das sagst du jetzt. Ich hoffe, es stimmt.« Sie sank tiefer in ihre Decke zurück.

Es herrschte Stille. Ich bog die Zehen in den Stiefeln. Mir war plötzlich kalt. »Warum erzählst du mir das?«

»Ich glaube, ich hätte jetzt gern den Tee, bitte«, sagte sie. »Es geht mir ein bisschen besser.«

»Ja.« Ich schritt durch das Zimmer und riss die Tür so ungeschickt auf, dass sie beinahe gegen die Wand prallte.

De Havilland machte einen Schritt zurück; er hatte unmittelbar davor gestanden. »Ich muss mit Seredith reden«, sagte er. »Geh mir aus dem Weg.«

Ich trat zur Seite. Irgendwas an der Neigung seines Kopfes verriet mir, dass er uns belauscht hatte. Das hoffte ich. Ich wollte, dass er meine Worte gehört hatte.

»Und wisch dir das freche Grinsen vom Gesicht«, fügte er hinzu. »Wenn du mein Lehrling wärst, würde ich dich auspeitschen lassen.«

»Ich bin nicht Euer Lehrling.«

Er schob sich an mir vorbei. »Vielleicht schon bald«, antwortete er und schlug die Tür zu.

In dieser Nacht ging ich im Mondlicht nach unten, das so hell war, dass ich keine Kerze anzünden musste. Es war seltsam, wie dieses Licht an mir hing, bei jedem Schritt raschelte, als zerrissen feine Spinnweben. Doch ich suchte etwas. Das war das einzig Wichtige.

Mir war kalt. Meine Füße waren nackt. Ich schaute auf sie herunter, und das Mondlicht schimmerte, waberte, bewegte sich, während ich mich bewegte. Ich träumte, aber dieses Wissen weckte mich nicht auf. Stattdessen schien es mich aufzuheben und zu tragen. Jetzt war ich in der Werkstatt. Hier war alles von den Blüten des Lichts bedeckt. Mein Hemd streifte an der Werkbank entlang und hinterließ einen dunklen Striemen, der schimmernde Staub heftete sich an den Stoff. Was suchte ich?

Ich schritt auf die Tür zu, die vor mir lag, die in den Lagerraum hinunterführte. Doch als ich durchging – sie öffnete sich, sie löste sich unter meiner Bewegung auf –, war ich in dem anderen

Zimmer, dem mit den Stühlen und dem Tisch. Es war nicht mehr Nacht. Ein junger Mann saß mit dem Rücken zu mir. Es war Lucian Darnay.

Er drehte sich zu mir um, als wolle er zu mir hinschauen, doch dann verlangsamte sich die Welt, und ehe ich sein Gesicht sehen konnte, gab der Traum unter meinen Füßen nach. Eine Sekunde lang fiel ich, sackte blind durch den leeren Raum; dann wurde ich mit einem Ruck wach. Mein Herz klopfte wild, meine Gliedmaßen summten noch vor Spannung. Ich brauchte lange, ehe ich die Muskeln in meinen Armen wieder beherrschte, doch endlich, als sie mir wieder gehorchten, setzte ich mich auf und wischte mir den Schweiß aus dem Gesicht. Wieder ein Alptraum. Nur war es diesmal eigentlich kein Alptraum gewesen; trotz der Furcht war das stärkste Gefühl eine Art Verzweiflung gewesen, als hätte ich nach nur einem einzigen weiteren Moment gefunden, wonach ich gesucht hatte.

Ich hatte gedacht, es wäre mitten in der Nacht, aber dann hörte ich, wie die Uhr sieben schlug, und begriff, dass ich verschlafen hatte; es war Zeit, den Ofen in der Küche zu schüren und Serediths Tee zu kochen. Ich ließ mich vom Sofa gleiten und ging auf den Flur, meine Decke wie einen Umhang um die Schultern geschlungen. Ich stand lange vor dem Ofen, so nahe, wie ich konnte, bis er mich ganz durchgewärmt hatte.

»Ich möchte bitte Tee.«

Ich fuhr herum. De Havilland ließ sich auf einem Stuhl nieder und rieb sich mit zwei Fingern die Stirn. Er trug einen hellblauen Morgenmantel mit silberner Stickerei, doch darunter war er vollständig angekleidet, seine Weste und sein Halstuch hatte er schon am Tag zuvor getragen. Er hatte violette Schatten unter den Augen.

Zumindest hatte er »bitte« gesagt. Ich antwortete ihm nicht, sondern stellte den Kessel auf und gab einen Löffel Tee in die Kanne. Die Teedose war so alt, dass das grün-goldene Muster Rostflecken hatte und die Farbe unter meinen Fingern abblätterte, als ich den Deckel öffnete.

Er gähnte. »Wie oft kommt die Post? Einmal in der Woche?«

»Ja.«

»Dann also heute.«

»Vielleicht.« Als das Wasser kochte, schüttete ich es in die Teekanne. Dampf stieg mir ins Gesicht, brannte mir heiß auf den Wangen.

»Gut.« Er zog die Uhr hervor und begann sie aufzuziehen. Die Zahnräder machten ein kratzendes Geräusch, das mir Schauder über den Rücken jagte. Der Tee hatte noch nicht lange genug gezogen, aber ich schenkte ihn trotzdem schon ein; in dem dünnen Porzellan von de Havillands Tasse sah er kaum dunkler aus als Urin. De Havilland runzelte die Stirn, führte aber die Tasse zum Mund und nippte kommentarlos daran. Dann stellte er sie mit einem präzisen Klirren genau mitten auf die Untertasse.

Ich holte das Tablett hervor und deckte es ein, nicht mit dem blau-weißen Porzellan, sondern mit einer der Keramiktassen, die Seredith und ich benutzten. Es hatte keinen Sinn, ihr Brote zu bringen – wenn Toller kam, würde ich ihn bitten, uns etwas Lab zu bringen, dann konnte ich ihr Dickmilch machen –, doch jetzt nahm ich nur ein paar getrocknete Apfelstücke aus einem Gefäß und rührte einen Löffel Honig in ihren Tee. Ich war so sehr erpicht darauf, von de Havilland fortzukommen, dass der Tee über das Tablett schwappte, als ich es hochhob.

De Havilland blickte auf, als ich an ihm vorüberging. »Wo gehst du hin?«

»Ich bringe Seredith ihr Frühstück.«

»Oh.« Seine Augen flackerten, als hätte etwas hinter mir seine Aufmerksamkeit erregt. Doch als sein Blick zu mir zurückkehrte, war er ganz ruhig. Seine Iris war so blassbraun wie der dünne Tee in seiner Tasse.

»Nicht nötig«, sagte er. »Sie ist leider heute Nacht gestorben.«

 In Serediths Zimmer war es so still, dass ich das Gefühl hatte, ein Gemälde zu betreten. Alles außer dem Fenster war düster und schattig. Jenseits des Glases malte das erste Morgenlicht ein blassblaues Band an den Horizont. Eine Spinnwebe war wie ein Segel über eine Ecke der Fensterscheibe gespannt. Schmutzflecken oder trockene Grasstäubchen bedeckten das Fensterbrett, obwohl der Fensterflügel verriegelt war. Aber was immer der Wind durch die Spalten geweht hatte, nun war es tot, und von nirgendwo war ein Laut zu hören.

De Havilland hatte Serediths Lider mit Münzen beschwert, damit die Augen geschlossen blieben. Die eine war ein Sixpence-Stück, die andere viel größer, eine halbe Guinea. Das wirkte grotesk, beinahe als würde sie im Tod blinzeln. Doch es war gleichgültig, denn dieses Ding auf dem Bett war nicht mehr Seredith. Ich stand am Fußende und versuchte mich daran zu erinnern, wie dieses Etwas mit dem hageren, eingesunkenen Gesicht, mit dem blinden, schiefen Blick mit mir gesprochen, mich unterrichtet hatte … Doch das Zimmer fühlte sich leer an. Selbst ihr Haar, ihr Nachthemd hatten nichts Menschliches mehr, sie waren zu nichts als Dingen geworden, wie Schimmel oder Pilze. Ich versuchte, in mir einen Funken Trauer oder Entsetzen zu finden, aber mein Gehirn gehorchte mir nicht. Das einzig Bemerkenswerte schienen Einzelheiten zu sein: der schwache metallische Geruch wie von schmelzendem Schnee, die eingetrocknete Farbe im Glas neben dem Bett, die ausgefranste Spitze unter Serediths Kinn.

Was sollte nun geschehen?

Ich streckte die Hand aus und berührte die Bettdecke. Sie war so kalt, dass sie sich beinahe feucht anfühlte. Plötzlich wollte ich ihr, ein absurder Gedanke, mehr Decken bringen und im Kamin ein Feuer anzünden; es kam mir falsch, ja sogar unfreundlich vor, sie hier einfach in dieser eisigen Reglosigkeit liegen zu lassen. Ich wollte, dass ihr das tanzende Licht und das Flüstern der Flammen Gesellschaft leistete ... Aber welcher Narr würde ein Zimmer heizen, in dem sich eine Leiche befindet? Ich konnte mir de Havillands Gesicht bildlich vorstellen, wenn er mich mit einem Korb voller Holzscheite die Treppe hinaufgehen sähe.

Ich wandte mich ab. Es hatte keinen Sinn, mit ihr zu sprechen oder ihr den Kragen zu richten, wo die Rüsche halb nach innen gefaltet war; sie war fort, ganz und für immer fort, und es wäre zu sentimental, so zu tun, als wäre es anders.

Ich schloss die Tür hinter mir und ging die Treppe hinunter. Es war seltsam, wie fest die Dielen und Geländer blieben, wie sie glänzten und leicht matter wurden, wenn mein Schatten über sie hinstrich, und wie das Knarren meiner Schritte nur ein wenig zu deutlich war: als bemühte sich alles, mich daran zu erinnern, dass ich noch hier war, dass ich noch lebendig war, während Seredith sich in Luft aufgelöst hatte.

»Hier herein«, ertönte de Havillands Stimme aus dem Wohnzimmer. Er hatte noch nie meinen Namen benutzt.

Mehr als alles andere wollte ich einfach die Haustür öffnen und hinausspazieren. Wenn ich nun fortging und immer weiter wanderte, wäre ich morgen früh zu Hause. Ich würde müde, aber triumphierend auf den Hof schreiten. Alta würde an der Tür zur Milchkammer stutzen, dann scheppernd ihren Eimer fallen lassen und sich mir in die Arme werfen. Ich würde meiner Mutter und meinem Vater sagen, dass es mir besser ging, und alles wäre wieder wie früher. Was machten sie dort wohl heute? Im Niederen Feld musste dringend ein Entwässerungsgraben gezogen werden, und bei diesem klaren kalten Wetter ließen sich gut Rüben ernten. Vielleicht hatte Mutter die Räucherkammer auf dem Hof in Betrieb gesetzt; einen Augenblick lang konnte ich beinahe den dichten Holzrauch und den Hauch von Blut riechen. Es war, als versuchte ich mir vorzustellen, ich wäre wieder ein kleines Kind.

»Hier herein, und zwar jetzt gleich. Ich weiß, dass du da draußen bist.«

Ich wandte mich ab, mir tat alles weh. Ich konnte nicht nach Hause. Selbst wenn meine Familie sich freuen würde, mich zu sehen, gehörte ich dort nicht mehr hin; ich war ein Buchbinder, ob ich wollte oder nicht. Und was war, wenn ich das Binderfieber noch im Blut trug wie eine verborgene Krankheit? Vielleicht musste ich ein Buchbinder sein, um es in Schach zu halten. Wenn ich jetzt nach Hause ging, würde ich immer Angst haben. Ich schritt über den Flur zum Wohnzimmer und gab mir Mühe, mit fester Stimme zu sagen: »Ja, ich bin hier.«

»Na endlich.« Er saß auf dem Sofa, eine leere Teetasse und einen Teller vor sich auf dem Tisch. Er starrte auf den Kamin. Er hatte ein Feuer angezündet, aber das Holz war zu dicht gepackt; ich wusste, dass es innerhalb einer Minute zu nichts vergehen würde. »Es ist eiskalt hier. Der Kamin zieht nicht richtig.«

Wie auf Stichwort verloschen die Flammen mit einem Seufzer. Ich antwortete nicht.

Er schnalzte mit der Zunge und schaute mich wütend an, als wäre es meine Schuld. »Auf dem Schreibtisch liegen zwei Briefe. Wenn Toller kommt, gib ihm die. Hast du verstanden?«

Ich ging zum Tisch und nahm sie. *Dr Ferguson, 45 The Mount, Castleford* und *Elijah Oaks, Bestatter, 131 High Street, Castleford.* »Ist das alles?«

Er stand auf und machte ein paar Schritte zum Fenster. Draußen streifte ein Vogel über das Wasser, zog eine glänzende Tropfenspur hinter sich her, und das Schilf neigte sich silbern in der Brise. Doch als de Havilland sich wieder zu mir umwandte, schien es, als hätte er einen Misthaufen betrachtet. »Setz dich.«

»Ich möchte lieber stehen bleiben.«

Er deutete auf einen Stuhl und lächelte mich an. Ich versuchte, seinem Blick standzuhalten, schaffte es aber nicht. »Gut«, sagte er, als ich mich auf dem Stuhl niederließ. Er legte eine Pause ein, stieß mit dem Schürhaken in die Überreste des Feuers und seufzte, ehe er fortfuhr: »Serediths Tod«, meinte er, während er immer noch in der Asche wühlte, »war … bedauerlich.«

Ich antwortete nicht. Seltsamerweise merkte ich, dass ich auf Bewegungen im Obergeschoss lauschte.

»Obwohl sie alt war. Das ist ja schließlich der Lauf der Natur. Eine Generation vergeht, während die andere heranreift. Die alte Ordnung weicht der neuen. Und so weiter.«

»Kann ich jetzt gehen?«

Er hob die Augen und sah mich an. Konnte ich eine Art distanzierter Überraschung auf seinen Zügen erkennen, oder spielte mir das Licht einen Streich, wie wenn man auf makellosem Schnee schwebende Muster zu entdecken meint? »Nein«, antwortet er. »Ich glaube, wir haben viel zu besprechen. Bitte bleib ruhig sitzen. Dein Gezappel lenkt mich sehr ab.«

Ich biss mir auf die Unterlippe.

»Ich bin jetzt dein Meister. Deswegen bin ich für dich verantwortlich.« Er sagte das so, als lese er laut vor. »Anscheinend bist du ein vielversprechender Lehrling.« Er legte eine winzige Pause ein, als wolle er damit seine Skepsis andeuten. »Und es kommt eindeutig nicht in Frage, dass du hier bleibst.«

»Ich kann nicht hierbleiben?« Sobald ich das ausgesprochen hatte, wurde mir klar, wie unmöglich es war. Beim Gedanken daran, diesen Ort zu verlassen, war mir, als ströme plötzlich kalte Luft auf eine offene Wunde.

»Ganz gewiss nicht. Mit wem denn? Ich habe nicht die Absicht, länger als unbedingt nötig in diesem Haus zu verharren. Seredith war exzentrisch. Schlimmer als eine Maschinenstürmerin, sie hat sich stets gegen jeden Fortschritt zur Wehr gesetzt. Ich fürchte, du hast nicht gerade die beste Gelegenheit bekommen, unsere Kunst zu verstehen und weiterzuentwickeln. So zu leben, wie die Bauern …« Er deutete mit dem Schürhaken, als wolle er auf mich und auf das Zimmer ringsum zeigen. »Dass sie auf dem … handwerklichen … Teil unserer Arbeit beharrt hat, auf diesen nebensächlichen Fertigkeiten, die jeder halbwegs geschickte Mensch meistern kann … Dass sie alle Kunden angenommen hat, die zu ihr kamen … Dass sie keinen Stolz auf ihre Arbeit an den Tag gelegt hat …«

»Sie war sehr stolz auf ihre Arbeit.«

»Nichts von alledem«, fuhr er fort, als hätte er mich nicht gehört, »bereitet dich angemessen auf die große Würde vor, die mit dem Beruf des Binders einhergeht. Ein wahrhaftiger Binder hat es nicht nötig, zu nähen und zu schneiden und …« Er zeichnete mit dem Schürhaken einen Bogen in die Luft, als wolle er Arbeiten andeuten, deren Namen er nicht einmal kannte. »Ein wahrhafter Binder, mein Junge, hat saubere Hände.«

Unwillkürlich blickte ich auf seine Hände. Sie waren weiß wie eine geschälte Weidenrute.

»Aber man muss doch die Bücher machen«, erwiderte ich. »Jemand muss doch die Bücher machen.«

»Natürlich. In meiner Werkstatt in Castleford habe ich eine ganze Reihe guter Arbeiter. Die stellen sehr schöne …« – wieder diese Geste mit dem Schürhaken – »… Einbände her. Aber die kann man ersetzen, das ist es doch. Was ich tue, was wir tun, das ist die wahre Kunst. Die mit Leim, Staub und Dreck unter den Fingernägeln zu beschmutzen ist ein Sakrileg.« Er lächelte schmallippig. »Seit einigen Jahren ermutige ich Seredith nun schon, einen Handwerker einzustellen, damit sie sich auf ihre wahre Berufung konzentrieren kann. Als ich hörte, dass sie dich zum Lehrling genommen hatte, dachte ich, sie hätte ein einziges Mal meinen Rat befolgt. Aber dann erklärte sie mir, dass du selbst Binder werden solltest und außerdem so heftig unter dem Binderfieber gelitten hast, dass sie es nicht wagte, dir ein Buch auch nur zu zeigen.« Sein Lächeln schnurrte zusammen, als hätte jemand irgendwo einen Faden fest angezogen. »Keine Sorge, mein Junge, ich habe nicht die Absicht, dir dazu Fragen zu stellen.«

Das Blut rauschte mir in den Ohren. »Jetzt geht es mir wieder gut.«

»Das will ich hoffen.« Er stellte den Schürhaken wieder ab und wandte sich zu einem Bild an der Wand, um es zu betrachten.

Ich hatte nicht bemerkt, wie unbarmherzig sein Blick gewesen war, doch nun spürte ich große Erleichterung. »Zufällig«, sagte er und tippte mit einem polierten Fingernagel auf den Rahmen, um das Bild geradezurücken, »kommt es mir sehr zustatten, dass du ein echter Binder bist. Nächste Woche hat mich Lord Latworthy zu sich gebeten, und einer meiner Stammkunden in Castleford benötigt ebenfalls meine Dienste. Du kannst das für ihn machen, denke ich.«

»Was? Ich? Ich kann doch nicht ...«

»Ich bin ganz deiner Meinung, dass du nicht der Stellvertreter bist, den ich mir aussuchen würde, wenn ich könnte, wie ich wollte, und alle Zeit der Welt hätte. Aber die Person, die mein Kunde bringt, ist wohl eine Dienerin, also wird das Binden nur sehr wenig Fingerspitzengefühl erfordern. Mit meinem Kunden wirst du dich höflich, taktvoll und diskret verhalten – ich gehe davon aus, dass du diese Rolle angemessen erfüllen kannst, denn Seredith hatte noch nie etwas für Narren übrig ...« Er legte eine Pause ein und warf einen Blick über die Schulter. »Wenn ich zurückkehre, bin ich besser in der Lage, dein Talent einzuschätzen und dann entsprechend mit dir zu verfahren. Falls du wirklich Binder bist, werde ich deine Ausbildung übernehmen. Wenn nicht, kannst du dir in meiner Werkstatt mit den Handwerkern deinen Lebensunterhalt verdienen.«

»Ich verstehe nicht recht.«

»Ich verstehe nicht, was du nicht verstehst«, erwiderte er mit einer Art verwirrter Sanftheit. »Es ist doch ganz einfach.«

»Nein. Ihr müsst wissen ...« Ich holte tief Luft. »Ich habe noch nie irgendetwas gebunden. Oder irgendjemanden. Ich wusste nicht, was das war, bis ... mir Seredith davon erzählte, in der Nacht, bevor sie krank wurde. Ich kann einige der Veredelungsarbeiten ausführen, aber ... das andere, das ...« Ich hatte keine Worte dafür. Für diesen Raum, diesen sauberen, kahlen, schrecklichen Raum ... »Ich weiß nicht, was da zu tun ist. Ich weiß nicht, wie es funktioniert. Ich kann das nicht.«

»Wie es funktioniert, ist ein Geheimnis, mein Junge.« Er

seufzte. »Ich nehme an, du meinst … den Vorgang. Meine Güte, sie hat dir wirklich rein gar nichts beigebracht, was? Zum Glück ist es ziemlich leicht, du musst einfach nur der Person die Hände auflegen und zuhören. Solange du Papier, eine Feder und Tinte mitnimmst und darauf achtest, dass ihr beide sitzt und dass sie ihr Einverständnis gegeben hat, kannst du eigentlich kaum etwas falsch machen. Dazu kommt noch die Kleinigkeit, wie man mit den Erinnerungen umgeht – wie man sicherstellt, dass man nicht zu tief geht und so weiter, aber ich bin mir sicher, dass dein anscheinend außergewöhnliches Talent dich dabei leiten wird. Eine Dienerin ist schließlich keine sonderlich wichtige Person.«

»Aber …«

»Es ist schade, dass du keine Erfahrung hast, aber du wirst dein Bestes geben. Er versteht sich von selbst, dass deine ganze Zukunft davon abhängt.«

»Aber …«

»Pack jetzt besser deine Tasche. Wenn Toller diese Briefe heute zustellt, brechen wir morgen von hier auf. Von jetzt an wirst du unter meinem Dach leben, und ich weiß nicht, wann du hierher zurückkehren kannst.« Ich machte den Mund auf, um zu reden, und er fuhr rasch herum. Eine Sekunde schaute er mich einfach nur an – wo hatte ich diesen Blick nur schon vorher gesehen? –, und mein Magen verkrampfte sich. Dann streckte er die Hand nach Serediths Teetasse aus, hob sie hoch, als wolle er einen Trinkspruch ausbringen, und ließ sie fallen. Sie zerschellte. Ich schaute auf die Krallen aus blau bemaltem Porzellan hinunter.

»Und«, sagte er sehr ruhig, »du hörst auf, ständig Widerworte zu geben.«

Ich hatte nicht viel zu packen: die wenigen Kleidungsstücke, die ich mitgebracht hatte, und ein paar nützliche Gegenstände – eine Schachtel mit Nadeln und Faden, mein Klappmesser, einen Rasierer, einen Kamm und eine beinahe leere Geldbörse.

Es schien mir eine jämmerliche Sammlung, sogar noch, nachdem ich die Dinge hinzugefügt hatte, die Seredith mir gegeben hatte: ein paar Falzbeine, gebogen und glatt vom Gebrauch vieler Jahre, ein Vergrößerungsglas, eine Schere, ein Schärfmesser und ein Schustermesser. Plötzlich fiel mir der silberne Ring ein, den ich in der Werkstatt gefunden hatte, und ich überlegte, ob ich ihn mitnehmen und verkaufen sollte, für alle Fälle. Jetzt, da Seredith tot war, würde niemand wissen, wer ihn hier zurückgelassen hatte oder warum. Wer immer es gewesen war, er war längst fort. Aber Diebstahl war es trotzdem.

Ich stopfte alles in meinen Sack, lagerte den unten im Wohnzimmer – in meinem Zimmer war ja de Havilland –, stand lange am Fenster und beobachtete, wie sich das Licht am klaren Himmel veränderte. Als Toller gekommen war, hatte ich ihm die Briefe gegeben und versucht, nicht darüber nachzudenken, wie gelegen es doch gekommen war, dass Seredith in dieser Nacht und nicht in der nächsten gestorben war, wenn de Havilland noch eine weitere Woche hätte verstreichen lassen müssen, ehe er den Bestatter herbestellen konnte. Nun blieb uns nichts mehr als Warten. Es war wie eine Nachtwache, außer dass Seredith allein hinter einer geschlossenen Tür lag. Mehr als einmal dachte ich daran, Kerzen anzuzünden und mich neben sie zu setzen, aber bei dem Gedanken an die Eiseskälte in diesem Raum und die beiden so schlecht passenden Münzen, die blind zur Decke starrten, lief es mir kalt über den Rücken.

Sobald ich gepackt hatte, zog sich de Havilland in mein Zimmer zurück und schloss die Tür. Vielleicht schlief er, jedenfalls hörte ich keinen Laut. Als die Sonne unterging, stieg ich die Treppe hinauf und klopfte, denn sogar seine Stimme wäre besser als all die stummen Schatten. Er antwortete nicht. Beide Schlafzimmer waren gleich still, als wäre auch er tot.

Schauder und Lachen ergriffen mich. Ich entwickelte wohl hellseherische Fähigkeiten. Am besten würde ich nach unten gehen und mich dort aufwärmen. Ich hatte keinen Hunger, machte mir aber Tee und trank ihn gierig, weil mich nach der

Wärme dürstete. Dann ging ich, ohne darüber nachzudenken, in die Werkstatt.

Die Umrisse der Pressen und der Dinge, die unordentlich auf der Werkbank lagen, waren im letzten Lichtschleier, der vom Fenster schien, eben noch zu sehen. Ich war lange nicht mehr hier gewesen. Wie ein stummer Vorwurf lag Staub auf der Werkbank. Es hing ein modriger Geruch in der Luft, der mir klarmachte, warum Seredith den Ofen stets angeschürt hatte. Ich leuchtete mit meiner Lampe auf die bunten Kacheln, aber der Glaszylinder war so rußgeschwärzt, dass ich Mühe hatte, die dunkelroten, jadegrünen und erdbraunen Farbtöne zu erkennen.

Serediths Schürze lag auf dem Boden, unter dem Haken, an dem sie eigentlich hängen sollte – obwohl die Buchbinderin sie kaum je abgelegt hatte. Ich hob die Schürze auf, das Leder war kalt und steif. Wie lange hatte sie da vergessen auf dem Boden gelegen? Seredith hatte sie so lange getragen, dass Latz und Taille die Form ihres Körpers angenommen hatten, dass die Schürze nach ihr roch, nach Leim, Schleifstein und Seife.

Da erst begriff ich mit einem Schlag, dass sie tot war.

Mir war nicht klar gewesen, dass ich sie geliebt hatte, bis ich mein Gesicht in dem Leder barg. Zunächst versuchte ich, leise zu sein, falls de Havilland mich hörte, aber nach einer Weile war es mir gleichgültig, und es kam auch niemand. Wie ein Kind kroch ich in eine Ecke der Werkstatt und begrub mein Gesicht in dem alten, fleckigen Leder, wischte Raum und Dunkelheit fort. Seredith war nicht in diesem ausgetrockneten Körper da oben; sie war hier, ich hielt sie. Ich konnte beinahe ihr belustigtes Seufzen hören, das stets voller Sympathie gewesen war, und ihre Stimme: »Komm schon, Junge, du machst dich nur wieder krank. Alles gut, mein Junge, es wird alles wieder gut ...«

Schließlich tröstete mich das. Irgendwie wurde aus einem Schluchzer ein Gähnen. Ich faltete die Schürze zu einem Kissen und klemmte sie mir zwischen Kopf und Schultern. Tränen rannen mir in den Kragen und benetzten meine Brust. Als ich blinzelte, wurden meine Lider immer schwerer. Einen Augenblick lang tanzte ich am Rand der Dunkelheit, und endlich fand ich in einem sanften Wirbel von Bildern den Weg in den Schlaf. Das Mondlicht hatte etwas Seltsames, dieses staubige Glitzern, das seidige Flüstern, wenn ich mich hindurchbewegte. Ich wusste, dass ich träumte – den immer gleichen vertrauten Traum –, und dieses Wissen ließ die Bilder erneut tanzen, drohte sie zu einem anderen Muster zusammenzusetzen. Ich erhaschte einen Blick auf die Ecke der Binderei, die Umrisse der Blockpresse und des Pappschneiders; schon war ich in einem Nebel aus Mondlicht wieder auf der Treppe, und nun war nur noch wichtig, dass ich etwas suchte. Diesmal wusste ich, dass ich durch die Tür am hinteren Ende der Werkstatt treten musste; wenn ich dort ankam, würde es der andere Raum sein, und Lucian Darnay würde am Tisch sitzen und jeden Augenblick zu mir aufschauen.

Die Welt schimmerte und schmolz in einem Augenblick. Ich fuhr mit einem Ruck auf, und mir schoss der Schmerz durch Nacken und Schultern. Ich lag auf dem Boden, durchgefroren bis ins Mark. Eine Falte von Serediths Schürze grub sich mir in die Wange. Ich hörte sehr nah bei mir eine Tür zuschlagen, und auf der anderen Seite gingen Schritte die Stufen hinunter.

Ich kroch unter der Werkbank hervor, zuckte zusammen, weil ich mir den Hals verrenkt hatte – Mutter würde sagen, das geschähe mir recht, weil ich auf dem kalten Boden eingeschlafen war –, und rappelte mich unsicher auf die Füße. Der verzweifelte Drang aus meinem Traum hatte mich noch nicht ganz losgelassen, und mein Herz schlug schneller, als es sollte; aber die Schritte und die zugeschlagene Tür, das war Wirklichkeit gewesen. Ein feiner Streifen aus Lampenlicht zeichnete sich auf der Schwelle ab. Er war so schwach, dass ich ihn gerade eben sehen konnte, aber er war da. Jemand – de Havilland – war da unten. Und nun konnte ich auch gedämpfte Geräusche vernehmen: ein Poltern, Klappern, als etwas hinfiel, eine dünne Stimme, die Melodiefetzen summte.

Ich öffnete die Tür. Einen Augenblick lang war ich wieder in meinem Traum und erwartete, mich in dem anderen Zimmer zu befinden und auf Lucian Darnays Rücken zu schauen – ich war nah, so nah, er würde sich umdrehen, und wenn er mir in die Augen schaute, würde ich es *wissen*. Ich streckte die Hand aus und hielt mich am Türrahmen fest. Vor mir führten die Stufen in den Lagerraum hinunter, genau wie ich es wusste. Ich brauchte einen Moment, um das beharrliche Gefühl der Verzweiflung abzuschütteln; dann war ich in dem unteren Zimmer, geblendet vom plötzlichen grellen Licht. Drei Lampen standen auf dem Tisch und auf einem umgedrehten Eimer an der Seite, als hätte de Havilland die Dunkelheit völlig ausmerzen wollen. Er hatte all die Dinge, die da herumlagen, und alle Schachteln ungeordnet gegen die Wand geschoben, und nun befand sich mitten auf dem Boden eine riesige Truhe mit aufgeklapptem Deckel. Von da, wo ich war, konnte ich nicht sehen, was darin lag.

De Havilland trat einen Schritt zurück, die Arme voller Bücher. Die Wand hinter ihm war ein gähnendes, offenes Loch, schwang an verborgenen Scharnieren, und der Bronzeknauf warf einen Schatten auf den Putz; dahinter war die Dunkelheit tiefschwarz, es war kein Schrank, sondern ein ganzer Raum. Die Wände des Gewölbes waren mit Regalen bedeckt, doch die waren zumeist leer; hier und da lag ein Buch aufgeschlagen auf dem Gesicht oder lehnte sich schief wie trunken an die Wand. Nur wenige Reihen von Buchrücken verblieben, wo die Bretter zu hoch waren, um sie leicht zu erreichen. Goldene Prägungen schimmerten im Licht, glänzend zeigten sich Linien oder Blätter oder Namen: *Albert Smith, Emmeline Rivers geb. Rosier*. De Havilland summte unmelodisch, hielt inne und streckte dann die Hand nach einem weiteren Buch aus, lehnte sich zurück und verdrehte sich, um die anderen nicht fallen zu lassen.

»Was macht Ihr da?«

Er schaute sich um, und das hohe, kecke Summen hörte auf. »Lehrling«, sagte er, mit zischender Stimme. »Was machst *du* da? Um diese Uhrzeit nicht im Bett? Ich glaube, das hätte Seredith nicht durchgehen lassen.«

»Ich war in der Werkstatt. Ich habe Euch gehört.«

»Ich verrichte wichtige Arbeiten«, erwiderte er. Er ging mit ein paar schwankenden Schritten zu der Truhe und beugte sich nach vorn, damit die Bücher hineinfielen. Seine Bewegungen wirkten lockerer als zuvor, und er wankte, als er den Kopf wieder hob. Ein Kognakglas stand neben der Tür zum Gewölbe, nur am Boden des Glases war noch ein bernsteingelbes Glänzen zu sehen. »Wo du schon mal hier bist, gib mir eine von den Schachteln, ja? Ich glaube, wenn ich noch mehr reinpacke, ist die Truhe zu schwer, um sie hochzuheben.«

Ich holte tief Luft. Oben in ihrem Zimmer lag Seredith, und er zerrte hier Bücher von den Regalen, soff und *sang.*

Ich regte mich nicht. Er drängte sich an mir vorüber, kippte den Inhalt einer Schachtel auf den Boden und schob mit dem Fuß alles zur Seite, damit er die Schachtel neben die Truhe stellen konnte. Ich bemerkte einen Hauch Alkohol in seinem Atem, als er wieder in das Gewölbe zurückwankte und einen weiteren Armvoll Bücher auswählte. Ich bückte mich und hob ein verkohltes Zentrierwerkzeug, das aus dem Griff gerutscht war, fand aber keinen Platz dafür. Schließlich legte ich es vorsichtig auf den Eimer, auf dem auch die Lampe stand.

De Havilland kehrte erneut zurück, hielt diesmal vier oder fünf Bücher im Arm. An den Buchrücken konnte ich erkennen, dass es gute, teure Einbände waren – einer war schwer mit Gold verziert, und der oberste war in Leder in einer Art Durchbrucharbeit gebunden, die sicher viele Stunden gekostet hatte –, aber er las nicht einmal die Namen, ehe er sie in die Schachtel legte. Ich trat näher und sah, dass die Truhe beinahe voll war. Noch mehr Bücher. Wunderschöne: eines wie eine Schachtel mit Intarsien, ein anderes wie ein Spitzentaschentuch, eines halb verborgen, das aussah, als wäre Glut über hell gescheuertes Holz gesprüht.

»Was macht Ihr mit …«

Er duckte sich bereits wieder in das Gewölbe hinein. »Nein«, antwortete er, versuchte, ein Buch wieder auf das Regalbrett zu stellen, von dem es gekommen war, griff aber daneben. »Nein,

nein.« Und immer noch mehr Bücher. Nun versuchte er nicht einmal mehr, sie zurückzustellen, sie fielen mit klatschenden Flügeln wie tote Vögel. »Ja, wunderbar …« Dieses Buch legte er in die Schachtel, mit einer Geste, die wohl, wenn er nüchtern gewesen wäre, vorsichtig gewesen wäre. »Ja, ja … oh, Augenblick …« Er hatte das letzte in die Ja-Schachtel gelegt, zwinkerte aber nun und nahm es wieder heraus, blickte auf den Buchrücken, als hätte das Buch ihn gebissen. Es war in graugrüne Seide gebunden, mit Mustern aus sich überlappenden Blättern blindgeprägt, hier und da blitzte Silber auf, wie Spiegelungen auf einem Fluss. Ich wollte die Hand ausstrecken und es ihm aus der Hand reißen.

»Hoppla«, sagte er und kicherte. »Lucian Darnay. Wäre wohl ein bisschen taktlos, ihm das zu schicken.«

»Was?«

»Das kannst du auf keinen Fall mitnehmen, wenn du die Darnays besuchst«, sagte er, als wäre ich in den Witz eingeweiht. Er spähte wieder in die Truhe, nickte vor sich hin, als hätte er nun den Rest der Ernte eingefahren, und schlängelte sich wieder in das Gewölbe zurück. Er warf das Buch zur Seite und schloss die Tür mit einem dumpfen Knall.

»Das sollte reichen«, fügte er hinzu. »Wenn er damit nicht zufrieden ist …«

»Die Darnays?«, fragte ich. »Ihr schickt mich zu …«

»Sprich nicht darüber!«, sagte er und fuhr herum. »Wage es bloß nicht, das Buch zu erwähnen. Manchmal hören sie das, weißt du, sogar wenn alles andere schon fort ist, und du glaubst nicht, was für Schwierigkeiten du bekommen kannst, wenn hysterische Kunden ihre Bücher zurückwollen oder neu gebunden werden oder … Sag bloß – nein, natürlich, das hat dir Seredith auch nicht beigebracht, verdammt soll die Frau sein …« Er seufzte. »Wenn du ihn siehst, benimmst du dich, als bedeutete dir der Name rein gar nichts. Verstanden?«

Das hagere schwarz-weiße Gesicht. Ein Aufblitzen dunkler Augen, grimmig und wild wie die eines Habichts.

»Was ist los?« Er kniff die Augen zusammen. Ich dachte mir, dass ich wohl ziemlich schlimm aussah, wenn er es sogar durch den Nebel seines Rausches bemerkte. »Was ist? Reiß dich zusammen.«

»Ich kann nicht zu Lucian Darnay gehen.«

»Sei nicht albern. Den hast du doch nicht etwa mal gebunden, oder? Du wirst ihn ohnehin wahrscheinlich nicht zu Gesicht bekommen. Hier geht es um Darnay senior. Begegne ihnen einfach allen mit Respekt und Ehrerbietung, dann geht das schon.« Er murmelte vor sich hin: »Respekt, Ehrerbietung, bei dem Gesicht ... Der Herr stehe uns bei.«

Ich antwortete nicht. Das nagende, verzweifelnde Traumgefühl, dass ich etwas Wichtiges übersehen hatte, war wieder da, stärker denn je. Was versuchte es mir mitzuteilen? Wonach hatte ich gesucht? Lucian Darnay war drauf und dran gewesen, sich umzudrehen, mir zu sagen ...

De Havilland gähnte. Er tastete nach den Schlüsseln und verriegelte das Gewölbe.

»Ihr habt den Schlüssel«, sagte ich. »Seredith hat ihn die ganze Zeit bei sich getragen. Wie habt Ihr ...«

»Seredith hat ihn mir gegeben.« Er drehte sich um und starrte mich an. Seine Miene war ausdruckslos und eisig; seine Augen waren rot unterlaufen, aber nun hätte man nicht mehr gemerkt, dass er betrunken war. »Die Bücher eines Buchbinders sind ein geheiligtes Geheimnis. Als ihr Vertrauter und Kollege ...«

»Aber Ihr habt doch gesagt, dass Ihr sie den Darnays schickt.«

Er legte den Kopf schief, als wolle er mir einen Fehler vergeben, aber keinen weiteren. »Misch dich nicht in Dinge ein, von denen du nichts verstehst.«

»Ich verstehe genug.« Ich schluckte. »Ich habe gehört, wie sie sagte, dass sie nicht wollte, dass Ihr die Bücher bekommt. Sie hat Euch den Schlüssel nicht gegeben, Ihr müsst ihn ...«

»Wage nicht, mich zu beschuldigen, mein Junge.« Er hob die Hand und reckte einen Finger in die Höhe; es war eine schlimmere Drohung als alles andere, was er hätte tun können. »Nichts von dem, was du heute Abend hier gesehen hast, geht dich etwas an. Vergiss es einfach. Wenn du irgendjemandem davon erzählst ... nun, dann wirst du es büßen. Das ist alles.«

Ich hörte mich sagen: »Ihr habt den Schlüssel von ihrer Leiche genommen. Ihr wusstet, dass Ihr ihn nur so bekommen konntet. Ihr habt zugesehen, wie sie starb, und dann habt Ihr den Schlüssel von ihrem Hals genommen, denn das war das Einzige, woran Euch etwas lag. Warum hätte sie ihn Euch geben sollen? Sie hätte ihn *mir* gegeben.«

Steinerne Stille herrschte im Raum. Wenn ich die Worte hätte zurücknehmen können, ich hätte es gemacht.

Endlich sagte er sehr leise: »Ich glaube, nachdem du bei den Darnays warst, ist einige Arbeit zu tun. Deine Einstellung gefällt mir gar nicht, mein Junge. Ich glaube, die müssen wir bei dir ganz schnell ausmerzen.«

Irgendwo hinter mir fiel mit einem gleitenden Poltern ein Stapel Bücher um; dann war wieder alles still.

»Geh ins Bett«, sagte er. »Wir wollen so tun, als wärst du die ganze Nacht dort gewesen. Geh!«

Ich wandte mich um und begann, die Treppe hinaufzusteigen. Ich zitterte.

»Was deine ... Besorgnis angeht«, sagte er so plötzlich, dass ich beinahe ins Stolpern gekommen wäre, »so hat sie dir den Schlüssel nicht anvertraut, weil die Bücher in diesem Gewölbe dich nichts angehen. Ihre Geheimnisse sind nicht deine Geheimnisse. Das kriegst du besser in deinen hohlen Schädel, sonst wirst du verrückt.«

Aber ich erinnerte mich an die Gewissheit, die ich verspürt hatte. Er irrte sich. Da drinnen war etwas, das mich anging – das *mir* gehörte. Ich verstand zu spät, wonach ich gesucht hatte: nach Lucian Darnays Buch. Nach einer Lösung für das Rätsel, das tief in mir schlummerte ...

»Und mir hat sie vertraut«, fuhr er fort, »ganz gleich, wie es dir, einem Fremden, vorgekommen sein mag, denn ich bin ihr Sohn. Und was immer du glaubst, welche Liebe zwischen ihr und dir war, das vergiss lieber schnell. Sie war so kalt wie Eis, und wenn du meinst, dass du für sie mehr als ein Sklave warst, dann bist du ein Narr.«

9

Der Bestatter und der Arzt kamen früh am nächsten Morgen. Es war nebelig, die beißende feuchte Kälte schien mir bis unter die Haut zu kriechen, und der Dunst hatte sich auch in meinen Kopf geschlichen. Bilder flackerten aus dem Nichts auf und wurden wieder verschlungen: Ferguson, der sich im Flur die Feuchtigkeit vom Mantel schüttelte. »Was für eine Reise! Wir hatten Glück, dass sich kein Pferd ein Bein gebrochen hat.« Seine Stimme war zu laut für das Haus. Ein Mann, der eher wie ein Schreiner als wie ein Bestatter wirkte, schüttelte mir mit eisigem Griff die Hand, er roch nach Pfefferminz. Später erklang das Geräusch ihrer Schritte, schlurfend und ungelenk unter dem Gewicht der beladenen Bahre. Wir wurden ins Wohnzimmer zitiert, um dort den Totenschein zu bezeugen – »reine Formsache«, versicherte der Arzt, als könnte ich zu aufgeregt sein, um in solch hehrer Gesellschaft meinen Namen zu schreiben –, aber die übrige Zeit wartete ich in der Werkstatt neben dem Ofen, packte ihn mit Holz voll, als könnte ich ihn so ewig am Brennen halten. De Havillands Worte klangen mir immer wieder in den Ohren und verebbten, jagten mir Schauder über die Haut. Ich war beinahe sicher, dass Seredith mich geliebt hatte, auf ihre Weise. Aber wenn de Havilland ihr Sohn war, wusste er es vielleicht besser als ich. *Kalt wie Eis ...* Es überkam mich wie ein Schwindel: Alles, was ich über sie zu wissen glaubte, geriet ins Wanken, rann mir durch die Finger. Nun wollte ich nur noch so schnell wie möglich von hier fort. Doch als de Havilland endlich vom Flur nach mir rief, so ungeduldig,

als hätte er schon stundenlang geschrien, kostete es mich große Mühe, auf die Beine zu kommen.

Der Arzt hatte seinen eigenen Wagen mitgebracht, er und de Havilland kauerten sich hinein, während der Bestatter – wie hieß er doch gleich? Oaks, oder? – mir half, die Kisten und Kasten auf das Dach zu laden. Der Kutscher beobachtete uns mit hasserfüllter Nüchternheit, als hätte der Frost seine Augäpfel überzogen. De Havilland hatte bei seiner Ankunft nur eine kleine Tasche mitgebracht, aber nun ächzte die Kutsche unter dem Gewicht des Gepäcks. Ich erkannte die Truhe und die Kiste, die er mit Büchern angefüllt hatte, und es waren noch mehr: In einer Kiste klirrte es leise, und bei einer anderen sickerte unten goldene Tinte heraus. Ich zögerte, aber es war keine Zeit, die undichte Flasche zu suchen, die ohnehin jetzt de Havilland gehörte. Ich zurrte das Gepäck fest, während unten in der Kutsche de Havilland ungeduldig vor sich hin murmelte.

Der Bestatter fuhr vor uns los. Ich stand einen Augenblick da und schaute dem holpernden Wagen nach. Wenn man es nicht gewusst hätte, so hätte man gedacht, dass hier ein Bauer oder Handwerker eine Ladung Waren auf den Markt fuhr. Ich fragte mich, ob ich etwas empfinden sollte, während Serediths Leichnam immer weiter weggekarrt wurde; aber ich fühlte nichts. Erst als ich im Wagen saß und sah, wie die Buchbinderei immer weiter zurückblieb, packte mich die Trauer. De Havilland beobachtete mein Gesicht mit seinen bleichen Augen. Ich versuchte, seinem Blick standzuhalten. Wenn ich ihn dazu bringen könnte, zuerst wegzusehen ... Aber ich schaffte es nicht. War ich wirklich ihr Sklave gewesen? Vielleicht hatte es die Seredith, die ich geliebt hatte, nie gegeben, und ich hatte mich die ganze Zeit über zum Narren halten lassen ... Ich grub meine Fingernägel in die Oberschenkel, versuchte, mich mit dem Schmerz abzulenken. De Havilland wandte sich wieder Ferguson zu und unterhielt sich mit ihm, als wäre ich gar nicht anwesend.

Es war eine lange Reise. Nach einer Weile wurde mir von der schwankenden Federung der Kutsche auf der unebenen Straße ganz übel. Ich war froh, dass ich nicht reden musste; doch als der Nebel sich wieder an die Fenster schmiegte und mir die Kälte in alle Gliedmaßen kroch, fühlte ich mich zunehmend unwirklicher. Selbst die Atemwolken der beiden waren dichter als meine. Einmal stiegen wir aus, um zu pinkeln – da hatten wir den Sumpf bereits umrundet, und die Straße war zu beiden Seiten von Wäldern gesäumt –, aber der Nebel zwischen den dunklen Balken der Bäume ließ die Welt so fern und trostlos erscheinen, dass ich nur schnell zurück in die Kutsche wollte. Doch jede Minute, die wir weiterrumpelten, war wie eine Ewigkeit; de Havillands und Fergusons Unterhaltung wäre vielleicht interessant gewesen, wenn ich die Leute gekannt hätte, über die sie sprachen, aber so versuchte ich nur, sie auszublenden, genau wie das Rumpeln der Räder. Was lag mir an Lord Latworthy oder den Norwoods oder den Hambledons oder daran, ob Honour Ormonde aus Liebe oder des Geldes wegen heiratete? Ich dachte, ich hätte meinen kleinen Finger für ein paar Augenblicke des Schweigens gegeben; doch dann hörten sie endlich auf zu reden, und es wurde noch schlimmer. Jetzt hätte ich, wenn ich gewollt hätte, Zeit gehabt, um über Seredith oder meine Familie nachzudenken oder darüber, wohin ich fuhr.

Castleford baute sich allmählich rings um uns auf: zunächst in lauernden Formen und schwachen Echos, dann als Schatten hinter dichterem Nebel, den ein Pesthauch von Jauche, Kohlerauch und Ziegelstaub durchzog. Wir rumpelten an einer Baustelle vorüber, wo ein Schachtofen mit gebrannten Ziegeln schwelte und einen so beißenden Rauch ausstieß, dass de Havilland hustete und in ein Taschentuch ausspuckte; danach ging es durch breitere Straßen, wo neben uns der Verkehr flutete und der Rauch den beißenden Ammoniakgeruch von alter Gülle mitbrachte. De Havilland zog die Vorhänge zu, und wir saßen im grauen Halbdunkel, während ich gegen meine Übelkeit ankämpfte. Doch den Lärm konnten die Vorhänge nicht ausblenden. Pferde schnaubten und wieherten, Männer schrien, Frauen kreischten, Hunde bellten, und die ganze Zeit lag darunter ein

Summen und Brummen von Rädern und Maschinen und vielem mehr, eine unentwirrbare Kakophonie. Ich erinnerte mich nicht daran, dass Castleford so gewesen war – aber ich hatte ja monatelang draußen im Sumpf gelebt, wo nicht einmal Tierlaute die Stille durchbrachen. Ich schloss die Augen und stellte mir Serediths – meine – Werkstatt vor, verlassen, aber immer noch solide und ruhig, und hielt den Gedanken daran fest wie einen Talisman.

Als wir endlich anhielten, war ich stocksteif und klamm, und in meinem Kopf hämmerte es. De Havilland kletterte aus der Kutsche und schnipste vom Gehweg mit den Fingern nach mir. »Komm schon, Junge. Was trödelst du?«

Ich hatte darauf gewartet, dass der Arzt vor mir aussteigen würde, aber er lehnte sich nur bequemer in seine Ecke. Da begriff ich, dass er ohne uns weiterfahren würde. Ungeschickt kletterte ich über ihn hinweg und stand auf der Straße. Der Kutscher zischte in der Kälte durch die Zähne und verschränkte die Arme vor der Brust. Die Kutsche blieb, wo sie war.

Ich schaute mich um, zog mir gegen eine eisige, rußige Brise den Mantel fester um den Leib. Wir befanden uns in einer Straße mit hohen Backsteinhäusern und breiten, leeren Gehsteigen, die an einigen Stellen noch mit schmutzigem Schnee bedeckt waren. Vor allen Häusern verliefen Geländer, dazwischen führten Stufen zu identischen Haustüren hinauf. Neben der Schwelle des nächstgelegenen Hauses stand ein Lorbeerbaum in einem glasierten Tontopf, und aus zehn Fuß Entfernung konnte ich die Rußflecken sehen, die wie schwarzer Schimmel an den Blättern klebten.

»Herrgott, hör auf zu trödeln!« De Havilland stieg die Treppe hinauf und schellte, ich eilte hinter ihm her. Neben der Tür war ein Messingschild angebracht, auf dem in eleganter Schrift eingraviert war: *De Havilland, S. F. B.* Was immer ich erwartet hatte, das war es nicht.

Eine streng dreinblickende Frau mit einem Knoten und einem Zwicker, der ihr am Band am Hals hing, öffnete und trat lächelnd zur Seite, um de Havilland einzulassen. Das Lächeln gefror, als sie mich sah, aber sie sagte nichts außer: »Ich bin so froh, dass Ihr wieder hier seid, Mr de Havilland. Mrs Sotherton-Smythe braucht Eure Dienste dringend. Mr Sotherton-Smythe hat sogar schon angedroht, sie würden zu jemand anderem gehen, wenn Ihr noch viel länger fortbliebt.«

»Während sich die Bücher seiner Frau in unserem Gewölbe befinden? Wohl kaum«, erwiderte er mit einem schnellen, humorlosen Lachen. »Was ist denn? Sie hat wohl von seiner neuesten Mätresse erfahren, wie?«

Die Frau räusperte sich und warf einen Blick zu mir, doch de Havilland wedelte mit der Hand in der Luft. »Keine Sorge, das ist mein neuer Lehrling. Er wird das schon alles mit der Zeit rauskriegen. Hast du ihr einen Termin gegeben?«

»Noch nicht, Sir. Aber ich schicke ihm mit der Nachmittagspost einen Brief.«

»Gut. Sie kann morgen kommen. Schau aber nach, ehe du schreibst, ob er seine letzte Rechnung bezahlt hat.« Er schritt vor mir durch einen gekachelten Flur. Auf der einen Seite war eine halb geöffnete Tür mit einem weiteren Schild: *Wartezimm*er. Durch den Spalt sah ich ein farbloses, modisches Wohnzimmer, Tapeten mit Schilf und Vögeln, auf einem Tisch ausgebreitete Zeitschriften, Rispen unzeitgemäßer Blumen in einer Porzellanvase. Am anderen Ende befand sich noch eine Tür, aber ich hatte keine Zeit, mir mehr anzuschauen, ehe de Havilland innehielt und mich stirnrunzelnd über die Schulter hinweg anblickte. »Beeilst du dich jetzt? Man sollte meinen, du hättest noch nie ein Haus von innen gesehen. Hier entlang.«

Die strenge Sekretärin war verschwunden – in einem Zimmer auf der andern Seite des Flurs, dachte ich, weil ich das Klicken des Türschlosses gehört hatte –, und ich beeilte mich, so dass ich beinahe auf de Havillands Fersen war, als er eine Tapetentür aufdrückte, die auf einen dunklen Flur und dann auf einen engen Hinterhof hinausführte. Uns gegenüber stand ein schiefes, schäbiges Gebäude. Hinter den dreckigen Fenstern huschten Schatten hin und her. De Havilland ging vorsichtig zwischen den Pfützen über den Hof und riss die Tür auf. »Das ist die Werkstatt«, sagte er. »Du schläfst in dem Zimmer im Obergeschoss. Nun, komm schon rein, Junge.« Er machte ein paar Schritte auf den schmuddeligen Flur und klatschte linker Hand so fest gegen eine Tür, dass sie aufsprang. Vier oder fünf Männer waren in dem Raum dahinter über Werkbänke und Pressen gebeugt. Einer von ihnen richtete sich auf, einen Hammer in der Hand, und hob an, etwas zu sagen, doch als er de Havilland erkannte, tippte er sich an die Stirn und sagte: »Tag, Sir.«

»Guten Tag, Jones. Baines, Winthorn, es sind ein paar Kisten von der Straße hereinzubringen. Sie sind auf dem Dach der Kutsche vor der Haustür. Holt sie her, ja? Oh – die große Truhe kann in mein Büro. Alles andere hierherein.« Er schaute die Männer nicht einmal an. Sie legten ihre Arbeiten nieder. Einer von ihnen überzog gerade eine Ecke mit Leder, und er schnitt eine Grimasse, während er alles auseinanderriss, damit es nicht halb fertig antrocknete. Sie schlurften an uns vorbei, doch de Havilland schien sie immer noch nicht zu sehen. »Jones, das ist mein neuer Lehrling. Er schläft oben und arbeitet mit dir.«

»Binderlehrling, Sir?«

»Ja. Zufällig weiß er auch, wie man einige der …« De Havilland machte eine vage Handbewegung zur Blockpresse. »Der … äh … handwerklichen Dinge erledigt; während er also das Binden lernt, kann er sich auch hier nützlich machen.« Er wandte sich mir zu. »Ich rufe dich, wenn ich dich brauche. Ansonsten bekommst du deine Anweisungen von Mr Jones.«

Ich nickte.

»Es versteht sich von selbst, dass du nichts im Haus zu suchen hast, wenn ich dich nicht rufe.« Er machte kehrt und ging. Einen Augenblick später hörte ich, wie die verzogene Tür über die Schwelle schrammte und mit einem dumpfen Laut zufiel.

Der Mann, der beim Fenster stand, hob den Kopf und schaute ihm hinterher. Als er vorsichtig über den Hof ging, hatte er den Mund zu einem tonlosen, verächtlichen Pfeifen gespitzt. Die drei sahen einander nicht an, aber nach einer Pause begannen sie alle im gleichen Augenblick wieder mit der Arbeit. Ich schob die Hände in die Hosentaschen, versuchte, mir die Finger zu wärmen, und wartete darauf, dass Jones mich nach meinem Namen fragen würde; aber er beugte sich nur über die Blockpresse und hämmerte weiter auf den Rücken eines ungebundenen Buchs ein.

Ich räusperte mich. »Mr Jones ...«

Jemand schnaubte. Als ich ihn ansah – den Mann bei der Tür, der ein fertig gebundenes Buch hin und her drehte und sich anschaute, wie gut die Prägung, die er gemacht hatte, zu sehen war –, verdrehte er die Augen. »Es ist nicht Jones, sondern Johnson. Der Mistkerl macht sich nicht die Mühe, unsere Namen richtig zu lernen.«

»Kriegt ja nicht mal seinen eigenen Namen richtig hin«, meinte einer der anderen, ohne aufzublicken. »De Havilland, von wegen, der französisierte Arsch!«

Ich sagte: »Dann also Mr Johnson.«

Aber Johnson antwortete immer noch nicht. Der andere Mann zuckte mit den Schultern und legte das Buch auf einen Tisch an einer Seite der Werkstatt. »Pack das ein, ja?«

Ich brauchte eine Sekunde, um zu begreifen, dass er mich meinte. Ich ging ungeschickt durch den Gang zwischen den Werkbänken. Als ich den Tisch erreicht hatte, war er schon wieder an seinem Arbeitsplatz beim Ofen. Während er das Ende eines Prägerades überprüfte, sagte er: »Packpapier und Siegelwachs. Schreib den Namen und die Bandnummer drauf und dann ›Gewölbe‹. Dann füllst du eine Karte aus. Ich zeige dir gleich, was du damit machen musst.«

Johnson fragte wie nebenbei zwischen zwei Hammerschlägen: »Wen hast du da gerade fertig gemacht?«

»Runsham.« Alle lachten.

Ich nahm das Buch in die Hand. Es war ein schmales Bändchen, in Halbleder mit Marmorpapier gebunden. Ich zögerte, doch niemand beobachtete mich, also schlug ich es auf und schaute hinein. Vom Vorsatzpapier hing ein schmaler Streifen, wo man es nicht sauber geschnitten hatte, und es waren vor der Titelseite keine leeren Seiten eingebunden. *Sir Percival Runsham, Band 11.* Einem Impuls folgend, rieb ich das Vorsatzblatt zwischen den Fingern: die Faserrichtung war verkehrt. Ich blätterte das Buch durch und hielt an einer beliebigen Stelle inne. Die Schrift war kunstvoll und schwer zu lesen, voller krakeliger Schnörkel. *... ihrer Figur und ausgesprochenen Rundlichkeit gratulierte ich ihrem Ehemann zu ihrer Fruchtbarkeit, die sie so wunderbar zur Schau stellte, und fragte ihn, wann der neue Erdenbürger erwartet würde; stellt euch mein Entsetzen und meine Verwirrung vor, als er zunächst mit Verwirrung und dann Ärgernis reagierte ...*

»Schade, dass das nicht in den Handel geht«, meinte Johnson. »Runsham könnte einen Sammler wirklich sehr erheitern.« Er versetzte dem Buch in der Presse einen letzten Schlag und begann dann, die hölzernen Schrauben aufzudrehen. »Hast du den mal eine Rede halten sehen, Hicks? Ich hab den im Rathaus gehört. Hat sein liebstes Steckenpferd geritten, von den Rechten der unteren Klassen gebrüllt ... Der Mann kann gar nicht anders, als sich lächerlich zu machen. Kein Wunder, dass der zweimal im Jahr zum Binden kommt.« Er zog das Buch aus der Presse, legte die Holzkeile weg und schaute auf den gerundeten Rücken. »Das passt. Nun, packst du das jetzt ein? Oder bist du zu sehr ›echter Binder‹, um dich um die harte Arbeit zu kümmern?«

Ich zog einen Bogen Packpapier zu mir her und begann, das Buch so schnell ich konnte einzuschlagen. Mit meinen ungeschickten Fingern verpackte ich es schlecht, bemerkte dann, dass ich mir den Namen nicht aufgeschrieben hatte, musste also alles noch einmal auswickeln, um den Namen erneut zu überprüfen. Endlich war ich fertig. Ich tröpfelte Wachs auf den Knoten und siegelte mit einem Monogramm, einem verschlungenen d und H. Ich hätte ahnen können, dass de Havilland nicht sein richtiger Name war. Ein kleiner Freudenschauer erfasste mich: Wie immer Serediths Nachname gewesen war, er hatte sich entschieden, ihn zu ändern. Er hatte sie nicht gemocht, ihr nicht vertraut, sie nicht verstanden. Was wusste er schon darüber, ob sie mich geliebt hatte? Aber dieses warme Gefühl flackerte nur ganz kurz auf. Jetzt war ich hier, und es war nicht mehr wichtig.

Sobald ich das Paket beschriftet hatte, nahm es mir der jüngere Mann – Hicks? – ab und deutete auf einen Stapel Karten. »Schreib den Namen, die Nummer des Bandes und das Datum auf eine von denen da. Oben rechts schreibst du ›Gewölbe‹ hin. Und jetzt komm mit.«

Draußen in dem kleinen Flur hing ein Sack an der Wand. Er warf das Paket da hinein. »Die Bücher für das Gewölbe gehören hier rein. Die Bank schickt die gepanzerte Kutsche nur einmal im Monat, also bleibt die Tür zur Straße immer verschlossen, und hier wird nicht geraucht, in Ordnung? Verliere ein Buch, und du verlierst deine Arbeit. Die Bücher für den Handel bewahren wir hier drin auf, bis de Havilland sie abholt.« Er deutete auf die Tür uns gegenüber. »Siehst du die Kiste da? Die Karten werden in diesen Schlitz geworfen. Jeden Abend gehen sie an die alte Wachtel zur Ablage. Kapiert?«

»Ich glaube schon.«

»Gut.« Die beiden Männer, die fortgegangen waren, um das Gepäck zu holen, kamen schwer beladen über den Hof gestapft. Hicks hielt ihnen die Tür auf. Sie schnauften und ächzten, als sie die Kisten ins Haus und in die Werkstatt trugen. »Was ist das alles? Dein Lehrgeld?«

»In gewisser Weise ja.«

Er machte den Mund auf, sah mich an und klappte den Mund wieder zu. Nach einer Sekunde sagte er: »Na, dann komm mal besser rein und mach dich nützlich.«

Sie ließen mich die Werkbänke putzen – Rußflecken vom Ofen färbten den Lappen schwarz, sobald ich einmal über das Holz gefahren war – und dann kehren. Das Licht verblasste rasch, und ich dachte, sie würden mit dem Arbeiten aufhören, sobald es dunkel war; aber als es zu dämmerig war, um den Staub auf dem Boden zu sehen, zündeten sie Lampen an und machten mit dem weiter, was sie gerade taten. Außer unmittelbar neben dem Ofen war es überall kalt; der fettige, beißende Gestank der Kohle drehte mir den Magen um. Ich hatte seit dem Frühstück nichts gegessen, aber niemand fragte mich, ob ich Hunger hätte.

»Du kannst den Eimer in die Mülltonne hinter dem Haus leeren«, sagte Hicks. »Die steht neben dem Kohlenschuppen – ach, was soll's, ich zeig es dir. Du kannst gleichzeitig ein bisschen Kohle reinbringen. Den Ofen anschüren, und dann kannst du Feierabend machen, wie wäre das? Kommst du auf ein Pfeifchen mit raus, Johnson?«

Ich folgte den beiden über den Flur zum hinteren Teil des Gebäudes. Die Straße draußen war eine enge, schlecht beleuchtete Gasse. Es war kaum zu glauben, dass die Reihe hoher, eleganter Häuser nur die andere Seite des Hofes der Buchbinderei war. Ein Wirrwarr aus Mauern, vorspringenden Wellblechdächern und Schuppen dehnte sich bis weit auf die unbefestigte Straße, und der vom Frost erstarrte Schlamm bildete tiefe Furchen, in denen lange Eisstreifen glitzerten. Hicks deutete mit dem Daumen auf einen niedrigen Schuppen. Ich leerte meinen Eimer in die Mülltonne und begann, die Kohlenschütte zu füllen. In einer der Katen gegenüber jaulte ein Hund. Jemand beschimpfte ihn lautstark, dann fing ein Säugling an zu schreien.

»Meine Herren«, erklang eine schrille Stimme, »meine Herren, bitte …!« Ich blickte auf. Eine alte Frau kam vorsichtig über die zugefrorenen Schmutzkanäle näher. Hicks warf Johnson einen Blick zu und schnippte das Streichholz weg, mit dem er seine Pfeife angezündet hatte. »Wendet euch nicht von mir ab, meine Herren. Ich weiß, was ihr denkt, aber ich bettele nicht. Ihr seid doch Binder, nicht? Nun, ich habe etwas, das euch gefallen wird.«

»Wir sind keine Binder«, erwiderte Johnson. »Wenn du den Binder willst, geh und klopf in der Alderney Street an die Tür.«

»Ich hab's versucht. Aber die Schlampe am Eingang lässt mich nicht rein. Kommt schon, meine Herren ... Ich bin verzweifelt, ja? Aber ich verspreche euch, ich habe tolle Sachen. Die Männer werden Schlange stehen für meine Erinnerungen. Ehrlich.«

Hicks atmete eine Lunge voll Rauch ein, und die Glut im Pfeifenkopf leuchtete auf. »Du bist Mags, nicht? Hör zu ... Es ist ein schönes Angebot. Aber das ist nicht unsere Arbeit. Selbst wenn ...« Er unterbrach sich.

»Ach, kommt schon. Es soll euch nicht viel kosten. Ein paar Schillinge, mehr nicht, für viele, viele Jahre. Die besten Sachen. Was immer ihr wollt. Sex. Männer, die mich prügeln. Ein Mord in meiner Straße, ich hab ihn mit angesehen ...«

»Tut mir leid. Warum versuchst du es nicht bei einem von denen in den zwielichtigen Gassen? Fogatini hat vielleicht Interesse. Ecke Shambles und Library Row. Der ist vielleicht eher ...«

»Fogatini?« Sie spuckte aus. »Der hat keinen Geschmack. Er hat gesagt, er hat von denen vom letzten Monat keines verkauft, aber das sind nur Ausflüchte, der ist so knauserig wie nur was.«

Plötzlich sagte Johnson: »Wo sind deine Kinder, Mags?«

»Kinder? Ich habe keine Kinder. Hatte auch nie einen Ehemann.«

»Lebst schon dein ganzes Leben lang so, ja?« Seine Stimme hatte eine bittere Schärfe, die beinahe Spott war. »Bist du sicher?«

Sie zwinkerte und wischte sich mit dem Ärmel über die Stirn, in einer seltsamen, fahrigen Geste; plötzlich begriff ich, dass nicht das Alter ihr Gesicht so gezeichnet und ihr diesen leeren Blick beschert hatte. »Es ist nicht nett von euch, mich auszulachen.«

»Ich lache nicht. Du hast genug verkauft. Geh nach Hause.«

»Ich brauche nur ein paar Schillinge. Kommt schon, meine Herren. Ein echtes Stück vom Leben auf der Straße. Jede Menge Barone und Grafen würden Guineas dafür zahlen. Ein Schnäppchen.«

»Mags ...« Hicks klopfte seine Pfeife an der Seite des Schuppens aus, obwohl er sie noch nicht zu Ende geraucht hatte. »Du hast uns doch schon einmal gefragt, erinnerst du dich? Als Johnson hier dich für eine Tasse Tee mit ins Haus genommen hat? Oder hast du das mit allem anderen beim letzten Mal abgegeben?« Eine Pause. Mags wischte sich mit der Hand auf der Stirn hin und her. »Macht nichts. Geh und such dir eine bessere Möglichkeit, deinen Lebensunterhalt zu verdienen, sonst ist bald gar nichts mehr von dir übrig.«

»Einen Lebensunterhalt verdienen?« Sie lachte keuchend und schlug mit ihrem zerfetzten Umhang nach ihm. »Ihr meint, das hier ist ein Lebensunterhalt? Ein Leben? Mir ist schon alles gleichgültig, ich will alles loswerden, ich wäre lieber eine von den sabbernden Irren, die man vor Fogatinis Haus sieht, wenn er zu tief gegangen ist, ich *will*, das nichts mehr von mir übrig ist …«

Johnson schob sich vor Hicks und nahm die Frau beim Ellbogen, drehte sie so gewaltsam um, dass eines ihrer Beine unter ihr nachgab und sie beinahe hingefallen wäre. »Das reicht jetzt. Mach, dass du hier wegkommst. Oder ich hole die Polizei.«

»Ich will doch nur ein paar Schillinge – einen Schilling. Sixpence!«

Er zerrte sie ein paar Yards die Straße entlang und versetzte ihr dann einen Stoß. Sie wankte, funkelte ihn böse an, als wolle sie ihm womöglich ins Gesicht spucken, ging dann aber davon. Als sie um die Ecke bog, hörte ich ihr Husten, einen tiefen, kehligen Laut, als wäre dies endlich ihre eigentliche Stimme.

Johnson kam zu uns zurück. »Es ist eine schreckliche Nacht. Ich gehe wieder rein.«

Hicks nickte und steckte die Pfeife in die Tasche. Keiner von beiden wartete auf mich. Ich schaufelte die letzten paar Handvoll Kohle in die Schütte und folgte ihnen. Als sie durch die Tür gingen, hörte ich Hicks fragen: »Hat sie denn Kinder?«, und Johnson antworten: »Drei, die noch am Leben sind. Die sind wohl im Arbeitshaus. Während irgendein Glückpilz alles über Mutterliebe liest.« Dann schloss sich die Tür hinter ihnen.

Nachdem ich den Ofen geschürt hatte, nahm ich meinen Sack aus der Ecke der Werkstatt, und einer der anderen sagte: »Oben.

Das Zimmer ganz hinten.« Niemand sagte »gute Nacht« zu mir. Ich stieg die Treppe hinauf, meine Beine zitterten vor Erschöpfung. Als ich an das kleine Fenster im Treppenhaus kam, sah ich meinen Atem. Eisblumen hatten bereits ihre Farnwedel über das schmuddelige Glas wachsen lassen.

Das Zimmer war winzig, schmutzig und bitterkalt. In einer Ecke stand ein durchgelegenes Bett, darauf waren ein paar Decken gebreitet. Ich versuchte, nicht daran zu denken, wie viele Leute hier schon vor mir geschlafen hatten. Ich konnte undeutlich das Schimmern eines Nachttopfes darunter erkennen und atmete flach, weil ich fürchtete, wonach der vielleicht riechen könnte. Aber nach einer Minute war die Kälte zu viel für mich. Ich sank auf das Bett und wickelte mich in die Decken; sie stanken nach Feuchtigkeit und Moder, aber es hätte schlimmer kommen können. Die Matratze war klumpig, und der Drillichstoff war so dünn, dass ich spürte, wie mich die Federn piekten. Ich hatte das Gefühl, als würde mir nie wieder warm werden.

Draußen auf der Straße schrie jemand. Ich wickelte mir die Decken um die Schultern und stand auf, um hinauszuschauen, aber die einsame Straßenlaterne leuchtete zu schwach, und die Fensterscheibe war zu sehr mit Ruß verschmiert, als dass ich etwas hätte sehen können. Wer immer es gewesen war, schwieg nun. Jetzt war nur ab und zu das Jaulen eines Hundes oder das Weinen eines Säuglings zu hören. Ich spürte die fettige Schmiere der Kohle in den Rillen meiner Fingerkuppen und wie ein Knirschen zwischen den Backenzähnen. Je länger ich hier blieb, desto tiefer würde sie eindringen, bis nichts sie wieder ganz abwaschen könnte, bis sogar meine Knochen schwarz waren.

Ich schloss die Augen. Ein Bild kam mir, so scharf wie eine Erinnerung: Alta an der Tür zur Milchkammer, wie sie ihren Eimer fallen ließ, die Augen vor Freude weit aufgerissen – und dann über den Hof gelaufen kam, um mich zu umarmen. Ich konnte beinahe den erdigen scharfen Ammoniakgeruch des Schweinestalls riechen, die sahnige Süße der frischen Milch, die aus dem umgefallenen Eimer rann. Zu Hause wäre seit meinem Abschied kaum Zeit verstrichen; es wäre immer noch Spätsommer, alle wären unverändert, die Arbeiten, die ich nicht beendet hatte, würden noch auf mich warten. Oder – nein – wenn ich nur alles weiter entwirren könnte, ehe ich wieder krank wurde: ganz bis zum letzten Winter zurück, als ich noch wusste, wer ich war. Bis zurück zu der Zeit, als ich mir Gedanken über die Dornenhecke am Oberen Feld machte oder überlegte, ob Ma bemerken würde, dass ich mit ihrem guten Messer ein Kaninchen abgehäutet hatte. Doch es war dumm, sich etwas Unmögliches zu wünschen. Ich schlug die Augen auf und wischte sie an meinem Ärmel trocken.

Ich konnte nicht nach Hause gehen. Doch wenn ich in ein paar Tagen noch hier wäre, würde de Havilland mich zu den Darnays schicken, für mein erstes Binden.

Ich hatte Angst. Diese Erkenntnis hätte es mir leichter machen sollen; aber sobald mir der Gedanke gekommen war, wusste ich, dass ich nicht fortlaufen konnte. Sobald ich bei den Darnays gewesen und alles vorbei war … konnte ich mich entscheiden. Vielleicht würde mir ein anderer Ort einfallen, wohin ich gehen könnte – oder ich würde herausfinden, wie ich zu der Buchbinderei zurückgelangen konnte, wo ich hingehörte. Aber bis dahin musste ich bleiben. Sonst würde ich mein ganzes restliches Leben lang Angst haben, ohne je zu wissen, wovor – außer dass es etwas mit Lucian Darnay und den Alpträumen zu tun hatte.

Ich legte mich aufs Bett. Das Kissen war speckig von altem Haaröl. Ich rollte mich so fest zusammen, wie ich konnte, ignorierte die kratzigen Klumpen der Matratze und blieb reglos. Endlich wärmte ich mich ein wenig auf, doch die Kälte hielt mich immer noch schwebend am Abgrund des Schlafes. Durch meine Träume hindurch hörte ich Türen schlagen und die Geräusche eines Streites unter Betrunkenen; dann läuteten überall in der Stadt die Turmuhren. Ich muss wohl schließlich richtig eingeschlafen sein, denn als Hicks am Morgen an die Tür hämmerte, wachte ich auf, wusste nicht, wo ich war, konnte mich nur mit großer Mühe an meinen eigenen Namen erinnern.

 Drei Tage später schickte mich de Havilland zu den Darnays. Am Nachmittag zuvor hatte er mich zu sich zitiert, hatte Miss Brettingham, seine Sekretärin, mit einem Zettel in die Werkstatt geschickt. Als ich zu ihm ging – in ein unordentliches, übermöbliertes Wohnzimmer, in dem so viele Bilder hingen, dass man kaum die Wand dazwischen sah –, wirkte er zerstreut, war über ein riesiges marmoriertes Kassenbuch gebeugt, während seine Finger einen Stapel dünner Rechnungszettel durchgingen. »O ja«, sagte er, »du bist's. Mr Darnay erwartet dich morgen Abend. Ich schicke ihm gleichzeitig eine Lieferung, vergiss also nicht, die bei Miss Brettingham abzuholen. In ihrem Büro gegenüber vom Wartezimmer.« Er hob die Augen, musterte mich von Kopf bis Fuß und verzog das Gesicht. »Ich schicke heute Abend angemessene Kleidung in dein Zimmer. Und vergiss nicht, dich zu waschen, ja?« Er entließ mich mit einem Wedeln seines Federhalters und schnalzte missbilligend mit der Zunge, als dabei Tintenkleckse auf seine Buchhaltung spritzten.

»Aber ich …«

»Ich habe keine Zeit. Ich breche gleich morgen früh nach Latworthy Place auf, und ich habe noch sehr viel zu tun. Wenn du Fragen hast, stelle sie bitte jemand anderem.«

»Wem?«

»Geh jetzt.«

Als ich am Abend in mein Zimmer hinaufging, fand ich dort einen Anzug auf meinem Bett: hellgrau mit einer blauen Weste und einem sauberen Hemd mit steifem Kragen. Er war in dem schmutzigen kleinen Zimmer so sehr fehl am Platz, dass es von der Tür aus so wirkte, als hätte sich ein Aristokrat zum Sterben auf mein Bett verkrochen. Als ich einen Schritt näher trat und meine Kerze in die Höhe hielt, bemerkte ich, dass da auch glänzend polierte Schuhe waren, ein gebürsteter Filzhut sowie ein

Elfenbeinkästchen, in dem sich Manschettenknöpfe und Kragenknöpfe befanden. Ich brauchte nichts davon anzuprobieren; ich wusste bereits, dass alles schlecht passen würde und unbequem sein würde.

Am nächsten Nachmittag tat ich mein Bestes, um den Dreck des Tages abzuwaschen und mich dann mit eisigem Wasser zu rasieren. Mit der Kleidung hatte ich recht gehabt. Als ich an der Werkstatt vorüberging, pfiff Hicks mir hinterher und rief: »He, Jungs, schaut euch mal Euer Gnaden Hochwohlgeboren an«, und die anderen brachen in Gelächter aus. De Havilland war mit seinem Wagen nach Latworthy gefahren, so dass ich eine Mietdroschke nehmen musste. Ich hatte noch nie eine herbeigerufen und stand eine Ewigkeit auf dem Bürgersteig in der Alderney Street, ehe endlich ein Kutscher anhielt und mich mitleidig fragte, ob ich mich verirrt hätte. Einen Augenblick lang glaubte ich, die Adresse der Darnays vergessen zu haben, aber nach einigem Stottern brachte ich sie doch hervor. Der Kutscher deutete auf die Droschke und sagte mir, ich solle einsteigen. Miss Brettingham hatte mir die »Lieferung« gezeigt – die Truhe, die de Havilland mit Büchern angefüllt hatte –, und ich wuchtete sie auf den Sitz, ehe ich mich selbst hochzog, und wünschte, er hätte sie mit der Post geschickt.

Ich beobachtete, wie Castleford an uns vorbeizog: eine Reihe neuer Häuser, eine Vorhalle mit Säulen an einer Ecke, Schaufenster, in denen bunte Stoffe hingen. Ich konnte beinahe glauben, dass all dies ein komplizierter Schwindel war, dass ich, wenn wir eine andere Route gefahren wären, von der Seite darauf hätte blicken können und bemerkt hätte, dass die Häuser nur aus bemalter Pappe bestanden ... Auch mich selbst erkannte ich nicht. Ich war ein Hochstapler im silbergrauen Anzug und heller Weste. Ich bemühte mich, mir nicht vorzustellen, wie ich versuchte, jemanden zu binden, konnte die Vorstellung jedoch nicht unterdrücken. Ich würde versagen, und es würde nichts geschehen; oder – viel schlimmer – das Binderfieber würde zurückkommen, und ich würde die Beherrschung verlieren und in düsteren

Fiebervisionen versinken, würde kreischend ins Irrenhaus gebracht werden ... Und was war, wenn Lucian Darnay dort war und zuschaute? Auch an ihn wollte ich lieber nicht denken. Der schwache, bittere Geschmack der Angst stieg in mir hoch.

Die Droschke rumpelte weiter, über die Brücke und an der Burg vorüber – einer großen Masse ockergelber Steine, halb verfallen. Plötzlich wurde der Verkehr dichter. Neben uns tauchten Kutschen auf, nah genug, um sie zu berühren. Ein paar Minuten lang schien uns der Strom mitzureißen; dann endlich wurde die Droschke langsamer und bog in eine Seitenstraße ein. Hier war es still, am Straßenrand wuchsen Reihen kahler Platanen.

»Hier.«

»Wie bitte?« Ich reckte den Kopf vor.

Der Kutscher deutete mit seiner Peitsche. »Nummer drei«, sagte er. »Seht Ihr das D auf dem Tor? Das ist es.«

Ich stieg aus und schaffte es, die Truhe mit einem dumpfen Knall neben meinen Füßen auf den Gehweg fallen zu lassen. Ich war so mit meinen Gedanken beschäftigt gewesen, dass ich nicht überlegt hatte, wie ich den Kutscher bezahlen sollte, und einen Augenblick lang geriet ich in Panik. Aber meine Hand war schon in die Anzugtasche gefahren, und ich spürte das kühle Gewicht eines Sovereigns an meinen Fingern. Vielleicht war de Havilland – oder Miss Brettingham – unerwartet umsichtig gewesen; wahrscheinlicher war aber, dass man den Anzug nicht gewaschen hatte, seit ihn das letzte Mal jemand getragen hatte.

Der Kutscher fuhr fort. Ich holte tief Luft. Das Tor vor mir war verschlungen wie ein Weinstock. Um das kunstvolle D war ein Kranz aus eisernen Ranken geflochten. Eine mit Kies bestreute Einfahrt verlief über einen winterlichen, in Quadranten aufgeteilten Rasen zu einer breiten Haustür mit Buntglasfenstern. Das Haus hatte zwei Erker rechts und links von der Haustür, war aus alten roten Backsteinen gebaut. Hinter den Vorhängen in den hohen Fenstern schimmerte Licht. Ein so großes Haus musste doch zwei Eingänge haben, wie das von de Havilland – einen für die Herrschaften und einen für die gewöhnlichen Sterblichen. Ich versuchte, mich an Miss Brettinghams Anweisungen zu halten. *Sei respektvoll, aber nicht unterwürfig. Denke daran, dass du Mr de Havilland vertrittst* … Ihr Tonfall hatte keinerlei Zweifel daran gelassen, dass Mr de Havilland ein großartiger Mann war und ich kaum hoffen konnte, ihm gerecht zu werden.

Also die vordere Eingangstür. Ich ging in die Hocke, um die Truhe hochzunehmen. Vor ein paar Monaten hätte ich sie nicht einmal anheben können. Ich sollte sie Mr Darnay geben − *vor allem anderen, gib sie ihm, nur ihm, niemand anderem, hast du verstanden?* Aber ich würde sie allenfalls mit letzter Kraft ins Haus bekommen. Der Schweiß perlte mir schon auf der Stirn. Bildete ich mir nur ein, dass in einem der oberen Fenster ein Vorhang zitterte? Ich redete es mir ein, aber ich konnte spüren, wie ein Blick mir über den Pfad folgte, und ich war froh, als ich endlich die Haustür erreicht hatte. Ich klemmte die Truhe gegen den Türrahmen und schaffte es, die Klingel zu betätigen; dann stand ich da, mit Armen, die unter dem Gewicht zitterten. Vor mir schwankte und hüpfte das Buntglasfenster − eine Lampe und ihre Flamme, von einem grünen Band umgeben. Ein Beben summte in meinen Knien, zu stark, um noch vom fernen Vibrieren von Wagenrädern auf Pflastersteinen verursacht zu sein. Mein Atem ging sehr schnell.

»Guten Tag, Sir«, sagte jemand.

Aber es war gleichgültig, wer sie war − eine ruhige Stimme, ein Spitzenhäubchen, ein Pickel auf der Stirn −, denn ich konnte an ihr vorüber in die Eingangshalle sehen; und da war Lucian Darnay, auf der halben Treppe. Der Boden riss sich vom Anker und schaukelte auf einem Meer aus Dunkelheit.

Irgendwie blieb ich auf den Beinen. Irgendwie gelang es mir, als Darnay − Lucian − nein, Darnay mir die Truhe aus den Armen nahm und mich in einen anderen Raum führte, ihm zu folgen, bei jedem Schritt um mein Gleichgewicht ringend. Irgendwie hörte ich sogar, wie ich ihm antwortete, obwohl ich nicht wusste, was er gesagt oder was ich erwidert hatte. Irgendwie setzte ich mich hin und blinzelte, bis die Welt langsam wieder klarer zu sehen war. Ich saß an einem polierten Tisch, der wie ein Spiegel glänzte. Es war ein dunkles Zimmer, und obwohl noch graues Tageslicht durch die Fenster strömte, hatte man die Lampen an den Wänden bereits angezündet. Ein Feuer brannte auf dem Kaminrost. Der Kamin selbst hatte die Farbe von rohem, mit Fett marmoriertem Fleisch; die Tapete hatte eine dunklere Abstufung derselben Farbe, war mit burgunderroten Blüten übersät. An der Wand auf der anderen Seite des Raumes stand eine große Vitrine voller Kuriositäten. Ich blinzelte auf die Umrisse, versuchte am blendenden Gaslicht vorbeizuschauen, um zu erkennen, was das alles war: ein Federbusch; ein Schwarm Schmetterlinge unter einer Glaskuppel; das körperlose Grinsen eines riesigen Kieferknochens ... Es summte mir noch in den Ohren, wie wenn jemand mit dem Finger über den Rand eines Glases streicht, aber nun war das Geräusch beinahe so schwach, dass ich es ausblenden konnte.

»Mein Vater kommt gleich herunter. Möchtet Ihr etwas zu Euch nehmen? Ein Glas Sherry? Wir haben leider das Mittagessen soeben beendet. Abendessen gibt es erst um acht.«

»Danke.« Es war eine Erleichterung, als er sich abwandte und sich mit einer Karaffe zu schaffen machte. Ich stieß einen langen Atemzug aus und presste die Beine zusammen, damit meine Knie nicht mehr zitterten. Er erinnerte sich nicht an mich. Als wir uns das erste Mal trafen, hatte er mich angestarrt, als verachtete er mich. Jetzt war da nichts, kein Erkennen in seinen Augen, keine Spur von Hass oder Wut, nichts, das mir schaden konnte – nur ein Hauch Verachtung, der, wie ich aus seinen Gesichtszügen abzulesen meinte, wohl eher Gewohnheit war und nichts mit mir zu tun hatte.

»Bitte.« Er stellte das Glas vor mich hin, und ich zwang mich, ihm in die Augen zu schauen.

»Danke.« Meine Stimme klang ruhiger, als ich erwartet hätte. Ich nippte an dem Sherry und spürte, wie er mir warm durch den Hals rann.

»Die hier sind für meinen Vater, nehme ich an?«

»Ja«. Ich hätte ihn aufhalten sollen, ehe er die Truhe öffnete, aber er klappte die Verschlüsse mit einer solchen Selbstsicherheit auf, dass er damit fertig war, ehe ich etwas sagen konnte. Er nahm vier oder fünf Bücher heraus und drehte sie, um die Rücken lesen zu können, ehe er sie mit Verachtung wieder in die Truhe fallen ließ. Einmal legte er eine Pause ein, als er stirnrunzelnd das Buch betrachtete, auf das ich einen Blick erhascht hatte, als de Havilland es einpackte: hell und mit rotgoldenen Flecken wie Glut; aber schließlich warf er dieses Buch mit mehr Nachdruck zurück als die anderen. Während er die Bücher untersuchte, hatte ich Zeit, ihn zu beobachten. Er hatte sich verändert; die Schatten unter seinen Augen waren verschwunden, sein Gesicht war fülliger geworden. Ein rosiger Schein lag auf seinen Wangen, der in wenigen Jahren eine blühende Röte sein würde, und seine Augen hatten etwas Mattes wie verschmiertes Glas; doch insgesamt war er attraktiv. Es war kaum zu glauben, dass er derselbe Mann sein sollte, den ich bei Seredith gesehen hatte, der Mann, dessen hageres, trostloses Gesicht mir Alpträume beschert hatte.

Ich hörte, wie die Tür geöffnet wurde. Eine andere Stimme sagte: »Ihr müsst de Havillands Vertretung sein.«

Ich machte Anstalten, mich zu erheben, doch der weißhaarige Mann im Türbogen vollzog eine beschwichtigende Geste und warf mir ein freundliches Lächeln zu. »Setzt Euch, junger Mann.« Er ging geradewegs an seinem Sohn vorüber und ergriff meine Hand. Seine Haut war warm und trocken. Nun konnte ich sehen, dass er nicht so alt war, wie ich gedacht hatte, trotz seines knochigen Gesichtes und seines weißen Haares; er hatte etwas Ätherisches an sich, nicht zerbrechlich, eher unwirklich. Es fiel mir schwer, mir diesen Mann an der Spitze des Darnay'schen Fabrikimperiums vorzustellen.

»Wie zauberhaft«, sagte er. »Ihr seid beinahe noch ein Junge. Und schon Binder für de Havilland! Man sieht heutzutage so wenige *nützliche* junge Männer.«

Lucian Darnay deutete auf die Tür. »Soll ich …?«

»Nein, nein, bleib.« Darnay senior starrte mich an, als versuchte er, meine Seele zu erkennen. »Wie schade, dass er nicht selbst kommen konnte – ich habe gehört, Lord Latworthy hat ihn mir vor der Nase weggeschnappt! Macht nichts, es ist wunderbar, stattdessen Euch kennenzulernen.«

»Ich bin sicher, er wäre gern selbst gekommen.«

»Ach, Unsinn, Unsinn«, erwiderte Mr Darnay, jedoch mit einer Leichtigkeit, die diese Worte abmilderte. »Jedenfalls hat Euch de Havilland zweifellos – setz dich hin, Lucian! – von unserer armen Nell erzählt, und wie sie gelitten hat. Nicht nötig« – er erhob einen Finger – »vor meinem Sohn von ihren Qualen zu sprechen, er ist zu zart besaitet, um sich die Sorgen und Beschwerden anderer Leute anzuhören. Aber ich werde mich sehr freuen, wenn sie wieder glücklich ist.«

»Er hat mir erzählt, dass Ihr eine Dienerin habt, die …«

»Ganz recht.« Er nickte. »Ich glaube, ein einfaches Binden wird reichen. Sie ist ein schlichtes Mädchen, nicht sonderlich gescheit, obwohl wir sie natürlich alle herzlich gern haben. Hast du etwas gesagt?«

»Nein«, erwiderte Lucian. Er schenkte sich ein Glas Kognak ein und trank es in einem Zug halb leer.

Etwas wie Traurigkeit blitzte in den Augen des älteren Mannes auf, doch als er mir das Gesicht wieder zuwandte, war er völlig gefasst. »Es sollte Euch nicht viel Zeit kosten. Schließlich ist sie sehr jung, und die Leiden der Jugend sind schnell weggewischt. Für das Binden überlasse ich die Einzelheiten Eurer Entscheidung. Wenn Ihr mir das Buch innerhalb einer Woche gebunden zurückschickt, würde das vollkommen ausreichen.«

»Es zurückschicken? Ich dachte – das Gewölbe …«

»Nein, nein. Wir haben hier unser eigenes sicheres Lager. Und jetzt muss ich Euch verlassen.« Er tätschelte mir die Schulter und rauschte aus dem Zimmer.

»Oh, aber Mr de Havilland hat die hier geschickt …« Ich deutete auf die Truhe mit den Büchern. Doch es war zu spät; die Tür hatte sich bereits geschlossen.

Lucian schaute ihm hinterher. »Charmant, nicht wahr?«

»Ich bin sehr erfreut, seine Bekanntschaft gemacht zu haben.« Mir wurde klar, dass er mich nicht nach meinem Namen gefragt hatte.

»Oh, natürlich.« Lucian trank das Glas aus. »Warum sollte es Euch kümmern, wie er ist? Solange er Euch gut bezahlt. Oder de Havilland bezahlt …«

»Es ist freundlich von ihm, sich um das Unglück einer Dienerin zu kümmern. Das würde nicht jeder tun.«

Er lachte, schenkte sich einen weiteren Kognak ein und trank ihn in einem Zug.

»Ihr seid wie ein Arzt, nicht wahr?«, meinte er; es klang nicht wie eine Frage. »Ihr kommt hierher und schneidet einen Abszess auf. Ein riesiges, pochendes Karbunkel, so groß wie ein ganzes Leben. Dann wascht Ihr Euch die Hände und tut so, als hättet Ihr nie etwas anderes als Rosen gerochen. Und Ihr geht mit volleren Taschen fort, bis zum nächsten Mal. Wie ein Arzt. Alles zum Wohl der Menschheit. Außer dass Ihr es eigentlich nur macht, weil Leute wie mein Vater den Geschmack des Eiters so mögen …«

»Das ist widerlich.«

»Nicht wahr?«

Ich wandte den Blick ab. Ein Schatten huschte über das Glas des Kuriositätenkabinetts, als wäre darin etwas zum Leben erwacht. Aber es war nur Darnays Spiegelung, als er durch den Raum zum Kamin ging und seine freie Hand zum Feuer hinstreckte. Der Manschettenknopf war aus seinem Hemd gefallen, und wo es offenstand, konnte ich die Venen an seinem Handgelenk sehen, die Erhebungen seiner Sehnen. Die Haut dort war so bleich, dass sie beinahe gelblich wirkte wie Elfenbein.

Als er wieder sprach, klang seine Stimme müde. »Ich lasse sie also jetzt holen. Braucht Ihr noch etwas?«

»Nein.«

Nach einem Augenblick zuckte er mit den Schultern. »Wie Ihr wünscht. Hier?«

»Ich denke – ja.« Ich brauchte nichts als einen Tisch und zwei Stühle, vielleicht nicht einmal das. Was hatte de Havilland am Tag nach Serediths Tod zu mir gesagt? *Du musst einfach nur der Person die Hände auflegen und zuhören. Solange du Papier, eine Feder und Tinte mitnimmst und darauf achtest, dass ihr beide sitzt und dass sie ihr Einverständnis gegeben hat, kannst du eigentlich kaum etwas falsch machen.* Wie konnte das denn ausreichen? Ein Gefühl der Unwirklichkeit beschlich mich, als hätte ich geträumt, dass man mich zum Mittsommerkönig gekrönt und ich die Tanzschritte vergessen hatte. Es war mittlerweile zu spät, um Mr Darnay zu erklären, dass ich nur der Lehrling war und keine Ahnung hatte, was zu tun war. Der Gedanke daran, wie mich Lucian ansehen würde, verursachte mir ein Kribbeln im Nacken. Ich stellte meine Tasche auf den Tisch, öffnete sie, nahm einen Stapel Papier, eine Feder und ein Tintenfläschchen heraus. All das ordnete ich sorgfältig auf dem Tisch an. Ansonsten war meine Tasche leer. De Havillands Rechnung, die bereits geschrieben war, steckte in der Innentasche.

Lucian läutete die Glocke. Während er auf die Dienerin wartete, fragte er: »Wie lange braucht Ihr?«

»Ich weiß es nicht genau.«

»Ich habe mir sagen lassen, dass de Havilland gewöhnlich um vier Uhr eine Teepause macht.«

»Ich … nein. Danke.«

»Gut. Ich lasse Euch von jemandem Euer Abendessen bringen, sobald Nell herauskommt. Wenn Ihr sonst noch etwas benötigt, läutet nach Betty, ja?«

»Gut.«

Einen Augenblick lang schien es, als wolle er noch etwas hinzufügen, aber da kam die Dienerin herein, und er wandte sich ab. »Bitte bring Nell her. Und sorge dafür, dass sie nicht gestört werden, bis Mr … Entschuldigung …?«

»Farmer«, ergänzte ich. Es schien sinnvoll, dass seine Erinnerungen an seinen Besuch bei Seredith verschwunden waren, mit all dem anderen, was sonst noch in seinem Buch stehen mochte; aber es kam mir doch noch seltsam vor, dass ich ihm meinen Namen nennen musste.

»Mr Farmer«, wiederholte er mit leicht spöttischer Betonung. »Bis Mr Farmer nach seinem Abendessen läutet.« Schließlich schaute er mich noch einmal an, und hinter seinen Augen blitzte ein Funken Boshaftigkeit auf. »Viel Glück, Mr Farmer. Ich hoffe, es bereitet Euch … Vergnügen.«

Ich wandte mich ab, beherrschte mühsam den Drang, ihm ins Gesicht zu schlagen. *Vergnügen.* Kein Wunder, dass sein Vater ihn verachtete. Ich war froh, dass er das Zimmer verlassen hatte, sich hinter der Dienerin durch die Tür hinausgeschlichen hatte, sonst hätte ich mich womöglich verraten. Als er fort war, setzte ich mich hin und fuhr mir mit den Händen durchs Haar, um den Schweiß abzuwischen. Die holzige Wärme des Sherrys ergoss sich in meine Kehle, hatte einen leicht galligen Beigeschmack. Mein Herzschlag schien aus jeder Ecke des Raumes widerzuhallen, wo jede Oberfläche ihn in einem anderen Tonfall reflektierte: Glas, Holz, Marmor, tapezierte Wände …

»Das ist Nell, Sir.«

Ich rappelte mich auf die Füße, als hätte man mich bei einem Nickerchen erwischt. Die ältere Dienerin machte einen Knicks und ging, schloss die Tür mit einem taktvollen Klicken hinter sich, das sich lauter anhörte als ein Zuschlagen.

Nell. Ich hatte nicht gewusst, was ich erwartet hatte, war jedoch überrascht.

Nell war … farblos. Als hätte man sie ausradiert wie eine Bleistiftzeichnung; sie war dünn, die Knochen in ihrem Nacken standen vor, ihr Gesicht war so ausdrucksleer, als gehöre es zu einer vom Regen ausgewaschenen Statue. Und sie war jung – jünger als ich, jünger als Alta. Ich deutete auf den Stuhl mir gegenüber – irgendetwas an dieser Geste beschwor eine ungute Erinnerung an de Havilland herauf –, und sie folgte meiner Anweisung. Aber ihre Bewegungen waren seltsam leblos, ohne Leichtigkeit, aber auch ohne Mühe. Sie war einfach nicht da. Ich schluckte. Milly war in einer Starre gewesen, als sie zu Seredith kam – doch das war eine andere, eine wilde Stille gewesen, so wie im Auge eines Sturms. Das hier war nur ... negativ.

»Ich heiße Emmet. Du bist ... Nell? Stimmt das?«

»Jawohl, Sir.«

»Du musst mich nicht Sir nennen.«

Es war keine Frage, und sie antwortete nicht. Das hätte ich mir denken können, aber ich empfand es wie eine Abweisung.

»Weißt du, warum ich hier bin?«

»Jawohl, Sir.«

Ich wartete. Nichts. Sie hätte hübsch sein können, sie hätte schüchtern sein können oder verschämt oder wuterregend, wie Alta es in ihrem Alter gewesen war. Aber sie war gar nichts. Ich grub einen Fingernagel in den Ballen meines Daumens und sagte, so sanft ich konnte: »Kannst du mir sagen, warum? Warum bin ich hier?«

»Ihr seid hier, um mein Gedächtnis auszulöschen.«

»Also wirklich.« Aber sie hatte recht; man konnte es genauso gut auch so formulieren. »Ja. Wenn du das möchtest. Dein Arbeitgeber – Mr Darnay«, sagte ich und verachtete mich für meinen hochtrabenden Ton, »Mr Darnay sagte, dass du sehr verzweifelt bist. Stimmt das?«

Sie schaute mich an. Bei jedem anderen wäre das eine Herausforderung gewesen, aber in ihrem Gesicht war es wie das Starren eines Tieres. Sie hielt meinem Blick stand, bis ich wegschauen musste.

Mein Kragen kratzte unerträglich. *Achte darauf, dass ihr beide sitzt und sie ihr Einverständnis gegeben hat.*

»Schau mal«, sagte ich, »ich muss nur wissen, dass du möchtest, dass ich deine Erinnerungen binde. Wenn du das nicht möchtest ...«

Sie biss sich auf die Lippe. Es war nur eine winzige Bewegung, aber es war das erste Lebenszeichen.

Mein Herz machte einen Sprung. Ich beugte mich über sie, versuchte, nicht zu übereifrig zu sein. »Es wäre auch in Ordnung, weißt du«, sagte ich. »Es wäre wirklich gut, falls du das Gefühl hast, dass du so wie jetzt weitermachen kannst. Auf lange Sicht viel besser. Vielleicht glaubst du, dass du tapfer sein und mit dem leben kannst, was geschehen ist? Vielleicht bist du stärker, als du zunächst gedacht hättest, als du darum gebeten hast …«

»Ich habe nicht darum gebeten. Das hat Mr Darnay getan.«

»Oh, nun ja, nehme ich an.« Ich hasste den Klang meiner eigenen Stimme, die mit Schmeicheleien versuchte, einen Ausweg aus meinem Problem zu finden. Ich biss die Zähne zusammen und dachte an Seredith. Die würde wollen, dass ich mein Bestes gebe, nicht für mich selbst, sondern für dieses Mädchen mit dem hageren Gesicht und dem starren Blick. »Ich meine nur«, sagte ich und versuchte, keine Gefühle in meinen Worten mitschwingen zu lassen, »dass du entscheiden kannst. Niemand kann dich dazu zwingen, irgendwas zu tun, was du nicht willst.«

»Nicht?«

Ich wollte gerade »natürlich nicht« antworten, aber dann änderte sich etwas an ihrem Gesicht, und ich hielt inne. Was war das? Ein Verengen der Augen, als hätte ich etwas Verachtenswertes gesagt. Sie starrte mich weiter an. In der Leere hinter ihren Augen schien etwas aufzuflackern und wieder zu vergehen. Ein paar Sekunden lang meinte ich Hoffnungslosigkeit auszumachen, gestaltlos und unpersönlich wie eine Wüste, so weit, dass ich ihre Größe nicht ermessen konnte. Dann war ich mir nicht mehr sicher. Vielleicht war Nell ein schlichtes Gemüt. Mr Darnay hatte *nicht sonderlich gescheit* gesagt. Ich übertrieb dramatisch; das war verständlich, denn ich war nervös, und mir krampfte sich der Magen zusammen.

Sie senkte den Blick. Ihre Hände lagen im Schoß wie Handschuhe, Schmutz in Striemen über den Knöcheln. Ihre Brust bewegte sich kaum, wenn sie atmete.

»Was möchtest du, was soll ich tun?«

Ich setzte mich zurück. Der steife Rand meines Kragens grub sich mir in den Nacken. *Dazu kommt noch die Kleinigkeit, wie man mit den Erinnerungen umgeht – wie man sicherstellt, dass man nicht zu tief geht ...* Ich versuchte, diese Angst zu verdrängen. Seredith war überzeugt gewesen, dass ich es können würde; sie hatte gesagt, ich wäre ein geborener Binder.

»Angenommen ... du erzählst mir einfach davon. Mit deinen eigenen Worten.«

»Wovon?«

»Von all dem, was du ... weggenommen haben möchtest.«

Sie hob ihre Schultern ein wenig an. Ihr Mund ging auf, aber es kam kein Geräusch heraus, und nach langer Zeit spähte ich zu dem Klingelzug. Ich könnte die Dienerin herbeirufen und eine Nachricht hinterlassen, mich leise aus der Haustür stehlen, ehe die Darnays auch nur Zeit hatten, diese Nachricht zu erhalten ... Ich stand auf. Nells Augen folgten mir, eine Sekunde zu spät. Mir war der Gedanke gekommen – ganz schwach, irgendwo im Hinterkopf –, dass sie vielleicht betrunken war; aber nein, das hätte ich gerochen oder an ihrer Sprache gehört ...

»Schau mal, Nell«, sagte ich und bog die Zehen in den zu engen Schuhen, bis sie schmerzten. »Ich bin nicht ... ich kann dich nicht binden, ja? Man hat mich hierhergeschickt, und das war, na ja, ein Irrtum. Ich bin nur ein Lehrling, und ich habe noch nie ... Ich erkläre Mr Darnay, dass das nicht deine Schuld ist, dass es nichts mit dir zu tun hat. Mr de Havilland kann dann in ein paar Tagen kommen, denke ich. Aber ich kann es jetzt nicht machen. Vielleicht hätte ich nicht sagen sollen – ich wollte bei dir nicht den Eindruck erwecken – ich dachte, ich könnte vielleicht ...« Ich unterbrach mich und fuhr dann leiser fort: »Verstehst du, was ich sage?«

Sie schloss die Augen. »Ja«, antwortete sie. Ihre Stimme schien aus großer Ferne zu dringen.

»Ich entschuldige mich.« Diese Worte waren so steif wie mein Kragen.

Sie rührte sich nicht. Etwas glitzerte auf ihrer Wange, und ich bemerkte, dass sie weinte – reglos, unpersönlich wie eine Statue im Regen. Ich wandte mich ab und stand plötzlich vor der Vitrine. Dort lag ein kunstvolles chinesisches Döschen neben etwas Kleinem, Verschrumpeltem, das wie eine Dörrpflaume aussah. Ich beugte mich näher hin und sah, dass es ein winziger Kopf war, in dessen Augenhöhlen man Muscheln genäht hatte. Ich wandte mich wieder Nell zu.

»Wir wollen hier einfach eine Weile sitzen. Dann läute ich und erkläre Mr Darnay alles.« Ich konnte jetzt noch nicht läuten; das würde so aussehen, als hätte ich es nicht einmal versucht.

»Hier sitzen?«

»Um … um uns auszuruhen, meine ich.«

Weitere Tränen rannen ihr über die Wangen und troffen ihr vom Kinn. Plötzlich wischte sie sie mit ihrer Schürze weg. Einen Augenblick lang sah ich das Kind, das sie einmal gewesen war, nein, das Kind, das sie immer noch war. »Ausruhen? Hier?«

Ihre Stimme war rau, als wäre endlich wieder ein wenig Gefühl an die Oberfläche gekommen; aber ich wusste nicht, was das war.

»Ja. Wenn du möchtest.«

»Ich …« Sie würgte mitten im Wort, als wäre das zu gefährlich, um es auszusprechen. Dann nickte sie, und die Maske der Reglosigkeit senkte sich wieder über ihr Gesicht.

»Gut.« Ich atmete aus, so langsam ich konnte, versuchte, die Anspannung in meinem Magen zu lösen. Ich zog den anderen Stuhl hervor, so dass ich in das Kaminfeuer blicken konnte, ohne mir den Hals zu verrenken, und setzte mich neben sie. Die Flammen waren zu rotgoldenen Blasen heruntergebrannt, die wie Pilze aus den Holzscheiten hervorwuchsen, zusammensackten und sich ausbreiteten. Langsame Wärme strahlte aus dem Kamin, linderte den Schmerz in meinen Beinen. Wenn ich die Augen hob, wurde das Muster auf der Tapete allmählich schärfer und wieder unschärfer, wandelte sich von undeutlichen Flecken zu kunstvollen Schnörkeln und zurück. Die Gaslampen loderten und flüsterten. Neben mir verlangsamte sich Nells Atem, bis er sich meinem angeglichen hatte.

Endlich, nach langer Zeit, schlug die Uhr. Ich schaute zu Nell. Sie starrte so unverwandt auf die Wand, dass ich mich fragte, ob sie vielleicht mit offenen Augen schlief.

»Ich sollte jetzt die Dienerin herbeirufen«, sagte ich leise. »Bist du bereit, wieder an die Arbeit zu gehen?«

Sie reagierte nicht. Ich stand auf und beugte mich zu ihr. »Nell?«

Nichts. Sie war wach, da war ich mir sicher; vielleicht war sie in den gleichen beinahe tranceartigen Zustand verfallen, der über mich gekommen war, als mich die Stille und die Wärme einlullten. Ich schaute zu ihr hinunter, und mein Herz schmerzte, weil sie hübsch hätte sein sollen. Dann sagte ich erneut »Nell?« und legte ihr sanft die Hand auf die Schulter.

Da geriet die Welt in einen Taumel. Und stellte sich völlig auf den Kopf.

11

Das Elend war ein grauer Fluss, der mich fortzog, der mich nach unten und so rasch durch ein Leben zerrte, dass ich nur kurze Blicke darauf erhaschen konnte. Tage eilten vorüber. Nächte leuchteten auf und verloschen wie dunkles Feuerwerk. Ich existierte nicht, ich war Teil dieses eisigen Stroms, ein Auge, das sehen, aber kein Mund, der sprechen konnte. Was geschah hier? Ich tastete nach meinem Selbst – nach meinem Namen, meinem Körper, nach irgendetwas –, aber es gab kein Selbst und dann auch kein Ich mehr.

Ein grauer Klecks. Das Gefühl der Geschwindigkeit zerriss mich beinahe. Dann verlangsamte sich alles allmählich – ich sah – ich war jemand anderes, schaute auf eine Welt, die schief war, durch den Blick aus fremden Augen gekippt, durch *ihr* bloßes Anderssein. Alles war gleich, aber irgendwie auch so zutiefst anders, dass ich hätte schreien mögen – wenn ich existierte hätte, wenn noch genug von mir übrig gewesen wäre, um sich zu fürchten. Nun war das Bild ruhig, voller Einzelheiten, die ich niemals bemerkt hätte, verschwommen, wo ich näher hingesehen hätte. Ich erkannte nur, dass sie auf eine Haustür mit einem Buntglaseinsatz in der Mitte, mit einer Lampe und mit einem Schmuckrand schaute. Sie war erfreut, aufgeregt, Wärme leuchtete wie Glut tief in ihr. Ich spürte, wie sie den Klingelzug packte, wie seltsam er sich anfühlte, wie ein unvertrauter Handschuh.

Die Dinge wirbelten wieder fort. Eine Stimme, wie ein Schrei vom heftigen Wind fortgerissen: »... nein, nicht diese Tür, die hinten!« Dann war sie verschwunden, die Szene vom Grau verschluckt. Mehr Aufblitzen, mehr kurze Blicke, lebhaft wie Fieberträume, dunkler und immer dunkler vor Schatten, die nicht genau auszumachen waren. Ein winziges Schlafzimmer unter der Dachtraufe, gräuliche Wände und abblätternder Putz. Kälte. Nächte, die sie vor Müdigkeit versinken ließen. Ein alter Mann – jünger, als er aussah –, der freundlich zu ihr war. Ein schwarz-weißes Gesicht, das kaum wusste, dass sie da war. Eine Frau in einer Schürze, die sie ohrfeigte und ihr dann ein Gewürzbrötchen zuschob. Ein alter Mann, der ihr die Schulter drückte. Wieder das Schlafzimmer. Kein Schlüssel für die Tür. Starren auf die schmuddelige Wandfarbe, während sie einen Finger in das Schlüsselloch steckte, versuchte, das Innere des Schlosses mit dem Fingernagel zu erreichen. Kein Glück. Der Winter, endlose Arbeit, der Kohleneimer, der ihr beinahe die Schulter aus dem Gelenk riss, der alte Mann, der sie auf einen Stuhl setzte – »Flecken auf dem Gesicht, meine Liebe ... mein Taschentuch ...« Und das Schlafzimmer, Frost am schwarzen Fenster, der alte Mann. »Schau nicht so erschrocken, ich habe dir was gebracht ...« Kohle. Wach liegen, krank vor Kälte, wünschen, er käme wieder, beten, er würde nicht wiederkommen.

Der Türgriff, Fäuste ballen, als er sich drehte, der alte Mann. »Wieder kalt?« Nein. Grau rings um sie herum, gedämpft, erstickt. Nicht fühlen. Nein. Kalter Morgen. Zittern. »Was ist los mit dir? Pst, Mädchen.« Übel und immer wieder übel. Keine Zeit, die Uniform zu trocknen. Das klamme Gefühl des nassen Stoffs auf der Haut. Die Böden, die wieder schmutzig wurden, während sie noch zusah. Staub, der sich auf dem Kaminsims anhäufte, tief wie Schnee. Verrückt. Das Schlafzimmer. Der alte Mann. Der Geruch des Nachttopfs. Denk an den Geruch, denk daran, was du gegessen hast und was am anderen Ende herausgekommen ist, denk an alles, nur nicht an dies. Nein. Spinnen schwarz in den Ecken. Käfer, die ihr über die Arme krabbeln. Schmutz unter den Fingernägeln. Die Sonne, heiß auf ihrem Nacken. Der Frühling muss gekommen sein, während sie nicht hinschaute. Aber alles ist grau, immer noch grau. Ersticken am Duft des Flieders.

Ein Sommerhaus. Der Gestank muffiger Kissen. Zu sehr zittern, um die Knöpfe schließen zu können. Wieder das Schlafzimmer, aufgeheizt, nach Schweiß riechend. Das Schlafzimmer, das Studierzimmer, tote Sommerstille und das Schmatzen von nassem Fleisch auf ihrem Fleisch. Das Schlafzimmer. Herbst. Wieder verschwimmt alles. Graues Aufblitzen ihres Schlafzimmers, immer und immer wieder, mit matten Ecken. Winter. Der alte Mann. Der alte Mann. Der alte Mann.

Ich rang keuchend nach Atem. Die Luft traf wie Säure in meine Lungen. Das Studierzimmer tanzte mir vor Augen, bebte und verdoppelte sich, als wäre ich betrunken. Aber ich war hier, und der Alptraum war …

… wirklich. Er war noch immer wirklich. Aber nun stand ich außerhalb.

Sie saß mir gegenüber. Ihre Augen waren geschlossen. Ich schloss meine Augen, um sie auszusperren, aber in der Dunkelheit hinter meinen Lidern sah ich ihre Erinnerungen – bereits verblasst, fern, unzweifelhaft die eines anderen Menschen, aber immer noch nah genug, um mich erbeben zu lassen. Der alte Mann. Darnay. In ihren Gedanken hatte sie sich geweigert, ihm einen Namen zu geben, hatte sich an den Worten *der alte Mann* festgeklammert, als wäre dies das einzige Stückchen Macht, das sie über ihn hatte. Aber es war Darnay. Das wohlmeinend freundliche Glitzern in seinen Augen, die Wärme, der aalglatte, skrupellose Genuss ... Mir lief es kalt über die Haut. Ich hatte ihn gemocht. *Sie* hatte ihn gemocht. Bevor ...

Ich versuchte, tief zu atmen, und musste husten. Es tat weh, wieder hier zu sein, in meinem Körper. Aber der Schmerz war gut, der Schmerz bedeutete, dass ich existierte, dass sie und ich getrennte Wesen waren.

»Sir?«

»Was?« Ich blickte auf, blinzelte, bis das Bild vor meinen Augen sich beruhigte.

Halb stand sie, halb saß sie, schwankte zwischen Stuhl und Tisch, als wüsste sie nicht, wo sie war. »Wünschtet Ihr etwas? Es tut mir leid ... ich muss kurz eingenickt sein. Es ist so warm hier drin.«

»Was? Nein. Du hast nicht ... ich ...«

»Geht es Euch nicht gut, Sir? Soll ich jemanden rufen?«

»Nein. Danke. Ich brauche nur ... etwas Zeit.« Meine Stimme klang heiser, als hätte ich tagelang nicht geredet. »Nell ...«

»Ja, Sir.«

Ich blickte hinunter. Mein Spiegelbild in dem Ebenholztisch war wie ein verschwommener Mond vor einem dunklen Himmel. Schatten wirbelten in der Tiefe, tanzten fort, wenn ich sie näher betrachten wollte. Ich fuhr mit einem Ruck auf, fürchtete plötzlich, ich könnte wieder hinuntergesogen werden. Nell nestelte am Saum ihrer Schürze und starrte mich an, als stünde ich an der Schwelle des Todes.

»Bitte geh und ruhe dich aus«, sagte ich. »Du bist müde. Mr Darnay …« Ich stotterte seinen Namen, aber sie zuckte nicht mit der Wimper. »Mr Darnay hat gesagt, das dürftest du tun. Jemand anderer sorgt dafür, dass deine Arbeiten erledigt werden.« »Oh.« Sie runzelte die Stirn. »Danke sehr, Sir.« Sie drehte sich um, hielt mitten im Schritt inne, ging dann hinaus und strich mit den Händen über ihre Schürze, als hätte sie nur den Kamin ausgefegt.

Die Tür wurde geschlossen. Das Geräusch schien in meinen Ohren widerzuhallen, sich zu einem Summen und dann einem Brausen zu verdichten und alles andere zu übertönen. Endlich verebbte es, und ich hörte wieder das Knistern des Kaminfeuers und der Gaslampen, das schwache Poltern und die Stimmen von Menschen in den Räumen jenseits des Zimmers. Die Uhr schlug ein Viertel, raffte sich mit einem krächzenden Schnarren zu einem Läuten auf, das immer mehr Schwung bekam. Ich holte tief Luft, horchte in meinen Körper hinein, ob die alte Krankheit zurückgekehrt war. Eine Sekunde lang flackerte die Dunkelheit in meinen Augenwinkeln auf, doch als ich ausatmete, spürte ich, wie die Krankheit wich und nichts als Erschöpfung hinterließ.

Ich stand auf, um nach der Dienerin zu läuten, damit sie Lucian Darnay herbeirufen könnte, hielt aber mit ausgestreckter Hand inne. Ich verzog das Gesicht wegen des bitteren Geschmacks in meinem Mund. Der Kamin, die Spiegelung der Gaslampen in den Glastüren der Vitrinen, die Standuhr mit ihrem selbstgefälligen, rollenden Mondgesicht, die prächtigen Perserteppiche auf dem Boden … Ich hielt dem Blick der Porzellanspaniels auf dem Kaminsims stand, die leer über ihre Bärte schauten. Ich hatte sie abgestaubt und hatte das Bedürfnis gehabt, einen an der Wand zu zerschmettern, hatte es jedoch nicht gewagt, es zu tun. Ich hatte den Feuerrost poliert, verzweifelt versucht, damit fertig zu werden, ehe der alte Mann hereinkam und mich hier fand; ich spürte die Schwärze unter den Fingernägeln, die schmierigen Flecken, die ich später auf meinen

Oberschenkeln entdeckte … Über alles hatten sich wie Flecken Nells Erinnerungen gelegt.

Ich nahm meine Tasche. Daneben auf dem Tisch lag ein Buchblock, ein ordentlicher Stapel noch nicht zusammengenähter Seiten, dicht mit Schriftzeilen bedeckt. Ich schnappte nach Luft. Das hatte ich geschrieben. Ich erinnerte mich nicht daran, aber ich musste es getan haben. Es war meine Schrift. Ich blinzelte, bemerkte plötzlich ein Brennen in meinem Handgelenk. Natürlich war ich es gewesen; wer hätte es sonst sein können? Ich brauchte lange, um mich so weit in den Griff zu bekommen, dass ich die Hand ausstrecken und den Stapel aufnehmen konnte. Ich schob die Seiten in die Tasche und warf sie mir über die Schulter.

Ich hielt nicht inne, um nachzudenken, was geschehen würde, wenn die Darnays herausfanden, dass ich gegangen war, oder was de Havilland sagen würde, wenn er hörte, dass ich geflohen war. Ich stahl mich auf den Flur, mit klopfendem Herzen, als wäre ich ein Dieb. Durch den Bogen am Ende des Flurs war die Eingangshalle mit ihren schwarz-weißen Kacheln zu sehen, ein Kasten mit Farn an der anderen Seite, dahinter eine Gestalt, die bei meinem Anblick entsetzt stehenblieb. Ich begriff, dass es ein Spiegel war. Darüber schwang sich die Treppe nach oben, die Wände waren mit Porträts verziert, aber ich machte keine Pause, um dort hinaufzuschauen, sondern eilte zur Haustür. Ich beugte mich hinunter, um den ersten Riegel aufzuschieben, nestelte bereits am zweiten. Mein Ellbogen stieß an einen Schirmständer aus Porzellan, der laut über den Marmorboden schrappte.

»Wohin des Wegs?«

Eine kühle, neugierige Stimme, eine Stimme, die meine Hand vom Griff des Riegels gleiten ließ. Ich fuhr herum. Es war Darnay, der junge Darnay, nicht der alte.

»Ich gehe«, antwortete ich.

»Wohin? Wir essen in einer Stunde zu Abend. De Havilland bleibt immer zum Essen.«

»Nein.«

»Ihr könnt noch nicht gehen«, erwiderte er. »Selbst wenn Ihr keinen Hunger habt, will mein Vater Euch sicher sehen, bevor Ihr geht.«

Ich schüttelte den Kopf.

»Seid Ihr *krank*?«

Ich machte den Mund auf, um zu antworten, aber es hatte keinen Sinn. Stattdessen wandte ich mich zur Tür und zerrte an dem Riegel, so fest ich konnte. Nach kurzem Widerstand gab er nach. Ich streckte die Hand nach dem dritten aus.

»Herrgott, lasst Euch von der Dienerin ein Abendessen bringen. Dann kommt mein Vater und bezahlt Euch, und Ihr könnt gehen.«

Mit einem plötzlichen Rasseln bewegte sich der Riegel zur Seite. Darnays Schatten fiel auf mich. Ich spürte, dass er mich an der Schulter berührte, und es schoss mir wie ein Stromschlag bis auf die Knochen. Ich wirbelte herum, holte blind aus, dann donnerte meine Faust ihm gegen die Rippen. Er taumelte und griff nach mir.

»Nur … die Ruhe … ich will doch nur …« Alkoholdämpfe lagen in seinem Atem. Eine Sekunde lang wehrte ich mich gegen ihn, atemlos. Sein Gesicht verschwamm vor mir, darüber lagen flackernd Nells Erinnerungen. Er hatte ihr nie Aufmerksamkeit geschenkt, ihr nie Hilfe angeboten …

Er zerrte am Riemen meiner Tasche, der einen Moment später zerriss. Ich stolperte und landete auf den Knien. Die Tasche fiel hin und verstreute ihren Inhalt über den Boden. Nells Seiten flogen in alle Richtungen, ein Sturm weißer Flügel, sie schwebten dann langsam zu Boden. In der Stille wurde irgendwo in einem anderen Teil des Hauses eine Tür zugeschlagen.

Darnay bewegte sich als Erster. Er schaute sich mit einem raschen, verstohlenen Blick um, als fürchtete er, jemand könnte es gehört haben. Dann rappelte er sich auf und begann, mit vollen Händen Seiten aufzusammeln, nicht besonders sorgfältig.

»Kommt schon«, sagte er, »helft mir, ja?« Als ich mich jedoch von den Knien erhoben hatte, las er bereits die letzten Blätter von einem Beistelltisch auf und stopfte sie mit all den anderen in die Tasche. Als er fertig war, dachte ich, er würde mir die Tasche geben. Aber er wandte sich ab.

»Ihr könnt im Studierzimmer warten. Kommt schon.« Er ging den Weg zurück, den ich gekommen war, ohne einmal über die Schulter zurückzuschauen, und ich folgte ihm hilflos. Er schwitzte; sein Kragen war an der Oberkante fettig und durchscheinend. Ich folgte ihm ins Studierzimmer. Er legte meine Tasche auf den Tisch. Oben schauten ein paar weiße Ecken heraus, zerknittert und mit Eselsohren. Er blickte auf die Uhr und bot mir wortlos ein weiteres Glas Sherry an. Ich zögerte, nahm es dann aber. Er beobachtete mich, wie ich an der Flüssigkeit nippte, und schenkte sich einen Kognak ein.

»Ist es ... gut gegangen?«

Ich antwortete nicht.

Er trank seinen Kognak aus, stand nur da und beobachtete mich. »Ihr Binder«, sagte er mit einer neuen, beinahe freundlichen Stimme, als wäre er der Gastgeber und ich sein Gast. »Ihr jagt mir kalte Schauer über den Rücken. Wie ist das, wenn man in den Gedanken eines anderen Menschen ist? Wenn die Leute nackt und hilflos sind und man ihnen so nah ist, dass man sie schmecken kann? Das muss doch so ähnlich sein, als vögelte man auf Kommando. Oder nicht?« Er erwartete jedoch keine Antwort von mir. »Und dann kommt ihr und katzbuckelt vor Männern wie meinem Vater, weil ihr mehr wollt.«

Stille. Im Kamin knisterte das Feuer.

»Der Handel mit Fälschungen blüht. Macht euch das eigentlich Sorgen?« Er hielt inne, offenbar nicht überrascht, dass er keine Antwort bekam. »Ich habe noch nie eine gesehen – soweit ich weiß –, aber ich wäre doch neugierig. Könnte man wirklich einen Unterschied feststellen? *Romane*, so nennen die Leute sie. Die müssen ja viel billiger herzustellen sein. Die kann man kopieren. Dieselbe Geschichte immer und immer wieder verwenden, solange man sorgfältig darauf achtet, an wen man sie verkauft – kann man damit durchkommen? Da fragt man sich doch, wer die wohl schreibt. Menschen, denen es Vergnügen bereitet, sich Elend auszudenken, nehme ich an. Menschen, die keine Skrupel haben, unaufrichtig zu sein. Menschen, die tagelang endlose traurige Lügen verfassen können, ohne wahnsinnig zu werden.« Er schnipste mit dem Fingernagel gegen die Karaffe und unterstrich jedes Wort mit einem winzigen Klirren. »Mein Vater ist ein Kenner. Er behauptet, er würde sofort wissen, wenn er einen *Roman* vor sich hat. Er meinte, ein echtes, authentisches Buch atmete einen unverwechselbaren Hauch von ... nun ja ... ›Wahrheit‹ oder ›Leben‹. Ich glaube, er meint vielleicht ›Verzweiflung‹.«

An der Wand beim Fenster hing eine dunkle Landschaft in einem überaus kunstvollen Rahmen: Berge, eine schäumende Stromschnelle, eine halb verfallene Brücke, von Efeu überwuchert. Ich konzentrierte meinen Blick darauf. Ich wollte dort sein, auf der zerborstenen Brüstung stehen, wo das Rauschen des Wassers Lucians Worte übertönte.

»Dann wiederum«, fuhr er fort, »lässt mich das über euch nachdenken. Die Buchbinder. Wie ist das, jemandem die Seele zu stehlen? Das Elend zu nehmen und es ... harmlos zu machen? Eine Wunde zu heilen, so dass man sie ihnen erneut zum ersten Mal zufügen kann?«

»Das ist nicht ...«

»Ihr erzählt den Menschen, dass ihr wie Ärzte seid. Dass ihr ihnen den Schmerz nehmt, das Schlimme vertreibt ... Wie überaus ehrbar! Besucht die vom Schmerz gebeugten Witwen, die neurotischen Jungfern, glättet alles Übermaß an Gefühlen ...« Er schüttelte den Kopf. »Ihr macht alles erträglich, wenn sonst nichts mehr hilft. Stimmt's?«

»Ich ...«

Er lachte, dann unterbrach er sich so plötzlich, dass die Stille wie ein Echo in der Luft hing. »Nein«, meinte er endlich. »Dahinter versteckt ihr euch. Wenn das alles war, was ihr getan habt ...« Er saugte zischend die Luft ein. »De Havilland bindet immer und immer wieder dieselben Dienerinnen. Mein Vater hat ganze *Regale* voller Bücher.« Er deutete mit einem spitzen Finger in die Luft. »Mary, fünf Jahre lang. Marianne drei. Abigail, Abigail, Abigail … Ich weiß nicht mehr, wie oft, denn sie war einer seiner Lieblinge. Sarah zweimal. Und jetzt Nell. Und es wird immer und immer wieder Nell sein, bis sie zu alt ist. Und Ihr werdet wieder und wieder für sie herkommen, jedes Jahr, und jedes Jahr wird es die gleiche Geschichte sein, und Ihr nehmt sie von ihr, damit mein Vater sich daran weiden kann – das ist für ihn ein doppeltes Vergnügen, die Geschichte aus ihrem Kopf zu lesen, und dann alles wieder zu tun, als hätte er sie nie zuvor berührt.«

»Nein.«

»Doch, Farmer.« Seine Stimme war wie ein Skalpell: so scharf, dass ich den Schmerz erst nach Sekunden spürte. »Warum, meint Ihr, bezahlt er Euch so viel? Es ist sein Laster, sein schlaues, gemeines kleines Laster. Und wenn sie hier fortgehen, sind sie ausgelaugt, das letzte Mal gebunden, so dass sie sich an nichts erinnern, dass sie leugnen, dass er sie je berührt hat, dass sie allen erzählen, was für ein wunderbarer Mann er ist, so reizend, und falls jemand je versucht, ihn aufzuhalten … Dann lacht er. Versteht Ihr? Er lacht, weil er in Sicherheit ist. Als ich es herausgefunden habe, hat er mich fortgeschickt und mir gesagt, ich könne froh sein, dass er mich nicht ins Irrenhaus gepackt hat. Und Ihr seid es – Ihr, Farmer und all ihr anderen, de Havilland und seine Freunde –, die ihm das erlauben. Deswegen ist er in Sicherheit. Weil ihr kommt und für ihn die Drecksarbeit erledigt.«

»Nein«, erwiderte ich, »nein, so ist es nicht immer, so soll es nicht sein.«

»Ihr macht mich krank. Ich wünschte, ihr wäret alle tot. Ich wünschte, ich hätte die Courage, Euch jetzt umzubringen.«

Ich schaute ihm in die Augen. Nun erkannte ich ihn; er hatte dasselbe Gesicht, das mich in Serediths Werkstatt angestarrt hatte, voller Hass, als könne er sonst nichts tun. Einen Augenblick lang sah ich die hohen Fenster hinter ihm, das weite Licht des Sumpfes, und mir stockte der Atem.

Ich hätte es ihm damals sagen können. Ich wollte es tun. Ich wollte, dass Serediths Geist ihn heimsuchte. Sie hatte ihm geholfen, und nun war sie tot, und er freute sich. Ich wollte sehen, wie seine Miene von Verachtung zu Furcht umschlug, ich wollte sehen, dass er sich schämte. Ich machte den Mund auf, mein Atem kam in kurzen Stößen. Er verdiente es, das zu wissen. Aber plötzlich und beinahe gegen meinen Willen sah ich Seredith vor mir – kurz vor ihrem Tod, wie sie mit der Hand den Schlüssel umklammerte, den sie um den Hals hängen hatte, sich weigerte, ihn preiszugeben –, und ich konnte die Worte nicht aussprechen. Ganz gleich, wie gern ich sie ihm ins Gesicht geschleudert hätte, ich konnte es nicht. Ich wandte mich ab.

»Ich meine es ernst«, sagte er. »Ich würde Euch umbringen, wenn ich nicht zu feige wäre.«

Ein Stückchen Glut fiel mit leisem Knistern in sich zusammen. Eine der Gaslampen flackerte auf, und einen Augenblick war das Zimmer eine andere Version seiner selbst, von einem unheimlichen Licht erfüllt. Als der Gasstrom wieder stetiger wurde, schien nichts mehr wirklich, nicht einmal Darnay, der dastand und mich wütend anfunkelte. Plötzlich war ich sehr müde.

»Ja, ich denke, das würdet Ihr tun«, erwiderte ich. Es schien sonst nichts zu sagen zu geben. Ich nahm meine Tasche vom Tisch, wo er sie abgestellt hatte.

»Was tut Ihr?«

»Ich gehe.«

»Das könnt Ihr nicht. Ihr müsst noch meinen Vater sprechen.« Er streckte einen Arm aus, als könne er mir den Weg versperren. Er wankte, und seine lose Manschette flatterte wie ein schmutziger Flügel.

Ich schaute auf das Glas hinunter, das er in der Hand hielt, inzwischen so schräg, dass die letzte Neige sich am Rand sammelte; dann blickte ich ihm ins Gesicht. Dunkelheit tanzte über meine Augen. »Sagt ihm, wenn Ihr wollt, dass ich mich nicht wohlgefühlt habe.«

»Er wird wütend sein …« Er unterbrach sich. »Ihr müsst mir

gehorchen. Ihr werdet dafür bezahlt, dass Ihr hier seid. Ihr seid ein Diener.«

Mich drängte es, ihn zu schlagen. Doch wollte ich ihm auch gleichzeitig die Manschette zuknöpfen, als wäre er ein kleines Kind. »Beschwert Euch bei de Havilland«, sagte ich. Ich machte einen Schritt um ihn herum und ging auf die Tür zu.

»Wartet! Kommt sofort zurück!«

Ich hielt an der Tür inne. Er langte nach meiner Schulter, aber nun hatte ich damit gerechnet und wand mich mit einer scharfen Bewegung aus seinem Griff. Er stolperte, Kognak spritzte auf die dunkelviolette Tapete.

»Bitte«, sagte er. Seine Augen strahlten fiebrig, waren ruhiger, als ich erwartet hätte.

»Ich gehe jetzt. Es tut mir leid, Lucian.«

Er blinzelte. »Was?«

»Ich habe nur gesagt … ach, einerlei. Auf Wiedersehen.«

Ich begann, die Tür aufzuziehen, doch Lucian langte an mir vorbei und schlug sie mit einem Knall zu. Ich hätte nicht gedacht, dass er sich so rasch bewegen konnte.

»Ich sagte, wartet«, blaffte er. Seine Wangen leuchteten rot, er stank nach Kognak; doch seine Stimme war plötzlich ganz präzise, und seine Augen verengten sich. »Habt Ihr mich gerade Lucian genannt? Für wen haltet Ihr Euch eigentlich? Für meinen Freund?«

»Nein, natürlich nicht.«

»Das will ich hoffen. Vergesst niemals Euren Stand. Ihr seid der Zuhälter meines Vaters. Ihr seid ein Nichts.« Er baute sich zu seiner vollen Körpergröße auf. »Wie könnt Ihr es wagen, so mit mir zu reden? Wenn ich das de Havilland erzähle …«

»Erzählt es ihm. Es ist mir gleichgültig.«

»Dann sitzt Ihr auf der Straße. Dafür wird mein Vater sorgen. Ihr herablassender … Ihr unverschämter …« Er verstummte, atmete schwer. »Ein Mann … ein Junge wie Ihr …«

Ich sagte, so ruhig ich konnte: »Lucian, das ist Euer Name, oder nicht? Nur ein Name.«

»Wir sind nicht vom gleichen Stand, Farmer. Oder sollte ich Euch …« Er zögerte, als wäre er eine Sekunde lang überrascht, meinen Vornamen nicht zu kennen.

»Ihr könnt mich gern Emmett nennen, wenn Ihr wollt«, erwiderte ich. »Ich pfeife darauf, wie Ihr mich nennt. Und nein, wir sind nicht vom gleichen Stand. Ihr meint, so viel besser zu sein als ich, aber wenn Ihr wüsstet …« Ich unterbrach mich. Etwas Seltsames war mit seinem Gesicht passiert.

»Emmett …«, murmelte er. »Emmett Farmer.« Er runzelte die Stirn, ohne die Augen von meinem Gesicht zu wenden, als versuchte er, sich zu erinnern.

Mein Herz setzte einen Schlag aus.

Er wandte sich wieder der Kiste mit Büchern auf dem Tisch zu. Er beugte sich darüber, nahm eines in die Hand, dann ein anderes, legte sie zur Seite. Seine Bewegungen waren langsam geworden, beinahe anmutig, als hätte er alle Zeit der Welt. Endlich hob er das Buch auf, das er zuvor angestarrt hatte, ein Buch mit Ganzledereinband, weiß wie Sahne, mit dunklen Intarsien, die rot-gold eingefasst waren, als hätten sich fallende Glutstücke durchgebrannt. Es sah … beschädigt aus. Ich konnte beinahe Lucians Finger auf dem Kalbsleder spüren.

»Emmett Farmer«, sagte er mit kühler, verwunderter Stimme. »Ich wusste, dass ich Euren Namen schon einmal irgendwo gesehen hatte.« Er drehte das Buch herum, ließ die Hände über das helle Leder gleiten. Dann drehte er mir den Buchrücken hin.

Ich regte mich nicht. Seine Augen blickten unverwandt, forderten mich zu einer Reaktion heraus.

EMMETT FARMER.

Ein Teil von mir hatte es gewusst. Der Teil von mir, der vor Leere und Elend geschmerzt hatte, der versucht hatte, das Buch – mein Buch – zu finden, in jener Nacht vor de Havillands Ankunft. Ich hatte nicht nach Lucian gesucht, ich hatte nach mir selbst gesucht.

Binderfieber. Die Alpträume, die Krankheit. De Havilland hatte es das Buchbinderfieber genannt. Mit einem Schlag ergab der Name einen Sinn. Ich war krank geworden, weil ich selbst ein Binder war. Als Seredith mich gebunden hatte, hatte es nicht funktioniert, nicht vollständig, und deswegen war ich beinahe wahnsinnig geworden. Deswegen fühlte ich mich immer noch so, deswegen ließen mich Lucians Finger auf dem Buch erbeben.

»Gib es mir.« Ich bekam immer noch keine Luft.

»Ich denke, du wirst feststellen, dass es jetzt meinem Vater gehört. Er hat eine Abmachung mit de Havilland.«

»Nein!« Ich warf mich auf das Buch. Meine Finger berührten eine Kante, und meine Nerven sangen, als hätte ich mich verbrannt. Er hatte es gerade noch rechtzeitig weggerissen, und nun zog er sich lachend zum Kamin zurück. Er hielt das Buch hinter dem Rücken, außer Sichtweite, aber ich spürte so deutlich, dass es dort war, als wäre es mein eigenes Fleisch.

»Ein Spiel«, sagte er. »Wie amüsant.«

Ich stürzte mich erneut auf ihn. Diesmal war er darauf vorbereitet, ich jedoch auch. Das Studierzimmer wirbelte um uns herum – ein Schlag raubte mir den Atem –, doch ich gewann, trieb ihn weiter auf den Kamin zu, war so wütend, dass es mir gleichgültig war, wie heftig er mich schlug. Dann hatte ich die Arme um ihn gelegt, trieb ihm das Knie in die Leiste. Er beugte sich keuchend vor, die Arme plötzlich locker. Ich warf mich auf die Hand, die das Buch hielt, und entriss es ihm. Meine Hände waren ungeschickt, und es fiel auf, aber die Seiten waren verschwommen, unleserlich, als sähe ich sie durch Rauch. Ich blinzelte, versuchte sie zu entziffern – irgendein Wort, irgendwas –, aber meine Augen vermochten nicht scharf zu sehen.

Er keuchte: »Du verdammter ...« und langte nach dem Klingelzug.

Der alte Darnay durfte es nicht bekommen. Alles, nur das nicht. Ich blickte mich verzweifelt um – doch ich konnte es nirgendwo verstecken, nicht außerhalb ihrer Reichweite bringen – sie würden es mir wieder wegnehmen.

Ich trat den Feuerschirm zur Seite und schob das Buch auf den Rost.

Eine Sekunde lang lag es unversehrt auf dem Flammenbett. Meine Ohren rauschten; ich hörte Lucians Stimme: schrill und verzerrt, unverständlich. Die Zeit verlangsamte sich, bis ich sah, wie die höchste Flamme träge an meinem Buch leckte, sich in der Luft ausbreitete wie Öl im Wasser.

Dann sprang das Licht rings um das Buch, und die Seiten fingen Feuer.

TEIL ZWEI

12

Wir hätten nicht dort sein sollen, nicht an jenem Nachmittag – spät an einem silbergrauen Wintertag, als die Sonne bereits rot hinter den Bäumen verging –, auch zu keiner anderen Zeit. Wir hätten nicht einmal in den Wäldern am anderen Ufer des Sees sein sollen, wo angeblich Fallgruben und Fußangeln lauerten, die Wilderer fangen sollten. Aber die waren alt und eingerostet, und wenn man darauf trat, versanken sie einfach nur sanft tiefer im Mulch des Laubs. Außerdem war es der einfachste Weg nach Hause. Mir war kalt, und ich hatte es eilig, dorthin zurückzukommen. Den größten Teil des Tages hatten wir uns damit abgeplagt, eine Weißdornhecke oben am Hohen Feld zu pflanzen, aber wir hatten nach dem Pflügen zu lange gewartet. Der Boden war zwar noch nicht durchgefroren, doch bereits vom Frost schwer und klumpig geworden. Wie sehr wir uns auch anstrengten, mir wurde nie warm; der Schweiß hinterließ klamme Ränder rings um meinen Kragen und Nacken, wo der Wind hineinschnitt wie ein Messer, und die Kälte wurde mit jedem schmerzlichen Aufschlag und jeder Erschütterung der Schaufel bitterer. Die Weißdornschößlinge waren schwer zu handhaben und hakten sich mit ihren Dornen an meiner Jacke fest. Ich war zu ungeschickt, um mich ohne große Verrenkungen von ihnen zu befreien, verlor dabei zwei Knöpfe, nach denen ich im neu gezogenen Graben wühlen musste. Was bei besserem Wetter leicht gewesen wäre, kostete nun große Mühe. Als wir fertig waren, hatte ein bitterkalter Schneefall eingesetzt, und mein Vater nahm sich kaum die Zeit, den neuen Verlauf der dunklen Hecke zu überprüfen, ehe er die Werkzeuge hinten auf den Karren warf.

»Komm schon«, rief er. »Ich hatte gehofft, wir könnten noch

ein paar Rüben ziehen, aber nicht bei diesem Wetter. Es wird nicht lange anhalten. Am besten gehen wir ins Haus zurück und warten ab. Ich schaue mir mal die Dibbelmaschine an.«

»Ich hab dir doch gesagt, es ist die Kette, die hat sich irgendwie verzogen«, erwiderte ich und warf meine Schaufel auf die anderen hinten im Karren. »Ich glaube, damit musst du zum Schmied.«

»Nun, ich sehe nach, ob du recht hast.« Er kletterte auf den Sitz. »Komm schon.«

Ich schaute zum Himmel. Die Wolken waren zerfetzt, es schienen Flecken eines helleren Himmels hindurch. Es waren immer noch ein paar Stunden Tageslicht übrig, und ich musste noch lange nicht wieder auf dem Hof sein, um die Schweine zu füttern. Es war kalt, aber der Schnee würde schon bald aufhören, und der Wind hatte sich gelegt. Im Winter würden wir noch genug Zeit haben, uns im Haus beim Schein der Lampe einzuigeln. Da die Hecke nun gepflanzt war, fühlte ich mich rastlos, wollte noch das meiste aus dem Rest des Tages herausholen. »Wenn wir hier fertig sind ... Fred Cooper wollte in Castle Down mit dem Frettchen jagen gehen, und er hat gemeint, wenn ich mitkommen wollte ...«

Mein Vater zog sich den Schal enger vors Gesicht. Er zuckte mit den Schultern, hatte aber ein verständnisvolles Leuchten in den Augen. »Na gut«, meinte er. »Sonst kannst du jetzt ja nicht viel machen. Ein paar Kaninchen würden deiner Mutter sehr gelegen kommen.«

»Gut.« Ich rannte den Hang zum Pfad im Tal hinunter, genoss meine unverhoffte Freiheit. Hinter mir schnalzte mein Vater dem Pferd, und der Karren rumpelte fort.

Als ich zu Fred Cooper stieß, hatte der bereits recht erfolglos sein Glück am unteren Kaninchenbau versucht. Wir stapften an der Grenze zu Lord Archimbolts Ländereien entlang, und der zweite Bau brachte uns eine gute Strecke von Kaninchen. Allmählich versank die Sonne. Fred scheuchte seine Frettchen wieder in ihren Käfig, als wir ein Mädchen sahen, das auf uns zugerannt kam. Seine Umrisse zeichneten sich vor den flammenden Wolkenstreifen ab. Eine Sekunde lang hüpfte mein Herz vor Freude, weil ich dachte, es wäre Perannon Cooper, doch dann bemerkte ich, dass es Alta war. Sie winkte und rief nach mir, aber ihre Stimme wurde von einem eisigen Windstoß weggeweht. »… konnte es nicht aushalten«, keuchte sie, als sie in Hörweite war, und machte vor Fred einen freundlichen kleinen Knicks. »Also hat Ma gesagt, wenn ich meine Arbeiten erledigt habe, kann ich kommen und dir helfen, die Kaninchen nach Hause zu tragen.«

»Ich brauche keine Hilfe mit drei Kaninchen, du Winzling.«

Sie lächelte und wandte sich Fred zu, schob die Haarsträhnen fort, die der Wind ihr ins Gesicht blies. »Hallo, Fred. Wie geht's? Was macht die Fußräude?«

»Oh, viel besser, danke. Der Balsam, den deine Mutter mir gegeben hat, hat Wunder gewirkt.« Er schaute zu mir und erklärte: »Perannons Hennen hatten das. Nicht ich!«

»Komm schon, Tally«, sagte ich, nahm Alta beim Ellbogen und führte sie den Hang hinunter. »Wir sollten jetzt zurück. Danke, Fred. Bis Sonntag vielleicht?«

»Ich sage Perannon liebe Grüße von dir«, rief er noch, formte dabei seine Hände zu einem Trichter vor dem Mund und ging lachend fort, ehe ich antworten konnte.

Wir rannten den Hang hinunter bis zwischen die Bäume.

»Du Faulpelz«, sagte ich zu Alta. »Du hast mein Hemd immer noch nicht geflickt.«

Alta warf mir ein schiefes Lächeln zu, halb Eingeständnis, halb Trotz. Aber sie sagte nur: »Eindringling«, und deutete mit dem Kopf auf den kaputten Zaun, über den ich sie geführt hatte.

Ich zuckte die Achseln. Lord Archimbolt taugte so wenig wie seine verrosteten Fußangeln – man munkelte, dass er sich den ganzen Winter über ächzend vor Rheumatismus in einem Zimmer im New House verschanzte – und mehr noch, dieses Land sollte von Rechts wegen uns gehören. Bis vor siebzig Jahren hatte es uns auch gehört. Von einem vergammelten Stück Zaun würde ich mich jedenfalls nicht hier aussperren lassen, nicht, wenn Lord Archimbolt sich nicht einmal die Mühe machte, die Begrenzung in Ordnung zu halten. Solange wir auf dem Weg blieben, würde es niemand bemerken; und falls die Kaninchen tatsächlich gewildert waren, weil die Grenze eine Kurve über das Down machte und so die Kaninchenbaue mit einbezog ... na ja, es gab hier keinen Wildhüter, und sonst würde es niemanden interessieren. Ich wollte nun nach Hause. Die Abendluft war kühler geworden, ich zog mir den Mantel enger um die Schultern. »Komm schon, beeil dich. Und geh nicht vom Pfad ab, da sind Fußangeln.«

Alta nickte, lief mit gerafften Röcken hinter mir her. Doch als der Pfad in Richtung Zuhause abbog, machte sie sich davon und kletterte zum Saum des Waldes hinauf. Ich hörte, wie sie knirschend durch das hohe Gras des Hangs ging, der zwischen dem Wald und der alten Burg lag. Dann hörte ich das metallische Gleiten von Schuhnägeln auf Eis. Als ich über die Schulter schaute, war sie bereits halb über den zugefrorenen Burggraben, schlitterte bei jedem Schritt und kicherte, hielt die Arme ausgestreckt, um im Gleichgewicht zu bleiben. Vor ihr ragte die Ruine des Turms schwarz und karg vor dem feurigen Himmel auf.

»Alta! Komm zurück!«

»Gleich!«

Ich fluchte leise vor mich hin. Es war eisig kalt, und jeder Flecken nackte Haut schmerzte bereits vor Kälte. Schon bald würde es dunkel sein. Als Kinder haben wir einander im Frühjahr und Sommer zu Mutproben herausgefordert, in die Ruine zu gehen. Ich erinnere mich an das sonnenbeschienene Grün der überwucherten Mauern, den verschlammten Burggraben wie jadegrüne Seide, die tiefe, weiche Stille, ehe wir in das Kichern und die Schreie vorgetäuschter Angst ausbrachen. Doch als ich nun die Mauern sah, die kahl und verfallen in der winterlichen Landschaft aufragten, konnte ich beinahe glauben, dass es an diesem Ort wirklich spukte.

Alta schlitterte und schlingerte zur anderen Seite des Grabens und blieb kurz stehen, um mir zuzuwinken. Dann stieg sie über das Gras den Hang hinauf. Sie lief durch einen verwitterten Torbogen und war nicht mehr zu sehen.

»Verdammt, Alta ...« Ich holte tief Luft. Der Frost in der Luft stach mir in die Kehle. Ich begab mich auf das Eis, ruhiger und vorsichtiger als Alta. So früh im Jahr war das Eis noch frisch – der Burggraben fror immer zuerst zu, weil er so flach war und man ihn seit Jahrhunderten nicht gesäubert hatte. Der Mühlbach und die Kanäle am anderen Ende des Dorfes hatten noch nicht einmal angefangen zuzufrieren. Aber das Eis knisterte nur, bog sich jedoch nicht, und ich gelangte sicher auf die andere Seite. Nun war keine Spur mehr von Alta zu sehen – keine Bewegung, kein Geräusch, als wäre die Ruine selbst zu Eis erstarrt. Die kahlen Bäume standen wie eine Tuschzeichnung vor dem Sonnenuntergang.

»Alta!« Irgendetwas hinderte mich daran, meine Stimme über ein Murmeln zu erheben. Langsam kletterte ich ans gegenüberliegende Ufer, hoffte hier einen Blick auf sie zu erhaschen. Endlich schob ich mich durch eine enge Lücke in einer niedrigen Hecke und stellte fest, dass ich auf dem flachen Rasenrund vor der Turmruine stand. In der Mitte ragte ein massiver Brunnen auf, den man schon vor Jahren zugemauert hatte; nun stand er da wie ein Steinsockel, auf dem eine in Stein gehauene Figur lag wie auf einem Grabmal. Links von mir befand sich eine steinerne Wendeltreppe, die zu einer von Efeu umrankten Tür hinaufführte. Die leeren Fensteröffnungen im Turm darüber waren mit blutroten Wolken verhangen.

Wo war sie? Ich räusperte mich und sagte: »Alta! Herrgott!« Doch meine Stimme klang kläglich und heiser.

Nichts. Weit weg krächzte ein einsamer Vogel und verstummte dann. Ich drehte mich langsam um. Ich spürte ein Kribbeln im Nacken, als starrte mich jemand an; doch dieses Gefühl blieb, ganz gleich, in welche Richtung ich mich wandte. Da waren nur das leere Eis, die leeren Fenster, die leeren Türen. Alles war in Wartestellung.

Endlich wandte ich mich wieder dem überwucherten Rasen und dem Brunnen zu.

Die Statue auf dem Brunnen bewegte sich.

Mein Herz erstarrte. Ich taumelte zurück, griff blind nach einer Stütze, die nicht da war. Plötzlich blitzte der letzte Sonnenstrahl auf, blendete mich, warf einen scharlachroten Schimmer über den Burggraben und die dünne Schneedecke auf dem Boden. Ich blinzelte. Als ich wieder klar sehen konnte, saß die Gestalt aufrecht. Es war ein junger Mann, sein Gesicht wurde von einer Kapuze überschattet, der Umhang und der steinerne Sockel wurden vom Sonnenuntergang rot gefärbt.

»Du bist unbefugt hier eingedrungen«, sagte er.

Ich trat einen Schritt zurück, schob die Hände tief in die Taschen. Das Blut brannte in meinen Wangen. Eine Brise sang in den hohen Fenstern ein spöttisches Lied.

»Ich versuche nur, meine Schwester zu finden.« Meine Stimme hatte brüchig und heiser geklungen.

»Dann ist auch sie unbefugt hier eingedrungen.«

»Du ebenfalls, genau genommen.«

»Woher weißt du das?« Er sprang von dem Stein herunter und kam näher. Er war beinahe so groß wie ich. Er schob seine Kapuze zurück, und dann sah ich sein Gesicht deutlich: dünn, knochig, dunkeläugig. »Vielleicht habe ich ja das Recht, hier zu sein. Im Gegensatz zu dir.«

Ich starrte ihn an. Rings um uns verdichtete sich die Dämmerung wie Tinte, die sich im Wasser ausbreitet. Mit seinem dunklen Umhang wirkte er wie ein Teil der Landschaft, als wäre der Geist dieses Ortes zum Leben erwacht – oder zum Tod: Sein bleiches, hageres Gesicht sah aus wie etwas, das man eher in Gräbern findet. Ich holte tief Luft. Ich musste mich anstrengen, um meine Schritte um ihn herum und an ihm vorüber zu lenken, damit ich in den fernen Schatten nach irgendeiner Spur von Alta suchen konnte. »Ich gehe gleich«, sagte ich.

»Wie heißt du?«

Ich antwortete nicht. Nichts regte sich, und nun verschwammen die klaren Scherenschnitte der Bäume zu dichteren Schatten. Ich strengte die Augen an, um eine Bewegung, ein Aufblitzen ihres Kleides wahrzunehmen.

»Lass mich raten. Du siehst aus wie … ein Schmied. Nein? Wilderer? Farmer?« Ich musste unwillkürlich zu ihm hinschauen, und er pfiff leise durch die Zähne und grinste. »Farmer, ehrlich?«

Ich drehte ihm den Rücken zu. Der Burggraben ermattete von Silber zu Zinn, als das Licht verging. Irgendetwas raschelte im Unterholz hinter den knorrigen Rhododendronbüschen, die sich über das jenseitige Ufer erstreckten, doch einen Augenblick später kam nur ein Fuchs auf das Gras hinausgeschlichen und lief fort.

»Apropos Wilderer. Wem gehören diese Kaninchen? Du weißt doch, dass die Strafe für Wilderei Deportation ist?«

»Schau mal …« Ich fuhr herum, erinnerte mich zu spät an die schlaffen Körper, die mir über die Schulter hingen.

»Emmett!« Altas Stimme hallte von den Mauern wider.

Einen Augenblick narrte mich das Echo, und ich wusste nicht, aus welcher Richtung der Ruf kam. Ich rannte auf sie zu, froh, ihm den Rücken zukehren zu können. Ich trat durch einen Bogen auf eine kleine Steinpier.

Alta winkte mir von der anderen Seite des Burggrabens zu. »Ich habe Äpfel gefunden«, rief sie. »Alt, aber immer noch süß. Wer ist da bei dir?«

Er war mir gefolgt. Ich blickte einmal zu ihm hin und sagte. »Niemand. Komm sofort zurück.«

Sie spähte durch das dämmrige Licht. »Hallo, Niemand«, sagte sie. »Ich heiße Alta.«

»Lucian Darnay«, erwiderte er und verneigte sich vor ihr. Es war eine lange, ausladende Verbeugung, die übertrieben wirkte; Alta aber strahlte und erwiderte sie mit einem Knicks, als hätte sie den Spott nicht bemerkt.

»Jetzt komm schon, Alta. Mir ist eiskalt. Wir sollten sowieso nicht hier sein.«

»Schon gut! Ich komme. Ich möchte nur erst noch ...«

»Ich gehe.« Ich machte kehrt und ging auf dem gleichen Weg zurück, wie wir gekommen waren, auf die andere Seite der kleinen Insel zu, zurück zu dem Pfad, der nach Hause führte.

»Ich habe doch gesagt, ich komme.« Ich ging weiter, und Altas Stimme verebbte. Ich schob mich durch das Schilf, prüfte das Eis mit einem Fuß. Vor mir war eine durchscheinende Stelle, aber ich trat vorsichtig darüber hinweg dorthin, wo das Eis so glatt und weiß wie eine Zimmerdecke war. Ich holte tief Luft und blieb stehen, um auf Alta zu warten. Wenn ich mich umdrehte, konnte ich sie eben noch auf der anderen Seite des Burggrabens sehen, beinahe in der Dämmerung verloren: eine dunkle Gestalt inmitten von Bäumen. Darnay stand zwischen uns.

Hatte Alta irgendwas gesagt? Ich war mir nicht sicher. Es hätte ein anderes Geräusch sein können, ein Vogel oder das Murmeln des Windes im Unterholz. Doch nach einer Weile kam sie langsam zum Rand des Eises – einen Arm ungeschickt verkrampft, weil sie versuchte, die Äpfel in der Armbeuge zu halten – und dann hinaus mitten auf den Burggraben. Aber sie nahm nicht die direkteste Route geradeaus über das Wasser und an Darnay vorbei zu mir; stattdessen ging sie seitlich zur breitesten Stelle des Grabens, wo das Eis bestimmt ...

Es tat sich klaffend unter ihren Füßen auf. Eine Sekunde der Ungläubigkeit – ein ersticktes Keuchen, nicht einmal lange genug, um ein Schrei zu sein –, und dann war sie verschwunden.

Ich rannte gegen die Luft an, die mich zurückzuhalten schien. Meine Stiefel schlitterten über das welke Gras, brachten mich aus dem Gleichgewicht. Ich konnte nicht atmen; es war, als wäre ich selbst durch das Eis gebrochen und nicht Alta.

»Alles gut! Bleib, wo du bist!« Er gelangte zuerst zu ihr. Sie hatte sich auf die Füße gerappelt, stand keuchend da, das dunkle Wasser reichte ihr bis zur Taille. Er warf seinen Umhang ab und benutzte ihn als Seil, um sie wieder auf das Eis zu zerren. Dann schüttelte er ihn aus, wickelte ihn um sie, ganz eng, so dass sie nur noch ein schwarzes Stoffbündel war, und zog sie hinter sich auf die Beine. »Wo wohnt ihr? Wie weit ist es weg?«

»Nicht weit. Zehn Minuten zu Fuß ...«

»Ich trage sie. Sonst holt sie sich den Tod.«

»Wir kommen schon klar. Danke.« Aber sie keuchte, ein schreckliches Geräusch, das wie ein kaputter Blasebalg klang. Ich erhob die Stimme und streckte die Hand nach ihr aus. »Alta, Herrgott, was hast du dir bloß dabei gedacht? Du hättest ...«

»Es geht schneller, wenn wir reiten. Mein Pferd steht auf der anderen Seite der Brücke. Alta kann mir den Weg weisen. Das kannst du doch, Alta?«

Sie hustete und nickte. »Bitte, Emmett ... Mir ist so kalt.«

Ich hob an: »Das Gehen wärmt dich schon auf«, aber sie zitterte, und das eisige Wasser sickerte schon durch Darnays Umhang.

»Na gut. Dann los.« Ich wandte mich an Darnay. »Wenn du sie nicht sicher heimbringst, dann ...«

Er rannte aber bereits zur Brücke, und Alta stolperte hinter ihm her. Ich beobachtete die beiden, wie sie auf dem Pfad zwischen den Bäumen verschwanden. In der Dämmerung schienen die Rhododendronbüsche sich hinter ihnen zu schließen, sobald sie hindurchgeritten waren, schnitten hinter ihnen den Pfad ab, und schon bald konnte ich ihre Rücken nicht mehr sehen; aber die klare, kalte Luft trug Darnays Stimme und das Klappern der Hufe auf dem Pfad zu mir. Plötzlich war ich allein. Die Kaninchen auf meiner Schulter waren schwer und klamm.

Ich machte kehrt und begann, nach Hause zu stapfen.

Als ich dort ankam, bemerkte mich niemand. Ich stand am Fuß der Treppe in der Küche und schaute nach oben. Ich hörte, wie Mutter sich im Schlafzimmer eifrig zu schaffen machte; ihre Stimme schallte im Kaminrost wider, während sie ein neues Feuer legte, und dann kamen Altas heisere Antworten. Oben an der Treppe – von wo sie mich hätten sehen können, wenn sie nur nach unten geschaut hätten – unterhielten sich mein Vater und Darnay. Vater hatte die Schultern gebeugt wie immer, wenn er mit dem Schulmeister oder dem Amtmann aus Castleford sprach, der manchmal hierherkam, um seinen Bruder zu besuchen. Darnay sagte etwas, und Vater lachte mit rascher, kriecherischer Geste. Darnay lächelte und strich sich das Haar aus der Stirn. Er trug mein bestes Hemd; die Manschetten begannen bereits auszufransen, und um den Kragen herum war es vergilbt.

Beinahe wäre ich in die Küche gegangen, um abzuwarten, dass sie fortgingen; doch stattdessen schritt ich die Treppe hinauf, drängte mich an ihnen vorüber in Altas Schlafzimmer. Sie lag auf einem Berg von Kissen wie die Heldin einer Ballade, ihre Wangen hatten wieder Farbe bekommen. Sie sah so viel besser aus, dass ihre heisere Stimme beinahe wie aufgesetzt wirkte.

»Hallo, Emmett.«

Ich blieb stehen, wo ich war, und schaute zu ihr hinab. »Du Dummerchen. Ich habe dir doch gesagt, du sollst auf dem Weg bleiben.« Alta drehte den Kopf zur Seite, ohne zu antworten. Ein kleines Lächeln spielte um ihre Mundwinkel: ein winziges, geheimes Lächeln, als wäre sie allein. »Alta! Hast du gehört, was ich gesagt habe?«

Mutter blickte auf und runzelte die Stirn. »Warum hast du sie nicht aufgehalten, Emmett? Du solltest es doch besser wissen. Wenn es da nicht so flach gewesen wäre …«

»Schon gut, Ma«, wandte Alta ein. »Lucian hat mich gerettet, oder nicht?«

»Na ja, Gott sei Dank, aber …« Alta begann zu husten.

Meine Mutter sprang auf und beugte sich über sie. »Oh, Schatz. Ganz flach atmen, so langsam, wie du nur kannst. So, das ist besser.«

»Kann ich was zu trinken haben?«

»Natürlich.« Mutter eilte an mir vorüber, warf mir von der Seite einen Blick zu, der mir sagte, dass sie mir noch nicht verziehen hatte.

Als sie fort war, sank Alta wieder in die Kissen und schloss die Augen. Der Husten hatte ihr eine tiefere Röte in die Wangen getrieben.

»Danke, Alta. Jetzt glauben alle, dass es meine Schuld war.« Ich holte Luft. »Ehrlich. Was um alles in der Welt hast du dir dabei gedacht?«

Sie schlug die Augen auf. »Tut mir leid, Em...«

»Das will ich meinen!«

»Aber ich konnte nicht anders!«

»Du hättest schauen sollen, wohin du trittst. Und sowieso hättest du überhaupt nicht aufs Eis gehen sollen. Ich hatte dir doch gesagt ...«

»Ja, ich weiß.« Das klang gedankenverloren, als lauschte sie einer Musik, die sonst niemand hören konnte. Sie neigte den Kopf und fuhr mit einem Finger das Muster der Bettdecke nach.

»Also ...« Ich wusste nicht, was ich sonst noch sagen sollte. Ich beugte mich vor und versuchte, ihr Gesicht zu sehen. »Alta?«

»Ich habe doch gesagt, es tut mir leid.« Sie blickte auf und seufzte. »Bitte, lässt du mich jetzt in Ruhe? Ich bin krank. Ich habe mich, glaube ich, erkältet.«

»Und wessen Schuld ist das?«

»Warum kannst du nicht ein einziges Mal nett zu mir sein?« Sie redete weiter, ehe ich reagieren konnte. »Ich will nur meine Ruhe. Ich hätte sterben können, Emmett.«

»Genau! Das will ich ja ...«

»Also greif mich nicht dauernd an, ja? Ich brauche Zeit zum Nachdenken.« Sie drehte sich auf ihrem Kissenberg so hin, dass ich nur noch ihre Schultern und ihren Hinterkopf sehen konnte. Ihr Zopf begann sich aufzulösen.

»Na gut.« Ich schritt zur Tür. »Gut. Lieg einfach da und denke darüber nach, wie dämlich du warst ...«

»Ich war gar nicht dämlich! Ich dachte mir, dass er mich retten würde, und das hat er ja ...«

Stille.

Ich fragte: »Moment. Was?« Sie antwortete nicht. In zwei Schritten war ich bei ihrem Bett, packte sie recht unsanft bei den Schultern und drehte sie um. »Du hast das absichtlich gemacht? Damit er dich retten würde?«

Sie riss sich von mir los. »Emmett, psst, er ist doch unten.«

»Mir egal! Du hast dich auf eine Stelle mit dünnem Eis geworfen, damit ein hochnäsiger Kerl, den du noch nie gesehen hast, dich möglicherweise rausziehen würde? Wie konntest du nur? Und wenn du umgekommen wärst? Was wäre, wenn …?«

»Psst«, antwortete sie und rappelte sich im Bett auf die Knie, die Augen weit aufgerissen. »Emmett, bitte nicht.«

Ich holte tief Luft. »Ich hoffe, du kriegst einen Alptraum vom Ertrinken. Ich hoffe, du wachst auf und meinst, du erstickst, und schreist. Begib dich nie wieder in solche Gefahr. Verstehst du? Sonst bringe ich dich höchstpersönlich um.«

»Du verstehst das nicht. Du bist nur neidisch, weil Perannon Cooper sich für dich nicht in einen zugefrorenen Fluss stürzen würde!«

Unsere Blicke trafen sich. Nach einer Pause stahl sich wieder dieses Lächeln auf ihr Gesicht, und ihre Aufmerksamkeit wandte sich erneut der geheimnisvollen Musik zu, die ich nicht hören konnte. Ich drehte mich weg und schob den Vorhang zur Seite, um auf den Hof zu schauen. Es war dunkel, und ich konnte nichts sehen, aber ich hörte, dass die Kühe im Stall unruhig wurden. Alta hatte sie ja nicht gemolken. Ein Sternhaufen glitzerte kalt über dem Giebel der Dreschtenne. Als ich sicher war, dass ich wieder mit ruhiger Stimme sprechen konnte, sagte ich: »Mach dir keine Sorgen, ich verrate Ma und Pa nichts.« Ich ließ den Vorhang fallen und ging zur Tür.

»Emmett, wo gehst du hin?«

Ich trat auf den Treppenabsatz und schloss die Tür vor ihrer Stimme. Wut überfiel mich. Ich musste mich mit den Händen an der Wand abstützen, um einigermaßen im Gleichgewicht zu bleiben. Vor meinem geistigen Auge sah ich sie auf das Eis treten und einbrechen, und Darnay rauschte mit wehendem dunklem Umhang an mir vorüber. Selbst jetzt, da ich auf dem Treppenabsatz stand und rings um mich das warme Licht der Lampe die Stufen hinaufschien und meine Mutter am Ende des Flurs in der Kiste mit den Decken stöberte, spürte ich den kalten Raum um mich, die Steinmauern, den rot zerfetzten Himmel ... Ich blinzelte. An der gegenüberliegenden Wand verkündete mir das Stickmustertuch unserer Großtante Freya: *Siehe die Tochter der Unschuld, wie schön ist ihr mildes Angesicht.*

Mutter rief zu mir herüber, die Arme voller Decken: »Was machst du? Hast du Alta etwa allein gelassen?«

»Ihr geht's gut.« Ich eilte die Treppe hinunter und in die Küche. Dann blieb ich wie angewurzelt stehen. Darnay war allein da, gleich beim Ofen, und schaute sich die Drucke an der Wand an. Ich starrte ihn an, verblüfft von meiner Wut: aber ich musste einfach immer wieder daran denken, wie Alta durch das Eis brach und wie die Füße unter mir weggeglitten waren, als ich zu rennen versuchte. Es war seine Schuld. Und dann hatte er sie einfach hochgenommen, ohne lange zu zögern, als hätte er ein Anrecht auf sie. Sie hätte *sterben* können.

Er blickte sich um, doch als er sah, dass ich es war, erstarrte seine Miene so rasch, dass ich nicht sicher war, was sie zuvor ausgedrückt hatte. Ich versuchte, die Wut in meiner Stimme zu zügeln, und sagte: »Was hast du denn noch hier zu suchen?«

»Dein Vater holt mir einen Umhang. Meine Sachen sind nass.«

»Das da ist mein Hemd.«

»Deine Mutter hat gesagt, ich kann es mir leihen. Das von deinem Vater wäre mir bis zu den Knien gegangen.« Als ich ihn weiter anstarrte, zuckte er mit den Achseln und drehte sich wieder zum Ofen hin. Er war sogar noch dünner, als ich gedacht hatte. Der Kragen meines Hemdes hing lose um seinen Hals. Er bewegte sich unruhig, als könnte er spüren, dass ich ihn anschaute.

»Ich sehe, dass du dir auch meine Hose genommen hast.«

Er fuhr herum. Eine schwache Röte blühte entlang seiner

Wangenknochen auf, aber seine Augen waren ruhig und gelassen. »Deine Mutter hat sie mir angeboten. Sie meinte, dir würde es nichts ausmachen. Aber vielleicht wäre es dir lieber, ich würde sie ausziehen?«

»Natürlich nicht.«

»Wenn es eine Zumutung ist …« Unvermittelt begann er, sich das Hemd über den Kopf zu ziehen. Ich erhaschte einen Blick auf seine Hüfte oberhalb des Hosenbundes, wo der Knochen unter beinweißer Haut hervorragte.

»Ach, hör doch auf!« Ich wandte mich ab. »Jetzt übertreib mal nicht maßlos!«

»Danke.« Eine Pause, dann das Rascheln von Stoff. »Keine Sorge, ich bringe alles so früh wie möglich zurück.«

Endlich meinte ich, es wäre nun wieder unverfänglich, ihn anzuschauen. Sein Haar war feucht und verstrubbelt, und die Röte hatte sich wie Rouge auf seinen Wangen ausgebreitet. Das Hemd war noch schäbiger, als ich gedacht hatte. Es war an den Rippen so dünngescheuert, dass ich das Licht hindurchscheinen sah. Zum ersten Mal bemerkte ich auch den verzogenen Saum über der Schulter, wo Alta es ungeschickt genäht hatte. Darnay sah damit wie verkleidet aus.

Ich holte tief Luft. »Danke, dass du meine Schwester gerettet hast.«

»Gern geschehen.«

»Aber jetzt denke ich, es ist Zeit, dass du gehst.«

»Dein Vater versucht noch, einen Umhang für mich zu finden.«

»Jetzt gleich.«

Er blinzelte mich an und runzelte die Stirn. Schließlich blickte er nach unten und zupfte an einer der ausfransenden Manschetten. Ich wartete darauf, dass er zur Tür gehen würde, aber er blieb stehen, wo er war, drehte die losen Fäden zwischen Zeigefinger und Daumen. »Du bist anscheinend nicht sonderlich erfreut, dass ich deine Schwester nach Hause gebracht habe.«

Ich atmete langsam aus. »Wie gesagt: Danke.«

Er schüttelte den Kopf. »Ich verlange keinen Dank von dir.«

»Was denn dann?«

»Nichts! Das erkläre ich doch die ganze Zeit. Ich habe sie nur nach Hause gebracht.« Er fügte hinzu: »Es ist ja nicht, als wäre Alta ...«

»Was ist mit Alta?« Ich versuchte, mir nicht ihr Gesicht von vorhin vorzustellen: leicht gerötet, mit blitzenden Augen, wie sie vor sich hin lächelte, weil dieser Mann sie gerettet hatte.

»Nun ja ...« Er zögerte. Dann neigte er den Kopf, mit einem Funkeln in den Augen. »Sie hat mich nicht gerade ... von sich gestoßen.«

Er machte sich über sie lustig.

Ich stürzte mich auf ihn. Er taumelte nach hinten und schlug gegen die Wand, meinen Unterarm quer über dem Hals, die Augen weit aufgesperrt. Er versuchte keuchend, sich loszureißen, aber ich lehnte mich mit meinem ganzen Gewicht auf seinen Kehlkopf. Er hustete hervor: »Was zum ...«

»Sprich nicht so von ihr!« Ich reckte mein Gesicht vor, bis es nur noch eine Handbreit von seinem entfernt war, so nah, dass ich seinen Atem an meinem Mund spürte. »Sie ist noch ein Kind, hörst du? Nur ein dummes Kind!«

»Ich habe nie gesagt ...«

»Ich sehe, was du von ihr denkst.«

»Lass mich los!«

»Hör zu.« Ich lockerte den Druck an seinem Hals, doch als er versuchte, sich wegzudrehen, packte ich ihn bei der Schulter und drückte ihn an die Wand zurück. Sein Kopf prallte gegen die Mauer, er zischte vor Schmerzen. »Du vergisst, dass das je geschehen ist, hörst du? Wenn du auch nur näher als eine Meile an Alta oder an meine Eltern oder an mich herankommst, dann bringe ich dich um. Hast du mich verstanden?«

»So ungefähr, ja.«

Langsam ließ ich ihn los. Er strich seinen Kragen – meinen Kragen – glatt, ohne den Blick von mir zu wenden; aber seine Finger zitterten.

»Gut. Dann gehst du jetzt besser«, sagte ich.

»Du willst wahrscheinlich deine Kleider zurück.«

»Nein.« Wenn meine Mutter mich gehört hätte, wäre sie wütend geworden; aber ich wollte die Kleider nicht zurück; nicht mehr. »Behalte sie! Verbrenne sie!« Ich forderte ihn mit Blicken heraus, Überraschung zu zeigen.

Er neigte den Kopf, als gestehe er mir einen Punkt zu; er verbeugte sich dann vor mir, mit einer übermäßigen Höflichkeit, die mir das Gefühl gab, ein Bauerntölpel zu sein.

Dann ging er ohne einen Blick zurück hinaus in die eiskalte Dunkelheit.

13

Am nächsten Morgen fiel Alta oben an der Treppe in Ohnmacht. Sie wurde wieder ins Bett gepackt, war fiebrig und behauptete, der Boden würde gleich unter ihr nachgeben. Vater und ich hatten keine Zeit, uns Sorgen um sie zu machen, weil der Schnee nun mit aller Macht gekommen war und die Schafe noch auf dem Niederen Feld waren. Von diesem Tag ist mir nichts anderes in Erinnerung, als dass wir uns abstrampelten, die Schafe bei eisiger Kälte unter Dach und Fach zu bringen. Der Schneesturm heulte so laut, dass wir schreien mussten. Als wir die Herde glücklich in Sicherheit gebracht hatten, schleppten wir uns ins Haus und sackten in der Küche zusammen. Mein Vater fluchte, aber auf entspannte, erleichterte Art, die mir verriet, wie besorgt er gewesen war. Doch wir konnten nicht lange im Haus bleiben – nur ein paar Minuten, um uns aufzuwärmen und etwas zu essen –, denn es waren noch einige Arbeiten zu verrichten, ganz zu schweigen von Altas Aufgaben, jetzt wo sie krank war.

In der nächsten Nacht brach kurz vor der Morgendämmerung die morsche Ecke am Dach des Holzschuppens unter der Schneelast ein. Nachdem ich das Vieh gefüttert, die Kühe gemolken und die Milchkannen ausgewaschen hatte, verbrachte ich den frostigen Morgen mit dem Versuch, das Dach zu reparieren, während mir das geschmolzene Wasser die Ärmel hinauf und bis in den Nacken rann. Darauf folgte die vertraute Plackerei: Schweinestall und Kuhställe ausmisten, Holz hacken … all die Arbeiten, die erledigt werden mussten, während die Kälte und der tiefe Schnee jede Bewegung mühsam machten. Zu allem Überfluss verloren wir noch ein junges Mutterschaf, und als Vater sich weigerte, den Kadaver wegen Rauschbrand an Alfred Stephens zu verkaufen, musste ich dazwischentreten, ehe Alfred die Beherrschung verlor. Alle Nerven waren aufs Äußerste angespannt; sogar Mutter blaffte mich an, und einmal, während sie darauf wartete, dass der Arzt kam und Altas Brust abhorchte, fand ich sie in Wuttränen aufgelöst, weil sie im Mohnkuchen Salz anstatt Zucker verwendet hatte.

Bei all dem hatte ich so wenig Zeit für mich, dass es eigentlich ein Leichtes gewesen wäre, nicht an Darnay zu denken. Aber irgendwie blickte ich ab und zu von meiner Arbeit auf und dachte über ihn nach: wo er wohl war, wo er wohnte, ob er in seinem – meinem – Hemd nach Hause gekommen war, ohne sich zu erkälten. Er hatte mich beim Wort genommen und mein Hemd nicht zurückgeschickt; ich musste mir durch Tauschhandel eines von Fred Cooper besorgen und hoffen, dass meine Mutter nichts bemerkte. Das bewies nur, dass er nicht so ritterlich war, wie er vorgab, und es freute mich, dass ich es geschafft hatte, ihn mit meiner Warnung von Alta fernzuhalten. Doch gleichzeitig war ich angespannt, als hätte ich etwas übersehen, als wartete ich auf etwas.

Es hat wohl ein, zwei Wochen gedauert, bis Alta sich so weit erholt hatte, dass sie nach ihm fragte. Es war eines Abends nach dem Essen, an einem der Tage, als das Licht anscheinend unendlich lange angehalten hatte, aber immer noch nicht lange genug, um alle Arbeiten zu verrichten. Ich war völlig ausgelaugt und hatte Schmerzen am ganzen Körper. Ich wäre ins Bett gegangen, aber in Altas Zimmer brannte ein Feuer, und mein Zimmer war kalt, dunkel und unwirtlich. Also schlich ich mich zu ihr und sank in dem Stuhl neben ihrem Bett zusammen. Das Zimmer war warm, nur vom Feuer und einer einzigen Lampe erhellt, und das goldene Halbdämmerlicht ließ alles zu tröstlichen Farbklecksen verschwimmen: Altas schlafendes Gesicht, die verschlungenen Herzen und Rauten der Bettdecke, die verschlissenen Vorhänge, der Eisenschimmer des Bettgestells ... Ich starrte ins Feuer, dachte an alles und nichts, überlegte, wann wohl Springle ihre Jungen bekommen würde, ob ich Perannon Cooper zum Sonnwendfest einladen sollte, ob das Feld am Hain vielleicht doch besser für die Schafe geeignet wäre und ob der Schafbock, den Vater unbedingt hatte haben wollen, wirklich sein Geld wert war. Doch im Schatten hinter all dem lauerte eine Gestalt – dunkeläugig und herausfordernd starrte sie mich an.

»Ist Lucian gekommen, um mich zu besuchen?«

Ich schrak auf. »Was?«

Alta rollte sich auf die andere Seite, strich sich die feuchten Haarsträhnen aus der Stirn und wiederholte: »Ist Lucian gekommen, um mich zu besuchen? Ma hat gesagt, dass ich lange Fieber hatte, und ich kann mich nicht erinnern.«

»Nein.«

»Kein einziges Mal?«

»Nein.«

»Er hat gesagt, er würde kommen.«

»Nun ja, ist er aber nicht.«

»Was ist mit seinen Kleidern?«

Ich zuckte die Achseln. Mutter hatte erst an dem Tag mit entsetztem Schnaufen gesagt: »Du liebe Güte, er hat sein Hemd nicht abgeholt! Und diesen teuren Umhang ... Der wird uns für Diebe halten.« Ich hatte mich ohne ein Wort in den Stall hinaus geschlichen und mich ins Schwitzen gebracht, indem ich mehr Wasser als nötig für die Pferde herbeischleppte.

»Aber das ist ja schrecklich«, meinte Alta. »Er wird denken, du hast sie gestohlen.«

»Er will sie vielleicht nicht mehr.«

»Doch, bestimmt. Und er hat gesagt, er würde mich besuchen. Ich verstehe nicht, warum er das nicht getan hat.«

»Nun, er hat wahrscheinlich vergessen, dass es dich überhaupt gibt.«

Sie runzelte die Stirn und kauerte sich im Sitzen zusammen, die Bettdecke um die Schultern gelegt. Diese Bewegung löste einen Hustenanfall aus. Ich streckte den Arm aus, nahm ihre Hand und drückte sie mit sanfter Kraft, bis sie wieder durchatmen konnte.

»Du dummes Huhn«, sagte ich. »Sieh dich nur an. Du bist wie die Dreschmaschine vom alten Johnson, so wie du keuchst und hustest.«

Sie verdrehte die Augen. »Ich wollte nicht krank werden.«

»Das hast du dir selbst zuzuschreiben«, antwortete ich. »Und alles vergebens. Alles für einen Jungen, der sich nicht mal die Mühe gemacht hat, herauszufinden, wie es dir geht. Er ist wahrscheinlich längst wieder dahin zurückgegangen, wo er hergekommen ist.«

»Er ist Lord Archimbolts Neffe.«

»Was?«

Alta wimmerte und zog mir ihre Hand weg. »Das hat mir Cissy Cooper erzählt. Er ist aus Castleford, aber er ist jetzt bei Lord Archimbolt und soll ihm helfen, das Gut zu verwalten. Seine Familie ist schrecklich reich, meint Cissy. Das hat Lord Archimbolts Verwalter dem Freund ihres Großvaters verraten, und der hat es Cissys Vater gesagt, und …«

Ich fuhr dazwischen: »Der wohnt also im New House? Wie lange bleibt er hier?«

»Das weiß niemand. Vielleicht für immer. Vielleicht erbt er alles, wenn Lord Archimbolt stirbt.«

Ich stand auf, aber das Zimmer war so klein, dass ich nirgends hin konnte. Ich ging vor dem Kamin in die Hocke und stocherte mit dem Schürhaken tief im Feuer, um die Scheite voneinander zu trennen.

»Er hat gesagt, er würde kommen, um herauszufinden, wie es mir geht. Er hat gesagt, er würde aus Castleford Obst für mich schicken lassen.«

»Nun, das hat er eindeutig nicht so gemeint.« Der Schürhaken zerbrach das längste Holzscheit, das in einem Schauer von Funken zusammensackte.

»Was ist bloß mit dir, Emmett? Warum hasst du ihn so sehr?« Ich setzte mich auf die Hacken. Die Zugluft hob einen Borkenfetzen, und ein feuriger Rand legte sich darum, dann flog der Fetzen wirbelnd auf wie eine graue Schneeflocke. »Du bist ohne ihn viel besser dran«, erklärte ich ihr. »Der wird nicht ... Leute wie wir können nicht – du könntest nicht ... Du weißt schon, was ich meine. Vergiss ihn einfach.«

»Nein, ich weiß *nicht*, was du meinst.« Ich schaute auf sie; sie hatte sich nach vorn gebeugt, ihre Wangen waren feuerrot. »Du weißt rein gar nichts über ihn. Wieso sollte ihm nichts an mir liegen?«

»Etwas an dir liegen? Alta – du bist ein kleines Mädchen, das er aus dem Teich gezogen hat. Das ist alles. Hör endlich auf, an ihn zu denken, Herrgott!« Wir funkelten einander wütend an. »Und jedenfalls«, fügte ich ruhiger hinzu, »hat er, wie du gesagt hast, versprochen, er würde wiederkommen und dich besuchen, und das hat er nicht getan. Zieh deine eigenen Schlüsse daraus.«

Stille. Die Asche flackerte auf. Wenn ich nicht aufpasste, würde das Feuer ganz verlöschen. Ich stellte den Schürhaken weg und richtete mich auf.

»Was hast du zu ihm gesagt?«

»Was?«

Sie kniff die Augen zusammen. »Du hast was zu ihm gesagt, nicht wahr?«

»Natürlich nicht! Das war gar nicht nötig. Er wäre niemals zurückgekommen, um dich zu besuchen, Alta.«

»Du gemeines Schwein, Emmett!« Sie kroch aus dem Bett und stürzte sich auf mich. Ich wehrte mich, so sanft ich konnte, aber ich hatte Angst, ich könnte sie verletzen. Sie schlug mir an die Schulter und dann landete ihre Hand mit einem Krachen an meinem Ohr.

»Alta, hör auf, um Himmels willen!«

»Du lügst. Was ... hast ... du ... ihm ... gesagt?« Sie unterstrich jedes Wort mit einem weiteren Schlag. Endlich packte ich sie bei den Handgelenken und schwang sie aufs Bett zurück, unsanfter, als ich es hätte tun sollen. Ein paar Sekunden lang rangen wir miteinander, als wären wir wieder Kinder, bis sie schlaff in die Kissen sackte und hustete. Ihr Gesicht war so feucht und rot wie das eines kleinen Mädchens, das Haar pappte ihr dunkel an den Wangen.

Ich setzte mich neben sie aufs Bett, strich den nächsten Flecken auf der Bettdecke glatt, während sie weiter hustete. »Also gut«, sagte ich. »Ja, ich habe ihm gesagt, er sollte wegbleiben.«

»Warum?«

»Weil ich Angst hatte ...«

»Wie konntest du nur?« Sie zog sich hoch und starrte mich mit wilden Augen an. »Emmett, wie konntest du? Ich verstehe das nicht. Er wäre gekommen und hätte mich besucht, ganz bestimmt. Und dann ...«

»Ja, und dann?«

Sie starrte mich schweigend an. Dann zerrte sie sich die Bettdecke vor das Gesicht.

»Alta.«

Sie sagte mit gedämpfter Stimme. »Du hast es verdorben! Alles! Mein ganzes Leben.«

Ich verdrehte die Augen. »Mach dich nicht lächerlich.«

»Du verstehst das nicht!« Ihr Gesicht tauchte unter der Decke auf. »Es ist was ganz Großes, Em. Das habe ich gleich gewusst, als ich ihn gesehen habe. Ich liebe ihn.«

Stille. Ich wartete darauf, dass sie kichern und als Erste wegschauen würde, aber vergebens. Ich hatte diesen Ausdruck noch nie auf ihrem Gesicht gesehen: selbstsicher, leidenschaftlich, fieberhaft. Mein Magen krampfte sich zusammen. »Das ist absurd. Du kennst ihn gar nicht. Wie kannst du das nur sagen?«

»Ich weiß es einfach«, erwiderte sie. »Ich wusste es, als ich ihn gesehen habe. Es war Liebe auf den ersten Blick.«

»Das ist nur ein Märchen, Alta. Du musst jemanden kennen, ehe du dich verliebst.«

»Ich habe das Gefühl, ihn schon mein ganzes Leben lang zu kennen. Als ich ihn gesehen habe ... Hör mal, Cissy sagt ...« Sie setzte sich auf, und ihre Augen funkelten intensiv, »Cissy sagt, dass manchmal Hexen in der Nacht zu einem kommen – nein, hör mir zu, Emmett – und einem einen Haufen Gold dalassen, und wenn man dann aufwacht, sind die Erinnerungen weg. Was wäre denn, wenn ich ihn schon kenne, das nur vergessen habe und wir tatsächlich schon vorher verliebt waren, und deswegen ...«

»Das ist Unsinn«, antwortete ich. »Meinst du nicht, alle anderen hätten es bemerkt, wenn du plötzlich das Gedächtnis verloren hättest?«

»Sie sagt, es ist ihrer Kusine zweiten Grades passiert, und deswegen ist die ein bisschen komisch im Kopf.«

»So komisch im Kopf bist du aber nicht.«

»Emmett, ich meine es ernst.«

»Dann zeig mir das Gold«, forderte ich sie auf und setzte mich mit vor der Brust verschränkten Armen zurück. »Nein? Genau! Und jetzt hör auf, so albernes Zeug zu reden.«

»Was weißt du schon von der Liebe?« Plötzlich warf sie sich herum und vergrub ihr Gesicht im Kopfkissen. Sie fing an zu schluchzen.

Ich stand auf. Dann setzte ich mich wieder, streckte den Arm aus und berührte sie an der Schulter. Sie schüttelte mich mit einer wilden Bewegung ab und weinte weiter. Ich biss die Zähne zusammen und versuchte, genug Willensstärke aufzubringen, um wegzugehen; aber ich konnte sie so nicht allein lassen, weinend, als wäre ihr das Herz gebrochen. »Nun gut, es tut mir leid.

Bitte weine nicht mehr. Komm schon … Ich mach's wieder gut, das verspreche ich dir. Er ist nur ein Junge. Im Dorf gibt's jede Menge andere.« *Aber ich will den hier*, antwortete ihre Stimme in meinem Kopf.»Bitte hör auf. Hör einfach auf, Alta. Bitte weine nicht mehr. Schau nur«, sagte ich und versuchte, sie zu mir zu ziehen, damit ich ihr Gesicht sehen konnte. Aber sie wurde ganz steif unter meiner Berührung.»Es tut mir leid. Ich habe mir eben Sorgen gemacht.«

Sie sagte mit erstickter Stimme:»Es tut dir leid?«

»Ja. Ich wollte dich nicht ärgern. Ich wollte nur …«

»Schreibst du ihm? Und entschuldigst dich?«

Ich zögerte. Sie begann erneut zu weinen, diesmal viel leiser. Ich sagte mir, das wäre nur ein Trotzanfall; aber es lag so viel Verzweiflung darin, dass ich mich zurücklehnte und widerwillig durch die Zähne zischte:»Na gut. Wenn's sein muss.«

»Und du bittest ihn, mich besuchen zu kommen, wie er es versprochen hat?«

»Ich … Er wird nicht kommen, Alta. Da bin ich mir sicher.«

Sie rollte sich herum. Ihr Gesicht war gerötet, ihre Augen strahlten und waren noch immer tränenfeucht.»Mach, dass er kommt.«

Ich fuhr mir mit den Händen durchs Haar.»Also gut«, sagte ich,»nur hör endlich auf zu weinen.«

»Danke.« Sie wischte sich mit den Handgelenken über die Augen. Sie holte einmal tief Luft.»Es tut mir leid, dass ich dich angeschrien habe, Em.«

»Du weißt doch, dass ich es nicht mag, wenn man mich so nennt.«

»Tut mir leid, *Emmett*.« Sie boxte mir spielerisch auf den Arm. Von irgendwo wallte in mir ein tiefes, hundsgemeines Gefühl auf, ich wollte zurückschlagen, nur viel härter.»Du bist der Allerbeste.«

»Danke, Kleine.« Ich zog sie am Zopf und stand dann auf.»Du solltest jetzt besser schlafen. Bis morgen.«

»Du gehst gleich morgen früh hin, ganz früh, ja?«

Ich nickte.

»Dann gute Nacht.« Sie kuschelte sich in die Laken und zog sich die Bettdecke bis ans Kinn hoch. Ich war schon bei der Tür, als sie schläfrig sagte: »Emmett?«

»Ja?«

»Ich werde ihn heiraten.«

Die Auffahrt zum New House lag still in tiefem Schnee. Es war ein grauer Tag, der Himmel wirkte schwer und schien mit weiterem Schnee zu drohen. Ich war zu Pferd, um so bald wie möglich wieder nach Hause zurückzukehren. Ab und zu ließ ein Baum eine Ladung Schnee auf mich heruntergleiten, oder ein Vogel huschte durch das Gebüsch. Irgendetwas jedoch an dieser Stille und diesem Licht ließ mich mein Pferd zügeln.

Auf den ersten Blick wirkte das Haus zwischen den Bäumen unbelebt. Als ich aber auf den weiten weißen Raum davor hinausritt, sah ich, dass Rauch aus einem der Schornsteine aufstieg und dass man den Schnee von der Türschwelle gefegt hatte. Im Sommer hatte der Sandstein wohl die Farbe von Honig gehabt, doch in diesem Licht wirkte er grau wie alles andere auch. Ich hielt Ausschau nach irgendeiner Bewegung hinter den Fenstern, aber die Spiegelungen auf dem Glas ließen mich nichts außer dem bleichen Himmel erkennen. Ich sprang aus dem Sattel, nahm das mit Packpapier und Schnur eingewickelte Paket mit Darnays Kleidern und überquerte die freie Fläche bis zur Eingangstür. Über mir ragte hoch der zinnenbewehrte Turm auf, und mich ergriff ein Schauder derselben seltsamen Vorahnung, wie ich sie in der Ruine gehabt hatte. Dabei musste ich ja nur das Paket hier ablegen, wo jemand darüber stolpern würde. Mein Brief, den ich unter den Knoten geklemmt hatte, war an ihn adressiert, man würde also wissen, für wen das Päckchen war. Ich zögerte; ich war mir nicht sicher, was die richtige Vorgehensweise sein würde.

Je länger ich mich hier aufhielt, desto größer war die Wahrscheinlichkeit, dass ich ihn sehen würde. Ohne mir Zeit zu weiteren Überlegungen zu lassen, zog ich, so fest ich konnte, am Klingelknopf, drehte mich zur Seite und lehnte mich an die kalte Mauer des Windfangs. Ein Vogel landete flügelschlagend über mir auf dem Dach, und es schwebte ein Wölkchen Schnee an mir vorüber. Die Tür ging eher auf, als ich es erwartet hatte. Da stand er. Seine Augen verengten sich, als wollte er gleich etwas sagen. Das tat er aber nicht.

»Ich habe hier deine Kleider.«

Er senkte den Blick zu dem Paket, das ich in den Händen hielt, sah mir dann wieder ins Gesicht.

»Hier.« Ich streckte ihm das Bündel hin. Er wich zurück, und ich begriff, dass er beinahe erwartete, ich würde ihn schlagen. Endlich nahm er mir das Päckchen ab.

»Ich habe deine Kleider immer noch«, antwortete er. »Ich wäre ja hinübergeritten und hätte sie gebracht, aber ich habe verstanden, dass ich nicht willkommen bin.«

»Das ist einerlei.«

»Danke.« Er schob die Finger unter die Schnur und schaute zu mir auf. »Es muss dir sehr gegen den Strich gegangen sein, hierherzukommen.«

Seine Worte klangen ganz unschuldig, aber der Spott war trotzdem zu spüren wie ein Glassplitter in einer Schüssel Wasser. »Ich habe nicht damit gerechnet, dich zu sehen«, erwiderte ich. »Ich dachte, es würde eine Haushälterin geben.«

»Oh, natürlich«, sagte er. »Wie du siehst, läuft hier in diesem Haus alles wie am Schnürchen. Ich weiß eigentlich nicht, wieso du das Paket nicht einfach beim Torwärter abgegeben hast.«

Das Haus des Torwärters war eine Ruine mit Löchern im Dach, der die Hälfte der Fenster fehlte. Ich biss die Zähne zusammen und wandte mich zum Gehen.

»Was ist das?« Während ich über die Schulter schaute, zog er das zusammengefaltete Blatt Papier unter der Schnur hervor.

»Es ist eine Entschuldigung. Alta hat mir gesagt, ich müsse ...«

Ich hielt inne. Mit einiger Mühe fügte ich hinzu:»Ich hätte nicht so mit dir reden sollen.«

»Mit mir reden sollen? Du meinst mich angreifen?«

Ich fuhr herum und schaute ihm geradewegs in die Augen. »Fordere dein Glück nicht heraus.«

Schweigen. Wir starrten einander an. Ich kam mir vor, als stünden wir auf einer schmalen Brücke hoch über einem Abgrund: ein kleiner Stoß, und wir würden beide fallen.

Endlich zog er eine Schulter in die Höhe und warf mir ein schiefes Lächeln zu.»In Ordnung«, sagte er.»Was sollte ich jetzt machen? Dir als Botenlohn Sixpence geben?«

Ich zuckte nicht mit der Wimper. Es bereitete mir ein wenig Genugtuung, als er ein leises Lachen ausstieß und wegschaute. Ich sagte:»Meine Schwester wäre entzückt, wenn du sie besuchen würdest.«

»Sie besuchen? Wirklich?« Er verengte die Augen.»Was ist geschehen? Hat jemand herausgefunden, dass ich der Sohn und Erbe von Piers Darnay bin?«

Ich holte tief Luft.»Sie möchte sich angemessen bei dir bedanken.«

»Ich hatte eigentlich den Eindruck, dass du mich nicht in deiner Familie sehen wolltest.«

»Was ich neulich gesagt habe … es tut mir leid.« Die Worte schnürten mir beinahe den Hals zu.»Sie würde dich gern sehen. Du wärst willkommen. Das ist alles.«

Er nickte langsam, drehte das Blatt Papier in den Fingern.

»Das musst du jetzt nicht mehr lesen.« Ich streckte die Hand danach aus.

Schneller, als ich gedacht hätte, riss er es mir weg.»Das habe ich zu entscheiden.«

Ich kämpfte mit dem Impuls, ihm den Brief abzuringen. Dann jedoch schritt ich fort durch den Schnee, mir seiner Blicke bewusst, die mir folgten. Es war ein kleiner Triumph, dass ich es schaffte, mich in einer einzigen geschmeidigen Bewegung aufs Pferd zu schwingen.

Ich wollte fortreiten, ohne mich umzuschauen, aber ich hielt unwillkürlich am Anfang der Auffahrt inne und warf einen Blick über die Schulter zurück. Er stand immer noch unter der Tür, obwohl ein eisiger Wind an den Schindeln auf dem Dach zerrte. Er hob die Hand, die meinen Brief hielt. »Grüße deine Eltern von mir«, rief er mir nach, seine Stimme klang in der schnee-gedämpften Stille klar und kühl. »Und sag deiner Schwester, dass ich sie bald besuchen werde.«

Zwei Tage später kam ich auf den Hof und sah, dass sein Pferd neben dem Torpfosten angebunden war. Ich hatte die Stute vor-her nicht genauer angeschaut – sie war kastanienbraun, musku-lös und sanftmütig, ein Pferd für Reiter, die sich fürchten, aus dem Sattel zu fallen –, aber an der Qualität des Sattels erkannte ich, dass die Stute ihm gehören musste. Niemand aus dem Dorf würde mit einem solchen Sattel reiten.

Ich setzte den Korb mit Anmachholz neben dem Holzstapel ab. Es wurde schon dunkel, und ich wäre beinahe über ein Scheit gestolpert, das zu meinen Füßen heruntergefallen war. Ich fluch-te und hielt mich an einem der neuen Stützpfeiler des angebau-ten Schuppens fest.

»Emmett?«

Altas Stimme. Die Stalltür ging auf und ließ Lampenlicht über die Pflastersteine hinausströmen. Ich blinzelte, schützte meine Augen vor dem plötzlichen hellen Schein. »Du solltest im Bett sein«, ermahnte ich sie. »Es ist eiskalt.«

»Springle hat geworfen. Komm und schau dir die Jungen an.«

Ich sprang über den Korb und rannte hinter ihr her in den Stall. Dort war es warm vom Geruch der Pferde und vom Heu, und Hefty wieherte mir einen Gruß zu. Aber ich schob mich nur mit einem schnellen Klaps an ihm vorbei. »Wie viele?«

»Nur zwei. Aber sie leben beide.«

Ich kam in die hinterste Box, die wir immer leer ließen, beugte mich über die Seite und blickte ins Stroh. Springle machte sich dort zu schaffen, verdeckte ihre Welpen mit dem Körper, doch dann bewegte sie sich rastlos in die andere Ecke, und ich erhaschte einen Blick auf zwei kleine Hunde mit Stummelschwänzchen, einer dunkel, der andere weißlich. Ich merkte, dass ich lächelte.

»Die haben schon gut getrunken. Pa hat sie genau untersucht, und sie sehen gesund aus. Und sie sind so süß!«

Ich lehnte mich weiter über die Abtrennung, Springle sah mich und wedelte mit dem Schwanz. Doch als ich die Hand ausstreckte, um sie zu streicheln, ignorierte sie mich und ging zu ihren Welpen zurück. Die Jungen begannen zu trinken, ihre blinden Gesichter an Springles Bauch geschmiegt.

»Sie sind sehr klein.«

Darnays kühle, ausdruckslose Stimme brach den Zauber. Ich hätte beinahe das Gleichgewicht verloren. Er stand hinter mir.

»Ja«, antwortete ich und hielt mich an einem Holzbalken aufrecht. »Das sind sie. Sehr klein.«

Er trat einen Schritt nach vorn aus dem Schatten heraus und starrte in die Box hinunter. Er trug dieselben dunklen, teuren Kleider wie immer, und der Strohhalm, der an seinem Revers hing, fing das Licht ein wie eine feine Goldkette. Er schaute die Welpen an, als überlegte er, wie er sich aus ihrem Fell Handschuhe fertigen lassen könnte. »Wie kleine pelzige Nacktschnecken«, meinte er. »Mit Schwänzchen.«

»Ich weiß«, sagte Alta. »Sind sie nicht wunderschön? Rück ein Stück, Emmett.« Sie hakte ihre Füße zwischen zwei Bretter und zog sich neben mir hoch, drückte mich zur Seite, so dass Darnay auch hineinschauen konnte. »Oh, sieh nur ...«

»Der Schwarze wird einmal eine Menge Ratten fangen«, sagte ich. »Jede Wette.«

»Das hat Pa auch gemeint!« Alta rümpfte die Nase. Der schwarze Welpe riss das Maul zu einem Gähnen auf und ließ sich im Stroh nieder. »Wie könnt ihr das wissen? Ihr habt doch einfach nur geraten.«

»Er sieht einfach so … wild entschlossen aus.« Alta und ich schauten einander an, ich musste lachen. »Doch! Das habe ich nicht erfunden.«

»Jedenfalls ist das der Welpe, den Pa behält. Er sagt, wir können uns nicht um noch eine Hündin kümmern.«

»Also geht die Weiße zu Alfred Carter?«

»Nein, er hat es sich anders überlegt. Mrs Carter sagt, sie haben ohnehin schon zu viele. Wir müssen jemand anders für sie finden.« Altas Gesicht wurde traurig.

»Verkauft ihr sie?«, fragte Darnay.

Ich blickte ihn über Altas Kopf hinweg an und wandte dann die Augen ab. »Sie ist ein Terrier«, erwiderte ich. »Kein Kutschen- oder Jagdhund.«

»Ja und …?«

»Wenn niemand sie will, dann will sie halt niemand.«

»Nicht, Em«, sagte Alta. »Ich denke, einer von den Millers nimmt sie. Oder wenn die Zigeuner dieses Jahr zurückkommen … Die wollen immer noch mehr Hunde, nicht?« Die Fröhlichkeit in ihrer Stimme wirkte gezwungen.

Plötzlich zuckten die kleinen Körper ein wenig in ihrem Welpenschlaf.

»Ja«, bestätigte ich. »Wir finden schon einen Platz für sie.«

Darnay runzelte die Stirn: »Und was ist, wenn nicht?«

Ich warf Alta einen raschen Blick zu. Sie starrte auf die Welpen hinunter. Sie gab vor, das nicht gehört zu haben, aber alle Freude war in ihren Augen erloschen.

Ich sagte: »Mach dir darüber keine Gedanken, Darnay.«

»Was geschieht dann mit ihr?«

Ich zögerte. Alta schaute auf und wieder hinunter. Sie nahm einen Strohhalm auf und spielte damit, zog ihn immer wieder durch die Finger. Darnay beobachtete sie auch.

Ich antwortete: »Wenn nicht, dann ertränkt mein Vater sie.«

Es herrschte Schweigen, einzig angefüllt mit dem Rascheln von Stroh. Alta warf den Strohhalm mit verkniffenem Mund in die Box hinunter.

»Aber gewiss …«

»Du hast gefragt, Darnay. Und das ist die Antwort.«

»Verstehe.«

»Wirklich? Wir können es uns hier nicht leisten, zu gefühlvoll mit den Tieren umzugehen.«

Alta sagte:»Em, hör auf, bitte nicht …«

Im nächsten Augenblick sagte Darnay:»Könnte ich sie haben?«

Alta drehte sich zur Seite, legte einen Arm über die Oberkante des Gatters. Wir starrten ihn beide an.

»Könnte ich …? Ich würde für sie bezahlen. Ich würde mich um sie kümmern. Ich hatte noch nie … ich bin vielleicht kein Bauer, aber ich würde versuchen, dafür zu sorgen, dass es ihr gut geht.«

»Die kleine Hündin?«

»Was? Ja. Wen hast du denn gedacht?«

»Wieso solltest du einen Terrier haben wollen?«

»Ich dachte nur …« Er atmete tief ein. Irgendetwas erschien hinter seinen Augen und verschwand wieder.»Ist das wichtig? Ich verspreche, ich kümmere mich um sie.«

»O ja, das ist wunderbar! Vielen Dank! Und dann hat sie ein gutes Zuhause. Das stimmt doch, Em? Pa wird so froh sein, danke, Lucian!«

Als Alta herunterstieg, bot Darnay ihr seinen Arm an, um sie zu halten. Sie zögerte einen Moment, ohne ihn zu berühren. Dann sagte sie:»Em, ist er nicht nett?«

»Wir finden jemand anderen.« Ich war froh, als Darnay sich abwandte und sein Lächeln erlosch.

»Sei nicht albern! Natürlich kannst du sie haben, Lucian. Schließlich hast du mir das Leben gerettet. Und jetzt hast du ihres gerettet.« Sie machte einen Schritt auf ihn zu.

Einen Augenblick schaute er mir mit einem gleichmäßigen, unergründlichen Ausdruck in die Augen. Was immer da eben beinahe an die Oberfläche gekommen war, nun war es wieder verborgen. Dann drehte er sich um und sagte zu Alta:»Vielen Dank.«

»Ich gehe und sage es Pa.« Alta schritt fort. Ihre Augen glänzten. Die Stalltür fiel mit einem Krachen hinter ihr zu, und ich hörte, wie sie in der kalten Luft wieder zu husten begann.

»Du kannst die Kleine erst haben, wenn sie drei Monate alt ist. Mindestens.«

Er nickte. Im Lampenschein schimmerte sein Gesicht golden wie das einer alten Götzenfigur. Ein Luftzug wirbelte Strohfetzen über den Boden.

»Ich möchte sie aber besuchen. Damit sie sich an mich gewöhnt.«

Ich hatte mich schon abwenden wollen. Ich stolperte und fing mich im letzten Moment. Die Nägel unter meinen Schuhen schrammten so laut über den Boden, dass Hefty unruhig schnaubte. Darnays Gesicht wirkte offen und unschuldsvoll. Meine Augen wanderten über seinen weißen Kragen, den verirrten Strohhalm an seinem Revers, bis hinunter zu seinen polierten schwarzen Stiefeln. Irgendwie hatte er es geschafft, über den Hof zu gehen, ohne sie schmutzig zu machen.

Ich streckte ihm die Hand hin. »Hast deine Karten gut gespielt.«

»Was?«

»Darauf warst du doch aus, nicht? Eine ständige Einladung?«

Er schaute auf meine ausgestreckte Hand hinunter. Ich zog sie zurück, ehe er sie schütteln konnte.

»Zufällig wollte ich schon immer einen Hund.«

»Ja, natürlich.«

»Und wenn dein Vater sie sonst ertränkt hätte ...«

Ich zischte durch die Zähne: »Vergiss es. Du hast gewonnen.«

»Schau mal, ich weiß nicht, worüber wir uns deiner Meinung nach streiten ...«

»Mich brauchst du nicht zu bezirzen. Die anderen liegen dir doch schon zu Füßen.«

Er starrte mich an, eine schwache Falte zeigte sich zwischen seinen Brauen. Mir schoss bei dem Anblick die Hitze durch den Körper wie zu Anfang eines Fiebers.

Die Tür wurde mit einem Knall aufgerissen. Alta rief: »Pa freut sich so, Lucian. Und jetzt lass mich, ich hole sie aus der Box, damit du sie mal halten kannst, nur ganz kurz, denn Springle wird das nicht mögen. Aber sie kann wenigstens mal an dir schnuppern und ... Was ist denn mit euch beiden?« Sie schaute von mir zu Lucian und wieder zurück. »Emmett, du siehst aus, als hättest du eine Magenverstimmung.«

»Bleib nicht zu lange draußen, Alta.«

Ich wandte mich ab und ließ die beiden zurück.

14

Ich hoffte, dass Darnay es sich anders überlegen würde; doch als er am nächsten Tag nicht auftauchte, überkam mich eine merkwürdige Enttäuschung, als hätte jemand, mit dem ich mich streiten wollte, sich bei mir entschuldigt. In der Woche darauf herrschte ein freundliches Wetter – es schneite nicht, aber die Farbe des Himmels glich denen der Schneeverwehungen so sehr, dass ich Schwierigkeiten hatte, Entfernungen einzuschätzen. Ich versuchte, nicht an Darnay zu denken, doch es war nur zu leicht, meine Gedanken schweifen und meinen Blick über die glatten Felder wandern zu lassen, die eigentlich eine andere Form haben sollten. Und dann ... kämpfte ich mich eines Tages durch den tiefsten Schnee unten am Hohen Feld, stolperte über einen verborgenen Stein und schlug der Länge nach hin. Als ich wieder zu Atem kam, wusste ich nicht mehr, wo ich war. Erst als ich mich wieder aufgerappelt hatte und an der Mauer abstützte, bemerkte ich die Stelle, die ich nun schon seit Monaten ausbessern wollte, und schüttelte ungläubig den Kopf, dass ich mich hier verirrt hatte.

In jener Nacht schlief ich schlecht, und den ganzen folgenden Tag fühlte ich mich gereizt. Alles schien schiefzugehen: Ich trat einen Eimer Milch um, ein Schwein verirrte sich in die Käserei, weil ich die Klinke nicht richtig heruntergedrückt hatte, das Dach der Dreschtenne drohte einzustürzen, und der Fuchs erwischte ein weiteres Mutterschaf. Mein Vater war genauso übel gelaunt wie ich, und Mutter hatte keine Zeit, sich um uns Gedanken zu machen, außer als sie mich ausschickte, damit ich Wasser für die Wäsche herbeischleppte, während sie die Hühner fütterte und Altas andere Aufgaben übernahm. Beinahe hätte ich mir noch an der Rübenschnitzmaschine einen Finger abgeschnitten; das brachte mich wieder zur Vernunft. Als meine Mutter mir einmal den Rücken zukehrte, stibitzte ich mir eine Scheibe Brotpudding und nahm sie mit in den Stall, wo ich essen und zuschauen wollte, wie Springle ihre Welpen säugte. Doch selbst die jungen Hunde waren mir ein Ärgernis. Lange war mir der Grund dafür nicht bewusst, bis mir klarwurde, dass die Hunde mich daran erinnerten, wie Darnay mich angesehen hatte und wie er es irgendwie immer schaffte, dass ich seine Verachtung spürte, selbst wenn er nicht da war.

»Lucian!«

Ich wusste nicht, wie lange Alta schon gerufen hatte. Ich stopfte mir den letzten Bissen Pudding in den Mund und ging auf den Hof hinaus. Sie stand am Fenster und winkte; von der Straße jenseits des Hofes war Hufgetrappel zu hören, das näher kam. Doch der Schnee dämpfte alle Geräusche, und so erwischte Darnay mich auf dem falschen Fuß, als er kaum einen Augenblick später am Ende der Mauer vorübergeritten kam und vor mir vom Pferd stieg. Wir starrten einander an. Endlich nickte er mir eine Art müden Gruß zu. Sein Mantel roch nach Pferd, und seine hohen Stiefel waren schlammbespritzt. Doch ich hatte den ganzen Tag gearbeitet und wusste, dass ich nach Schweiß stank und mit Schafmist verschmutzt war. Ich wandte mich von ihm ab und merkte, dass ich errötete. Neben dem Hauklotz lag eine Axt, und ich griff nach ihr, als hätte ich soeben Holzscheite gespalten; ich packte mir das nächste Stück Holz und spaltete es mit einem dumpfen Schlag.

Vielleicht hätte er in der Pause, die folgte, etwas gesagt, aber inzwischen war Alta in der Tür erschienen. »Komm und schau dir die Welpen an«, rief sie.

Ich hörte, wie Lucian zu ihr ging. Hatte er gezögert, darauf gewartet, dass ich ihn begrüßte? Es war mir gleichgültig. Ich spaltete noch drei weitere Scheite, ehe ich den beiden in den Stall folgte.

»Sie wird einen großen schwarzen Fleck kriegen«, sagte Alta und barg die junge Hündin sanft an ihrer Brust. »Hier, halte sie mal.«

»Und wenn ich sie fallen lasse?«

»Das machst du schon nicht«, versicherte ihm Alta. »Ist sie nicht süß? Wie willst du sie nennen?«

»Darüber hatte ich noch gar nicht nachgedacht.« Er hob das Hündchen ungeschickt hoch. »Du hast recht, sie sieht aus, als hätte jemand was über sie geschüttet. Ein Tintenklecks. Ich denke, wir könnten sie …«

»Du nennst sie doch nicht Tintenklecks«, protestierte ich.

Er schaute sich um; er hatte nicht gewusst, dass ich auch gekommen war. »Das habe ich auch nicht vorgeschlagen. Wie wär's mit Spritzer? Oder Fleck?«

»Klecks«, sagte Alta. Die kleine Hündin riss das Maul auf und gähnte, als hätte sie es gehört. Meine Schwester kicherte. »Siehst du? Klecks.«

Also hieß die Hündin Klecks. Darnay schien es gleichgültig zu sein, zumindest lächelte er nur, wenn Alta lächelte, als käme es bloß darauf an, dass sie den Namen vorgeschlagen hatte. Er behandelte den Hund wie ein Baby – sehr zögerlich, fragte wegen allem und jedem bei Alta nach. Ich verachtete ihn dafür. Es war so offensichtlich, was er machte: Jedes zaghafte Lächeln, jeder zärtliche Stups auf die Nase des Hündchens war Alta zugedacht. Und wenn er zu uns auf den Bauernhof kam – zu allem Überfluss alle paar Tage –, besuchte er Alta, nicht das Hündchen. Als Altas Husten wieder schlimmer wurde und sie eine Woche lang das Bett hüten musste, verbrachte er viele Stunden bei ihr, machte Spiele mit ihr und neckte sie, während sie sich mit Pralinen vollstopfte, die er aus Castleford hatte schicken lassen.

Ich hielt mich fern, zunächst. Wenn er schon hier sein musste, dann wollte ich die beiden nicht zusammen sehen. Doch nach ungefähr einer Woche zog mich Mutter in die Speisekammer, als ich dort vorüberging, und schloss mit einem Klicken die Tür hinter mir.

»Emmett, ich muss mit dir reden.«

»Was? Hier drin? Es ist eiskalt.«

»Es dauert nicht lange. Es geht um Alta. Und ... Mr Darnay.«

Mr Darnay. Meine Gefühle müssen mir ins Gesicht geschrieben gewesen sein, denn sie schnitt mir das Wort ab, ehe ich antworten konnte.

»Ich weiß, dass du ihn nicht leiden kannst – schau nicht so, meinst du, das haben wir nicht bemerkt? Aber du musst an Alta denken.«

»Ich denke ja an Alta, genau deswegen ...«

»Das ist vielleicht ihre große Chance. Wenn er sich in sie verliebt ...«

»Das ist Wahnsinn! Das tut er nicht.«

»Ich weiß, dass es nur eine winzige Möglichkeit ist. Aber denk doch nur, was das für sie bedeuten könnte. Wenn er sie heiratet ... so was gibt's! Nicht oft, ich weiß, aber sie ist wunderschön, und vielleicht macht er es. Er ist reich, er sieht gut aus, und er ist liebenswert und jung. Eine bessere Gelegenheit wird sich ihr nicht bieten. Mach ihr die Chance nicht kaputt.«

»Du willst sie zum höchstmöglichen Preis verschachern.«

Meine Mutter zupfte sich am Ohrläppchen. Schließlich sagte sie: »Ich erwarte nicht, dass du das verstehst. Du bist sehr naiv, Emmett. Sogar noch naiver als Alta. Aber trotzdem brauche ich deine Hilfe.«

»Hilfe? Was soll ich denn tun? Loblieder auf ihn singen? Ihr sagen, dass sie eine phantastische H...«

»Untersteh dich!«

Stille trat ein. Ich schob die Hände in die Taschen und holte tief Luft. »Was willst du von mir?«

»Anders, als du von uns denkst«, sagte sie mit Härte in der Stimme, »lieben wir Alta sehr, und wir wollen nicht, dass ihr jemand wehtut. Ich hoffe, dass Mr Darnay ihr Leben verändern kann. Aber wenn nicht, dann möchte ich nicht, dass ihr Ruf ruiniert ist. Wir wollen wissen, dass sie nie … dass sie nie, ganz gleich, was sie empfindet, in Versuchung gerät, ihm zu … erliegen.«

»Sie glaubt, dass sie ihn liebt«, erwiderte ich. »Natürlich wird sie in Versuchung geraten, ihm zu … erliegen.«

»Nun gut. Von dir wünsche ich mir nur, dass du … bitte ein Auge auf die beiden hältst. Dafür sorgst, dass sie es eben nicht tut.«

»Ich soll ihr Aufpasser sein? Ich habe meine Arbeit. Ich sitze nicht den ganze Tag rum und klöppele Spitze!«

»Sei nicht albern, Emmett. Ich weiß, dass du zu tun hast. Ich meine, du sollst nicht die ganze Zeit bei ihnen sein. Nur ab und an, wenn du einen Augenblick erübrigen kannst und wenn sie miteinander allein sind. Wir müssen Alta schützen.«

Ich ballte die Fäuste in der Tasche und starrte an ihr vorbei auf ein Gefäß mit eingelegten Mispeln.

»Ma … er wird ihr das Herz brechen.«

»Es ist noch niemand an gebrochenem Herzen gestorben.«

»Sie ist noch ein halbes Kind.«

»Ich war nur ein Jahr älter, als ich deinen Vater geheiratet habe. Und das ist eine wunderbare Gelegenheit, Emmett. Siehst du das nicht? Was wäre, wenn dir jemand ein besseres Leben anböte?«

»Wenn dieser Jemand Darnay wäre, dann würde ich ihm sagen, was er damit machen kann …« Meine Mutter kniff die Augen zusammen, und ich konnte mich gerade noch rechtzeitig beherrschen. »Ich würde nein sagen.«

Mutter seufzte, nahm ein paar Einmachgläser und drückte sich an mir vorbei. In knappem, harschem Ton sagte sie: »Sorg einfach dafür, dass sie wissen, dass du jederzeit unerwartet hereinplatzen könntest, Emmett. Machst du das, bitte?«

»Ja gut«, antwortete ich. Aber sie war schon fort.

Ich gehorchte ihr. Ich wollte es nicht; ich musste mich erst dazu überwinden. Jedes Mal, wenn ich die Treppe hinauf zu Altas Zimmer ging, bereute ich es, so viel Zeit auf die beiden zu verschwenden. Die Leute denken, dass der Winter auf dem Bauernhof eine ruhige Zeit ist, aber wenn man die Reparaturen und Wartungsarbeiten nicht bis zum Frühjahr getan bekommt, bleibt einem nur das Fluchen – vielmehr müsste ich die Flüche meines Vaters über mich ergehen lassen. Ich grollte auch aus anderen Gründen über Darnays Besuche: darüber, wie er mich anschaute, wie ich mir immer bewusst war, dass der Gestank von Mist, Öl oder Schweiß an meinem Hemd klebte. Irgendwie wusste ich immer, wann er sich unter unserem Dach aufhielt, selbst wenn ich ihn nicht hatte ankommen sehen. Ich hoffte zunächst, dass ich ihn erwischen würde, damit ich ihm sagen könnte, er solle gehen und nie wiederkommen; aber er schaute nie schuldbewusst drein oder so, als hätte er irgendwas zu verbergen. Auch das flößte mir Misstrauen ein: dass er nie mehr machte, als Alta am Zopf zu ziehen oder ihr leicht mit dem Finger über die Wange zu streichen. Er verhielt sich eher wie ein Bruder, als wäre sie noch ein Kind.

Doch im Laufe der Tage verbrachte ich immer mehr Zeit mit den beiden. Es gab schließlich ein paar Arbeiten, die ich ins Haus mitbringen konnte. Mit den kürzer werdenden Tagen saß ich gern im Lampenschein, wo ich gut sehen konnte, um Geschirre zu flicken oder an einem Kreisel zu schnitzen oder mich über den Saatgutkatalog zu beugen und mich auf ein Streitgespräch mit Vater vorzubereiten, was das beste Mischungsverhältnis von Süßgras und Wiesenlieschgras wäre. Es war bitterkalt – ich hatte Springle und ihre Jungen hereingeholt und stellte ihre Kiste neben den Ofen. Weil Alta noch auf dem Wege der Besserung war, hatte auch sie immer ein Feuer im Kamin. Manchmal war es beinahe angenehm: die Wärme, Alta und Darnay, die sich leise unterhielten oder schweigend in ein Spiel vertieft waren, Darnay, der eine leise Melodie pfiff, während Alta an einer Stickerei saß. Manchmal musste ich auch die Zähne zusammenbeißen, um nicht laut über etwas herauszulachen, was er gesagt hatte, oder ich musste mir die Fingernägel in die Handfläche graben, um mich nicht auch von ihm verzaubern zu lassen.

Es war eines Nachmittags kurz nach Sonnenuntergang. Alta hatte den ganzen Tag über schlechte Laune gehabt. Sie versuchte, sich das vor Darnay nicht anmerken zu lassen, aber ich kannte die Anzeichen. Sie zwirbelte eine Haarsträhne um den Finger und starrte mich an. »Hast du nichts Besseres zu tun, Emmett?«

»Was?« Ich hatte die Patience beobachtet, die Darnay auf ihrer Bettdecke legte.

»Warum gehst du nicht weg und machst dich nützlich? Du musst nicht hierbleiben, wenn dir langweilig ist.«

»Mir geht's gut, danke.«

»Du sitzt da und ziehst eine finstere Miene.«

Ich merkte, wie mir das Blut in die Wangen schoss. Darnay hatte in seinem Spiel innegehalten und schaute nun von Alta zu mir, eine Falte zwischen den Augenbrauen. Ich hatte mir in den letzten paar Wochen solche Mühe gegeben, nicht zu zeigen, was ich von ihm hielt. »Halt den Mund, Alta.«

»Niemand zwingt dich, hier zu hocken. Lucian ist zu gut erzogen, um etwas zu sagen, aber ...«

»Alta.« Darnay schob seine Karten zu einem Haufen zusammen. »Für mich ist das so in Ordnung.«

»Du bist nur höflich. Em, wenn du nicht freundlich sein kannst, warum gehst du dann nicht einfach?«

»Ich wohne hier«, antwortete ich. »Ich habe jedes Recht ...«

»Alta, du brauchst niemanden um meinetwillen zu bitten, hier wegzugehen«, sagte Darnay. Er schaute mir in die Augen. »Es tut mir leid.«

Ich starrte zurück. »Was tut dir leid?«

»Nur … ich habe nur gemeint …« Er stieß die Luft zwischen den Zähnen aus. Es herrschte Schweigen. Er ordnete die Karten zu einem Stapel, ohne aufzuschauen. »Hör zu, Alta, es ist schon spät. Ich komme morgen wieder.«

»Nein!« Sie packte ihn beim Ärmel und schaute mit weit aufgerissenen Augen zu ihm auf. »Bitte geh noch nicht.«

Er warf mir einen Blick zu und zuckte mit den Achseln. Dann schob er mir abrupt den Stapel Karten zu. »Misch die bitte, ja?« Er setzte sich hin, beugte sich zu Alta und nahm ihr Gesicht so sanft zwischen die Hände, dass sie ihn anschauen musste. »Emmett ist nicht unhöflich, du bist unhöflich«, sagte er. »Hör auf damit.«

»W-was?«

»Für mich ist es so in Ordnung. Für Emmett auch. Entweder du benimmst dich, oder wir gehen beide.«

Sie blinzelte ihn völlig verdattert an. Dann lachte sie zu meiner Überraschung auf. »Du hast recht«, sagte sie. »Es tut mir leid.«

»Schon gut.« Er lachte auch und tippte ihr mit dem Zeigefinger an die Nase. »Und jetzt«, fuhr er fort, »jetzt lese ich dir aus den Karten. Dann wollen wir mal sehen.« Er nahm die Karten und legte vier nebeneinander auf die Bettdecke. Während er die Karten auslegte, sah ich, dass sie sich an die Wange fasste, als könnte sie dort noch immer seine Berührung spüren. Er hob den Kopf. »Pik Zwei, Herz Drei, Pik Bube, Pik Zehn. Hm. Interessant.«

»Ist das schlimm?«

»Nein«, antwortete er. »Überhaupt nicht.« Er zeigte auf die Herz Zwei. »Das ist die Liebe. Die Pik Zwei davor bedeutet … ich bin mir nicht sicher. Und der Pik Bube … ein dunkler junger Mann. Du verliebst dich in einen dunklen jungen Mann. Und der liebt dich zurück. Wie findest du das?«

Sie schaute ihn an und holte tief Luft. Sie lächelte nicht. Ich erhaschte einen kurzen Blick auf die Frau, die sie einmal sein würde. »Und dann?«, fragte sie.

»Dann …« Er mischte die Karten wieder mit dem Stapel. »Weiter geht es nicht«, sagte er leichthin und lächelte sie an. »Ich denke, du lebst glücklich und zufrieden bis an dein Lebensende. Und jetzt leg dich hin und denke darüber nach, und morgen komme ich wieder. Und ich schaue, ob ich dir ein paar von den kandierten Früchten mitbringen kann, die du so magst. In Ordnung?«

Sie nickte. Auf ihren Zügen lag immer noch dieser erwachsene Ausdruck, als fiele ein weißes Licht auf sie.

Darnay strich ihr über das Haar. »Und keine Trotzausbrüche mehr«, sagte er.

Sie schaute ihm hinterher, als er ging. Hätte er sich umgedreht, er hätte mitbekommen, wie sie ihn ansah, aber er machte sich nicht die Mühe, sondern rannte die Treppe hinunter wie ein Schuljunge nach der letzten Unterrichtsstunde, dankbar, dem Klassenzimmer entronnen zu sein.

Ich holte ihn in der Küche ein. Ich sah ihn durch die halb geöffnete Tür auf dem Boden kauern, doch als ich kam, stand er auf, den kleinen Hund an die Brust gedrückt. »Ich gehe gleich«, sagte er. »Ich habe mir nur Klecks noch mal angeschaut.« Ich erwiderte nichts. Nach einem Augenblick runzelte er die Stirn. »Was? Warum siehst du mich so an?«

Ich schloss die Tür hinter mir. »Was für ein Spielchen treibst du da, Darnay?«

Vorsichtig ging er in die Hocke und ließ Klecks in die Kiste zurückgleiten. Aber er stand nicht wieder auf; er kniete da und schaut zu mir hoch, während er der kleinen Hündin den Finger hinhielt, damit sie darauf kauen konnte. »Was redest du da?«

Ich atmete langsam ein. »Also, Alta wird einen dunklen, gutaussehenden Fremden kennenlernen, der sich in sie verliebt, ja?«

Er zuckte mit den Achseln. »Sieh mal, das war nicht … es war nur ein …«

»Was? Ein Scherz? Ein Spiel? Dir ist nicht der Gedanke gekommen, als du das erfunden hast, dass sie vielleicht ...«

Er zog eine Augenbraue in die Höhe. »Wie kommst du darauf, dass ich das erfunden habe?«

»Weil ...« Ich zögerte. Leiser fuhr ich fort: »Es war also wohl reiner Zufall, dass du ihr genau das gesagt hast, was sie hören wollte?«

Etwas blitzte auf seinem Gesicht auf. »Ich dachte, alle kleinen Mädchen möchten einen großen, dunklen Fremden kennenlernen.«

»Verdammt, Darnay!« Ich ging neben ihm in die Hocke, so dass ich ihm geradewegs ins Gesicht schauen konnte. »Stell dich doch nicht so dumm! Wie kannst du es wagen, ihr zu sagen, dass du sie liebst?«

Sein Gesicht wurde ausdruckslos. Er zog die Hand von Klecks weg. »Ich habe nie etwas dergleichen gesagt.«

»Oh, natürlich, du hattest ja keine Ahnung, was sie dachte!«

»Mach dich nicht lächerlich.« Er stand auf. »Ich habe keine Ahnung, was genau du da meinst – aber wenn du dir einbildest, dass ich es auf Altas Tugend abgesehen habe ...«

»Du musst mich für sehr blöd halten.«

»Na ja.« Er schaute mich vom Scheitel bis zur Sohle an. »Ich weiß nicht genau, was ich darauf antworten soll.«

Ich wandte mich ihm direkt zu. Mein Herz hämmerte. Es machte mich verrückt, dieses unablässige Verlangen – nein, die Notwendigkeit –, ihn zu schlagen, obwohl ich wusste, dass ich es nicht wagen würde. »Wieso kannst du sie nicht einfach in Ruhe lassen?«

Eine Pause. Er verschränkte die Arme und starrte mich an. Endlich sagte er: »Nun gut, ich geb's zu.«

»Was?«

»Du hast recht. Ich werde Alta verführen – ich meine, ich weiß, dass sie noch ein Kind ist, aber das macht die Sache nur pikanter –, und dann verlasse ich sie. Wenn sie ein Kind von mir erwartet, umso besser. Ich ruiniere ihr Leben. Und deines und das deiner Eltern gleich mit. Nur weil ich es will. Mir macht so etwas Spaß.«

Ich starrte ihn an. Seine Augen waren wie Kohle: reglos, unmenschlich. Mir hatte es den Hals so zugeschnürt, dass ich kaum atmen konnte. »Du würdest wirklich …«

»Nein!« Er fuhr herum und machte ein paar Schritte von mir weg. »Nein, wirklich nicht! Herrgott, für wen hältst du mich? Ich rette deiner Schwester das Leben, ich bringe sie nach Hause, ich besuche sie, wenn sie krank ist, ich bringe ihr Geschenke, um sie aufzuheitern, ich adoptiere eine junge Hündin, damit sie nicht umgebracht wird. Und du schaust mich an, als plante ich einen Mord. Warum?«

»Weil es mir kalt über den Rücken läuft, wenn ich dich nur sehe.«

Schweigen.

»Zumindest bist du ehrlich.« Seine Stimme klang müde. Er nahm seinen Umhang vom Haken an der Wand und legte ihn um. »Mach dir keine Sorgen wegen Alta. Die wird schon.«

Ich neigte den Kopf und wandte mich ab. Ich hörte die Tür quietschen und dann zufallen, später seine Schritte im Flur. Ein Windstoß ließ die Ziegel auf dem Dach erbeben. Da draußen war es bestimmt eiskalt; aber er war schließlich in Schnee und Eis hergeritten, da konnte er auch heimreiten.

Ich ging zur Hundekiste und schaute hinein, doch die Welpen schliefen. Nur Springle wandte mir den Kopf zu und klopfte mit dem Schwanz. Wenn Darnay nicht gewesen wäre, wäre Klecks vermutlich schon tot.

Aber irgendwas stimmte nicht mit ihm. Das bildete ich mir nicht ein.

Ich streckte den Arm aus und hielt die Hand über den heißesten Teil des Herdes, forderte mich selbst heraus, ihn zu berühren.

In den nächsten Tagen ging ich beiden aus dem Weg. Ich hatte versprochen, Alfred bei der Reparatur des Kamins an seiner Kate zu helfen. Es war eiskalt und genau das falsche Wetter für eine solche Arbeit, denn wir mussten dafür sorgen, dass der Mörtel keinen Frost bekam, aber ich bestand darauf. Meine Eltern schauten einander vielsagend an, als ich ihnen sagte, dass ich eine Weile in der Fields Row arbeiten würde, doch ich hatte den Zaun um den Viehhof am Vortag fertig bekommen. Vater warf mir über sein Stück Pastete hinweg einen Blick zu. Ma meinte: »Nun gut, mein Lieber, ich übernehme Altas Arbeiten«, und frühstückte weiter. Ich beugte den Kopf, um mein Gesicht zu verbergen, und schnitt mein Brot in immer kleinere Stückchen.

Doch auch diese Arbeit war nach ein paar Tagen erledigt, und nun musste ich mich wieder auf dem Bauernhof beschäftigen. Es war beinahe Sonnwende. Das Schwein musste noch geschlachtet werden, die Holzscheite und das Grün mussten ins Haus geschafft werden. Sonst mochte ich all diese Vorbereitungen, doch jetzt schien mir, dass ich jedes Mal, wenn ich mich umdrehte, Darnay kommen oder gehen sah. Als Mutter und ich das Schwein vom Absengen zurückbrachten, kam er auf den Hof. Als er vorbeiritt, spürte ich Mutters Augen auf meinem Gesicht. Plötzlich war der Gestank nach versengten Schweineborsten und dem Blut an meinen Kleidern so überwältigend, dass ich meinte, er würde mich ersticken. Ich wischte mir den Schweiß von der Stirn und rollte die Schubkarre durch das offene Tor. Ich schenkte Darnay keinen Blick, hörte aber das Geräusch seiner Stiefel auf den Pflastersteinen, als er vom Pferd stieg. Ich ging zur Pumpe und spritzte mir eisiges Wasser ins Gesicht. Es dauerte ein paar Stunden, das Schwein zu zerlegen. Danach brachte ich die Räucherkammer auf dem Hof in Gang. Erst am späten Nachmittag – es war bereits dunkel – wusch ich mir endlich den Dreck ab und ging nach oben. Mein Herz hämmerte, als ich Altas Zimmer betrat, aber Darnay nickte mir nur kühl zu, als hätte er vergessen, was ich zu ihm gesagt hatte. »Tag, Farmer«, sagte er.

»Darnay«, erwiderte ich.

Er neigte den Kopf zum Gruß. Dann wandte er sich wieder dem Spiel zu, das er mit Alta machte. Es herrschte Stille, unterbrochen nur vom Rollen der Würfel, von Darnays leisen Flüchen und Altas Kichern. Ich beugte mich über das Zaumzeug, das ich zum Flicken mitgebracht hatte, stellte mich aber ungeschickt an. Es dauerte sehr lange, bis meine Finger ruhig genug waren.

Danach war es, als hätten wir einen Waffenstillstand vereinbart. Wir schauten einander nicht mehr als unbedingt nötig an; wenn wir sprechen mussten, war es in einem blutleeren, neutralen Tonfall. Ich fürchtete, Alta würde merken, dass wir uns anders verhielten – dass ich ihn nicht mehr finster anfunkelte, wenn er sie am Zopf zog, dass er mich nicht mehr mit spöttischer Höflichkeit behandelte –, doch wenn Darnay da war, bemerkte sie nichts und niemanden sonst. Sie war glücklicher, als ich sie je gesehen hatte, und das bereitete mir am ganzen Körper Schmerzen. Es konnte so nicht weitergehen; früher oder später würde sie begreifen, dass Darnay sie nicht liebte.

Die Tage verstrichen. Irgendwie wurde mir eines Nachmittags klar, dass es nur noch zwei Tage bis zur Wintersonnwende waren. Wohin ich schaute, überall hingen Girlanden aus Efeu und Tannengrün, glitzernde Sterne aus Goldpapier und rote Kugeln. Die Küche roch nach Zimt und geschmolzener Butter. Alta hatte die letzte Woche damit verbracht, Girlanden aus Efeu zu winden – unablässig und sehr schlampig, als könne sie es nicht ertragen, auch nur kurz die Augen von Darnay zu wenden –, und Darnay und ich hängten sie auf, während uns Alta, in Decken gekuschelt, vom Sofa aus Anweisungen erteilte. Sie hatte vor Aufregung glänzende Augen, und Darnay schaute immer wieder lächelnd zu ihr hin. »Nein, die ist schief, ihr müsst die noch in der Mitte feststecken«, sagte sie.

»Sehr wohl, Gnädigste.« Er machte eine Verbeugung – während er immer noch ein Ende der Girlande festhielt – und lehnte sich dann so weit zur Seite, dass der Stuhl, auf dem er stand, ins Wackeln geriet. »Hier?«

Ich schaute auf den Berg aus dunkelgrünen Blättern, die bereits ihren Glanz zu verlieren begannen. »Ich gehe noch mehr Nägel holen.«

»Gute Idee. Komm schon, Alta, muss es denn unbedingt perfekt sein?«

Ich ging in die Küche und stöberte in der Schrankschublade nach Nägeln. Mutter rollte auf dem Tisch mit Mehl bestäubten Teig aus und war so rot im Gesicht wie Alta. »Oh ... Emmett ... hol mir mal das Einmachglas da runter, ja? Und kannst du den Herd schüren? Und mir bitte ein Pfund Zucker abwiegen und zum Karamellisieren in die Pfanne schütten? Wo ist bloß dein Vater hingegangen? Er hat versprochen, die Gans zu rupfen.«

Als ich endlich wieder ins Wohnzimmer kam, küssten sich die beiden.

Ich blieb wie erstarrt an der Tür stehen. Nein, sie tanzten. Alta lag in Darnays Armen, aber er wirbelte sie herum, lenkte sie geschickt an den Möbeln vorbei, die Köpfe eng beieinander. Darnay summte eine Art Melodie, die zu einem atemlosen »eins – zwei – drei« verebbte und dann zu einem »seitwärts – zusammen – gut – Mist, mein Fehler«, ehe er versuchte, die Melodie an der gleichen Stelle wieder aufzunehmen. »La – la – la – genauso ist's richtig – la«, sang er, und Alta kicherte. »Hör auf, ich kann nicht mehr – das war eindeutig deine Schuld.« Sie kamen lachend zum Stehen.

»Lass es uns noch mal versuchen.«

»Du darfst dich nicht zu sehr anstrengen.«

»Bestimmt nicht.« Sie lächelte zu ihm auf und atmete rasch. Sie sah ... wunderschön aus. Und seine Hand an ihrer Taille war elegant, aristokratisch, eine Hand, die nie einen Schlag harte Arbeit verrichtet hatte und das auch nie tun musste.

»Na, jetzt werde aber ich müde«, sagte Darnay. Er strich ihr eine feuchte Haarsträhne aus der Stirn und ließ sie los, als wäre alles eine einzige Geste. »Wie wäre es mit dem Rest der Papiergirlanden? War dein Bruder nicht Nägel holen gegangen?« Er schaute zur Tür und sah mich.

»Emmett«, sagte Alta. Sie kam leichtfüßig auf mich zugesprungen, als tanzte sie noch immer. »Lucian bringt mir den Walzer bei.«

»Habe ich gesehen.« Ich stellte die Schachtel mit den Nägeln hin und konzentrierte mich darauf, den Deckel aufzuhebeln.

»Haben wir gut ausgesehen?«

»Darnay weiß eindeutig, was er tut.«

»Ich habe das noch nie gemacht, Em, da kannst du nicht erwarten, dass ich es gleich richtig mache. Ich muss einfach nur üben.«

Sie streckte die Arme nach Darnay aus, doch er schüttelte nur lachend den Kopf. »Tut mir leid. Ich habe nicht dein Durchhaltevermögen.«

»Na gut. Dann zeig Emmett, wie es geht. Und wenn du wiederkommst, kann ich es perfekt.«

Ich wandte ein: »Alta, du darfst gerade eben aus dem Bett aufstehen.«

»Ich glaube, ich sollte jetzt gehen«, sagte Darnay.

»O nein! Bitte, Lucian, nur noch ein paar Minuten. Morgen ist der Abend vor der Sonnenwende. Da muss man nett sein.«

Er biss sich mit einem matten Lächeln auf die Lippen und schaute mir in die Augen. »Warum bringst du es ihm nicht bei, Alta? Du weißt doch jetzt, was man machen muss.«

»Na gut, das mache ich. Aber du musst bleiben und mich berichtigen, wenn ich ihm was Falsches sage.« Sie schob mich zur Seite, so dass wir in dieselbe Richtung schauten. »Mach's mir nach. Einen Schritt nach vorn, zur Seite, zusammen, so – siehst du? Eins – zwei – drei.«

Ich versuchte, es ihr nachzutun. Darnay sah aus, als müsste er sich ein Grinsen verkneifen.

»Nein, so – oh, bist du langsam!«

Darnay sagte: »Gib ihm Zeit, Alta.« Ich legte eine Pause ein und funkelte ihn an, aber er beobachtete meine Füße. »Hetze ihn nicht. Du hast es auch nicht viel schneller begriffen.«

Alta seufzte und zog mich am Ellbogen. »Verstanden? Wenn

du dich jetzt dahin stellst und ich hier – und du deine Arme so machst.« Sie versuchte mich wie eine Schneiderpuppe zurechtzubiegen. »Und dann führst du – eins – zwei – drei. Oh, Herrgott!«

»Was habe ich denn jetzt wieder gemacht? Ich dachte, ich hätte es richtig hingekriegt.«

»Du sollst führen. Das heißt nicht, dass ich dich durch die Gegend schiebe. Es ist anders, wenn Lucian es macht.«

»Jede Wette«, zischte ich, kaum hörbar.

»Lucian, zeig es ihm!« Sie packte Darnay beim Arm und zerrte ihn zu mir hin. »Zeig ihm, wie das geht.«

Ich hob an: »Ich möchte nicht …«

Gleichzeitig sagte Darnay: »Ich möchte nicht …« Wir verstummten, starrten einander an. Darnays Miene war zögerlich, seine Wangen waren leicht gerötet. »Ich glaube nicht, dass dein Bruder meine Hilfe möchte«, sagte er schließlich. »Besonders nicht beim Walzertanzen.«

»Sei nicht albern«, erwiderte Alta. »Zeig's ihm einfach.«

Darnay regte sich nicht vom Fleck. Er wartete auf etwas. Zu spät, zu begriffsstutzig bemerkte ich, was das war. »Ist schon in Ordnung«, sagte ich mit gepresster Stimme. »Zeig's mir.«

»Du möchtest, dass ich mit dir tanze?«

Ich holte tief Luft. »Wenn du möchtest. Wenn Alta es möchte.«

Er schaute mich lange an, seine Miene war unergründlich. »Wird dir das … keine kalten Schauer über den Rücken jagen?«

»Nein«, sagte ich, so überzeugend ich konnte. »Ich glaube nicht.«

Er kniff die Augen zusammen, als wäre ich ein Tier, das er vielleicht erwerben wollte. Ich spürte, wie mir das Blut in die Wangen strömte, heißer und immer heißer. Ich wandte den Blick ab.

Er lachte. Er war ein merkwürdiges, beinahe ängstliches, aber auch erfreutes Geräusch, als habe er gewonnen, ohne den Grund dafür zu kennen. »Ich finde, du hast das schon ziemlich gut gemacht«, sagte er. »Deine Füße bewegen sich gut. Du musst dich nur dran gewöhnen, das ist alles.« Er streckte die Arme aus und zögerte. »Bist du sicher?«

»Zeig's ihm. Was für ein Theater wegen rein gar nichts«, schimpfte Alta. »Ehrlich, Jungs.«

Darnay kam einen Schritt näher zu mir. Ich zuckte zusammen und spürte, wie er sich zurückzog. Ehe ich Zeit hatte, darüber nachzudenken, zwang ich mich, die Arme auszustrecken und ihn so bei der Hand zu nehmen, wie Alta meine genommen hatte. Seine Hand war wärmer, als ich erwartet hätte, und sie war klebrig vor Schweiß. Sie fühlte sich ganz gewöhnlich an, ganz freundlich, so wie die von Mutter oder Perannon Cooper. »Los, mach schon«, sagte ich. »Wenn's denn sein muss.«

»Fertig? Eins, zwei, drei. *Eins*, zwei, drei, *eins*, zwei, drei …«

Er war stärker, als ich vermutet hätte. Wir tanzten im Walzertakt durch den Raum, und plötzlich begriff ich, was Alta gemeint hatte: Ich musste beinahe gar nichts tun, einfach nur loslassen. Aber es war wie eine Umarmung, so nah, dass ich kaum Luft bekam. Eins, zwei, drei …

Ich stolperte. Er ließ mich sofort los. »Da. Jetzt kannst du es Alta zeigen.«

»Ja.« Ich blinzelte, versuchte, den Raum anzuhalten, der sich um mich zu drehen schien. Aber der Schwung ließ mich nicht los. Ich machte einen Schritt zur Seite und kam ins Taumeln. Darnay fing mich am Ellbogen auf, um mich im Gleichgewicht zu halten. Die Hitze seiner Hand sickerte durch den Stoff meines Hemdes wie Wasser. Ich zog den Arm weg – tölpelhaft, instinktiv –, und er sprang zurück, mit plötzlich versteinerter Miene. »Danke, Darnay«, sagte ich, aber es klang jämmerlich.

»Alta!« Mutter stand im Türrahmen. »Was machst du da? Ich habe gesagt, dass du nach unten kommen darfst, wenn du auf dem Sofa bleibst.«

»Oh, ich habe nur …«

»Ab ins Bett. Entschuldigt, Mr Darnay. Frohe Sonnwende!«

Meine Mutter packte sich die Decken in die Arme und wedelte Alta zu. Meine Schwester seufzte, warf Darnay ein rasches, sehr vertrautes Lächeln zu und folgte Ma.

Darnay und ich blieben allein zurück. Er schaute mich an, als wolle er gleich etwas sagen, nahm dann aber mit einer brüsken Bewegung seinen Umhang und ging auf den Flur. Ich zögerte, starrte auf den verlorenen Haufen Papiergirlanden; dann ging ich ihm hinterher.

Er war draußen auf dem Hof. Feiner Schneefall hatte eingesetzt. Er sah mich, zog sich aber ungerührt weiter die Handschuhe an, als sei ich Teil der Landschaft.

»Gehst du zur Sonnenwende nach Castleford zurück?«

»Nein.« Er zog seine Handschuhe zurecht und schaute mich dann an, als sei er sich nicht sicher, warum ich immer noch dastand. »Mein Onkel feiert die Sonnenwende auf seine ganz eigene Weise. Sagt jedenfalls die Köchin. Es gibt Hirschkeule, Champagner, Bordeaux und Portwein … Sieben Gänge, vom Porzellan mit dem Goldrand, mit dem besten Silber. Nur wir beide im Speisezimmer, das so groß ist wie eine Scheune.«

»Aha.«

»Oh, das wird ein Riesenspaß. Er wird schon beim zweiten Gang sturzbetrunken sein, und dann kann ich dabeisitzen und zuschauen, wie er langsam auf den Teller sackt.« Er zog sich den Kragen enger um den Hals. »Ich komme ein paar Tage nicht hierher, wenn du deswegen fragst.«

»Komm zum Essen zu uns.«

»Was?«

Er starrte mich in der dichter werdenden Dämmerung an, Schneeflocken hingen an seinen Brauen. »Meine Mutter und mein Vater möchten das gern. Und Alta natürlich. Es ist genug zu essen da. Wir laden immer alle Arbeiter und ihre Familien ein, da kommt es auf einen mehr nicht an.«

»Du lädst mich zu eurem Essen zur Sonnenwende ein?«

Ich zog eine Schulter in die Höhe, aber er starrte mich nur weiter an, bis ich murmelte: »Ja.«

Seine Miene veränderte sich. »Nein«, antwortete er. »Nein, danke.«

»Aber …«

»Du willst mich nicht wirklich dabeihaben, oder?« Er warf mir ein schiefes Lächeln zu, als hätte ich einen schlechten Witz gemacht.

»Ich wollte nicht …«

»Möge deine Dunkelheit still sein und das Licht früher kommen, als du es benötigst«, sagte er. Es war der alte, förmliche Segenswunsch zur Sonnenwende. Dann schwang er sich in den Sattel und ließ mich zitternd im Schnee stehen.

15

Der Frühling schien eher als sonst zu kommen. Nach der Jahreswende hatte es noch ein paar wenige Schneestürme gegeben; beim zweiten Vollmond war der Schnee bereits löchrig und löste sich zu Haufen von braun gerändertem Matsch auf. Bis er schließlich völlig verschwunden war und man bei jedem Schritt knöcheltief im Schlamm versank – und dann erwachten über Nacht die Bäume und sogen das Wasser aus dem Boden, und die Luft begann zu duften. Ich hatte die ersten Frühlingstage, wenn plötzlich die Gefängnistore des Winters weit aufgestoßen werden, schon immer geliebt; doch dieses Jahr war mir, als entdeckte ich ein unbekanntes Land, als sähe ich mit Darnays Städteraugen alles neu. Jetzt, da Alta wieder gesund war und auch Aufgaben zu erledigen hatte, war er nicht jeden Tag hier und auch nicht stundenlang. Aber er kam immer noch und passte sich irgendwie so reibungslos in unser Leben ein, dass er einfach dazugehörte. Er lungerte überall herum, stand zwar nicht gerade im Weg, war aber auch schwer zu übersehen. Er war mit Alta unterwegs zum Hohen Feld, wenn sie

den Sämännern ihr Mittagessen brachte; er hielt brav die Nase in den Wind, wenn Alfred Regen vorhersagte; er wich mit tränenden Augen vor dem Jauchegestank zurück, wenn wir an der Scheune vorbeikamen, wo Vater und ich Weizen gebeizt hatten. In den Wochen, als ich für die Zeit des Lammens in der Schäferhütte wohnte, kam Alta abends und brachte mir das Essen; mehr als einmal begleitete er sie, und wir saßen lange da, tranken Tee und redeten nicht viel, während die Sterne heller und heller wurden. Einmal war er dabei, als ein Lamm geboren wurde. Danach kniete er im Dreck, das Gesicht auf einer Seite vom Mondlicht, auf der anderen vom Lampenschein erhellt, während er dem Lamm das Mäulchen mit Stroh säuberte. Er hatte überall Blut am Hemd, schien das aber nicht zu bemerken; er beugte sich nur über das Lamm, starrte es an und schaute schließlich mit einem ungläubigen Lächeln zu mir auf. Ich sagte: »Siehst du? So schwer war es gar nicht«, und er schüttelte nur lachend den Kopf.

Und dann war da natürlich Klecks. Wir machten uns alle über ihre Aufregung lustig, als sie das erste Mal ein Kaninchen erschnüffelt hatte, freuten uns über die Geschwindigkeit, mit der sie losrannte, stellten uns vor, welche holzigen, erdigen Aromen sie wohl in der Nase hatte. Während wir eines Abends von dem Feld zurückkehrten, wo wir den Misthaufen umgedreht hatten – unter der Anleitung von Darnay, der nach zehn Minuten Arbeit an unserer Seite schon müde geworden war –, sagte Alta: »Ich wünschte, ich könnte so riechen wie Klecks.« Ich verkniff mir ein Grinsen und sagte: »Das tust du, du kleines Stinktier.«

Um diese Zeit herum, als wir anderen alle zu viel zu tun hatten, um ihn im Auge zu behalten, hätte Darnay versuchen können, sich in Altas Bett einzuschleichen, wenn er es darauf angelegt hätte. Aber das tat er nicht. Er war nie lange mit ihr allein; oft schien es so, als käme er absichtlich zu Zeiten an, wenn Vater oder ich im Hof sein würden, und fragte, ob er mir bei der Arbeit, die ich gerade verrichtete, helfen könnte. Manchmal beobachtete ich ihn, wenn er Klecks ein Stöckchen warf oder versuchte, sie von einem Kaninchenbau wegzulocken, und überlegte, wir hätten uns wohl uns alle geirrt und er wolle nur Klecks besuchen und ein bisschen Gesellschaft haben. Es musste einsam für ihn sein da oben im Haus seines Onkels, er erwähnte auch nie jemand anderen. Vielleicht war seine Freundlichkeit nur oberflächlich, und er vertrödelte aus purer Langeweile seine Zeit mit uns. Dann wiederum schaute ich zu Alta, und mir drehte sich alles um, denn wenn ihm nichts an ihr lag, würde sie sich noch vor Sehnsucht verzehren. Doch wenn ich ihn bei der Ankunft hoch zu Pferd auf unserem Hof leise pfeifen hörte oder einen Blick mit ihm wechselte, während er Alta zum Gruß die Hand küsste, konnte ich mir nichts mehr vormachen. Er war so glücklich wie sie; es war, als würde ihm ihre bloße Anwesenheit schon reichen. Zumindest im Augenblick.

Dann war Klecks alt genug, um von Springle getrennt zu werden. Ich überlegte, ob ich Darnay sagen sollte, er möge sie mit nach Hause nehmen und niemals wiederkommen. Doch jedes Mal, wenn mir diese Worte auf der Zunge lagen, schluckte ich sie wieder herunter, verschob die Aufforderung um eine Stunde oder auf einen anderen Tag. Ich konnte den Gedanken nicht ertragen, wie es sein würde, wenn Klecks für immer von uns weg wäre. Darnay gab uns Geld für ihr Futter, aber abgesehen davon war sie eigentlich nicht sein Hund, sondern mehr oder weniger unserer. Die kleine Hündin war schon so lange kein Welpe mehr, dass ich mich nicht mehr daran erinnern konnte, wie wir in jeder freien Minute mit ihr Tauziehen spielten oder Tauenden verknoteten, damit sie darauf herumkauen konnte. Der dunkelbraune Fleck auf Klecks' Rücken war schwarz geworden, wir hatten ihr den Schwanz gestutzt, aber sie war immer noch klein. Wenn sie sich völlig verausgabt hatte, steckte ich sie in den Sack, den ich gelegentlich zum Wildern mitnahm, so dass ihr Kopf oben hervorlugte. Dann ging Alta neben mir her, flüsterte »Kaninchen!« und kicherte, wenn Klecks die Ohren aufstellte. Einmal verkündete Darnay zu niemand Bestimmtem: »Und hier haben wir Mademoiselle Emmie, die uns die neueste Mode aus der Hauptstadt vorführt – man beachte an dem elegant über die

Schulter geschwungenen Pompadour den ungewöhnlich lebhaften Pelzbesatz ...«

Ein paar Tage später hatte ich soeben die Weißdornhecke am Hang des Hohen Feldes geschnitten und den Sack nicht mitgenommen. Also musste Darnay die müde Klecks schließlich auf den Armen zurücktragen. Wir hatten noch nicht einmal den halben Heimweg hinter uns, als er ihr ins Ohr murmelte: »Du völlig verwöhnter Klops, ich kann kaum glauben, dass ich das mache. Demnächst wirst du noch eine Sänfte verlangen.« Doch als ich ihm anbot, sie ihm abzunehmen, schüttelte er den Kopf. »Nein, das geht schon, sie ist nicht schwer.«

»Warum beschwerst du dich dann?«

»Macht mir Spaß.« Er lächelte.

Ich verdrehte die Augen, aber seine gute Laune war ansteckend. Wir gingen in geselligem Schweigen nebeneinander bergab, während Alta hinter uns herspazierte und leise vor sich hin sang. Ich trat vor Darnay, um das Tor zum Oberen Feld aufzumachen – es lag brach und bot eine Abkürzung auf dem Heimweg –, doch sobald wir durch waren, begann Klecks, sich zu winden und zu winseln.

»Sie hat irgendeinen Geruch in die Nase bekommen. Hör auf, Klecks. Schluss.« Die Hündin winselte jedoch weiter, bis wir das andere Ende des Feldes erreicht hatten, wo unsere Hofmauer an die Hecke stieß. Dann zuckte sie noch in einem letzten kurzen Kampf auf.

»Klecks, du dummes Hundevieh, ruhig!«, sagte Darnay und schob sich ungeschickt mit den Ellbogen durch die Tür in der Mauer. Dann fuhr er in anderem Tonfall fort: »Verdammt! Sie hat mir aufs Hemd gepisst!«

Alta prustete vor Lachen und versuchte, dieses Geräusch in ein etwas Höflicheres und Damenhafteres umzuwandeln.

Darnay ließ Klecks auf den Boden. Sie schlich sich in eine der Ecken neben der Scheune, wo sich die Ratten gern aufhielten. »Oh, zum Teufel!«, sagte er und schaute auf seine Brust hinab. »Ich bin klatschnass, und ich stinke.«

»Du ziehst dich besser um«, meinte Alta.

»Geht schon, ich kann so nach Hause reiten. Es ist heute nicht zu kalt.«

»Sei nicht albern«, erwiderte ich. »Alta, holst du bitte eines von meinen Hemden?« Ich wartete ihre Antwort nicht ab. »Komm mit in die Küche, Darnay.«

Er folgte mir. Ich stellte Wasser in einer Schüssel auf den Herd, um es ein bisschen anzuwärmen. Ich spürte, wie er hinter mir im Türrahmen zurückblieb. »Farmer ...«

»Ja?«

»Du musst mir nichts leihen.«

Ich drehte mich um. »Was?«

Ausnahmsweise schien einmal er um Worte zu ringen. »Wenn du lieber nicht ... ich meine, ich weiß, dass du was dagegen hast.«

»Wovon um alles in der Welt faselst du da?«

Er zögerte und sagte dann in scherzhaftem Ton, der überhaupt nicht scherzhaft gemeint war: »Na ja, das letzte Mal, als ich mir eines von deinen Hemden geliehen habe, hättest du mich fast erwürgt.«

Ich merkte, wie mir das Blut ins Gesicht schoss. »Wenn ich mich recht erinnere«, erwiderte ich, »hast du damals angeboten, deine Kleider auszuziehen.«

»Genau genommen waren es deine Kleider.«

»Wie wäre es, wenn ich verspreche, dich nicht zu würgen, und du versprichst, *niemanden* auszuziehen.«

»Was ist mit meinem verpissten Hemd? Darf ich das ausziehen?«

»Mach die Tür zu. Wenn Alta einen Blick auf deinen nackten Körper erhascht, sinkt sie vielleicht ohnmächtig zu Boden.«

»In dem Fall solltest vielleicht auch du die Augen abwenden.«

Ich lächelte. Ich konnte nicht anders.

»Wasch dich einfach, Darnay.«

Er nickte mir in spöttischem Gehorsam zu und schloss die Küchentür. Ich verschwand in der Vorratskammer, um ein neues Stück Seife zu holen. Als ich wieder herauskam, hatte er bereits den Oberkörper frei gemacht. Er war nicht mehr so dünn wie früher; er war auch nicht muskulös, aber nach den vielen langen Spaziergängen mit Klecks hatte er Muskeln auf den Rippen und der Brust, und sein Bauch war flach und nicht vorgewölbt.

»Danke«, sagte er und langte nach der Seife.

Ich wandte mich ab. Trotz all der Witzelei war es mir unangenehm, ihn so zu sehen, wie einen Arbeiter, der sich den Schmutz des Tages abschrubbt, besonders während ich selbst vollständig angezogen war.

Jemand klopfte an die Tür. Ich machte sie einen Spalt weit auf, nahm von Alta mein Ersatzhemd entgegen und schloss ihr die Tür vor der Nase, während sie noch sagte: »Ich habe das ohne die gestopfte Ste...«

»Ah«, meinte Darnay, als er es sich über den Kopf zog. »Danke.« Es passte ihm ziemlich gut, obwohl er schmalere Schultern als ich hatte. »Moment ... ist das genau das Hemd, das dich so wild gemacht hat?«

»Nein«, antwortete ich, ehe ich mich bremsen konnte. »Halt den Mund, Darnay.«

Er lachte mit einem mühelosen, siegesgewissen Unterton und zog die Manschetten zurecht. Es war mir inzwischen gleichgültig, dass das Hemd verschlissen war; er schien nie zu bemerken, wie alt oder schmutzig meine Kleider waren.

»Kann ich schon reinkommen?«, fragte Alta. »Was treibt ihr zwei da drin?«

»Einen Augenblick«, antwortete ich und hörte, wie sie seufzte und ungeduldig mit den Fingernägeln an die Tür trommelte.

Darnay war nun vollständig angezogen. Er rollte sein nasses Hemd zusammen und legte es auf den Küchentisch. Ich hatte keine Lampe angezündet, und im Dämmerlicht sah das bleiche Bündel aus wie eine Rose. Darnay stand reglos da und beobachtete mich. Schließlich fragte er leise: »Was ist?«

»Tut mir leid«, erwiderte ich so rasch, dass die Silben ineinander verschwammen. »Ich war ein Idiot. Es tut mir leid.«

»Schon in Ordnung.«

»Nein, ich meine … die ganze Zeit.«

»Ist in Ordnung, Farmer.«

»Bleib noch zum Essen. Es ist nichts Aufregendes, vielleicht nur eine Pastete, aber ich weiß, es würde Ma nichts ausmachen …«

»Gern. Danke.«

»Und diesmal frage ich nicht nur aus …«

Wir schauten einander an. Es war zu dunkel, als dass ich seinen Gesichtsausdruck hätte erkennen können. Ich sah nur einen weißen Klecks. Plötzlich war das Zimmer hinter ihm – die dunkle Masse des Herdes und das Schimmern der vielen Kupfertöpfe, der geschrubbte Steinboden und die verblichenen Drucke an den Wänden – mir nicht mehr vertraut. Die Tür zur Vorratskammer stand offen, und dort leuchteten die Gläser schwach wie aufgereihte polierte Steine.

»Ich bin mal …« Ich machte eine unkontrollierte Geste. »Oben. Gleich wieder da.« Ich drehte mich um und schob mich auf den Flur. »Darnay bleibt noch zum Essen«, sagte ich im Vorübergehen zu Alta.

»Was? Du hast ihn eingeladen? Warum?« Sie packte mich beim Ellbogen, und ich wäre beinahe gestolpert.

»Warum nicht?«

Sie spähte zu mir hoch. Der Flur war vom blauen Dämmerschein des Frühlingsabends erfüllt, der das gepunktete Rosa ihres Kleides zu einem Malventon vertiefte und die Wand hinter ihr mit Schatten besprenkelte. Das Fenster stand offen, der Westwind wehte über die Felder herein, vertrieb die Gerüche des Hofes; er brachte die Süße neuen Grases mit – einen Duft, noch keine Wärme, aber ein Versprechen der Wärme. Plötzlich, wie ich da stand, *spürte* ich den Frühling, als stellten sich mir die Haare auf den Armen auf. Ich schüttelte Alta ab und lachte.

»Was geht hier vor? Emmett? Warte mal, seid ihr beide etwa *Freunde*?«

In ihrer Stimme schwang eine Mischung aus Erleichterung und Misstrauen und … etwas anderem, etwas nicht ganz so

Behaglichem mit. Ich schwang mich um den Treppenpfosten und nahm die Treppe, immer zwei Stufen auf einmal. Sie rief erneut in klagendem Ton meinen Namen, doch da war ich schon am oberen Treppenabsatz angelangt und drehte mich nicht mehr um.

Ich glaube, danach waren wir wirklich Freunde. Es lauerte immer noch eine Strömung unter der Oberfläche, verräterisch wie die Strömung zu einem Wehr, die einen unter Wasser zu ziehen versucht; doch wann immer ich merkte, dass sie an mir zerrte, konnte ich mich fortbewegen, und irgendwann war es ganz leicht, so zu tun, als gäbe es sie nicht. Dieses Gefühl der Gefahr, diese mächtige Elektrizität, die mir an jenem Tag, als Darnay in unser Leben trat, alle Nackenhaare aufgestellt hatte – das war nichts gewesen, nur eine unerklärliche Abneigung. Nun kannte ich ihn besser und konnte mich entspannen.

Es war, als hätte Alta die letzte Hürde fallen sehen. Ich sagte ihr nie, dass sie, falls er sie jetzt fragte, meine Erlaubnis hätte, ihn zu heiraten – nicht dass meine Erlaubnis irgendwie ins Gewicht gefallen wäre –, aber sie schien das Gefühl zu haben, dass ich sie stillschweigend bereits erteilt hatte. Sie stürzte sich in die Liebe, als spränge sie von einer Klippe. Sie schien vor Glück zu leuchten – als reifte diese neue, goldene Welt, in der sie Darnays Frau war, bereits in Reichweite heran. Natürlich war sie noch ein Kind, und wie ein Kind legte sie viel Wert auf Äußerlichkeiten: auf das Kleid, das sie tragen würde, auf das Haus, in dem sie wohnen würden, auf den Ring, den er ihr schenken würde. Einmal ging ich an Alta und Cissy Cooper vorüber, die auf einem Tor saßen, und ehe sie mich sahen und in unterdrücktes Kichern ausbrachen, hörte ich Alta sagen: »… und einen langen Schleier! Mit einer Spitzenkante, mit einem Blumenmuster, in das Perlen gestickt sind …« Diese Worte bereiteten mir keine Sorgen. Was mich jedoch nachts wachliegen ließ, waren die anderen Male, wenn hinter ihrem jungen Gesicht die Frau aufleuchtete, die sie in zehn Jahren sein würde, und ich einen Blick darauf erhaschte, wie sehr sie ihn wollte. Sie bewegte sich nun anders, leicht und träge zugleich; sie ließ die Finger über die Oberflächen von Gegenständen gleiten, als hätte sie ihren Tastsinn eben erst entdeckt. Sie hatte den Appetit verloren, und selbst die Form ihres Gesichtes hatte sich verändert. Ihr Mund war breiter, ihre Wangenknochen waren ausgeprägter.

Darnay behandelte sie jedoch noch wie immer: scherzend, neckend, ging so sorglos mit ihr um, als wären sie Bruder und Schwester. Vielleicht war er sich ihrer so sicher. Oder, dachte ich einmal entsetzt, möglicherweise war es Verachtung … Aber nein, Darnay war unverändert freundlich zu ihr; der Einzige, den er mit einer merkwürdigen, spöttischen Leutseligkeit behandelte, hinter der vielleicht Verachtung stecken mochte, war ich.

Ich hätte verrückt werden können, wenn ich nur daran dachte. Also dachte ich nicht daran. Es gab ohnehin genug anderes, über das ich nachdenken konnte: Der Frühling nahm vollen Schwung auf, und die ersten Saaten begannen zu sprießen, im Garten wie auf den Feldern. Der Saft schoss in die Bäume, und wenn die anderen Arbeiten erledigt waren, schickte uns Mutter Bärlauch sammeln oder ganze Bottiche voller Löwenzahnblüten für Wein. Wenn wir in Lord Archimbolts Wald als auch am Wegrand mit den Blausternchen standen, musste ich lauthals über diesen herrlichen Anblick lachen. Kein Wunder, dass Alta bis über beide Ohren verliebt war. Es war die richtige Jahreszeit dafür. Ich hatte beinahe das Gefühl, selbst verliebt zu sein.

In jener Woche waren alle übermütig gelaunt, denn am Sonntag würde der Jahrmarkt stattfinden. Mir hatte dieser Markt nie Vergnügen bereitet, seit ich damals von dem Mann mit dem Stand das Buch gekauft hatte und Vater so wütend geworden war. Doch dieses Jahr freute ich mich darauf, nicht nur, weil es ein Feiertag war. Als ich mit Darnay, Klecks und Alta dort hinging – meine Eltern zockelten hinterher, Arm in Arm, als wären sie so jung wie wir –, erblickte ich alles mit neuen Augen. Da waren die Zelte, die Wimpel, der Rauch von den Kochfeuern, und überall Leute im Sonntagsstaat, aufblitzende Farben und gerötete Gesichter, Gelächter, das Klirren von Münzen, die den Besitzer wechselten, und die Sonne, die sich in den überfließenden Krügen widerspiegelte. Neben mir blieb Darnay kurz stehen und pfiff vor sich hin – halb belustigt, halb erschrocken –, und ich musste lachen.

»Komm schon«, sagte ich. »Hast du keinen Hunger?«

»Ja, schon. Ich kaufe dir eine Pastete«, antwortete er. »Ich kann für uns Pasteten kaufen. Wir sind keine armen Leute.«

»Schon gut, ich wollte ja nur … Ach egal.« Klecks spielte verrückt, zerrte keuchend am Ende ihrer Leine. Wir machten uns gleich zum nächsten Stand auf. Sobald wir unsere Pastete hatten – nach zwei hingeworfenen Brocken leckte Klecks sich das Maul und schaute in der Hoffnung auf mehr zu uns auf –, bogen wir in einen der schmaleren Gänge ein und wanderten ziellos zwischen den Reihen von Zelten und Verkaufstischen herum. Alta blieb mit nackter Gier auf dem Gesicht vor einem Tisch mit Schmuck stehen. Darnay folgte ihrem Blick und sagte, während er schon in die Tasche griff: »Wie viel kosten die blauen Perlen?«

»Oh, danke, Lucian. Das wäre nicht nötig gewesen.«

Darnay wandte sich ab und tat ihren Dank mit einer lässigen Geste ab. Eine Sekunde lang hasste ich ihn von Herzen – den jungen Lord, der seine Großzügigkeit ausspielte –, aber er schaute mir in die Augen und zwinkerte. Am nächsten Stand kaufte er drei bemalte Holzeier und schnippte mir eines davon so rasch zu, dass ich es beinahe fallen gelassen hätte.

»Darnay«, sagte ich, als er Alta ein anderes reichte. »Das sind eigentlich symbolische Geschenke, so was kauft man seinen Liebsten.«

»Hab ich doch gemacht«, sagte er und zeigte mir das Ei, das er für sich behalten hatte. »Herrgott, Farmer, es ist ein Ei. Schau mich nicht so an, als wollte ich deine Seele kaufen.«

Ich rang mir mühsam ein Lachen ab und steckte das Ei in die Tasche. Irgendwo erklang eine Glocke, Alta zerrte mich vorwärts. »Los jetzt, sonst komme ich zu spät.«

»Du kommst nicht zu spät. Erst sind die kleinen Mädchen dran, nicht du. Der Bändertanz«, fügte ich zu Darnay gewandt hinzu, der mich fragend anschaute. »Du weißt schon, eine große Stange, an die Bänder gebunden sind, und die Mädchen tanzen drum herum und verknoten sie.«

»Es ist wunderschön«, meinte Alta. »Und Perannon Cooper ist die Lenzkönigin, Emmett – das willst du doch bestimmt sehen.« Sie winkte einer Gruppe von Mädchen zu, die mitten auf dem Grün warteten, schenkte Darnay ein rasches Lächeln und rannte zu den anderen. Alle hatten ihre besten Kleider an, blass wie die Primeln, und auf jedem Kopf welkte eine Krone aus wilden Blumen. Die meisten trugen das Haar lose, nur Alta hatte sich ihres mit zwei dünnen Zöpfen aus dem Gesicht gebunden, als wollte sie anders aussehen. Als sie sich zu den Mädchen gesellte, ertönte gedämpftes Lachen, und sie starrten zu uns herüber. Cissy Cooper deutete unverhohlen auf Darnay, versuchte daraus noch ein damenhaftes Winken zu machen, ehe sie kichernd zusammensackte.

»Ich komme mir vor wie ein Kuchen in der Auslage eines Bäckers«, meinte Darnay.

Ich prustete vor Lachen los. Genauso sahen sie ihn an: hungrig, neidisch, sehnsüchtig … Alle außer Alta, die wusste, dass ihr der Kuchen bereits gehörte.

Darnay drehte sich lässig zur Seite, hob eine Hand, um sein Gesicht zu bedecken. Er errötete. »Willst du unbedingt diesen Bändertanz sehen? Oder könnten wir uns nur einfach … unauffällig wegschleichen?«

»Komm, wir gehen«, antwortete ich.

»Danke.« Ich sagte nicht, dass er niemals unauffällig sein könnte, besonders nicht hier, wo jedes Mädchen ein Auge auf ihn geworfen hatte; stattdessen ließ ich mich von ihm in die dichte Menge zurückführen und versuchte, nicht zu hören, wie

Alta seinen Namen hinter uns herrief. Sobald wir mehr Platz hatten, rannten wir los, bis wir schließlich am Rand des Jahrmarkts angekommen waren, wo die schäbigsten Stände verstreut standen.

»Gott sei Dank«, sagte er und beugte sich vor, um wieder zu Atem zu kommen. »Mädchen in diesem Alter sind in Gruppen furchterregend, nicht wahr?«

»Rudel«, erwiderte ich.

»Hexenzirkel.«

Ich grinste. »Du hast also wohl keine Schwestern?«

»Doch, zwei. Cecily und Lisette. Beide älter als ich.«

»Wirklich? Das habe ich nicht gewusst.« Es war merkwürdig, wie wenig ich über Darnay wusste; er hatte nicht einmal seine Eltern erwähnt. Ich wollte das gerade sagen, als sich sein Gesichtsausdruck veränderte. Ich drehte mich um, weil ich sehen wollte, was seine Aufmerksamkeit erregt hatte.

Der Bücherstand. Er war ein wenig abseits von den anderen Verkaufstischen aufgebaut, in kniehohem Gras. Daneben stand eine halb leere Karre, die tiefe Furchen in den Boden gerissen hatte. Es hätte derselbe Mann sein können, von dem ich vor Jahren ein Buch gekauft hatte – nur grauer, magerer und durchtriebener – oder jemand anderer. Es war gleichgültig. Die Bücher waren die gleichen. Stapel von bunten Lederrücken mit goldenen Mustern; ein paar schlichtere; eines oder zwei mit großen Metallschließen, die Seitenkanten mit Stockflecken gesprenkelt ... Ich machte einen Schritt auf den Stand zu. Mein Herz beschleunigte sich ohne Grund.

Darnay packte mich so fest beim Arm, dass ich beinahe aufgeschrien hätte. »Was zum Teufel hast du vor, Farmer?«

»Nichts. Ich wollte nur ...« Ich blinzelte.

»Weißt du nicht, was das ist?«

»Ich will doch nur schauen.«

Seine Augen verengten sich. Ohne ein weiteres Wort machte er auf dem Absatz kehrt und wandte sich so schnell ab, dass Klecks am Ende ihrer Leine keuchend hinterherhechelte. Ich stand reglos da und zögerte. Die Dudelsackmelodie der Bandtänzerinnen klang mir hoch und schrill in den Ohren, wurde auf den Windböen hergetragen und wieder weggeweht. Der Mann am Stand schaute in eine andere Richtung, fettiges Haar quoll unter dem Hut hervor. Der Stand selbst war krumm und schief, als könnte er jeden Augenblick zusammenbrechen. Doch die Bücher schimmerten im lebhaften Frühlingslicht, in tiefem Blau und Rot, staubigem Grün mit Goldprägung …

Es war, als risse man einen Faden durch: eine Sekunde Anstrengung, und schon rannte ich hinter Darnay her. »He! Warte! Herrgott!« Aber ich war zu sehr außer Atem, um weiterzurufen. Ich wusste, dass er mich gehört hatte, doch er beschleunigte seine Schritte, eilte durch das tiefe Gras und ins Tal hinunter. Ich rannte um Bäume herum und holte ihn schließlich ein, als ihn soeben ein niedrig hängender Ast an der Stirn getroffen hatte.

»Was ist denn los?«

Er fuhr herum und spuckte mir die Worte hin, als stritten wir bereits seit Ewigkeiten. »Du magst sie, ja? Die Bücher? Hast du irgendwo einen geheimen Vorrat, an dem du dich in einer Winternacht aufwärmen kannst? Die Demütigung eines anderen Menschen, auf einer Buchseite ausgebreitet, damit du sie immer und immer wieder lesen kannst, während du …«

»Was?«

»Du solltest dich schämen.«

»Wovon redest du da?«

»Du glaubst also, das ist in Ordnung, ja? Dass man das Leben von Menschen auf dem Jahrmarkt verkauft, damit die Bauern sich an den langen Winterabenden daran belustigen können?« Er zischte die Luft zwischen den Zähnen hervor und sank gegen einen Baum. Der Zweig hatte einen dünnen roten Strich über seine Braue gezeichnet. Nach kurzer Zeit hob er den Blick und starrte mir in die Augen. Ich weiß nicht, was er da suchte, aber endlich schaute er weg. Als er wieder sprach, war seine Stimme ruhiger, als hätte ich eine Prüfung bestanden. »Du weißt es also wirklich nicht?«

»Nein.«

Er fuhr mit dem Finger hin und her über den Kratzer auf seiner Stirn. Schließlich sagte er: »Bücher … sind das Leben von Leuten, Farmer. Gestohlen. Aus ihnen herausgesaugt. Erinnerungen an die schlimmsten Dinge, die ihnen je widerfahren sind.«

»Was?« Ich starrte ihn an. »Du meinst, Leute schreiben auf …«

»Sie schreiben auf? O nein! Sie werden in ein Buch eingebunden, und auf diese Weise vergessen sie.« Er zog ein finsteres Gesicht. »Es ist … eine Art von Zauber. Ein schmutziger, widerwärtiger Zauber. Die Leute tun so, als wäre es etwas Wunderbares – etwas Freundliches –, aber das ist es nicht. ›Die arme Abigail, sie hat so viel mitmachen müssen, wäre es da nicht einfacher, wenn wir ihr die Erinnerungen wegnähmen?‹ Und dann bekommen Männer wie der da die Bücher in die Finger und verscherbeln sie an die Leute, damit die …« Er unterbrach sich abrupt. »Das wusstest du. Das *musst* du gewusst haben.«

Ich schüttelte den Kopf. »Ich wusste, dass da etwas … nicht richtig war. Aber so kann es nicht sein – das glaube ich einfach nicht.« Doch ich glaubte es. Deswegen wurden meine Eltern so blass, wenn Bücher nur erwähnt wurden, deswegen hatten sie uns nie von ihnen erzählt. In meinem Kopf tauchten ungebeten die Schatten im Heerlager in der Nacht vor der Schlacht auf; und ich sah meinen Vater wütend vor mir, der mich gleich schlagen würde. Vielleicht hatte ich Glück gehabt, dass ich den Rest nicht gelesen hatte.

»Du musst aber doch Bücher gesehen haben«, meinte Darnay. »Sogar die gebundenen Bücher in der Schule sind Erinnerungen. Haben deine Lehrer dir das nicht erzählt?«

»Wir haben in der Schule von Schiefertafeln gelernt. Und von Stickmustertüchern und aus Briefen.« Ich zuckte mit den Schultern. »Niemals aus Büchern. Die Leute hier in der Gegend lesen keine Bücher.«

Sein Gesicht war wieder so dünn und angespannt wie früher. Es schienen Stunden zu vergehen, ehe er nickte.

»Du hast recht«, antwortete er. »Es gibt keinen Grund, warum du es hättest wissen sollen. Die Buchbinderin, die hier am nächsten wohnt, ist eine alte Hexe, die tief in den Sümpfen haust. Wieso solltest du von ihr wissen? Mein Onkel hat mir von ihr erzählt. Nicht dass er sich viel mit irgendwas beschäftigt, das nicht aus einer Flasche kommt.«

Es herrschte Schweigen. Klecks schnüffelte an etwas herum, zerrte an der Leine. Darnay regte sich nicht. Er hatte die Augen niedergeschlagen, aber bei seinen Füßen war nichts zu sehen außer heruntergetrampeltem Gras und Baumwurzeln, welche die Erde durchbrachen. Über unseren Köpfen erhob sich Vogelgesang, und ein kalter Wind wehte mir den Erdgeruch in die Nase. Ich steckte die Hand in die Tasche und schloss sie um das bemalte Ei, das Darnay mir geschenkt hatte.

»Darnay ...«

»Was?«

Ich wusste nicht, was ich sagen wollte. Nach einem Augenblick schob er sich vom Baum weg und richtete sich auf, ging an mir vorüber den Pfad entlang, der hinauf und über den Hügel führte. Hier wuchsen die Bäume zu dicht, als dass wir nebeneinander gehen konnten, also folgte ich ihm, war froh, dass er mein Gesicht nicht sehen konnte. Ich wollte nicht, dass er die merkwürdige Scham wahrnahm, die mich wie eine Welle überkam, wenn ich mich an das Buch und an die Wut meines Vaters erinnerte. Klecks winselte vor Aufregung und lief zur Seite, und Darnay wäre beinahe über sie gestolpert; doch anstatt zu lachen, zerrte er sie harsch zu sich zurück, so dass sie aufgeben musste, was immer sie gefunden hatte.

Oben an der kleinen Anhöhe, wo die Bäume aufhörten, blieb er stehen. Von hier aus konnte man am Horizont New House sehen, schon beinahe von den frisch belaubten Bäumen verdeckt, und die Burgruine und das Glitzern des Wassergrabens darunter. Ein dicker, grauer Regensturm wehte mit den Falten und Büscheln dunkler Wolken auf uns zu. In einem letzten verschwenderischen Lichtschein flammte die Sonne auf und tauchte alles in Gold. Dann schlossen sich die Wolken wieder.

»Möchtest du mein Schreiber sein?«, fragte Darnay.

Ich brauchte eine Sekunde, bis ich diese Worte verstanden hatte. »Was?«

»Ich brauche einen Schreiber. Du würdest dafür natürlich gut bezahlt. Er wäre keine schwere Arbeit, nur Briefe schreiben und mich beraten und so. Nicht ...«, fügte er mit einer plötzlichen scharfen Wendung des Kopfes hinzu. »Bitte höre mir einfach mal zu. Ich möchte ... Ich brauche jemanden, der klar denken kann, der nicht auf all den Unsinn hereinfällt. Ja, du würdest dafür bezahlt, aber ich bitte dich nicht, mein Bediensteter zu sein. Und wenn es dir nicht gefällt, kannst du immer gehen.«

Ich drehte den Kopf und schaute auf den herannahenden Sturm. Die ausgezackten Ränder der Wolkenbank waren wie perlgrauer Volant vor noch dunkleren Wolken. Er wollte sehr wohl einen Bediensteten haben. Einen Augenblick lang stellte ich mir vor, wie ich sein Landgut verwaltete: mich um die Wälder und das Acker- und Weideland kümmerte, ein Büro im New House hätte, was meine Eltern alles mit meinem Lohn anfangen könnten ...

»Ich habe schon eine Arbeit«, sagte ich. »Das ist dir vielleicht aufgefallen.«

»Das weiß ich. Aber du willst doch nicht ewig auf dem Bauernhof deines Vaters bleiben. Oder doch?«

Ich verkrampfte die Zehen in meinen Stiefeln, spürte, wie der Schlamm unter meinen Füßen nachgab und an mir sog. »Es wird einmal mein Bauernhof sein, wenn Pa alt ist.«

»Ja, aber ...«

»Ja was? Das ist nicht gut genug?« Ich wandte ihm mein Gesicht zu und richtete mich ganz auf, um den winzigen Größenunterschied zwischen uns voll zur Geltung zu bringen. »Du meinst offensichtlich, wenn jemand die Wahl hätte, dann würde er lieber du sein als ich?«

»Halt!« Er schüttelte den Kopf. »Das habe ich nicht gesagt. Ich biete dir nur etwas anderes an. Das ist alles.«

»Ich brauche nichts anderes.«

Schweigen. Ich trat gegen ein Grasbüschel. Ich wusste genau, wie ich Darnays Landgut nutzen würde. Mein Vater würde nicht mehr mit mir streiten können, mir nicht sagen können, ich wäre noch zu jung, um zu wissen, wovon ich redete. Ich würde dort zweimal so viel Ertrag erzielen wie jetzt und immer noch genug für die Wilderer übrig lassen ... Als ich zu Darnay schaute, beobachtete er mich. Es lag etwas Angespanntes um seine Augen und seinen Mund, als versuchte er, seine Gedanken nicht zu zeigen.

Er fragte: »Wärst du bereit, es einmal zu versuchen?«

Ich biss die Zähne zusammen. Ich war mir nicht sicher, ob ich es ertragen könnte, Anweisungen von ihm entgegenzunehmen. Und wenn er und Alta verheiratet waren ...

»Wenn nicht«, antwortete ich, »wie findest du jemand anderen?«

»Ich will dich. Wenn du nicht willst, dann nehme ich lieber niemanden.« Seine Miene veränderte sich. »Was habe ich gesagt?«

»Nichts«, erwiderte ich.

»Emmett ...«

»Nein.«

Er schloss die Augen. Es war eine Geste der Niederlage. Dann seufzte er und machte sich auf den Weg den Hang hinunter zu dem Feld, das nach Hause führte. »Dein gottverdammter Stolz«, sagte er kraftlos.

»Stolz? Ich?«

Er antwortete nicht. Ich war nicht sicher, ob er mich gehört hatte. Ich ging hinter ihm her.

Um das Schweigen zu brechen, sagte ich: »Will dein Onkel denn nicht ohnehin selbst jemanden aussuchen?«

»Das geht meinen Onkel nichts an. Wenn ich nach Castleford zurückgehe, werde ich für meinen Vater arbeiten, seine Fabriken leiten.«

»Warte.« Ich blieb stehen. »Ich dachte, dass du ... Du gehst nach Castleford zurück?«

»Wenn mein Vater der Meinung ist, dass ich hinreichend bestraft bin.« Er schaute über die Schulter und ging auch nicht weiter. »Warum, was hast du denn gedacht? Man hat mich zur Strafe fortgeschickt. Entweder zu meinem Onkel oder ins Irrenhaus. Ich werde nicht ewig hier bleiben. Deswegen wollte ich ... Vergiss es. Das wird schon.«

Ich grub den Absatz in den Schlamm, mahlte darin, bis ich spürte, wie das Gras zerquetscht war. »Was ist mit Alta?«

»Was soll mit ihr sein? Ich habe *dich* gefragt.« Er ging so unvermittelt weiter, dass ich ins Schlittern geriet, als ich ihm zu folgen versuchte. Die Wolken hatten sich zu einer schattenhaften Masse zusammengeballt, ein grauer Schimmer lag über allem. Auf der anderen Seite des Tales wehte bereits ein Regenvorhang über New House und der Burgruine.

Wir erreichten den Zauntritt unten am Hang. Darnay kletterte wortlos darüber, stand dann da und wartete auf mich, immer noch von mir abgewandt. Hier waren die Blausternchen bereits verblüht, der letzte schlammige Hang war mit ihren flachgedrückten, verwelkten Blättern bedeckt. Ein Rabe krächzte und verstummte wieder.

Ich konnte Darnay atmen hören. Er hatte ein kleines Stück Baumrinde im Haar, beinahe von der gleichen Farbe, und einen Streifen grünlichen Moder im Nacken.

Ich fragte: »Was hast du gemacht?«

»Wie?«

»Wofür bist du bestraft worden?«

Er schaute zur Seite und zögerte. Seine Augen waren weit aufgerissen und schauten in die Ferne. Er wollte es mir sagen, konnte es aber nicht ... oder er hätte es mir sagen können, wollte aber nicht ...

»Das tut nichts zur Sache«, antwortete er. »Ich mache es nie wieder.«

Es begann zu hageln. Wir duckten uns beide instinktiv unter den nächsten Baum, aber es war noch zu früh im Jahr, so dass er uns nicht viel Schutz bot. Klecks kauerte sich bibbernd dicht an

Darnays Knie. Die Hagelkörner trommelten mir auf den Kopf und die Schultern, zerschmolzen zu eiskalten Rinnsalen.

»Wir gehen besser zurück zum Jahrmarkt«, sagte ich durch das eisige Geprassel. »Da bekommen wir etwas Heißes zu trinken.«

»Geh du, ich mache mich auf den Nachhauseweg.«

»Darnay …«

»Lass mich in Ruhe. Es geht mir gut.«

Er gab mir keine Gelegenheit zu einer Antwort. Ehe ich ihm widersprechen konnte, war er schon über den Bach gesprungen und halb über das nächste Feld gerannt, schlitterte durch den Matsch, seine Kleider bereits triefnass. Vielleicht hätte ich ihm folgen sollen; aber irgendwie war es zuerst noch zu früh und dann zu spät, ohne den rechten Augenblick dazwischen.

16

 Darnay erwähnte nie wieder, dass er nach Castleford zurückkehren würde. Manchmal fragte ich mich, ob ich ihn missverstanden hatte. Vielleicht hatte er *gelegentlich* oder *immer mal wieder ein paar Tage* gemeint. Sein Aufenthalt hier war doch sicherlich inzwischen zu lang, um noch als Strafe zu gelten? Ich versuchte, mir Darnays Vater vorzustellen, doch er war wie eine dieser Tafeln auf dem Jahrmarkt, in die man ein Loch für das Gesicht geschnitten hat: Ich konnte mir seine Kleider vorstellen, seine extravagante Uhr und seinen Zylinder, aber die Gesichtszüge waren leer. Ich versuchte, mir vorzustellen, was Darnay wohl getan haben mochte, so dass man drohte, ihn in ein Irrenhaus zu stecken. Diese Fragen beschäftigten mich, während wir Rüben pflanzten, die Steine wegräumten und die Heuwiesen walzten, sie nagten an mir, sie warteten am Rand meiner Träume, während ich schlief. Manchmal fragte ich mich, ob ich es Alta erzählen sollte – aber was sollte

ich ihr sagen? Dass etwas mit ihm nicht stimmte, dass ich aber nicht genau wusste, was es war? Es war einfacher, alles verborgen zu halten und Alta mit glasigem, idiotischem Blick anzustarren, wenn sie die Stirn runzelte und mich fragte, warum ich so nachdenklich schaute.

Die einzige Linderung verspürte ich, wenn ich mit Darnay zusammen war. Dann schien nichts von alldem wichtig zu sein. Da kam es nur auf Klecks' neuestes Kunststück an, auf den Zaun, wo ich ihm zeigte, wie man ihn flickt, oder darauf, ob wir auf dem Heimweg noch ein paar Tauben erjagen würden. Zu meiner Überraschung hatte Darnay noch nie ein Gewehr abgefeuert. Er stellte sich sehr ungeschickt an, lachte über sich, wenn seine Schüsse weit am Ziel vorbeigingen. Schließlich streckte er mir das Gewehr hin und sagte: »Komm schon, Farmer, du weißt doch, dass du darauf brennst, mir zu zeigen, wie's richtig geht.« Alta trauerte um die Tauben, wenn sie ins Unterholz fielen, aber später verzehrte sie die Taubenpastete mit großem Vergnügen, ob Darnay nun mit uns zu Abend aß oder nicht.

Der Frühling weitete sich zum Sommer aus wie ein Fluss, der von einem klaren Bach zu einem langsamen grünen Band anwächst. Alta hatte nun mehr zu tun, da die Kälber entwöhnt waren und sie Butter und Käse zu machen hatte. Dann kam die Schafschur, erst unsere und dann die auf der Home Farm und der Greats Farm, so dass wir Darnay ein paar Tage lang nur kurz sahen, wenn er Klecks besuchen kam. Doch am Tag, nachdem die Schafe geschoren waren, lehnte sich Vater zu meiner Überraschung neben mir an die Mauer zum Schweinestall, als ich die Schweine fütterte, und sagte: »Du hast in den letzten paar Tagen wirklich gute Arbeit geleistet. Du kannst dir, wenn du magst, den Rest des Tages freinehmen. Ich sage Alfred Bescheid, dass er deine Arbeiten übernehmen soll.« Er kratzte der Sau mit einem Zweig den Rücken. »Du wartest besser auf den jungen Mr Darnay, damit er uns hier nicht im Weg rumsteht.«

Das war unerhört, ein freier Tag ohne jeden Grund, mitten im Sommer; aber ich erhob keine Einwände dagegen, und als mein Vater, ohne mich anzusehen, noch hinzufügte: »Oh, und nehmt deine Schwester mit«, begriff ich, dass es um Altas willen geschehen war, denn meine Eltern fürchteten wohl, Darnay könnte das Interesse an ihr verlieren. Es war mir gleichgültig. Ich hatte mich nie wieder so frei gefühlt wie an jenem Nachmittag, als wir weiter und weiter wanderten, hinauf durch die Wälder von Lord Archimbolt (die eigentlich unsere sein sollten) und am New House vorüber. Klecks kam immer zurück, wenn wir nach ihr riefen, also ließen wir sie von der Leine, damit sie herumstreunen konnte. Aber einmal vergaßen wir lange, nach ihr zu rufen, und als Alta fragte: »Wo ist Klecks? Kleeeeecks!«, war die kleine Hündin bereits so weit weg, dass sie uns nicht mehr hörte. Zunächst machten wir uns keine Sorgen. Klecks war schlau – viel schlauer als andere Hunde, behauptete Darnay – und wusste immer, wo sie war. Aber nach fast einer Stunde bemerkte ich mein Unbehagen. Die Fußeisen waren zwar alt und verrostet, aber vielleicht hatte sie sich trotzdem irgendwo an einem die Pfote eingeklemmt oder sich geschnitten. Oder sie steckte irgendwo in einem Fuchsbau fest oder stand von Angesicht zu Angesicht einem übellaunigen Dachs gegenüber …

»Wir wollen uns aufteilen«, schlug Alta vor. »Wir gehen da entlang zum Bach. Wir treffen dich in einer halben Stunde, Emmett.« Sie hatte eine hübsche kleine Taschenuhr, die Darnay ihr zur Sonnenwende geschenkt hatte. Die zog sie nun mit einer schauspielerhaften Geste hervor, als wäre der ganze Zweck dieser Übung nur, Darnay ihre Dankbarkeit für das Geschenk zu zeigen.

»Gute Idee. Du gehst da entlang, Alta«, erwiderte ich, packte Darnay beim Arm und hatte ihn schon herumgeschwungen, ehe er Zeit zum Antworten hatte. »Wir gehen den Hang hinauf. Wir sind schneller. Wir beide können mehr Gelände absuchen.«

Als wir fortgingen, warf mir Darnay einen schrägen Blick von der Seite zu, hatte ein Funkeln in den Augen, sagte aber nur: »Klecks geht es bestimmt gut, Farmer. Mach dir keine Sorgen.«

»Mach ich auch nicht.«

Wir kämpften uns den bewaldeten Hang hinauf und standen endlich am Anfang der Auffahrt zum New House, genau vor dem Torwärterhäuschen. Es war mehr überwuchert denn je zuvor. Ein dichter Vorhang aus Efeu verdeckte halb die Tür, die offen stand. Es war der perfekte Ort, um eine Ratte aufzuspüren – und der perfekte Ort, um dort festzuhängen und unter den Bodendielen zu hocken und um Hilfe zu winseln.

»Komm«, sagte ich und drückte die Tür auf.

Der Boden war so staubig, dass er unter unseren Füßen knirschte. Mitten im Zimmer standen ein Tisch und zwei Stühle – einer mit eingebrochener Sitzfläche –, und es lagen da noch ein Haufen vermoderndes Sackleinen, Stapel von uralten, vom Wasser verworfenen Kontobüchern und Holzkisten. Es roch feucht, obwohl Sommer war, doch durch ein Loch im Dach strömte Sonnenlicht herein. Durch eines der zerborstenen Fenster wehte eine warme Brise. Ich sah mich um, lauschte aufmerksam, aber alles war ruhig. Der Boden war ein Steinboden, hier konnte man nicht unter Dielenbretter geraten.

»Was ist mit dem Obergeschoss?«, fragte Darnay.

Die Treppe war wackelig, aber mehr oder weniger intakt. Oben gähnte im Boden ein Loch wie ein zahnloses Maul, Sonnenschein leuchtete durch ein Loch im Dach. Es sah aus, als wäre ein riesiger Gegenstand von oben bis unten durchgefallen.

Ich schob mich vorsichtig weiter und rief: »Klecks?« Keine Antwort. »Ich glaube nicht, dass sie hier ist.«

Darnay ging um mich herum und machte ein paar Schritte über die staubigen Dielen. Er schnitt eine Grimasse. »Das ist genau der richtige Ort für sie. Ich bin sicher, ich habe was gehört.«

»Vielleicht Ratten.«

»Klecks! Komm schon!« Nichts regte sich, außer einer kleinen Staubwolke, die in einem Sonnenstrahl aufwirbelte. Darnay schob sich an dem Loch vorüber ans andere Ende des Raumes, wo im Schatten eine Standuhr lauerte. »Klecks!«

Ich folgte ihm, trat vorsichtig auf. »Alta hat sie wahrscheinlich inzwischen gefunden«, vermutete ich.

»Was ist, wenn sie hier irgendwo festhängt?«

»Hier kann man nirgends festhängen«, sagte ich und schaute mich um. Hier war nur noch die Standuhr, dazu ein paar vergammelte Bilder; ein letzter Schrank stand in einer Ecke, aber eine Tür und die Schublade darüber fehlten. Wäre Klecks hier gewesen, hätten wir sie längst gesehen.

Darnay nagte an der Unterlippe. »Na gut«, sagte er endlich. Einen Augenblick lang dachte ich, er würde noch weiterreden. Dann nieste er dreimal hintereinander. »Lass uns gehen.«

Wir gingen so zurück, wie wir gekommen waren, vorsichtig am Rand des Lochs entlang. Einen Augenblick spürte ich, wie die Dielen unter meinen Füßen nachgaben, und packte das Fensterbrett, um nicht das Gleichgewicht zu verlieren. Darnay streckte den Arm aus, ohne mich zu berühren, hielt mir die Hand hin, wo ich sie ergreifen konnte, wenn es nötig war. »Vorsichtig.«

»Ich bin vorsichtig.«

»Es war nur ein kleiner freundschaftlicher Ratsch- …« Er hielt plötzlich inne. Ich schaute zu ihm zurück. Er starrte aus dem Fenster.

Ich wollte gerade sagen: »Ist sie da draußen?« Doch ehe ich meine Frage ausgesprochen hatte, packte er mich und zerrte mich in die Ecke zurück. »Was ist …«

»Ruhig!« Er rammte mich an die Wand. Mein Kopf prallte auf die Seite der Standuhr, es war ein sanfter Ton von Holz und rostigen Glocken zu hören. Darnay drückte sich in den Zwischenraum neben mir. »Mein Onkel«, sagte er. »Er kommt rein. Keine Bewegung.«

Ich runzelte die Stirn. Er deutete auf mein Gewehr und fuhr sich mit dem Finger horizontal über die Kehle. Ich lehnte mich mit hämmerndem Herzen zurück. Solange wir uns nicht bewegten … Solange er nicht nach oben kam …

Die Tür ging auf und wieder zu. Ich konzentrierte mich darauf, leise zu atmen, unterdrückte meine Panik. Unten waren Schritte zu hören. Eine furchterregende Sekunde lang dachte ich, sein Onkel würde die Treppe heraufkommen; aber nein, er schritt auf und ab. Was machte er da? Ein Hauch Pfeifenrauch wehte nach oben, widerlich süß. Ich schluckte, versuchte nicht zu husten. Ich spürte Darnays Augen auf meinem Gesicht und nickte unmerklich: *Alles gut.*

Die Tür ging wieder auf. Eine zweite Person. Ich biss die Zähne zusammen, widerstand dem Drang, mich nach vorn zu lehnen, um zu sehen, wer es war. Leichte Füße, ein weiblicher Schritt.

»Da bist du ja. Du hast doch nicht etwa gewildert, oder?«

Das Herz blieb mir stehen.

»O Sir, leider doch«, sagte eine Stimme.

Ich sackte gegen die Wand, schweißüberströmt, schlapp vor Erleichterung. Es war nicht Alta. Es war … Perannon Cooper. Aber – Perannon? Was hatte die mit Wildern zu tun? Ihre Brüder, ja – aber Perannon kam nie mit in den Wald, sie interessierte sich nur für Jungen und Modezeitschriften, sie plante, so bald wie möglich nach Castleford zu gehen. Das ergab alles keinen Sinn.

»Ich habe dich gesehen«, sagte Lord Archimbolt. »Du hast einen großen – fetten – saftigen Fasan in der Tasche.«

Perannon? Einen Fasan schießen? Ich schaute Darnay von der Seite an, aber er blickte stirnrunzelnd zu Boden.

»O Sir«, sagte sie wieder. Ihr Akzent war ausgeprägter, als er hätte sein sollen; sie sprach wie ihre Großmutter. »Ihr habt mich erwischt. Ihr seid viel zu klug für mich.«

»Das stimmt. Du bist ein sehr unartiges Mädchen.«

»Es tut mir sehr leid, Sir.« Es lag ein kleines Beben in ihrer Stimme.

»Sag's!«

»O Sir. Ich bin ein sehr unartiges Mädchen.«

»Und du weißt doch, was mit unartigen kleinen Mädchen wie dir geschieht, nicht wahr?«

»Oh …« Sie atmete mit einem kleinen Schluchzer aus. »Oh,

bitte nicht, Lord Archimbolt, ich bin doch nur eine unartige kleine Wilderin, ich verspreche, ich werde nie wieder …«

»Beuge dich vor. Und nimm die Röcke hoch.«

Verlegenheit schoss in mir hoch wie heißes Wasser. Wenige Augenblicke später packte mich ein wahnsinniger Drang, laut loszulachen. Ich verzog das Gesicht, um ihn zu unterdrücken; neben mir legte sich Darnay beide Hände vor den Mund und holte lang und bebend Luft. Wenn er mich jetzt anschaute … ich krallte meine Zehen in den Boden. Wenn wir nur einen einzigen Laut von uns gaben …

Klatsch. Ein Gürtel auf nackter Haut. Dann sagte Perannon ausdruckslos: »Ooooh.«

Da wäre ich beinahe herausgeplatzt. Wer hätte gedacht, dass Perannon eine so schlechte Schauspielerin war? Ich zwang mich, nicht zu Darnay zu schauen. Das war das Allerwichtigste. Ich spürte, wie er neben mir vor unterdrücktem Lachen bebte. Ein Blickwechsel, und wir würden beide zu Boden gehen.

»Sechs feste Schläge vom Allerbesten, meine junge Dame!«

Klatsch! »Ooh.« Klatsch. »Ooh.« Klatsch – eine unendlich kleine Pause, als müsse sie sich konzentrieren – »Ooh, bitte, Sir!«

»Nun, hast du deine Lektion gelernt?« Eine Pause und das Rascheln von Stoff. Dann grunzte er lange wie ein Schwein, und etwas begann rhythmisch zu knarzen. Perannon stöhnte, ein wenig aus dem Rhythmus.

Darnay verschob sein Gleichgewicht. »Das waren erst vier«, murmelte er so leise, dass ich die Worte nur gerade eben hörte.

Ich prustete. Er klatschte mir die Handfläche so rasch vor den Mund, dass ich seine Haut an den Zähnen spürte.

»Psst«, sagte er. »Die hören dich.« Ich biss ihn, nicht ganz absichtlich. Er trat zurück, und wir standen Schulter an Schulter, atmeten beide keuchend, kämpften darum, nicht zu laut zu lachen.

»Braves Mädchen«, sagte Lord Archimbolt, »braves Mädchen, ich meine, böses Mädchen.«

»O ja, o Sir, so ist's wunderbar, es tut mir leid, ich tu's nie wieder.«

Nun gaben sie wortlose Geräusche von sich. Das war besser – weniger komisch. Wie Tiere. Der Tisch knarzte lauter und lauter, dann kam noch ein weiteres Geräusch hinzu, das Schrammen von Holz auf nackten Steinplatten … Ich wollte mich schon vorbeugen, aber Darnay hatte sich bewegt, ehe ich es konnte, neigte sich vor und legte den Kopf schief, um durch das Loch im Boden zu spähen. *Knarzen – Quietschen – Schrammen –* »Oh!« *Quietschen – Schrammen …*

Er drückte mich an die Wand zurück und hielt mich mit seinem halben Gewicht da fest, atmete schwer. Einen Augenblick waren wir beide erstarrt vor Schreck über den Lärm, den wir gemacht hatten, aber es änderte sich nichts an dem Gerammel unten.

Darnay murmelte: »Der Tisch bewegt sich. Sie sind direkt unter uns. Wenn sie hochschauen, sehen sie uns.«

Ich biss die Zähne zusammen. Das Gehäuse der Standuhr grub sich mir in den Rücken, hielt mich festgenagelt an der Stelle. Unsere Gesichter waren so nah. Mir fiel das Atmen schwer; Darnays Brust war gegen meine gepresst, und die Hitze, die sein Körper ausstrahlte, machte mich schwindelig. Ich überlegte, ob ich ihn wegschieben sollte, wagte es aber nicht. *Quietschen – Schrammen – Quietschen – Schrammen –* so ging es unten weiter. »Oh …oh!«

Jetzt ächzte auch Perannon. Ich schloss die Augen und versuchte, das Geräusch auszublenden; doch plötzlich konnte ich sie nur zu deutlich vor mir sehen, wie sie sich in einen leidenschaftlichen Höhepunkt hineinsteigerte, der gespielt sein mochte oder auch nicht. Meine Augen gingen plötzlich wieder auf. Ich versuchte, an etwas anderes, irgendetwas anderes zu denken.

Aber es gab keinen Ausweg. Wie ich da so stand, Darnays Atem an meinen Nacken spürte und den Schweiß, der mir durch das Haar rann … da merkte ich, wie die Spannung durch ihn lief wie durch einen gespannten Bogen. Seine Hand brannte mir durch das Hemd genau über meinem Herzen. Wenn ich mich am Abend auszog, würde ich bestimmt den Abdruck auf meiner Haut finden. Nein, das war idiotisch. Ich versuchte, an etwas Kühles zu denken – kaltes Wasser, Eis –, aber selbst wenn ich auf die Decke starrte, sah ich nur den feinen feuchten Film auf Darnays Stirn, seinen Hemdkragen. Und Perannon wäre feucht zwischen den Brüsten, feucht zwischen den Beinen …

Ich grub mir die Fingernägel in die Handfläche, so fest ich konnte, und starrte unverwandt auf die Decke. Ich dachte über den abblätternden Putz nach, über die Farbplacken, die wie Pergamentrollen herunterhingen, ich zählte die verschrammten Rosen in den Girlanden der Stuckdecke – eins, zwei, drei, vier fünf, sechs …

Aber es nützte nichts. Ich spürte, wie sich mir die Hitze im Schritt sammelte, spürte den vertrauten, wunderbaren Schmerz in der Magengrube. Ich biss mir auf die Zungenspitze, bis mein Mund nach Salz schmeckte. Doch das Blut pulste nur stärker und stärker, bis es mich am ganzen Körper kribbelte und ich weiche Knie bekam. Mein Körper verriet mich, was immer ich auch machte. Ich schluckte lauter, als ich vorgehabt hatte, und Darnay bewegte sich, um zu mir zu sehen. Ich schaute ihm nicht in die Augen. Wenn er doch nur einen Schritt zurück machen würde. Wenn er nur nicht so nah bei mir stünde.

Vielleicht würde er es nicht bemerken.

Ich errötete, meine Haut war heiß wie vom Sonnenbrand. Wenn er doch nur aufhören würde, mich anzusehen.

Er beugte sich zur Seite, bis sein Mund mein Ohrläppchen berührte. »Das erregt dich wohl, Farmer«?

Ich wollte sterben. Gleich hier und jetzt. Ich wollte, dass der Boden unter uns einbrach und uns alle vier umbrachte. Ich hielt die Augen auf die Decke gerichtet und gab vor, nichts gehört zu haben.

»Wenn es unerträglich wird«, murmelte er, so intim, als käme die Stimme aus meinem Kopf, »dann tu dir keinen Zwang an und … äh … kümmere dich drum. Aber leise.«

»Halt's Maul.«

»Brauchst du meine Hilfe?«

»Zum Teufel mit dir, Darnay.«

Gegen meinen Willen musste ich zu ihm hinschauen. Er lachte tonlos, hatte die Stirn an die Wand gedrückt. Kurz darauf schaute er mir in die Augen und zwinkerte. Ich nahm seine Schulter und drückte sie langsam, bis ich spürte, wie meine Finger sich in die Zwischenräume zwischen seinen Knochen drückten. Er wand sich weg, grinste mich immer noch an, verspottete mich, forderte mich heraus – wozu? Ihn zu schlagen, das hätte zu viel Krach gemacht.

»Oh – braves Mädchen – oh, oh, ooooh.«

Auf das Crescendo folgte eine Pause. Wir standen wie erstarrt da und lauschten. Endlich raschelte Stoff, klirrte eine Gürtelschnalle, klimperten Münzen in eine Börse.

Perannon sagte: »Danke sehr, Lord Archimbolt.« Ihr Akzent war wie durch Zauber verschwunden, jetzt redete sie wieder wie ich oder Alta. »Nächste Woche um die gleiche Zeit?«

»Ganz recht, Mädel.«

Ein paar leichte Schritte, und die Tür fiel mit einem Knall zu. Darnay und ich tauschten Blicke, warteten ab. Es wäre dumm, jetzt zu schnell zu entspannen. Aber ein paar Minuten später – nach einem Gähnen, dem Zischen eines Streichholzes und einer neuen blauen Wolke Pfeifenrauch, die durch das Loch im Boden hochwehte – ging die Tür erneut auf und schloss sich wieder. Darnay trat vorsichtig zur Seite und starrte aus dem Fenster.

Er stieß einen langen, befreiten Atemzug aus. »Na«, sagte er. »Mein Onkel hat ja immer gesagt, dass er mit den Wilderern in aller Härte verfährt.«

Wir prusteten beide im nächsten Augenblick los. Wir beugten uns vor und lachten so sehr, dass wir husten mussten. Es dauerte lange, bis wir wieder fest genug auf den Beinen standen, um am Loch vorüber auf das größere Stück unbeschädigten Fußboden zu klettern.

Darnay legte eine Pause ein und schüttelte den Kopf. »Ich kann nicht glauben, dass das gerade wirklich passiert ist«, sagte er durch sein Kichern hindurch. Ihn so zu sehen, ließ mich wieder loslachen, und so taumelten wir im Zickzack wie Betrunkene. »Ich war mir sicher, dass ich niesen müsste.«

»Fall bloß nicht ins Loch.« Ich packte Darnay beim Arm. Zusammen stolperten wir unsicher die Treppe hinunter und hinaus ins grünblättrige Sonnenlicht.

»Ich wette, du bist froh, dass *ich* Wilderer nicht so behandle.«

Ich schüttelte den Kopf, versuchte, zu Atem zu kommen. »Hör auf.«

Eher als ich erlangte er die Fassung wieder. Als ich es endlich schaffte, mich zusammenzunehmen, stand er da und starrte auf das Torwärterhaus zurück, immer noch ein Lächeln um die Mundwinkel. »Wer war das? Ich meine, das Mädchen?«

»Perannon Cooper.« Sein Blick war unergründlich. Ich fügte hinzu: »Ich wusste nicht, dass sie eine Hure ist.«

»Perannon Cooper? Die … magst du doch, nicht wahr?«

Ich erinnerte mich überrascht daran, dass das einmal gestimmt hatte. »Nicht mehr.«

»Nein, na ja …« Er warf mir ein schiefes Lächeln zu, als dächte er, dass ich lüge.

»Nein, ich meine, schon lange nicht mehr, nicht seit …« Ich unterbrach mich. »Woher wusstest du das überhaupt?«

»Alta hat mal was erwähnt.« Er zuckte mit einer Schulter und wandte sich ab. »Ich habe mich an den Namen erinnert, das ist alles.«

»Gut.« Sein Nacken war feucht. Sein Hemd hatte zwei lange Falten am Rückgrat entlang, scharf wie Messerklingen. Ich spielte am Riemen meines Gewehrs herum, wünschte mir, ich wüsste, was ich sagen sollte.

Plötzlich fuhr er auf dem Absatz herum. »Klecks! Wir suchen besser weiter. Ich habe vollkommen – ich kann nicht glauben, dass wir …«

»Natürlich. Los!«

Er rannte los, fort durch die Bäume, bis sein Hemd nur noch ein weißer Fleck zwischen all dem Grün war. Ich zögerte. Ich musste ihm folgen, sonst würde ich ihn verlieren. Aber irgendetwas nagte an mir, ein unbehagliches Gefühl, wie zu Beginn einer Krankheit. Oder als hätte ich etwas zurückgelassen.

In weiter Ferne hörte ich Klecks bellen. Ich unterdrückte das unbehagliche Gefühl, bis es ganz verschwunden war, und rannte auf das Hundegebell zu.

Danach kam Darnay uns nicht mehr besuchen.

Zuerst dachten wir, es wäre nichts, er hätte an dem Tag einfach keine Zeit gehabt und würde morgen kommen. Doch die Tage zogen dahin, es wurde eine Woche daraus und noch immer kein Brief, keine Nachricht von ihm. Alta flehte mich an, mit ihr zum New House zu gehen und nachzuschauen, ob er noch dort war. An dem Tag hatte ich die Steine um den Wasserteich der Kühe neu verlegt und war froh über den ruhigen Spaziergang und die leichte Brise, die mir den Schweiß vom Hemd trocknete. Doch als wir die Auffahrt hinaufgegangen waren und die Klingel gezogen hatten, bekamen wir überhaupt keine Antwort, nicht einmal eine brüske Abweisung durch die Haushälterin. Alta wandte sich zu mir um und schaute mich an. Sie wirkte verwelkt, wie eine Blume, die der Frost erwischt hat. »Was ist, wenn er gestorben ist, Em?«

»Sei nicht albern. Davon hätten wir doch gehört.«

»Was ist, wenn …«

»Halt den Mund!«

Wir gingen schweigend zurück. Offensichtlich war er ohne ein Wort des Abschieds nach Castleford zurückgekehrt … Doch ich brachte es nicht übers Herz, das Alta zu sagen. So grausam konnte er doch nicht sein. Aber er kam nicht. Die Stimmung zu Hause wurde düster: Meine Eltern schrien einander an; Alta hatte in der Milchkammer einen Wutanfall und ließ zwei

Tageserträge Milch sauer werden; und Klecks stellte jedes Mal, wenn ein Pferd am Tor vorbeikam, die Ohren auf und jaulte. Ich arbeitete so schwer und unerbittlich in der Sommerhitze, dass ich jeden Abend mit stechenden Kopfschmerzen heimkam und trotzdem Mühe hatte, einzuschlafen. Nachts saß ich beim Fenster, die Stirn zur Kühlung an die Scheibe gepresst, und in meinem Hirn wirbelten Wünsche und Flüche durcheinander, ohne dass ich wusste, was das eine und was das andere war.

Dann kam die Mittsommernacht. Es gab Streit, weil Alta sich weigerte, zum Feuer im Dorf zu gehen, und Streit, weil ich sie als verzogenes kleines Fräulein bezeichnete, das sich nun langsam nach jemand anderem umschauen musste, und Streit, weil sie mir, nachdem ich mich entschuldigt hatte, eine Ohrfeige verpasste. Wir gingen dann doch zum Sonnenwendfeuer, aber es machte keinen Spaß. Jeder Schluck Bier schmeckte sauer, und mein Vater trank zu viel und hätte beinahe eine Prügelei mit Martin Cooper angefangen. Ich wandte mich ab und überließ es Mutter, die beiden voneinander wegzuzerren. Doch als ich in die andere Richtung starrte, sah ich auf einmal Alta, die ein wenig abseits von den anderen Mädchen stand. Sie trugen alle ihre besten Kleider, genau wie beim Jahrmarkt im Frühling, und sie hatten Girlanden aus Sommerblumen um den Hals und am Handgelenk; doch damals war Alta der Mittelpunkt der Gruppe gewesen, glänzend vor Glück, und die anderen hatten ihr von der Seite neidische Blicke zugeworfen.

Nun rief Cissy Cooper: »Alta, komm und hör dir das an. Gertie ist verlobt!«

Gertie warf den Kopf in den Nacken und sagte: »Keine Sorge, Alta, du findest auch bald jemanden«, und ich hätte den beiden am liebsten eine Ohrfeige gegeben, weil sie so selbstgefällig daherredeten. Ich wusste, dass Alta zu stolz war, um sich von mir am Arm nehmen und nach Hause führen zu lassen; und ich war auch zu stolz; und meine Eltern ebenfalls, also blieben wir und lachten und sangen mit den anderen. In der Morgendämmerung schlichen wir nach Hause wie Soldaten nach einer

Niederlage und versuchten so zu tun, als hätten wir die Schlacht nicht verloren.

Ich schlief spät ein – nun ja, früh, als gerade die Sonne über dem Tor aufging und in den Hof schien –, das Gesicht an die Fensterscheibe geschmiegt. Hätte ich bloß ... ich wusste nicht, was ich hätte anders machen können, aber es war meine Schuld. Irgendwie war alles meine Schuld. Der Gedanke ging mir unentwegt durch den Kopf; es war zum Verrücktwerden, doch zumindest hielt er die anderen Gedanken in Schach, die Gedanken an Darnay.

Etwas klirrte neben meiner Wange an das Glas. Ich fuhr aus meinem Dösen auf; da war das Geräusch wieder. Ich öffnete das Fenster und blinzelte hinaus. Es war schon mitten am Morgen.

»Farmer«, rief Darnay zu mir hinauf. »Wo sind die anderen alle?«

»Es ist Mittsommer«, antwortete ich. »Wir schlafen. Wo *warst* du?«

»Komm runter, ja?« Er beugte sich hinunter, um Klecks zu tätscheln, die aufgeregte Kreise um ihn zog.

Ich warf mir die Kleider über. Ich blieb vor Altas Tür stehen, hatte große Lust, ihr die Ohrfeige heimzuzahlen, klopfte aber dann doch. »Alta! Darnay ist zurück!«, rief ich und hörte ihre Bettfedern quietschen, als sie sich aufsetzte.

»Sag ihm, dass ich ihn nicht sehen will«, erwiderte sie, und ich hörte, wie ihre Füße zu der Kommode tappten, in der sie ihr bestes Nachthemd aufbewahrte.

Ich rannte die Treppe hinunter und auf den Hof, sprang unterwegs in die Stiefel.

Darnay schaute sich um und lachte. »Du wirkst ... irgendwie derangiert«, meinte er.

»Das Sonnwendfeuer brennt bis zum Morgengrauen«, sagte ich. »Dann gehen wir heim und füttern das Vieh und schlafen bis mittags. Sogar mein Vater. Es ist ein Feiertag.«

»Oh, tut mir leid, habe ich ...«

»Nein«, antwortete ich zu rasch. »Nein, ich freue mich, dich zu sehen.«

Schweigen. Darnay beugte sich zu Klecks, um sie am Ohr zu ziehen.

»Alta will nicht mit dir reden«, sagte ich.

»Das ist schade.«

»Ich glaube, sie will, dass du drauf bestehst, sie zu sehen. Sie um Verzeihung anflehst. Du weißt schon.«

»Redest *du* denn mit mir?«

»Ja. Offensichtlich.«

»Dann ist es gut. Komm mit.« Er bedeutete Klecks, ihm zu folgen, und war aus dem Tor, ehe ich Zeit hatte, meine Stiefel zu schnüren.

»Darnay«, hob ich an, als ich ihn eingeholt hatte. »Wo bist du gewesen? Wir haben gedacht – Alta hat gedacht – ich meine, wir haben uns Sorgen gemacht.«

»Ich habe nachgedacht«, antwortete er.

»Nachgedacht? Eine ganze Woche lang?«

»Ich denke sehr langsam.«

Diese Entgegnung sollte mich wohl zum Lachen bringen, und das tat sie auch; doch als wir weitergingen, begriff ich, dass er meiner Frage ausgewichen war. Ich fragte: »Wohin gehen wir?«

»Wir führen Klecks aus.« Ich folgte ihm, ohne groß nachzudenken, froh, dass wir einen Pfad durch den Wald nahmen, vom grüngoldenen Spiel der Sonnenstrahlen in den Bäumen geblendet. Erst als wir am Wald anhielten, begriff ich, wohin er uns geführt hatte. Zu unseren Füßen erstreckte sich ein ruhiges Gewässer, ein wenig blauer als der Himmel. Und jenseits davon erhob sich die Burgruine. Wir hatten stets einen Bogen um die Ruine gemacht, als wollte keiner von uns an den Tag erinnert werden, an dem wir uns kennengelernt hatten; doch nun schien die uralte Burg, von Blauregen überwuchert, mit ihrem leise bebenden Spiegelbild im Wassergraben so weit von dem vom Spuk heimgesuchten Schwarzrot des Winters entfernt, dass sie ein völlig anderer Ort hätte sein können.

Ich atmete tief ein und roch von jenseits des Wassers einen süßen, mächtigen Duft wie von Nelken.

Wir umringten den Wassergraben und spazierten über die
Brücke, während Klecks vor uns herrannte. Ich trat auf den kleinen Innenhof, lehnte mich an den Brunnenrand und legte den
Kopf in den Nacken, um die Sonne auf meinem Gesicht zu spüren. Ich konnte im hellen Licht kaum die Augen öffnen; wenn
ich es versuchte, verschwammen der Turm und die Mauern zu
einem Schimmer von sandfarbenen Steinen, tanzenden Wasser-
lichtern, Blättern und einem wütend blauen Himmel. Ich war
außer Atem, mir schwindelte, als wäre mein Blut zu dünn, und
ich fragte mich, ob ich noch betrunken war. Ich wischte mir den
letzten Schlaf aus den Augen und wandte mich ab, um mein Gesicht vor der Sonne zu schützen. Dunkle Gestalten flackerten
durch mein Gesichtsfeld.

Darnay war stehengeblieben, um ins Wasser hinunter-
zuschauen. Er starrte, als könne er im Schlamm am Grund etwas lesen. Endlich sagte er: »Ich wollte dich was fragen, Farmer.«

»Gut.«

»Es geht um Alta.«

»Sie schmollt nur«, erklärte ich. »Du hättest vielleicht an ihre
Tür hämmern und sie anflehen sollen, dich zu sehen. Aber wenn
du deine Karten richtig ausspielst, dann braucht es kaum mehr
als ein paar Schachteln kandierte Früchte.«

»Das wollte ich nicht fragen.«

Ich holte tief Luft. Die Sonne war plötzlich viel zu heiß. Hätte
ich bloß gestern Abend nicht so viel getrunken!

»Das wird schon wieder mit ihr«, beteuerte ich. »Sie ist erst
fünfzehn. Die kommt schon drüber weg – sei nur sanft mit ihr,
Darnay, sie ist nicht so zäh, wie sie gern tut ...!«

»Hältst du jetzt endlich die Klappe!« Er fuhr sich mit der
Hand über das Gesicht, und kurz sah es so aus, als wäre er derjenige, der nicht geschlafen hatte. Die lange Pause, die er dann
einlegte, schien voller Absicht. Dann sagte er: »Ich dachte, ich
würde sie vielleicht bitten, mich zu heiraten.«

 Ich starrte ihn an. Ich konnte mich nicht daran erinnern, wann ich ihn einmal wirklich angesehen hatte, ihm ins Gesicht geschaut hatte. Seine Augen waren dunkel, doch in einer Iris waren winzige Fleckchen von Bernstein und Ocker, wo die Sonne darauf fiel; die Haut über den Wangenknochen war leicht gerötet und so zart mit Sommersprossen übersät, dass man sie kaum sah. Er biss sich auf die Unterlippe, und ich bemerkte die leichte Asymmetrie seiner Zähne und wie weiß sie waren. Ich spürte nichts. Die ganze Zeit, all diese Monate hatten wir darauf gewartet, dass er das sagen würde – oder etwas Ähnliches. Nun hatte er die Worte ausgesprochen, und wir konnten endlich mit unserem Leben weitermachen. Ich senkte den Kopf und trat gegen einen Stein am Fuß des Brunnenrandes. Die grelle Sonne stach mir in die Augen. Die warme Luft roch abgestanden und blumig wie altes Rosenwasser.

»Gut«, sagte ich.

Er schaute mich weiter mit offenem, direktem Blick an, der mir das Gefühl vermittelte, dass er auf mehr wartete.

»Wirst du nicht …« Ich räusperte mich. »Wir sind nur Bauern. Werden deine Eltern … dein Vater …«

»Er kann mich nicht aufhalten. Alta und ich, wir könnten heimlich heiraten, und dann …« Seine Augen wichen mir aus und richteten sich dann wieder auf mein Gesicht. »Ich werde gut für sie sorgen. Es wird alles gut.«

»Dann … also gut«, sagte ich. »Alta wird entzückt sein.«

Er nickte. Ich wandte mich ab und schaute durch den Torbogen in die Ruine des Festsaals. Die Sonne fiel schräg durch die mit Blauregen verhangenen Fenster und malte ein Muster aus hellen grünen Quadraten auf den Rasen. Mein Kopf schmerzte.

»Ich dachte, du würdest dich freuen.«

»Tue ich auch.« Ich zwang mich, ihn über die Schulter hinweg anzulächeln. »Natürlich freue ich mich. Wir haben alle gehofft, dass es so kommen würde.«

Er lächelte nicht zurück. »Wirklich?«

»Natürlich, ich meine: ja.« Natürlich, das klang so, als wären wir auf sein Geld aus gewesen. Aber wenn er arm gewesen wäre, hätten meine Eltern niemals … Ich presste meine Knöchel in einen Spalt zwischen den Steinen des Bogens und lehnte mich mit meinem ganzen Gewicht darauf. »Ich hoffe, dass ihr beide miteinander sehr glücklich werdet.«

Schweigen. Über mir rief im Laub eine Hohltaube wie eine klingende Glocke.

»Das war's dann? Kein spontaner Freudenausbruch? Kein brüderlicher Handschlag?«

»Ich habe doch gesagt, dass ich mich freue. Um mich geht es hier nicht, oder? Ich bin sicher, Alta wird mein schlechtes Betragen mehr als wettmachen.«

»Das habe ich nicht gemeint.« Er stieß mit dem Schuh an den Sockel der Mauer. Die Sonne, die auf dem Wasser tanzte, beschien sein Gesicht von unten. Schatten huschten über seine Augen. »Was ist los, Farmer? Meinst du immer noch, dass ich ihr das Herz brechen werde?«

»Nein.« Das stimmte. Irgendwie hatte ich, ohne den Zeitpunkt zu bemerken, Vertrauen zu ihm gefasst.

»Dann hasst du mich immer noch? Das geht schon in Ordnung, du kannst mir ruhig die Wahrheit sagen.«

»Sei nicht albern.«

»Was ist dann? Ich mag sie wirklich. Ich werde dich nicht enttäuschen.«

Ich schob meine Fingerknöchel tiefer zwischen die scharfkantigen Steine. Als ich die Hand herauszog, war meine Haut mit winzigen Blutperlen übersät. Er hatte recht. Ich sollte mich freuen. Ich sollte erleichtert sein. Nun würde Alta ihren langen Schleier mit Perlenstickerei am Saum bekommen und ein Haus in Castleford und eine Zofe. Alles, was sie wollte – in genau dieser Reihenfolge. Im Hinterkopf wusste ich, dass das ungerecht war, aber es war mir gleichgültig.

»Warum fragst du *mich*?«, sagte ich. »Frag Ma und Pa. Frag Alta. Warum ist es wichtig, was *ich* denke?«

»Weil …« Aber ich wartete die Antwort nicht ab. Ich trat durch den Bogen in die hohe, dachlose Halle, stand an einem Ende und atmete so langsam, wie ich nur konnte, versuchte, mich auf das Hier und Jetzt zu konzentrieren: auf die Rosen, die sich über die Wände ergossen, das breite moosige Band der Pflastersteine, das kurze Gras … Jemand kümmerte sich darum, wurde mir klar, es war ein Garten, nicht nur eine Ruine. Seltsam, wo Lord Archimbolt alles andere so verfallen ließ.

»Emmett, sprich mit mir. Was stimmt nicht? Wenn du nicht willst …«

»Bitte heirate sie nicht«, sagte ich und schlug die Hände vors Gesicht.

»Gut.«

Ich hörte die Worte, aber sie ergaben keinen Sinn. »Tut mir leid«, erwiderte ich. »Nein, du solltest sie heiraten, natürlich, ich bin nur – es ist nur – ich weiß nicht, warum, es ist Blödsinn, ich habe letzte Nacht nicht viel geschlafen, das ist alles – vergiss es, ich habe nicht gemeint …«

Er nahm meinen Arm und zog mich herum, bis ich ihn anschaute.

Dann küsste er mich.

Eine Uhr schlug sechs. Ich wusste, dass es die Uhr an den Ställen des New House war, beinahe eine Meile entfernt. Doch die warme Luft war so reglos, dass der Turm mit der Uhr genauso gut am anderen Ufer des Burggrabens hätte stehen können. Ein paar Augenblicke später schlug sie erneut die Stunde – noch einmal sechs Schläge –, und es war, als wäre die Zeit stehengeblieben. Ich hatte noch nie eine solche Ruhe verspürt. Nichts regte sich, nur das winzigste Zittern des Wassers, das Schnellen eines Fisches, der den Spiegel durchbrach. Vögel sangen plötzlich und verstummten wieder. Die Sonne war hinter den Bäumen auf dem Hügel untergetaucht, doch der Himmel war noch hell; es war der längste Tag, und es würde noch Stunden dauern, bis es dunkel würde.

»Emmett?«

Ich schaute mich um. Darnay stand in dem halb verfallenen Torbogen. Sein Hemd war schief zugeknöpft, eine Ecke hing tiefer als die andere. Ich machte den Mund auf, um zu reden, konnte aber nur lächeln.

»Geht's dir gut?«

»Ja.«

»Gut.« Er deutete auf das Gras neben mir. »Hast du was dagegen?«

»Nein.« Er wandte sich ab, mein Herz verkrampfte sich. »Ich meine, ich habe nichts dagegen.«

Er zögerte, ehe er sich neben mich setzte. Ich schaute ihn an, und über dem Frieden lag noch etwas anderes. Es war, als säße ich neben einem Fremden. Diesen Darnay kannte ich nicht, diese Stimme, dieses nackte Gesicht ohne die übliche Maske; und doch kannte ich ihn, sogar besser als den anderen. Dies war der Darnay, den ich immer schon kannte, vom ersten Blick an, den ich auf ihn geworfen hatte. Ich zog die Knie an die Brust, versuchte das Beben zu unterdrücken, das mir über den Rücken rann.

»Ist dir kalt?«

»Es wird kühl.«

»In der Sonne ist es wärmer.«

»Hier ist es schön.« Wir schauten einander kurz an und lächelten, wandten dann die Blicke ab.

Nach langer Zeit fragte er: »Hast du Hunger?«

»Nein, eigentlich nicht.«

Noch eine Pause. Plötzlich bellte Klecks und winselte, und wir blickten unwillkürlich auf die Lücke in der Mauer.

»Es sind die Frösche«, sagte Darnay. »Gut, dass Klecks angebunden ist.«

»Ja.«

Eine Holztaube rief ihrer Liebsten einen schläfrigen Gruß zu. Vor uns wölbte sich ein Fisch auf und sank wieder in die Tiefe herab, hinterließ helle Pfeilspuren im grünen Wasser. Ich versuchte, die heitere Leere wieder heraufzubeschwören, die ich noch vor Augenblicken verspürt hatte, schaffte es aber nicht, nicht solange er mir so nah war.

»Hör zu, Emmett.«

»Was?« Es fuhr aus mir heraus wie ein Angriff aus dem Nichts. Wir blickten einander wie erstarrt an.

»Ich möchte, dass du etwas weißt«, sagte er so vorsichtig, als diktierte er, »wenn du so tun willst, als wäre das alles nie geschehen ...«

Ich hatte Erde unter den Fingernägeln. Ich konzentrierte mich darauf, sie herauszukratzen. »Möchtest du das denn?«

»Es ist deine Entscheidung.«

»Ich habe dich gefragt, was du willst.« Ich wollte ihn nicht anschauen, konnte mich aber nicht beherrschen. »Mach dir über meine Gefühle keine Gedanken, Darnay. Der bäuerliche Stand hat einen erdigen, primitiven Appetit, der leicht zufriedenzustellen ist.«

»Hör auf!« Er warf die Arme in die Höhe, als wehrte er einen Schlag ab. »Was ist los? Ich habe doch nur gesagt ...«

»Dass du wegrennen willst. Dass – *all das* – nichts bedeutet hat.« Ich hasste mich dafür, dass ich es laut aussprach.

»Sei kein solcher Dummkopf.« Er erhaschte meinen Blick. Ich biss die Zähne zusammen und versuchte, seinem Blick standzuhalten. Wenn ich ihn sehen ließ, was ich fühlte, wäre das die äußerste Demütigung.

Plötzlich leuchtete sein Gesicht in einem riesigen, erleichterten, freudigen Grinsen auf. »Du willst das also *nicht*?« sagte er. »Gut. Ich auch nicht.«

Ich spürte, wie mir der Atem im Hals stockte. Dann brach mit einem leisen Rucken etwas in mir auseinander; wie ein Gefäß, das bereits vor Jahren gebrochen war, aber irgendwie seine Form noch behalten hatte, bis es jemand sanft anstieß. Ich fing ebenfalls an zu lachen.

Nach langer Zeit streckte er den Arm aus und fuhr mir mit dem Handrücken über die Wange. Irgendetwas an dieser Geste ließ mir das Herz übergehen, genauso sehr wie alles andere, was er an diesem Nachmittag getan hatte.

Später. War es, als der Mittsommertag sich in der Mittsommernacht auflöste, als wir wie Trunkenbolde nach Hause taumelten und uns im Dunkeln an der Kreuzung küssten, ehe wir uns trennten? Ich erinnere mich an diesen Kuss, furchtlos und atemlos. Wir wollten einander so verzweifelt nicht loslassen, dass wir Blutergüsse bekamen. Oder war das ein anderes Später, die Nacht danach, als ich mich durch die sommerliche Dunkelheit schlich, um mich mit ihm zu treffen? Die Zeit verschwamm, wurde träge und zäh wie Honig. Die Tage nach dem Mittsommer, während Alta noch schmollte, gingen leuchtend ineinander über. Nichts hatte sich verändert, und doch war alles anders: Das Leben ging weiter, überströmend von Süße, ganz gewöhnlich und außergewöhnlich zugleich. Darnay half mir bei der Arbeit – wir arbeiteten zusammen, in der Hitze mit nacktem Oberkörper, schweißtriefend; wenn wir eine Pause einlegten, um das Ingwerbier zu trinken, das Mutter uns gebracht hatte, trank er so schnell, dass er sich beinahe verschluckte, wischte sich mit dem Handrücken über den Mund und schaute lächelnd zu mir auf. Und später, später, später … In einer Dämmerstunde – ob Morgengrauen oder Abenddämmerung, davor oder danach, ich weiß es nicht mehr – nahm Darnay meine Hand und verflocht seine Finger mit meinen; in einem Augenblick unter den Sternen küsste ich seine Stirn mit hämmerndem Herzen – dumm, nach allem, was wir getan hatten, aber ich hatte trotzdem Angst, dass er vor mir zurückweichen würde. Da war die Rose, die er im Schatten einer Mauer gepflückt hatte und mir ins Knopfloch meines Hemdes fädelte. Als ich zusammenfuhr, beugte er sich vor und leckte das winzige Rinnsal Blut auf, wo die Dornen mich gekratzt hatten. An einem heißen Spätnachmittag – war es unser letzter, ehe Alta ihm verzieh? – hatten wir uns eine gemeinsame Stunde gestohlen, allein in der Ruine, und er wandte sich mir zu und sagte mit einer neuen Sanftheit, die mich erbeben ließ: »Vielleicht könntest du mich jetzt Lucian nennen.«

»Ich dachte, das täte ich schon.«

»Nein. Du sagst immer Darnay. Da fühle ich mich … seltsam.« Er lächelte. »Wenn du im selben Satz ›Darnay‹ und ›bitte‹ sagst.«

»Halt die Klappe, Dar… Lucian.« Ich stieß ihm den Ellbogen in die Rippen. Er lachte. »Was ist mit Alta? Sie wird es merken. Sie wird fragen, wann genau wir angefangen haben, uns beim Vornamen zu nennen.«

»Spielt das eine Rolle?«

»Ja.« Ich setzte mich auf. »Wir können ihr nicht erzählen …«

»Natürlich nicht, du Narr. Das habe ich nicht gemeint.« Er schob sich hoch, drehte sich, damit er mir ins Gesicht schauen konnte. »Wir können es niemandem erzählen. Niemals.«

»Das weiß ich. Deswegen habe ich gesagt …«

»Na gut. Dann nenne mich Darnay.« Er stand auf und ging fort.

Ich machte den Mund auf und wollte sagen: »Du bist nicht der Gutsherr, Lucian.« Aber irgendetwas hielt mich noch rechtzeitig davon ab. Er hieb mit der Faust gegen den steinernen Bogen, immer und immer wieder. Langsam stand ich auf und ging zu ihm hinüber. Mein Herz pochte. Ich legte ihm die Hände auf die Schultern, wartete darauf, dass er mich wegstoßen oder etwas sagen würde. Das tat er jedoch nicht.

»Lucian«, sagte ich. »Niemand wird es herausfinden.«

»Ich hasse es. Verdammt, ich hasse es so sehr.«

»Ich weiß.« Es gab sonst nichts zu sagen. Er lehnte sich zurück, so dass ich sein ganzes Gewicht trug. Ich beugte den Kopf und lehnte meine Stirn an seinen Hinterkopf. Sein Haar roch nach Gras und Sommererde.

Nach einem Augenblick lachte er auf – es war ein trockenes, schmerzhaftes Lachen – und griff in seine Tasche. Er hielt mir etwas hin. Es glitzerte.

»Was ist das?«

»Ein Verlobungsring. Den habe ich in Castleford gekauft.«

Mein Kiefer verkrampfte sich. Ich wollte ihn von mir wegstoßen und den Ring im hohen Bogen in den Wassergaben fliegen sehen. Stattdessen nahm ich ihn und drehte ihn zwischen den Fingern. Es war ein schlichter Silberreif, in den ein großer dunkler Stein gefasst war, den schimmernde Schatten durchzogen, die leuchteten und dahinschmolzen, wenn das Licht darauf traf. Er war wunderschön.

»Alta wollte eine goldene Girlande mit Rubinen und Perlen«, sagte ich.

»Ich weiß.« Er drehte sich um und schaute mir wieder lachend in die Augen. Diesmal klang es echt. »Du kennst doch Alta, die ist nicht zu schüchtern, um dezente Hinweise zu geben.«

»Warum also?«

»Behalte ihn.«

»Was? Ich? Warum?«

»Ich werde ihn jetzt wohl kaum Alta geben, oder?«

»Du könntest ihn versetzen. Oder in den Laden zurückbringen. Der muss doch …«

»Trag ihn um den Hals. Bitte.« Er schloss meine Hand über dem Ring, drückte sie, bis der Reif mir in die Handfläche schnitt.

»Ich besorge dir eine Kette.«

»Gut«, antwortete ich, obwohl ich immer noch nichts verstand. »Ich nehme einen Schnürsenkel.«

Er spazierte zum Rand des Wassergrabens und tauchte einen Fuß ins Wasser. Ich schaute auf den Ring, drehte ihn, um die Farben aufleuchten und verschwinden zu sehen: Gletscherblau, Violett, Moosgrün …

»Moment«, sagte ich. »Wenn du wusstest, dass Alta etwas anderes wollte …«

»Ich habe auf mein Herz gehört«, sagte er, ohne sich umzudrehen.

»Du meinst …« Ich unterbrach mich. Ich konnte eben noch die Kontur seiner Wange sehen: Er lächelte. »Du wusstest es«, fuhr ich langsam fort. »Du hast ihn für mich gekauft, weil du es wusstest.«

»Ich habe es gehofft.«

»Du berechnender, arroganter Schweinehund. Du hast alles von langer Hand geplant.«

»He«, sagte er. »Es ist keine Arroganz, wenn man recht hat.«

Ich packte ihn. Er versuchte, mir ein Bein zu stellen, aber ich brachte ihn aus dem Gleichgewicht, und wir rangen miteinander, taumelten am Saum des Wassers entlang. Ich konnte sein Lachen bis in die Knochen spüren. »Nimm mich nicht für selbstverständlich«, sagte ich. »Ich bin nicht dein Diener.« Ich lachte auch, während ich das sagte, und dann verstummte mein Lachen, und wir hielten uns auf Armeslänge und starrten einander an.

Hatte Alta etwas in meinem Gesicht gesehen, als sie verkündete, wenn Lucian das nächste Mal käme, würde sie sich seine Entschuldigung anhören? Ich hoffe es nicht; doch es war schwer, keinen Verdacht zu erregen, wenn die Welt sich so sehr geändert hatte. Und Alta kannte mich so gut; manchmal fragte ich mich, wie sie es *nicht* bemerken konnte, wo sich doch jeder Muskel und jede Sehne in meinem Körper neu und wund anfühlte … Sie sagte: »Zumindest hat er nicht versucht, sich mir aufzudrängen«, und ich musste mich abwenden. Ich hätte lachen mögen, obwohl ich eigentlich weinen sollte. Jetzt waren wir wieder genau da, wo wir zuvor waren. Ich würde ihn nicht mehr berühren oder Lucian nennen dürfen. Ich hätte zu viel Angst, ihn auch nur anzusehen, falls sie meinen Gesichtsausdruck dabei deuten würde. Ich konnte es nicht ertragen, aber ich würde es ertragen müssen.

Am nächsten Tag hasste ich ihn. Er ließ alles so einfach erscheinen. Jedes Lächeln war für Alta bestimmt, jeder Scherz zielte in ihre Richtung, jeder verstohlene Blick ließ sie erröten und den Kopf senken. Ich spürte, wie mein Herz sich immer mehr anspannte wie die Feder in einer Uhr, bis ich dachte, diese Feder würde zerspringen. An diesem Tag fuhren wir zum Steinmetz, um dort ein paar Grabsteine abzuholen, auf denen der Steinmetz sich verschrieben hatte und die wir als Regalbretter in der Milchkammer benutzen wollten. Wir drei saßen Seite an Seite, während er und Alta lachten und flirteten, als wären sie bereits verlobt. Ein Teil von mir wünschte, ich wäre allein gefahren, aber ich wusste, es wäre noch schlimmer gewesen, zu wissen, dass ich eine Gelegenheit vergeben hatte, mich nur wenige Fuß von ihm entfernt aufzuhalten – selbst wenn er mir nicht ein einziges Mal in die Augen schaute. Als wir die letzte Platte hinten auf den Wagen wuchteten, blickte er auf, und ich dachte, er würde mich nun ansehen; aber eine Sekunde später half er bereits Alta auf den Sitz, neckte sie wegen der Schrift auf dem Marmor, fragte sie, ob nun auf all ihren Butterstücken die Mahnung »Sei bereit für den Tod« eingeprägt sein würde. Hatte ich mir alles nur eingebildet? Wollte er mir so nur zeigen, dass ich für ihn nichts als ein Spielzeug war?

Einmal, als wir anhielten, damit sich Alta hinter einen Busch hocken konnte, legte er mir die Hand in den Nacken. Ich begann, mich zu ihm umzudrehen, doch er grub mir die Fingernägel in die Haut und hielt mich ruhig. Jeder Nerv, den ich hatte, schien mit der Stelle verbunden zu sein, wo seine Haut auf meine traf. Alta war immer noch in Hörweite. Also saßen wir schweigend da, bis sie mit einem Blumenstrauß zurückkehrte, um den Anschein zu wahren, dass sie nicht einfach nur hatte pinkeln müssen.

Ich konnte an diesem Abend weder essen noch Schlaf finden.

Um Mitternacht schlich ich mich aus meinem Zimmer. Ich musste ihn sehen; wenn er nicht an der Straßenkreuzung auf mich wartete, würde ich den ganzen Weg zum New House gehen. Als die Schlafzimmertür hinter mir zufiel, herrschte dichte Dunkelheit auf dem Flur, und als ich mich mit den Fingern an der Wand entlangtastete, hörte ich das Flüstern und Buckeln jeder winzigen Unregelmäßigkeit im Putz. Ich trug meine Stiefel in der anderen Hand, und unter meinen nackten Füßen knarzten die Dielen kaum.

Doch als ich an Altas Zimmer vorüberkam, rief sie leise: »Emmett? Bist du das?«

Ich geriet ins Stolpern und brauchte einen Moment, bis ich wieder atmen konnte. »Ich sehe nur nach Klecks.«

Als Alta die Tür rasch öffnete, wusste ich, dass sie nicht im Bett gelegen hatte. Sie zeichnete sich als Silhouette im Mondlicht ab, ihr Gesicht lag im Schatten. »Ist alles in Ordnung mit ihr? Hast du was gehört?«

»Nein. Keine Sorge. Geh wieder ins Bett, Zwerg.«

»Nur wenn du mitkommst und dich zu mir setzt. Ich kann nicht einschlafen.«

Ich biss die Zähne zusammen. Wenn ich Lucian nicht sehen würde, würde ich verrückt werden. Aber wenn Alta wach lag und darauf lauschte, ob ich zurückkam, konnte ich das nicht riskieren. Ich ließ mich von ihr in das mondhelle Zimmer ziehen. Die Farbe schien aus allem gebleicht zu sein; ihre Bettdecke war nur noch ein schwarzweißes Muster aus Herzen und Dornen, und der Efeu, das an der Fensterumrahmung heraufkletterte, glänzte wie Holzkohle. Das Zimmer fühlte sich fremd an, als sähe man es in einem dunklen Spiegel.

Alta ging ins Bett und legte sich hin. Ich setzte mich neben sie und wartete, konnte aber an ihrem Atem hören, dass sie nicht einschlief. Sie hatte meine Hand nicht losgelassen, ihre Handfläche war feucht. Ich versuchte, nicht daran zu denken, wann ich zuletzt den Schweiß eines anderen auf meiner Haut gespürt hatte.

»Em?«

»Schlaf jetzt.«

Sie schob ihr Kissen zurecht und drehte sich um. Einen Augenblick lang herrschte Stille. Dann seufzte sie, setzte sich auf, schob sich gegen die Wand. »Ich kann nicht. Ich will nicht. Emmett ...«

»Was?«

»Glaubst du, dass Lucian in mich verliebt ist?«

Mein Herz klopfte so laut, dass ich meinte, Alta müsse es hören. »Sei keine Närrin.«

Sie bewegte sich, die Augen dunkel im Mondlicht, und ich erwartete, dass sie protestieren würde. Doch sie verschränkte nur die Finger und sagte schließlich: »Wieso ist das närrisch?«

»Er ist ... du bist ...« Ich unterbrach mich und zuckte die Achseln.

Sie lachte leise. »Macht nichts«, sagte sie mit einem Lächeln in der Stimme. Sie zog die Knie hoch und drückte sie an sich. »Er ist jeden Tag hier, Emmett. Er hätte längst Klecks mitnehmen und weggehen können. Das hat er aber nicht gemacht.«

Ich räusperte mich. »Ihm ist wahrscheinlich einfach nur langweilig.«

»Nein. Ich weiß, dass es so vom Schicksal bestimmt ist, Emmett, ich weiß es einfach.« Sie beugte sich vor und packte mich beim Handgelenk. »Das verstehst du erst, wenn es dir mal passiert ist. Aber es wird geschehen, Em.« Sie holte Luft. »Als ich Lucian das erste Mal gesehen habe ... hat sich alles verändert. Ich hatte mein ganzes Leben lang darauf gewartet. Nichts wird wieder wie früher sein.«

Ich antwortete nicht. Draußen auf dem Hof raschelte und stampfte etwas.

Alta sagte nichts weiter. Sie hielt mein Handgelenk fest umklammert. Ich lehnte mich auf dem Stuhl zurück und schloss die Augen, versuchte, nicht nachzudenken. Das Mondlicht glitt über den Boden; jedes Mal, wenn ich hinschaute, waren die Schatten weitergezogen und länger geworden. Ich wartete darauf, dass Alta loslassen würde, aber schließlich muss ich vor ihr eingeschlafen sein, denn als ich aufwachte, war es Morgen, und wir hatten beide verschlafen. Ich hörte, wie sich die Kühe beschwerten. Ich schlüpfte aus dem Zimmer, ohne Alta zu wecken, und ging melken. Ich wusste nicht warum, außer dass ich allein sein wollte. Als ich die Milch ausgoss, die Kannen in der Milchkammer beschriftete und mich dann um die anderen Tiere kümmerte, fühlte ich mich elend. Wir brachen Alta das Herz, Darnay und ich, sie wusste es nur noch nicht. An jedem Tag, den sie mit Lucian verbrachte, an dem sie glaubte, er sei in sie verliebt … und an jedem Tag, den ich zusammen mit den beiden verbrachte, mich schmerzlich nach einem Wort oder einem Blick sehnte und nichts bekam … Aber es war nicht meine Schuld, es war nicht fair. Es musste eine ordentliche, schmerzlose Methode geben, sie loszuwerden. Ich zermarterte mir das Hirn, versuchte die Scham beiseitezuschieben, die ich empfand. Ich konnte diese Qualen keinen weiteren Tag ausstehen.

Als Lucian ankam – sich leicht vom Pferd schwang –, rannte Alta auf Socken herum, schwenkte einen Stiefel in der Hand. Sie rief nach unten: »Ich komme, Lucian!« Dann schrie sie: »Em! Wo ist mein anderer Stiefel? Gestern war er noch hier.«

»Einer der Hunde wird ihn wohl erwischt haben.« Ich schaute ihr zu, wie sie von einem Zimmer zum anderen hüpfte. »Komm barfuß. Ich gehe hoch zum Brachland und schaue nach, ob das schon zum Eggen bereit ist. Darnay ist es gleichgültig, ob du wie eine Bettlerin aussiehst.«

»Wartet auf mich! Der Stiefel muss doch irgendwo sein!«

»Du kannst uns ja einholen, wenn du ihn gefunden hast.« Ich ging die Treppe hinunter, während sie sich vorbeugte, um unters Bett zu schauen. Sie würde ihn nicht finden; er war auf dem Dachboden versteckt, hinter der hintersten Reihe Apfelkisten. Ich schaute lässig zu Lucian. »Sie hat ihren Stiefel verloren. Sollen wir schon vorgehen?«

»Gut.« Er erhob die Stimme. »Bis später, Alta!« Dann machten wir gleichzeitig kehrt und rannten beinahe zum Tor, stießen einander mit den Ellbogen, als wir uns darum drängelten, als Erster die Hand auf die Klinke zu legen. Sobald das Tor hinter uns zugefallen war, rannten wir los und kicherten wie die kleinen Kinder.

»Das war gemein«, sagte er endlich atemlos.

»Ich weiß. Willst du umkehren?«

»Nein.« Wir wechselten einen Blick und rannten schneller. Klecks galoppierte neben uns her, bellte vor Aufregung, als wäre es ein Wettrennen.

Dann stürzten wir uns durch den Torbogen in den geschützten Teil der Ruine; außer Sichtweite. Endlich konnten wir einander berühren. Lange Zeit gab es nichts mehr außer seinem Mund, seinen Händen und seiner Haut an meiner.

Als wir danach ruhig dalagen, sagte er: »Warum hast du mich eigentlich so gehasst?«

»Weil du so ... *hochherrschaftlich* warst.«

Er fing an zu lachen. Er lag auf dem Rücken und hatte gegen die Sonne den Unterarm schützend vors Gesicht gelegt. Schließlich rollte er auf die Seite, immer noch grinsend, so dass er mir in die Augen schauen konnte. »Tut mir leid. Ich habe nur noch nie so viel Verachtung in diesem Wort gehört.«

»Du weißt schon, was ich meine. So wie du da gestanden hast ...« Ich war eigentlich zu bequem, mich zu bewegen, deutete aber doch mit der Schulter in Richtung des Hofes »... als würde dir das alles gehören.«

»Es gehört mir ja auch. Na ja, beinahe.«

Ich schob mich hoch und lehnte mich mit dem Rücken an die Mauer. Neben meinem Bein wuchs ein Gänseblümchen, ich begann, die Blätter abzuzupfen wie Alta, wenn sie *Er liebt mich – er liebt mich nicht – er liebt mich* spielte.

»Dein Großvater hat meinem das alles hier abgegaunert«, sagte ich. »Wusstest du das? Die Wälder, von denen du behauptet hast, ich hätte dort ›gewildert‹ ... Die haben alle uns gehört, bis dein Großvater ein paar Rechtsanwälte angeheuert und Stein und Bein geschworen hat, dass sie immer zum New House gehört haben.«

Draußen brach Klecks in wildes Bellen aus. Wir fuhren ein wenig auseinander, und ich nestelte an meinen Hemdknöpfen herum; doch nach kurzer Zeit verstummte die Hündin wieder.

Lucian ließ den Kopf zu Boden sinken.

»Frösche«, sagte er. »Nein, das habe ich nicht gewusst.«

»Und dann hast du Alta an dich gerissen, als hättest du das *Droit de Seigneur*. Als ich daheim ankam, hat mein Vater praktisch Katzbuckel vor dir gemacht.«

»Weil ich gerade Alta das Leben gerettet hatte!«

»Ich war auch da. Wenn du nicht gewesen wärst, hätte ich sie gerettet.«

»Wenn ich nicht gewesen wäre«, erwiderte Lucian trocken, »wäre sie gar nicht im Eis eingebrochen.«

»Das weißt du?«

»Sie hat es mir gesagt.«

O Alta. Sie hielt sich für überschlau, und dann erzählte sie ihm so etwas. »Das hätte sie nicht tun sollen.«

»Emmett …« Er streckte den Arm aus, regte sich aber nicht. »Du weißt, dass ich ihr nicht wehtun werde, nicht wahr?«

»Was meinst du, was würde es mit ihr machen, wenn sie das hier wüsste?«

»Ich habe es ernst gemeint. Ein Wort von dir«, sagte er leise, »und ich heirate sie.«

Ich strich mir über das Gesicht, als wäre dort ein Fleck, den ich fortwischen musste.

Er rollte herum und starrte auf die Mooskissen, die am Fuß der Mauer wuchsen. Eine Ameise kletterte am Stein hinauf, er streckte ihr den Finger hin, so dass sie über seine Knöchel krabbelte.

»Überlegst du es dir noch einmal, ob du mein Schreiber werden willst? Vergiss das Geld. Das kannst du für Altas Mitgift ansparen.«

Ich antwortete nicht. Er schnipste die Ameise ins Gras.

»Bitte, Emmett. Denk drüber nach. Du würdest das gut machen, das weiß ich. Mit all deiner Bauernschläue – schon gut, schon gut!« Er ließ sich von mir halbherzig zu Boden ringen. Dann hob er eine Hand und fuhr mir durch das Haar, ohne mir in die Augen zu schauen. »Komm und bleibe heute Nacht bei mir im New House. Wenn du nach Hause gehst, kannst du deinen Eltern erzählen, ich hätte mit dir ein Einstellungsgespräch für diesen Posten geführt.«

Ich ließ ihn los. »Was?«

»Nur für eine Nacht. Ein paar Nächte. Bitte. Ich schicke ihnen einen Brief und erkläre alles.«

»Das kann ich nicht. Und das weißt du. Ich habe Arbeit zu erledigen. Wenn ich nicht da bin ...«

»So wichtig kannst du doch nicht sein.«

Ich setzte mich auf. Die Sonne stand hoch am Himmel; es war später, als ich gedacht hatte. »Wir haben einen Bauernhof, Lucian. Da wartet die Arbeit nicht auf dich.«

»Alta war wochenlang krank. Die kommen ein paar Tage ohne dich aus. Bitte, Emmett.«

Ich rappelte mich mühsam auf die Knie, nestelte an meinen Hemdknöpfen herum. »Ich muss gehen.«

Er packte mich an den Handgelenken. »Ich halte es nicht aus, mit dir und Alta zusammen zu sein und so tun zu müssen, ich hätte nur Augen für sie.«

Ich schaute ihn an, blickte dann weg. Über uns raschelte etwas im Blauregen, und eine Wolke aus Blütenblättern schwebte herab, elfenbeinfarben mit braunen Rändern. Eine Holztaube rief über das Wasser, faul und zufrieden; weit, weit weg hörte ich Schafe und das Schlagen einer Uhr.

»Na gut«, sagte ich und ließ mich, ob ich wollte oder nicht, hinunterziehen, bis ich neben ihm lag.

Er lächelte. Ich dachte, ich würde nie vergessen, wie er in diesem Augenblick aussah, die Augen gegen das Licht zusammengekniffen, mit einem Grashalm, der ihm an der Schläfe klebte.

»Ich weiß, warum du mich gehasst hast«, sagte er. »Weil du mich wolltest und Angst hattest.«

Lucians Zimmer im New House lag hoch oben unter dem Dach; es war eng, hatte schräge Wände und eine winzige eiserne Feuerstelle. Aber es hatte ein Fenster, das auf die Terrasse und die Burgruine unten hinausging. »Es war das Schlafzimmer der Zofe«, sagte er, als ich mich umsah. »Ich wollte so weit wie möglich von meinem Onkel weg sein.«

Ich schaute unwillkürlich zur Tür, doch er lehnte sich an die Wand, hatte die Arme zu beiden Seiten neben meinem Kopf aufgestützt, und hielt mich so gefangen. Er lächelte.

»Es ist alles gut«, fügte er hinzu. »Er schläft im Trophäenraum. Er steigt wegen seiner Gicht nicht mehr gern die Treppe hinauf. Außerdem ist er ständig betrunken. Du kannst also so viel Lärm machen, wie du willst.«

»Wieso sollte ich Lärm machen wollen?« Er beugte sich vor und biss mir ins Ohr. Ich lachte; dann blieb mir die Luft weg, und ich musste mich aufs Atmen konzentrieren.

Die Zeit weitete sich zu Ewigkeiten und schrumpfte zu Augenblicken: ein flüchtiges Zucken der Wonne, Sonnenlicht an der Decke, seine Finger, die sich in meine Schulter gruben, Halbdunkel und der satte Duft von Wein, der älter war als wir. Das Gewicht seines Rings an einer Schnur um meinen Hals. Er beugte sich über mich, nahm den Ring in den Mund und küsste mich. Das Gefühl, wie das Metall gegen meine Zähne rieb, der Geschmack von Salz und Stein. Um Mitternacht vom Schlag der Uhr am Stallgebäude geweckt werden und ihn da auf dem Fensterbrett sitzen sehen, vom Mondlicht umrissen. Der Mond selbst hinter dem Gitter der Fensterscheiben: eine Perle, in einem Netz gefangen. Ich wusste nicht einmal mehr, wer ich war. Ich war neu, ich war mir fremd, ich gehörte Lucian.

Ich war noch nie zuvor so glücklich gewesen. Ich hatte nicht gewusst, dass das überhaupt möglich war. Als ich am Morgen aufwachte, lag ich da, ungläubig staunend, beinahe geblendet davon, klammerte mich wie ein Schiffbrüchiger an der Bettkante fest. Ich hätte zu Hause sein und arbeiten sollen, doch ich hatte das Gefühl, als dächte ich über das Leben eines anderen nach, nicht über meines. Irgendwie würden meine Arbeiten erledigt werden. Es war ein genüssliches Vergnügen, reglos hier zu liegen, den Vögeln zu lauschen, zu wissen, dass ich die Arbeit schwänzte, und mich nicht darum zu scheren. Es war schon spät, die Sonne kroch bereits am Bett hinauf über die zerwühlten Laken und Lucians Beine. Er schlief, als hätte ihn jemand da hingeschleudert: einen Arm über dem Kopf, die Venen an seinen Handgelenken blau unter der Haut. Im Schlaf schien sein Gesicht weicher, sein Mund breiter. Ich beobachtete ihn lange, stellte mir vor, wie er wohl als Kind war und als alter Mann sein würde. Dann musste ich schließlich aufstehen, teils weil das Vergnügen, ihn zu betrachten, zu nah am Schmerz angesiedelt war, und teils, weil ich pinkeln musste.

Ich schlich in der dichten Sommerstille über den Flur, verzog das Gesicht, wenn eine Diele knarzte. Aber ich wagte es nicht, Türen zu öffnen, falls ich aus Versehen die Haushälterin aufscheuchte – oder, schlimmer noch, Lucians Onkel. Schließlich machte ich ein Fenster oben an einer schmalen Treppe auf und entleerte meine Blase auf ein Blumenbett unten. Ich meinte den Weg zurück in Lucians Zimmer zu kennen, aber ich war doch zu weit gewandert und hatte die Orientierung verloren. Ich fand mich in einem langen, dunklen Flur wieder, verschlossene Türen zu beiden Seiten. Der Gang war so gesichtslos und symmetrisch, dass mir unbehaglich wurde. Endlich öffnete ich so langsam und leise wie möglich eine der Türen, hoffte, einen Blick auf das Fenster und die Welt draußen zu erhaschen; so würde ich zumindest herausfinden, auf welcher Seite des Hauses ich mich befand. Doch als ich um die Türkante spähte, sah ich, dass ich mir keine Mühe hätte geben müssen, so vorsichtig zu sein. Es war nur ein Lagerraum mit schrägen Wänden und einem staubigen

Fenster am anderen Ende, das auf die Einfahrt und die Wälder dahinter hinausging. Der Geruch von Staub wehte heraus, warm wie ein Bad.

Ich gähnte und trat in den Raum. Hier standen Kisten und alte Möbelstücke, so eng zusammengepfercht, dass ich kaum einen Weg hindurchfinden konnte. An einer Wand lehnte etwas Rechteckiges, das mit einem schmutzigen Stück Samt verhängt war. Ich zog den Stoff weg, und als sich die Staubwolke gelegt hatte, blickte ich auf das Porträt einer bleichen Frau mit dunklen Augen und Ringellocken, die träge vor einer Landschaft mit herabfallenden Blumengirlanden dahinzuwelken schien. Unten am Rahmen stand: *Elizabeth Sassoon Darnay.* Lucians Mutter? Nein, das Bild war zu alt, es musste seine Großmutter sein. Ich beugte mich näher hin, versuchte, seine Züge in den ihren zu entdecken. Sie hatte einen seltsam leeren, melancholischen Ausdruck in den Augen – ganz anders als sein aufleuchtender scharfer Verstand –, doch vielleicht war da eine Ähnlichkeit in der Form der Stirn ... Ich trat einen Schritt zurück, um das ganze Bild zu betrachten, und polterte gegen eine Blechkiste. Irgendetwas kitzelte mich in der Nase, und ich musste niesen. Ich setzte mich jählings auf die Kiste und hätte beinahe einen Glaskasten mit Schmetterlingen zertrümmert.

Vor mir stand eine weitere Kiste. Träge zog ich sie zu mir her und öffnete sie.

Bücher.

Beinahe hätte ich sie wieder fortgestoßen; jetzt da ich wusste, was Bücher waren, hatte ich Angst davor, sie zu berühren, als wären sie irgendwie besudelt. Doch nichts Schlimmes konnte mir zustoßen – nicht jetzt, hier auf diesem warmen, stillen Dachboden und mit Lucian, der unter demselben Dach schlief. Als ich den obersten Band aufhob, überkam mich nicht dieses schwindelerregende Wirbeln, an das ich mich von dem Buch erinnerte, das ich auf dem Jahrmarkt gekauft hatte. Die Wörter waren einfach nur ... Wörter. *Ich stand im Februar meiner Jahre, war von so zartem Alter, dass die Fröste der Kindheit noch kahl und bleich auf mir lagen, noch nicht dem ersten Aufblühen des Jungfernalters gewichen waren, als die erste Berührung eines Herrn meine jungfräuliche Unschuld verletzte.* Ich blätterte weiter. Seitenweise der gleiche abgeschmackte Text, durchzogen mit Verweisen auf Venus und Priapus. *Seine gewaltige Waffe, die er nicht auf die offenen Tore zu meinem Garten der Wonnen richtete, sondern tiefer hinab in jene erdigeren Gefilde ...* Ich lachte.

»Was machst du da?«

Ich fuhr herum. Lucian lehnte halb angezogen im Türrahmen, das Haar fiel ihm ins Gesicht. Er trug mein Hemd, hatte nur einen Knopf zugemacht. Er kam auf mich zu, lächelnd, mit schlenkerndem Schritt. Ich dachte, er würde mich küssen, aber er erstarrte. »Was ist das?«

»Ein Buch. Ich habe es gefunden. Aber es ist nicht ... es hat kein ...«

»Ich kann nicht glauben, dass du das tatsächlich liest.« Er nahm es mir weg und holte aus, als wollte er es in eine Ecke schleudern. Dann hielt er inne und blätterte. »Oh.«

»Was?«

»Ich glaube, das ist eine Fälschung. Ein Roman. Deswegen ist es wohl hier und nicht bei meinem Vater ... Schau mal.« Er hielt es mir hin und deutete auf das Etikett im Vorderdeckel, das auf dem gemusterten Papier klebte. »Auf keinen Fall ist das ein echter Sourly. Erstens haben sie das ›e‹ von ›Madame‹ vergessen.«

»Ich habe keine Ahnung, wovon du sprichst.«

»Madame Sourly? Die führende Buchbinderin für Pornographie, vor hundert Jahren? Warte mal, du meinst, du hast noch nie was von *Romanen* gehört?«, fügte er mit einem Aufblitzen von Spott hinzu. »Das sind keine echten Bücher. Die werden geschrieben wie Zeitschriften. In ihnen sind keine echten Menschen oder echten Erinnerungen gebunden. Die sind erfunden. Ach, gleichgültig.« Er klappte das Buch zu und schüttelte, halb lächelnd, den Kopf. »Ich kann einfach nicht glauben, wie unschuldig du bist.«

»Woher soll ich all diese Dinge wissen, wenn mir niemand je was erzählt?«

»Natürlich, deine unverdorbenen Eltern. Mach dir keine Sorgen. Ich finde es köstlich.«

»Zum Teufel mit dir, Darnay.«

»Nein, wirklich, ich liebe es.« Er beugte sich vor, legte seinen Mund an meine Wange und murmelte: »Und ich meine, unschuldig in jeder Beziehung. Nie ein Buch gelesen, nie ein Mädchen gefickt – oder einen Jungen, außer mir.« Er duckte sich grinsend weg, als ich nach seinem Kopf schlug. Dann packte er mich, und sein Lächeln verging. Wir schauten einander unverwandt an.

Unten hörte man ein fernes Poltern. Er drehte den Kopf, um zu lauschen. »Hat da jemand geklopft?«

»Ich weiß es nicht. Macht eure Haushälterin nicht auf?«

Plötzlich schien die sommerliche Stille zerbrechlich zu sein; ich wollte den Rest der Welt nicht hereinlassen, nicht einmal für eine Sekunde.

»Wenn du die Köchin meinst, die kommt nur abends.«

»Was ist mit deinem Onkel?«

»Wohl kaum. Ich gehe besser nachsehen.« Er stand auf und begann, sich das Hemd zuzuknöpfen.

»Wirklich?« Ich streckte den Arm aus und fing an, das Hemd so schnell wieder aufzuknöpfen, wie er es zuzuknöpfen versuchte. »Und was ist, wenn dich jemand daran hindert, dich anzuziehen? Vielleicht solltest du so nach unten gehen.«

»Sehr lustig, Emmett.« Er lachte auch. »Es könnte der Bäckerjunge sein.«

»Dann darben wir eben. Mir ist das einerlei.« Das Hämmern erreichte ein Crescendo und hörte dann auf. »Siehst du? Problem gelöst.«

»Na gut.« Er setzte sich zurück und ließ sich von mir das Hemd aufknöpfen. Schweiß stand in dem Grübchen über seinem Schlüsselbein. Doch als ich mich vorbeugte, machte er eine winzige Bewegung, so dass sich unsere Lippen nicht berührten.

»Was ist?«

»Das Buch«, sagte er. »Woher wusstest du, dass es eine Fälschung ist? Du wusstest es doch?«

»Ich habe keine Ahnung. Es hat mich einfach nicht … hineingezogen, irgendwie. Ist das wichtig?«

»Nein, aber es ist beeindruckend. Mein Vater würde dich sehr mögen.« Das kühle, ironische Glitzern in seinen Augen vermittelte mir ein unbehagliches Gefühl. »Du bist ein Mysterium für mich, Emmett. So unschuldig und doch so …«

»Hältst du endlich die Klappe über meine gottverdammte *Unschuld*?«

»Schon gut«, sagte er mit einem Grinsen. »Solange du zulässt, dass ich sie vollends zerstöre.«

Als die Uhr am Stallgebäude vier schlug, hatten wir einen Bärenhunger. Wir krochen aus der Höhle, die wir uns zwischen den Kisten eingerichtet hatten – »Kaum zu glauben, dass wir das gerade unter den Augen meiner *Großmutter* gemacht haben«, sagte Lucian –, und schlichen die Treppe hinunter, vorüber am Trophäenraum und weiter in die riesige, schmuddelige Küche. Wir stopften uns mit kalter Pastete, Schmalzfleisch und rumgetränktem Kuchen voll. Ich hatte nicht bemerkt, wie lange unsere letzte Mahlzeit zurücklag. Am Ende glich der Küchentisch einem Schlachtfeld, war übersät mit Resten, Krümeln und klebrigen Chutneyklecksen, doch als ich anfing, ihn sauberzuwischen, schüttelte Lucian den Kopf. »Lass das. Dafür wird sie bezahlt.«

»Aber …« Meine Mutter würde mich umbringen, wenn ich die Küche zu Hause so hinterließ.

Lucian nahm die letzte Pastetenkruste. »Komm schon«, sagte er mit vollem Mund, »ich will nicht, dass uns jemand hier sieht.« Er verließ die Küche. Ich zögerte, stapelte rasch die Teller im Spülstein, wischte kurz über den Tisch und eilte hinter ihm her.

Als ich ihn einholte, stand er im Erkerfenster im Eingangsflur und las etwas. Er blickte auf. »Tut mir leid«, sagte er. »Es tut mir wirklich so sehr leid, Emmett.«

Mein Herz zuckte wie ein Gewicht am Ende eines Seils. »Was?«

»Es ist alles in Ordnung, schau nicht so entsetzt. Nur eine Nachricht von meinem Vater.« Er wedelte mit einem blauen Blatt Papier in meine Richtung. »Ich muss nach Castleford.«

»Jetzt gleich? So dringend kann es doch nicht sein.«

»Tut mir leid.«

»Du könntest so tun, als hättest du das nicht bekommen. Nachrichten gehen schon mal verloren.«

»Du kennst ihn nicht, Emmett.« Er beugte sich hinunter, um den aufgerissenen blauen Umschlag vom Läufer aufzuheben. »Wenn ich ihm nicht gehorche, wird er dafür sorgen, dass ich mir wünsche, ich hätte seine Anweisungen gleich befolgt.«

»Lucian, es hätte dir keine Sorgen gemacht, Alta heimlich zu heiraten, wie kannst du da Angst haben, einem *Telegramm* von ihm nicht zu folgen?« Er antwortete nicht sofort und holte tief Luft. »Oder hast du gelogen, als du das gesagt hast?«

»Nein! Natürlich nicht.« Er rollte das Blatt Papier zusammen, ohne mich anzuschauen. »Aber vielleicht habe ich nicht richtig überlegt … Es tut mir leid, also schön, ich bin ein Feigling.«

»So schlimm kann dein Vater doch nicht sein. Und bestimmt kann deine Mutter …«

»Du kennst ihn nicht! Er ist … er macht Sachen.« Er faltete das Papier immer wieder zusammen. »Meine Mutter lässt ihn machen, was er will. Sie tut so, als sähe sie nichts. Es ist besser so, besser als wenn er jedes Mal ihre Erinnerungen auslöschen lässt.«

Stille. Ich starrte in an. Sein Gesicht war verhärmt und gedankenverloren, als würde er wieder seine alte Maske tragen. Ich verstand nun, warum er nie über seine Familie sprach.

Ich sagte: »Dann gehst du besser.«

»Emmett, wirklich, es tut mir leid.«

»Ich gehe auch. Ich muss nur meine Stiefel holen.«

»Du musst nicht jetzt gleich gehen.«

»Soll ich dir etwa beim Packen helfen?« Er zuckte zusammen, und ich freute mich darüber. Ich machte kehrt und rannte nach oben, stampfte eine Treppe nach der anderen hinauf, bis ich das winzige, heiße Zimmer unter dem Dach erreicht hatte. Es roch nach Schweiß und dem Wein, den wir getrunken hatten. Ein Teil von mir wollte hier bleiben, auf das ungemachte Bett und den kleinen Kamin und die Aussicht vor dem Fenster schauen, bis sich alles unauslöschlich in mein Gedächtnis eingebrannt hatte; doch ich schnappte mir meine Stiefel und schloss die Tür hinter mir.

Als ich wieder im Eingangsflur angekommen war, stand Lucian am Fenster und starrte nach draußen. Er blickte sich um, lächelte aber nicht. »Ich komme dich besuchen, sobald ich zurück bin.«

»Ja.«

»Kümmere dich um Klecks.«

»Ja.«

Stille. Ich machte einen Schritt zu ihm hin. Im selben Augenblick kam er auf mich zu, so dass wir stolperten und beinahe zusammengestoßen wären. Ich umfing sein Gesicht mit meinen Händen. Wir küssten uns, als könnten wir damit die Erde anhalten, als wären wir Feinde und nicht nur Liebende, als würden wir einander niemals wiedersehen.

Ich wusste, was ich sagen wollte; aber ich zwang mich, ihn ohne ein weiteres Wort zu verlassen.

Als ich nach Hause kam, lag der Hof leer und still im Sonnenschein wie das Gemälde eines Bauernhofes. Niemand war in der Scheune. Es hatte auch niemand den Schweinestall ausgemistet. Als ich das Tor aufmachte, kamen Springle und Soot herübergerannt und bellten, als wollten sie etwas. Ihre Wasserschüssel war leer. Ich füllte sie auf und gab auch Klecks zu trinken. Ich beugte mich unter die Pumpe, um mir eisig kaltes Wasser ins Gesicht und auf den Nacken zu spritzen. Mir tat der Kopf weh, meine Augen brannten vor Müdigkeit, aber wenn ich schnell arbeitete, konnte ich die Aufgaben, die ich vernachlässigt hatte, rasch aufholen. Vielleicht hätte dann niemand etwas dagegen einzuwenden. Der Magen krampfte sich mir zusammen, als ich mich daran erinnerte, wie Vater sich aufgeführt hatte, nachdem Alfred zwei Tage frei genommen hatte, ohne jemandem etwas davon zu sagen; aber das war während des Heumachens gewesen, und es hatte sich herausgestellt, dass er sturzbetrunken in Castleford in einem Straßengraben gelegen hatte. Ich hatte nur eine Nacht unter einem fremden Dach verbracht, und jetzt war ich wieder da, zur Arbeit bereit.

Ich ging in die Scheune und holte die Mistgabel. Doch die Stille war so dicht, dass ich mich an die Wand des Schweinestalls lehnte und den Kopf drehte, um zu lauschen. Es war, als wäre jemand krank; ich verspürte ein gedämpftes, stockendes Gefühl, als wäre ich unter Wasser. Ich überquerte den Hof und ging ins Haus; im Innern war es genauso. Ich ging auf Zehenspitzen zur Treppe. Mein Herz pochte so laut, dass es von den Wänden widerzuhallen schien. Plötzlich sprach jemand mit gedämpfter Stimme, ich fuhr herum. Es war aus dem Wohnzimmer gekommen – was an einem Wochentag seltsam war, außer wenn wir Gäste hatten. Die Tür stand halb offen, und ich schlich mich hin und spähte hinein.

Meine Mutter saß mit gesenktem Kopf auf dem Sofa. Vater stand neben dem Kamin.

Ich drückte die Tür auf. Mutter blickte auf und sah mich. Sie hatte geweint.

»Emmett«, sagte mein Vater. Ich bemerkte, dass auch er geweint hatte.

18

Sie starrten mich wortlos an. Staubkörnchen tanzten in der Luft, schwebten träge ins Licht und wieder heraus, wurden innerhalb von Sekunden sichtbar und unsichtbar. Jenseits des Lichtstrahls war die Dunkelheit sepiagetränkt, alles schien verblichen zu sein. Die Tapete hatte einen gelbstichigen Farbton, die Drucke an den Wänden wirkten schmutzig und verschwommen. Auf den Wachsfrüchten unter der Glasglocke lag ein leichter grauer Hauch; irgendwie war doch Dreck unter das Glas geraten. In der Zimmerecke hing der Fetzen eines welken Blattes an der Decke, wo bei der Wintersonnwende eine Efeugirlande befestigt gewesen war.

Meine Mutter hatte nicht mehr geweint, seit sich Joe Tanner seinerzeit in die Box des Hengstes geschlichen hatte und zu Tode getrampelt worden war; und davor nicht, seit die kleine Freya Smith unter das Mühlrad geraten war. Ich konnte mich nicht erinnern, meinen Vater je weinen gesehen zu haben. Nun war sein Gesicht gerötet und wirkte wund, wo er sich die Tränen fortgewischt hatte. Seine Augen waren rot gerändert, sein Mund hing schlaff und feucht. Es wirkte beinahe unanständig, wie Nacktheit oder rohes Fleisch.

Irgendetwas war Alta zugestoßen.

Dieses Wissen saugte alle Luft aus dem Zimmer, bis ich dachte, ich würde gleich umfallen. Ich konnte nicht reden; ich konnte das Schweigen nicht mehr ertragen, doch alles, was dieses Schweigen brach, würde noch schlimmer sein.

Meine Mutter sagte: »Setz dich.«

»Was ist passiert?«, fragte ich mit bebendem Herzen.

»Was meinst du wohl, was passiert ist, Junge?« Vaters Stimme klang müde, beinahe sanft.

»Wo ist sie?«, fragte ich ungeduldig. Meine Mutter holte tief Luft, mir drehte sich der Magen um. »Es ist wegen Alta, nicht? Es geht ihr doch gut? Sagt mir, was passiert ist!«

»Alta?« Vater runzelte die Stirn. »Die ist oben.«

»Jetzt ist es ein bisschen zu spät, an deine Schwester zu denken, nicht wahr, Emmett?«

Schweigen. Mutters Gesicht war wie Eis: unbeweglich, weiß und so erbarmungslos, dass es mir den Atem raubte.

Ich schaute von ihr zu meinem Vater und wieder zurück; dann begriff ich.

»Ich …«, hob ich an. Schrecklich, wie dünn meine Stimme klang, wie sie zitterte. »Ich habe nicht …«

»Ich weiß nicht, was ich zu dir sagen soll«, sagte mein Vater. Ich hatte ihn nie als alten Mann betrachtet, doch nun stand er da und hielt sich am Kaminsims fest, als würde er sonst umfallen. »Mein Sohn. Wir dachten immer, du wärest ein braver Junge. Wir waren stolz auf dich.«

Das Schweigen zog sich unendlich lang hin, legte sich um mich, bis ich Angst hatte, es würde mich ersticken. »Ich habe nicht …«, sagte ich. »Ich wollte nur …« Es war so, als müsse ich noch einmal lesen lernen; die einfachsten Wörter waren für mich unerreichbar.

»Wie *konntest* du nur?« Einen Augenblick klang die Stimme meiner Mutter wie Altas – nur die einer Alta, die erwachsen geworden war, die alt geworden war, die alle Hoffnung verloren hatte. »Ich verstehe es nicht, Emmett. Sag mir warum.«

»Warum … was?«

»Warum du dich entschlossen hast, Altas Zukunft zu zerstören. Warum du uns alle angelogen hast. Warum du alles von dir geworfen hast, was wir dir beigebracht haben.«

»Ich habe nichts dergleichen getan!« Endlich war wieder Atem in meine Lungen gelangt, und ich konnte sprechen. »Ich habe nie gelogen! Ich habe nur … Ich wollte Alta nie wehtun!«

»Wie kannst du es wagen, das zu sagen!« Meine Mutter beugte sich vor, als müsste sie sich aufs Luftholen konzentrieren. »Du kanntest Altas Gefühle. Du wusstest, was wir alle gefühlt haben, was wir erhofft haben …« Sie schluckte. »Wir haben dir erlaubt, Zeit mit ihnen zu verbringen, wenn du hättest arbeiten sollen.

Wir haben dir vertraut. Und du hast alles zerstört. Mutwillig. Wieso hast du das nur getan?«

»Weil ich …« Ich unterbrach mich. Ich spürte, wie meine Knie zitterten, als hätte ich gerade eine Kreuzotter im Gras erspäht. »Es geht nicht um Alta. Es geht nicht um euch.«

Mein Vater machte ein paar Schritte zur Zimmermitte. »Sag das nicht«, erwiderte er. »Du bist kein Junge, der seine Familie so vergessen würde. Was immer du mit – mit diesem Jungen – gemacht hast. Das war nicht, weil du es tun wolltest. So bist du einfach nicht.«

Ich starrte ihn an. Er wollte, dass ich boshaft, neidisch und rachsüchtig war; er *wollte*, dass ich es aus Hass getan habe. Weil ich sonst – *so einer* wäre … Das Zittern in meinen Beinen erschütterte mich wie ein Erdbeben. Ich wollte Lucian, niemanden sonst. Was machte das aus mir? »Bitte«, sagte ich. »Es war nicht, wie ihr meint. Es war nicht … nur eine Tändelei – wir haben einander gern.«

Meine Mutter holte Luft. »Halt den Mund!«

»Bitte«, wiederholte ich und hörte, wie meine Stimme brach.

Ich heftete die Augen an eine Papierschleife, die noch an der Decke hing. Ich konnte mich daran erinnern, wie Lucian auf dem Stuhl balanciert hatte, um sie aufzuhängen, damals vor der Wintersonnenwende. Das war der Tag, an dem wir Walzer getanzt hatten und sein Körper so nah an meinem Körper mir den Atem geraubt hatte. Die Erinnerung erwischte mich völlig unvorbereitet. Ich biss mir auf die Zunge und konzentrierte mich auf den Schmerz.

»Was geschehen ist, ist geschehen«, sagte mein Vater. »Wir werden es nie wieder erwähnen. Wenn du je wieder etwas dergleichen tust, Emmett, hast du keine Familie mehr. Das ist alles. Verstanden?«

Ich fragte langsam: »Etwas dergleichen?«

»Wenn du je wieder einen anderen Jungen – einen anderen Mann berührst. Wenn du dich von einem Mann berühren lässt. Wenn uns irgendetwas zu Ohren kommt – irgendein Gerücht, irgendeine widerwärtige Geschichte, *irgendetwas*.« Eine Pause. »Ist das klar?«

Ich konnte es nicht ertragen, dass mein Vater mich anstarrte, als wäre ich ein Fremder. Wenn ich ja sagte, würden sie mir vergeben; alles würde wieder so werden wie zuvor, und wir konnten so tun ...

»Bitte«, sagte ich. »Hört mir einfach zu. Bitte ... Ma.« Ich wandte mich an sie, zwang mich, ihren Gesichtsausdruck zu ignorieren. »Ihr wollt, dass Alta und ich ein besseres Leben haben, nicht wahr? Er hat mir eine Arbeit in Castleford angeboten. Ich könnte dort für ihn arbeiten.«

»Wovon redest du?«

Meine Stimme wurde höher, ich redete schneller. »Warum sollte es Alta sein, der diese Flucht gelingt? Ihr wolltet, dass er sie rettet. Warum kann er nicht mich retten? Ich könnte dann hier fort und sein Schreiber sein ...«

Mein Vater erwiderte: »Du meinst, seine Hure.«

Plötzlich senkte sich Stille über den Raum, wie die Stille, nachdem einem etwas Zerbrechliches hingefallen war.

»Robert«, warf Mutter ein.

»Es stimmt doch, oder nicht?«

Meine Stimme war mit einem Mal ganz ruhig, obwohl ich nicht wusste, wieso. »Ihr wolltet, dass Alta ihn heiratet«, sagte ich. »Nun, das kann sie immer noch. Er wird ihr einen Antrag machen, wenn ich ihn darum bitte. Dann habt ihr euer glückliches Ende.«

Meine Mutter sprang auf. »Sag mir«, erwiderte sie, »meinst du das wirklich?«

Ich zögerte.

»Du denkst also«, sagte sie mit derselben leisen Stimme, »du glaubst allen Ernstes, dass Alta ihn heiraten könnte, nachdem du und er, nachdem ihr – nach all dem ... Du stellst dir vor, dass wir einem solchen Mann erlauben würden, unsere Tochter auch nur anzufassen? Und du glaubst, dass es für Alta gut genug wäre, wenn ein Mann sie heiratet, weil *du* ihn dazu aufgefordert hast.«

»Wenn sie ihn immer noch wollte …«

»Wie kannst du es wagen? Wie kommst du auf den Gedanken, dass du tun und lassen kannst, was du willst, während Alta mit dem vorliebnehmen muss, was du übrig lässt? Wie kannst du es *wagen*, zu sagen, dass sie mit so wenig zufrieden sein sollte?«

»Das habe ich nicht gesagt!«

»Jetzt reicht's!« Mein Vater trat zwischen uns. »Es reicht, Hilda. Ich will nichts mehr hören. Emmett, geh auf dein Zimmer. Morgen vergessen wir das Ganze. Im Augenblick kann ich deinen Anblick nicht mehr ertragen.«

»Lasst mich doch nur erklären …«, sagte ich und wusste nicht, mit wem von den beiden ich sprechen sollte.

Mutter trat näher an mich heran und hob die Hand. Dumm – entsetzlich – zuckte ich zusammen; aber sie fuhr mir ganz sanft mit den Fingern über die Wange, als wäre ich ein kleines Kind. »Verstehst du nicht, Emmett? Wir verzeihen dir. Wir geben dir eine zweite Gelegenheit. Nimm sie an. Bitte.« Ihre Stimme bebte. »Du bekommst noch eine Gelegenheit, unser Sohn zu sein.«

Ich stolperte die Treppe hinauf. Ich konnte nicht ermessen, wo genau ich meine Arme und Beine hinbewegen sollte. Als ich mir den Zeh an der obersten Stufe anstieß und mit dem Ellbogen gegen den Pfosten des Geländers schlug, spürte ich nichts, allenfalls eine vage Berührung, als wäre etwas sehr weit weg geschehen.

Die Tür zu Altas Schlafzimmer war geschlossen. Ich ging vorbei, ohne innezuhalten; doch dann bewegte mich etwas, stehenzubleiben und zurückzublicken. Ein Schatten unter der Tür bewegte sich, ich wusste, dass sie da stand.

»Alta?«

Nichts. Aber sie war da; der Schatten glitt kaum merklich zur Seite, als schliche sie von der Tür weg.

Ich drückte die Tür auf. Sie keuchte, doch ehe ich reden konnte, hatte sie schon tief eingeatmet, sich zu ihrer vollen Höhe aufgerichtet und mir eine Ohrfeige gegeben.

Die Welt sprühte zischend Funken, rote und schwarze Punkte tanzten. Mein Ohr klingelte wie Glas, das gleich zerbersten würde.

Alta schrie mich an. *Verdammtes Schwein*, hörte ich, *widerwärtiger Schweinehund – dreckiger Scheißkerl* ... und andere Wörter, Wörter, von denen ich nicht einmal wusste, dass sie sie kannte, Wörter, die mich nicht verletzten, die aber wie Splitter in mir festsitzen und schwären würden.

Ich schlug zurück.

Mein Hieb brachte sie zum Schweigen. Sie starrte mich mit weit aufgerissenen Augen an, das Blut stieg ihr in den Kopf. Ich konnte die Spuren meiner Hand an ihren Wangenknochen sehen. Zum ersten Mal in meinem Leben war es mir gleichgültig, dass ich ihr wehgetan hatte. Mir war auch gleichgültig, dass es mir gleichgültig war.

Ich hörte mich fragen: »Woher wissen sie es?«

»Ich bin euch gefolgt. Einmal bist du mit einer Rose im Knopfloch deines Hemdes nach Hause gekommen, da wusste ich, dass ihr bei der Ruine wart. Ich wusste, wohin ich gehen musste. Und ich habe euch beobachtet.« Sie schluckte. Niemals hatte ich gesehen, dass sie jemanden so anschaute wie mich jetzt: Ihr Gesicht bebte vor Hass und Elend, und sie legte eine seltsam erwachsene Gleichgültigkeit darüber an den Tag, dass ich ihre Gefühle sehen würde ...

»Soll ich es dir buchstabieren?«, fragte sie. »Ich habe euch zusammen beobachtet. Beim Ficken.«

Ich schloss die Augen.

»Ich weiß, dass du meinen Stiefel versteckt hast, Emmett. Ihr habt mich absichtlich nicht mitgenommen. Ich habe ewig gesucht, und schließlich habe ich meine guten Schuhe angezogen und bin hinter euch hergelaufen. Ich wollte Lucian sehen.« Sie schluckte. »Aber als ich euch beide gefunden habe, da habt ihr euch gerade unterhalten. Über mich. Darüber, dass ich überhaupt nicht wichtig wäre.«

»Das habe ich *nie* gesagt ...«

»Und darüber, dass er es nicht mehr ertragen könnte, so zu tun, als wäre er in mich verliebt.«

»Alta.«

»Es macht nichts. Dir ist es ohnehin gleichgültig, nicht? Du hast mit ihm *gelacht*!« Ihre Stimme hob sich und brach, doch einen Augenblick später fuhr sie fort. »Also bin ich nach Hause gegangen. Ich habe versucht, es Pa und Ma nicht zu erzählen, aber dann bist du die ganze Nacht weggeblieben – und da konnte ich es ihnen nicht mehr verschweigen.«

Ich versuchte, nicht daran zu denken, wie sie sich gefühlt haben musste. Alta hatte nicht das Recht, sich so zu fühlen. Sie hatte gewusst, welchen Schaden sie anrichten würde, wenn sie es ihnen erzählte.

»Erst haben sie gesagt, ich hätte mich geirrt. Und dann habe ich ihnen erzählt, dass du das Ei behalten hast, das Lucian dir auf dem Jahrmarkt geschenkt hatte ...«

»Du hast meine Sachen durchwühlt?«

»Und ich habe ihnen erzählt, dass er Sommersprossen auf dem Rücken hat. Und wobei ich euch beobachtet habe.«

Schweigen. Bildete ich mir ein, ein winziges Beben des Triumphs in ihrer Stimme zu hören? Sie reckte ihr Kinn vor. »Da haben sie mir geglaubt.«

Ich schlug die Hände vor das Gesicht. Ich wollte auf der Stelle sterben.

»Pa hat an Lucians Familie in Castleford geschrieben. Er wollte ganz sicher sein, dass du ihn nie wiedersehen wirst.«

»Du hättest es ihnen nicht erzählen dürfen«, sagte ich und redete mit ihr wie mit einer Fremden. »Es geht dich nichts an, Alta.«

»Ich *liebe* ihn.« Eine Pause. »Ich ... *habe* ihn geliebt.«

Die Trumpfkarte. Die Worte, die, wenn ich sie gesagt hätte ...

Ich erlaubte mir nicht, diesen Gedanken zu Ende zu führen. Ich schaute ihr geradewegs in die Augen und legte jedes letzte bisschen Verachtung, das ich aufbringen konnte, in meine Stimme. »Dann ist es wirklich schade, dass du uns verpetzt hast«, zischte ich. »Ansonsten hätte er dich geheiratet.«

Sie starrte mich an. »Das ist eine Lüge.«

»Jetzt ist es ja sowieso gleichgültig, nicht wahr?« Es war mir eine widerliche, schreckliche Befriedigung, zu sehen, wie ihr Gesicht bleich und bleicher wurde, bis sie schließlich blinzelte und ihr die Tränen über die Wangen rannen. Dann verlosch der Funke der Freude in mir.

Ich wandte mich zum Gehen. Irgendetwas in der Zimmerecke erregte meine Aufmerksamkeit. Altas Tanzschuhe – elfenbeinfarbene Seidenschuhe, ihr ganzer Stolz – lagen an der Wand, als hätte sie sie quer über den Boden getreten, ohne jede Rücksicht darauf, wo sie landen würden. Ich konnte mich noch daran erinnern, wie ihr Gesicht aufgeleuchtet hatte, als sie vor zwei Geburtstagen diese Schuhe aus dem Seidenpapier gewickelt hatte; sie hatte ein solches Theater darum gemacht, als sie sie letztes Jahr beim Erntefest trug, dass ich sie über den schlammigsten Teil des Weges hatte tragen müssen, damit sie nur ja makellos blieben. Später hatte jemand gesagt: »Du tanzt darin wie eine Fee.« Ich hatte sie mit dem Ellbogen angestoßen und gemurmelt: »Wohl eher wie ein Gnom.« Und wir hatten so sehr gekichert, dass wir nach draußen gehen mussten. Selbst dann verlangte sie, dass ich meinen Umhang auf den Boden legte, damit sie darauftreten konnte. Nun hatten die Schuhe Ränder aus Grasflecken und waren schlammverspritzt.

»Es tut mir leid«, sagte ich. »Ich wollte dir nicht wehtun.«

»Geh einfach, Emmett.«

Ich zögerte. Irgendwie erwartete ich, dass sie einlenken würde, wie damals, wenn sie als kleines Mädchen einen Tobsuchtsanfall hatte. Aber sie starrte mich nur an, bis ich ging.

Auf einmal war ich in meinem Zimmer, ohne zu wissen, wie ich dort hingelangt war. Ich rollte mich auf meinem Bett zusammen, als würde es weniger wehtun, je kleiner ich mich machte.

Lange Zeit konnte ich nur einfach weiteratmen, versuchte nicht nachzudenken; dann hörte ich, wie Klecks bellte, als jemand vorüberritt, und begann zu weinen.

Ich vermisste Lucian so sehr, dass es wie eine Wunde war. Ich spürte die Umrisse dieses verzweifelten, feurigen Schmerzes, der unter meinem Brustbein begann und irgendwo in meiner Lende endete. Wenn ich mich bewegte oder redete oder zu tief einatmete, wuchs der Schmerz noch. Ich hätte nie gedacht, dass ich einmal einen Todeswunsch empfinden würde.

Lucian war fortgegangen. Ich hätte alles darum gegeben, noch einen Blick auf ihn zu erhaschen oder seine Stimme zu hören, aber er war nicht da. Das war alles, was ich wusste, alles, was zählte. Doch langsam begannen auch die anderen Dinge Form anzunehmen: Meine Eltern würden mir niemals verzeihen, Alta hasste mich. Ich hatte ihr Leben genauso ruiniert wie meines. Meine Schwester hatte uns zusammen gesehen, uns beobachtet.

Und Lucian. Sein Vater würde nun auch über uns Bescheid wissen. Wenn Lucian bestraft würde, wäre das auch meine Schuld. Der Gedanke ließ mir den Atem stocken. Lucian, der um meinetwegen litt, Lucian, der mich so sehr verachtete wie Alta ... Ich klammerte mich an die Erinnerungen, die ich hatte – wie wir zusammen lachten, einander berührten, an die Worte, die wir einander gesagt hatten –, doch mit jedem Herzschlag wichen diese Bilder weiter zurück. Es verlangte mich so sehr danach, mich zu erinnern, dass ich nicht mehr sicher sein konnte. Entweder würde er mich jetzt auch hassen, oder schlimmer noch – was war, wenn ihm nie wirklich etwas an mir gelegen gewesen war? Was, wenn er gar nicht an mich dachte? Was, wenn er erleichtert war, mich losgeworden zu sein?

Ich hatte keinen Hunger. Ich würde nie wieder Hunger haben. Das Einzige, was mich in Bewegung brachte, war Klecks, wenn sie draußen auf dem Hof jaulte; doch die Anstrengung, aufzustehen, um sie zu füttern, verursachte mir Schwindel. Hunde waren oben im Haus nicht erlaubt, aber ich konnte kaum mehr in Ungnade fallen, als ich es ohnehin schon war, holte sie also herein. Sie schnüffelte herum, legte sich dann neben mich. Ich breitete die Arme um sie; ihre Wärme füllte die Leere in meinem Inneren nicht, aber ihr ruhiger Atem und das Gewicht ihres Kinns auf meiner Schulter linderten meinen Schmerz ein wenig. Endlich schlief ich völlig erschöpft ein.

Als ich mit einem Ruck auffuhr, war es beinahe dunkel. Klecks sprang auf den Boden und trottete fort; ihre Pfoten klapperten über die Dielen. Mein Herz pochte, als hätte ich einen Alptraum gehabt, aber mich hatte die Wirklichkeit geweckt, scharf wie ein Peitschenknall. Ich setzte mich zitternd auf und schob mir das schweißnasse Haar aus der Stirn.

Die Wohnzimmertür schlug zu. Ich hörte knarrende Schritte und eine gedämpfte Stimme. Es war ein Mann, aber es war nicht mein Vater. Allerdings antwortete er einige Sekunden später mit einem leisen Murmeln, das unterwürfig klang.

Ich nahm Klecks mit nach unten und führte sie auf den Hof. Nach meinem stickigen Zimmer schien mir die Abendluft warm und süß, doch ich schloss die Haustür wieder und ging über den Flur zur Wohnzimmertür. Diese Stimme … Ich hielt inne und lauschte.

»Ich verstehe, wie enttäuscht Ihr seid, Mr Farmer.«

Einen erschütternden, überwältigenden Augenblick lang dachte ich, es wäre Lucian. Dann verebbte das Brausen in meinen Ohren, und ich wusste, dass er es nicht war. Der Akzent war derselbe, aber die Stimme war tiefer, klang hohl und blutleer.

»Nun gut«, antwortete mein Vater. »Ich gehe ihn holen.« Ich taumelte zurück, aber nicht schnell genug. Als mein Vater die Tür aufmachte und mich da stehen sah, kniff er die Augen zusammen. Doch er sagte nur: »Du kommst jetzt besser rein, Junge.«

Ich folgte ihm ins Wohnzimmer. Ein Mann saß auf dem Sessel, hatte die Beine übereinandergeschlagen, den Kopf träge an die Lehne gelegt. Er hatte einen dichten sandgrauen Backenbart, aber keinen Schnurrbart, so dass sein Mund in seinem Gesicht leuchtete wie eine überreife Frucht. Er musterte mich vom Scheitel bis zur Sohle, seine Lippen verzogen sich zu einem breiten Lächeln.

Er wusste es. Ich wusste nicht, wieso er es wusste, aber ich erkannte es an der Art, wie er mich anschaute. »Emmett?«

»Ja«, antwortete ich. Mein Hemd war zerknittert, ich stank nach Schweiß und Hund. »Wer seid Ihr?«

»Ich heiße Acre. Ich bin ein Angestellter von Mr Darnay. Mr Darnay *senior*«, fügte er hinzu, als hätte irgendjemand vermuten können, er hätte Lucian gemeint. »Bitte setz dich.«

»Ihr seid hier nicht zu Hause.«

»Setz dich, Emmett«, sagte mein Vater. Er stand nah bei der Lampe, sein Haar glitzerte vor Feuchtigkeit.

Ich setzte mich. Mein Fußgelenk begann zu zittern, ich grub die Ferse in den Boden, um es zu beruhigen.

»Danke, Mr Farmer«, sagte Acre. Er lächelte zu meinem Vater auf und deutete auf die Tür. Vater schluckte, schaute mich an, machte dann kehrt und ging ohne ein Wort.

»Also, Emmett«, begann Acre. »Es ist alles recht bedauernswert, nicht wahr? Ich fühle mit dir. Lucian kann die Leute wirklich im Sturm erobern und vergisst dabei leider meist die Folgen. Ich nehme an, du fühlst dich im Augenblick recht mitgenommen. Aber ich bin hier, um dir zu helfen.«

Ich biss mir auf die Zunge und sagte nichts.

»Ich verstehe, wenn du mir mein Einschreiten übelnimmst. Es muss dir ja unverschämt vorkommen. Aber du musst begreifen, dass wir schon lange Erfahrungen mit dieser Art von … Problem haben. Und wir sind auf deiner Seite. Lucian ist ein braver Junge, aber er ist jung, er zieht eine Spur der Zerstörung hinter sich her, die andere Leute dann bereinigen müssen. Also …«

»Eine Spur der Zerstörung?«

»Er hat dir und deiner Schwester große Verletzungen zugefügt. Ich sehe, wie ihr leidet. Nein …« Er schüttelte den Kopf.

»Ich verlange nicht von dir, dass du es mir erzählst. Ich weiß, wie … geschändet du dich ohnehin schon fühlen musst. Aber ich möchte dich wissen lassen, dass wir mit dir fühlen. Und ich bin gekommen, um dir eine Lösung anzubieten.«

Eine wilde Hoffnung flackerte in mir auf. »Welche?«

»Es tut mir leid, Emmett. Was geschehen ist, hätte nicht geschehen dürfen. Lucian war grausam – gedankenlos, als er dich glauben ließ …« Er räusperte sich. »Ich kann dafür sorgen, dass all das verschwindet. Du kannst wieder in dein altes Leben zurückkehren – genauso wie du vorher warst. Du warst doch zufrieden, ehe du ihm begegnet bist, nehme ich an?«

Ich zögerte. »Ich denke schon.«

»Gut. Dann will ich dir ein Angebot machen. Wir übernehmen alle Kosten – Reisekosten und so weiter – und geben dir die Möglichkeit, eine Binderin zu besuchen. Als Gaste der Entschuldigung und Zeichen unseres guten Willens machen wir dir und deiner Familie auch ein kleines Geldgeschenk. Solche Geschehnisse können sehr bestürzend sein. Du wärst überrascht, wie wichtig für die nahen Verwandten das Gefühl ist, dass aus dieser Art von Fehler doch noch etwas Positives entstanden ist.«

»Einen Augenblick.« Ich versuchte zu denken. Er hatte eine so nüchterne, wohlklingende Stimme wie ein Sänger, der mich in den Schlaf lullte. »Ich soll zu einer Binderin gehen? Mich in ein Buch binden lassen? Alles vergessen?« Ich dachte, ich könnte ganz schwach die Musik des Jahrmarktes hören, die fern in meinen Ohren pulste.

»Es gibt eine Menge Vorurteile gegen das Binden, Emmett. Ich würde dich da gern beruhigen. Es ist ein ungefährlicher, schmerzloser Vorgang, und danach wärest du wieder genauso wie vorher. Keine Erinnerung an Lucian, keine Erinnerung an die Enttäuschung deiner Familie, keine Erinnerung an deinen Herzschmerz. Du wärst sozusagen« – er beugte sich vor, streckte eine dickliche hohle Hand, als bettelte er – »wieder heil.«

»Und Ihr würdet mich dafür bezahlen. Warum?«

»Weil Lucian unserer Verantwortung untersteht. Und wenn er

mit jemandem Schindluder treibt, der jung und leicht zu beeindrucken ist so wie du, dann wäre es schlicht falsch, zuzulassen, dass er dein Leben zerstört. Dein Leben und das deiner Familie.«

»Ihr sagt ...« Ich schluckte. »Ihr sagt, wenn er das macht. Meint Ihr ...?«

Er rutschte unbehaglich auf dem Sessel herum, als wäre der plötzlich zu klein für ihn geworden. »Du musst wissen, Emmett, manchmal denkt man, dass man jemanden sehr gut kennt, aber das stimmt oft nicht. Lucian kann sehr charmant sein. Er hat dir vorgegaukelt, dass du für ihn der einzige Mensch auf der Welt bist, nehme ich an. Und er hat wahrscheinlich nicht unbedingt ... gelogen.«

»Nicht unbedingt gelogen?« Doch ich konnte seine Stimme hören: *Es tut mir leid, also schön, ich bin ein Feigling.*

»Er ist ziemlich ... anfällig für Liebesgeschichten. Hast du gedacht, du wärst der Erste?«

Ich wandte den Kopf ab, doch was ich auch anschaute, es war verschwommen.

»Er wurde von Castleford weggeschickt, weil er sich mit einer ziemlich unpassenden Person eingelassen hatte. Einem Küchenmädchen, das zufällig ziemlich ... jung war; vielleicht hat er sich deswegen diesmal für dich und nicht für deine Schwester entschieden. Aber bitte denke nicht, dass du ein Narr bist. Er ist in gewisser Weise ziemlich skrupellos; er sieht alles als eine Art Jagd.«

»Das ist nicht wahr.«

»Nun, was auch immer. Es tut nichts zur Sache, nicht wahr? Wir wollen an die Zukunft denken. Angenommen, ich komme morgen mit einem Wagen. Wir bringen dich in die Binderei in den Sümpfen. Es ist besser, diese Dinge diskret abzuwickeln. Und wenn es erledigt ist, gebe ich deinem Vater zwanzig Guineas – in Gold oder als Wechsel, was immer euch lieber ist. Klingt das annehmbar?«

Mein Herz klopfte so heftig, dass ich spürte, wie mir Lucians Ring ans Brustbein stieß.

Ich sagte: »Nein.«

Sein Gesichtsausdruck veränderte sich. Es herrschte wieder Schweigen.

»Verstehe«, sagte er schließlich. »Wie viel?«

»Was?«

»Zwanzig Guineas reicht nicht. Was würde denn reichen?«

»Es geht nicht um das Geld.«

»Es geht immer ums Geld. Nenn deinen Preis. Dreißig? Fünfzig?«

»Nein.« Ich stand auf. »Ihr versteht gar nichts, oder? Es ist mir gleichgültig, ob Lucian andere Geliebte hatte.«

Meine Stimme bebte bei dem Wort, aber das war mir einerlei. »Ich möchte mich erinnern. Das ist alles, was mir jetzt noch geblieben ist.«

»Deine liebevollen Erinnerungen an einen arroganten, manipulierenden Palone?«

Ich hatte dieses Wort noch nie zuvor gehört, konnte mir aber denken, was es bedeutete. »Ja.«

»Emmett.« Mein Name klang in seinem Mund schwer, wie eine Warnung. »Sei vernünftig. Denke noch einmal darüber nach. Sagen wir fünfundsiebzig, und das ist wirklich großzügig.«

»Ich würde lieber sterben.«

»Sei vorsichtig, was du dir wünschst.«

Ich funkelte ihn wütend an. Endlich zuckte er mit den Schultern und stand auf. »Nun gut«, sagte er. »Schade. Wir hatten nur an dich gedacht.« Er wühlte tief in seinem Mantel – einem riesigen, ausgeleierten Ding, viel zu warm für diesen Sommerabend – und zog ein Päckchen hervor. »Das gehört anscheinend dir. Ein Hemd, das du ihm geliehen hast. Er wollte nicht, dass du noch einen Vorwand haben solltest, mit ihm Verbindung aufzunehmen.«

Ich nahm es.

»Wenn du meine Hilfe brauchst«, fügte er noch hinzu, »weiß dein Vater, wo man mich erreichen kann. Und wenn du heute Nacht wachliegst und dir wünschst, dass der Schmerz verschwinden würde … Es ist keine Schande, wenn du deine Meinung änderst.«

»Ich werde meine Meinung nicht ändern.«

Er warf mir ein rasches, unfreundliches Lächeln zu. Dann verneigte er sich und ging fort.

Als ich aufschaute, stand meine Mutter im Türrahmen. Ich hielt das Hemd umklammert, das Acre mir gegeben hatte; aber es gehörte mir, sie hatte keine Entschuldigung, es mir wegzunehmen. Sie sagte nichts.

»Ich gehe nicht hin«, erklärte ich.

Sie blinzelte lange und schwer, als könne sie die Augen nur mit Mühe aufhalten. »Wir könnten das Geld für Altas Mitgift brauchen.«

»Ma …«

»Wir haben uns solche Mühe gegeben, dich von Büchern fernzuhalten. Dieser böse Zauber … Aber Mr Dar… dein Freund hat es dir erzählt, nicht? Ich hätte es wissen müssen. Wir hätten sehen sollen, was für einer er ist.«

»Du meinst …«

»Wir dachte, wir würden dich schützen. Wir haben so aufgepasst …« Sie lehnte sich an den Türrahmen, verdrehte ihr Schürze langsam zu einem Knoten. »Meine Mutter hat immer gesagt, dass es ein widerlicher, unnatürlicher Zauber ist. Den Leuten die Erinnerungen auszusaugen, ihre Schande, ihren Schmerz und ihre Trauer … Sie hat gesagt, dass manche Buchbinder deswegen so lange leben. Weil sie sich von jedem Tröpfchen Leben anderer ernähren.« Sie schaute auf die Mehl- und Rußflecken, die sie auf ihrem Rock hinterlassen hatte, ohne sie wirklich zu sehen. »Aber … wenn du bloß so zurückkommen könntest, wie du warst, ehe …«

Mir schnürte etwas die Kehle zu. »Ma, hör zu. Lucian und ich waren …«

»Geh«, sagte sie. »Bitte geh einfach. Du kannst nichts mehr machen, was uns noch mehr Schande zufügt.«

Ich drängte mich an ihr vorbei und rannte die Treppe hinauf in mein Zimmer. Das Herz pochte mir in den Ohren, ich zitterte. Ich setzte mich aufs Bett, hielt mein altes Hemd an mich gepresst. Ich beugte den Kopf und drückte mein Gesicht in das Leinen. Ich hätte alles gegeben, um noch einmal Lucians Arme um mich zu spüren, unter dem schwachen Hauch Lavendelwasser seine Haut zu riechen.

Etwas knisterte im Stoff.

Eine Nachricht war in den Kragen eingenäht. Es dauerte ewig, bis ich den Saum mit der Spitze meines Messers aufgetrennt hatte; doch endlich konnte ich das Blatt auseinanderfalten.

Komm bei Sonnenaufgang zur Kreuzung zwischen der Straße zum Sumpf und der nach Castleford.

Ich liebe dich.

19

 Hätte ich in jener Nacht mit jemandem sprechen müssen, man hätte mir sofort angesehen, wie ich mich fühlte. Ich spürte ein Brennen auf der Haut, als wäre ich trunken. Zum Glück hatte ich das Abendessen bereits versäumt und konnte allein auf meinem Zimmer bleiben. Ich schlief nicht, sondern barg mein Glück sanft in meiner Brust.

Einmal hatte ich mir einen Schluck Wasser geholt und war Alta auf der Treppe über den Weg gelaufen. Als ich mich an ihr vorüberdrängte, begegneten sich unsere Blicke. Ein Keil Mondlicht fiel durch eine offene Tür im oberen Geschoss, zerschnitt die obersten Treppenstufen in schwarze und weiße Dreiecke. Doch hier unten war das Licht weich und flüchtig, haftete wie Spinnweben an den Flächen ihrer Wange und Schläfe. Sie hät-

te jedes Alter haben können – junges Mädchen, Mutter, Alte –,
aber ihre Augen waren ganz ihre, ruhig und dunkel.
»Emmett?«, sagte sie.
Es lag etwas Weiches in ihrer Stimme, das eine wilde Hoff-
nung in mir aufkeimen ließ: Sie hatte mir vergeben, sie hatte ihn
nie wirklich geliebt ...
»Ja?«
»Es tut mir leid«, erwiderte sie.
In der Ferne rief eine Eule, dann näher. Etwas wuselte in einer
Ecke des Hofs; ich stellte mir vor, wie die Eule nun schweigend
ihre Kreise zog und auf das Aufblitzen eines winzigen Auges, das
Zucken eines Mäuseschwanzes lauerte. Einen solchen Tod würde man nicht kommen hören.
»Es tut mir auch leid.«
Ich machte einen Schritt nach unten, auf sie zu; doch sie wandte sich mit einer raschen Bewegung ab und flüsterte: »Ich muss
zum Abort, Frauensachen«, und verschwand auf dem Hof. Ich
drehte mich um und schaute ihr nach, wie sie vorsichtig über
die Pflastersteine ging, ihren Umhang hochraffte, damit er nicht
durch das Stroh schleifte.
Ich hätte ihr wohl etwas hinterherrufen können, tat es aber
nicht. Ich ging in mein Zimmer zurück und wartete.
Ich war angezogen und bereit, ehe der Himmel heller wurde;
der Mond war untergegangen, doch die Sterne waren noch so
dicht wie ein Erntefeld, als ich mich die Treppe hinunter und
nach draußen schlich. Ich konnte den Atem gar nicht tief genug
in meine Lungen strömen lassen. Ich trat auf die Straße hinaus
und rannte den ganzen Weg bis zur Kreuzung.
Zunächst sah ich im heraufziehenden Morgengrauen nur das
Schimmern einer Laterne und einen dichteren Fleck Dunkelheit. Als ich näher kam, erkannte ich die Umrisse eines Pferde-
karrens. Ich wollte rufen, doch die Stille lag wie ein Zauber über
allem, und ich hatte Angst, sie zu durchbrechen. Ich konnte Lucian sehen – gegen die Nachtkühle gut eingemummelt, die Kapuze über das Gesicht gezogen –, wie er ungeduldig neben dem

Kopf des Pferdes auf und ab schritt. Ich merkte, wie ein breites, dümmliches Grinsen sich über mein Gesicht ausbreitete und rannte los. »Lucian! Lucian!«

Er drehte sich um, als ich mit pochendem Herzen den Arm nach ihm ausstreckte.

Er war es nicht.

Ich nahm alles auf einmal in mich auf, als hätte ich es im tiefsten Inneren bereits gewusst. Acre stand da neben dem Pferd, das Gesicht halb von der Kapuze verborgen. Ein anderer Mann saß zusammengesackt hinten im Karren – gähnte mit einer lässigen Müdigkeit, die mir Schauer über den Rücken jagte – und –

Alta.

Alta.

Sie schlief. Nein. Es lag ein Schatten auf ihrer Stirn, ein Schatten, der nicht von einem Gegenstand geworfen wurde; eines ihrer Augen war angeschwollen, und zwischen Nase und Mund klebte angetrocknetes Blut. Ich machte den Mund auf, doch in meinem Inneren war alles erstarrt. Als ich zu sprechen versuchte, kam nichts als ein trockenes Keuchen heraus, wie das Schnaufen eines Blasebalgs.

»Mach, was ich dir sage, und ihr passiert nichts.« Acre schob die Kapuze zurück. Lange Zeit regte sich keiner von uns; dann begriff ich, dass er auf den Karren deutete. Er wollte, dass ich einstieg. Endlich sagte er: »Mach es dir nicht schwerer als nötig, Junge.«

»Wo ist Lucian?«

Er schnaubte. »Lucian? Bist nicht besonders helle, was, Junge?«

Ich hätte es wissen sollen.

Mit seltsam ruhiger Stimme fragte ich. »Und wie habt ihr Alta in die Finger bekommen?«

»Mit dem gleichen Trick natürlich. Sie war sogar noch wilder darauf als du.«

Der andere Mann stieß ein schrilles Kichern aus, das mich auffahren ließ. »Das ist ein Prinzesschen, was? Die wird 'ne echte Landplage werden, wenn sie erst eine richtige Frau ist.«

»Sprecht nicht so über sie!«

Acre leckte sich die Finger. »Genug davon«, sagte er. »Steig auf den Wagen, ja? Wir haben es noch weit.«

Ich starrte auf Alta und zwang mich dann, zu ihm zurückzuschauen. Es war eine Finte. Sie würden ihr nicht mehr Schmerz zufügen, als sie es schon gemacht hatten. Eine Ohrfeige war eine Sache; alles darüber hinaus wäre ein Verbrechen.

»Ich fahre nirgendwo mit euch hin.«

»Das Verhandlungsstadium ist längst vorbei, Junge.«

»Ich fahre nirgendwo hin.«

»Hol den Sack, ja, Wright? Danke.« Acre langte in den Karren und hielt einen Sack in die Höhe. Mir drehte sich der Magen um. »Nun, ich glaube ja, dass man allen Menschen eine zweite Gelegenheit geben sollte. Ich zeige dir jetzt, wie ernst ich es meine. Aber weil ich ein freundlicher Mann bin, fange ich nicht mit deiner Schwester an. Verstanden?«

Der Sack bewegte sich wild. Acre hielt ihn höher, so dass ich sehen konnte, dass die Beulen Pfoten und eine Schnauze waren, die gegen das Sackleinen wühlten. Der Sack winselte, ein verzweifeltes, einsames Terrierwinseln.

»Nein«, rief ich, »nein ... bitte nicht!«

»Ich hätte nie gedacht, dass ich mal erlebe, dass ein Darnay etwas liebt, aber anscheinend kann ein übergroßer Rattenwelpe Liebe für den anderen empfinden«, meinte Acre. »Wright hat diesen kleinen Kläffer gestern eingesammelt, als er versucht hat, seine Knöchel zu attackieren. Wie heißt die Kleine doch gleich? Platsch?«

»Nein.«

»Nein? Nicht, dass es etwas zur Sache tut. Wright, walte deines Amtes, bitte.«

»Ihr könnt nicht ... bitte nicht ... bitte!«

Er ließ den Sack auf den Boden des Karrens fallen. Da landete er mit einem dumpfen Aufprall und einem Jaulen. Ich stürzte nach vorn, doch ehe ich mich über die Seite des Karrens werfen konnte, riss mir Acre den Arm auf den Rücken. »Mach weiter«, befahl er dem anderen Mann.

»Nein – Klecks – nein!«

Der Mann – Wright – stand auf, richtete sich auf wie ein Riese. Er hatte einen Knüppel neben sich, den hob er auf und packte ihn mit festem Griff. Er lächelte. Er nickte Acre zu wie ein Musiker, der gleich eine Melodie spielen wird; dann holte er Schwung und hieb mit dem Knüppel auf den Sack ein. Einmal. Zweimal. Dreimal.

Ich schrie. Ich wehrte mich so heftig, dass Acre beinahe meinen Arm nicht mehr hätte halten können. Doch er zischte zwischen den Zähnen hindurch und zerrte mich nach hinten. Dort lag ich auf Knien und würgte. Mein Kopf war beinahe völlig leer, da war nur der flammende Schmerz in meiner Schulter. Als er verging, war alles still: kein Pochen und Winseln mehr. Nichts als das schwache Säuseln einer Brise. Mein Gesicht war nass.

»Steh auf!« Ein Fuß krachte mir in die Rippen. Er raubte mir den Atem.

Dann begannen meine Lungen wieder zu arbeiten, und ich erhob mich auf die Füße. Acre deutete mit dem Kopf auf den Karren. »Steig ein.«

Ich streckte den Arm aus und hielt mich an einem Rad fest, bemerkte mit abgestumpftem Interesse, wie sehr meine Beine zitterten. Mein ganzer Körper schüttelte sich heftig, als würde ich über eine unebene Straße kutschiert. Ich machte ein paar Schritte zum hinteren Teil des Karrens, wo Wright die Rückwand heruntergelassen hatte. Ich kletterte hinauf und sackte auf dem Sitz zusammen. Wenn ich zur Seite schaute, konnte ich den blutigen Sack sehen. Er war so reglos, dass ich mir beinahe vorstellen konnte, die beiden hätten nur geblufft. Aber ich hatte das Bellen gehört und das wilde, herzzerreißende Winseln, als Klecks meine Stimme erkannte.

Jedes Mal, wenn ich blinzelte, verschwamm mir die Welt vor

Augen. Wasser rann mir übers Kinn und durchtränkte meinen Kragen. Es fühlte sich nicht so an, als weinte ich; es fühlte sich vielmehr an, als löste ich mich von innen her auf.

»Also dann«, sagte Acre. Er seufzte, als wäre jetzt das Schlimmste vorüber. »Wir fahren zum Haus der Buchbinderin, und wenn wir dort ankommen, sagst du ihr, dass du Lucian Darnay gründlich vergessen willst. Und anschließend fahren wir zurück, und dir und deiner Schwester wird es gutgehen, und niemand wird euch je wieder belästigen. Wie klingt das?«

Wright, der mir gegenübersaß, warf mir ein gespenstisch kindisches Lächeln zu und tätschelte Altas Knie.

»Gut«, erwiderte ich.

»Wenn sie fragt, antwortest du, dass du es so willst, verstanden? Wenn du ein einziges Wort über uns oder die Darnays fallen lässt und – nun ja, wie gesagt, wir wollen das nicht weiter ausführen.«

»Ich verstehe.«

Er schien noch etwas hinzufügen zu wollen, aber dann schnalzte er nur dem Pferd, und wir fuhren los.

Die Sonne war aufgegangen. Im Osten war der Himmel so strahlend hell, dass man ihn nicht anschauen konnte. Ich neigte den Kopf und starrte auf die zuckenden Schatten. Ein rotes Band entfaltete sich entlang der Bodenbretter, wand sich Zoll um Zoll auf meine Füße zu. Ich starrte es an und fragte mich, ob ich mich nach all dem noch an Klecks erinnern würde – oder würde man sie mir auch wegnehmen, zusammen mit allem anderen?

Alles andere wäre fort. Jede Erinnerung an Lucian – an jedes Mal, wenn er mich angeschaut hatte, gelächelt, über einen Witz gelacht hatte – an jede Berührung, jede Einzelheit seines Körpers, an seine knochigen, intelligenten Hände, seine Brust, seinen Nacken, das Ende seiner Wirbelsäule – an alles, was er gesagt hatte ... *Das erregt dich wohl, Farmer?* ... *Ich werde dich nicht enttäuschen* .... *Lass mich* ... *Ja.*

Ich liebe dich. Aber es war ja nicht wahr gewesen.

Ich kniff die Augen zusammen. Wenn ich alles immer und immer wieder durchging, jetzt, bevor ich die Buchbinderin besuchte … Vielleicht konnte ich etwas davon zurückhalten, vielleicht würde etwas davon mir bleiben – nicht alles, aber wenigstens manches – bitte, nur das erste Mal, als er mich küsste, oder das letzte Mal, das Letzte, was er zu mir gesagt hat – bitte, wenn ich nur diese Erinnerung behalten könnte, ich würde alles dafür geben. Denn wenigstens würde ich es, wenn ich mich erinnerte, immer und immer wieder durchleben; selbst wenn ich ihn nie wiedersehen würde, wäre das zumindest etwas.

»Reiß dich zusammen«, knurrte Wright. »Du überschwemmst den ganzen Karren.«

»Schon gut«, meinte Acre von vorn. »Wenn er so aussieht, als wäre er völlig von der Rolle, stellt sie ihm nicht so viele Fragen.«

Ich atmete tief ein, schmeckte das Salz auf der Zunge. Ein Grasbüschel war auf der Blutspur auf dem Boden des Wagens festgeklebt, zwischen dem Schatten eines Fußabdrucks und einem schlecht eingeschlagenen Nagel. Das Blut rann in den Schlitz zwischen zwei Planken, und ich stellte mir vor, wie die roten Tröpfchen auf den Weg fielen wie eine Spur aus Perlen. Die Luft roch nun anders, war bereits vom feuchten, dichten Geruch des Sumpfes durchtränkt. Ein Vogel rief hoch und klagend. Die einzigen anderen Geräusche waren das Rumpeln des Karrens und der rasche Trommelschlag der Pferdehufe.

Vielleicht konnte ich lügen. Oder ihr etwas vormachen. Vielleicht gab es eine Möglichkeit, meine Erinnerungen zu behalten, als wäre mein Herz selbst ein geheimes Buch, geschaffen aus Fleisch und Blut. Niemand würde je etwas erfahren.

Wüsste ich nur mehr über das Binden! Wenn ich darüber nachdachte, konnte ich es mir nur als eine Art Tod vorstellen: eine Tür, durch die man schreitet, ohne eine Vorstellung, was einen auf der anderen Seite erwartet. Lucian war der Einzige, der je darüber gesprochen hatte.

Er hatte gewusst, dass sie mir das antun würden. Lucian hatte es gewusst.

Ich schnappte nach Luft. Er hatte den Anblick von Büchern gehasst. Weil, dachte ich, weil … Der Gedanke war weit und leer wie ein weißer Himmel. Er war schon immer dagewesen, obwohl ich ihn erst jetzt sehen konnte. Weil das all denen widerfahren war, die er verführt hatte. Das Wort saß da und schaute mich an und wollte sich nicht verziehen. Ja, verführt. Er hatte mich verführt. Und er hatte gewusst, dass dies früher oder später geschehen würde. Er hatte nicht darüber nachdenken wollen, aber – ja – er hatte es gewusst. Es war ein Risiko, das er bereitwillig eingegangen war.

Ich kniff die Augen zusammen und blickte auf den hellsten Teil des Himmels. Das Bild verschwamm vor mir, brannte, aber es änderte sich nichts. Als ich den Kopf wegdrehte, tanzte ein schwarzer Kreis vor mir, überdeckte Altas Gesicht.

Ich streckte die Hand nach dem Zettel in meiner Tasche aus. Es war nicht nötig, ihn noch einmal zu lesen, selbst wenn ich diese dunkle Sonne hätte wegblinzeln können. Die Worte waren in mein Gedächtnis eingebrannt: *Ich liebe dich.* Es war nicht wahr – aber vielleicht war es trotz allem Lucians Handschrift? Ich hielt den Zettel nach draußen, über die Seitenwand des Karrens. Der Wind hatte sich gelegt. Als ich losließ, flatterte das Papier geradewegs nach unten und blieb am Straßenrand in einem Schilfbüschel hängen.

Als wir um die letzte Straßenbiegung kamen und das Haus erblickten, sah es aus, als stünde es in Flammen. Die Sonne senkte sich hinter uns, und alle Fenster spiegelten ein ebenmäßiges, kupfernes Feuer; es war zu reglos für wirkliche Flammen, und doch genug, um mir einen unbehaglichen Schauer über den Rücken zu jagen, als würde ich nun gleich in ein flammendes Inferno eintreten. Ich biss die Zähne zusammen und zwang mich, nicht hinzuschauen, beobachtete stattdessen Alta, die mit geschlossenen Augen in der Ecke des Karrens zusammengekrümmt lag.

Sie war wenige Stunden zuvor benommen aufgewacht und hatte gefragt, wo wir waren und wohin wir fuhren; doch als sie es ihr erzählten, protestierte sie nicht oder versuchte wegzulaufen. Ich wusste nicht, ob es daran lag, dass sie Schmerzen hatte, oder ob sie Angst hatte. Wright gab ihr Wasser, und meine Schwester trank ein paar Schlucke, wich meinem Blick aus. Einmal nach langer Zeit murmelte sie: »Em? Geht es dir gut? Vielleicht ist es ohnehin besser so ...« Aber ich antwortete ihr nicht. Ich hatte ihr nicht gesagt, was sich in dem blutverschmierten Sack zu unseren Füßen befand, und sie fragte nicht.

Der Karren bog von der Hauptstraße ab und fuhr nun einen kleinen Weg entlang. Eine Brise wehte mir warm ins Gesicht. Ich umklammerte die Seitenwände des Karrens, Splitter gruben sich in meine Handfläche. Unter meinem Hemd schlug Lucians Ring mir bei jedem Holperer gegen die Brust. Ich würde es schaffen, das alles durchzustehen, ich würde am anderen Ende ans Licht treten wie ein Bergmann, der in den Sonnenschein hinaustaumelt. Neu anfangen. Mich in jemand anderen verlieben. Ich wäre wieder unschuldig. Es würde wieder das erste Mal sein.

Der Karren kam zum Stehen. Ein dicker Brocken Galle stieg mir in den Rachen. Ich schluckte schwer, kämpfte gegen den Drang, mich zu übergeben.

»Komm schon.«

Ich konnte mich nicht bewegen, ich konnte nicht denken.

»Zieh an der Klingel«, wies mich Acre angespannt und ungeduldig an. »Sag ihr, dass du von ihr gebunden werden möchtest. Sie wird dich fragen, ob du dir sicher bist und was du vergessen musst. Dann erzählst du ihr von Lucian. Das ist nicht schwer.« Er wühlte in seiner Tasche und reichte mir eine Karte. »Wenn sie wegen des Geldes fragt, gibst du ihr das da.«

Irgendwie nahm ich die Karte an. ›M. Piers Darnay‹ Fabrikbesitzer. Ich starrte auf meine andere Hand, die noch die Seitenwand des Karrens umklammerte.

»Em ...? Bitte.«

Ich schaute zu Alta. Wright hatte sie bereits am Hals gepackt. Er warf mir erneut ein breites, kindisches Lächeln zu.

Ich stand auf. Ich musste Schritt für Schritt über diese Sache nachdenken. So konnte ich es schaffen. Ich versprach mir, dass ich es mir beim nächsten Schritt anders überlegen könnte; nur noch einen und noch einen.

Schließlich stand ich auf der Türschwelle und zog am Klingelseil. Drinnen schepperte die Glocke.

Nach langer Zeit ging die Tür auf. »Ja?« Sie war uralt und sah aus wie eine Hexe.

»Ich muss mich binden lassen«, antwortete ich, als sagte ich eine Lektion auf. Ich schaute an ihr vorüber in den dunkel getäfelten Eingangsflur, auf die Treppe, die Türen, die in allen Richtungen abgingen. Drinnen war es dämmerig; nur ein Gitter aus rötlichem Sonnenlicht lag auf dem Boden und schimmerte. Es hatte genau die Farben einer Flamme, war wie ein Feuerlack auf dem alten Holz, glatt und beständig ... Ich starrte darauf, weil ich ihr nicht ins Gesicht sehen wollte. »Ich muss vergessen.«

»Bist du dir sicher? Wie heißt du, mein Junge?«

Ich antwortete. Es muss wohl die Wahrheit gewesen sein, denn ich musste nicht lange darüber nachdenken. Das Licht auf den Dielenbrettern schimmerte. Draußen waren die Sonne, der Himmel und der Sonnenuntergang. Ich klammerte mich an den Gedanken.

Sie nahm mich beim Arm und führte mich durch einen Flur in eine Werkstatt. Ich ging mit ihr, völlig benommen, vom Scheitel bis zur Sohle. Dann war da eine Tür, die sie aufschloss. Es war ein stilles Zimmer, in dem die letzten Reste der Sonnenstrahlen auf einen leeren Tisch fielen. Sie deutete auf einen Stuhl, und ich setzte mich hin. In ihrem Gesicht spiegelte sich Mitgefühl, als könnte ich ihr alles erzählen, und sie würde es verstehen.

»Warte«, sagte sie.

Wir warteten lange, bis das Sonnenlicht bis ganz hin zur Wand am anderen Ende gekrochen war, auf der Maserung der Bodendielen immer dünner und roter geworden war – bis ich trotz allem merkte, wie mein Herzschlag sich verlangsamte und die Erschöpfung begann, die Fäden aufzudröseln, die mich noch zusammenhielten. Dann endlich streckte sie die Hand aus und berührte meinen Ärmel. Ich wich vor ihr zurück. Sie sagte:»Erzähl es mir.«

»Lucian«, antwortete ich.»Die Ruine. Wir hätten nicht dort sein sollen.«

Dunkelheit kam aus dem Nichts über mich herabgestoßen und riss mich entzwei.

TEIL DREI

 Emmett Farmers Augen treten hervor. Er fällt auf die Knie und schluckt seine Erinnerungen herunter, so hastig, als zwänge man ihn, Wasser zu trinken, bis ihm der Magen platzt.

Der Geruch des brennenden Leders ist widerlich. Rauch wallt aus dem Kamin und brennt mir in den Augen. Meine Finger gleiten vom Klingelzug. Ich kann mich nicht erinnern, ob ich geläutet habe oder nicht. Ich kann mich nicht bewegen. Ich habe dergleichen noch nie gesehen. Farmers Gesicht ist grässlich verzerrt. Angeschwollen. Seine Hände krallen sich hilflos in die Luft. Er keucht und gurgelt wie ein Kätzchen, das man in einen Sack gesteckt hat und ersäufen will.

Ich habe kein Mitleid mit ihm. Er ist selbst schuld, oder nicht? Er hat das Buch ins Feuer geworfen, nicht ich. Er muss gewusst haben, was geschehen würde. Und wenn er nun auf allen vieren kriecht, würgt und den Perserteppich meines Vaters ruiniert, ist das sein Problem. Er hat es darauf angelegt. Trotzdem kann ich den Blick nicht von ihm abwenden.

»Lucian«, sagt er. Oder etwa nicht? Ein Murmeln, ein Vokal und ein Zischlaut, verzerrt, weil er sein Gesicht zur Grimasse verzieht.

Vielleicht höre ich meinen Namen, so wie wir Gesang im Wind hören: weil wir in bedeutungslosen Dingen eine Bedeutung finden wollen.

Oder aber er bittet mich um Hilfe. Ich kann ihm nicht helfen. Selbst wenn ich es über mich brächte, ihn zu berühren, kann ich nichts für ihn tun. Und wenn er um Hilfe bittet, sollte er mich Darnay nennen. Idealerweise Mr Darnay. Zum Teufel, für wen hält der sich eigentlich, dass er mich Lucian nennt? Oder er will

Es tut mir leid sagen, aber mit diesem Blick? Da ist es beinahe besser, ihn so vor mir zu sehen.

Er sagt wieder meinen Namen, diesmal unmissverständlich. Und – wie kann er es wagen – er streckt den Arm aus, balanciert schwankend auf den Knien. Es ist abstoßend: wie ein Bettler, nur schlimmer, wegen der feinen Kleidung, die er trägt. Er ist ein Geck, genau wie de Havilland. Ein Schwächling. Nein, schwach war er nicht, als wir vorhin in der Eingangshalle gekämpft haben. Schwachsinnig, das schon eher. Es lag ein Flackern in seinen Augen, als er mich ansah, beinahe als hätte er Angst. Feigling.

Ich mache bewusst einen Schritt zurück. Mein Herz donnert wie eine Maschine. Falls er wieder versucht, mich zu berühren, werde ich ihn treten wie einen Hund. Immer noch wallt Rauch aus dem Kamin.

Er hustet – nein, er schluchzt. Sein Gesicht ist nass. Er neigt den Kopf und würgt, erbricht sich auf dem Teppich meines Vaters. Ich taumele zur Seite. Bleib auf den Beinen, du Narr.

Das Buch ist beinahe völlig vernichtet. Es brennt schneller, als man erwarten würde. Der Rauch ist dicht und dunkel und tut mir beim Atmen weh. Ich wische mir mit der losen Manschette meines Hemds übers Gesicht. Das Leinen wird schmierig und nass. Wut flammt in mir auf. Die haben kein Recht – Emmett Farmer hat kein Recht –, das zu tun. Mich mit seiner schmutzigen Zauberkunst anzustecken … Er ist Buchbinder, er verdient es nicht besser, aber ich bin unschuldig. Das alles hat mit mir nichts zu tun. Die widerwärtige Traurigkeit, die da in mich eindringt, das ist nicht meine Krankheit. Ich will mir meine Haut nicht mit dem winzigsten Fleckchen von Emmett Farmers Erinnerungen besudeln lassen.

Das Buch rauscht in einer letzten Flammenkrone auf. Dann ist alles vorbei. Es ist nur noch ein Haufen Asche – die Seiten pudrig und grau wie die Lamellen eines Pilzes – auf den glühenden Kohlen. Das Leder hat sich zu spröden Fetzen hochgebogen. Der Rauch beginnt sich zu verziehen.

»Lucian«, sagt Emmett Farmer noch einmal. Er versucht, auf die Beine zu kommen. Er greift nach dem Tisch, um sich daran abzustützen, verfehlt ihn jedoch. »Bitte – Lucian ...«

Er verdreht die Augen. Dann sackt er nach vorn, sein Kinn schlägt donnernd auf dem Boden auf. Flüssigkeit gurgelt ihm aus dem Mund. Er atmet noch, ist also nicht tot.

Stille.

Was mache ich bloß? Nun da Farmer sich nicht regt, erscheint mir der Gedanke daran, ihn zu berühren, nicht mehr ganz so schrecklich. Ich könnte ihm den Puls fühlen, aber ich sehe, wie sich sein Brustkorb hebt und senkt. Ich könnte ihn so herumdrehen, dass er nicht an seinem Erbrochenen erstickt. Doch er liegt bereits mit dem Gesicht nach unten, die Krämpfe scheinen verebbt zu sein. Ich weiß, was ich tun werde: herausfinden, ob er wirklich bewusstlos ist. Doch sobald meine Knöchel seine Kleider streifen, überkommt eine bebende Hitze meinen ganzen Körper. Ich fahre zurück.

Ich muss mich wieder in den Griff bekommen, ehe jemand auftaucht.

Ich richte mich taumelnd auf und schenke mir den letzten Rest Kognak ein. Die Karaffe klirrt gegen den Rand des Glases, als klapperten Zähne. Ich kippe mir beim Trinken einen Teil des Kognaks auf den Kragen. Er läuft mir den Hals hinunter und vermischt sich mit dem kalten Schweiß auf meiner Brust. Die roten Blumen an den Wänden klaffen wie weit aufgesperrte Münder, öffnen sich weiter und immer weiter hinter dem Rauch, der im Raum hängt. Wie mein Vater mich verspotten würde, wenn er mich so zittern sähe. Ich muss mich zusammenreißen.

Es gibt einen Kunstgriff, den ich immer öfter benutze. Ich stelle mir in Gedanken eine graue Mauer vor, die sich über mir erhebt, endlos und ohne jedes Merkmal, so glatt, dass sie sogar das Gefühl für Perspektive narrt. Ich schließe die Augen und stelle mich davor. Ich stelle mir vor, dass die Mauer weiter aufsteigt und sich dann umbiegt, sich so biegt, dass sie mich in eine graue Blase von unendlicher Weite einhüllt. Ich bin allein. Hier ist nichts, was mir Schaden zufügen kann. Nichts kann zu mir durchdringen.

Als ich die Augen wieder aufschlage, haben die Krämpfe aufgehört. Der Raum ist wieder klar und deutlich zu sehen: ruhig, luxuriös. Samt, Leder und Ebenholz. Alte Standuhr, Porzellanhunde auf dem Kaminsims, Kuriositätenkabinett. Das Studierzimmer eines feinen Herrn wie aus dem Bilderbuch. Bis auf den reglosen Körper vor dem Kamin.

Ich gehe zu dem dunklen, hinter Glas gerahmten Gemälde von anonymen Bergen und schaue mir mein Spiegelbild an. Es sieht schrecklich aus, doch zumindest kann ich mir in die Augen schauen. Ich streiche mir das verschwitzte Haar aus dem Gesicht. Ich rücke meine Krawatte zurecht, ziehe den Knoten so hoch, dass er beinahe den feuchten Fleck an meinem Kragen verdeckt. Ich stinke nach Kognak, aber das ist nichts Ungewöhnliches.

Schließlich läute ich. Ich setze mich auf den Ledersessel vor dem Kamin, verschränke die Beine und lege ein Fußgelenk auf das andere Knie. Ich bin entspannt. Ich habe das Sagen. Es wird kein Schwanken in meiner Stimme sein, wenn Betty fragen kommt, was ich will. Ich werde mehr Kognak bringen lassen, dann werde ich sie höflich bitten, den Buchbinder vom Kaminvorleger zu entfernen und auf angemessene Weise mit ihm zu verfahren. Ich habe keine Ahnung, was diese angemessene Weise ist; wenn sie mich fragt, werde ich mit den Achseln zucken und vorschlagen, sie solle sich bei jemand anderem erkundigen.

Ich bin wild entschlossen, nicht auf Farmers reglosen Körper zu starren. Ich hebe die Augen und konzentriere mich auf den ovalen Tisch, den mein Vater als Schreibtisch benutzt. Die Bücher, die Farmer ihm geliefert hat, sind überall ausgebreitet. Es ist offensichtlich, dass ich sie durchwühlt habe, nach etwas gesucht habe. Ich weiß nicht, ob ihn das wütend machen wird oder nicht. Das ist das Schlimmste an meinem Vater, dass man es nie weiß. Wenn er wütend ist ...

Ich atme tief. Ich stelle mir die graue Wand vor, die mich umfasst. Ohne Merkmal. Leer.

Die Tür geht auf. Ich bin so in mein Grau eingeschlossen, dass ich nicht auffahre. Ich räuspere mich. »Bitte beseitige diese Unordnung.«

Keine Antwort. Schritte. Nicht Bettys Schritte.

Das Grau vergeht, entlässt mich in eine Welt voller scharfer Kanten und Übelkeit. Ich fahre herum und rappele mich auf die Beine. Mir schwirrt der Kopf, und ich beiße mir auf die Zunge, um mich zu konzentrieren. Jämmerlich.

Mein Vater wirft mir ein schwaches Lächeln zu, das jemandem, der ihn nicht kennt, ein wenig geistesabwesend erscheinen könnte.

Ich sage: »Es tut mir leid, ich dachte, du wärst einer der Bediensteten.«

»Ein falsch gewähltes Wort«, sagt er mit einem kleinen Seufzer, »kann zwischen Sieg und Niederlage entscheiden. Pass auf, du Narr!«

Mein Gesicht wird heiß. Ich beiße die Zähne zusammen.

Mein Vater schreitet um die dunklen Flecken des Erbrochenen herum und stößt Emmett Farmer leicht mit dem Fuß an. »Was für ein Blutbad! Ich hoffe, dass nicht du die Schuld daran trägst.«

»Nein! Ich ...« Er hebt einen Finger, und ich verstumme.

»Bitte die wichtigsten Fakten, so knapp wie möglich.«

Ich schlucke. Ich kann für das, was gerade geschehen ist, keine Worte finden, mit denen ich es ihm erzählen kann. Meine *wichtigsten Fakten* – wie Farmer ausgesehen hat, als er zusammenbrach, wie er meinen Namen gesagt hat, das Entsetzen, mit anzusehen, wie einem Mann ein Teil seines Lebens genommen wird – sind nicht die wichtigsten Fakten, nach denen mich mein Vater fragt. Er zieht eine Augenbraue in die Höhe. »Lass dir Zeit.« Er meint das Gegenteil.

»Er ist zusammengebrochen.« Ich schaue auf das Kaminfeuer. Das Buch ist mittlerweile völlig verschwunden oder doch beinahe, vom glühenden Bett aus Holzscheiten nicht mehr zu unterscheiden. Warum will ich das meinem Vater gegenüber nicht erwähnen?

Er dreht einen Finger in der Luft, um mir mitzuteilen, dass meine Geschichte noch nicht zu Ende ist.

»Ich weiß nicht, was passiert ist. Er wollte gerade gehen. Dann hat er sich auf den Teppich übergeben.«

»Elegant formuliert. Ist das alles?«

Er weiß, dass es nicht alles ist. Ich blicke weg und zucke mit den Achseln, denn wenn ich zurückstarre, merkt er, dass ich ihm trotze, auf meine nach innen gerichtete, feige Art. Aber ich bin mir nicht sicher, wie lange ich die Stille aushalten kann. Wenn doch wenigstens jemand Farmer vom Boden aufheben würde.

Ein Huschen leichter Füße. »Oh, es tut mir sehr leid, Sir, ich hatte nicht erwartet ...« Als ich mich umdrehe, macht Betty einen Knicks vor meinem Vater und schiebt sich aufgeregt eine Haarsträhne unter ihre Haube. Für mich würde sie das nicht tun. »Soll ich ...?« Ihre Augen wandern zu dem Körper auf dem Boden, sie unterdrückt einen Schrei. Offensichtlich glaubt sie, Farmer sei tot.

Mein Vater macht sich nicht einmal die Mühe, zu ihr hinzusehen. »Lass ihn zurück in die Werkstatt von de Havilland bringen. Die können sich da um ihn kümmern.«

»Jawohl, Sir.« Sie versteht nicht, was hier vor sich geht, aber sie hat zu viel Angst vor meinem Vater, um etwas anderes zu tun, als noch einen Knicks zu machen und sich aus der Tür zu ducken. Wir hören, wie sie den Flur entlangrennt und dann ihre Stimme erhebt, als sie beinahe außer Hörweite ist.

Wir stehen schweigend da, bis der Kutscher und der Lakai hereinkommen und den Geruch von Tabak und Pferden ins Zimmer mitbringen. Sie bleiben auf der Schwelle stehen, als sie meinen Vater sehen, doch er winkt sie heran. Zusammen hieven sie Farmer in die Höhe, bis er dem Kutscher über der Schulter hängt. Farmer stöhnt, ein weiterer Schwall Erbrochenes spritzt auf den Boden. Ich reagiere nicht. Es ist unmännlich, Abscheu oder Mitleid zu zeigen. Mein Vater murmelt dem Lakai Anweisungen zu. Der hebt eine Tasche mit Papieren vom Tisch auf und hängt sie sich über die Schulter. Dann endlich gehen sie schwankend fort.

Zu meiner Überraschung lacht mein Vater leise. Er setzt sich auf den Stuhl vor dem Kamin. Er streckt seine langen Beine vor sich aus. »Oje. Und er hat so adrett ausgesehen, als er hereinkam. Sogar attraktiv auf seine grobschlächtige Weise. Ich habe gesehen, wie du ihn beäugt hast.«

Ich antworte nicht. Er hat recht. Farmer hatte gut ausgesehen. Ehe er sich in dieses widerliche Wesen verwandelte.

»Ein schwächlicher Verein, diese Buchbinder. De Havilland ist auch nicht besser. Ich hatte große Hoffnungen auf den Kerl hier gesetzt, aber er scheint aus dem gleichen Holz geschnitzt zu sein.«

Ich sage gar nichts. Ich wäre gern unsichtbar.

»Die verzärteln sich.« Er deutet mit einer Geste an, dass ich noch ein Scheit aufs Feuer legen solle. »Sie kultivieren ihre zarte Befindlichkeit, als wäre Schwäche eine Art Ehrenzeichen. Kein Rückgrat, alle miteinander. De Havilland schimpft sich Künstler, aber letztendlich ist ein Binder nichts als der Enddarm, durch den der Abfall in eine andere Form gepresst wird.« Er beugt sich vor, um auf die Bücher zu schauen, die über den Tisch verstreut liegen, aber sie sind zu weit entfernt, als dass er sie erreichen kann, und er steht nicht auf.

Ich mache einen winzigen Schritt auf die Anrichte zu, wo die Karaffen stehen. Er schaut nicht einmal zu mir hin. Seine Stimme ist scharf wie ein Peitschenknall: »Du hattest schon genug. Setz dich.«

Ich schlucke die stechende Trockenheit in meiner Kehle herunter, die ich nur mit Alkohol aufweichen kann. Stattdessen stelle ich mir einen grauen Nebel vor, der immer dichter und dichter wird, während ich einen Stuhl vom Tisch mitten ins Zimmer schleife. Ich setze mich. Ist das Gehorsam? Oder versuche ich, ihn zu reizen?

Schweigen. »Zumindest ist er fertig geworden, ehe er schlapp gemacht hat.«

»Fertig geworden?«

»Mit Nell.« Mein Vater betrachtet mich lächelnd. »Mein lieber Lucian, schau nicht so angespannt. Versuche doch wenigstens, so zu tun, als würdest du die Gesellschaft deines alten Vaters genießen.«

»Wenn du sie so sehr verachtest …« Ich unterbreche mich.

»Ja? Entspanne dich, um Himmels willen, du siehst ja so aus, als hättest du dir gerade den Arm in einem Treibriemen gequetscht.« Er lacht. So etwas passiert Männern in seinen Fabriken alle paar Monate. Sie verlieren ihren Arm. Und natürlich ihre Arbeit.

»Die Buchbinder.« Alles, was an diesem Abend geschehen ist, hat meinen Hass losgelöst. »Wenn du glaubst, dass sie alle Schmarotzer sind, warum bezahlst du sie dann? Wenn sie Arschlöcher sind, warum sammelst du dann ihre Scheiße?«

Ich möchte, dass er wütend wird. Obwohl ich Angst vor ihm habe. Es wäre ein Punkt für mich, wenn er wütend würde. Er wird es aber nicht.

»Du hast ganz recht, mein Junge. Es war nicht nett von mir, dieses Sprachbild zu verwenden.« Er lehnt sich zurück und verschränkt die Arme hinter dem Kopf. Sein Blick ruht auf der Vitrine neben dem Fenster. Wenn man es nicht wüsste, man würde meinen, dass sein sanftes Lächeln dem Straußenei und den kunstvoll geschnitzten Elfenbeinteilen gilt.

Ich wende den Kopf abrupt ab und starre in den Kamin. Das Feuer ist beinahe völlig erloschen. Graue Asche liegt wie Staub dick auf der Glut. Ein zusammengerolltes Stück verkohltes Leder ist unten auf den Rost gefallen. Die Flammen haben die Hälfte der Wörter gefressen, doch ein paar versengte Buchstaben leuchten noch hervor. METT MER. Vor zwei Stunden hatte ich noch nie von Emmett Farmer gehört, und nun jagt mir die Hälfte seines Namens kalte Schauder über den Leib. Ich verschränke die Arme vor der Brust.

Mein Vater rutscht auf seinem Sessel herum. Ich weiß, ohne hinzuschauen, dass er die Augen auf mich gerichtet hat.

Ich frage: »Was war es diesmal?«

Sein Lächeln bleibt unverändert. Er schweigt.

»Nells Erinnerungen. Sag mir, änderst du ab und zu deine Vorgehensweise? Wechselst du ab zwischen Verführung, Erpressung und Vergewaltigung?«

Meine Stimme versagt. Wie leicht ich mir das alles vorstellen kann. Bedeutet es, dass ich wie er bin, wenn ich es alles so klar vor mir sehen kann?

»Lucian, du weißt doch, meine Bibliothek steht dir zur Verfügung. Jederzeit, wenn du die Neugierde verspürst ...«

Er genießt es. Es freut ihn, dass er weiß, dass ich es weiß.

Das Gaslicht flackert auf, die Stuckverzierungen an der Decke wanken und zittern. Als der Strahl abebbt, scheint das Zimmer dunkler und kleiner als zuvor.

Die Uhr schlägt. Es ist noch früher, als ich dachte. Mein Vater räkelt sich und rollt den Kopf in den Nacken. Ich stehe mühsam auf. Er betrachtet mich, sagt aber nichts.

»Gute Nacht.«

»Gute Nacht.« Er gähnt. »Oh, und ... Lucian.«

»Ja?«

»Wenn du Nell siehst, sag ihr, dass sie einen Tag Zeit hat, diesen Teppich zu reinigen, sonst ziehe ich es ihr vom Lohn ab.«

Jemand hat die Lampen in meinem Schlafzimmer angezündet. Im Kamin brennt auch ein Feuer. Ich stelle mich so nah wie möglich davor. Zunächst zittere ich. Dann wird mir plötzlich zu heiß, und mir bricht der Schweiß aus. Ich wende mich zum Fenster und ziehe die Vorhänge auf. Kalter Luftzug trocknet mir die Feuchtigkeit von der Stirn. Regentropfen prasseln an die Scheibe, als wolle etwas verzweifelt ins Zimmer gelangen. Jenseits meines Spiegelbildes ist die Dunkelheit undurchdringlich und verschwommen. Die Lampen zu beiden Seiten des Tores schimmern durch einen Regenschleier hindurch.

Ich wende mich wieder zum Zimmer. Es ist ganz anders als das Studierzimmer meines Vaters. Es ist fast leer: Bett, Stuhl, Schreibtisch, Truhe. Doch im Lampenschein haben die kahlen weißen Wände die Farbe von Sandstein angenommen, sind die Schatten weich. Alles andere ist in Flammenfarben getönt. Dunkelheit hängt an den Kanten der Möbelstücke. Meine Bettdecke schimmert wie Seide. Wenn ich mich irgendwo sicher fühlen würde, dann hier.

Mich fröstelt wieder. Ich hülle mich in einen Morgenmantel und ziehe den Stuhl zum Kamin. Ein paar Augenblicke sitze ich da und starre in das Feuer. Doch ich kann nicht lange widerstehen. Ich erhebe mich und gehe zu der Truhe am Fußende meines Bettes. Unter den Decken habe ich mir ein improvisiertes Geheimfach eingerichtet. Die Kognakflasche ist noch halb voll, aber die suche ich nicht. Ich ziehe das andere Bündel hervor und setze mich wieder hin, um es auszuwickeln.

Das Tuch fällt zu Boden. Die Lampe ist zu weit weg, als dass ich lesen könnte, aber ich will nicht aufstehen. Ich kenne das Buch ohnehin beinahe auswendig.

Kindheitserinnerungen des Herrn William Langland.

Mein Vater hat es mir zu meinem zwölften Geburtstag geschenkt. Es war das erste Buch, das ich je ganz gelesen habe. Ich hatte natürlich schon vorher Bücher gesehen. In der Schule hatten wir welche. Die Lehrer erzählten uns immer und immer wieder, wie kostbar sie wären. Unbezahlbar, sagten sie. Einer meiner Freunde wurde verprügelt, weil er einen Tintenklecks in eines gemacht hatte. Doch die Personen der Handlung waren klapprige alte Gelehrte, die verzweifelt darauf aus waren, vor ihrem Tod noch ein paar Pence zu verdienen. Wen scherte aber schon ein Leben, das jemand damit verbracht hat, Geometrie zu unterrichten oder Experimente mit Prismen zu machen oder Bienen zu züchten? Die Bibliothek, das war der Ort, wohin man ging, um sich zu verstecken, zu weinen oder – später – hastige und heftige Rendezvous zu erleben. Niemand ging dort hin, um zu *lesen*. Wenn man durch die Tür trat, hörte man das leise Knarzen der Bücher auf den Regalbrettern, die einem sagten, man solle sich um seinen eigenen Kram kümmern. Bücher waren nur dazu da, die Eltern zu beeindrucken, genau wie das Buntglas in den Fenstern und der neue Kricket-Pavillon.

William Langland war anders. An jenem Tag ... Meine Mutter machte aus jedem Geburtstag eine feierliche Angelegenheit, machte viel Theater um uns mit ihrer spröden Begeisterung, die in Sekunden in Schärfe umschlagen konnte. Sie war diejenige, die uns Geschenke machte, nicht mein Vater. In diesem Jahr hatte ich meinen Kricketschläger oder mein Florett oder was immer bekommen, und ich hatte ihr so begeistert dafür gedankt, wie ich konnte. Ich hatte meine Geburtstagsfeier bekommen und einen Kuchen mit Verzierungen aus Schwedengrün, die abgekratzt werden mussten, ehe wir ihn essen konnten. Mädchen in Rüschenkleidern, andere Jungen wie ich in Tweedanzügen und deren Kindermädchen bevölkerten das Zimmer und ließen meine Mutter verächtlich die Lippen verziehen. Mir schmerzte bereits von zu viel Zucker der Kopf.

Als die anderen Kinder aufbrachen, versuchte ich, mich aus dem Haus und auf den Rasen zu schleichen, wurde aber von meiner Mutter sofort wieder hereinbeordert. »Dein Vater möchte dich in seinem Studierzimmer sehen«, sagte sie in dem ausdruckslosen und uninteressierten Ton, den sie stets anschlug, wenn sie über ihn sprach. Ich dachte, ich hätte etwas Schlimmes angestellt. Aber als ich zu ihm kam, strich er mir über das Haar und legte mir ein Päckchen in die Hände.

Er sah mir dabei zu, wie ich es auspackte. Es war in dunkelblaues Papier mit Goldprägung eingeschlagen. Ich wickelte das Papier ab und wusste nicht, was ich sagen sollte. Ich wusste auch nicht, was ich fühlte. Endlich sagte ich: »Danke.« Ich schlug das Buch auf, vermied es dabei ängstlich, meinem Vater in die Augen zu sehen.

Das Vorsatzblatt war ein kolorierter Druck. Ein Wald an einem

Herbstnachmittag, die Sonne niedrig über einer moosbewachsenen Steinmauer, Farnwedel in Goldtönen. Ich roch den süßen Duft von abkühlender Erde und feuchtem Unterholz. Eine Sekunde lang war ich dort und nicht im Studierzimmer meines Vaters.

Ich denke, ich habe ihm noch einmal gedankt. Ich denke, er hat mir die Titelseite gezeigt und die Stempel, die bestätigten, dass Langland sein Einverständnis gegeben hatte und dass der Buchhändler eine Lizenz besaß. Ich denke, er hat mir erzählt, wie viel das Buch gekostet hat. Nichts von alledem war wichtig. Ich ging nach oben und las es beinahe in einem Zug. Ich war so gefesselt, dass ich den Gong zum Abendessen nicht hörte; ich sah Abigail nicht, als sie in mein Kinderzimmer kam, um die Lampen anzuzünden. Ich wurde von einem sanften Strom von Erinnerungen davongetragen: weite Felder und tiefe Wälder, ein Baumhaus, ein zahmer Otter, ein Abenteuer in einem alten Steinbruch … eine dralle, lustige Mutter, ein Vater, der reiten konnte und wilderte, drei ältere Brüder, ein getreuer Bauernjunge, auf den man sich in jeder Notlage verlassen konnte …

Erst zur Schlafenszeit, als mein Kindermädchen mir das Buch fortnahm, blinzelte ich und wusste wieder, wo und wer ich war.

Wie viele Male habe ich es seither gelesen? Ich kann die Augen schließen und blicke von dem steilen Pfad, der auf die Anhöhe der Downs hinaufführt, auf Langlands Dorf. Ich kann das Summen des Kalksteins unter meinem Rücken spüren, unter dem spärlichen Gras. Ich kann wilden Thymian riechen und sonnenwarme Erde.

Am Ende des Buches war er verheiratet. Diesen Teil mochte ich immer am wenigsten. *Könnte ich dem geneigten Leser nur einen Bruchteil der Freude vermitteln, die mich erfüllte, als meine geliebte Agnes mich unter ihrer Blumenkrone hervor anlächelte, ich hielte mein Opfer für angemessen …* Doch nun spreizte ich die Hand zum Feuer und stellte mir vor, wie mir sanft die Orangenblüten durch die Finger rannen.

Was für ein Narr ich war! Ich wurde so vertraut mit diesen Erinnerungen, dass es genauso gut meine eigenen hätten sein können; aber ich dachte nie an Langland selbst oder daran, wie es dazu gekommen war, dass dieses Buch gebunden wurde. Diese Erinnerungen waren viele Jahren her, und ich vermutete, er wäre längst gestorben; aber ich verstand es nicht, nicht ganz jedenfalls. Nicht bis zu jener Nacht vor einem Jahr. Vor weniger als einem Jahr. Damals, als ich noch der Liebling meines Vaters war.

Es war im letzten Herbst, etwa eine Woche vor dem Tag, an dem ich meine Aufnahmeprüfung machen sollte. Es war früh am Abend, es dämmerte schon. Ich war nach einer Unterrichtsstunde im Studierzimmer meines Vaters. Dr Ledbury war gerade gegangen. Ich hörte seine Stimme noch in der Eingangshalle, wo Abigail ihm seinen Hut gab. Ich habe wohl noch über den Text nachgedacht, den wir soeben übersetzt hatten. Ich starrte träge durch das Zimmer auf das Kuriositätenkabinett meines Vaters. Die Pfauenfedern pressten sich gegen das Glas wie Farne in einem Vivarium. Eines der Zimmermädchen hatte anscheinend den orientalischen Dolch beim Abstauben verschoben, er hing jedenfalls schief. Ich stand auf und versuchte, ob die Tür der Vitrine vielleicht nicht abgeschlossen war.

Ich zog und spürte, wie die gesamte Vitrine nach vorne schwang.

Ein kleiner Widerstand entstand, als eine feuerfeste Dichtung nachgab. Hinter der Vitrine befand sich ein in die Wand eingelassenes Bücherregal. Ich starrte auf Reihe um Reihe von Büchern – zumeist billige, in Stoff gebundene Bücher, nicht wie die in der Schule. Die Namen irritierten mich ein wenig, als hätten sie mir vertraut sein sollen: *Marianne Smith. Mary Fletcher. Abigail Turner.* Ich nehme an, da hätte ich es begreifen müssen, doch ich hatte die Nachnamen der Dienerschaft noch nie gehört. Und ich glaube nicht, dass ich je ein Buch von einer Frau gesehen hatte. Vielleicht habe ich deswegen eines aus dem Regal genommen. Ich setzte mich auf die Lehne des Sessels und beugte mich zur Seite, um die Öllampe heller zu drehen.

Ich kann mich nicht erinnern, wie lange ich gebraucht habe, um zu begreifen, was diese Bücher waren.

Als mein Vater nach Hause kam, saß ich auf seinem Sessel und starrte auf die Asche des Feuers. Der Docht der Lampe hätte dringend geputzt werden müssen, also war das Licht im Zylinder matt vor Ruß.

Ich hörte, wie Abigail ihm die Tür öffnete. Ich stellte mir vor, wie er ihren Arm streifte – nur die leiseste Berührung, kaum mehr als die eines Schmetterlingsflügels –, als sie ihm den Mantel abnahm. Er murmelte etwas, und sie lachte.

Er pfiff eine Melodie vor sich hin und trat ins Studierzimmer. Als er mich sah, hielt er einen Moment inne. Dann zündete er die Gaslampe an und wandte sich mir in dem plötzlich aufflammenden Licht zu, immer noch pfeifend.

»Ich sehe, du hast meine kleine Bibliothek gefunden«, sagte er.

Es war das erste Mal, dass ich dachte, ich könnte mit ihm streiten und gewinnen. Ich irrte mich. Als ich drohte, dem *Castleford Herald* davon zu erzählen, zuckte er nur mit den Schultern; als ich drohte, meiner Mutter davon zu erzählen, zog er eine Augenbraue in die Höhe und sagte: »Mein lieber Junge, deine Mutter besitzt die geniale Begabung, nicht zu sehen, was ihr nicht passt. Aber wenn du meinst, dass ihr Buch neben den anderen gut aussehen würde …«

Ich habe die Aufnahmeprüfung nie abgelegt. Drei Tage später verfrachtete man mich ins Haus meines Onkels aufs Land.

Jetzt stehe ich auf. *William Langland* fällt zu Boden, doch ich hebe das Buch nicht auf. Ich möchte nicht über diese langen Monate nachdenken, in denen mich die Einsamkeit von innen vermodern ließ. Weiße Felder unter dem Schnee, die schwarzen Wälder, wo ich stundenlang wandern und keiner Menschenseele begegnen konnte – und wenn, dann erhaschte ich nur einen

kurzen Blick auf einen Wilderer, der bis zu den Augen einge-
hüllt war und so schnell verschwand, dass ich mir nicht sicher
war, ob ich ihn mir nicht eingebildet hatte. Ein Abendessen zur
Wintersonnenwende mit meinem Onkel, der schon betrunken
war, ehe man die Suppe abtrug. Ein verregneter Frühling, in dem
die Welt grün aufflammte. Nachmittage, die so langsam dahin-
krochen wie das Sonnenlicht, das in mein Fenster fiel. Ein halbes
Jahr, so wertlos wie der Plunder, den ich unten in meiner Truhe
fand, als ich nach Hause kam: eine zerfetzte Quittung von einem
Juwelier, ein paar Fasanenfedern, ein zerbrochenes Ei aus Holz,
das mit Blumen bemalt war.

Vergiss es! Ich beuge mich hinunter und hebe das Buch auf.
Ich streiche den Umschlag glatt. Als ich fortging, habe ich meinem Vater erklärt, ich hätte es verbrannt. Ich wollte ihm zeigen,
dass ich anders war als er. Aber ich habe es nicht gemacht. Ich
war schon nahe dran, es zu tun, aber ich kann es nicht über mich
bringen. William Langland ist tot, es würde ihm nichts nutzen –
aber das ist nicht der Grund. Wenn er hier wäre, würde ich ihm
seine Erinnerungen um jeden Preis abkaufen. Ich würde auf der
Stelle seine Kindheit übernehmen. Ich würde nicht zögern. Damit bin ich genauso schlecht wie mein Vater. Schlimmer noch –
denn Langland muss ja verzweifelt gewesen sein. Wie könnte er
sich sonst entschieden haben, diese Erinnerungen aufzugeben?

Ich lege das Buch auf die Fensterbank. Die Vorhänge sind offen, der Regen prasselt gegen das Glas. Der Himmel flammt in
der Ferne orangerot zwischen den kahlen Bäumen. Wieder ein
Brand in einer Fabrik am anderen Ende von Castleford. Nicht
in einer von unseren. Der Regen wird ihm wahrscheinlich lö-
schen. Wenn nicht, dann weht der Wind für uns aus der richtigen Richtung.

Derselbe Ruß hängt an den Fenstern von de Havillands Buchbinderei. Irgendwo da draußen atmet Emmett Farmer denselben
Geruch von Rauch und nassem Stein ein.

Wie viele Leute da draußen sind wohl schon gebunden worden? Wie viele Erinnerungen stecken in diesem Augenblick in

Gewölben oder sind in geheimen Regalen verschlossen oder werden von anderen gelesen? Wie viele Menschen laufen durch die Welt, denen ihr halbes Leben fehlt, ohne dass sie es wissen? Ich mache den obersten Kragenknopf auf und zerre daran, bis mich der Stoff in den Nacken beißt. Doch es ist nicht mein Hemd, das mir die Kehle zuschnürt. Ich wende mich vom Fenster ab. Ich sollte zu Bett gehen, tue es aber nicht.

Ich bin drei Treppen hinaufgestiegen. Nun stehe ich auf dem kahlen, eiskalten Absatz vor den Schlafzimmern unter dem Dach. Der Regen trommelt auf die Ziegel, ich rieche Schimmel. Ich weiß nicht, was ich hier mache; meine Hand, die die Lampe hält, zittert so sehr, dass die Schatten wie Flöhe hüpfen.
»Nell?«
Keine Antwort. Ich klopfe an eine Tür, dann an eine andere.
»Nell. Nell!«
Das metallische Quietschen von Bettfedern. Sie macht die Tür auf. Sie ist so weiß im Gesicht, dass sie schon beinahe grün ist.
»Ja, Sir? Es tut mir leid, Sir.«
»Darf ich hereinkommen?«
Sie blinzelt. Ihre Augen sind ruhig und blassblau, von der gleichen Farbe, die meine Schwestern in ihren Aquarellen viel zu häufig benutzen. Sie ist im Nachthemd. Die Ausschnittkante am Hals ist vom Alter ausgefranst.
»Lass mich bitte rein. Ich bleibe nicht lange.« Sie macht einen Schritt zurück und huscht zum anderen Ende des Zimmers. Es sind keine Vorhänge am Fenster, mein Spiegelbild starrt mich an. Ich sehe mich um, wohin ich die Lampe stellen kann, aber über dem Stuhl hängt ihre Uniform, sonst gibt es nur den Fußboden. Es ist ein enges, hässliches kleines Zimmer. Es erinnert mich an das Zimmer, in dem ich bei meinem Onkel gewohnt habe, nur ist es noch kleiner und hat keine Aussicht.

Sie setzt sich auf die Bettkante und faltet nervös den Saum ihrer verschlissenen Bettdecke.

Ich räuspere mich. »Nell.«

»Es geht mir gut, Sir, wirklich. Es tut mir leid, dass mir unwohl war.« Sie schaut zu mir auf. Sie sagt nicht, dass es spät ist oder dass ich sie aufgeweckt habe.

Es schnürt mir den Hals zu. Ich höre mich sagen: »Kannst du mir vertrauen, Nell? Ich möchte dir etwas sagen. Das wird aber sehr schwer zu glauben sein.«

»Natürlich, Sir.«

»Du musst mir vertrauen. Ich möchte, dass du deine Sachen packst, noch heute Nacht. Packe alles, mach dich zum Gehen bereit. Ich gebe dir Geld. Morgen in aller Frühe kannst du dich aus dem Haus schleichen.«

»Mit Euch, Sir?«

»Nein!« Ich wende den Blick ab. Der Wind rappelt am Fenster. Regenwasser rinnt über das Fensterbrett. Ein Faden wie Glas läuft an der Wand hinunter und breitet auf den Dielenbrettern einen dunklen Fleck aus. »Nein, nicht mit mir. Ich finde ein Haus, wo du ein paar Tage bleiben kannst. Später kannst du nach Hause gehen. Verstehst du?«

»Aber, Sir ...« Ihre Finger graben sich in die Bettdecke. »Ich verspreche, dass ich nie mehr krank werde.«

»Es ist keine Strafe. Es ist zu deiner eigenen Sicherheit. Ich möchte dich schützen.« Ich meine jedes Wort. Doch in dem leeren kleinen Zimmer klingt es so aufgeblasen, dass ich Gänsehaut bekomme. Ich halte den Blick auf den größer werdenden Klecks Wasser auf den Bodendielen gerichtet. Irgendwo hinter mir hat ein anderes Leck angefangen zu tropfen. Der Wind klappert dumpf in den Dachziegeln über unseren Köpfen.

»Bitte vertraue mir, Nell. Hier bist du in Gefahr. Früher oder später werden dir schreckliche Dinge zustoßen, und das möchte ich nicht.«

»Schreckliche Dinge?« Sie zupft an der Matratze, zieht Strohhalme durch den Drillich.

Ich hole Luft. Ich hätte mir überlegen sollen, was ich sagen wollte, als ich vor ihrer Tür stand. Nun fallen mir die richtigen Worte nicht ein. Überhaupt keine Worte.

Die Tür geht auf.

Einen Augenblick lang höre ich es nicht. Erst als Nell aufspringt, begreife ich, was das bedeutet. Sie sinkt in einen Knicks und stößt dabei mit dem Fuß an ihr Bett.

»Na, los«, sagt mein Vater. »Erzähl es ihr.«

21

Ein Windstoß summt im Kamin. Wasser schwappt in einem plötzlichen Schwall auf den Boden; dann verstummt der Wind, und das Tropfen versiegt langsam. Das Zimmer scheint nun sogar noch dunkler als zuvor, schäbig, eng und morsch vor der Winternacht.

Mein Vater schreitet an mir vorbei; um ihn ein Duft nach Seife und Seide. Einen Augenblick lang denke ich, dass er Nell berühren oder sich sogar neben sie auf das zerwühlte Bett setzen wird. Aber das tut er nicht. Er stellt sich vor mich, wo er uns beide gleichzeitig sehen kann.

Nell schaut von mir zu meinem Vater. Was immer geschieht, sie weiß, dass sie im Unrecht ist. Ich schließe die Augen, kann aber ihr Gesicht immer noch vor mir sehen.

»Erzähl es ihr«, wiederholt mein Vater. Seine Stimme ist sanft. Als ich ein kleiner Junge war, hat er mich nach einer Tracht Prügel immer so freundlich behandelt, dass es die Sache beinahe wert war. »Es ist schon in Ordnung, Lucian. Lass dich von mir nicht aufhalten. Erzähl ihr, was ich gemacht habe.«

»Ich …« Meine Stimme lässt mich im Stich. Ich schlucke schwer.

»Bitte, Mr Darnay, ich habe nicht … Mr Lucian hat gefragt,

ob er hereinkommen darf, und er ist erst einen Augenblick hier, ich *schwöre* es, Sir!«

»Alles gut, Nell, Lucian, je eher du redest, desto früher ist das alles hier vorbei.«

Ich weiß nicht, welches Spiel er spielt. Ich weiß nur, dass ich – irgendwie – verlieren werde.

»Nell.« Ich zwinge mich, sie anzuschauen. Doch sie kaut auf der Unterlippe und erwidert meinen Blick nicht. Sie weiß es besser, sie glaubt nicht, dass es noch um sie geht. Hier geht es um meinen Vater und mich. »Hör zu. Heute Nachmittag hat ein Buchbinder ein Buch aus … Du bist gebunden worden. Verstehst du, was das bedeutet?«

»Nein, Sir, das stimmt nicht. Ich habe den Boden gewischt, und dann ist mir auf einmal ganz komisch geworden …«

»Du erinnerst dich nicht. Natürlich nicht. Denn man hat dir deine Erinnerungen fortgenommen.«

»Aber ….« Sie hält inne. Ich möchte gerne meinen, dass sie mir glaubt. Sie nagt an einer kleinen schorfigen Wunde in ihrem Mundwinkel, fängt dann an, mit den Fingern daran zu kratzen. Sie starrt weiterhin eisern auf den Boden. An der Wand hinter ihr blättert der Putz ab.

»Woran du dich nicht erinnerst, ist, dass mein Vater …« Ich bin mir sehr bewusst, wie nah er mir ist.

»Nur weiter, Lucian.«

Ich räuspere mich. »Mein Vater …« Kein weiteres Wort kommt heraus. Es ist, als wolle man sich übergeben und könne nur würgen.

Er setzt sich neben Nell. Sie schaut zu ihm auf, als könne er sie vor mir retten. Er lächelt und wischt ihr eine Haarsträhne aus dem Gesicht. Ihr Mund blutet nun. Ein Blutstropfen hängt wie ein dunkelrotes Blütenblatt an ihrer Unterlippe. »Ich habe dich genommen, Nell«, sagt er unendlich sanft. »Ich bin hier Nacht für Nacht hochgestiegen und habe mich mit dir vergnügt. Aber nicht nur hier. Auch im Sommerhaus, in meinem Studierzimmer, in Lisettes Zimmer … Und auf vielerlei Weise. Du hast immer geweint und mich angefleht, ich sollte aufhören.« Er bewegt den Kopf nicht, doch seine Augen schauen mich an. »Nell, mein armer kleiner Liebling ... Was habe ich dir *nicht* angetan?«

Schweigen.

Sie regt sich nicht. Ihre Augen sind noch auf sein Gesicht gerichtet.

»Ah, Nell ... Bist du wütend auf mich? Erinnerst du dich jetzt?«

Sie runzelt die Stirn. »Erinnern, woran?«

Jemand macht ein Geräusch. Ich bin es. Mein Vater schaut nicht zu mir auf, aber einer seiner Mundwinkel zuckt.

»Nelly, meine liebe Kleine«, sagt er, »all die Male, an denen ich dir wehgetan habe. Alle die Male, an denen ich dich habe bluten lassen. Wie war es beim ersten Mal? Sicher erinnerst du dich doch an das *erste* Mal? Soll ich dir sagen, wie es war, wie du so still dalagst, als dächtest du, du hättest es verdient, wie ich dir gesagt habe, du hättest es darauf angelegt, und wie du genickt und geweint hast und ...«

»Schluss ... bitte!« Meine Stimme erstickt mich beinahe.

»Daran erinnerst du dich doch, oder? Jetzt, da ich es dir erzählt habe, Nell? Hörst du mir zu?«

Sie blinzelt. »Es tut mir leid, Sir.«

»Was habe ich gerade zu dir gesagt?«

Ihr Mund geht auf. Die Blutperle rollt herunter, sie wischt sie fort. Es bleibt ein breiter roter Streifen auf ihrem Kinn. Ihre Augen huschen von einer Seite zur anderen. »Es tut mir so sehr leid, Sir. Ich fühle mich nicht besonders gut, und alles ist irgendwie verschwommen, wenn Ihr wisst, was ich meine, ich habe versucht, aufmerksam zu lauschen, ehrlich, ich ...«

»Sprich mir nach, Nell: ›Mr Darnay hat ...‹«

»*Schluss!*« Endlich habe ich genug Luft geholt, um zu schreien. Aber es sind nicht die Worte, es ist ihr Gesicht: erstarrt, ängstlich und verzweifelt um Verständnis bemüht. Ich falle vor ihr auf die Knie. »Es ist alles in Ordnung, Nell. Er will dich nur necken. Mach dir keine Sorgen. Bitte nicht.«

Sie blinzelt rasch. Tränen rinnen ihr über die Wangen. Die wunde Stelle an ihrer Lippe beginnt erneut zu bluten. »Natürlich.« Mein Vater steht auf. »Ich necke dich nur. Jetzt lassen wir dich in Ruhe. Wenn du eine Nacht gut schläfst, bist du morgen wieder die alte. Oh, da fällt mir noch etwas ein: Versuche bitte, den Fleck aus dem Teppich in meinem Studierzimmer wegzubekommen, ja? Sonst muss ich die Köchin bitten, es dir vom Lohn abzuziehen.«

Sie schnieft. »Jawohl, Sir. Vielen Dank, Sir.«

»Das ist dann alles. Lucian, komm mit.«

Ich gerate ins Taumeln, als ich mich erhebe. Ein Schmerz wirbelt in meinem Kopf. Aufrecht stehenbleiben. Bloß nicht erbrechen. Mein Vater geleitet mich nach draußen. Er folgt mir die Treppe hinunter, ist mir so nah, dass ich die Wärme seines Atems im Nacken spüre. Als ich die Tür zu meinem Schlafzimmer erreiche, tippt er mir sanft auf die Schulter. »Mein Studierzimmer, Lucian.«

Ich bleibe stehen, eine Hand auf dem Türknauf. Meine Handfläche kribbelt vor Schweiß. Das Haus liegt sehr ruhig da. Die Teppiche und Vorhänge dämpfen das Geräusch des Regens. Mein Vater und ich könnten die einzigen Menschen auf der Welt sein.

Ich blicke nicht hinter mich, als ich über den Flur und die Treppe hinuntergehe. Seine Schritte sind wie ein Echo der meinigen, als wir die Eingangshalle durchqueren. Ich erhasche hinter den Farnen einen Blick auf mein Spiegelbild. Im blassen Gaslicht kann man sehen, wie sehr ich meinem Vater ähneln werde, wenn ich sein Alter erreicht habe.

Die Tür zu seinem Studierzimmer ist angelehnt. Das Feuer ist völlig heruntergebrannt. Er hatte niemals vorgehabt, am Abend noch einmal hierherzukommen; er wollte zu Nell.

Mein Vater schließt die Tür hinter uns und lässt sich vorsichtig auf dem Sessel nieder. Er schaut mich durch halb geschlossene Augen an. Ich gehe zu dem anderen Sessel, aber er zieht mit dem Finger einen Strich durch die Luft, als wischte er Schmutz von einer Glasscheibe. »Ich habe dich nicht aufgefordert, dich zu setzen.«

Ich bin froh, dass er das gesagt hat. Es ist mir ein Geschenk, ihn verachten zu können. Ich stehe da, die Hände in den Taschen, und ringe mir ein Lächeln ab. Ich klammere mich an meine gespielte Unverschämtheit, als könnte sie mich retten.

»Mein lieber Junge«, sagt er, »vielleicht kannst du mir erklären, was du da oben erreichen wolltest.« Er deutet durch die Decke, als spräche er vom Himmel.

Ich kann das Lächeln nicht auf meinem Gesicht festhalten. Ich weiß nicht, wie er das macht. Ist es nicht offensichtlich, was ich versucht habe? »Ich wollte sie warnen. Nell. Ich wollte nicht, dass das alles noch einmal geschieht.«

Er wirft mir ein schwaches Lächeln zu. Diesen Gesichtsausdruck hat er sonst, wenn Cecily ihm eine ihrer Zeichnungen zeigt: milde nachsichtig, sanft gelangweilt.

»Ah, deine feineren Gefühle. Welches Mitgefühl. Welche Zartheit. Welch männliches Bedürfnis, das schwächere Geschlecht zu beschützen ...«

»Zumindest mehr Mitleid als du.«

»O Lucian.« Er seufzt. »Wann wirst du endlich lernen, dich so zu sehen, wie du bist? Wer hätte gedacht, dass mein Sohn so empfindlich gegenüber der Wahrheit ist? Deine kleine Demonstration der Ritterlichkeit hatte rein gar nichts mit Nell zu tun.«

»Ich habe nur versucht ...«

»Nein.« Wieder die winzige Bewegung seines Fingers, um mich zum Schweigen zu bringen. »Du hast versucht, mich wütend zu machen. Das ist alles. Du bist genauso schlimm wie ich; eigentlich noch schlimmer, denn ich bin wenigstens ehrlich. Es war dir gleichgültig, wie viel Schmerz du dem armen Mädchen zufügst, solange ich dich deswegen nur bemerke.« Er nimmt das Glas, das neben ihm auf dem Tisch steht, und dreht es, so dass der Feuerschein im Stiel tanzt. »Aber dich würdest du ja selbst lieber nicht zu genau betrachten.«

Ich versuche, den grauen Nebel heraufzubeschwören, aber nichts geschieht. Ich bin hier im Studierzimmer meines Vaters. Die Gemälde, die Möbel und die Kunstgegenstände haben so helle Kanten, dass sie mir in den Augen wehtun. Ich starre auf die Kontinente aus Erbrochenem auf dem Teppich. Eine Landkarte von Nirgendwo.

Mein Vater steht auf. »Wir wollen kein Wort mehr darüber verlieren. Du hast gesehen, wie sinnlos der Versuch ist, eine Bindung rückgängig zu machen, also versuchst du das gewiss nicht noch einmal. Und ich bin sicher, du hast kein Bedürfnis, dich noch weiter zu demütigen.«

Er kommt mir sehr nah. Ich bin ein wenig größer als er. Ich blicke zu ihm hinunter und nicke.

Er schlägt mir ins Gesicht.

Ich verliere das Gleichgewicht. Meine Gedanken sind vollkommen klar, aber die Knie geben unter mir nach. Ich taumele zur Seite. Ich hätte damit rechnen sollen. Einen langen, langsamen Augenblick schwankt und rollt der Teppich wie ein Schiffsdeck. Die Tischkante schlägt mir seitlich an den Kiefer. Wie der Donner auf den Blitz folgt, scheint das Krachen erst später zu kommen, als ich schon auf allen vieren bin. Glitzernder schwarzer Schnee fällt rings um mich. Ich kann nicht atmen. Ich kann nicht gut sehen. Wie töricht das alles ist.

»Lucian? Mein lieber Junge, steh auf. Es hat keinen Nutzen, so auf dem Boden vor mir zu kriechen. Du dummes Kind!« Etwas Nasses wischt mir über Nacken und Ohr. Ein rot gefärbtes Taschentuch löst sich. Ich blicke ins Gesicht meines Vaters. Er zerrt mich nach oben, bis ich an das Tischbein angelehnt dasitze. »Das viele Trinken, Lucian, du musst versuchen, dich in den Griff zu bekommen. Ein winziger Klaps auf die Wange, und schon fällst du um. Sitz still! Lass mich mal sehen. Braver Junge!«

»Es tut mir leid.« Trotz allem möchte ich, dass er mich liebt.

»Es ist nicht so schlimm, wie es aussieht. Besser so? Gut.« Er knüllt sein Taschentuch zusammen und lässt es zu Boden fallen.

Es liegt auf dem Teppich, dunkel befleckt und weiß, sein Monogramm blutverkrustet. Dann steht er auf, stöhnt ein wenig und streckt mir eine Hand hin. Ich bin zu müde, um sie auszuschlagen. Einen Augenblick lang kann ich glauben, dass mein Vater nichts anderes ist als eine feste, warme Hand, die mir auf die Füße hilft. »Ab ins Bett, Junge.«

Ich gehe zur Tür. Mein Kopf pocht. Ich brauche all meine Konzentration, um die Tür zu öffnen.

Der Sessel ächzt, als er sich wieder hinsetzt. »Wann triffst du dich das nächste Mal mit Miss Ormonde?«

»Zum Tee, Dienstag in einer Woche.«

»Vielleicht solltest du besser erst in die Küche gehen, ehe du dich ins Bett legst. Pack dir ein Steak auf diesen Bluterguss.« Er lacht leise. »Wenn sie dich so sieht, kaum besser als ein Raufbold, sagt sie womöglich noch die Hochzeit ab.«

Fünf Tage später arbeite ich im Blauen Zimmer. Oder ich sollte arbeiten. Vor mir liegen ein Hauptbuch und Berge von Rechnungen und Briefen. Der ganze Tisch ist damit übersät. Aber ich kann mich nicht darauf konzentrieren. Dieses eine Mal hat mich mein Vater gebeten, mich um etwas Wichtiges zu kümmern, nicht nur um die Listen mit Preisen und Importeuren. Einer der Unterbuchhalter beschuldigt seinen Vorgesetzten, Bestechungsgelder anzunehmen. Sein Vorgesetzter behauptet, der Buchhalter hätte selbst Geld unterschlagen. Ich lese dieselben Anschuldigungen immer und immer wieder, als würden sich die Worte beim dritten Mal ändern. Dann hebe ich den Blick und starre auf die Tapete mit dem Farnmuster. Die Schatten verwandeln die blau in blau gehaltenen Wedel in silberne und malvenfarbige. Draußen ist der Himmel grau. Das gesamte Zimmer liegt im Schatten der Halbtrauer. Die Uhr surrt und stürzt sich in ihren kunstvoll klingenden Stundenschlag. Der Kopf tut mir weh. Zumindest ist die Schwellung an meinem Ohr abgeklungen.

Draußen fährt eine Kutsche vor, Schritte knirschen über den Kies. Einen Augenblick später klingelt die Glocke. Ich höre, wie Betty die Treppe hinunter- und an der Tür zum Blauen Zimmer vorüberhuscht. Jemand stöhnt auf, dann ist ein Klirren und ein Platschen zu hören.

»Du dämliche Sau, warum kniest du ausgerechnet *da* – na, dann wisch es eben *auf*«, zischt eine Stimme. Ich erinnere mich, dass ich vorhin Nell gesehen habe, die im Eingangsflur die Fliesen schrubbte. Ich runzele die Stirn. Das Papier vor mir wimmelt vor Tinte, unleserlich.

Ich stehe auf und schaue aus dem Fenster. Es ist die Kutsche von de Havilland. Sie hat auf der Seite ein überaus kunstvolles Wappen: ein schrill violettes und goldenes Buch, zu beiden Seiten Löwen, die ihre Pfoten erheben. Die Räder der Kutsche sind vergoldet, doch anscheinend ist das Gefährt so schlecht gefedert, dass de Havilland die Postkutsche – oder gar den Postkarren – benutzt, wenn er irgendwo außerhalb von Castleford verreist. Ich habe gehört, wie mein Vater de Havilland einmal Komplimente dazu machte; er nannte die Kutsche »Euer vornehmes Gefährt«.

De Havilland – er ist wohl gekommen, um seine Rechnung vorzulegen. Ich klopfe mit dem Fingernagel an die Scheibe, starre auf die schütteren Bäume hinaus, ohne sie zu sehen. Der Himmel liegt dunkel über der Stadt, rauchbesudelt und Regen androhend. Ich höre, wie die Haustür geöffnet wird, dann Bettys Stimme. Schritte überqueren die Eingangshalle, auf dem Weg zum Studierzimmer meines Vaters. Ich halte die Luft an, aber niemand ruft nach Nell. Ich höre das Klappern des Eimers und wieder das Schrubben, als sie eine neue Ecke des Bodens in Angriff nimmt.

Ich lehne mich an die Wand. Ich zwinge mich, nicht zu lauschen. Über dem Kamin hängt ein Gemälde von Nymphen, die mit Lotosblumen und Lilien geschmückt sind. Sie winken mich herbei mit ihrer durchscheinenden Haut und ihren grünen Augen. Früher haben sie mich fasziniert, bis ich herausfand, dass kein wirkliches Fleisch an diese Elfenbeinvollkommenheit heranreichen kann. Genauso ist es mit dem helldunklen Bacchus auf dem Treppenabsatz. Früher habe ich jede Nacht die Augen geschlossen und ihn mir vorgestellt – seinen Mund, seinen dunkel beschatteten Oberkörper, den schwitzenden Schimmer der Trauben. Nun grolle ich, weil ich darauf hereingefallen bin. Nachdem meine Verlobung vereinbart war, bot mir mein Vater an, den Bacchus in unser Schlafzimmer zu hängen, als Hochzeitsgeschenk. Er hatte dabei ein Funkeln in den Augen. Irgendwie wusste er – natürlich wusste er es – von den anderen Jungen in der Schule, genauso wie von den Huren in der Stadt. Ich schlug das Angebot aus. Wenn meine Hochzeitsnacht kommt, wird es weder eine Überraschung noch ein Geheimnis geben: nur die rasche Hitze der Begierde und ein paar Minuten Keuchen und Reiben. Ich denke, das kann ich schaffen, selbst mit Honour Ormonde. Doch auf keinen Fall will ich haben, dass diese gemalten Augen mich anschauen, die wunderschönen Flächen von Brust, Schulter und Bauch, das trügerische Versprechen von etwas, das weit mehr ist als Lust. Die Nymphen betrachten mich gleichmütig, glatthäutig wie Kinder. Ich wende mich von ihnen ab und gehe zu meinem Schreibtisch zurück.

Ich setze mich hin. Ich schaffe es, einen Satz im Brief des Buchhalters zu lesen. Draußen steigt de Havillands Kutscher vom Bock und zündet sich eine Zigarette an. Der Rauch weht durch die Bäume, rollt sich auf wie ein Verband. Ich stehe auf, gehe auf den Flur hinaus und hinüber zum Studierzimmer meines Vaters. Nell hat sich zur entferntesten Tür zurückgezogen, hinterlässt auf dem schwarzweißen Boden einen strahlenden Schimmer. Sie schaut auf und zögert, weiß nicht, ob sie aufstehen und knicksen soll. Ich nicke ihr zu. Sie neigt den Kopf und schrubbt weiter.

Vor einem Jahr hätte ich jeden Lauscher verachtet. Nun beuge ich mich näher zur Tür und halte die Luft an. Das Herz schrillt mir in der Brust wie eine Alarmglocke. Doch die Tür ist zu dick, die Stimmen sind gedämpft. Das einzige Geräusch, das ich höre, ist das Eintauchen und Klatschen von Nells Bürste im Eimer.

»Entschuldigung, Sir.« Ich fahre herum. Betty steht mit dem rosa glänzenden Teeservice auf einem Tablett da. Sie langt an mir vorüber und öffnet die Tür. Ich versuche, zur Seite zu treten, aber es ist zu spät. Mein Vater steht neben dem Tisch, schaut sich etwas an. Als Betty eintritt, blickt er auf und sieht mich.

»Ah, Lucian.« Das sagt er, als hätte er mich erwartet. »Komm rein. De Havilland, ich glaube, ihr habt meinen Sohn bereits kennengelernt.«

»Ja, ja.« De Havilland springt auf und schüttelt mir die Hand. Seine Hand ist so glatt wie Seife. »Master Darnay.«

Mein Vater deutet auf einen Stuhl, und ich setze mich hin. Das Blut brennt mir in den Wangen und pocht in dem verblassenden Bluterguss über meinem Auge. Betty stellt das Teegeschirr auf den niedrigen Tisch neben dem Kamin. Sie hat nur zwei Tassen mitgebracht, aber niemand bittet sie, eine weitere zu holen. Wir warten schweigend ab, dass sie fertig wird. Rosen aus dem Gewächshaus stehen in einer silbernen Schale zwischen den beiden Porzellanhunden auf dem Kaminsims.

Betty geht. Mein Vater schreitet zu dem Tisch, schenkt sich Tee ein und lässt die andere Tasse leer. Er schlendert dahin zurück, wo er gestanden hat, und untersucht das Buch weiter. Es ist klein, in Stoff gebunden, einfarbig blau.

»Helen«, sagt er und schaut auf den Buchrücken. »Natürlich, ich hätte nie gedacht … Miss Helen, wahrhaftig. Wie kurios.«

»Es tut mir so leid, Mr Darnay. Mein Lehrling hat die Anweisung ohne mein Wissen gemacht. Wenn ihr lieber wollt, dass der Einband noch einmal geprägt wird …?«

»Nein, nein. Es gefällt mir eigentlich. Sieh mal, Lucian.« Er hält das Buch hoch. Ich sehe den Schimmer der silbernen Buchstaben. »›Miss Helen Taylor‹, das lässt sie ziemlich viel wichtiger erscheinen, als sie ist, nicht wahr?«

Ich beuge mich vor und schenke Tee in die zweite Tasse. De Havilland bewegt sich, als erwartete er, dass ich sie ihm anbiete.

Ich erwidere seinen Blick und nehme einen Schluck. Der Tee ist schwarz und bitter.

»Ich muss euch ein Kompliment machen, de Havilland«, fährt mein Vater fort. »Der Text dieses Buches ist … elegant. Ganz anders als eure sonstigen Produkte. Selbst die Schrift ist schlichter. Irgendwann müsst ihr mich einmal in die Geheimnisse einweihen, die die Arbeit eines Binders so viel fesselnder machen die die eines anderen.«

De Havilland lächelt blutleer, antwortet aber nicht.

»Euer Lehrling scheint sehr vielversprechend. Zu schade, dass ihm übel wurde.«

»Ich muss mich erneut entschuldigen, Mr Darnay. Er ist vor kaum zwei Wochen in meine Buchbinderei gekommen, nachdem seine vorherige Meisterin gestorben war. Hätte ich auch nur die geringste Ahnung von seiner Hinfälligkeit gehabt …«

»Nein, nein.« Mein Vater wedelt die Entschuldigung weg wie eine lästige Fliege. Er kommt zu mir herüber und hält mir das Buch hin. »Du stimmst mir doch zu, Lucian? Lucian«, fügt er für de Havilland hinzu, »ist selbst ein Kenner. Zumindest wird er das sein, wenn er erst mehr Erfahrung hat.«

»Sachverstand wird oft vererbt«, sagt de Havilland. »Und was für ein Privileg muss es sein, Zugang zu Eurer Sammlung zu haben.«

Ich nehme das Buch. Es ist so leicht, dass ich es beinahe fallen lasse. Ich schlage es irgendwo auf und reibe das Papier zwischen Finger und Daumen. Ich blicke auf die Rosen auf dem Kaminsims. »Sehr schön«, sage ich.

»Zwanzig Guineas, glaube ich.« Mein Vater stellt einen Scheck aus. Er reicht ihn de Havilland, der ihn in seine Brieftasche steckt.

»Danke, Mr Darnay. Und noch einmal meine aufrichtige Entschuldigung, mein Lehrling wird gewiss nie wieder …«

Ich frage: »Wie geht es ihm?«

Beide schauen mich an. Mein Vater zieht eine Augenbraue in die Höhe. Ich stelle meine Teetasse leise auf dem Beistelltisch ab. Die Untertasse klirrt. Ich will aufstehen, doch stattdessen lege ich ein Fußgelenk aufs andere Knie und lehne mich zurück. Ich neige fragend den Kopf. »Euer Lehrling – hat er sich erholt?«

»Bitte glaubt mir, ich bin zutiefst beschämt.« Er umklammert seine Brieftasche. »Falls es sich als unmöglich herausstellt, die Flecken aus diesem Teppich zu entfernen ...«

»Ja«, erwidere ich. »Aber wie geht es ihm?«

»Wirklich, wenn ich auch nur die leiseste Ahnung von seinem Charakter gehabt hätte ...«

»Ich möchte etwas über seinen Gesundheitszustand erfahren, de Havilland, nicht über seine Moral.«

Eine kleine Pause folgt. Mein Vater nippt an seinem Tee. Als er die Tasse abstellt, spielt ein leises Lächeln um seinen Mund.

De Havilland sagt: »Oh, ich verstehe. Ah ... nun gut, es war ein schlimmer Fieberanfall. Nichts Ansteckendes, da bin ich mir sicher. Aber er war zwei Tage im Delirium. Die Arztrechnung betrug sechs Shilling und zweieinhalb Pence, könnt Ihr Euch das vorstellen? Ehrlich gesagt, ich weiß nicht, was ich mit ihm machen soll. Vielleicht kann er sich in der Werkstatt als nützlich erweisen. Aber es ist sehr freundlich, dass Ihr nachfragt, Master Darnay.«

»Das ist es wirklich«, bestätigt mein Vater. »Lucian hatte den Löwenanteil des Unwohlseins eures Stellvertreters auszuhalten. Er war ernsthaft bestürzt.«

»Es muss tatsächlich außerordentlich erschütternd gewesen sein.«

De Havilland kennt den genauen Betrag der Arztrechnung, hat aber kein einziges Mal Emmett Farmers Namen erwähnt. Ich lege Nells Buch zur Seite, gehe zum Kaminsims und streife mit dem Finger über eine der Rosen. Sie ist wie Seide, so weich, dass ich kaum merke, wo sie anfängt.

»Ich hoffe – äh – Euer Gesicht.« De Havilland schaut zu meinem Vater und unterbricht sich plötzlich. Er nestelt nach seinem Handtuch und hüstelt hinein.

»Nein«, sage ich, »nein, das war ein Unfall vor ein paar Tagen.«
»Das ist mir eine Erleichterung. Ich wäre entsetzt, wenn …
Verzeiht mir, ich hoffe, ich bin Euch nicht zu nahe getreten, als
ich es erwähnt habe.«

»Überhaupt nicht«, antwortet mein Vater. Er gesellt sich am
Kaminsims zu mir und neigt den Kopf, um den Duft der Rosen einzuatmen. »Es lässt sich nicht leugnen, dass Lucian aussieht, als sei er in eine Kneipenschlägerei geraten. Aber es war
ganz allein seine eigene Schuld.« Er fährt mir mit dem Daumen
über die Schläfe, als wäre der Bluterguss ein Tintenklecks. »Es
tut nichts zur Sache. Junge Männer trinken zu viel. Das ist eine
Tatsache. Seid Ihr nicht auch meiner Meinung, de Havilland?
Besonders, wenn diese jungen Männer in zehn Tagen heiraten.«

»Gewiss. Und darf ich Euch gratulieren?« De Havilland neigt
den Kopf zu einer Art halber Verbeugung. »Und während ich gerade daran denke …« Er wühlt in seiner Tasche und streckt mir
seine Visitenkarte hin. Darauf ist ein Kranz auf einem sahne-
weißen Hintergrund eingeprägt, dann ein Monogramm »d« und
»H«. Ich drehe die Karte um. *De Havilland, S. F. B., 12 Alderney
Street, Castleford.* Ich kenne die Alderney Street; eines der ele-
ganten Häuser mit einem diskreten Messingschild ist ein Bor-
dell. »Wenn Ihr einmal meine Dienste benötigen solltet …«

»Ich?«

»Sie wären überrascht, wie viele junge Paare es nützlich finden, vor der Hochzeit einen Besuch bei einem Binder zu machen. Getrennt, versteht sich.« Er neigt lächelnd den Kopf. »Es
ist gang und gäbe, müsst Ihr wissen. Besonders für junge Männer, die eine reine Weste haben wollen, ehe sie heiraten. Diese
kleinen frommen Lügen können wirklich lästig werden. Es ist
so viel besser, das neue Leben zu beginnen und nichts verbergen
zu müssen, was einem leidtun könnte.«

Ich schaue zu meinem Vater. Er hat eine Rose aus der Schale genommen und dreht sie zwischen den Fingern. Er erwidert
meinen Blick und lächelt.

Ich sage: »Nein, danke.«

»Wir haben in Castleford das sicherste Gewölbe – bei Lyon and Sons. Und unsere Preise für die Aufbewahrung sind sehr annehmbar.« Er schaut von mir zu meinem Vater. »Ich habe eine lange und sehr glanzvolle Liste von Kunden. Deren Bücher kommen nie wieder ans Tageslicht. Ich halte meine wahren Bindungen völlig getrennt von denen, die ich verkaufe.«

»Sicherlich«, sagt mein Vater. Er zupft ein Blütenblatt von der Rose, die er in der Hand hält. Es flattert auf den Teppich und liegt da wie eine kleine Wunde. »Denn wie wir alle wissen, ist es illegal, eine wahre Bindung zu verkaufen, solange die Person noch am Leben ist. Mein lieber de Havilland, ich bin überzeugt, dass es niemandem« – er legt eine feine, gefährliche Betonung auf dieses Wort – »in diesem Zimmer im Traum einfiele, das Gesetz zu brechen.«

»Gewiss nicht – doch in einigen wenigen Fällen gibt es Grauzonen.«

»Nein«, wiederhole ich. »Danke.«

De Havilland zögert und nickt. »Falls Ihr es Euch anders überlegt, meine Adresse habt Ihr. Oder wenn Miss Ormonde es anders sieht. Es wäre mir eine Ehre.« Er beugte sich zu mir und senkt die Stimme. »Ich darf wohl sagen, dass ich es für Euch einrichten könnte, ihr Buch zu lesen. Das ist ein weiterer Vorteil. Obwohl ich dergleichen natürlich niemandem sonst anbieten würde.«

Ich wende mich ab. Nun sind nur noch das Murmeln des Feuers zu hören und das kaum wahrnehmbare Reißen der Blätter, als mein Vater die Rose zerpflückt.

»Also dann«, sagt de Havilland. »Ich muss aufbrechen. Ich speise heute Mittag mit Mrs von der Ahe. Vielen Dank für Eure Zeit, Mr Darnay. Und wenn Ihr es Euch anders überlegt«, fügt er, zu mir gewandt, hinzu, »stehe ich gänzlich zu Eurer Verfügung. Ich wünsche Euch einen schönen Morgen.«

Die Tür schließt sich hinter ihm. Mein Mund ist trocken. Ich bewege mich auf die Anrichte mit den Karaffen zu.

»Jetzt nicht, Lucian.«

Ich halte inne. Ich stecke die Hände in die Hosentaschen. Die Ecke von de Havillands Visitenkarte gräbt sich mir in den Daumenballen. »Wenn das alles ist«, sage ich. »Ich muss jetzt wieder an die Arbeit.«

»Musst du?« Mein Vater spricht diese Worte leicht belustigt aus, als wäre ich ein kleines Kind. Er schnippt den nackten Rosenstängel ins Feuer. »Der liebe de Havilland. Er hat wirklich keine Ahnung, was? Ein Binder ist nur dann etwas wert, wenn man ihm trauen kann.« Er wandert zum Fenster hinüber. De Havillands Kutsche rumpelt die Einfahrt hinunter. »Bindungen für den Buchhandel, das ist eine Sache – zweifellos hat de Havilland eine Lizenz. Und gelegentlich ein Buch ohne Stempel – nun, wen schert das schon? Wenn er Lord Latworthy als Sammler hat …« Mein Vater tippt träge an das Glas. Draußen schreckt ein Vogel auf und fliegt mit klatschenden Flügeln fort. »Aber noch nie hat er mir angeboten, mir ein echtes Buch einer Bindung zu zeigen. Wenn er mir das anbietet …«

»War Nells Binden nicht echt?«

»Sei nicht so unaufrichtig, Junge. Ich meine natürlich eines von einem zahlenden Kunden. Von jemandem wie uns.«

»Von jemandem, der wichtig ist?«

»Genau.« Er lächelt mich an. »Was geschieht mit einem Arzt, wenn er beginnt, die Geheimnisse seiner Patienten zu verkaufen?«

Die Frage hängt in der Luft, bis mir klar wird, dass er sie nicht beantworten wird. Er schaut zu, bis die Kutsche durch das Tor gefahren ist. Er gähnt, nimmt Nells Buch zur Hand und schaut es durch. Ich möchte gehen, doch irgendein dunkler Impuls lässt mich stehenbleiben und ihn beobachten.

Dann blättert er eine Seite um, und etwas gleitet zu Boden.

Ein dünner, billiger Umschlag und Tinte, die bereits braun wird. *Mr Lucian Darnay.* Es ist eine sorgfältige, ordentliche Dorfschulschrift. Mein Vater hat den Umschlag auch gesehen. Ein Moment vergeht.

Ich stürze mich nach vorn. Aber er schnappt mir das dünne

Papier vor der Nase weg. Er untersucht es mit hochgezogenen Augenbrauen. »Ich muss schon sagen, geheimnisvolle *billets-doux*, von einem Buchbinder ins Haus geschmuggelt … Der armen Miss Ormonde wird das gar nicht gefallen.«

Ich rappele mich mühsam auf die Beine. Der Puls trommelt mir in den Ohren. Die Schrift ist die gleiche wie in Nells Buch. Was hat mir Emmett Farmer zu sagen? »Ich habe keine Ahnung, was das ist.«

»Dann macht es dir sicher nichts aus, wenn ich es behalte.«

»Es gehört mir.«

Mein Vater tippt sich mit dem Umschlag an den Daumennagel. Das Geräusch geht mir durch und durch.

»Beruhige dich doch, Lucian«, sagt er. »Ich bin nur neugierig.«

»Gib es mir bitte.«

Er lächelt, wendet den Umschlag am ausgestreckten Arm hin und her. »Wenn du dir unbedingt weiter die Hörner abstoßen musst, mein lieber Junge – und das musst du wahrscheinlich, denn schließlich bist du mein Sohn –, dann achte doch bitte darauf, dass das nicht aus dem Ruder läuft, ja? Solltest du völlig den Kopf verlieren … Nun ja, es ist ein ziemlicher Aufwand, ein Binden zu organisieren. Ganz zu schweigen von den Kosten.«

Ich weigere mich, die Hand nach dem Umschlag auszustrecken. Ich hole tief Luft. »Ich würde mich nicht binden lassen. Ich bin nicht so feige. Oder so unaufrichtig.«

»Ich denke, wir reden hier aneinander vorbei«, erwidert mein Vater. Er neigt den Kopf mit einem wissenden Lächeln. »Ich würde *dich* niemals zu einem Binden ermutigen … Aber deine Sichtweise fasziniert mich. Ich dachte, du verachtest mich, nicht Nell.«

»Nell hatte keine Wahl. Jeder, der sich bewusst dafür *entscheidet* …« Ich unterbreche mich.

»Ja?«

Ich schlucke. Wenn ich nach unten schaue, werde ich die Flecken auf dem Teppich sehen, wo Emmett Farmer sich übergeben hat, und den Kamin, in dem seine Erinnerungen in Flammen aufgegangen sind. Ich sehe ihn vor mir, wie er würgt, sehe sein nasses Gesicht. »Ich würde es nicht tun, das ist alles«, erkläre ich.

»Nun«, sagt mein Vater, »mögest du der hohen Meinung gerecht werden, die du von dir hast.« Nun schnippt er an eine Ecke des Briefes, als wäre es eine Spielkarte. Jeden Augenblick wird er ihn verschwinden lassen. In seinem Ärmel, im Nirgendwo.

»Vater«, bitte ich ihn. »Kann ich den Umschlag …« Ohne es zu wollen, strecke ich die Hand aus wie ein Bettler.

Er schiebt einen Finger unter den Falz und beginnt den Umschlag aufzureißen. Er wird ihn hier lesen, vor meinen Augen.

Mein Herz überschlägt sich. Einen Augenblick lang sehe ich Farmer, wie er war, bevor er sein Buch verbrannte: attraktiv, ein wenig linkisch, das Haar fiel ihm ins Gesicht. Sein Hemd war ihm zu klein, und er hatte den obersten Knopf nicht richtig geschlossen. Als ich ihn einen Diener nannte, schaute er mich an, als wolle er mich schlagen.

Ich reiße meinem Vater den Brief aus der Hand. Ehe er zu einer Reaktion Zeit hat, bin ich schon beim Kamin, ziehe den Kaminschirm fort und lasse den Umschlag ins Feuer fallen. Er glüht weiß auf und zerfällt rasch zu nichts als goldenen Löchern. Der Brief rollt sich zu einem Fetzen grauer Gaze. Ein winziges Flackern des Triumphs tanzt in meinem Bauch. Dieses eine Mal habe ich ihn besiegt.

Dann flutet die Stille wieder in meine Ohren, und mir ist übel. Es wird mir noch leidtun. Dafür wird er mich bezahlen lassen.

Er kneift die Augen zusammen. Aber er geht nur an mir vorüber, nimmt den Schürhaken und stochert im Feuer. Funken sprühen.

»Wie vernünftig«, sagt er schließlich. »Ich denke, dir wird es schwer genug fallen, eine … Person zu befriedigen.«

Ich bilde mir nicht ein, dass er mir verziehen hat. Meine Strafe wird später kommen, wenn ich nicht mehr damit rechne. »Ich gehe jetzt besser wieder an die Arbeit.«

»Das sagtest du bereits.« Er deutet mit einer ausladenden Geste zur Tür, als wüsste ich den Weg nicht.

Ich gehe zur Tür. Ich schaue über die Schulter zum Kamin zurück. Jede Spur des Briefs ist nun verschwunden. Was immer mir Emmett Farmer sagen wollte. Eine Entschuldigung dafür, dass er den Teppich ruiniert hat. Eine Entschuldigung dafür, dass er mich angesehen hat, als bemitleidete er mich. Was könnte es sonst sein als eine Entschuldigung? Kein Grund also, mich so zu fühlen wie jetzt: als wäre ich in einer grauen Gefängniszelle eingesperrt.

22

 Wir trinken Tee im Wohnzimmer. Wir sind nur zu fünft, aber das Zimmer fühlt sich klein an. Die gelben Wände bereiten mir Kopfschmerzen, die Luft ist stickig vom Parfüm meiner Mutter und der Pomade, die Cecily und Lisette auf ihr Haar schmieren. Selbst der Duft von Tee und Zitrone lässt Übelkeit in mir aufsteigen. Ich atme flach. Ein Feuer lodert im Kamin, die Luft ist trotzdem kühl. An der einen Seite bin ich klebrig vor Hitze, an der anderen eiskalt. Miss Ormonde sitzt mir gegenüber, die Knöchel züchtig gekreuzt, den Kopf geneigt. Sie lauscht gehorsam meiner Mutter, alle paar Sekunden huschen ihre Augen zu mir. Ihre behandschuhten Finger nesteln an etwas herum. Ich sehe die Erhebung an ihrem Ringfinger und begreife, dass es ihr Verlobungsring sein muss. Sie ertappt sich dabei und hört damit auf. Ich erwidere ihren Blick nicht. Draußen ist der Garten von einer dünnen Schneedecke verhüllt. Das Weiß sieht aus wie Seidenpapier, das man im Regen draußen liegengelassen hat, zerfetzt und verloren. Das halbtote Gras sticht hindurch. Die Fußabdrücke des Gärtners sind schlammdunkel.

Meine Mutter streichelt über ihre Röcke, tätschelte die violette Moiréseide und lässt ihre Ringe im bleichen Licht des Tages blitzen. Dann reicht sie mit einem Lächeln Miss Ormonde die Platte mit den Keksen. Miss Ormonde gibt sie an Cecily weiter. Meine Mutter hüstelt. Cecily errötet und reicht sie mir weiter, ohne einen Keks zu nehmen. Ihr Korsett ächzt, als sie den Arm senkt, und sie schaut rasch in die Runde, hofft, dass es niemand bemerkt hat.

Lisette beugt sich an mir vorbei, um sich einen Keks und dann – mit einem schnellen Blick zu Cecily – noch einen zu nehmen. Sie spaziert zum Klavier und klimpert mit einer Hand eine Melodie.

»Lilien«, sagt meine Mutter zu Miss Ormonde. »Seid Ihr Euch da ganz sicher, meine Liebe? Man sollte doch sicher sein, dass der Brautstrauß einem schmeichelt.«

»Ja, Miss Ormonde«, fügt Cecily hinzu. »Lilien sind so trist! Und ihr Duft ist überwältigend. Kann ich nicht ein gutes Wort für Freesien einlegen? Ihr würdet so überaus reizend aussehen mit einer Fontäne von Freesien.« Sie wirft die Zuckerdose um. »Oh – wie ungeschickt von mir!«

Lisette spielt zweimal denselben Ton und hält dann inne: »Vielleicht hat sie recht. Lilien sind so unpassend.«

»Ich denke, es wäre wirklich besser, alles zu vermeiden, was zu ... gerade ist«, wendet meine Mutter ein. Einen Augenblick lang starren sie alle Miss Ormonde an. »Ich persönlich liebe Lilien über alles – wir haben ein Gewächshaus voll davon, aber wenn man vielleicht selbst ein bisschen schlaksig ist ... Nein, ich denke, Rosen sind entschieden schmeichelhafter.«

Miss Ormonde senkt den Kopf. »Ja, was immer Ihr für richtig haltet – ich nehme an, ich werde ohnehin ein bisschen wie eine Vogelscheuche aussehen, genau wie immer.«

Ein winziges Schweigen senkt sich herab.

Von mir wird erwartet, dass ich nun etwas Tröstliches sage. Ich beobachte einen Vogel, der über den dunkel getupften Rasen hüpft.

»Unsinn«, sagt meine Mutter. »Ihr werdet wie eine wunderschöne, hold errötende Braut aussehen. Aber Lilien solltet Ihr auf keinen Fall haben... Aber was mir die meisten Sorgen macht, ist die Dekoration Eures Wohnzimmers. Ich weiß ja, dass es Euer und Lucians Wohnzimmer ist, aber schließlich werdet Ihr unter meinem Dach leben, und ich kann dieses schreckliche Graugrün nicht leiden. Könnten wir nicht etwas Fröhlicheres nehmen?« Sie schaut auf die gelben Wände ringsum, auf die Farbe, die mein Vater »gamboge« nennt. »Lucian?«

»Wie du willst.«

»Danke, meine Lieber. Ihr seht, Miss Ormonde, wie zuvorkommend er ist. Euch macht es doch nichts aus, wenn wir eine andere Farbe wählen, nicht wahr?«

»Nun, ich ... schließlich ist es Euer Haus, und ich würde nicht gern ...«

»Gut, dann ist das entschieden. Lucian, Liebling, du solltest dir das alles nicht anhören müssen. Das ist wirklich keine Männersache.«

Lisette spielt weiter auf dem Klavier. »Aber so ist Lucian eben, Mama. Er war noch nie ein *richtiger* Mann.«

»Sei nicht so lieblos.« Meine Mutter beugt sich zu Miss Ormonde und tätschelt ihr das Knie. »Sie macht Witze. Lucian hat in der Schule eine Menge Preise gewonnen. Im Reiten und im Fechten ...«

Lisette verdreht die Augen. »Im Gedichterezitieren, im Tanzen ...«

»Das können sehr männliche Errungenschaften sein. Ein Gentleman, der Walzer tanzen kann, macht seinem Geschlecht alle Ehre.«

Ich stehe auf. »Wir sind bereits verlobt, Mama. Du brauchst keine Werbung mehr für mich zu machen.«

Eine Sekunde vergeht, ehe meine Mutter lacht. Sie neigt sich über die Teekanne und schenkt Miss Ormonde eine weitere Tasse ein. »Ihr müsst ihn entschuldigen, meine Liebe. Er ist immer so bescheiden. Aber jetzt erzählt mir von Eurer Reisekleidung.

Ich habe bei Gallant's eine wirklich entzückende Pelerine aus Chinchilla gesehen. Und mit Eurem Teint ….«

Ich stehe am Fenster und blicke auf den Schnee. Das Wohnzimmer spiegelt sich bleich in der Scheibe; gespenstisch sitzen die Schatten meiner Mutter und Miss Ormondes unter den Bäumen. Miss Ormonde reibt sich mit dem Handgelenk die Stirn.

»… hinreißend«, meint meine Mutter. »Aber im Sommer kann er ein wenig misslich sein, nicht wahr? Unsere Köchin bereitet aus Zitronensaft und saurer Sahne eine wunderbare Lotion, die Ihr vielleicht einmal ausprobieren solltet. Man will ja nicht aussehen, als hätte man einen Eimer braune Farbe fallen lassen.«

Miss Ormonde steht auf. Meine Mutter verstummt. Lisette spielt ein langes Arpeggio, hält das Pedal getreten, bis alle vier Noten in der Luft schweben. Cecily versteckt einen angebissenen Keks unter ihrer Untertasse.

»Entschuldigt mich«, sagt Miss Ormonde. »Ich fühle mich ein wenig schwach.«

»Setzt Euch, meine Liebe. Stehen hilft da gar nicht.«

»Ich würde gern nach draußen gehen. Hier drinnen ist es sehr heiß.« Sie schaut mich geradewegs an. »Könntet Ihr mir bitte den Garten zeigen?«

»Gewiss. Entschuldige uns, Mama.« Ich halte ihr den Arm hin. Sie kommt durch das Zimmer auf mich zu. Sie ist beinahe so groß wie ich. Ich führe sie auf den Flur hinaus und durch die Hintertür in den Garten. Während wir hinausgehen, klimpert das Klavier den Anfang des Hochzeitsmarsches.

Es ist eiskalt. Der Himmel ist weiß, kreuz und quer von kahlen Ästen durchzogen. Miss Ormonde legt den Kopf in den Nacken und blinzelt hinauf. Dann geht sie, ohne zu mir zu schauen, einen der Wege hinunter. Ich folge ihr. Meine Schuhe schlittern auf dem schneeglatten Stein. Als ich sie einhole, steht sie im Kreis der Eibenhecke und starrt auf den Amor mit der Schneekappe. Sie streckt den Arm aus und berührt seinen goldenen Pfeil mit behandschuhten Fingern.

»Es tut mir leid«, sagt sie.

»Das muss es nicht.«

»Eure Mutter ...«

»Ich weiß.«

Sie wendet sich mir zu und schaut mir in die Augen. Ihr Gesicht verändert sich, wechselt über ein Stirnrunzeln zu einem anderen Ausdruck. »Ihr wollt mich nicht heiraten, oder?«

Es ist so still, dass ich beinahe die Form ihrer Worte in den Atemwolken vor ihrem Mund erkennen kann. »Ich will niemand anderen heiraten«, antworte ich.

Sie lacht. Es ist ein schneller, heller Klang, wie eine einzige Note aus einer Vogelkehle. Doch dann wird sie wieder ernst. Sie zupft ein Blatt aus der Hecke und lässt es fallen. Sie geht weg, durch die schmale, von Eiben gesäumte Allee, die zum Ende des Gartens führt. Sie erreicht das verschlossene Holztor und versucht, die Klinke zu drücken. »Wohin kommt man hier?«

»Zum Fluss.« Auf der anderen Seite der Gartenmauer murmelt das Wasser.

Der Schlüssel liegt unter einem verzierten Pflanztopf versteckt. Als ich ihn aufhebe, ist das Metall beißend kalt. Ich schiebe ihn, so schnell ich kann, ins Schloss. Ich öffne das Gartentor mit Schwung und winke Miss Ormonde hindurch. Wir stehen an dem schlammigen, von Grasbüscheln übersäten Flussufer, schauen zu, wie die Strömung um die Baumwurzeln wirbelt und am Eis nagt.

Ich blase eine Atemwolke in die Luft und beobachte, wie sie sich verteilt. »Möchtet Ihr mich denn heiraten?«

»Mehr als jeden anderen.« Sie schaut mich von der Seite an.

»Das ist dann ... zufriedenstellend.«

Sie macht ein paar Schritte durch das tiefe Gras. Der Schnee haftet am Saum ihres Rocks. Eine knorrige Weide bebt, als der Fluss an ihren Ästen zerrt. Dann schwingt Miss Ormonde zu mir herum. Ihre Wangen und ihre Nase sind rosig von der Kälte.

»Ihr liebt mich nicht. Das ist in Ordnung.«

»Ich habe nie ...«

»Das ist in Ordnung, habe ich gesagt. Aber Ihr müsst versprechen, mich … freundlich zu behandeln.«

»Natürlich.«

Sie kneift die Augen zusammen. Sie kommt näher zu mir. Ich mache unwillkürlich einen Schritt zurück, und sie packt meinen Arm, plötzlich ganz heftig. »Vor drei Jahren hat meine Schwester geheiratet. Davor war sie Künstlerin, Malerin, sie wollte … Aber nun ist sie niemand. Ihr Ehemann … Meine Mutter sagt, er sei sehr verständnisvoll, weil er ihren Gin und ihr Laudanum und ihr häufiges Binden bezahlt.« Ich mache mich von ihr los. »Ein Buchbinder kommt einmal im Monat. Ihr müsst doch schon von ihnen gehört haben. Sie binden die Leben der Menschen in Bücher.«

»Ich weiß, was das Binden ist.«

»Ich will nicht werden wie sie. Bitte, Lucian, ich habe gesehen, was ihr Männer mit Leuten macht, die nicht ins Bild passen. Die lästig werden. Versprecht mir …«

»Ich habe es doch gesagt: *Natürlich.*«

Sie blinzelt. Dann wendet sie sich ab. Der Wind flüstert in den Bäumen und lässt vereinzelte Schneeflocken herunterschweben. Sie geht vorsichtig durch das hohe Gras zum Tor zurück. »Es ist sehr kalt, nicht wahr? Ob es wohl wieder schneien wird?«

Ich räuspere mich. Die eisige Luft brennt mir in den Lungen. »Miss Ormonde … Honour …« Es ist das erste Mal, dass ich sie beim Vornamen nenne.

»Vielleicht sollten wir wieder ins Haus gehen«, sagt sie. »Ich möchte nicht, dass Eure Mutter mich für unhöflich hält.«

Sie geht durch das Tor. Sie schreitet vor mir den Weg entlang, hält ihre Röcke gerafft, obwohl sie bereits am Saum feucht sind. Ihr Haar ist ein kunstvoller schimmernder Knoten, von der Farbe von poliertem Holz. Darunter ist ihr Nacken weiß und dünn, übersät mit Muttermalen. Ihr Rücken ist schmal und gerade. Sie schaut sich nicht um.

Ich eile hinter ihr her. Als wir den Rand des Rasens erreichen, tritt Betty aus der Haustür. Sie knickst. »Mr Lucian?«

»Ja?« Vor mir bleibt Honour stehen, wartet darauf, dass Betty ihr den Weg freigibt.

»Da ist ein Herr, der Euch besuchen will.«

»Hat er dir seine Karte gegeben?«

»Nein.« Sie zögert. »Er meinte, Ihr würdet ihn erwarten.«

»Wenn es der Mann von Esperand's ist, sag ihm einfach, der graue Anzug ist gut so.«

»Es ist der Buchbinder, Sir. Der, der wegen Nell gekommen ist.«

Honour schaut über die Schulter. Sie wirft mir einen langen, abschätzenden Blick zu. Dann schlüpft sie an Betty vorüber ins Haus.

»Um meinen Vater zu besuchen, meinst du wohl«, erwidere ich.

»Er hat ausdrücklich gesagt, um Mr Lucian Darnay zu besuchen, Sir. Soll ich ihm sagen, dass Ihr nicht zu Hause seid?«

Die Tür schlägt zu. Durch das Fenster des Wohnzimmers sehe ich, wie sich Honour hinsetzt, wie sie vorsichtig ihre Röcke mit dem feuchten Saum anordnet. Meine Mutter macht eine Geste und lächelt. Zweifellos redet sie wieder über Kleider. Honours Gesicht ist angespannt und ausdruckslos. Sie schaut nicht zum Fenster.

»Nein, danke, Betty. Ich gehe und höre mir an, was er will.«

»Ich habe ihn in das Blaue Zimmer geführt, Sir.« Sie tritt zur Seite.

Erst als ich schon halb durch den Eingangsflur geschritten bin, merke ich, wie rasend schnell mein Herz schlägt. Ich bleibe vor dem Spiegel stehen und starre über den Farnwedel hinweg auf mein Abbild. Ich sehe genug von mir, um meinen Kragen zurechtzuziehen und mir das Haar zu glätten. Aber ich habe einen angestrengten, erhitzten Ausdruck in den Augen, den ich nicht loswerde, wie viel ich auch blinzele.

Als ich die Tür zum Blauen Zimmer aufmache, betrachtet Emmett Farmer das Bild mit den Wassernymphen. Er trägt dicke, weite Hosen und ein braunes Hemd ohne Kragen. Sein Haar ist zerzaust, und er hat sich nicht rasiert. Als er beim Geräusch der Tür herumfährt, ist er so blass wie die Wassernymphen. Er hat Schatten unter den Augen.

»Mr Farmer.« Er antwortet nicht. Ich ziehe die Augenbrauen in die Höhe. »Wie kann ich zu Diensten sein?«

»Lucian ... Darnay«, sagt er. Es bleibt ihm etwas im Hals stecken. Er räuspert sich. »Um Euch zu sehen.« Er stammelt. »Ich meine ...«

Die Uhr knirscht eine Warnung, dass sie gleich schlagen wird. Farmer zuckt zusammen und schaut sich um. Eine Kaskade von Glockenschlägen erfüllt den Raum. Als die Klänge vergehen, gehe ich zum Fenster hinüber und blicke auf einen weiteren weiß getupften Rasen hinaus. Die Wolken hängen schwer über der Stadt, und das Licht beginnt schon zu verblassen. »Was immer es ist, ich wäre dankbar, wenn Ihr Euch kurz fassen könntet. Ich erwarte den Besuch meines Schneiders.«

»Eures Schneiders?« Ich kann seinen Akzent nicht genau lokalisieren, aber er kommt aus einer ländlicheren Gegend als Castleford. Er spricht wie die Köchin meines Onkels.

»Ja, meines Schneiders. Ich heirate in etwas über einer Woche, und er hat meinen Anzug noch nicht fertig.« Ich weiß nicht, warum ich mir die Mühe mache, ihm das zu erklären. Ich verschränke die Arme und warte, bin entschlossen, nichts weiter zu sagen. Er redet nicht. Er streckt den Arm aus und hält sich am Kaminsims fest, als würde gleich der Boden unter ihm versinken. »Wenn es etwas mit dem Brief zu tun hat, den Ihr geschickt habt, den habe ich nicht gelesen.«

Er starrt mich an. Die Haut unter seinen Augen ist so dunkel, dass sie blutunterlaufen aussieht. Endlich fragt er: »Warum nicht?«

Ich zucke mit den Achseln.

»Ihr heiratet?« Seine Stimme bricht. Er räuspert sich. »Das wusste ich nicht.«

»Wieso solltet Ihr?« Ich zupfe einen losen Silberfaden aus dem Vorhang.

»Es tut mir leid.«

»Was?«

»Nichts.« Er schüttelt den Kopf, dreht sich von mir weg, so dass ich sein Gesicht nicht sehen kann. Als er sich mir wieder zuwendet, sind seine Augen feucht, und ich wende den Blick ab. Ich zupfe einen weiteren Faden aus dem Vorhang. Die Stickerei kräuselt sich zusammen. »Was wollt Ihr, Farmer? Ich habe wirklich keine Zeit für so etwas.« Er antwortet nicht. »Hat es etwas mit Nells Buch zu tun?«

»Nein. Eigentlich nicht. Ich wünschte, Ihr hättet meinen Brief gelesen. Ich weiß nicht.« Er verzieht das Gesicht.

»Stand etwas Wichtiges darin? In Eurem Brief?«

»Ja.« Er macht eine Geste, als könne er etwas sehen, was ich nicht sehen kann. Ich war schon auf dem Weg zur Tür. Nun bleibe ich stehen. Seine ausgestreckte Hand ist breit, muskulös, mit stumpfen Fingern, die Art von Hand, die ein Messer schärfen oder eine Mauer aufbauen kann. »Ich muss Euch etwas sagen.«

»Dann los.« Ich klappe den Deckel meiner Uhr auf und schaue darauf.

»Als ich Lehrling war, draußen in den Sümpfen – ich meine, ehe ich in die Buchbinderei von de Havilland kam ...« Plötzlich klingt seine Stimme seltsam, fern und unverständlich, als riefe jemand unter Wasser. Das dauert nur eine Sekunde. Dann höre ich sie wieder deutlich. Stille. Er starrt mich an. »Ihr seid da gebunden worden. Ich habe Euer Buch gesehen.«

»Das ist absurd.«

»Nein. Es ist so. Hört mir zu ...«

Ich versuche, meine Uhr wieder in die Tasche zu stecken, aber sie gehorcht mir nicht. Ich lasse sie beinahe fallen. »Ihr lügt. Warum lügt Ihr? Was zum Teufel habt Ihr vor?«

Er macht einen Schritt auf mich zu. Sein Mund bewegt sich immer noch, aber nun flimmert und schlittert der Raum. Die blaugrauen Stoffe schimmern silbern. Mein Atem hallt mir laut in den Ohren. Der Boden löst sich unter meinen Füßen auf wie

Sand, den das Meer wegsaugt. Ich halte mich an der Lehne des Stuhles fest, doch die Welt kippt weiter. Es ist, als wäre ich betrunken. »Lucian?« Er berührt mein Handgelenk.

Ich zucke zusammen. »Hände weg!«

Er atmet tief ein. »Nein«, sagt er. Es hört sich an wie die Antwort auf eine Frage. »Ihr habt nichts von all dem gehört, nicht wahr? Und Ihr hättet den Brief nicht einmal lesen können, wenn Ihr es versucht hättet. Verdammt, ich hätte es wissen müssen.«

»Von was habe ich nichts gehört?« Doch als er wieder zu reden beginnt, unterbreche ich ihn. »Raus!«

»Was?«

»Raus! Jetzt sofort! Oder ich klingele und lasse Euch hinauswerfen.«

»Aber ... Ihr versteht doch, nicht? Irgendwo gibt es ein Buch mit Euren Erinnerungen. Ich kann Euch nicht sagen, was Ihr vergessen habt, aber Ihr müsst mir glauben.«

»Warum sollte ich Euch glauben? Das ist ungeheuerlich. Eine ungeheuerliche Lüge.«

»Warum sollte ich lügen?« Er legt eine Pause ein.

Zugluft summt im Kamin und raschelt mit den Papieren auf dem Schreibtisch. Ich rieche das scharfe, flüchtige Aroma von Asche.

»Ich weiß es nicht«, antworte ich. »Ihr habt mir immer noch nicht gesagt, was Ihr wollt. Erpressung, oder?«

Er starrt mich an. Endlich erwidert er: »Nein.« Er stößt einen Schwall Luft aus. »Ich dachte ... ich weiß nicht, was ich wollte.«

»Dann geht Ihr jetzt besser.«

Er blickt sich um, als hätte er etwas verloren. Endlich sagt er: »Also auf Wiedersehen.«

»Auf Wiedersehen, Farmer.«

Er bleibt an der Tür stehen. Er fährt noch einmal herum. »Liebt Ihr sie?«

»Was?«

»Die junge Frau, die Ihr heiraten werdet?«

Ich blinzele. Es ist dämmrig im Zimmer, nur das letzte bläuliche Schneelicht vom Fenster her erleuchtet es noch. Farmers Kleidung verschmilzt mit der Düsternis. Sein Gesicht besteht nur noch aus Schatten.

Ich greife nach dem Klingelzug. Er ist so kalt, dass er sich feucht anfühlt. »Noch so eine unverschämte Frage«, sage ich, »und ich sorge dafür, dass es Euch leid tut.«

»Was?«

»Ich weiß nicht, was Ihr Euch dabei gedacht habt, hierherzukommen und mich zu bedrohen ...«

»Ich habe nicht ... ich ...«

»Aber Ihr begebt Euch da auf gefährliches Gelände. Wenn mein Vater davon erfährt ...«

Ich beende den Satz nicht. Das muss ich auch nicht. Er starrt mich an, und selbst in der tiefer werdenden Dämmerung kann ich sehen, wie weit seine Augen aufgerissen sind. Ich läute.

In der Stille nach dem fernen Klingeln neigt er den Kopf. »Ich gehe«, sagt er. »Ihr müsst niemanden herbeirufen, um mich hinauszuwerfen.« Er macht eine seltsam steife Verbeugung und verschwindet durch die Tür. »Es tut mir leid, Lucian«, sagt er, ohne sich noch einmal zu mir umzudrehen.

»Wenn Ihr mir oder meiner Familie noch einmal näher kommt ...«, rufe ich hinter ihm her.

Seine Schritte zögern auf dem halben Weg durch die Eingangshalle, und ich bin mir beinahe sicher, dass ich ihn lachen höre. Er bleibt so lange reglos stehen, dass ich meine, mich verhört zu haben und er bereits fort ist. Dann geht er zur Haustür weiter. »Oh, und ...«, sagt er, gerade laut genug, dass ich ihn hören kann: »Meinen Glückwunsch.«

Die Eingangshalle ist voller Lilien. Sie hängen in großen Büscheln an den Wänden und ergießen sich über die Lehnen der Bänke. Wohin ich auch blicke, sehe ich Unmassen von steifen grünen Blättern und weißen, wachsgleichen Blüten. Pollen schweben hinunter. Ein paar Körner landen auf meinem Hemd. Ich versuche sie fortzuwischen. Sie hinterlassen einen breiten, ockergelben Flecken quer über meinem perfekten Hemd.

Hinter mir ist ein Flüstern, ein Rascheln. Das Geräusch von zweihundert Menschen, die versuchen, still zu sein. Hundert gestärkte Hemden knistern, hundert Fischbeinkorsetts ächzen, als sie sich zu mir umwenden. Ich kann mich nicht bewegen. Ich starre auf die schimmernde Masse der Lilien. Ihr Duft ist so süß, dass ich kaum atmen kann. Ich versuche, Luft zu holen, doch das Aroma legt sich über mein Gesicht wie ein Kissen. Ich wehre mich, doch plötzlich meine ich zu ersticken, gerate in Panik.

Ich schlage die Augen auf. Luft strömt mir mit einem Keuchen in die Lungen. Ich liege, und über mir ist ein dunkelgraues Fenster. Es ist das Grau vor der Morgendämmerung, und ich bin im Bett. Ich heirate nicht. Nicht heute, nicht jetzt. Es ist keine Wirklichkeit. Nur Nervosität vor der Hochzeit. Darüber machen doch alle Witze.

Ich setze mich auf, wische mir die Feuchtigkeit vom Gesicht und hülle mich in meine Decke. Aber wenn ich die Augen schließe, kommt alles zurück: die wachsende, gestaltlose Angst, die Blumen. Vor einem Jahr hätte ich noch nach *William Langland* gegriffen. Ich hätte mich von dem Buch wieder in den Schlaf lullen, mir von ihm die Anhöhen der Downs heraufbeschwören lassen, das Kreideland, das in der Hitze des Sommers flirrt, den Duft des Thymians. Aber es nutzt nichts. Das Buch hat seinen Zauber verloren. Nun lässt es mich nur an Langland denken und daran, was es ihn gekostet haben muss. Und an Nell, an meinen Vater und Emmett Farmer.

Ich glaube Farmer nicht. Wieso sollte ich? Er ist in unser Haus gekommen und hat gesehen, wie reich wir sind, und hat gedacht, er könnte sein Glück versuchen. Das ist ein alter Trick. Wie die Wahrsagerin, die einmal beim Mittsommerjahrmarkt den Arm meiner Mutter umklammert und gekeucht hat: »Ihr steht unter einem Fluch, Madam, Ihr müsst mich diesen Fluch zerbrechen lassen!« Ich bin nicht dumm genug, um auf dergleichen hereinzufallen. Wenn Farmer harmlos wirkt, ehrlich und seltsam, dann bedeutet das nur, dass er nicht nur ein Lügner ist, sondern auch noch schlau, und wenn er wunderschön ist … na ja. *Das* bedeutet nur, dass ich noch vorsichtiger sein sollte, ihm bloß nicht zu trauen.

Es stimmt nicht. Aber wenn doch … Ich ziehe die Knie an die Brust und schließe die Augen. Was wäre so schlimm, dass ich es in ein Buch binden lassen wollte? Wenn ich mein Leben jetzt wegwischen könnte, ich würde es tun. Die Geheimnisse meines Vaters. Den Bluterguss in meinem Gesicht. Wie mich Honour angeschaut hat, mit offenen Augen, ohne jede Illusion. Meine Mutter, die den Blick abwendet, sobald die Dienstmädchen den Raum betreten. Meine eigene Vergangenheit, die schmuddeligen Fummeleien mit anderen Jungen in der Schule, die Frauen in der Stadt. Der schmutzige Kitzel der Begierde, meine kalte Entschlossenheit, niemals derjenige zu sein, der Schwäche zeigt. Die Huren, die ich verlasse, sobald es vorüber ist, ohne ein Wort des Dankes; der Augenblick, als ich meinen alten Hausvorstand im Weißen Hirsch gesehen und ihn ausdruckslos angestarrt habe, als würde ich mich nicht daran erinnern, dass ich mich von ihm am letzten Schultag habe küssen lassen. Seit der Nacht, als ich die Bücher meines Vaters gefunden habe – und seit jenen trostlosen, zerstörerischen Monaten bei meinem Onkel –, kann ich nicht einmal mehr ein Gesicht heraufbeschwören, das zu meinen Phantasien passt. Nur vereinzelte Körperteile, Öffnungen, Obszönitäten. Nichts an mir würde ich behalten. Nur an einem kann ich festhalten: dass ich mich niemals jemandem mit Gewalt aufgezwungen habe. Ich habe nie gemacht, was mein Vater macht.

Soweit ich mich erinnern kann jedenfalls.

Ich klettere aus dem Bett, schlüpfe in meinen Morgenmantel und gehe nach unten. Das Haus liegt still da. Es ist noch zu früh, meine Familie wird noch nicht wach sein. Das einzige Geräusch kommt aus dem Bereich der Dienstboten. Ich gehe in das Blaue

Zimmer und zünde das Feuer an, das dort schon vorbereitet ist. Dann klingele ich nach Tee.

Ich ziehe die Vorhänge auf und schaue hinaus. Der Schnee ist geschmolzen, es nieselt. Der Regen weht wie Gaze über die Einfahrt. Grau, grau, grau. Ich möchte ihn trinken, bis er mein Blut in Wasser verwandelt und mein Gehirn zu nichts zerfließen lässt.

»Guten Morgen, Sir.«

Ich hatte Betty erwartet, aber es ist Nell. Sie sieht so aus, wie ich mich fühle: rot unterlaufene Augen, schattenhaft, als liege noch ein Alptraum auf ihren Schultern.

Ich bestelle Tee. Sie geht fort. Ich schreite zum Fenster. Das silberne Muster auf dem Vorhang ist immer noch gekräuselt, wo ich an dem losen Faden gezogen habe. Das bedeutet, dass ich wirklich hier war und dass Emmett Farmer hier war. Ich beiße die Zähne zusammen. Worauf habe ich gehofft? Dass ich auch das geträumt habe?

Ich gehe zum Schreibtisch und schaue auf die Stapel von Briefen und Hauptbüchern. Ich klappe den Deckel des Tintenfasses am Scharnier auf und zu. Als Emmett Farmer gestern fortgegangen war, bin ich ins Wohnzimmer zurückgegangen, habe mich neben Honour gesetzt und weiter über die Hochzeit geplaudert und darüber, ob Esperand's meinen Anzug noch rechtzeitig schicken würde. Ich hörte meine eigene Stimme und wunderte mich darüber. Einmal schaute ich nach unten und sah, dass ich die Hand gegen die Brust gepresst hatte, als versuchte ich, eine Wunde zu stillen. Doch wenn man mich gebunden hätte, wüsste ich das doch. Es wäre irgendwo in meinen Gedanken eine Lücke. Der Versuch, darüber nachzudenken, ist so, als wollte ich meine Augen nach hinten drehen, um mir in den Kopf zu schauen. Und da ist nichts. Nur das Grau. Grau wie der Tag draußen, mit weichen Umrissen, beinahe freundlich.

»Soll ich einschenken, Sir?«

Nells Stimme lässt mich auffahren. Tinte spritzt vom Deckel

des Tintenfasses und befleckt mir den Morgenmantel. Ich gehe weg, wische nutzlos an dem Fleck herum. »Ja. Danke.«

Sie hebt an, etwas zu sagen, und unterbricht sich. Das Porzellan klirrt, als sie das Teegeschirr hinstellt. Ich tupfe länger als nötig an dem Tintenklecks herum.

»Mr Lucian, Sir.« Nell hat alles fein säuberlich hingestellt. Nun schaut sie zu mir auf. Ihre Lider sind gerötet, ihre Lippen scheinen geschwollen. Sie zögert.

»Was ist, Nell? Stimmt was nicht?«

Sie macht sich ungeschickt mit der Teetasse zu schaffen. Sie stößt sie beinahe vom Tisch und steht stocksteif da, als erwartete sie eine Ohrfeige. »Ich wollte mich bedanken.«

»Wofür?«

»Ihr habt es mir gesagt.« Sie holt Luft. »Ihr habt zu helfen versucht.«

»Vergiss es.« Es sollte nett klingen, aber sie schreckt vor mir zurück. »Ich meine ... Halb so wild ... Nur ... Jetzt geh!«

Sie senkt den Kopf und nimmt das Tablett. Ihr Kleid klafft am Kragen auf, wo es ihr zu groß ist. Seitlich am Hals ist ein Schatten oder ein Bluterguss zu sehen.

»Warte.« Ich will in meine Westentasche greifen. Aber ich trage meinen Morgenmantel und habe keine Tasche. Ich gehe zum Schreibtisch und wühle in der Schatulle in der Schublade. Ich brauche lange, um eine Münze zu finden. Ich hätte mir die Mühe sparen sollen. Ich halte ihr das Geld hin. Ich sehe zu spät, dass es eine halbe Guinea ist. In der dunklen Schublade hatte ich gedacht, es wäre eine halbe Krone.

Sie starrt die Münze an.

»Du bist ein braves Mädchen, Nell.« Ich schiebe ihr das Geld hin und schenke mir eine Tasse Tee ein, ohne aufzusehen.

»Danke, Sir.« Ihre Stimme ist ausdruckslos. Begreift sie nicht, dass es ein halber Jahreslohn ist? Sie könnte es nehmen und weggehen.

»Gern geschehen.« Ich wende mich ab.

»Ist das alles, Sir?«

»Ja, das ist alles.«

Sie geht. Die Tür schließt sich mit einem leisen Klicken hinter ihr. Ich setze mich an den Schreibtisch und beginne, den gestrigen Briefwechsel erneut zu lesen, kann mich aber nicht konzentrieren. Ich will niemanden sehen, und ich will nicht allein sein.

Ich reibe mir die Schläfen, bis sie brennen. Der Duft der Lilien liegt noch auf meiner Haut, süß und schwer. In weniger als einer Woche ... Ich schließe die Augen und denke an eine graue Mauer, die sich hoch und weit über mich hinwegdehnt. Ich bin allein. Ich bin in Sicherheit.

Ich hebe den Kopf. Ein Geräusch, als wäre etwas umgefallen.

Stille. Ich trinke einen Schluck, aber der Tee ist beinahe kalt. Ich warte und lausche, das Haus liegt völlig ruhig da. Die Uhr tickt, lässt Sekunden in die Luft fallen wie Münzen in die Schale eines Bettlers. Ich ziehe den am nächsten liegenden Brief heran und stütze die Ellbogen auf den Schreibtisch. Bettys Stimme hallt durch den Eingangsflur; dann höre ich das Klappern ihrer Schritte, als sie zum Studierzimmer meines Vaters hinübergeht. Dann nichts.

Als ich die Augen wieder senke, beginnt sie zu schreien.

Die Tür zum Studierzimmer meines Vaters steht offen. Ich gebe mir keine Zeit zum Nachdenken. »Was ist los?«

Nell hängt vor der Vitrine. Ihr Kopf ist auf eine Seite gesackt. Der scharfe Ammoniakgestank von Urin lässt mich keuchen.

Betty steht mitten im Zimmer, die Hände vor den Mund geschlagen. Sie atmet in rauen Schluchzern. Ich schaue mich um, bin überrascht, wie wirklich alles scheint, überrascht vom satten Schimmer auf den Beinen des umgestoßenen Stuhls und die winzigen Spiegelbilder in der Pfütze aus Pisse. Ein vertrocknetes Rosenblatt liegt zusammengerollt auf dem Boden, hat dieselbe Farbe wie die Tapete. Die Uhr verlangsamt sich, bis im

Raum mehr Stille als Ticken ist. Dann bemerke ich, dass es gar nicht die Uhr ist, sondern das Geräusch von Nells triefendem, nassem Rock. Die Luft fährt mir plötzlich in einem Schwall in die Lungen, und ich mache einen Schritt vorwärts. »Raus mit dir.«

Betty zuckt zusammen, als hätte ich sie geschlagen. »Sie ist ... ich ... sie ...«

»Sag dem Schuhputzjungen, dass er rennen und den Doktor holen soll. Sofort!«

Ich schaue mich nach etwas um, womit ich das Seil durchtrennen kann – nach einem Brieföffner oder Taschenmesser. Aber das ist alles ordentlich weggeräumt. Der Ebenholztisch so glatt und leer wie ein dunkler Spiegel.

Panik überkommt mich. Ich kann nicht denken. Ich verschwende Zeit. Falls Nell noch lebt ...

Ich taumele auf die Vitrine zu. Mein Spiegelbild gleitet hinter Nell in mein Gesichtsfeld, hinter den Pfauenfedern und dem vergoldeten Elefantenstoßzahn. Ich schaue mir in die Augen und stoße die Faust in die Glasscheibe.

Sie zerbricht. Streifen und Dreiecke aus Glas fallen in die Vitrine und glitzern zwischen den Kuriositäten. Ich zerre eine der langen Scherben aus dem Rahmen. Sie löst sich mit einem plötzlichen Ruck, der mir Schmerz den ganzen Arm hinaufjagt. Ich stelle den Stuhl wieder hin und klettere darauf. Ich schaue nicht auf Nells Gesicht. Ich schneide mit der Glaskante an dem Seil – es ist gar kein Seil, sondern ein Stück Stoff, eine Schärpe oder ein Gürtel –, bis es reißt und Nell nach vorn zusammensackt. Ich versuche, ihren Kopf zu stützen, aber sie ist zu schwer. Ich schwanke und falle beinahe. Der Stuhl kippt. Ich schaffe es, einen Fuß flach hinzustellen. Meine Knie geben nach, ich lande ungeschickt. Neben mir ist Nell wie ein Sack voller Stoffreste zu Boden gefallen, krumm und formlos.

Ich falle auf die Knie. Ich erblicke ihr Gesicht und schließe die Augen. Ich muss ihr den Puls fühlen, aber eisige Schauer jagen mir über den Körper. Ich habe Angst, dass ich mich über sie erbrechen werde. Ich öffne die Augen und schaue starr auf die Tapete gegenüber. Ich beuge mich vor und schiebe meine Finger in die Falte, wo der Gürtel sich tief in ihren Hals gegraben hat. Ihre Haut fühlt sich kalt an.

Nichts.

»Bitte, Nell!«, sagt jemand, eine freundliche, vernünftige Stimme. »Komm schon. Bitte. Hör auf damit. Bitte.«

Sie bewegt sich nicht. Ich zerre an dem Knoten. Er gibt nicht nach. Ich ziehe mit zitternden Fingern daran. Wenn ich diesen Knoten auflösen kann, löst sich auch alles andere mit auf. Die ganze Zeit über rede ich mit ihr. »Das sollst du nicht machen, Nell. Bitte. Mach es nicht. Bitte.«

Der Knoten öffnet sich. Ich zerre den Stoff unter ihrem Kinn vor. Ihr Kopf rollt auf die Seite. Ihr Blick ist …

Ich will aufstehen, aber mir verschwimmt alles vor Augen. Ich kauere auf dem Boden und versuche, mich nicht zu erbrechen.

»Steh auf, Junge.«

Ich ringe so sehr nach Luft, dass es wie ein verschlucktes Lachen klingt.

»Steh auf!« Mein Vater packt mich beim Arm und zieht mich auf die Beine. Ich taumele zum nächsten Stuhl und lehne mich daran. »Wann ist das passiert?«

»Sie hat mir Tee gebracht. Vielleicht vor einer Stunde.«

Er schaut zu ihr hinunter. »Sie hat sich bepisst.«

»Ich glaube, sie ist tot.« Das Wort fühlt sich falsch an, als hätte ich es noch nie zuvor ausgesprochen.

»Natürlich ist sie tot. Schau dir nur ihre Augen an. Die dumme kleine Schlampe. Na ja, zumindest wird Sandown keine Fragen stellen.«

Schweigen. Er greift nach dem Klingelzug. »Sie hat sich aufgehängt, ja? Woher kommt dann all das Blut?« Er schaut zu mir, sein Gesichtsausdruck verändert sich. »Verdammt, Junge, was hast du gemacht?«

Ich blicke nach unten. Blut rinnt mir über das Handgelenk und tränkt die Manschette meines Morgenmantels. Überall ist es verschmiert. Nell sieht aus, als hätte ihr jemand die Kehle durchtrennt. Eine Schnittwunde klafft in meiner Handfläche, die ich kaum spüre.

»Mir geht's gut. Das ist nur ein Kratzer.«

»Wir bitten Sandown, sich das mal anzusehen. Schadet nichts, wenn er weiß, dass du dich verletzt hast, als du versucht hast, sie da runterzuschneiden.« Er hebt mich auf die Beine, und ich taumele zur Seite, um mich an die Wand zu lehnen. »Ah, Betty.« Ihr Gesicht ist feucht und zittert, aber er deutet nur mit einem Fingerschnippen auf Nells Körper, als hätte er etwas vergossen. »Ruf den Kutscher, damit er das hier wegschaffen lässt. Und dann schick den Stalljungen nach Dr Sandown.«

»Jawohl, Sir.«

»Oh, und bringe einen Verband für Mr Lucian.«

Ich schaue zu, wie mein Blut hervorquillt. Er hat recht. Es wird nützlich für ihn sein, falls ihn jemand fragt, warum wohl Nell ... so etwas tun wollte. Er kann dann auf meine Narbe deuten. Seht nur, wie sehr wir sie geliebt haben.

Ich halte meine Hand schräg, das Blut tropft auf den Tisch. Tick, tick in der Stille. Jemand hat vergessen, die Uhr aufzuziehen, sonst würde sie mit mir Schritt halten. Ich schaue zu, wie die Lache sich ausbreitet. Ein anderes Hausmädchen wird versuchen, diesen Fleck aus dem dunklen Holz zu beseitigen. Nicht Nell mit ihren abgekauten Nägeln und rissigen, mageren Knöcheln.

»Du hast wieder angefangen, was?«

Mein Vater erstarrt. Langsam wendet er sich zu mir um. »Was hast du gesagt?«

Ich kann es nicht wiederholen. Ich muss es auch nicht. Ich kann die Antwort in seinen Augen ablesen.

»Wage es bloß nicht.« Er sagt das so leise, dass es beinahe ein Flüstern ist. »Sag das bloß nie, niemals wieder.«

Ich recke das Kinn vor. Er kann mich nicht mehr auslachen. Wenn ich jetzt etwas erzählen würde, könnte mir jemand glauben. Nun würde es ins Gewicht fallen.

Er durchquert den Raum und stellt sich vor mich hin.

»Du hältst dich wohl für sehr klug, was, mein Junge? Ich denke, du freust dich, dass sie sich umgebracht hat. Endlich könnte jemand auf dich hören.«

Ich schüttele den Kopf.

»Ist dir noch nie der Gedanke gekommen, dass meine Geheimnisse auch deine Geheimnisse sind? Dass es, wenn ich ruiniert bin, wenn mein Geschäft ruiniert ist, wenn mein Ruf ruiniert ist … auch um dein Leben geht? Glaubst du, die Ormondes würden dich dann noch wollen? Glaubst du, irgendwer würde dich dann noch wollen?«

»Das Risiko gehe ich gern ein.«

»O Lucian! Du glaubst, du seist so anders als ich, was? Du hältst dich für gut. Ich bin der alte Sünder, und du bist jung und makellos rein.« Er seufzt. »Du hast eine Menge vergessen, nicht wahr?«

Mein Herz bebt, als hätte es einen Schlag abbekommen. Ich balle die Faust, und Blut quillt mir zwischen den Fingern hervor. »Was meinst du damit?«

»Dein eigenes Buch, Lucian. Dein Binden.« Er beugt sich näher zu mir. »Sieh dir Nell an. Du glaubst, ich habe sie umgebracht. Du glaubst, dass du niemals so etwas tun würdest.«

Die Welt ist sehr still. Dümmlich und gehorsam schaue ich auf Nell. Ihre Augen sind halb offen, das Weiße ist fleckig und dunkel. Das ist nicht mehr sie. Das ist kein Mensch mehr. Ihre Zunge hängt heraus. Mein Blut verkrustet auf ihrer hochroten Wange.

Mir dreht sich der Magen um, ich reiße mich los und schlucke schwer. Die Tapete verschwimmt zu einem Durcheinander aus Rosa und Dunkelrot.

»Mein Buch«, höre ich mich sagen. »Wie meinst du das?«

Die Tür geht auf. »Danke, Betty. Leg es einfach da hin.« Mein Vater schaut ihr nach, wie sie wieder geht, ehe er das Leinenquadrat in die Schüssel taucht und auswringt. »Zeig mir, wo du dich verletzt hast.«

Der Puls pocht mir in den Fingern und den ganzen Arm hinauf. »Nein.« Ich halte die Faust geballt, klammere mich an dem Schmerz fest wie an einem Gegenstand.

Er seufzt. »Sei nicht so kindisch.«

Wieder die Tür: Der Kutscher und der Stallbursche kommen vorsichtig mit schmutzigen Stiefeln hereingestapft. Der Kutscher zuckt zurück, als er Nell auf dem Boden sieht, doch er nickt zu den Anweisungen meines Vaters, und die beiden Männer heben sie auf und tragen sie hinaus. Wieder einmal liegt hier jemand vor dem Kamin. Nur ist diese Person tot und nicht nur ohnmächtig. Ich stelle mir vor, wie man sie auf den Küchentisch legt. Ich kann nicht mehr stehen. Ich ziehe einen Stuhl heran und setze mich.

Mein Vater nimmt meine Hand und biegt meine Finger auf. Er wischt mit dem feuchten Leinen über die blutige Stelle auf meiner Handfläche, bis ich die klare Linie der Schnittwunde sehen kann. Er wringt das Tuch in der weißen Emailleschüssel aus. Eine rosa Wolke wabert ins Wasser.

»Du armer Junge«, sagt er. »Tut es sehr weh?«

Ich antworte nicht. Ich zittere. Ich lasse zu, dass er mich weiter festhält.

»Du tust jetzt nichts Unüberlegtes, nicht wahr, mein Lieber?«

Kein Geräusch außer dem Plätschern des Wassers. Endlich streckt er den Arm nach einem trockenen Stück Leinen aus und faltet es der Länge nach zu einem Tupfer. »Du bist vor etwas mehr als zwei Monaten gebunden worden«, sagt er. »Du brauchst gar nicht so zu schauen, es hatte nichts mit mir zu tun. Ich hätte dich niemals gelassen, wenn ich es gewusst hätte.«

»Dann …« Ich unterbreche mich. In meinen Ohren ist ein fernes Winseln, das mir jeden Gedanken unmöglich macht.

»Was hast du doch gesagt? Wer sich bewusst für das Vergessen entscheidet, ist ein Feigling. Obwohl, wenn ich es recht bedenke …« Er legt den Leinenbausch über die Schnittwunde und bindet ihn mit einem langen Streifen dort fest.

Ich richte meine Augen zu ihm auf.

»O ja, ich weiß, was du vergessen wolltest«, sagt er. »Aber ich weiß nicht, zu welchem Binder du gegangen bist. Es könnte jeder gewesen sein.« Er zieht den Knoten zu.

»Ich …« Aber ich kann nicht denken. Das war nicht ich. Ich hätte das nicht getan.

»Ich will dir einen Rat geben, mein lieber Junge.« Er streichelt mir die Wange. »Lass die Sache auf sich beruhen.«

Ich reiße mich los. »Was?«

»Diese unglückselige Begebenheit – sie soll dir eine Lehre sein.« Er deutet auf das ausgefranste Ende Stoff, das immer noch vom geschwungenen Oberteil der Vitrine hängt. »Mach keine Dummheiten. Du brauchst jetzt meinen Schutz mehr denn je. Du bist in Sicherheit. Setze das nicht aufs Spiel.«

»Du meinst mein Buch.«

»Du weißt, dass ich dir nicht sagen kann, was darin steht.« Er reibt sich die Augen. »Ich bin nicht sicher, ob ich es will. Wenn du wüsstest …«

Ich schließe die Augen. Aus dem Nichts taucht der Duft der Lilien auf. »Es ist schlimm«, sage ich. »Nicht wahr?«

Er rutscht auf seinem Stuhl hin und her. Eine Ewigkeit scheint zu vergehen, ehe er antwortet. »Es tut mir leid, Lucian. Es ist wirklich sehr schlimm.«

Ich stehe auf. Das zerborstene Glas der Vitrine klafft vor mir auf. Blutflecken sind auf dem Boden zu sehen. Ich habe einen roten Fußabdruck auf dem Teppich hinterlassen. Die anderen Flecken sind auch noch zu sehen. Dieser Teppich ist ruiniert. Mein Vater könnte ihn ebenso gut wegwerfen.

»Vielleicht ist es besser so. Du kannst mit Miss Ormonde ein neues Leben anfangen.«

Ich schaue über die Schulter zu ihm. Da hat er gesessen, als er mir angedroht hat, mich in eine Irrenanstalt einzuweisen, wenn ich mich ihm noch einmal widersetzte.

»Ja«, sage ich. Sonst gibt es nichts zu reden. Ich kann jetzt nur noch nach oben gehen und das Hemd wechseln. Bis Mittag warten, wenn ich etwas trinken kann. An die graue Wand in meinem Kopf denken. Versuchen, nicht den Verstand zu verlieren.

Als ich gehe, fügt er noch hinzu: »Ich bin mir sicher, dass dein Buch nicht in die falschen Hände geraten wird.«

23

 Die Alderney Street ist länger, als ich sie in Erinnerung habe, nichts als schmale Häuser, Geländer und der Gehsteig, auf dem hoch der Schnee der letzten Nacht liegt. Neben jeder zweiten Tür ist ein Messingschild angebracht. Als ich endlich die Nummer zwölf finde, schmerzen meine Füße vor Kälte, und die grelle Sonne sticht mir in die Augen. Ich bleibe vor der Treppe stehen. Eine Frau in Trauer kommt aus der Tür. Sie zieht hastig ihren Schleier vor, als sie merkt, dass ich sie anschaue.

Ich ziehe den Hut vor ihr und gehe weiter. Erst als sie vorsichtig die Straße hinuntergelaufen ist, drehe ich mich wieder um und klingele.

Eine dünne, unscheinbare Frau öffnet. Sie ist kein Hausmädchen. Sie trägt ein Kleid aus lebhaft violett-gelb gestreiftem Seidenköper. Sie fixiert mich durch einen Zwicker. »Guten Tag. Kann ich Euch helfen?«

»Ich muss Emmett Farmer sehen.«

»Wen?«

»Emmett Farmer.« Die Kälte verfängt sich in meinem Rachen, ich muss husten. Sie tritt von einem Bein aufs andere, schaut mir demonstrativ über die Schulter, trommelt unruhig mit den Fingern auf den Türrahmen, bis ich endlich aufhöre. »Er ist der Lehrling von de Havilland. Groß, hellbraunes Haar, kein Bart.«

Sie sieht mich mit hochgezogenen Augenbrauen an. »Oh, der neue Junge.«

»Ein junger Mann, ja.«

»Er ist leider nicht da.«

»Wann kommt er zurück?«

»Gar nicht.«

Ich starre sie an. »Was?«

Sie neigt den Kopf, so dass die Sonne grell von ihrem Zwicker reflektiert wird und ich ihre Augen nicht sehen kann. »Darf ich fragen, worum es geht? Wenn Ihr einen Termin bei Mr de Havilland möchtet, müsst Ihr den vorher vereinbaren.«

»Entschuldigung.« Ich mache einen Schritt nach vorn. Sie erbebt und streckt ihren Arm vor sich, versperrt mir den Weg mit einem Rascheln aus leuchtendem Violett und einer Wolke aus Veilchenwasser und Kampfer. Ich halte meine Stimme neutral. »Lasst mich bitte eintreten.«

»Wir haben eine Wartezeit von zwei Wochen.«

Ich schiebe sie aus dem Weg. Sie kreischt entrüstet, aber ich bin schon im Haus und schaue nicht zurück. »De Havilland?« Links von mir ist eine Tür angelehnt. Ich drücke sie auf. Ich bekomme einen vagen Eindruck von hellen blaugrünen Wänden, schmalen Stühlen und Orchideen. Am hinteren Ende des Raumes ist eine weitere Tür mit dem Schild *Sprechzimmer*. »De Havilland!«

De Havilland wirft die Tür weit auf. »Was um alles in der Welt geht hier vor? Miss Brettingham, ich habe doch darum gebeten, nicht gestört zu werden.« Er sieht mich und zieht sich sein Halstuch zurecht. Die Diamantnadel glitzert. »Mein lieber Mr Darnay, ich hatte nicht erwartet … Was für ein Vergnügen! Wie kann ich Euch zu Diensten sein?«

»Ich wollte Emmett Farmer sprechen.«

Schweigen.

De Havilland schüttelt heftig den Kopf, schaut mir über die Schulter. Als ich mich umdrehe, zieht sich Miss Brettingham soeben in ein Zimmer auf der anderen Seite des Flurs zurück, und die Schatten dämpfen die schrillen Farben ihres Kleides zu Malvenfarben und Sahnegelb.

De Havilland verzieht den Mund. »Ich muss mich entschuldigen, Mr Darnay. Leider hat uns Emmett Farmer verlassen. Vielleicht kann ich helfen?«

»Wohin ist er gegangen?«

Er räuspert sich. Er deutet auf einen Stuhl. Als ich mich nicht hinsetze, erlischt sein Lächeln, und er streicht sich den Schnurrbart glatt. »Meine Einrichtung hat einen ausgezeichneten Ruf und die höchsten Maßstäbe. Ich kann niemanden beschäftigen, der auch nur das geringste Anzeichen von ... Lasterhaftigkeit zeigt.« Die streichenden Finger stocken auf seiner Oberlippe. Vielleicht hat sich mein Gesichtsausdruck verändert. »Ich habe mich gezwungen gesehen, ihn fortzuschicken.«

»Wo ist er jetzt?«

»Ich habe wirklich keine Ahnung.« Er neigt den Kopf. »Darf ich fragen, warum Ihr ihn sehen wollt? Es wäre mir eine Ehre, Euch persönlich zu helfen.«

Ich reibe mir die Stirn. Das grelle Schneelicht tanzt mir immer noch vor den Augen. »Es geht um ein Buch«, sage ich.

»Wirklich?«

Es ist zu warm in diesem Zimmer. Mir wird unwohl. Ich mache ein paar Schritte, atme tief durch. Das Hemd klebt mir an den Rippen. »Um mein Buch. Es scheint, dass ich ...« Vor mir steht eine Vase auf einem Sockel, und ich strecke die Hand aus und berühre die Blüte einer Orchidee. Sie ist aus Wachs. Ich wende mich zu de Havilland um. »Ich wurde gebunden. Emmett Farmer hat gesagt – ehe er zu Euch kam, hat er in einer anderen Buchbinderei gearbeitet. Wusstet Ihr das? Von meinem Buch?«

Er zieht sich seine Weste herunter. »Nein, nein, leider nicht«, erwidert er. »Wieso sollte ich das gewusst haben?«

»Emmett Farmer hat es gewusst. Ich muss das Buch finden. Ich heirate demnächst.« Davon weiß de Havilland natürlich. Ich spiele mit meinen Handschuhen.

»Ich kann Euch nicht helfen, Mr Darnay. Ich wünschte, ich könnte es. Wärt Ihr nur gleich zu mir gekommen, um Euch binden zu lassen ...« Er neigt bedauernd den Kopf.

»Ich muss ihn finden. Wo könnte er hingegangen sein?«

»Oh.« De Havilland atmet langsam ein. Er beugt sich hinunter und sortiert die Zeitschriften auf einem niedrigen Tisch. Es scheint lange zu dauern, als wäre es wichtig, ob das aquamarinblaue Deckblatt von *Parnassus* neben der *Jagdillustrierten* oder neben *The Gentleman* liegt. Endlich richtet er sich wieder auf und schaut mir in die Augen. »Mr Darnay … Ihr dürft Eure Zeit nicht damit verschwenden. Viele junge Männer haben kleine Jugendsünden begangen … nein, bitte hört mich an. Ihr könnt Euer Buch jetzt unmöglich noch wiederfinden. Das heißt, wenn es überhaupt eines gibt. Emmett Farmer ist ein Lügner und ein Dieb. Bitte nehmt meinen Rat an. Vergesst das Buch. Ihr habt Euer ganzes Leben vor Euch. Lasst es los!«

»Es gibt dieses Buch. Mein Vater …« Ich unterbreche mich. »De Havilland, ich wäre euch dankbar. Sehr dankbar. Mein Buch ist mir ungeheuer viel wert. Fünfzig Guineas. Hundert.«

Er zwinkert zweimal rasch. Bedauern huscht über sein Gesicht, beinahe zu kurz, um es wahrzunehmen. »Es tut mir leid, dass ich Euch nicht helfen kann.« Er zieht seine Uhr aus der Westentasche. »Und jetzt entschuldigt mich bitte. Ich habe einen wichtigen Besuch zu machen.«

Ich packe ihn beim Ellbogen. »Wann ist er fortgegangen?«

»Mitten in der Nacht, vorgestern.«

»Und Ihr wisst nicht, wohin er gehen wollte?«

Er befühlt seinen Ärmel, um zu überprüfen, ob ich dort einen Fleck hinterlassen habe. Dann blickt er zu mir auf. »Es tut mir wirklich sehr leid, Mr Darnay«, sagt er. »Aber, ehrlich gesagt, es wäre mir völlig gleichgültig, wenn er erfroren wäre.«

Als ich auf die Straße hinaustrete, sind die Schatten blassblau und heben die winzigen Klippen und Kanten der gefrorenen Fußabdrücke hervor. Die Luft ist eisig. Eine Kutsche knarzt langsam vorüber. Dampf steigt von dem Pferd auf. Ein Passant kommt ins Rutschen und wirft die Arme zur Seite, um das Gleichgewicht zu halten. Ansonsten ist die Straße leer. Ich atme ein, die Luft brennt mir in der Kehle. Ich umfasse eine der Speerspitzen oben am Geländer mit den behandschuhten Fingern einer Hand. Das Metall ist kalt. Ich beuge den Kopf und drücke fest, bis der scharfe Schmerz von meiner Schnittwunde mir den Arm hinauffährt.

Ohne aufzuschauen, weiß ich, dass jemand den Spitzenvorhang am Fenster des Wartezimmers zurückgezogen hat. De Havilland beobachtet mich, wartet darauf, dass ich verschwinde. Ich gehe die Treppe hinunter und auf dem Weg zurück, den ich gekommen bin. An der Ecke ist eine kleine Gasse, die Mauern rechts und links sind hoch und mit Ruß bedeckt. Ich trete in den Schatten und gehe bis zum Ende. Vor mir liegt ein schmaler, schlammiger Weg mit einigen verstreuten angebauten Schuppen, mit Toren und offenen Höfen. Etwa auf halber Höhe steht ein baufälliges Holzgebäude, ein wenig höher als die anderen. Ich spähe durch ein Fenster. Hinter einem Schmutzschleier sehe ich Männer, die sich über Werkbänke beugen. Einer hämmert, einer ist tief über etwas gebückt. Ein weiterer schaut auf, und das Buch in seinen Händen schimmert rot und golden.

Ich klopfe an die Scheibe und deute zur Seite. Ich schaue dem Mann fest in die Augen, bis er mit den Schultern zuckt, das Buch weglegt und aus meinem Gesichtsfeld verschwindet. Einen Augenblick später öffnet er die Tür zur Straße und starrt mich an. »Ja?«

»Ist dies die Buchbinderei von de Havilland?«

»Der Vordereingang befindet sich auf der Alderney Street.«

»Ich suche Emmett Farmer. Den Lehrling.«

»Der ist rausgeflogen«, antwortet er und macht Anstalten, die Tür zu schließen.

Ich greife in die Tasche. Er zögert. »Ich weiß«, erwidere ich und lasse den Rand eines Sovereign zwischen Daumen und Zeigefinger aufblitzen. »Wo ist er hingegangen?«

Der Mann räuspert sich. »Weiß ich nicht.«

»Ist er nach Hause gegangen? Wo ist er hergekommen?«

»Irgendwo vom Land. Aus einer anderen Buchbinderei.« Er späht auf die Münze. »Warum fragt Ihr nicht de Havilland?«

»Hat er gesagt, wohin er gehen wollte?«

»Also, hört mal.« Er schüttelt den Kopf. »Er ist mitten in der Nacht rausgeflogen. Er war nicht mal richtig wach. Ich weiß nicht, was er angestellt hat oder wo er hingegangen ist oder ob er noch am Leben ist. Liegt wahrscheinlich irgendwo im Straßengraben wie all die anderen, die keine Arbeit haben.«

Ich beuge mich vor, bis ich den Tabak in seinem Atem rieche. »Bitte, ich muss ihn finden.«

»Und es kostet mich meine Arbeit, wenn ich mit Fremden über Bindereiangelegenheiten rede«, sagt er und schließt die Tür.

Ich höre, wie er weggeht. Ich klopfe wieder. Ich klopfe so lange, bis ein Fenster der Werkstatt auffliegt.

»Er ist gegangen, ohne irgendwas mitzunehmen«, sagt der Mann. »Sein Mantel und sein Rucksack sind noch oben. Niemand hier weiß irgendwas. Und jetzt haut ab, oder ich rufe die Polizei.«

Er zieht das Fenster zu und verriegelt es. Durch das schmutzige Glas sehe ich, wie er an die Arbeit zurückgeht. Er hat die Wahrheit gesagt.

Mir ist so kalt, dass ich mich nur mit großer Mühe bewegen kann. Ich gehe vorsichtig über die gefrorenen Wagenrinnen zum Ende der Gasse, biege um eine Ecke, dann um einer weitere. Ziellos laufe ich immer weiter, als wäre meine Hoffnungslosigkeit einen Schritt hinter mir und könne mich nicht einholen. Ich verliere die Orientierung. Ich muss wohl im Kreis gelaufen sein, denn als ich endlich zum Stehen komme, stehe ich wieder in der Alderney Street vor einer Kaschemme. Ich schaue zu den korinthischen Säulen und den goldenen Buchstaben auf schwarzem Grund hinauf: THE PRINCESS. Vielleicht bin ich absichtlich hier hergekommen, ich weiß es nicht. Es tut nichts zur Sache.

Im Innern spiegelt sich das Gaslicht in poliertem Messing und dunklem Holz und graviertem Glas. Warme Luft schwallt mir ins Gesicht, riecht nach fadem Fleisch und verschüttetem Schnaps. Sobald ich über die Schwelle trete, beginnen meine Wangen zu brennen, wo der Wind sie rau geschmirgelt hat. Ich lege einen Shilling auf den Tresen, trinke ein Glas Gin, ohne abzusetzen, und bestelle ein zweites. Dann setze ich mich in eine Ecke und schließe die Augen.

Emmett Farmer ist fort. Ich finde ihn nie wieder, selbst wenn er noch in Castleford und am Leben sein sollte. Ich habe nur de Havillands Wort dafür, dass er noch lebte, als er die Buchbinderei verlassen hat.

Ich trinke das zweite Glas Gin aus. Als ich aufstehe, um zum Tresen zurückzugehen, verschiebt sich mir alles vor den Augen, und ich muss innehalte, um wieder scharf zu sehen. Ich strecke die Hand aus und betaste eine marmorierte Säule. Die Kanten der Gegenstände beginnen aufzuweichen. Das helle Leuchten des Messings ist ein wenig gedämpft, die Welt weniger schäbig. Das ist besser. Ich wühle in meiner Tasche nach mehr Geld. Gleichzeitig geht die Tür auf. Eiskalte Zugluft wallt mir gegen die Beine. Ein zerknülltes Stück Papier schlittert über die Bodenkacheln auf meine Füße zu. Ich bücke mich, um es aufzuheben, und streiche es auf dem Tresen glatt.

Es ist ein Blatt Papier mit Briefkopf. Oben ist ein goldenes Wappen mit dem Motto: *Liber – Vos Liberabit.* Darunter steht *Simms and Evelyn, Buchbinder von Qualität.* Das restliche Blatt ist voller Anweisungen in einer krakeligen, schlampigen Handschrift: *Geht zu Madam Halter in der ALDERNEY ST 89 und fragt nach MISS PEARL und ihrer Spezialität. Eine Zeit von mindestens ZWEI STUNDEN wird benötigt. Unmittelbar danach wird von Euch verlangt, dass Ihr zum Binden kommt. Jeglicher Verlust von Erinnerungen durch Zermürbung, Missbrauch von Alkohol oder andere Gründe hat eine VERRINGERUNG DES HONORARS zur Folge, das auf eine Summe BIS MAXIMAL 10 Shilling ausgehandelt wurde.*

Der Mann hinter dem Tresen schaut mich an, nimmt mein Geld und stellt ein weiteres Glas vor mich hin. »Ich würde es an Eurer Stelle nicht tun, Sir«, sagt er. Einen Augenblick lang glaube ich, dass er vom Gin spricht. Dann deutet er mit dem Kopf auf das Blatt Papier. »Ich habe schon gesehen, dass Leute hinterher verrückt werden. Diese Binder machen alle möglichen Versprechungen, aber wenn jemand etwas sagt, ehe die Leute Zeit hatten, ein wenig zu heilen, dann kann es passieren, dass Ihr wisst, dass man Euch gebunden hat. Man sagt, das ist das Schlimmste, wenn man nicht weiß, was man vergessen hat.«

Ich knülle das Papier zusammen und werfe es weg. »Das ist alles«, sage ich. »Danke.«

Er nickt, hat meinen Ton zur Kenntnis genommen. Er schnappt sich ein Tuch und beginnt, die Reihe der schimmernden Zapfhähne zu polieren.

Doch das Blatt Papier schwebt mir immer noch vor Augen. Ich kenne das Etablissement von Madam Halter. Es ist recht elegant; aber ich habe schon von Miss Pearl und ihren ... Vorlieben gehört. Unwillkürlich stelle ich mir die junge Frau vor, die diese Anweisungen gelesen haben muss. Ich kenne keine Frauen, die jünger als Lisette sind, aber irgendwie kann ich sie mir vorstellen: mit einer Zahnlücke, das Haar zum Zopf geflochten. Vor meinem geistigen Auge sehe ich, wie sie die Treppe zur Tür hinaufgeht und an der Klingel zieht. Sie ist verzweifelt und mutig. Aber sie weiß nicht, was sie tut. Sie ist so ahnungslos, dass es wehtut. Und es wird noch mehr wehtun, wenn die Tür aufgeht und dann die Tür hinter dieser ... Ich schüttele den Kopf, um die Gedanken loszuwerden. Aber es geht nicht. Ich kann sie so deutlich vor mir sehen. Sie ist nicht wie Nell – sie ist irgendwie eher wie Farmer, hat die gleiche tapfere Kopfhaltung, die gleichen weit auseinander stehenden Augen. Was, wenn es ein solches Mädchen war?

»He.« Ich packe den Mann hinter dem Tresen am Ärmel. »Hat jemand – habt Ihr gesehen ...?« Mir ist ganz schwindelig. Es ergibt keinen Sinn, aber mir dreht sich der Magen um. Was sie ihr angetan haben, ist meine Schuld.

»Ja, Sir?«

»Das Mädchen ...« Ich schlucke. Sie ist keine Wirklichkeit. »Ich meine, die dieses Blatt Papier fallen gelassen hat. Habt Ihr sie gesehen?«

»Kann mich nicht erinnern.« Er macht sich los. »Sie haben wohl jemanden verloren, Sir?«

»Nein. Ich meine ... ja.« Was mache ich da? Ich verliere den Verstand. Sie existiert nicht einmal.»Ach, nichts.«

Er wirft mir einen langen Blick zu. Schließlich sagt er:»Euer Liebchen hat sich in ein Flittchen verwandeln lassen, was? Nun ja, andere Mütter haben auch schöne Töchter, wenn ich das so sagen darf, Sir.«

»Was? Nein. Das meine ich nicht.« Es ist mir so schlecht, dass ich nicht denken kann. Als wären dieses Mädchen und Nell und mein Vater und mein Buch alle Teil derselben Sache. Die Angst klirrt in meinen Eingeweiden wie zerbrochenes Glas. Was habe ich bloß getan?

Der Mann hinter dem Tresen wischt mit seinem Lappen über die Theke. Ein öliger, schillernder Schimmer bleibt zurück.»Binder«, sagt er und rotzt in den Spucknapf.»Habt Ihr die Schlangen auf der Library Row gesehen? Die schicken Leute weg, wirklich. Es liegt am Wetter. Es ist eiskalt, und die Arbeitshäuser sind überfüllt. Da ist mir doch eine ehrliche Hure lieber.«

»Ja.« Ich beuge den Kopf. Ich kann es nicht aushalten. Vor meinem geistigen Auge sehe ich, wie die Tür zum Etablissement von Madam Halter aufgeht. Ich kann Miss Pearl sehen, die am Ende einer mit Vorhängen abgetrennten Galerie wartet, ganz in Schwarz. Das Mädchen steht am Fuß der Treppe und blickt hinauf. Panik flackert in ihren Augen auf. Doch dann verschwimmt die Szene: das Studierzimmer meines Vaters und Nells Leichnam. Emmett Farmer würgt heiser meinen Namen hervor. De Havillands Wartezimmer, und seine Sekretärin funkelt mich über ihren Zwicker hinweg böse an. De Havilland, der aalglatt Farmers Tod herbeiwünscht. Ich drücke mir die Fäuste vor das Gesicht, bis blutige Blüten hinter meinen Lidern aufblühen.

Vielleicht ist Farmer wirklich tot. Irgendwie möchte ich mir das wünschen. Denn er ist schuld, dass ich mich so fühle. Alles war gut, bis er auftauchte. Jetzt kann ich an nichts anderes mehr denken, nur noch an das, was ich vielleicht gemacht habe, an mein Buch und an ihn. Und daran, wie er mich angeschaut hat, und wie mir dieser Blick – trotz allem – das Blut im Herzen aufwallen lässt. Nein, natürlich will ich nicht, dass er tot ist. Könnte ich ihn nur finden, so könnte ich mein Buch finden. Ich könnte es für immer wegschließen. Ich müsste mich nie wieder fragen, warum mir beim Gedanken an das Gesicht eines Mädchens vor Schuldgefühlen schlecht wird.

Durch den Nebel der Übelkeit hindurch nagt etwas an mir. Irgendetwas, das der Mann hinter dem Tresen gesagt hat. Die schicken Leute weg, wirklich … und die Arbeitshäuser sind überfüllt.

Ich komme unbeholfen auf die Füße. Ich wanke, stecke die Hände in die Taschen, als hätte es etwas mit meinem Haustürschlüssel und meinem Kleingeld zu tun. Dann begreife ich es. Hoffnung.

Binden ist etwas für verzweifelte Menschen. Menschen, die nirgendwo anders mehr hinkönnen. Und wenn Emmett Farmer noch lebt, muss er inzwischen verzweifelt sein. Ich taumele zur Tür und auf die Straße hinaus. Der Mann hinter dem Tresen ruft mir etwas hinterher, aber es geht im Stimmengewirr unter. Ich komme auf einem Eisflecken ins Schlittern und schlage beinahe hin. Es ist dumm. Ich bin betrunken. Ich sollte nach Hause gehen. Aber wenn es eine Möglichkeit gibt – überhaupt eine Möglichkeit … Ich wende der Abendsonne den Rücken zu, eile um die Ecke, über die Kreuzung mit der Alderney Street, und schließlich lande ich in der Library Row.

Doch vor Simms and Evelyn ist die Straße leer; sie haben geschlossen. Neben dem Eingang hängt eine Notiz im Fenster: *Betteln und Hausieren verboten.* Eine Schar von Frauen und Kindern wartet still auf der Treppe von Barratt and Lowe, sie haben sich gegen die Kälte zusammengekauert; aber auch diese Tür ist abgesperrt. Niemand geht hier ein und aus. Ein wenig weiter die Straße entlang stößt ein Mann mit einem Besen einen Bettler an, der im Türeingang von Marden's sitzt. Er sagt in resigniertem Tonfall:»Wir haben geschlossen. Komm morgen wieder.« Der Bettler steht auf und schlurft weg.

Keiner von diesen Leuten ist Emmett Farmer.

Ich gehe immer weiter, an den Bindereien von höchster Qualität und dem Klub der Bibliophilen und den Bindereien für Schulen vorüber, sehe in jeder nach. Ich entferne mich immer weiter von der Alderney Street. Die Library Row wird zunehmend schmaler, schmutziger und schäbiger. Hier sind die Geschäfte heruntergekommen, und die Türeingänge liegen in tiefen Schatten, die Häuser stoßen beinahe über der Straße zusammen. Ihre gebogenen Scheiben sind wolkig vor Schmutz. Über mir knarzt ein rostiges, buchförmiges Schild im Wind. *Buchbinder für den Handel* steht quer auf zwei stilisierten Seiten, und auf der anderen Seite: *Pfandleihe*. Ich bleibe stehen, um in den Laden zu spähen, und erhasche einen Blick auf einen vollgestopften Raum voller billigem Nippes in Vitrinen, dazwischen ein Haufen murmelnder Menschen. Eine zerzauste Frau in einem Torbogen schaut auf, als ich vorübergehe, aber sie ruft mir nichts nach. Ich sehe flüchtig eine indigoblaue Flasche zu ihren Füßen, ein achteckiges Etikett. Laudanum.

Ein eisiger Wind wirbelt Müll auf. Ich ziehe mir den Mantel enger um den Leib und gehe weiter.

O'Breen and Sons. Lizenzierter Buchhändler. Alle Stempel echt. Ich lege eine Pause ein, um durch das Fenster auf eine trübe Landschaft aus Regalbrettern und Buchrücken zu schauen. Ein fetter Ladenbesitzer steht hinter der Theke, spricht mit einer in Tränen aufgelösten Frau. Er streckt den Arm aus, tätschelt ihr die Wange und grinst sie an. Hinter mir kommt ein Mann in einer Kutsche herangefahren. Er duckt sich an mir vorbei durch die Tür, hinter ihm weht ein Hauch Leder und teures Eau de Cologne. Ich sehe kein Gesicht. Gleichzeitig wird eine Tür zugeschlagen. Ich blicke mich um und sehe eine Frau aus einer

Gasse zwischen zwei Läden kommen. Sie hält zwei Kinder an der Hand. Das kleinere Kind nörgelt, das ältere schaut aus leeren Augen verdutzt in die Welt. »Alles gut, Schätzchen«, sagt sie. »Jetzt können wir nach Hause gehen.«

Ich beiße die Zähne zusammen und wende mich ab. Ich verschwende meine Zeit. Falls Farmer hierhergekommen ist, nachdem de Havilland ihn entlassen hatte, hat er sein Geld verdient und ist längst über alle Berge. Nun schläft er irgendwo in einer Kneipe seinen Rausch aus.

Ich gelange auf einen Platz, der kaum groß genug ist, dass eine Kutsche wenden kann. Eine einzige, nicht angezündete Laterne steht wie ein Galgen in einer jämmerlichen, aschgrauen Schneeverwehung. Ein Mädchen kauert neben einem Karren, bibbert und stampft mit den Füßen auf. Ein paar Männer hocken auf dem Bordstein, wärmen sich an einem Feuereimer. Ein Windstoß bläst mir den Gestank des Fabrikrauchs ins Gesicht. Ich trete in einen Hauseingang, um mir den Staub aus den Augen zu wischen. Der Streifen Himmel über den Häusern zerfasert in breite graue Strähnen. Es wird noch schneien, ehe die Nacht hereinbricht.

An der Ecke ist *A. Fogatini, Pfandleiher und Lizenzierter Buchhändler*. Dies ist der kleinste und schäbigste aller Läden. Er ist dafür berühmt. Fogatini's, der Misthaufen der Erinnerung. Ein Fenster ist grob zugemauert. Das andere ist mit Zeitungspapier bedeckt, das zur Farbe von alter Haut verblichen ist. Die Tür geht, eine Glocke bimmelt, und trübgelbes Licht scheint auf die Pflastersteine. Ein Mann kommt heraus – zwei Männer –, und sie gehen lachend auf mich zu. Instinktiv senke ich den Kopf.

»... einen langen Winterabend verbringen«, sagt der eine. »Klassischer Fogatini.«

Der andere lacht. »Genau. Der ist einfach der Beste für so was.« Sie gehen vorüber. Ein Windstoß weht ihre Stimmen davon.

Ich warte, bis ihre Schritte verhallt sind. Dann gehe ich auf den Lichtkeil zu, der immer noch auf den Pflastersteinen schimmert. Durch die offene Tür sehe ich Stapel, Regalbretter und Kisten mit Büchern. Ein kleiner Junge fegt den Boden, wirbelt eine Wolke aus Kohlestaub auf. Im flackernden Lampenlicht kann ich eben das Etikett auf der Kiste neben der Tür erkennen: UN-VOLLSTÄNDIG (HANDEL) 1 Pence. Das Regalbrett daneben ist beschriftet mit KURIOSITÄTEN JE 2 Shilling Sixpence. Ein Mann dreht der Zugluft den Rücken zu, ohne von dem Buch aufzuschauen, das er in der Hand hält. Sonst ist niemand im Laden. Mir tut der Kopf weh. Ich sollte nach Hause gehen. Das ist die letzte Buchbinderei, und ich habe Emmett Farmer nicht gefunden. Als ich einen Schritt zurück mache, trete ich in etwas Weiches, der Gestank von Scheiße weht durch die frostige Luft.

Draußen sehe ich ein wenig weiter in einer Mauer eine kleinere Tür. Daneben hängt ein regenverschmiertes Schild: *Binden für den Handel. Bitte klopfen. Wir zahlen gute Preise.* Zwei Männer stehen da und streiten. Einer von ihnen ist in Hemdsärmeln, hat die Arme gegen die Kälte um den Leib geschlungen. Er blickt sich um und zeigt zum ersten Mal sein Gesicht.

Es ist Emmett Farmer.

Plötzlich leuchtet mir ein feuerroter Sonnenstrahl über die Schulter, so unvermittelt, als hätte man einen Vorhang aufgezogen. Schatten verschärfen sich auf dem Gehsteig. Frost glitzert an den Kanten von Backsteinen und Fensterbänken. Dann ist es vorüber. Ich atme keuchend. Eine Sekunde lang kann ich mich nicht bewegen. Dann sagt ein anderer Mann in einer hohen, ausländischen Stimme: »Ich sage es Euch, eine halbe Krone ist zu viel. Sagen wir Sixpence.«

Ich packe Farmer beim Arm. Ich stoße ihn so heftig nach hinten, dass ich merke, wie ihm die Luft wegbleibt. »Nein, danke«, sage ich über die Schulter hinweg, »er hat es sich anders überlegt.« Hinter mir schnalzt jemand entrüstet mit der Zunge und schließt die Tür. Farmers Füße schlittern auf den Pflastersteinen. Plötzlich liegt sein ganzes Gewicht auf mir. Er sackt zu Boden. »Steh auf!« Als ich das letzte Mal einen Körper in den Armen hielt, war es Nell.

»Lucian.« Er beginnt zu lachen. Und hört nicht mehr auf. Ich zerre ihn wieder auf die Beine und steure ihn auf den nächsten Hauseingang zu.

Ich habe zu kämpfen, um uns beide aufrecht zu halten. »Was um alles in der Welt machst du da?«

»Was machst du?« Er verdreht die Augen und gerät ins Taumeln.

»Wage es bloß nicht, dir die Erinnerungen auslöschen zu lassen ... wage es bloß nicht ...«

Er blinzelt. »Das habe ich nicht gemacht.«

»Du musst dich für mich erinnern. Mir sagen, wo mein Buch ist, danach kannst du machen, was du willst.«

Er starrt mich an. Endlich sagt er: »Ich habe ihn um Arbeit gebeten. Er war der Einzige, der auch nur darüber nachgedacht hat.«

Arbeit. Kein Binden, eine Lehrstelle. Und ich habe ihn von der Tür weggezerrt, als wollte er sich vor einen Zug werfen. Aber das ist gleichgültig. Ich habe ihn endlich gefunden. Ich lockere meinen Griff an einer Schulter, bringe es aber nicht über mich, ihn schon ganz loszulassen.

»Ich suche dich schon seit Stunden.« Zumindest klingt meine Stimme jetzt ruhiger. »Ich will nur mein Buch zurück. Ich will wissen, dass es in Sicherheit ist. Wo ist es?«

»Ich habe es nicht.«

»*Wo ist es?*« Ich grabe ihm die Finger in die Schulter. Ich spüre, wie seine Knochen unter meinem Griff zittern. »Herrgott verdammt«, zische ich. Ich ziehe meinen Mantel aus und halte ihm den hin. Aber er hat die Arme um sich geschlungen, die Augen halb geschlossen. Ich muss ihn darin einwickeln. Seine Haut fühlt sich eiskalt an.

Er sagt mit klappernden Zähnen: »De Havilland hat mich rausgeworfen. Ich hatte nicht einmal Zeit zum Packen.«

»Ich weiß. Ich habe es gehört.«

»Ich will nur noch eines ...« Er unterbricht sich und räuspert sich. »Ich will nach Hause. Ich würde ja zu Fuß gehen, aber in diesem Schnee ...«

»Du würdest erfrieren.«

»Ja.« Er schiebt seine Arme in die Ärmel des Mantels und reibt sich mit der Manschette über die Wange.

»Wie viel brauchst du für ein Bett irgendwo?« Ich fasse in die Tasche. Die Kälte beginnt, durch meine Jacke zu kriechen. »Eine halbe Krone?«

Er erstarrt. »Ich bitte dich nicht um Geld.«

»Geht schon in Ordnung. Es ist eine halbe Krone. Hier.« Ich halte sie ihm hin. Sie glänzt in der Dunkelheit, ein kleines kaltes Gewicht auf meinem Handschuh.

»Nein.« Er versucht, einen Schritt zurückzutreten, und prallt gegen die Mauer. »Nein, ich will dein Geld nicht.«

Ich starre ihn an. »Du würdest lieber für Fogatini arbeiten, als dir von mir eine halbe Krone geben zu lassen? Zwei Shilling und Sixpence? Das kannst du unmöglich ernst meinen.«

Er wendet den Kopf ab. »Ich nehme kein Geld von dir. Ich bin kein Bettler.«

»Es ist kein Almosen. Ich muss mein Buch zurückbekommen. Betrachte es als Bezahlung.«

»Ich habe es dir schon gesagt, ich habe es nicht.«

»Aber du weißt, wo es ist.«

Er stößt die Luft durch die Zähne aus. »Ich kann es nicht bekommen. Wenn ich das könnte …« Er neigt den Kopf, birgt das Kinn im Kragen meines Mantels. »Es ist weit weg. In einer Buchbinderei in den Sümpfen. In einem Gewölbe verschlossen. Es ist ein starkes, großes Bronzeschloss davor, das man nicht aufbrechen kann. Den Schlüssel hat de Havilland.«

»De Havilland? Er hat gesagt, er wüsste nichts davon.«

»Und du hast ihm geglaubt?« Farmers Gesicht liegt im Schatten, aber ich sehe das Glitzern in seinen Augen, als er mich anschaut. »Es ist sowieso einerlei. Ich weiß, wo dein Buch ist, und ich weiß, wo der Schlüssel ist. Aber ich kriege ihn nicht in die Finger. Und du auch nicht.«

»Ich habe de Havilland Geld angeboten. Hundert Guineas. Da würde er doch sicher …«

»Er weiß es. Das kannst du mir glauben.« Die Worte hängen in der Luft. Ich habe keinen Grund, ihm nicht zu vertrauen. Er zuckt mit den Achseln.

»Wenn ich den Schlüssel von ihm besorge, bringst du mich dann dahin?«, frage ich.

Er lacht krächzend. »Er hat ihn immer bei sich. Sogar nachts. Ganz gleich, wer du bist, er lässt ihn sich von dir nicht wegnehmen. Was meinst du, warum er mich in den Schnee hinausgejagt hat, ohne dass ich Zeit hatte, auch nur meinen Mantel zu schnappen?«

Von der Kreuzung hinter uns ist ein Schrei zu hören, dann ein dumpfer Aufprall, das Klappern eines umgeworfenen Eimers. Der Geruch von brennendem Paraffin kratzt mir in der Kehle. Farmer verrenkt sich, um mir mit zusammengekniffenen Augen über die Schulter zu spähen. Einen Augenblick später höre ich Schritte, die in die andere Richtung rennen, und er entspannt sich wieder.

»Du meinst …« Ich ziehe mir die Jacke enger um den Leib, friere aber von Sekunde zu Sekunde mehr. »Du hast es versucht, und deswegen hat er dich rausgeworfen?«

Er öffnet den Mund, als wolle er reden. Aber er nickt nur.

»Warum? Warum willst du ihn haben? Den Schlüssel? Dein eigenes Buch hast du verbrannt, das kann es also nicht sein.« Er antwortet nicht. Er schaut mir nicht in die Augen. Ich sage langsam: »Verstehe. Du willst mich erpressen. Deswegen bist du zu mir gekommen.«

»Dich erpressen? Und dann nehme ich eine halbe Krone nicht an?« Er lacht wieder, diesmal viel länger. Doch als ich ihn anstarre, weichen mir seine Augen aus, und sein Grinsen vergeht.

»Lucian.«

»Nenn mich Darnay.« Ich verschränke die Arme vor der Kälte.

»Ich verstehe das. Eine halbe Krone ist nichts. Du willst mehr. Ich gebe dir, was immer du willst. Nur hilf mir, mein Buch zurückzubekommen.«

Er zögert. »Warum willst du es zurück?«

»Weil mich der Gedanke verrückt macht, dass jeder …« Ich
hole tief Luft. Der Hauseingang, die Straße, alles wird von einem
körnigen grauen Nebel verhüllt. Die Mauern zu beiden Seiten
scheinen sich auf mich zuzubewegen. Unsere Blicke treffen sich.
Er beobachtet mich so aufmerksam, dass sich mir die Kehle zuschnürt. Irgendetwas bewegt mich, ihm zu sagen: »Ich heirate in
drei Tagen. Ich möchte nur, dass das alles vorüber ist. Dass ich
in Sicherheit bin.«

Er stößt einen leisen, hilflosen Laut aus. »Natürlich helfe ich
dir, wenn ich kann. Aber de Havilland wird dir den Schlüssel
nicht einfach geben.«

»Ich bekomme ihn. Irgendwie.«

»Aber Lucian …«

»*Nenn mich nicht so*!«

Schweigen. Wir hören das ferne Bimmeln, als jemand in Fogatinis Laden geht. Der Wind frischt wieder auf und weht uns
Schneestaub in die Gesichter. Farmer sinkt gegen die Mauer und
reibt sich die Augen. Eine Ratte huscht um unsere Füße.

»Nun gut«, sagt er schließlich. »Wenn du den Schlüssel besorgen kannst, helfe ich dir. Aber nur unter der Bedingung, dass du
mich als deinesgleichen behandelst. Ich bin nicht dein Bediensteter.« Er hält mir die Hand hin, die Handfläche nach oben. Er
hat Schwielen an den Fingerspitzen. »Und ich nenne dich Lucian. Denn das ist dein Name.«

Seine Augen sind ruhig und ausdruckslos. Ich starre ihn an.
Plötzlich erkenne ich diesen Ausdruck wieder. So schaue ich
meinen Vater an, wenn ich darum kämpfe, meinen Hass nicht
durchblicken zu lassen.

Er hat mein Buch gelesen. Er hasst mich so, wie ich meinen
Vater hasse.

Ich schließe die Augen. Ich stolpere vorwärts in die leere Dunkelheit hinter meinen Lidern. Der Wind erfasst mein Haar und
treibt mir eisige Luft in den Nacken. Ich merke, wie Finger an
meinem Ellbogen ziehen, schüttele sie jedoch ab.

»Es tut mir leid. Lauf nicht weg. Bitte.« Er steht vor mir. Wir sind mitten auf der Straße. Ein winziger Rand der Sonne flammt über grauen Wolkenfetzen auf, färbt den Himmel purpurrot. Meine Augen schmerzen. »Es ist gleichgültig. Wenn du irgendwie den Schlüssel bekommen kannst ...«

Ich wende mich zur Seite, um mehr Abstand zwischen uns zu bekommen. Ich fingere in meiner Tasche herum. »Übernachte im Eight Bells, das ist nicht weit von hier.« Ich ziehe eine Handvoll Münzen aus der Tasche und halte sie ihm hin. Sechs Shilling. »Das sollte für ein paar Tage reichen. Betrachte es als Anzahlung. Ich schicke dir eine Nachricht, sobald ich den Schlüssel habe. Dann kannst du mich zu der Buchbinderei bringen.«

»Das will ich nicht.«

»Nimm es.«

Er hebt die Augen zu mir. Der Wind zerzaust ihm das Haar. Er lässt sich von mir das Geld in die Handfläche schütten. Er will es in der Tasche meines Mantels verstauen, verzieht dann aber das Gesicht. »Oh, Augenblick.« Er steckt die Münzen stattdessen in die Hosentasche. Er will die Arme aus den Mantelärmeln ziehen.

»Gib ihn mir das nächste Mal zurück. Ich habe eine Jacke.«

Schweigen. »Danke.«

»Wenn du mehr Geld brauchst, schicke mir eine Nachricht. Du kennst ja meine Adresse.«

Er nickt. Wir starren einander an. Hinter ihm flammt die Sonne auf, lässt ihr Rot durch die Lücken zwischen den Mietshäusern fließen. Sie glitzert in seinem Haar. Seine Schläfe, sein Kiefer und eine Ohrmuschel leuchten scharlachrot auf. Unerwartet, so plötzlich wie diese Lichtflut, lächelt er mich an. Sein Gesicht verändert sich dabei vollkommen. Ich kann mich nicht erinnern, dass mich je jemand so angesehen hat. Dieses Lächeln macht den Sonnenuntergang roter, den Geruch nach Ruß und Paraffin strenger, den Kälteschmerz in meinen Fingern schärfer. Irgendwo über uns singt der Wind in einem Schornstein. Ein zerknülltes Stück Papier fegt raschelnd über die Pflastersteine. In der Ferne ertönt eine Fabriksirene. Er streckt die Hand aus und streicht mir über die Wange.

Mein Herz macht einen mächtigen Hüpfer. Dann zucke ich zurück. *Binden oder an einer Straßenecke stehen.*

»Was ist? Warte, Lu … Darnay, es tut mir leid.«

»Das war keine Bezahlung für so was.« Ich weiß nicht, warum ich so wütend bin. Es ist ja nicht so, als hätte ich nie mit einer Hure zu tun gehabt. Aber – *er*?

»Es war nicht … ich bin kein …« Er starrt mich an. Plötzlich verzieht er den Mund und prustet vor Lachen los.

»Nimm deine verdammten Pfoten weg!« Ich fühle die Spur seiner Liebkosung noch auf der Wange. Ich will sie dort für immer bewahren, und ich will, dass sie weg ist.

Er hört auf zu lachen. »Es tut mir leid. Ehrlich. Ich hätte nicht …«

»Es ist mir gleichgültig, wie du dir dein Geld verdienst. Es ist mir gleichgültig, warum dich de Havilland hinausgeworfen hat. Hilf mir einfach, mein Buch zu finden, und dann lass mich in Ruhe.«

Er öffnet den Mund. Aber was immer er sagen will, er sagt es nicht. Er nickt mir knapp zu und macht auf dem Absatz kehrt. Es kostet mich große Mühe, ihm nicht nachzuschauen. Seine Schritte verhallen. Jetzt, da er fort ist, bemerke ich, wie kalt mir ist. Ich bin ein Narr, dass ich ihm vertraut habe. Ich hätte ihm das Geld nicht geben sollen. Ich hätte ihm mehr geben sollen.

Das rote Licht fällt nun so flach ein, dass jeder Pflasterstein von Schatten umrahmt ist. Meine Schuhe schlittern über den Bordstein. Glasscherben knirschen unter meinen Sohlen. Ich überquere das Band aus Sonnenlicht und tauche in die Dunkelheit auf der anderen Straßenseite ein. Im Fenster von Fogatini's schimmert Licht um die Kanten der papierverhüllten Scheiben. Es ist nicht mehr weit zur Alderney Street und der Welt der Kutschen und Straßenlaternen. Der Wind wirbelt verwehten Schnee auf. Ich gehe, so schnell ich kann, versuche mich aufzuwärmen. Mein Spiegelbild gleitet in schmuddeligen

Schaufensterscheiben an mir vorüber, gegen die Kälte zusammengekrümmt. Ich sehe es aus dem Augenwinkel, und eine Sekunde lang scheint es mir, als eilte jemand neben mir her. Ich gelange auf die Alderney Street, zögere dann. Ich starre auf die Reihe der Laternen, auf die Geländer, die ihren Käfig aus Schatten auf die dünne neue Schneedecke werfen. In de Havillands Fenster brennt Licht. Es muss eine Möglichkeit geben, den Schlüssel von ihm zu bekommen. Aber wenn Geld nicht funktioniert … Mir wird eine Lösung einfallen.

Schließlich lenkt die Kälte meine Schritte in Richtung Zuhause. Meine Wange prickelt immer noch, als wäre mir Farmers Berührung tief unter die Haut gegangen. Hinter mir bewegt sich ein Schatten. Töricht blicke ich über die Schulter, als könne ich dort Farmer sehen. Aber ich bin allein.

24

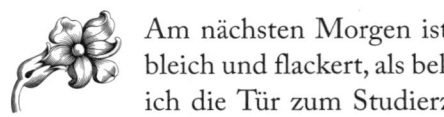 Am nächsten Morgen ist vor meinen Augen alles bleich und flackert, als bekäme ich Migräne. Sobald ich die Tür zum Studierzimmer öffne, lodert und zuckt das Kaminfeuer in der Zugluft. Dieses Zimmer macht mich krank. Die rot verkrusteten Wände wabern und nähern sich mir. Mein Vater hat mich nicht erwartet, soweit ich weiß, doch er deutet auf den Stuhl ihm gegenüber, ohne auch nur aufzuschauen. Ich setze mich. Ich habe nicht geschlafen, ein langer Schmerz zieht sich von meiner Schläfe bis zum Kiefer. Ich massiere mir so unauffällig wie möglich die Seite meines Gesichts, um die Spannung zu lindern.

»Lucian, mein lieber Junge«, sagt mein Vater schließlich und legt die Feder weg. »Ich hoffe sehr, dass es nicht die Aussicht auf deine herannahende Hochzeit ist, die dich in diesen Zustand versetzt hat.«

»Nein. Danke der Nachfrage.«

Es folgt eine Pause. Mein Vater schaut auf die Uhr. Ich schlucke. Ich habe sie die ganze Nacht in Gedanken geprobt, aber nun kommen die Worte nicht. In der Dunkelheit, als alle Uhren von Castleford die Stunden zählten, schien es mir die einzige Lösung zu sein. »Vater.«

»Vielleicht wäre es …«, sagt er im selben Augenblick. Wir verstummen beide, beobachten einander.

Er lehnt sich auf seinem Stuhl zurück. Er fährt sich mit einem Finger über die Oberlippe. »Mein lieber Junge«, sagt er. Er legt sein Löschpapier zur Seite. »Was immer du mir zu sagen hast, ich höre.«

Ich nicke. Ich starre an ihm vorüber auf die Tapete und schließe die Augen. Die verschlungenen Schnörkel des Musters stehen noch vor meinen Augen wie das Letzte, was ein Sterbender sieht. Ich versuche, mein tröstendes Grau heraufzubeschwören, aber seit ich Emmett Farmer gesehen habe, weigert es sich, aufzutauchen. Alles bleibt farbig, pulsiert blutrot.

»Gleichwohl«, fügt mein Vater hinzu, »gibt es durchaus andere Dinge, die meine Zeit beanspruchen.«

Ich zwinge mich, ihn anzusehen. »Ich brauche deine Hilfe.«

»Ach ja?« Er nimmt seine Feder auf und rollt sie zwischen Daumen und Zeigefinger. Sein Gesicht ist neutral, aufmerksam, freundlich. Würde ich ihn nicht kennen, ich könnte glauben, dass er mich liebt.

»Ja?« Er hat sich nicht gerührt, aber irgendwas macht seine Miene aufmerksamer.

»Er weiß … er hat …«

»Was ist, mein Junge?« Er steht auf und drückt mir die Schulter. Der Geruch seiner Rasierseife erstickt mich beinahe. Ich blicke zu ihm auf. »Du stehst unter Schock, Lucian. Sag mir, was los ist. Ich bin sicher, wir können das regeln.«

Ich hole tief Luft. Ein Windstoß heult im Schornstein und treibt Rauch in den Raum. Mir tränen die Augen. Wenn überhaupt jemand den Schlüssel von de Havilland kriegen kann, dann mein Vater. Aber es kostet mich Mühe, die Worte hervorzubringen. »Sein Lehrling hat mir gesagt ...«

»Ja?« Der Griff meines Vaters verstärkt sich, entspannt sich wieder. »Ah, verstehe. Dein Buch, nicht wahr? Du bist also doch zu de Havilland gegangen. Meine Güte, was für ein heuchlerischer Geselle der Kerl ist! Nun, du brauchst dir keine Sorgen zu machen. Bei Lyon and Sons ist dein Buch in Sicherheit, aber wenn es dir lieber ist, lasse ich es an Simpson's übergeben.«

»Darum geht es nicht.« Ich unterbreche mich. Gier liegt in seinen Augen. Der Instinkt des Sammlers.

Schweigen. »Was?«

Ich schlucke. Ich wende den Kopf ab und wische mir mit dem Ärmel über die tränenden Augen. Als ich den Arm wieder senke, fällt mein Blick auf das Kuriositätenkabinett. Die Glasscheibe ist ersetzt worden. Unwillkürlich schaue ich auf den Boden, wo die Flecken waren. Jemand hat alles saubergemacht. Auch den Teppich hat man ersetzt. Nichts in diesem Zimmer erinnert mehr daran, dass hier eine junge Frau gestorben ist.

Ich blicke zu meinem Vater zurück. Er beugt sich zu mir. Vielleicht habe ich mir die Gier in seinen Augen nur eingebildet. Nun spiegelt sich in ihnen das vertraute freundliche Funkeln wider. Dieser Ausdruck schenkt einem das Gefühl, etwas Besonderes zu sein. Er verspricht einem, dass alles gut wird. So schaut er mich an, nachdem er mich geschlagen hat.

»Ich freue mich, dass du zu mir gekommen bist, Lucian. Es war dumm von dir, mir nichts zu sagen, ehe du dich hast binden lassen, so dass ich nicht die nötigen Schritte unternehmen konnte. Doch auch jetzt noch kann ich dich vor allen ... unangenehmen Nebenerscheinungen schützen.«

Ich komme strauchelnd auf die Beine. Ich weiche unbeholfen von ihm zurück.

»Was um alles in der Welt ist jetzt schon wieder los?«

Ich antworte nicht. Mein Spiegelbild starrt mich aus dem Kuriositätenkabinett an, hängt zwischen dem Elfenbein und den Fossilien. Niemand würde ahnen, dass dahinter Bücherregale versteckt sind. Aber ich kann sie spüren, glühend wild wie die Hitze von einem Brennofen, als wären Abigail, Marianne und Nell hier mit mir im Zimmer.

»Nein«, sage ich. »Nein, das ist es nicht. Es ist nichts. Vergiss das Ganze.«

»Nein? Was dann?«

»Nichts. Es tut nichts zur Sache.« Ich gehe zu Tür. Ich zittere, als hätte ich einen Schritt von einem Abgrund fort gemacht.

»Lucian.« Ich bleibe wie angewurzelt stehen.

»Es tut mir leid. Es ist nicht wichtig.«

»Das entscheide ich, nicht du. Also, was wolltest du mir sagen? Wenn es nicht um dein Buch geht, worum dann?« Alle Freundlichkeit ist verschwunden. Seine Stimme ist wie die Kante eines Blattes Papier: verräterisch weich und doch scharf.

Ich drehe mich um. Ein Schweißtropfen kriecht mir den Nacken hinunter. Ich hole Luft, um zu widersprechen, doch er beobachtet mich. Plötzlich ist mein Mund zu trocken. Ich räuspere mich.

Er wartet.

»Ich habe … gehört.« Ich bin froh, als der Kamin eine Aschenwolke ausstößt und ich eine Entschuldigung habe zu husten. »De Havilland ….« Ich suche hastig nach einer Lüge. »Sein Lehrling hat gesagt, dass er Fälschungen macht.«

»Fälschungen? Romane?« Mein Vater runzelt die Stirn. »Du meinst, Kopien?«

»Ja. Kopien. In der Buchbinderei. Er hat gesagt, sie hätten Nells Buch kopiert.«

Er schweigt einen Augenblick. Endlich nickt er. »Verstehe.«

»Es ist vielleicht nicht einmal wahr.«

»Ich habe schon länger meine Zweifel an de Havilland.« Er redet nicht mit mir. »Danke. Du kannst gehen.«

»Ja.« Ich warte nicht, bis er es sich anders überlegt.

Als ich in die kühlere Luft der Eingangshalle trete, klebt mir das Hemd nass am Rücken und unter den Armen. Ich bleibe erst stehen, sobald ich das Blaue Zimmer erreicht habe und die Tür hinter mir geschlossen ist. Ich lehne mich dagegen. Das Herz donnert mir in den Ohren, mein Kopfschmerz ist mit Macht zurückgekehrt.

Ich hätte nicht so feige sein sollen. Ich hatte mich entschlossen, meinen Vater um Hilfe zu bitten. Ich weiß nicht einmal, was mich zögern ließ. Hätte ich ihm die Wahrheit erzählt, wäre die Sache nun außer meiner Kontrolle.

Ich starre auf das Gemälde von den Wassernymphen. Aber anstatt ihres nassen, nackten Fleisches sehe ich nur Emmett Farmer vor mir, der im Eight Bells auf mich wartet.

Ich trinke zum Mittagessen Wein und Sherry und hinterher einen Kognak, aber die Wirkung bleibt aus. Wolken türmen sich vor der Sonne auf, es fängt wieder an zu schneien. Selbst das weichere Licht schmerzt mir in den Augen.

Ehe meine Großmutter gestorben ist, zog sie von Zimmer zu Zimmer, als suchte sie etwas. Wenn man sie fragte, wonach sie suchte, hielt sie inne und betrachtete einen. Dann wandte sie sich ab und wanderte weiter, bis sie vor Müdigkeit taumelte. Cecily und Lisette kicherten hinter ihrem Rücken. Ich auch. Aber jetzt fühle ich mich genauso. Ich finde keine Ruhe. Es ist, als wäre überall jemand kurz vor mir gewesen, verließe die Zimmer, knapp bevor ich die Tür öffne. Ganz gleich, wohin ich gehe, ich habe dasselbe Gefühl, als läge die Wärme seines Atems noch in der Luft. Ich gehe in mein Schlafzimmer und nehme *William Langland* aus der Truhe. Aber ich kann nicht lesen. Ich will das Buch nie wieder lesen. Ich starre auf den Schnee hinaus. Unten hallt die Stimme meiner Mutter durch die Eingangshalle, aber draußen herrscht tiefes, totes Schweigen.

Ich weiß nicht, wie lange ich den Schnee beobachte, ehe etwas in mir nachgibt und ich aufstehe. Ich eile die Treppe hinunter. Niemand sieht mich.

Die Hauptstraßen sind voller Verkehr, versinken im gefrorenen

Schlamm. Fußgänger bahnen sich fluchend einen Weg über die Gehsteige. Bettler schauen finster aus Hauseingängen. Doch sobald ich in eine Seitenstraße einbiege, ist alles still. Der Schnee schluckt jedes Geräusch.

Die Alderney Street liegt leer und ruhig da. Als ich die Nummer zwölf erreiche, steige ich die Treppe hinauf, ohne mir Zeit zum Nachdenken zu geben. Die Tür wird beinahe sofort geöffnet. Es ist dieselbe Frau wie neulich. Diesmal trägt sie Grün mit Jettperlen. Ich sagte: »Ich möchte zu de Havilland.«

»Habt Ihr einen Termin?« Sie gibt mir gar nicht die Zeit zu einer Antwort. »Er ist leider nicht hier.«

»Ich warte.«

Sie schaut mich wütend durch ihren Zwicker an. Sie erinnert sich an mich. »Darf ich fragen, worum es geht«?

»Nein.« Ich mache einen Schritt nach vorn. Sie weicht nicht von der Stelle, gerade lange genug, um mir klarzumachen, dass sie mich nicht vorbeilassen *muss*. Dann seufzt sie, tritt zur Seite und bittet mich mit einer Geste ins Wartezimmer.

Es ist niemand anderer hier. Ich ziehe den Mantel aus, nehme den Hut ab und setze mich. Ich blättere *Parnassus* und *The Gentleman* durch. Ich zerdrücke eine der künstlichen Orchideen zu einem steifen Wachsplättchen. Ich stehe beim Fenster und halte nach de Havilland Ausschau. Noch immer ist die Straße menschenleer. Es schneit weiter. Allmählich vergeht das Licht.

Ich bin hier, um den Schlüssel zu holen. Deswegen bin ich gekommen. Zumindest habe ich das gedacht. Aber als ich nun hier stehe und den Schnee beobachte, bin ich mir nicht mehr so sicher. Ich habe keinen Plan. Ich habe keine Hoffnung. Was ich mir am allermeisten wünsche: all das zu vergessen. Mit leerem Kopf nach Hause zu gehen. Zu schlafen, ohne nachzudenken. Ich würde beinahe alles tun, um nicht mehr ich sein zu müssen. Ich frage mich, ob das Mädchen von gestern mich bereits vergessen hat. Ich beneide sie. Ich stelle mir das Binden wie eine Tür vor, die in einen leeren Raum führt. Man kann sein Leben wegräumen. Neu anfangen.

Die Brust wird mir eng. Es wäre beinahe eine Erleichterung, nicht zu wissen, dass Emmett Farmer im Eight Bells auf mich wartet. Nicht diesen Stich des Unbehagens zu spüren, wenn ich an sein Gesicht denke. Nicht übermorgen Honour anzuschauen und zu wissen, dass ein Teil von mir weggesperrt ist, außer Sichtweite. Es gibt eine einfache Lösung. Wenn de Havilland kommt ...

Ich schnappe mir Mantel und Hut. Einen Augenblick später bin ich schon draußen auf der Straße, beiße die Zähne zusammen, als mir der kalte Wind eisige Schneenadeln ins Gesicht weht. Ich muss das nächste Wirtshaus finden.

Es ist nicht weit bis zum Eight Bells, aber da kann ich nicht hingehen. Ich will nicht, dass Emmett mich in diesem Zustand sieht. Irgendwas lässt mich auch um den Princess Palace einen Bogen machen. Ich biege in die Library Row ein. An der Ecke steht eine einsame Laterne. Dahinter ist die Dämmerung mit den Lichtern rußverschmierter Schaufenster gesprenkelt. Sicherlich gibt es doch irgendwo in diesem Labyrinth von Buchläden eine Kneipe. Aber ich erreiche die Ecke, an der Fogatini's liegt, ohne eine zu finden. Ich drehe um. Ich bin nicht allzu weit von der Bar des Theatre Royal entfernt, wo die Huren sich versammeln. Das würde gehen.

Ich nehme den gleichen Weg zurück. Der Schnee kommt und geht in Böen. Ein Mann eilt durch den kühlen Lichtschein unter der Laterne, hält seinen Hut fest, damit er ihm nicht wegweht. Die Krempe beschattet seine Augen, doch einen Augenblick lang ist der untere Teil seines Gesichts beleuchtet. Fettige Locken streifen seine Schultern.

Es ist de Havilland. Das sollte mich nicht überraschen – wir sind nur wenige Straßen von seiner Buchbinderei entfernt –, aber mir springt das Herz in der Brust.

Ich bleibe abrupt stehen. Doch hier will ich ihn nicht ansprechen. Es wäre zu einfach für ihn, einfach weiterzugehen. Ich ziehe mich in den nächsten Hauseingang zurück und warte, dass er an mir vorübergeht.

Zwei Männer schlendern hinter ihm die Straße entlang. Als sie an der Laterne vorbeigehen, bewegen sie sich ganz unauffällig zum Rand des Gehsteigs, halten sich im Schatten. Mit Entsetzen erkenne ich einen der Männer an seiner Größe, den anderen an seinem Gang: Acre, die rechte Hand meines Vaters. Als sie in den dunklen Teil der Straße gehen, wechseln Acre und sein Handlanger – Wright, glaube ich – einen einzigen Blick. Mit wenigen schnellen Schritten holt Wright de Havilland ein. Er schlägt ihm den Hut vom Kopf. In derselben Sekunde holt er so rasch mit dem Arm aus, dass ich nicht sehen kann, ob er eine Waffe trägt. De Havilland fällt wie von einer Kugel getroffen zu Boden.

Ich halte mich an der Kante des Hauseingangs fest. Warum habe ich keine Warnung gerufen?

Wright steckt seinen Schlagstock wieder in die Tasche und manövriert de Havillands schlaffen Körper in die kleine Gasse unmittelbar vor uns. Acre bückt sich nach de Havillands Hut und folgt Wright in den Schatten. Alles ist so glatt abgelaufen wie eine bestens einstudierte Varieté-Nummer. Aber es gibt weder Applaus noch Lacher. Nun, da sich der Wind gelegt hat, höre ich nur noch meinen Herzschlag.

Ich gehe zum Eingang der Gasse und spähe hinein. Allmählich gewöhnen sich meine Augen an die Schwärze.

Die Männer kauern neben de Havilland. Wright drückt ihm etwas auf das Gesicht. De Havillands Füße zucken, sein Körper bäumt sich auf. Während ich zuschaue, verlangsamen sich die Bewegungen und hören dann ganz auf. Die Füße fallen zur Seite. Alles ist still. Acre steckt ein Tuch und eine Flasche Äther in die Tasche zurück. Wright lässt de Havilland los, rollt den Kopf von Seite zu Seite und grunzt.

Ich räuspere mich.

Acre schaut sich um. Einen Augenblick lang sehe ich die Erschöpfung in seinen Augen. Ich war so dumm, mich ihm zu zeigen. Nun bin ich ein weiteres Problem, das es zu lösen gilt. Dann erkennt er mich.

Wenn er überrascht ist, zeigt er es jedenfalls nicht. Er wirft mir ein halbes Lächeln zu. »Mr Lucian«, sagt er. »Guten Abend.«

»Guten Abend, Acre.« Die Worte kommen leicht und selbstbewusst heraus. Ich neige den Kopf und blicke auf de Havillands Gesicht. Er atmet. Wenn er eine Verletzung hat, ist sie am Hinterkopf. Ich halte die Augen weiter auf sein Gesicht gerichtet, kann aber die Stimme meines Vaters hören: *Ich habe schon eine ganze Weile so meine Zweifel an de Havilland.*

»Hat ... mein Vater ... das angeordnet?«

Acre lächelt. »Vielleicht sollten Sie sich auf den Heimweg machen, Sir. Nach Sonnenuntergang können diese kleinen Seitensträßchen ziemlich gefährlich sein.«

Ich beherrsche mich, ehe ich noch etwas frage. Ich will die Antwort nicht hören. Ich bürste mir Ruß vom Ärmel, bis ich sicher bin, dass ich meine Zunge im Griff habe. »Und die ... die anderen?«

»Wahrscheinlich ein Brand in der Buchbinderei«, sagt Wright. »Schrecklich, so ein Feuer in einer Buchbinderei. Wenn ein Buchbinder da feststeckt, hört ihn nicht einmal jemand schreien. Was für ein Glück, dass die Arbeiter früher Feierabend gemacht haben.«

»Halt die Klappe!« Die Worte kommen so schnell und leise, dass ich es kaum höre. Acre wendet sich mir zu. Der Blick in seinen Augen hat sich verändert. Falls mein Vater beschlossen hat, dass er doch keinen männlichen Erben braucht ... »Es geht Euch nichts an, Sir. Bei allem Respekt.«

»Sicherlich.« Ich lächele ihn an. »Es tut mir leid, dass ich hier so hereingestolpert bin. Aber zufällig ...« Ich gehe neben de Havillands Körper in die Hocke. Ehe Acre reagieren kann, habe ich seine Taschen ausgeleert. Münzen, eine Uhr und ein Pillendöschen klirren auf die Pflastersteine. Ein Taschentuch. Ein Zigarettenetui. Ein Schlüsselbund. Der Schlüssel zu einem Schrank und einem Tantalus; ein kleiner glänzender Schlüssel mit einem Schildchen: Lyon & Sons. Ein größerer Bronzeschlüssel. Älter und schlichter als die anderen.

Acre streckt die Hand aus. »Die brauchen wir.«

Ich blicke ihm in die Augen. »Ja, natürlich.« Wenn sie einen Brand in der Buchbinderei inszenieren, müssen sie hineingelangen, ohne Schlösser aufzubrechen. Ich nestele daran herum. Wenn ich zu lange brauche, wird mir Acre den ganzen Bund wegschnappen. Sein Arm zuckt. Gerade noch rechtzeitig schiebe ich den großen Schlüssel vom Ring und stecke ihn in die Tasche. »Mehr brauche ich nicht. Danke.«

»Euer Vater weiß davon, ja?«

»Selbstverständlich.« Einen Augenblick später zuckt er mit den Schultern und pult sich mit dem Daumennagel in den Zähnen. Sein Mund ist schlaff und roh. Ich stehe auf. »Viel Glück mit dem … Rest.«

»Danke, Sir.« Wenn man seine Stimme hört, würde man nicht denken, dass er mich abschätzend anstarrt.

Ich nicke und gehe fort. Die ersten zehn Yards kribbelt es mir zwischen den Schulterblättern. Ich erwarte jeden Augenblick einen Fuß in der Kniekehle oder einen stechenden Schmerz am Hinterkopf. Aber nichts berührt mich. Endlich bleibe ich neben einem Schaufenster stehen. Als ich die Straße entlangschaue, tauchen Acre und Wright aus der Gasse auf. Wright trägt de Havilland über der Schulter. Sie überqueren die Straße und biegen in einen schmalen Durchgang ein, den man kaum noch Gasse nennen kann. An der Ecke lungert ein zerlumpter Mann herum und versucht, einen feuchten Zigarettenstummel anzuzünden. Er schaut auf und schnell wieder weg. Wahrscheinlich ist man in diesen finsteren Gassen solche Anblicke gewöhnt.

Es hat wieder zu schneien angefangen. Schäbige Klumpen von Schneeflocken schweben wie Federn an mir vorüber.

Ich eile auf die Kreuzung mit der Alderney Street zu, schlittere über Brocken von gefrorenem Schneematsch, die durch den Neuschnee halb verdeckt sind. Die Kälte liegt mir wie Blei in den Knochen, drückt mich zu Boden. Aber ich verlangsame meine Schritte nicht, bis ich schon halb die Alderney Street hinunter bin, in der Nähe der Station Road und des Marktplatzes.

Hier sind alle Laternen angezündet. Verkehr verstopft die Straße. Die Liebesdienerinnen versammeln sich unter dem Säulenvorbau des Theatre Royal, in Umhänge gehüllt, die mit gefärbtem Kaninchenfell und zerrupften Federn gesäumt sind. Eine von ihnen winkt mir zu, aber während der Geste fröstelt sie bereits, ihr Lächeln gerinnt zu einer Grimasse.

Ich muss Farmer eine Nachricht schicken und ihn bitten, mich zu treffen. Mitternacht wäre am besten, an einem ruhigen Ort, wo sich niemand herumtreibt. Er hat mir nicht gesagt, wohin wir dann gehen. Ich habe damit gerechnet, dass wir Pferde aus unserem eigenen Stall nehmen könnten, aber ich kann jetzt nicht nach Hause. Ich kann es nicht riskieren, dass mein Vater mich sieht. Acre wird ihm von dem Schlüssel erzählen. Ich muss ein Hotel finden, wo ich eine Nachricht schreiben und mich im Warmen aufhalten kann, bis die Zeit zum Aufbruch gekommen ist. Ich besorge Pferde von einem Mietstall. Ich überprüfe den Schlüssel in meiner Tasche. Noch da. Ich schaue mich um und überlege, ob das Feathers oder das Grosvenor sicherer wäre. Von der Bewegung wird mir schwindelig. Plötzlich überkommt mich aus dem Nichts eine Welle der Übelkeit. Ich lehne mich an das Fenster des nächsten Ladens. Ich zittere so sehr, dass meine Stirn gegen das eisige Glas schlägt.

Falls de Havilland noch nicht tot ist, wird er es bald sein. Weil ich meinem Vater diese Lüge erzählt habe. Weil ich ihm nichts zugerufen, ihn nicht gewarnt habe. Ich trete von einem Fuß auf den anderen, hilflos, verachte mich. Wenn ich jetzt zurückginge ... Aber ich habe Angst. Wenn mein Vater herausfindet, dass ich gelogen habe – wenn er sich entscheidet, mich zu bestrafen ... Er hat mir einmal mit dem Irrenhaus gedroht. Das war kein Bluff. Der Gedanke lässt mir eisige Schauer über den Rücken laufen. Wäre ich doch nur ein Held. Jemand, der das riskieren würde, um de Havilland zu retten. Aber ich bin es nicht.

Ich kauere mich zusammen, zittere. Ich muss gewusst haben, was ich tat. Aber erst jetzt ist es Wirklichkeit geworden. Ich habe jemanden getötet. Dieses Geräusch, als Wright ihn schlug – das Gurgeln und Würgen, als der Äther ihm in die Lungen drang – die Krämpfe, das schreckliche Zucken, als er sich aufbäumte … Meine Schuld.

Ich warte ab, dass es vorübergeht. Mein Blick klärt sich. Im Schaufenster deutet ein Fächer aus bunten Handschuhen mit leeren Fingern auf mich. Das Entsetzen verebbt zu einem dumpfen Schamgefühl. So fühlt sich das also an, ein Mörder zu sein. Und ein Feigling. Kein Wunder, dass ich mich habe binden lassen. Wenn mein Buch nur annähernd so ist … Ich muss es unbedingt finden.

Und ich habe den Schlüssel. Ich habe ihn mit de Havillands Leben erkauft.

Ich wische mir mit dem Ärmel das Gesicht trocken. Es führt kein Weg zurück, selbst wenn ich mutig genug wäre. Ich hole tief Luft, drehe mich um und winke eine Droschke heran.

25

 Später am Abend hört es auf zu schneien. Der Wind weht stärker denn je, er fegt die Wolken weg und reißt Äste von den Bäumen. Als ich auf dem Fischmarkt ankomme, ist der Himmel klar und milchig vom Licht des Vollmondes. Der Marktplatz liegt wie eine leere Bühne glitzernd im hellen Rampenlicht. Der Verkehrslärm von der High Street wird durch die hohen Gebäude gedämpft, nur das Klappern von Pferdehufen unterbricht die Stille. Ich reite nicht gern so, mit einem anderen Pferd, das hinter meinem angebunden ist. Ich fürchte, dass ich so zu viel Aufmerksamkeit errege und jemand meinem Vater Bericht erstatten wird. Aber niemand schaut mich an, außer den letzten paar Huren vor dem Theatre Royal.

Weil alles so sehr wie ein Traum ist, erwarte ich nicht unbedingt, dass Farmer da sein wird. Aber er ist da. Er steht unter der Uhr. Er hat sich in meinen Mantel gekuschelt und stampft mit den Füßen. Als er mich kommen hört, zieht er sich in den Schatten zurück. Dann erkennt er mich. »Darnay«, sagt er. »Ich hatte schon gedacht, du …« Er unterbricht sich. Er tritt ins Mondlicht hinaus, schwingt sich locker in den Sattel und reitet ohne ein weiteres Wort ein paar Schritte vor mir los. Ich schnalze meinem Pferd und folge ihm. Hinter uns schlägt die Uhr zwölf.

Während der ersten paar Meilen ist mir nur wichtig, dass wir Castleford hinter uns lassen. Bei jeder Biegung – jedem Schatten und jeder Gasse – vermischen sich in meinem Kopf aufblitzende Erinnerungen und Vorahnungen von Katastrophen: das Geräusch von Metall auf Knochen, Acres Stimme, die mich warnt und zum Anhalten auffordert, Farmer, der zu Boden geht, an seinem eigenen Blut erstickt, das letzte Aufbäumen, wenn er das Bewusstsein verliert … Doch als die Straße uns an den letzten, erst halb fertiggebauten Häusern vorbeiführt, entspanne ich mich. Hier ist die Luft klarer, weit weg vom Gestank der Kohlefeuer und Fabriken. Am Horizont, am weitesten vom Mond entfernt, ist der Himmel reich mit Sternen übersät.

Wir sind nun am Waldrand. Zunächst ist der Schnee schwarz und silbern gestreift. Weiter drinnen werden die Schatten tiefer. Es wird auf der Straße trotzdem hell genug zum Reiten sein. Doch zu beiden Seiten spannt sich wenige Yards entfernt ein glitzerndes Netz aus Dunkelheit auf. Hier und da huscht etwas herum. Ein Fuchs blitzt uns mit seinen Augen an. Mein Pferd schließt zu dem von Farmer auf und wiehert.

Wir reiten Seite an Seite. Bisher ist Farmer still gewesen. Die Pferde trotten weiter. Der Rhythmus ihrer Schritte ist so gleichmäßig, dass er mich beinahe in den Schlaf lullt.

Er fragt: »Was ist mit de Havilland passiert?«

In der absoluten Stille erschallt die Frage laut wie ein Gewehrschuss. Ohne nachzudenken, packe ich die Zügel meines Pferdes und bringe es beinahe zum Stehen.

Er zieht die Augenbrauen in die Höhe. Seine Augen sind schärfer, als sie waren. Seine Wangen haben mehr Farbe. Meine Stimme ist so belegt, als hätte ich tagelang nicht gesprochen. Ich sage: »Wie kommst du darauf, dass ich dir das erzählen würde?«

»Du kannst mir genauso gut vertrauen. Was hast du schon zu verlieren?«

»Alles.«

»Komm schon, Darnay. Ich weiß jetzt schon mehr über dich, als du selbst weißt.« Er wirft mir ein halbes Lächeln zu.

Es stimmt. Und ich mache mir weniger Sorgen, als ich sollte. Jetzt nicht mehr. Ich wende den Blick ab. Das scharfe Schwarzweiß des Waldes verschwimmt und blendet. Ich bin zu müde, um weiter zu lügen. »Sie haben ihn betäubt. Sie werden die Buchbinderei in Schutt und Asche legen. Mit ihm drin.«

»Was?« Farmer bleibt plötzlich stehen.

Ich hätte es ihm nicht erzählen sollen. Er starrt mich an. In der Stille sehe ich, wie seine Miene von Ungläubigkeit auf Gewissheit umschlägt. »Ich konnte sie nicht aufhalten.«

»Die ganze Buchbinderei? Was ist mit den anderen?«

»Es ist nur de Havilland«, sage ich, als entschuldigte das alles. Als zählte ein einziger schäbiger Tod nichts.

»Auch dann können wir nicht …« Er zerrt an den Zügeln, reißt sein Pferd herum. »Verstehst du denn nicht? Das ist *Mord*!«

Ich habe das Wort auch unhörbar vor mich hin gesprochen. Es nun laut zu hören raubt mir den Atem. »Natürlich verstehe ich das. Aber wir können sie nicht aufhalten. Ich wünschte, es ginge.«

»Wir müssen es versuchen. Komm schon!«

Ich beiße mir auf die Unterlippe. Er wird zurückreiten. Jeder anständige Mensch würde das tun. Ich hätte es tun sollen. Hätte ich doch nur … Aber es ist zu spät. »Wir können ihm nicht mehr helfen«, sage ich. »Das wird nichts nützen.«

»Wir könnten …«

»Mein Vater hat sich entschieden. Du kannst das nicht aufhalten. Wenn du ihm in den Weg kommst, landest du mit de Havilland in der Buchbinderei.«

»Wir müssen das tun!« Er starrt mich an. »Du wirst doch nicht zulassen, dass die ihn *töten*!«

Ich kann nicht sprechen. Mein Schweigen antwortet ihm besser, als ich es hätte machen können.

»Lucian …«

»Bitte nicht. Du wirst auch dabei umkommen. Wenn du meinetwegen sterben würdest …« Meine Stimme bricht. Es ist gleichgültig. Er soll denken, dass mir nur an mir selbst liegt. »Und wenn mein Vater das herausfindet … dann steckt er mich in ein Irrenhaus.« Wieso sollte Emmett mir glauben? Wieso sollte ihm etwas daran liegen? Ich habe stillschweigend einen Mord geduldet, das habe ich selbst zugegeben. Und ich bin ein Feigling. Spätestens jetzt muss er mich verachten, wenn er das nicht schon längst tut.

Schweigen. Ich neige den Kopf und schlucke den metallischen Geschmack herunter, der mir auf der Zunge liegt. Dann deute ich auf die Straße vor mir. »Sag mir einfach, wohin ich gehen muss, ja?«

Er hebt zu sprechen an, sagt jedoch nichts. Ein feiner Schneedunst liegt über der Böschung am Wegesrand. Schließlich schnalzt er seinem Pferd und reißt es wieder herum. Er reitet an mir vorüber in unsere ursprüngliche Richtung. Ich schaue ihm nach, wie er sich weiter und weiter entfernt, bis er endlich über die Schulter zurückschaut.

Ungläubige Wärme durchflutet mich. Ich weiß nicht, warum er seine Meinung geändert hat, aber mir erscheint es wie eine Art Wunder.

Ich bin für ihn eine Menge Geld wert. Das ist alles. Das muss es sein.

Ich gebe meinem Pferd die Sporen, es trabt widerwillig los. Als ich nur noch wenige Yards von Farmer entfernt bin, reitet er weiter. Keiner von uns sagt ein Wort. Der Weg sieht noch genauso aus wie vor einer Minute. Ich stelle mir vor, dass wir in einem

Rad rund laufen, dass sich der beschneite Pfad vor uns aufrollt und das Diorama der winterlichen Bäume sich ewig wiederholt. Es würde mir nichts ausmachen.

Nach langer Zeit sagt er: »Sollte ich auch in der Buchbinderei sein? Zusammen mit de Havilland verbrennen?«

Ich antworte nicht. Doch unwillkürlich muss ich zu ihm hinschauen. Er stößt ein grimmiges kleines Geräusch aus.

»Warum hat Acre de Havilland nicht zu einem anderen Binder gebracht? Macht er das nicht sonst immer?«

»Ich weiß es nicht.« Ich streiche mir das Haar aus den Augen. Der Frost hat es gefrieren lassen. Farmer schaut weg. »Woher weißt du, was er sonst immer macht?«

Sein Mund verzieht sich. Endlich zuckt er mit den Schultern. »Das ist eine lange Geschichte.«

»Na los.«

Er schnaubt. »Ich kann nicht. Glaube mir, ich täte es gern.«

»Hast du – sag mir, du hast doch nicht vor, meinen *Vater* zu erpressen?«

»Hör um Himmels willen mit dem Gefasel von Erpressung auf!« Er wendet sein Pferd. Meines kommt stolpernd zum Stehen. »Ich erpresse dich nicht. Bekommst du das endlich in deinen Schädel? Ich gebe dir jeden einzelnen Penny von deiner verdammten halben Krone zurück. Ich trage deinen Mantel nur, weil ich ohne ihn erfrieren würde.«

Ich sage nichts. Langsam wendet er sein Pferd wieder zur Straße. Er wischt sich über den Mund. Die Ader an seiner Stirn tritt hervor.

Ich überhole ihn. Ich starre auf die Schatten unter den Hufen meines Pferdes, sehe zu, wie sie sich zusammenfalten und über die unebenen Schneeverwehungen gleiten.

Die Straße macht eine Biegung. Zu unserer Rechten öffnet sich eine Lichtung und verschwindet wieder. Mittendrin glüht der Meiler eines Köhlers. Dann ist auch er fort. Eine Eule ruft, und mein Pferd bewegt sich erschreckt seitwärts. Das Blut rauscht mir in den Ohren.

Farmer holt mich ein. Der Pfad schlängelt sich einen Berg hinauf und in eine steinige Schlucht hinunter.

Er sagt.»Du hättest ihnen sagen können, wo ich bin.«

»Sei kein Narr. Wieso sollte ich das tun?«

»Wieso hast du es nicht getan?«

»Hätte ich das etwa machen sollen?«

»Ich frage dich, ob du dir wünschst, du hättest es gemacht?«

Ich reibe mir über die Stirn, versuche, wieder ein wenig Gefühl in der tauben Haut zu bekommen.»Nein. Weil du mich zu meinem Buch führen kannst.«

Er nickt.»Dein Buch. Ja. Natürlich.«

»Ja.« Sogar meine Lippen und meine Zunge sind steif vor Kälte.»Was willst du mir damit sagen? Warum sonst sollte mir daran liegen, was mit dir geschieht?«

»Warum sonst, genau.« Er hustet, räuspert sich und spuckt aus. Dann lässt Farmer die Zügel schnellen, und sein Pferd beschleunigt den Schritt. Er schaut sich nicht um. Ich reite schweigend hinter ihm her.

Wir reiten immer weiter. Alles sieht gleich aus. Allmählich schwebe ich in einen Traum. Plötzlich ist alles heller, und ich werde ruckartig wach. Der Wald ist zu Ende. Vor uns erstrecken sich die Sümpfe kahl und schimmernd im Mondlicht. Die Straße ist gerade eben zu sehen wie ein Wasserzeichen. Wo sie eine Biegung macht, kann ich einen dunklen Fleck erkennen, der vielleicht ein Haus oder ein Felsbrocken ist.

Farmer ruft mir über die Schulter zu: »Lass uns hier anhalten. Ich muss mal.«

Ich bringe mein Pferd neben ihm zum Stehen, als er absteigt. Er landet mit einem dumpfen Schlag und taumelt. Er deutet auf die Bäume und verschwindet im Schatten. Ich steige auch ab. Meine Beine sind steif vor Kälte. Ich friere und habe Schmerzen am ganzen Körper. Wie lange reiten wir schon? Stundenlang.

Der Mond steht tiefer als zuvor. Ich ziehe meine Uhr heraus, aber ich habe vergessen, sie aufzuziehen. Das Gehäuse ist von Frost überzogen.

Als Farmer wieder ins Mondlicht tritt, gehe ich durch den tiefen Schnee zu einer anderen Gruppe von Bäumen. Zuerst glaube ich, dass es zu kalt ist, um die Hose aufzumachen, geschweige denn zu pinkeln. Ich muss die Handschuhe ausziehen. Als ich fertig bin, fingere ich lange an meinem Hosenschlitz herum, kämpfe mit den Knöpfen.

»Komm schon, mir ist eiskalt«, ruft mir Farmer über die Schulter zu. Dann sieht er, was ich mache. »Brauchst du meine Hilfe?«

Verlegene Röte prickelt auf meiner Haut, als wäre mir das Gesicht eingeschlafen. »Sei nicht albern.«

»Das war ein Witz.«

»Oh.« Endlich schaffe ich den letzten Knopf. Als ich aufblicke, beobachtet er mich immer noch. Er lächelt. Es ist ein schiefes, zögerliches Lächeln, aber es liegt kein Spott darin. Eine Sekunde lang tanzen Farben am Rand meines Gesichtsfeldes, ich habe ein Gefühl von Licht und Raum, als hätte jemand den Deckel einer Kiste hochgehoben.

»Hier.« Er stellt sich neben mein Pferd und verschränkt die Finger zu einem Tritt. »Räuberleiter?«

Ich will verneinen. Er ist auf dem Marktplatz so leicht, elegant und unbekümmert aufgestiegen, als hätte er das sein Leben lang gemacht. Ich komme gerade eben auf ein Pferd, wenn ich einen Aufsitzblock und Rückenwind habe. Ich bin mir nicht sicher, ob ich es ohne seine Hilfe überhaupt in den Sattel schaffen kann.

»Danke.« Die Worte bleiben mir im Hals stecken. Er grinst, als wüsste er genau, wie ich mich fühle.

»Komm schon.« Er drückt mich mit Leichtigkeit hoch. Meine Muskeln sind von der Kälte ganz schwerfällig, aber ich lande mühelos im Sattel. Er schwingt sich auf das andere Pferd. Er lächelt immer noch, aber nicht in meine Richtung.

»Was willst du, Farmer?«

Das Lächeln vergeht. Er schaut sich um, als wäre er gerade aufgewacht und wüsste nicht, wo er ist. »Was?«

»Ich verstehe dich nicht. Du sagst, du willst kein Geld. Du erpresst mich nicht. Du hilfst mir – aber du verachtest mich. Warum?«

»Dich verachten? Lucian ...«

»Nenn mich nicht Lucian!«

Er blinzelt. Sein Gesicht ist ausdruckslos. Nach langer Zeit zuckt er mit den Schultern. »Na gut. Macht nichts.« Ich schnalze mit den Zügeln. »Los.«

»Ich weiß, dass du dich nicht erinnerst. Ich weiß das. Aber ich wünschte ...«

Ich richte mich auf, stoße meinem Pferd die Fersen in die Seite. Farmers Stimme verebbt zu einem Murmeln, ist plötzlich verzerrt, als hörte ich unter Wasser. Dann entgleitet mir alles. Ich bin allein, im Nirgendwo. Die Luft schimmert, ist voller Licht. Wie ein Schneesturm aus Sternen. Ich zwinkere, und alles ist fort. Ich bin wieder zurück. Ich schüttele den Kopf, zerstreue die letzten schimmernden Flocken.

Wir haben uns nicht bewegt. Er starrt mich an.

»Was?« Sterne fallen durch mein Gesichtsfeld und verglühen.

»Macht nichts«, erwidert er. »Es ist dumm von mir, aber ich kann mir nicht verkneifen, es immer wieder zu versuchen.«

»Was? Was ist geschehen?«

»Keine Sorge. Du hast recht. Es wird spät. Oder früh. Lass uns losreiten.«

»Warte – du hast versucht, mir etwas zu erzählen, nicht wahr?« So war es wohl für Nell. Dass die Welt einem wie Wasser durch die Finger rinnt. Nichts, das man festhalten kann. Wenn ich den Arm nach dem nächsten Ast ausstrecken würde, würde meine Hand durchgehen, wie ein Schatten durch den Rauch.

»Vergiss es.« Nach ein paar Sekunden lacht er kurz auf.

»Das hast du schon einmal gemacht. Nicht wahr? Als du mich besucht hast. Du hast gemacht, dass die Welt ... seltsam wird. Mach das nicht noch einmal.«

Aber er schaut mich nicht an. »Komm schon. Mir ist eiskalt.«

»Hast du mich gehört?«

»Wir finden dein Buch. Es wird alles gut.« Er schnalzt seinem Pferd zu, und es trabt los.

Ich blicke auf seinen Rücken. Es wird nicht alles gut, niemals. Ich habe einen Mann umgebracht. Aber es wird ... besser. Aus dem Nichts blitzt ein Bild in meinen Gedanken auf: das Geheimfach in meiner Truhe. Eine Flasche Kognak, *William Langland, Lucian Darnay.* Vielleicht wäre es besser, ein Bankgewölbe zu mieten – wie das meines Vaters bei Simpson's, in dem die Aktien meines Vaters und die Brillanten meiner Großmutter im Dunklen vermodern. Aber wäre ich beruhigt, wenn ich wüsste, dass das Buch außerhalb meiner Reichweite ist?

Farmer ist vorangeritten. Ich trete mein Pferd, dränge es, schnell aufzuholen. Es beschleunigt zu einem müden Trab. Aber Farmer bleibt vorn, beschleunigt sein Tempo, so dass ich ihn nicht einholen kann. Er schaut sich nicht um.

Als wir das Haus erreichen, ist der Mond schon untergegangen. Eine breite Wolkenfront kommt von Westen herangezogen, aber die Sterne und der Schnee sorgen für genug Helligkeit. Die Pferde trotten weiter. Ich bin beinahe eingeschlafen, als Farmer stehenbleibt und vor mir absteigt. »Wir sind da.«

Meine Augen fühlen sich vor Müdigkeit und Kälte ganz sandig an. Ich wische sie am Ärmel ab. Das Haus ist größer als erwartet, ein Fachwerkhaus mit Strohdach, kleinen Fensterscheiben und einem geschnitzten Muster auf der Haustür. Ein Berg aus Schnee ist an der Vorderwand taillenhoch geweht. Unten am Klingelzug hängt ein Eiszapfen.

Farmer führt uns am Haus vorüber auf einen Hof. Das Haus bildet eine Seite eines Quadrates. Gegenüber stehen Lagerhäuser und ein Stall. Ich nehme das Steinpflaster und das recht neue Strohdach wahr. Wer immer hier lebt, ist zwar nicht arm, aber faul. Ein Strohbündel hat sich vom Giebel gelöst und hängt nun nach unten, mit Eisperlen verziert. Auch hier liegt der Schnee tief, ist mit Mustern aus Vogelkrallen und Rattenpfoten markiert. Doch die Mauern haben den Nordwind ferngehalten, und hier sind die Schneeverwehungen niedrig. Farmer hat keine Mühe, die Stalltür zu öffnen und die Pferde hineinzubringen. Ich helfe ihm, die Tür das letzte Stück zu ziehen. Der Stall stinkt nach Feuchtigkeit und Fäulnis. Er verzieht das Gesicht. »Ein paar Stunden lang geht das. Wir brechen wieder auf, sobald die Sonne aufgeht.«

Mir ist zu kalt, als dass mich etwas kümmern sollte. Ich kauere mich in eine Ecke, während er die Pferde in die Abteile führt. Er klopft das Eis in einem Eimer auf. Mein Gehirn ist wie eingefroren. Ich kann nicht einmal denken.

Er schaut mich an, macht aber ruhig weiter, bis die Pferde bequem untergebracht sind und er sie mit einer Handvoll Stroh trockengerieben hat. Dann winkt er mich zu sich. Ein Pfad führt über den Hof und hinter dem Haus zu einer weiteren Tür. Auf der anderen Seite spannen sich die Sümpfe auf, so leer und weiß, dass ich nicht hinsehen mag. Ich empfinde etwas wie Höhenangst. Ich stolpere ins Haus, bin froh, von Mauern umgeben zu sein.

Aber hier drinnen ist es genauso kalt. Kälter sogar. Die Luft kratzt mich beim Atmen im Hals. Erst jetzt wird mir klar, dass das Haus leersteht. Ein toter, schaler Geruch liegt in der Luft, und unter der Tür sind trockene Grasbüschel hereingeweht. Ich folgte Farmer benommen in einen langgestreckten Raum. Dort gibt es Tische, Regale und seltsame Gerätschaften. Nadeln und Messer.

»Gib mir den Schlüssel, dann gehen wir nach unten.« Er schaut zu mir. »Alles in Ordnung mit dir?«

»Mir ist nur kalt.«

»Zünde das Feuer an. Auf dem Regal liegen Streichhölzer. Ach, schon gut, ich mache es selbst. Setz dich.« Er fängt an, Holzscheite in den Ofen zu schichten.

»Hast du Kognak?«

»Säufer.« Er richtet sich auf, um mich anzuschauen. Das Lächeln auf seinem Gesicht vergeht. »Ich schau mal nach.«

Ich nicke. Jeder Gedanke, den ich noch habe, ist schlaff und matschig wie eine vom Frost beschädigte Pflanze. Ich ziehe mir einen Stuhl heran und setze mich hin. Endlich erreicht ein schwacher Faden Wärme meine Beine. Ich beuge mich vor und ziehe die Handschuhe aus.

»Hier.« Ich habe ihn nicht bemerkt, aber er ist wieder da. Er schiebt mir ein Glas hin. Der Duft von Honig und Lavendel lässt mich husten. »Met«, fügt er hinzu. »Es gibt keinen Kognak. De Havilland hat ihn ausgetrunken.« Er hebt sein eigenes Glas in einem wortlosen Trinkspruch.

Das Getränk schmeckt gut. Wie Arznei. Es kommt mir tugendhaft und nahrhaft vor. Nicht wie das teure Zeug meines Vaters, das ich trinke, um mich damit zu besaufen. Hitze und Süße liegen auf meiner Zunge. Es ist, als tränke man Sonnenlicht.

»Besser?«

»Danke.«

Er zieht den Mantel aus und lässt ihn auf die Werkbank fallen. Er lehnt sich an die Wand neben dem Ofen. Er beobachtet mich. Ich beobachte ihn, wie er mich beobachtet. Er lächelt. Er senkt den Kopf, um das zu verbergen, aber er lächelt eindeutig.

»Was?«

»Nichts.«

»*Was?*«

Er hebt eine Schulter. »Ich kann nicht anders.«

»Du lachst mich aus.«

Er nimmt noch einen Schluck Met. »Nein, nicht dich.« Er starrt auf den Ofen. Er hat die Ofentür offenstehen lassen, das Feuer wirft einen roten Schein auf den Boden. Die Flammen sind wie ausgefranster Satin. Er lacht leise vor sich hin.

Ich schiebe meinen Stuhl zurück und stütze mich mit den Ellbogen auf der Werkbank hinter mir ab. Jetzt, da mir warm ist, erinnert mich der Raum an die Werkstatt von Esperand's mit ihren Schneiderpuppen, Kisten und Stoffballen. Oder an unsere Küche, an deren Wänden Töpfe, Pfannen und Puddingformen hängen und wo der Tisch beinahe silberbleich geschrubbt ist … Nichts ist hier luxuriös, und deswegen ist es wunderschön. Selbst die bemalten Fliesen am Ofen sind aus einem bestimmten Grund da. Ich versuche, die Muster von Blättern und Tieren zu erkennen. Das Lampenlicht spielt auf Farmers Gesicht. Es glänzt golden auf seinen Wimpern. Er hat eine winzige Narbe an der Oberlippe.

Er legt die gespreizten Hände über den heißesten Teil des Ofens. Dann lässt er sie langsam sinken, bis er beinahe das Metall berührt. Meine eigenen Handflächen kribbeln. Er zieht die Hände zurück, erhascht meinen Blick und lacht. »Gut.« Er trinkt den letzten Schluck Met. »Bist du bereit?«

»Wofür?«

»Für dein Buch natürlich. Du hast den Schlüssel?«

»Ja.« Ich ziehe ihn aus der Tasche. Er fällt zu Boden.

Farmer tastet danach. Seine Bewegungen sind ungeschickt, aber nur weil er übereifrig, nicht weil er ängstlich ist. Als er den Schlüssel aufhebt, schaut er zu mir hoch, als erwarte er noch etwas. »Also gut. Lass uns gehen.« Er richtet sich auf und bewegt sich auf mich zu, als dächte er, dass er mir auf die Beine helfen muss. Als ich ihm in die Augen schaue, zuckt er mit den Achseln und tritt zur Seite.

Er nimmt die Lampe, schließt die Tür am Ende des Zimmers auf und tritt hindurch. Es riecht wie ein Grabgewölbe, aber die Luft hinter der Tür ist mild, beinahe warm. Ich kann mir vorstellen, wie Schimmel und Pilze an den Mauern hinaufwachsen. Ich folge ihm rasch, weil ich sonst die Treppe im Dunkeln heruntergehen muss.

Wir sind in einem Lagerraum. Hier herrscht völliges Durcheinander. Kisten sind an der Wand gestapelt. Werkzeuge, die ich nicht kenne, sind überall verstreut.

Farmer setzt die Lampe ab, schaut mich an und strafft das Kinn. »Bereit?«

»Habe ich doch schon gesagt.«

Seine Wangen sind gerötet. Im Lampenlicht erscheint das Blut wie ein Fleck. Schweiß glitzert an seinem Haaransatz. Er steckt den Schlüssel in das Schloss. Ich strecke den Arm aus und halte mich an der Tischkante fest. Mein Puls surrt wie eine gespannte Bogensehne. Das Schloss klickt, und die gesamte Wand schwingt an verborgenen Scharnieren auf. Dahinter tut sich ein dunkler Raum mit leeren Regalen auf. Farmer schnappt nach Luft. Langsam legt er den Schlüssel weg. Er verfehlt den Tisch, und der Schlüssel fällt zu Boden. Auf das Klirren folgt ein winziges Echo, als hätte der Tresor eine eigene Stimme.

Da ist nichts.

Ich mache auf dem Absatz kehrt und gehe die Treppe hinauf. Farmer sagt meinen Namen, aber ich drehe mich nicht um. Die Dunkelheit saugt an meinen Füßen.

Hinter mir kommen Schritte die Stufen hinauf. Er bleibt oben im Türrahmen stehen. Die Stille zieht sich unendlich hin.

»Verdammt.« Er ist außer Atem. Er hämmert mit der Faust an die Wand.

Ich hebe meine Handschuhe auf. In der Kälte fühlen sie sich feucht an, als hätte man das Leder eben erst von einem Tierkadaver geschält. Neben ihnen liegt auf der Werkbank eine Art Messer. Es ist halb so lang wie mein Unterarm, die Klinge abgeschrägt. Streifig tanzt der Feuerschein aus dem Ofen auf der schrägen Schneide.

Ich ziehe die Handschuhe an, verschränkte die Finger, damit die Säume zwischen den Knöcheln gut anliegen. Ich nehme meinen Hut. Dann endlich wende ich mich ihm zu.

»Natürlich«, sage ich, »kommt eine Bezahlung nicht in Frage.«

Er starrt mich an. »Was?«

Ich streiche mir das Haar aus der Stirn. Ich überprüfe, dass mein Hutband nicht zerknittert ist, und setze den Hut auf. »Gehen wir?«

»Lucian …« Er macht einen Schritt auf mich zu. »Warte. Ich wusste das nicht. Ich dachte, das Buch würde hier sein.«

Ich zucke angespannt mit den Achseln.

»De Havilland muss es sich anders überlegt haben. Er muss später noch einmal zurückgekommen sein – während ich krank war, vielleicht – und alles mitgenommen haben. Er hat sie wohl verkauft.«

»An wen?«

»An irgendeinen Sammler.« Er wankt. Dann tritt er so fest gegen die Werkbank, dass sie zur Seite ruckt. »Es gibt nur einen, der das wissen könnte.« Er schaut zu mir auf. »Und der ist wahrscheinlich inzwischen tot.«

Er sagt nicht, dass das meine Schuld ist. Das muss er auch nicht. Vor mir taucht das Bild der Gasse mit de Havilland auf.

Ich richte die Krempe meines Hutes. Ich will nicht, dass er mein Gesicht sieht. »Ich gehe nach Hause.« Mir graust so sehr vor dem kalten Ritt zurück nach Castleford, dass sich meine Knochen wie Blei anfühlen. »Es hat keinen Sinn, hierzubleiben.«

Er wendet sich ab. Ein Windstoß klappert an den Fenstern.

»Kommst du mit?«

Er antwortet nicht. Draußen weht ein Schneevorhang über die Sümpfe. Wir müssen aufbrechen, ehe es schlimmer wird. Übermorgen heirate ich. Wenn ich hier eingeschneit werde …

»Komm schon. Lass uns gehen.« Ich warte darauf, dass er sich rührt. Als er das nicht tut, hebe ich seinen Mantel auf und halte ihm den hin. »Ich muss die Pferde in den Mietstall zurückbringen.«

Schweigen. Er nimmt den Mantel nicht. Meinen Mantel. Ich lasse ihn zu Boden fallen.

Er schaut nach unten, bückt sich aber nicht danach. »Was ist, wenn wir nicht zurückgehen?«

»Was?«

Er wendet sich zu mir und schaut mir in die Augen. »Du musst nicht zurückgehen.« Irgendetwas liegt in seiner Miene, das ich nicht verstehe. »Du musst nicht.«

»Wovon in aller Welt redest du da?«

»Wir könnten …« Ein kleines, hilfloses Schulterzucken. »Wenn wir hierblieben …«

»Natürlich muss ich zurück.«

»Lucian.« Er streckt den Arm nach mir aus.

»Hör auf, mich so zu nennen, verdammt!« Ich schlage seinen Arm weg und versuche, mich an ihm vorüberzudrängen. Aber ich bin ungeschickt und betrunken, und meine Hand prallt heftig gegen die Seite der Werkbank. Schmerz flammt mir durch das Handgelenk und die Finger. Ich taumele zur Seite und sacke über die Werkbank, schnappe nach Luft.

»Was ist?«

»Nichts.« Ich berge die Hand an meiner Brust. Tränen brennen mir in den Augen.

»Lucian, du blutest … dein Handschuh …«

»Ich weiß.« Ich atme aus, langsam ein, wieder aus. »Das warst nicht du.«

»Es tut mir leid. Das wusste ich nicht.«

»Es ist nichts.« Er streckt die Hand aus und packt mein Handgelenk. Ich verkrampfe mich.

»Lass mich mal sehen. Bitte.« Er steht reglos da, schaut mich an, bis ich nicke. Dann zieht er mich sanft zu sich hin. Er streift mir den Handschuh ab. Dann holt er einen Schemel heran und setzt sich. Die ganze Zeit über hält er mich weiter fest.

»Sieht schmerzhaft aus. Wie ist das passiert?«

»Ich …« Ich räuspere mich und wische mir die Augen an der Manschette. »Ich habe eine Glasscheibe zerbrochen. Ich habe versucht …« Ich verstumme. Er wartet. »Nell hat sich aufgehängt. Ich habe versucht, sie herunterzuschneiden.«

»Hat sich aufgehängt? Nell? Die … die ich gebunden habe?«

»Ja.«

Schweigen. Er steht auf. Einen Augenblick lang denke ich, dass er weggeht. Aber er holt nur vom anderen Ende des Raumes ein leeres Gefäß. Er öffnet das Fenster und kratzt Schnee hinein. Er setzt das Gefäß zum Schmelzen auf den Ofen. Wir schauen zu, wie die weißen Federn zu Wasser zusammensacken. Er bringt das Wasser zu mir, nimmt mit der anderen Hand die Flasche mit dem Met und schiebt mit dem Ellbogen das Fenster wieder zu. Ohne ein Wort taucht er ein Stückchen Schwamm ins Wasser und wäscht mir das Blut von der Handfläche. Dann tränkt er den Schwamm mit Met. »Das wird jetzt wehtun.«

Das stimmt. Aber nach einer Sekunde vergeht das Brennen und wird zu Wärme, und der Schmerz lässt nach. Farmer spült den Schwamm aus. Ich blicke nicht auf.

»Alles in Ordnung?«

Ich nicke.

»Bist du sicher?« Er legt den Schwamm auf der Werkbank ab. Er beugt sich vor. Ich verkrampfe mich, warte darauf, dass er mich berührt, aber er tut es nicht. »Es tut mir leid.«

Ich schüttele den Kopf. Schnee weht knisternd ans Fenster.

Ich sage: »Ich hätte Nell retten können, wenn ich mir mehr Mühe gegeben hätte.«

Er verlagert sein Gewicht, antwortet aber nicht.

Ich hole Luft. »Sie haben de Havilland meinetwegen getötet. Weil ich meinen Vater angelogen habe. Das ist auch meine Schuld.«

Er steht reglos da. »Du hast ihn nicht umgebracht.«

»Ich wusste, was geschehen würde. Ich wusste es, als ich es gesagt habe.« Unwillkürlich schaue ich ihm in die Augen. Er weicht nicht aus. Ich schaue als Erster weg.

Nach einer Weile sagt er: »Ich gehe einen Verband holen.«

Plötzlich denke ich an meinen Vater, wie er ein weißes Stück Leinen ordentlich um meinen Daumen bindet. »Nein.« Ich biege die Finger über die Schnittwunde. »Das ist gut so.«

»Aber …«

»Nein!« Ich stehe auf. »Danke. Ich muss nach Hause.«

»Es wird weiter bluten, wenn du mich nicht …«

»Bitte, hörst du jetzt einfach *auf* …« Meine Stimme bricht.

Ich schließe die Augen. Jetzt ist er aufgesprungen, steht weniger als eine Armeslänge von mir entfernt. Ich kann die Hitze seines Körpers spüren.

Er nimmt mich beim Handgelenk. Ganz sanft biegt er meine Finger auf, einen nach dem anderen. Das löst einen wilden, gefährlichen Schmerz in meinem Herzen und in meiner Kehle aus, einen Schmerz, der nichts mit der Schnittwunde zu tun hat. Er hält meine Handfläche schräg, um sie anzuschauen.

»Gut«, sagt er schließlich. »Aber halte sie sauber.«

Ich bin so müde. Ich muss mich von ihm lösen. Wenn er mich anschaut, sieht er ... Aber mir dreht sich alles im Kopf. Wenn ich jetzt fiele, würde er mich auffangen. Ein Windstoß jault im Schornstein und bläst mir kalte Luft in den Nacken. Langsam, als löste sich in meinem Inneren etwas auf, lehne ich mich vor. Meine Stirn berührt seine Schulter. Ich merke, wie er erstarrt. Wir stehen reglos da, atmen kaum. Alles in mir ist auf die Stelle konzentriert, wo meine Haut sein Hemd berührt.

»Es ist gut.« Seine Stimme ist sehr leise.

Nichts ist gut. Aber er packt mich bei der Schulter und hält mich ruhig. Ich lasse ihn mein ganzes Gewicht tragen. Ich höre seinen Herzschlag. Als ich den Kopf hebe, sieht er mich unverwandt an, die Augen angespannt. Wie ein stechender Schmerz durchzuckt mich Erkenntnis. In diesem Augenblick sollte ich mich zurückziehen. Aber das mache ich nicht.

26

 Irgendwann in der Nacht hört der Schneesturm auf. Als ich aufwache, ist das Schlafzimmer stiller als jeder andere Ort, an dem ich je geschlafen habe. Ich höre nur den Wind im Dach summen, meinen eigenen und Emmetts Atem.

Das Bett steht am Fenster. Das Licht flackert auf, von dämmrig zu hell, vergeht wieder, wenn Wolken an der Sonne vorbeiziehen. In einer Ecke ist ein Stückchen blauer Himmel zu sehen. Es bewegt sich zur Seite, wie vom Wind zerfetzt. Sonnenlicht glitzert auf einem Eiszapfen und wirft Lichtkringel auf die nackten Bodendielen.

Ich löse mich aus den Laken und versuche, Emmett dabei nicht zu wecken. Er seufzt und zieht die Knie an die Brust, kuschelt sich in die Decken. Er hat das Gesicht in einem Kissen begraben. Ich kann nur ein Ohr und die Krümmung einer Wange sehen. Meine Lippen kribbeln bei der Erinnerung an seine Haut: heiß und ein wenig rau, mit dem Geschmack von Schweiß. Eine sanfte Wärme durchflutet mich, ein Widerhall der letzten Nacht. Ich möchte es alles noch einmal machen, immer und immer wieder. Ich will alles andere vergessen: mein Leben, meinen Vater, meine Hochzeit, mein Buch.

Einen Augenblick lang gestatte ich mir die Vorstellung, hier zu bleiben. Wenn ich die Hochzeit verpasste, würde mich mein Vater wahrscheinlich enterben. Das wäre vielleicht nicht so schlimm. Meine Mutter würde mich vermissen, doch sie hätte noch meine Schwestern. Sie hat die Begabung, sich von allem Misslichen abzuwenden, so zu tun als ob. Ich blicke zur Seite auf Emmetts Körper, der unter der Decke zusammengekrümmt liegt. Wenn ich ihn jetzt anstieße, ihn zu mir herüberdrehte und ihm sagte, dass ich es nicht ertragen könnte, hier fortzugehen ... Er räkelt sich, und seine Augen flattern auf. Er sieht mich, lächelt und schläft wieder ein. Beinahe hätte ich ihn geküsst. Ich schließe die Augen. Mein Herz schlägt zu rasch. Ich habe so etwas noch nie erlebt. Letzte Nacht war es ungeheuer beglückend, wie mich meine Begierde fortgerissen hat. Ich wollte ihn so sehr, dass ich nicht mehr wusste, wer ich war. Es war mir gleichgültig. Ich gab einfach nach. Und er folgte mir wie in einem Tanz – er ließ mich, er führte mich ... Als würde er mich bereits kennen – meinen Körper bis in den letzten Knochen. Am Ende schrie ich auf, als wäre ich verloren. Doch jetzt, in diesem kalten Licht, durchzuckt mich ein krampfartiges Zittern. Er ist ein Fremder.

Ich wünschte, ich könnte glauben, dass die letzte Nacht zählt. Aber was er mir bewiesen hat, war keine Zärtlichkeit, das war Erfahrung. Als er mich zum ersten Mal küsste, dachte ich – allem zum Trotz –, er wäre unschuldig. Als hätte er noch nie jemand anderen berührt. Aber das ist absurd. Niemand fickt so, wenn er es nicht oft gemacht hat. Obwohl er mich nicht um Geld gebeten hat, noch nicht ... Er ist mir ähnlicher, als ich dachte. Wenn ich ihm sagte, dass ich hier bei ihm bleiben will, würde er mir lauthals ins Gesicht lachen.

Und selbst wenn nicht ... da ist immer noch de Havilland. Nell. Mein Buch. Ich verdiene es nicht besser. Nichts von all dem, nichts kann etwas daran ändern, ganz gleich, was letzte Nacht geschehen ist.

Der Fußboden ist wie Eis. Der größte Teil meiner Kleider liegt in einem Haufen unter dem Fensterbrett. Als ich sie überziehe, sind sie klamm. Meine Zähne klappern, und meine Hände nesteln an den Knöpfen. Schließlich lasse ich den Kragen offen. Ich schiebe mein Halstuch in die Tasche. Ich nehme meine Stiefel in die Hand und schleiche auf Zehenspitzen aus dem Zimmer. Ich gehe die Treppe hinunter. Ein loses Büschel Stroh raschelt gegen die Haustür. Ich bleibe wie angewurzelt stehen. Da ist niemand.

Der Ofen in der Werkstatt ist ausgegangen. Im weißen weichen Licht sieht der Raum wie ein Stillleben aus, wie eine dieser kahlen nördlichen Innenansichten, nichts als trostloses Braun und Elfenbein. Mein Umhang ist über eine hohe Presse gebreitet. Ich hake ihn mit klammen Fingern los. Als ich mich zum Gehen wende, falle ich beinahe über Emmetts Hemd. Es liegt da, wo ich es fallen gelassen habe, ehe er mich nach oben führte. Ich hebe es auf und erinnere mich daran, wie er gezittert hat, als ich es aufknöpfte. Ich habe auch gezittert, aber nicht vor Kälte. Jetzt liegt das Leinen weich und kühl an meinem Gesicht. Es riecht nach ihm, nach dem Zedernholz und Pfeffer seines Schweißes. Ich will es mir überziehen.

Nein. Plötzlich ist mir, als stünde ich draußen vor dem Fenster und schaute hinein. Ich kann mich selbst sehen: mit rot unterlaufenen Augen, unrasiert, wie ich über dem schmutzigen Hemd eines anderen Mannes schmachte. Eines Mannes, dem ich nicht trauen kann. Wie mein Vater lachen würde. Ein Fick hat mich von innen aufgeweicht wie eine ansteckende Krankheit. Ich lasse das Hemd fallen und befördere es mit einem Tritt aus dem Weg. Es schlittert unter eine der hölzernen Truhen. Wenn Emmett es sucht, kann er der Spur im Staub folgen. Er kann es mit einem Lineal oder dergleichen herausfischen. Es ist ohnehin billig. Alt. Kaum wert, dass er sich dafür hinkniet.

Ich muss die Hintertür mit aller Kraft aufdrücken. Eine Schneewehe hat sich auf der Schwelle aufgetürmt, und ein paar Sekunden lang bin ich mir nicht sicher, ob ich es schaffen werde, nach draußen zu gelangen. Ich wate in den Schnee hinein, der Wind schneidet mich beinahe entzwei. Winzige Eisteilchen zischen mir ins Gesicht. Meine Wangen brennen. Ich stapfe durch knietiefen Schnee ums Haus. Die Scharniere der Stalltür sind mit Eis überzogen. Ich muss gegen den Türrahmen treten, um das Eis aufzubrechen. Ich bleibe stehen und schaue zu den Pferden, die zufrieden auf ihrem Stroh kauen. Wenn ich eines hierlasse, muss ich den Mietstall anweisen, die Rechnung an meinen Vater zu schicken. Wenn ich beide mitnehme, sitzt Emmett hier fest.

Ich sage mir, dass ich einzig aus dem Grund nur eines der Pferde mitnehme, weil ich in dieser bitteren Kälte beim Ritt nicht zwei Zügel entwirren will. Ich führe mein Tier auf den Hof und ziehe mich ungeschickt in den Sattel.

Auf dem ganzen Weg zur Straße schaue ich immer wieder über die Schulter. Er wird aufwachen. Er wird mich hören. Er wird sich fragen, wohin ich gegangen bin. Aber es regt sich nichts. Das Haus starrt mich mit blanken Fenstern an.

Es ist ein langer Ritt nach Castleford.

Es ist schon dunkel, als ich zu Hause ankomme. Hinter allen Fenstern schimmert Licht. Als Betty mir die Tür aufmacht, hat sich ihr Haar unter der Haube gelöst, und sie hat Pollenflecke auf der Schürze. Hinter ihr schreitet eine neue Küchenmagd vorsichtig mit einem Fisch auf einer Silberplatte über den frisch polierten Boden. Sie wirft mir einen aufgeregten Blick von der Seite zu, als Betty sagt: »Oh, Mr Lucian. Der Mann von Esperand's ist hier. Im Wohnzimmer.«

Große Blumenbouquets stehen auf Sockeln am Fuß der Treppe und neben dem Eingang zum Speisezimmer. Rote Rosen, Farn, dunkel wächserne Blätter wie Sägeblätter. Lilien in der Farbe von Blut. Betty weicht mir nicht von der Seite, will sich unbedingt wieder an die Arbeit machen. »Sir? Alles in Ordnung?«

»Ja. Natürlich.« Die plötzliche Wärme verursacht mir Übelkeit. Betty läuft herbei, um mir den Hut und den Mantel abzunehmen, aber ich winke sie fort. Das Küchenmädchen macht mit dem Ellbogen die Tür zum Speisezimmer auf, und ich erhasche einen Blick auf ein Abendessen *à la française*, das auf der Anrichte angeordnet ist. Ich rieche gedünsteten Fisch und etwas Fleischiges, Wild vielleicht. Ich hänge meinen Hut und Mantel selbst auf und schiebe mich an Betty vorüber ins Wohnzimmer.

Meine Mutter springt auf. »Liebling«, sagt sie. »Endlich.« Sie winkt den Angestellten von Esperand's vor. »Mr – wie war doch gleich der Name? –, Mr Alcock wartet schon sehr geduldig.«

»Guten Tag.« Ich nicke ihm zu. Bei der Bewegung wird mir schwindelig, als wogte die Welt von mir fort. »Mama, würdest du klingeln und um Tee bitten? Ich habe nicht gegessen seit …« Ich unterbreche mich. Es tritt eine Pause ein. Lisette hebt den Kopf von ihrem Stickrahmen. Sie beobachtet mich mit zusammengekniffenen Augen wie eine Katze.

»Du kommst leider zu spät«, antwortet meine Mutter. »Die Bediensteten haben alle sehr viel zu tun. Deshalb haben wir früher Tee getrunken.« Sie lächelt mich an. Doch in der darauf folgenden Stille schwingt etwas mit – während Cecily heimlich auf einem Stück Würfelzucker knirscht und Lisette ihren Blick auf mein unrasiertes Kinn heftet –, das mir verrät, dass mein Vater sie angewiesen hat, mich nicht zu fragen, wo ich gewesen bin. Ich lasse mir von Alcock meine Weste anpassen. Er steckt sie ab, ohne mir in die Augen zu schauen. Ab und zu bittet er mich in taktvollem Tonfall, die Arme zu heben oder zu senken. Mein Hemd ist schweißgetränkt. Ich stinke nach Pferden und nasser Wolle. Lisette rümpft die Nase. Aber niemand erwähnt es mit einem Wort. Vielleicht bin ich der Einzige, der unter all dem Gestank noch den Duft von Emmett Farmers Haut – den Duft von Moschus und Farn – riechen kann.

Endlich geht Alcock. Er nickt mir einen kleinen Gruß zu, von Mann zu Mann. Als er fort ist, lächelt mich meine Mutter an. Während sie die Zuckerdose aus Cecilys Reichweite schiebt, sagt sie: »Ich bin so froh, dass du nicht aufgeregt bist, Liebling. So viele Bräutigame wären am Tag vor der Hochzeit überängstlich. Es ist gut, dass es dich nicht davon abgehalten hat … was immer du gemacht hast.«

Ich gehe zum Fenster und ziehe den Vorhang zur Seite. Ich schaue an meinem Spiegelbild vorbei auf den Garten, der leuchtend vor Schnee vor mir liegt. Bunte Laternen säumen alle Pfade. »Warum sollte ich aufgeregt sein, Mama?« Ihr Spiegelbild zupft an einem Kissen mit Quasten. »Jetzt, da mein Anzug endlich passt, gibt es keinen Grund zur Sorge mehr.«

»Ganz recht. Und du siehst darin großartig aus.« Ich drehe mich um, damit wir einander anlächeln können. Sie fügt hinzu: »Vergiss nicht, heute Abend volle Abendkleidung. Sherry in einer Stunde.«

»Dann gehe ich jetzt besser baden.«

»Ich glaube, das ist eine gute Idee, mein Schatz.«

Ich schließe die Tür vor ihrem klingelnden Lachen und gehe durch die Eingangshalle zum Fuß der Treppe. Es sind noch mehr Blumen da als vorhin, dunkel und üppig wie ein Dschungel. Ein Tablett mit Champagnergläsern steht auf dem Konsoltisch. Laut öffnet sich die Schwingtür zum Dienstbotenbereich. Das neue Küchenmädchen kichert. Sie bleibt stehen, als sie mich sieht. Sie macht einen tiefen Knicks – vorsichtig, weil sie einen mit Obst beladenen silbernen Tafelaufsatz trägt.

»Bitte Betty, mir ein Bad einzulassen, ja?«

»Jawohl, Sir.« Ich spüre ihre Augen auf mir, als ich die geschwungene Treppe hinaufschreite.

Ich will mich nur hinlegen und schlafen. Aber man hat mir schon meine Kleidung auf dem Bett zurechtgelegt. Eine rote Rose wartet in einer kleinen Vase darauf, meine Ansteckblume zu werden.

Morgen schlafen Honour und ich in dem Zimmer im hinteren Teil des Hauses, das man für uns ausgesucht hat. Es ist ein schönes Zimmer. Es hat einen Blick auf den Garten. Auf der Tapete sind Granatäpfel, wie Mäuler, die mit Samenkörnern vollgestopft sind. Das Bett ist ein Himmelbett mit burgunderroten Samtvorhängen. Als ich ein kleiner Junge war, bin ich manchmal hineingekrabbelt und habe die Vorhänge zugezogen. Ich erinnere mich an die rote Dunkelheit, an die heiße, gedämpfte Stille. Ich habe damals so getan, als wäre ich tot.

Es klopft an der Tür. »Euer Bad ist bereit, Sir.«

»Danke.« Eine Sekunde später drehe ich mich um und will sie bitten, mir ein Getränk zu bringen, aber sie ist schon fort.

Im Bad ist so viel Dampf, dass es wie ein Hamam ist. Jemand hat Rosenöl in die Wanne geschüttet, allerdings zu viel davon. Ich lasse mich, so schnell ich kann, in das heiße Wasser hinunter. Ich schrubbe mich länger als nötig ab. Dann lasse ich den Kopf an den Rand sinken und schließe die Augen. Als ich unten die Uhr schlagen höre, wuchte ich mich aus der Wanne und gehe in mein Zimmer, um mich anzukleiden. Ich habe zu lange gebraucht. Wenn ich mich nicht beeile, komme ich zu spät. Draußen fahren die Kutschen vor. Schritte knirschen in der Einfahrt. Hohe Stimmen kichern. Eine trompetet: »O ja, wahrhaftig außerordentlich unscheinbar, aber das Geld der Ormondes entschädigt ja für jede Menge …«

Ich knote meine Krawatte. Die Röte auf meinen Wangen ist verblasst. Das Gesicht im Spiegel ist eine Studie in Schwarzweiß. Als ich mir die Rose anstecke, wirkt sie wie ein Klecks roter Tinte auf einer Kohlezeichnung.

»Mr Lucian? Eure Mutter lässt fragen, ob Ihr Hilfe braucht.« Ich schüttele den Kopf. Betty starrt mich ein wenig zu lange an und schließt die Tür wieder.

Endlich schaue ich auf mein Spiegelbild. Ich schaffe das. Ich rücke meine Krawatte zurecht. Ich lächele.

Das Speisezimmer glitzert vor Tafelsilber, Kerzenleuchtern und Juwelen, die auf nackter Haut funkeln. Wohin ich auch schaue, sind Frauen in tief dekolletierten Roben in leuchtenden Farben – Zinnoberrot, Königsblau, Jadegrün – und Männer in schwarzweißer Abendkleidung. Noch mehr Blumen füllen alle Ecken des Zimmers aus. Von einem riesigen Tafelaufsatz schlängeln sich dunkelgrüne Blätter über das weiße Tischtuch. Das Geräusch der Stimmen verschwimmt zu einem hohen Gezwitscher, als wären wir in einer Voliere.

Ich bleibe an der Tür stehen. Meine Mutter kommt auf mich zugestürzt. »Liebling! Du siehst hinreißend aus. Nun, Sir Lionel und Lady Jarwood kennst du ja bereits.« Ich schüttele Hände. Ich küsse den Satinhandschuh einer Frau. Ich habe kaum Zeit, den Leuten ins Gesicht zu schauen, ehe meine Mutter mich zum nächsten Grüppchen Gäste steuert. Ich nicke, lächle und scherze. Ich höre meine eigene Stimme nicht. Es ist heiß. Die Farben sind so hell, dass ich mich fiebrig fühle. Winzige Einzelheiten fallen mir auf: der Schimmer einer Perlenkette, die sterngleichen Bläschen in einem Glas Champagner, ein Schönheitsfleck auf einer nackten Schulter. Ich muss mir große Mühe geben, um meine Aufmerksamkeit wieder auf den Mann zu richten, mit dem ich gerade spreche. Auf der Anrichte hinter ihm sinkt bereits der größte Pudding langsam in sich zusammen. Milchige

Säfte haben den Kranz aus Stiefmütterchen und kandiertem Ingwer beinahe ertränkt, der um das untere Ende der Form gewunden ist. Die buttrige Petersiliensauce für den Fisch ist schon zu grün gesprenkeltem goldenen Fett geronnen. Die Leute essen jetzt. Der Geruch von Erdbeermousse und pochiertem Lachs vermischt sich mit dem Duft von heißer Haut und Kerzenwachs. Ich lege ein paar Brocken auf meinen Teller und setze mich. Zu meiner Rechten spielt eine Dame an ihrem zerdrückten Haarteil herum und sagt: »Nun ja, es mag die große Mode sein, aber das ist nicht, was *ich* ein Abendessen *à la française* nennen würde.« Ihr Ehemann verdreht diskret die Augen. »Die Darnays waren schon immer so modisch. *Neureich* ...« Sie nimmt mich wahr und unterbricht sich, Röte steigt ihr in die Wangen.

Ich neige den Kopf und stoße meine Gabel in die Kruste meiner Taubenpastete. Auf meiner anderen Seite beugt sich eine Dame über ihren Teller. Ihre Türkiskette klirrt gegen das Porzellan. Sie spricht mit atemloser, stotternder Stimme. »Ich habe gehört, dass er heute Abend eingeladen war – kennt Florence Darnay Lady Runsham nicht? Aber er liegt völlig darnieder, meine Lieben.«

Die grauhaarige Dame ihr gegenüber zieht eine Augenbraue in die Höhe. »Kann ich mir vorstellen.« Sie wendet sich an den Mann neben ihr. »Hast du das von Sir Percival Runsham gehört, James?«

»Von wem?« Er balanciert ein rosa Häufchen Mousse auf seinem Löffel. »Oh, *Runsham*. Diese Anfechtung. Habe ihn nicht gesehen, seit er damals Rosa Marsden aufs Kleid getreten ist. Das war ein Spaß.«

»Der ist öfters zu de Havilland gegangen.«

»Oder wie immer sein richtiger Name war«, unterbricht ihn jemand. »Ich habe mir sagen lassen, dass es ein *nom de plume* war.«

»Smith oder Jones, denke ich.«

Die grauhaarige Frau redet dazwischen, als hätten die beiden kein Wort gesagt. »Gestern Abend ist die Buchbinderei abgebrannt, und Runshams neuestes Binden ...« Sie lässt das Wort in der Luft hängen. Sie wechseln vielsagende Blicke. »Verdammt«, sagt der Mann und leckt seinen Löffel ab. »Stellt euch vor, wie das sein muss, wenn man sich daran erinnert, dass man Percival Runsham ist.«

»Mäßige dich, James«, mahnt die grauhaarige Frau. Aber alle lachen. »Nun, ich bin froh, dass sich in unserer Familie nie jemand hat binden lassen. Selbst wenn das nicht einen traurigen Mangel an moralischem Rückgrat beweisen würde, ist so ein Vorkommnis ein hervorragender Grund dafür, nicht über die Stränge zu schlagen.«

»Komm schon, Harriet, das ist doch ein bisschen ...« Der Mann macht eine versöhnliche Geste mit seinem Löffel und grinst die anderen an. »Sie redet zwar wie jemand, der auf einem Kreuzzug ist, doch ich kann euch versichern, dass sie vor sechzig Jahren viel zu jung war, um jemanden zu lynchen.«

»Aber denkt euch nur«, sagt die erste Frau. »Die Geheimnisse, die de Havilland gekannt haben muss ...«

Ich stehe auf. Ein paar Leute blicken hoch und kehren sofort wieder zu ihren Gesprächen zurück. Es scheint ihnen gleichgültig zu sein, dass jemand mithört. Klatsch ist ein öffentliches Gut. Ich gehe zur Anrichte und schenke mir ein weiteres Glas Champagner ein. Er ist lauwarm. Eine junge Dame steht in der Nähe und klimpert mit den Wimpern, bis ich begreife, dass ich sie bedienen soll. Sie deutet auf die Schüsseln und sagt: »Es ist sehr romantisch, nicht? Miss Ormonde und ihr. Ihr seid wie ein Märchenprinz, der sie auserwählt, obwohl sie ... Sie ist nicht hier, oder? Halten die Ormondes heute Abend ihre eigene Feier? Ich denke, sie können sich so etwas wie das hier nicht leisten, oder? Ja, bitte, ein paar Trauben. Oh, und einen Löffel Pudding. Danke.«

Ich lächele sie an. Sie wirft ihre blonden Locken nach hinten und wendet sich ab.

Meine Mutter steuert auf mich zu. Sie beugt sich zu mir und murmelt: »Ich bin froh, dass du dich amüsierst, mein Liebling.

Du bist wirklich der attraktivste Mann im Raum. Und du hast Lady Jerwood im Sturm erobert. Das wird deinen Vater sehr freuen.« Ihr Atem riecht nach Petersilie. Mein Vater schaut mir quer durch den Raum in die Augen und hebt das Glas. Ich grüße zurück, dränge mich dann durch eine Gruppe von Männern mit fettigen Gesichtern in die Eingangshalle. Ich mache einen Bogen um die scharfkantigen Blumen, um nach oben zu gehen, aber da lehnen zwei kichernde Mädchen über dem Geländer. Ich wende mich ab, ehe sie mich erblicken. Mein Hemd ist klamm, und mir brennen die Augen. Ich will nur irgendwo Schatten finden und mich darin auflösen.

Ich gehe den Flur entlang und öffne die Tür zum Blauen Zimmer. Die Lampen sind angezündet, es brennt ein Feuer im Kamin, aber das Zimmer ist leer. Die gemalten Nymphen über dem Kaminsims schauen mich von oben herab an. Ihre nassen Gliedmaßen schimmern wie Perlmutt, ihre Augen sind leer. Wasserlilien winden sich um sie wie Trauerkränze. Ich schließe die Tür hinter mir und atme tief ein.

Jemand hat eine Zigarette im Tintenfass ausgedrückt. Sie schwelt noch. Ich gehe zum Schreibtisch und lösche den Rauchfaden aus. Das Hauptbuch ist bei den Einnahmen des letzten Monats aufgeschlagen, und die Briefe des Buchhalters sind nicht mehr in der richtigen Reihenfolge.

»Verzeiht mir. Ich bin leider unendlich neugierig. Und sie *lagen* da herum.«

Ein Mann steht beim Fenster. Er verneigt sich leicht vor mir. Ich federe auf die Fersen zurück, aber zumindest bin ich nicht zusammengezuckt. Der Champagner, den ich getrunken habe, dämpft alles.

»Ihr müsst Piers' Sohn sein«, sagt er. »Lucian, nicht wahr? Ich bin Lord Latworthy, ich kenne Euren Vater, bin einer seiner … Nun, wir haben einige gemeinsame Interessen. Angenehm.«

»Angenehm«, erwidere ich und ordne die Briefe wieder zu einem ordentlichen Stapel. Ich begreife, dass er nicht in Verlegenheit geraten wird, wie lange ich auch warte.

»Habe ich Euch erschreckt? Verzeiht mir.« Das klingt groß-
herzig, als hätte ich hier geschnüffelt. Er macht einen Schritt
nach vorn und schaut mich an, lächelt beinahe. Er hat einen
dunklen Bart und sehr gerade Augenbrauen. Er ist im mittleren
Alter, jünger als mein Vater. »Lucian Darnay«, fährt er fort. »Angenehm, Eure Bekanntschaft zu machen. Von Angesicht zu Angesicht, meine ich.«

»Danke.«

»Zweifellos ist all das …« Er deutet auf die Tür, umfasst mit
dieser Geste das Haus, die Gäste, die Hochzeit, die Welt. »Es
muss überwältigend sein.« Sein Gesicht ist aufmerksam und
neugierig. Es ist das erste Mal heute Abend, dass mir jemand
wirklich Aufmerksamkeit schenkt. Der Letzte, der mich so angeschaut hat …

»Bitte setzt Euch doch«, fordert er mich auf, und unwillkürlich
gehorche ich ihm. Er sinkt auf die Chaiselongue mir gegenüber,
legt den Kopf zurück und stößt einen Seufzer aus. »Ein ziemlicher Zirkus, nicht wahr? So schwierig für einen feinfühligen
jungen Mann wie Euch.«

»Wieso glaubt Ihr, dass ich feinfühlig bin?«

»Für einen jungen Mann, der vielleicht nicht … *bis über beide
Ohren* in seine Zukünftige vernarrt ist.«

»Ich empfinde für Miss Ormonde nichts als den größten Respekt.«

Er lacht leise. »Ihr müsst Euch nicht verstellen, Lucian.« Er
beugt sich vor, schlägt die Beine übereinander, das Fußgelenk
auf das andere Knie gestützt. Der Ausdruck in seinen Augen ist
nicht gerade Mitgefühl. »Sicherlich bin ich nicht der Einzige,
der das bemerkt hat? Ihr müsst Euch sehr einsam fühlen.«

»Ich weiß nicht, was Ihr meint.«

»Nicht?« Sein Blick wankt nicht. »Ich bin einfach … nun ja.
Sagen wir, ich kann mich an Eure Stelle versetzen.«

Ich starre ihn an. Ein plötzlicher Schmerz pocht zwischen
meinen Schläfen, heftig und mit dem nächsten Herzschlag verschwunden. »Entschuldigt mich«, sage ich. Ich stehe auf, stütze

mich auf die Lehne des Sofas. »Ich muss zu den Gästen meines Vaters zurück.«

Als ich versuche, an ihm vorüberzugehen, erhebt er sich in einer einzigen geschmeidigen Bewegung. Ehe ich reagieren kann, stehen wir Auge in Auge da. Er ist mir zu nah. Unter der Bitterkeit des Tabaks rieche ich etwas Scharfes, Harziges. Bernstein, Holz.

»Lucian«, sagt er, und seine Stimme ist sanft. »Wartet.«

»Was wollt Ihr?«

Er scheint zum Sprechen anzuheben. Stattdessen langt er nach meinem Kragen und lockert mir die Krawatte. Ich kann mich nicht bewegen. Es ist, als wäre ich wieder in der Schule, im Studierzimmer der sechsten Klasse, zu verwirrt, um Angst zu haben. Er wird doch sicher nicht … Aber er zieht meine Krawatte langsam aus dem Knoten, die Seide flüstert. Seine Haut strahlt Hitze aus, durch meine Weste und mein Hemd hindurch.

Ich erstarre. Eine Welle widerlicher Hitze durchflutet mich. Eine Sekunde lang ist das wabernde Gesicht vor mir nicht seines, sondern das von Emmett: mit klaren Augen, aufs Höchste angespannt, beinahe ängstlich.

»Ich muss gehen.«

»Warum?«

Ich blicke ihm in die Augen. Sie sind braun. Emmett hat auch braune Augen.

Ich hole tief Luft. Ich will einfach nur aufhören zu existieren. Oder zu dem Augenblick gestern zurückkehren, als die restliche Welt ausgelöscht war.

Dann räuspert sich Latworthy, und dieses trockene Geräusch bricht den Bann. Ich ziehe mich zurück. Er lacht. Ich höre ihn noch, als ich auf den Flur hinausstolpere. In der Eingangshalle verabschieden sich Leute von meiner Mutter. Sie schaut sich um, sieht mein aufgeknöpftes Hemd und meine lose Krawatte und blickt mich mit ausdruckslosem Gesicht an, so wie sie meinen Vater ansehen dürfte, wenn er aus der Tür einer Bediensteten kommt. Sie kehrt zu ihrem Abschied zurück, zu der glänzenden, schwatzenden Ansammlung von Zylindern und Pelzen, während aus dem Speisezimmer noch Gelächter herüberflutet. Ich gehe zur Treppe hinüber, ziehe mich mühsam hoch, Schritt für Schritt. Ich schließe meine Schlafzimmertür und setze mich aufs Bett. Die Welt zerschmilzt zu vertikalen Bändern. Mir dreht sich alles im Kopf; nicht nur vom Champagner.

Letzte Nacht habe ich einen Augenblick lang gedacht, dass ich kein so schlechter Mensch wäre. Aber nun ekle ich mich an. Es gibt einfache Wörter für Männer wie mich: lasterhaft, jämmerlich. Ich verstehe es nicht. Woher wusste Lord Latworthy das? Aber irgendwie hat er es gewusst. Ich muss danach stinken wie nach Schweiß. Wie nach Blut. Und was immer ich vergessen habe, ist noch schlimmer. Was immer ich getan habe, es war so schlimm, dass sogar mein Vater mich dafür verachtet.

Es ist fort. Vergessen. Solange es weggesperrt bleibt, kann ich weitermachen.

Und morgen um diese Zeit wird es vorüber sein.

»Mir ist schlecht. Ehrlich, ich kann nicht glauben, wie ruhig du aussiehst. Ich bin völlig am Ende mit meinen Nerven, und dabei darf ich bloß die Ringe nicht fallen lassen.«

Ich blicke zur Seite. Henry Ormondes Gesicht ist grünlich, wo er keine Sommersprossen hat. Sein Haar ist vor Pomade ganz steif. Er duckt den Kopf weg, das Haar gerät ins Wanken. »Tut mir leid. Liegt in der Familie. Honour hat gestern Abend vor Nervosität förmlich gespien.«

Ich antworte nicht.

»Wie viele Leute sind hier? Müssen Hunderte sein. Die arme alte Honour, sie mag es gar nicht, wenn man sie anstarrt.«

»Zweihundert.«

»Du liebe Güte! Ich *kenne* nicht mal zweihundert Leute.«

»Ich auch nicht.« Ich drehe mich um und blinzele ins Sonnenlicht, das durch die hohen Fenster hereinströmt. Der Saal hat eine Decke wie einen Schiffsrumpf, höher, als ich sie in Erinnerung habe. Irgendwie hat man die Balken mit weißen Bändern und Orangenblüten geschmückt. Weitere Girlanden hängen an den Wänden. Die Holzvertäfelung schimmert silbern und lässt die Fenster größer erscheinen, als sie sind. Während sich die Plätze füllen, scheinen die Wände nach innen zu kriechen. Der Lärmpegel steigt an wie Wasser. Stimmen, Gelächter, Entschuldigungen, als Männer auf teure Röcke treten. Rumpeln und Schleifen, wenn sie ihre Stühle finden. Alles hallt wider.

»Wie spät ist es?«

Ich deute mit dem Kopf auf die goldene Uhr über dem Eingang. Ich wünschte, ich müsste nicht hier stehen und warten. Noch zehn Minuten. Meine Haut juckt. Ich will mir die Handschuhe herunterreißen und mich kratzen, bis es blutet. Ich würde für ein Getränk Morde begehen. Ich habe eine Flasche in der Tasche, aber alle beobachten mich.

»Schöne Rosen.«

»Danke.« Die Blumen sind blass und zart, Rosen und Freesien und lose gerüschte Blüten wie Unterröcke. Keine Lilien.

»Deine Schwestern sehen hübsch aus.«

»Gut.« Ich blicke zu ihnen hinüber. Sie sitzen mit meinen Eltern vorne. Cecily quillt aus einem malvenfarbigen Taftkleid. Sie hält ein Spitzentaschentuch griffbereit. Lisette trägt dunkles Pfauenblau, und ein Zweiglein Eisenhut welkt in ihrem Haar. Sie macht sich die Fingernägel mit der Spitze einer juwelenbesetzten Hutnadel sauber. Ich schaue zur Seite. Mein Vater nickt mir zu. Ich wende mich so rasch ab, dass Henry zusammenschrickt.

»Alles gut?«

»Ja.«

»Tut mir leid. Ich soll den Mund halten, nicht?«

»Ja, bitte.«

Das Schweigen hilft jedoch auch nicht. Ich wünschte, er würde wieder zu reden anfangen. Ich drehe mich um und zähle die pergamentfarbenen Rosen im größten Gesteck. Davor steht der Tisch, an dem wir unsere Urkunde unterschreiben werden. Er ist mit Spitze und Satinschleifen geschmückt, aber es ist nur ein Tisch.

Meine Schultern kribbeln. Ich möchte mich übergeben. Hinter mir werden die Geräusche lauter und lauter. Sicher sind jetzt alle hier. Sicher muss ich nun nicht mehr länger warten ... Aber als ich zur Uhr schaue, sind es immer noch fünf Minuten. Ich sehe auf meiner Taschenuhr nach, aber die sagt dasselbe.

Ich kann nicht denken. Als ich klein war, hat mein Vater einmal ein Thermometer zerbrochen, um mir das Quecksilber zu zeigen. Es gelang einem nicht, es aufzuheben. Es zerteilte sich und rann überallhin. Das hier ist genauso: Es glänzt und ist nicht einzufangen.

Ich drehe mich wieder nach vorne. Nun sind alle an ihren Plätzen. Die Hambledons. Charity und Eleanor Stock-Browne. Renée Devereux trägt einen Zobel, der noch Zähne hat. Simon und Stephen Simmonds sind mit ihrer Mutter hier. Simon trägt unsere alte Schulkrawatte. Aus Versehen schaue ich ihn an. Er schneidet mir eine mitfühlende Grimasse. Ich drehe den Kopf, um die andere Seite des Raums zu betrachten. Die Hälfte der Ormondes.

Ich erkenne nur wenige dieser Leute. Rosa Belle Marsden. Alec Finglass sieht aus wie ein Bestattungsunternehmer. Zwei von den Norwoods sitzen Seite an Seite. Identische Nasen, identische, übermäßig mit Schmuck behängte Ehefrauen. Lord und Lady Latworthy. Er liest das Programm, und sie sagt lachend etwas zu ihm. Er blickt auf und nickt, als wäre das, was gestern Abend geschehen ist, nichts Ungewöhnliches. Er wendet sich ab. Er gibt seiner Frau eine Antwort.

Eine Sekunde später blickt er wieder zu mir. Er rechnet nicht damit, dass ich ihn noch immer beobachte. Seine Miene ist interessiert. Intim vertraut. Wissend.

Er hat mein Buch gelesen.

Der Atem stockt mir im Hals. Ich weiß nicht, woher ich

das weiß. Plötzlich pumpt mein Herz das Blut in die falsche Richtung, schwillt an, hämmert. Heiße und kalte Wellen laufen mir über den Leib.

»Lucian? Geht es dir gut?«

Ich drehe mich zur Seite. Es muss reine Einbildung sein. Die Anspannung dieses Anlasses. Die übermäßig parfümierte Luft. Die Reihen von auf mich gerichteten Augen. Der verzierte Uhrzeiger, der langsam auf die volle Stunde zukriecht. Ich versuche, Latworthy nicht noch einmal anzuschauen. Aber ich mache es.

»Lucian? *Lucian!* Wo gehst du hin? Du kannst doch nicht einfach …«

Ich rempele Henry mit der Schulter aus dem Weg. An diesem Ende des Raums führt eine Tür in ein Vorzimmer. Es ist mir gleichgültig, ob ich aus dem Fenster klettern muss. Henry plärrt mir etwas hinterher. Ich schaue ihn nicht an. »Ich bin gleich zurück.«

»Aber sie kommt in zwei Minuten.«

Ich schlage ihm die Tür vor der Nase zu.

Ich befinde mich in einem Hohlweg an der Seite des Gebäudes. Ich gehe blind zu seinem Ende. Plötzlich stehe ich vor dem Haus, wo eine breite Treppe vom Haupteingang hinunterführt. Eine Kutsche fährt vor. Eine bleiche, in Spitze gehüllte Gestalt steigt auf den Gehsteig hinaus und kommt beinahe ins Stolpern. Der Wind peitscht ihr Kleid zu einer weißen Fahne auf. Mr Ormonde hält sie und führt sie die Treppe hinauf. Ein Windstoß hebt ihren Schleier hoch. Ich erhasche einen Blick auf gerötete Wangen. Strahlende Augen. Schmale Finger in einem Spitzenhandschuh, die einen Rosenstrauß halten. Das Aufblitzen des Brillanten, den ich ihr geschenkt habe.

Wenn ich mich beeilen würde, könnte ich noch zurück, ehe jemand etwas bemerkt hat.

Ich wende mich ab und überquere die Straße. Leute stehen Schlange für den Pferdeomnibus. Ein paar Männer starren in das Schaufenster eines Metzgers. Eine Frau mit einem Korb am Arm schnalzt missbilligend mit der Zunge, als sie mich sieht. Ich drehe mich um, lasse mich vom Strom der Passanten mittragen. Ein Schwall Schneeregen trifft mich im Gesicht.

»Neueste Nachrichten«, schreit ein Mann. »Steuersenkung! Buchbinder bei Brand umgekommen!«

Ein Mann bleibt stehen und kauft eine Zeitung. Ich nähere mich dem Stand und wühle in meiner Tasche. Ich habe kein Geld. Ich wühle weiter und beuge mich vor, um die dicht bedruckten Spalten zu überfliegen. *Gestern Abend führte ein tragischer Unfall zu ... Seine Sekretärin, Miss Elizabeth Brettingham, sagte, es gebe keine Überlebenden ... Fordern die Beschleunigung der Untersuchung über die Aufbewahrung brennbarer Materialien ...*
Mir steigt die Galle in den Hals.

Der Zeitungsverkäufer tritt zwischen mich und die Seite.

»Wollt Ihr sie nun kaufen oder nicht?«

»Nein. Entschuldigung.«

Ich reiße mich los. Jeden Augenblick wird Henry auf dem Vorplatz des Rathauses auftauchen. Aber ich kann nirgendwo hinrennen. Ich kann nicht nach Hause. Ich stecke hier auf dem Gehsteig fest, als wäre es Treibsand. Entscheide dich! Bewege dich!

Ich ducke mich seitlich in den Torbogen, der zu einer Arkade führt. Zumindest habe ich hier ein Dach über dem Kopf. Ich schiebe mich an einem Mann vorüber, der in einem Türeingang steht. Er streckt den Arm aus und packt mich am Handgelenk. Ich versuche, ihn abzuschütteln. Sein Griff ist jedoch stärker als erwartet. Ich hebe an: »Ich habe kein ...«

»Du schwänzt wohl?«, sagt er.

Es ist Emmett Farmer.

Ich starre ihn an. Sicherlich würde er, wenn er eine Halluzination wäre, genauso aussehen wie beim letzten Mal, als ich ihn vor Augen hatte. Zumindest wäre sein Gesicht gerötet, und er würde lachen, vor Müdigkeit taumeln, das Hemd am Hals offen. Aber nun ist er anders gekleidet, trägt rauere, wärmere Sachen. Seine Augen sind klarer. Ruhiger. Er hat einen Rucksack auf der Schulter und eine Wollmütze auf dem Kopf. Hinter ihm kommt der Pferdeomnibus. Der Zeitungsverkäufer schreit weiter seine Schlagzeilen. Der Schneeregen sprüht einen silbernen Fächer auf den Eingang zur Arkade.

»Was um alles in der Welt ...?«

Er hat das gesagt. Oder ich? Es ist gleichgültig. Er hält noch immer mein Handgelenk umfangen wie eine Handschelle. Ich räuspere mich und versichere mich, dass ich meine eigene Stimme erkenne. »Was machst du hier?«

»Es ist ein freies Land«, antwortet er, aber dieses Draufgängertum spiegelt sich nicht in seiner Miene. »Ich wollte dich sehen. Und sie.« Er zögert. »Deine Frau.«

»Na ja.« Ich versuche, ein dummes, schmerzhaftes Lachen zu unterdrücken. »Da wirst du leider länger warten müssen, als du gedacht hättest.« Es nutzt nichts. Ich kichere einmal verkrampft, als würde mir gleich übel.

»Was geht hier vor? Du solltest noch da drin sein.« Er deutet mit dem Kopf auf das Rathaus.

»Ich bin weggerannt.«

»Du bist *weggerannt*? Einfach so?« Für einen Moment herrscht Stille. Vielleicht denken wir beide dasselbe: dass ich auch vor ihm weggerannt bin. Aber er gibt mir nicht die Zeit, es ihm zu erklären oder mich zu entschuldigen, selbst wenn ich das könnte.

»Was ist mit Miss Ormonde?«

»Ich weiß es nicht.«

Er kneift die Augen zusammen. »Was?«

Ich schüttele den Kopf. Ich sehe sie immer noch vor mir, mitten in diesem wirbelnden Schleier, mit gerötetem Gesicht. Sie hat mich gebeten, sie freundlich zu behandeln.

»Lucian, was machst du da?«

»Ich kann sie nicht heiraten. Sie ist ein ... ein guter Mensch. Sie hat es besser verdient.«

Er lässt mich los und wendet sich ab. Ein paar junge Frauen kommen in die Arkade gerannt. Eine von ihnen gleitet auf dem feuchten Marmor aus, und die andere fängt sie ab. Sie lachen wie klirrende Maschinen. Er schaut ihnen nach. »Sie sollte dir also dankbar sein, dass du sie vor dem Altar sitzenlässt.«

»Das habe ich nicht gesagt ...« Ich senke den Blick. Von allen Menschen auf der Welt, hatte ich gedacht, würde mich Farmer verstehen. Ich spüre Feuchtigkeit in meinem Handschuh, aber sie ist nicht durchgesickert. Ich strecke die Finger, um zu spüren, wie das Ziegenleder sich von meiner klebrigen Haut löst. »Es ist einfach ... nicht richtig. Für sie. Für mich. Tut es was zur Sache?«

»Und ich? Sollte *ich* dankbar sein, dass du ...? Ach, macht nichts.« Er dreht sich weg, als ich den Mund aufmache. »Nein, ich habe gesagt, es *macht nichts.*«

Es herrscht Schweigen, angefüllt mit dem Rufen des Zeitungsverkäufers, eiligen Schritten und dem Knirschen von Rädern auf halb gefrorenem Schlamm. Drinnen im Saal wartet sie wohl auf mich. Oder jemand hat sie zur Seite genommen. Henry sucht wahrscheinlich verzweifelt und ist verzweifelt bemüht, nicht verzweifelt zu wirken.

Farmer seufzt. Er nimmt seine Mütze ab, wischt sich mit dem Handgelenk über die Stirn und setzt die Mütze wieder auf. Endlich sagt er: »Du meinst es ernst, nicht wahr?«

»Ich habe gesehen, wie einer von denen mich angeschaut hat.« Ich habe einen sauren Geschmack im Mund. »Er hatte mein Buch gelesen. Das hat mir sein Gesicht verraten. Er hat mich beobachtet.« Ich will Farmer nicht von Lord Latworthy erzählen, nicht von dem, was gestern Abend geschehen ist. Schweigen. Auf der Straße bricht krachend eine Radachse. Jemand schreit. Jemand anders schreit lauter zurück. Ich zucke mit den Schultern. »Das ist alles.«

»Jemand hat dich angeschaut, und du bist von deiner Hochzeit weggerannt.«

Ich zupfe nutzlos an meinem Handschuh. »Ja.«

»Ich wusste nicht, dass du so mutig bist.«

»So mutig, dass ich Honour am Altar sitzenlasse?«

Er neigt den Kopf, um mir diesen Punkt zuzugestehen. Ein Windstoß wirbelt durch die Arkade, weht uns Müll um die Füße. Ich bibbere. Irgendwie hatte ich gedacht, alles würde anders werden, wenn ich den Saal verlasse. Ich lehne mich an die Mauer und nehme einen Schluck aus meiner Hüftflasche. Ich biete sie ihm an. Er schüttelt den Kopf.

Ich blicke auf meine Schuhe. Schneeregen und Matsch haben ihren perfekten Hochglanz ruiniert. »Was machst du jetzt?«, frage ich Farmer.

»Ich habe ein paar von den Sachen meiner früheren Meisterin versetzt«, antwortet er. »Ich habe genug Geld für den Zug nach Newton. Ich dachte, ich suche mir da vielleicht eine neue Buchbinderei.«

»Eine Buchbinderei? Warum?«

Er holt tief Luft und zieht den Träger seines Rucksacks zurecht. »Weil ich Buchbinder bin, Lucian.«

Ich nicke. Er hat recht. Er hat einen Beruf. Ein Auskommen. Er kann ein Leben führen wie de Havilland. Warum nicht?

»Ich wünschte mir nur …« Er tritt von einem Fuß auf den anderen. »Es tut mir leid.«

»Das muss es nicht.« Ich trinke die letzte feurige Neige des Kognaks.

»Ich kann nicht hierbleiben, Lucian.«

Kann ich Henrys Stimme hören, die auf einer Windbö herüberweht und verebbt, oder bilde ich mir das nur ein? Ich lehne den Kopf zurück und starre auf das kunstvolle Geflecht aus Schmiedeeisen, auf die komplizierten Muster aus schmutzbefleckten Glasscheiben. Unmittelbar über uns ist eine Narbe, wo etwas auf die Scheibe geprallt ist. Ein Stern.

»Na dann«, sage ich. »Viel Glück.«

»Ja.«

Ich strecke ihm die Hand hin. »Vielen Dank, dass du versucht hast, mir zu helfen.«

»Ja.« Er schluckt und ergreift meine Hand. Wir haben beide die Handschuhe nicht ausgezogen. Er trägt einen Ring, der mir in die Finger schneidet. Meine Schnittwunde brennt. Sie brennt immer noch, als er einen Schritt zurücktritt. Der Schmerz windet sich wie ein Seil meinen Arm hinauf. Er packt mich am Herzen und zieht sich eng zu.

»Auf Wiedersehen, Emmett.«

Er nickt. Er nickt weiter. Ich stecke meine Hüftflasche zurück in die Tasche. Mir ist so kalt. Ein Kind rennt an uns vorüber, treibt einen Reifen vor sich her, kreischt vor Lachen. Eine hagere Gouvernante in Halbtrauer folgt ein paar Schritte hinter ihm. Emmett sagt nicht »Auf Wiedersehen«. Er hält meinem Blick noch einen Atemzug lang stand. Dann wendet er sich ab und geht durch die Arkade fort, weg von mir.

Ich lege den Unterarm vor das Gesicht. Es muss so aussehen, als weinte ich. Das ist jetzt nicht mehr wichtig.

Ich hätte im Saal bleiben sollen. Dann wäre es jetzt vollbracht.

Mein Hemd kratzt. Die Schuhe haben meine Knöchel wundgerieben. Mein Atem riecht nach Kognak. Ich habe nicht gefrühstückt, und der Alkohol ist mir sofort in den Kopf gestiegen. Ich könnte meine Uhr versetzen. In eine Kneipe gehen und mich betrinken. In den Fluss gehen. Nein, natürlich nicht. Nach Hause gehen. Als ich heute Morgen aufbrach, fingen die Girlanden an der Treppe bereits zu welken an. Rote Blütenblätter fielen, als ich vorbeischritt. Leere Räume, tote Blumen.

»Warte.« Jemand kommt durch die Arkade gerannt, ruft etwas. Alles zerfällt zu einem Kaleidoskop von Farben. Ich blinzele. Es ist Emmett.

Er lässt seinen Rucksack fallen und packt mich bei den Schultern. »*Was* hast du gesagt?«

»Was? Wann?«

»Du hast gesagt, jemand hätte dein Buch gelesen.«

Ich versuche, ihn abzuschütteln, aber er ist stärker als ich. »Ja. Lord Latworthy. Das hat mich …«

»*Lord Latworthy* hat dein Buch gelesen. Bist du dir da ganz sicher?«

»Ja.«

Er starrt mich an. Er sieht mich nicht. Das Blut rauscht mir durch die Adern.

»Und er war da. Auf deiner Hochzeit. Er ist« – er deutet über die Schulter zurück – »noch da. Jetzt gerade?«

»Ja. Wieso?«

Er schlägt sich mit der flachen Hand an die Stirn. »Ich bin ein solcher *Idiot*. Komm, ich weiß, wo er wohnt.«

Ich brauche eine Sekunde, um zu begreifen, was er meint. »Nur weil er es gelesen hat, bedeutet das nicht, dass er es jetzt noch hat.«

»Ich habe da selbst eine Lieferung hingebracht. Ich hätte es merken müssen.« Er schnauft, lacht beinahe und packt mich beim Handgelenk. »Hör auf, mir zu widersprechen, Lucian.« Er rennt los. Ich falle beinahe hin, als er mich hinter sich herzerrt. »Wir haben nicht viel Zeit. Komm schon.«

27

 Die Droschke bringt uns zum Tor von Latworthy House. Es liegt etwa eine Meile außerhalb der Stadt. Eine dunkle Steinmauer, gekrönt von Reihen eiserner Pfeilspitzen, verläuft an der Straße entlang. Dahinter erstreckt sich ein Park bis zum Haus hinauf. Kahle Eichen wachsen verstreut überall auf dem schneegefleckten Gras. Das Tor ist aus solidem Schmiedeeisen, übermäßig mit Früchten und Blättern verziert. In der einfarbigen Schneelandschaft wirkt es wie eine Parodie des Sommers.

Wir kommen zum Stand. Plötzlich erfasst mich Panik. Ich habe nichts in der Tasche außer meiner Hüftflasche und meiner Uhr. Aber Farmer springt vor mir heraus und bezahlt. Als die Droschke wegfährt, schaut er mich an. Wortlos greift er erneut in die Tasche. Er hält mir eine Münze hin. Es ist eine halbe Krone.

»Ich will die nicht.«

Er lacht. Er lässt das Geld in den Rinnstein fallen. Die Münze bleibt in einer körnigen Welle aus Schneematsch stecken, die Kante nach oben, beinahe unsichtbar. Etwas an seinen Bewegungen ist anders geworden. Hinter seinen Augen strahlt ein Licht, selbst wenn er nicht lächelt. Aber er sagt nur: »Komm schon. Wir müssen uns beeilen.«

»Was genau hast du vor?«

»Wir gehen rein. Wir finden dein Buch. Wir gehen raus. Ehe Lord Latworthy von deiner Hochzeit zurückkehrt.«

Latworthy ist vielleicht schon auf dem Heimweg. Wie lange wird es dauern? Ich sehe das Rathaus vor mir. Wachsendes Unbehagen. Nein, wachsende Schadenfreude. Männer, die verstohlene Blicke wechseln. Heimliches Lächeln. Blumen und Federn, die nicken, als die Frauen die Köpfe zusammenstecken und flüstern. Sobald Henry, welk vor Enttäuschung, wieder hereinkommt, wird man eine Art Kriegsrat halten. Mein Vater und die Ormondes. Zwanzig Minuten? Dann eine Erklärung für die Gäste … Wenn wir Glück haben, gibt es weitere Verzögerungen, weil die Leute die Nachricht erst verarbeiten müssen. Tratschen. Spekulieren. Trotzdem frühstücken. Manche Leute sind von weither gekommen. Ich trete gegen eine schmutzige Eiskante, bis mein Schuh mit Dreck bedeckt ist.

Farmer berührt mich an der Schulter. »Denk nicht drüber nach.«

»Das kann ich nicht.«

»Lass uns gehen.« Er läuft die Einfahrt hinauf. Die Wiesen zu beiden Seiten liegen leer und weit da. Kleine Schneeberge werden von einem braunen Grasmeer ausgehöhlt. Wenn jemand aus einem der Türme des Hauses schaute, würde er uns sofort sehen. Die Wolken hängen am Himmel wie an einer Zimmerdecke. Jedes Mal, wenn ich aufblicke, scheinen sie tiefer gesunken zu sein. Reingehen. Buch finden. Rausgehen. Einfach.

Die Einfahrt macht eine Biegung. Sie führt durch einen Hain und um einen Hügel herum. Das Haus ist aus demselben dunklen Stein wie die Mauer. Es sieht aus wie eine Festung. Der Brunnen davor ist ein trockenes Becken aus Alabaster. Die Meerjungfrauen sind mit grünen Streifen befleckt. Ich beeile mich, Emmett einzuholen. »Warte!«

»Komm schon.« Er wendet sich nach links, zum hinteren Teil des Hauses. Dort ist ein riesiger Stallhof, doppelt so groß wie der beim Haus meines Onkels. Von allen Seiten blicken Fenster auf uns hinunter. Die Pflastersteine glänzen feucht. In der hintersten Ecke schaut ein Mann in Arbeitskleidung auf. Ich bleibe wie angewurzelt stehen. Er starrt uns eine Weile an und spült dann weiter mit einem Eimer Wasser den Boden sauber. »Was ist?«

»Der Mann da hat uns gesehen.«

»Ja.« Er zuckt mit den Schultern. Er geht über den Hof zu einer Tür. Ich folge ihm. Er klingelt.

»Emmett.« Ich schaue mich um. Jeden Augenblick wird uns jemand fragen, was wir hier zu suchen haben. Der Mann in der Ecke des Hofes schaut wieder zu mir hin. Er bringt den leeren Eimer in einen angebauten Schuppen. Er pfeift vor sich hin. Es klingt viel zu laut.

Emmett schaut mich stirnrunzelnd an. »Was?«

»Wir können nicht einfach klingeln und fragen, ob wir die Bibliothek plündern dürfen.«

»Das geht schon in Ordnung. Vertraue mir.«

Schritte nähern sich über den Flur der Tür. Ich höre sie auf dem Stein klappern.

Ich zerre ihn von der Tür weg. Er taumelt zur Seite. »Was machst du? Lucian?«

»Lass uns nach vorn gehen. Ich kann versuchen, den Butler zu überzeugen. Beim Eingang für die Dienstboten kommen wir nicht voran.«

»Was, die sollen dir glauben, nur weil du eine protzige Weste trägst?«

»Besser, als wenn *du* versuchst …«

Die Tür geht auf. Eine Küchenmagd in tristem Kleid und grauer Schürze schaut heraus. Sie hat schmutzige Ärmelschoner an den Unterarmen und hält einen schmierigen Lappen in der Hand. »Sally«, sagt Emmett. »Du erinnerst dich bestimmt an mich. Von de Havilland. Ich habe letzte Woche die Kisten gebracht.«

Sie starrt ihn an. Ihr Mund ist zu einem stummen O geöffnet. Er macht einen Schritt nach vorn. Sie quietscht und fällt beinahe über die Fußmatte. Dann, als hätte das Geräusch eine Blockade gelöst, flüstert sie: »Mr Emmett?«

»Ja. Hör zu …«

»Ihr seid doch tot. Die haben gesagt, Ihr wärt tot. Mr Enningtree hat gesagt, es stünde in der Zeitung …«

Er zwinkert. »Ich bin ganz entschieden nicht tot.« Er breitet die Arme weit aus, und die Träger seines Rucksacks gleiten ihm auf die Ellbogen herunter. »Sieh nur.«

»Aber …« Sie verzieht den Mund. Zum ersten Mal wandern ihre Augen zu mir. Sie runzelt die Stirn. Sie schwingt ein wenig auf den Ballen auf und ab, als wäre sie sich nicht sicher, ob sie einen Knicks machen muss. »Na gut … ich denke mal … Aber was macht Ihr hier? Mr Enningtree hat nichts von einer Lieferung gesagt.«

»Hör zu, Sally. Ich muss mit Lord Latworthy reden. Es ist wichtig.«

»Er ist nicht hier. Er ist zu einer Hochzeit gefahren.« Ihre Augen wandern zu mir zurück. Verstohlen nehme ich die Rose aus dem Knopfloch und stecke sie in die Tasche.

»Ich warte. Führe uns in die Bibliothek. Wir machen keine Umstände.«

»Ich müsste Mr Enningtree fragen ... ich kann Euch nicht einfach einlassen, Ihr seid nur ein Lehrling ... ich meine, selbst Mr de Havilland muss einen Termin ausmachen.«

»Nicht doch. Es muss unser Geheimnis bleiben. Bitte, Sally.«

»Unser Geheimnis? Da setze ich meine Stelle aufs Spiel.«

»Es ist eine Angelegenheit für Binder. Komm schon! Du weißt, wer ich bin. Bitte.«

Sie schaut ihn an, runzelt die Stirn, sieht dann zu mir. »Nein.«

Schweigen. Sally verdreht ihren Lappen zu einem schäbigen Knoten. Ich kann Silberpolitur riechen. Rosa Paste ist in die Risse um ihre Fingerknöchel gedrungen. Sie neigt kurz bedauernd den Kopf, schaut auf den Zwischenraum zwischen Emmett und mir. Dann beginnt sie die Tür zuzuschieben.

Emmett stellt seinen Fuß in den Türspalt. »Warte.«

»Tut mir leid, Mr Emmett. Aber ich kann nicht.«

»Schau mich an.« Er tritt näher an sie heran. Sie steht immer noch im Türrahmen. Sie starrt auf ihre Füße. »Sieh mich an, Sally.«

Langsam hebt sie den Kopf.

Er beugt sich vor. Sein Mund berührt beinahe ihr Ohr. Mit leiser Stimme sagt er: »Mach, was ich dir sage, jetzt sofort. Sonst nehme ich dir dein ganzes Leben weg.«

Sie keucht. Ihre Augen flackern. »Mr Farmer, Sir ...«

»Du weißt, was ich meine, nicht? Ich binde deine Erinnerungen in ein Buch. Du wirst dich nicht einmal mehr an deinen eigenen Namen erinnern.« Es tritt eine Pause ein. Ich atme in kurzen Stößen. Emmett drückt sanft gegen die Tür, und Sally macht einen Schritt zurück, zieht sich zurück.

»Ich will das nicht tun«, sagt Emmett. »Ich mag dich. Aber ich muss jetzt sofort in die Bibliothek.«

Sie hebt ihr Gesicht. Sie ist kreidebleich. »Bitte ... nicht ...«

»Braves Mädchen.« Er tritt an ihr vorüber in einen schmuddeligen kleinen Flur. Er winkt mir zu, ohne den Kopf zu wenden. »Jetzt. Wir sind in der Bibliothek. Wenn du dafür sorgst, dass uns niemand stört, ist alles gut. Verstehst du das?«

Sie nickt. Sie räuspert sich. »Und wenn Mylord zurückkommt …?«

»Dann kannst du kommen und uns sagen, dass er da ist.«

Sie nickt wieder. Sie nickt immer weiter. Ihre Augen sind auf Emmetts Gesicht geheftet. Sie deutet auf das Ende des Korridors. »Soll ich Euch in die Bibliothek führen?«

»Ich erinnere mich an den Weg. Geh wieder an die Arbeit. Und sag niemandem, dass wir hier sind. Versprichst du mir das?«

»Ich versprech's.« Sie wartet darauf, dass Emmett sie mit einer Geste entlässt. Dann huscht sie davon. Als sie zur Tür gelangt, fingert sie lange am Türknauf herum, ehe er sich endlich dreht. Dann schließt sich die Tür hinter ihr.

Emmett atmet aus. Er beugt sich vor und stützt sich an der Wand ab. Er zittert nun so sehr wie sie vorhin. Nach einem Augenblick richtet er sich auf. »Komm schon. Hier entlang, glaube ich. Vielleicht hätte ich sie doch bitten sollen, uns zu führen. Ich habe nicht richtig nachgedacht.« Er drückt eine andere Tür auf. Ein identischer Flur führt ins Dunkle wie ein Tunnel. Er ist grün und hellbeige gestrichen wie die Dienstbotenquartiere bei uns zu Hause. Emmett eilt weiter, zählt Türen. Endlich bleibt er stehen und drückt eine auf. Er flucht leise. Er versucht es an der nächsten. Dann packt er mich beim Arm und zerrt mich hindurch.

Wir sind im Flur zum Haupteingang. Links führt eine große Treppe mit Marmorbalustraden nach oben. Auf der anderen Seite erstreckt sich ein Wohnzimmer. Wir gehen über eine lange breite Galerie, die mit Rhomben aus Licht gepflastert scheint. Riesige Gemälde hängen an den Wänden. Schlachten. Jagdszenen. Gefletschte Zähne und Blut.

Wir gehen zur letzten Tür ganz am Ende. Mein Herz pocht, weil es so viel Mühe kostet, nicht zu rennen. Emmett öffnet die Tür. Er atmet langsam aus. Er tritt zur Seite wie ein Lakai und lässt mich ein. Dann folgt er mir in das Zimmer.

Die Bibliothek ist ein hoher, heller Raum. Große Fenster mit Steinpfosten geben zu zwei Seiten eine Aussicht auf eine Lindenallee. An den anderen Wänden stehen Bücherregale. Mehr Bücher, als wir in der Schule hatten. Eine glänzende Wendeltreppe führt zu einem Laufsteg über unseren Köpfen. Der Kamin ist aus weißem Marmor gemeißelt. Plumpe Putten balancieren schwere Bände auf den Knien. Nymphen spähen mit großen Augen zwischen Weinblättern hervor. Satyrn schreiben Bücher. Auf dem Rost brennt ein Feuer herunter, flackert noch. Feuereimer mit Sand stehen zu beiden Seiten bereit. Im Sessel auf dem Kaminvorleger ist der Abdruck eines Körpers eingeprägt. Ich stelle mir vor, wie Latworthy hier Kaffee getrunken hat, ehe er zu meiner Hochzeit aufgebrochen ist. Wie er entspannt, belustigt, träge mein Buch durchblättert. Tief in meinen Eingeweiden pulst eine Mischung aus Hoffnung und Scham. Aber *wenn* er in meinem Buch gelesen hat, hat er es wieder aufs Regal gestellt. Alles ist am rechten Platz.

Vor den Fenstern steht ein Schreibtisch. Ich ziehe den schmalen Holzstuhl hervor und setze mich hin. Meine Handflächen sind schweißglatt. Das Hemd klebt mir am Körper.

Emmett schließt die Tür und schiebt den Riegel vor. Er lacht leise. Endlich zieht er seine Handschuhe aus und streicht sich das Haar aus dem Gesicht. Ich hatte vorhin recht, als ich meinte, er trüge einen Ring. Es ist ein dicker Silberreif, in den ein blaugrüner Stein gefasst ist. So etwas würde de Havilland tragen oder mein Vater. Nicht hässlich, aber eine Überraschung. Gestern hat er ihn nicht getragen. Er muss ihn irgendwo gestohlen haben. Er wendet sich mir zu. »Lucian? Was ist?«

Ich ziehe eine Schreibtischschublade auf. Sie ist voll mit cremefarbenem Papier. Die andere Schublade ist abgeschlossen.

»Was ist? Geht es dir gut?«

Ich kippe das Tintenfass um. Es ist beinahe leer. Ich halte es ruhig, frage mich, ob das, was ich sehe, Tinte oder Schatten ist. Ich räuspere mich. »Hättest du es getan?«

»Was getan?«

»Sie gebunden? Das Küchenmädchen. Wenn es sich geweigert hätte …«

»Wovon redest du?«

Ich stelle das Tintenfass hin. Ich fahre zu ihm herum. Ich rede leidenschaftslos. »Du hast gedroht, du würdest ihr alle Erinnerungen wegnehmen. Sogar die an ihren Namen.«

»Nein. Ich meine, das könnte ich gar nicht. Es ist nicht möglich. Jemand muss einem *erlauben*, ihn zu binden, man kann nicht einfach … Ich bin Buchbinder, kein Zauberer.«

»Aber …«

»Es ist die Zustimmung nötig. Immer. Sogar bei Nell.«

»Ich dachte …« Meine Stimme bricht. Ich merke, dass ich mein Halstuch richte. Ich überprüfe meine Manschetten. Sie sind schmutzig. Mein Magen rebelliert. »Gut. Das ist gut.«

»Du hast das nicht … ernsthaft geglaubt, Lucian?«

»Nein, ich dachte nur, ich frage, mehr nicht.«

»Ja, verstehe. Es ist besser, wenn diese Dinge geklärt sind.« Er kratzt sich am Kopf und schaut weg.

»Lach nicht. Wie hätte ich es wissen können?«

»Ich lache nicht«, sagt er. Seine Augen sind von einem hellen Haselnussbraun, wie Regen in einem wachsenden Wald. »Ich hätte ihr nichts angetan.«

Irgendwo schlägt eine Uhr. Ich springe auf. Er richtet sich auf und blickt sich um. Plötzlich hat sich sein Gesicht verändert. Es ist wach, konzentriert. Wir haben nicht viel Zeit.

»Gut.« Er dreht sich im Kreis.

Ich schaue mich auch um. Ich mache den Mund auf. Aber ich brauche es nicht zu sagen. Wir können beide sehen, wie viele Bücher es hier gibt.

Ich fange an, das nächstgelegene Regal durchzuschauen. Namen. Namen und Namen und Namen. Jedes könnte meines sein.

»Hier gibt es keine Ordnung.«

»Die da sind ohnehin zu alt. Dein Buch ist in Seide gebunden, nicht in Buchleinen oder Leder. Es ist eine Art Graugrün.« Er lässt den Finger über ein Regal gleiten, das nah bei ihm steht, so rasch, dass er die Buchrücken unmöglich lesen kann. Er schaut über die Schulter zurück. »Schon gut. Wir finden es.«

Ich blicke mich um. Hunderte von Büchern. Tausende.

»Nein … nein … nein.« Er tritt zur Seite. Sein Fingernagel schnipst an den Buchrücken entlang. In der Stille klingt das so, als zerrte ein Kind einen Stock an einem Geländer entlang. Er geht in die Ecke des Zimmers. Die Uhr schlägt wieder. Eine Viertelstunde ist vorbei. Wir schauen einander an. »Es muss eine Ordnung geben. Alphabetisch sind sie nicht sortiert. Es *muss* …« Ich zucke die Achseln. Ich kann nicht denken.

Er macht einen Schritt zurück und verschafft sich einen Überblick. »Suche nach der Farbe. Es sei denn, er hat einen Schutzumschlag darumlegen lassen …« Er unterbricht sich, als wäre dieser Gedanke zu schwierig. »Ich verspreche dir, wir finden es. Wir müssen nur suchen. Wir dürfen nicht aufgeben.«

Ich nicke. Beim Rathaus fahren jetzt bestimmt die ersten Kutschen ab. Was macht Honour wohl gerade? Was macht mein Vater? Lord Latworthy wird auf der Heimfahrt sein. Ich hebe den Kopf und schaue aus dem Fenster. Aber man kann die Einfahrt nicht sehen. Nur die Allee mit den kahlen Linden, die nach oben deuten wie schwarze Federn. Bräunliches Gras. Einen Schneehügel, der an den Ecken rußschwarz ist. Ein Rabe kommt von nirgendwo angeflogen. Sein Ruf klingt, als risse Stoff, immer ein bisschen weiter.

Emmett fragt: »Worauf wartest du?«

Ich wende mich wieder ins Zimmer. Er starrt mich an. Er sieht bleich und angespannt aus. Als läge ihm so viel daran wie mir. Wenn er hier erwischt wird, deportiert man ihn. Zumindest wird mein Vater dafür sorgen, dass ich nicht ins Gefängnis komme. »Tut mir leid.«

»Such einfach, ja?«

»Ja.« Ich steuere auf die Wendeltreppe zu. Die eisernen Tritte dröhnen matt, als ich hinaufsteige.

Emmett murmelt: »Nein … nein … nein …«

Hier oben sind die Einbände unterschiedlicher. Es ist schwieriger, sicher zu sein, dass ich einen graugrünen Buchrücken entdecken würde. Ich gehe wieder dazu über, die Namen zu lesen. Ich merke, dass die Zeit verbraucht wird wie Sauerstoff. »Verdammt. Ich kann die Namen nicht richtig sehen. Das unterste Regal ...«

Ich schaue über das Geländer. Er zerrt an dem Schloss, versucht die Büchervitrine aufzubrechen. »Sei nicht albern! Schlage die Scheibe ein!«

»Ja. Richtig.« Er wirft einen Blick zu der Tür, die zum Rest des Hauses führt. Er holt mit dem Ellbogen aus und stößt ihn in die Scheibe. Sie zersplittert mit einem ohrenbetäubenden Krachen.

Stille. Einen Augenblick lang meine ich Schritte zu hören, die auf uns zulaufen. Dann merke ich, dass es mein Herzschlag ist.

Emmett stößt laut den Atem aus. Er greift vorsichtig durch das schartige Loch in der Scheibe und zieht die Bücher eines nach dem anderen heraus. Er überprüft die Buchrücken, wirft sie auf einen Stapel und langt nach weiteren. Er sagt: »Nein.«

»Such weiter.« Aber er ist wie eine Statue, starrt auf das Buch hinunter, das sich in seiner Hand geöffnet hat. »*Liest* du das etwa?«

Er klappt es zu. Er wankt. »Tut mir leid ... ich kann nicht ... ich wollte nicht ...« Er taumelt zum Schreibtisch und legt das Buch hin. »Es packt mich einfach, und ich sehe es. Tut mir leid.«

»Verdammt, Farmer!«

»Ich habe doch gesagt, ich kann nichts dagegen machen. Ich bin Buchbinder, und es saugt mich einfach ein.« Er ist sogar noch bleicher als vorhin. »Zumindest wissen wir jetzt, dass es keine Fälschungen sind.«

Ich wende mich wieder den Regalbrettern zu. Namen und Namen und Namen. Meiner nicht. Ich sehe *Darnay*, und es durchzuckt mich wie ein Elektroschock. Aber es ist *Elizabeth Sassoon Darnay*.

Sassoon war der Mädchenname meiner Großmutter. Sie ist uns allen kalt, distanziert und hochmütig vorgekommen, blieb kaum stehen, während sie alle Zimmer nach etwas absuchte, das sie nie fand. Aber das Buch ist nicht so. Es ist hübsch. Golden-blaue Irisblüten winden sich über das braune Leder. Ich drücke meinen Finger an das Glas. Ich will wissen, was ihr widerfahren ist. Aber ich habe keine Zeit.

Emmett kommt hinter mir die Treppe herauf. Ich trete zur Seite, um ihn vorbeizulassen. Aber er will nicht vorbei. Er beugt sich oben über das Geländer. Seine Augen sind geschlossen. Sein Gesicht ist kreidebleich.

»Was ist los? Farmer?«

»Alles gut.«

»Du siehst krank aus.«

»Es waren die Erinnerungen. Wälder mit Blauglöckchen – die Hochzeit seiner Tochter ...« Er schaut mir in die Augen und versucht zu lächeln. »Es ist schrecklich, das ist alles. Sie haben ihm sein *Leben* gestohlen.«

»Ja.« In Gedanken sehe ich William Langland vor mir, der im dünnen Gras des Downland liegt. Schmetterlinge tanzen in der warmen Luft. Ein wolkenloser Himmel über ihm. Oder er hebt den Schleier seiner Braut, beugt sich zu ihr, um die Sommer-sprosse neben ihrem Mundwinkel zu küssen. Ich wende mich ab, verschränke die Arme vor der Brust. Mein Mund ist trocken, ich habe einen sauren Geschmack auf der Zunge.

Emmett bewegt sich. Ich schaue mich nicht um. Ich will nicht, dass er mein Gesicht sieht. Ich spüre immer noch seine Arme um mich, in der Nacht, die wir miteinander verbracht haben, wie die Wärme langsam in meine Knochen dringt. Aber hier in diesem Raum mit der hohen Decke scheint es kälter zu sein als damals. Ich blicke zur Stuckdecke hinauf. Zu Eis erstarrte weiße Früchte hängen über uns, so hart, dass man sich die Zähne daran ausbeißen würde.

Abrupt bewegt er sich auf mich zu. Ich drehe mich unwillkür-lich um, bereit, die Arme nach ihm auszustrecken. Ich will gleich etwas sagen. Ich weiß nicht, was.

Er drängt sich an mir vorüber. Ich taumele in das Bücherregal zurück. »Es ist da. Ich glaube ... ja!«

Einen leeren Augenblick lang weiß ich nicht, wovon er redet. »Dein Buch. Es ist da!« Er zerrt an dem Griff der Büchervitrine. »Das müssen die illegalen sein. Wenn die Leute noch leben oder die Familien ... Schau nur.«

Er hat recht. Graugrün, mit meinem Namen in Silber auf dem Buchrücken *Lucian Darnay*. Ich sollte mich freuen, aber kalte Schauer erfassen mich. Vielleicht habe ich nie geglaubt, dass es wirklich existiert.

Ich wende den Blick ab. Ich lasse meine Augen auf den Nymphen ruhen, die in den Kamin gemeißelt sind. Auf ihren glatten Schenkeln und geöffneten Lippen. Die Satyrn fläzen sich, haben die Schreibfedern gezückt. Ich räuspere mich. »Gut. Nimm es, und wir gehen.«

»Natürlich, was dachtest du denn ...?« Er unterbricht sich. Er zerrt weiter an dem Griff. Er stemmt sich mit seinem ganzen Gewicht dagegen und keucht vor Anstrengung.

Ich schiebe ihn weg. »Warum verschwendest du Zeit? Schlag es einfach ein!«

Es ist ein Gitter davor. Ein Eisengitter hinter dem Glas.

Ich starre darauf. Das Metall ist dunkel und sieht schön aus. Es ist mit Ranken, Spiralen und Knospen verziert. Es scheint beinahe, als wüchse es noch. Oder als wäre es tot. Die Stangen sind zu nah beieinander, man kann nichts zwischen ihnen herausziehen.

Wieder schlägt die Uhr. Emmett schaut mich an, dann wieder die Vitrine. »Wir bekommen es irgendwie raus.«

»Irgendwie?«

»Ja. Wir zerbrechen das Glas und ... Vielleicht könnten wir ...« Er spricht den Satz nicht zu Ende. Das Schweigen beantwortet meine Frage besser als jedes Wort.

Ich hole tief Luft. Einen Augenblick sieht alles aus, als wäre es *trompe-l'œil*: der Stuck, die Bücher, die Möbel. Wie Lisettes altes Puppenhaus. Sogar die Bäume und der Himmel draußen sind wie eine Zeichnung auf Papier, gegen das Glas gepresst. Ich selbst könnte aus Holz und Wachs bestehen.

Ich drehe ihm den Rücken zu. »Lass uns hier weggehen.« Ich steige die Wendeltreppe hinunter. Er folgt mir nicht. »Lass es, Farmer.«

»Was? Du willst doch nicht – du kannst doch jetzt nicht aufgeben. Lucian!« Er schaut über das Geländer auf das Feuer im Kamin. »Warte, was denke ich denn? Wir müssen es nicht herausholen. Wenn wir das Glas zerschlagen, können wir es hier verbrennen. Hol die Feuerzange – und einen von den Sandeimern. Ich will nicht das ganze Haus in Flammen aufgehen sehen.«

»Nein.«

»Los! Wenn Lord Latworthy zurückkommt …«

»Ich habe *nein* gesagt!« Schweigen. Über dem Kamin lacht eine selbstgefällige kleine Putte glucksend über jemandes Geheimnisse.

»Ich verstehe das nicht«, sagt er endlich. »Warum sind wir hergekommen, wenn nicht für dein Buch?«

Ich hole tief Luft. »Ich will mein Buch haben«, sagte ich. »Ich will es … in Sicherheit wissen. Ich will es irgendwo aufbewahren, wo es niemand zu Augen bekommt. Ich will sicher sein, dass niemand es lesen kann. Das ist alles.«

»Aber willst du es nicht wissen?«

»Nein.«

Wieder Schweigen. Ich blicke auf. Er lehnt am Geländer, das Haar fällt ihm in die Augen, seine Wangen sind gerötet. Mit seinem braunen Mantel und dem Lederrucksack wirkt er fehl am Platz. Ein Dieb. Ein Buchbinder. Ich weiß nicht einmal, was er will. Er fragt leise: »Warum nicht?«

»Lass uns gehen.« Ich schaue zur Tür, doch der Gedanke, jemandem zu begegnen, lässt mich erzittern. Ich wende mich zum Fenster. Gleich draußen hüpft eine Elster über die Steinplatten. Sie bleibt stehen und sieht mich mit schräg gelegtem Kopf an. In ihrem Schnabel glitzert etwas. Ich trete näher. Nein, ich bilde es mir nur ein. Schmerz setzt in meinen Schläfen ein. Ich öffne das nächstgelegene Fenster. Es ist schmal, aber ich könnte mich hindurchquetschen.

»Was ist los?« Eine Pause. »Du hast nichts zu befürchten.«

»Ach ja?« Ich fahre herum. »Ich habe dich gesehen, als dein Buch verbrannt ist. Ich dachte, du würdest sterben.«

»Ich meinte deine Erinnerungen.«

»Wage es bloß nicht ...« Ich beherrsche mich. Wir schauen beide zur Tür. Ich senke die Stimme. »Was immer ich gemacht habe, ich habe mich dafür entschieden, es loszuwerden. Ich habe mich bewusst entschieden. All die Dinge, die mein Vater macht – es muss sogar noch schlimmer gewesen sein, schlimmer als alles, was ich mir vorstellen kann ... Also wage du nicht, mir zu sagen, ich sollte das wiederhaben *wollen*!«

»Ich sage nur ...« Er zögert. Einen Augenblick lang summt mir ein schrilles Brummen in den Ohren, als wollte er gleich etwas sagen, was ich nicht hören kann. »Du brauchst dich nicht zu fürchten. Ich verspreche es dir. Verbrenne es.«

»Hör auf, mir zu sagen, was ich tun soll.« Er zuckt zusammen, und das freut mich. »Es ist mein Leben, Farmer. Ich entscheide!«

»Bitte, Lucian. Vertraue mir.«

»Dir vertrauen?« Ich spucke ihm die Worte hin. Ich kann mich noch daran erinnern, wie er geweint und sich übergeben hat, als ich ihn zum ersten Mal sah. Nun schaut er mich genauso an wie ich ihn damals. Mit Mitleid, Verachtung und Ungläubigkeit. Es tut mir so weh, dass es mir den Atem raubt. »Warum sollte ich dir trauen? Weil wir einmal gefickt haben?« Er beugt sich über das Geländer, hält den Kopf gesenkt. Seine Schultern bewegen sich, als holte er Luft, um zu sprechen. Ich mache einen Schritt auf ihn zu. »Du glaubst, du weißt alles besser als ich? Nun, Nell ist tot. De Havilland ist tot. Deinetwegen. Also sag mir, warum ich dir vertrauen sollte?«

Irgendwie erwarte ich trotz allem, dass er eine Antwort darauf hat. Er hebt den Kopf und schaut mir in die Augen. Aber er erwidert nichts. Einen Augenblick lang ist es so, als wäre er nicht mehr da. Er ist an einen Ort gegangen, an den ich ihm nicht folgen kann.

Ich wende mich wieder dem offenen Fenster zu. Ich schiebe es so weit auf, wie es geht. Die Elster fliegt fort. Ich sehe den blaugrünen Schimmer ihrer Federn, wie schwarze Perlen. Die kalte Luft brennt mir in den Augen. Ich klettere auf das Fensterbrett, schwinge ein Bein darüber und ducke mich durch die Fensteröffnung. Ich lande mit einem schmerzlichen, unwürdigen Grunzen in einem Blumenbeet. Mein Brustkorb brennt an der Seite, wo ich mich gegen die Fensterbrüstung gequetscht habe. Ich schaue hin und her, sehe aber niemanden. Ich mache mich auf den Weg, gehe zwischen den Linden hindurch.

Hinter mir höre ich das Klappern des Fensters, als Emmett durchsteigt, dann das Knirschen von Füßen auf winterlichen Pflanzen. Er rennt mir hinterher. Ich gehe weiter.

»Wohin gehst du, Lucian? Zurück zum Rathaus?«

Ich zucke mit den Achseln. Ich kann ihn nicht ansehen. Ihn anzusehen, das wäre, als hielte ich absichtlich die Hand in eine Flamme.

Plötzlich steht er neben mir. Er keucht. »Und was geschieht mit deinem Buch? Würdest du es lieber hierlassen?«

»Jetzt weiß ich, wo es ist. Ich bringe meinen Vater dazu, es zu kaufen.«

Er schnaubt verächtlich. »Und natürlich wird dir dein Vater nach dem heutigen Tag jeden Wunsch erfüllen.«

Ich schaue ihn immer noch nicht an. Ein paar Meilen von uns entfernt leert sich mittlerweile wohl das Rathaus. Mein Vater verabschiedet die Gäste, scherzt, macht den Frauen Komplimente, lächelt, als hätte er den Tag genau so geplant. Sehr bald werde ich nach Hause gehen müssen.

»Oder du könntest Lord Latworthy fragen«, sagt Emmett. Er packt mich beim Arm und wirbelt mich herum, so dass ich ihm in die Augen schauen muss. Er wirft mir ein scharfes, spöttisches Lächeln zu. »Wenn er bei deiner Hochzeit war. Ich bin mir sicher, er gibt es ohne Zögern her, wenn du ihm nur erklärst, dass du es wiederhaben willst.«

Vor meinem inneren Auge blitzt Lord Latworthys Gesicht

auf: begierig, raubtiergleich, neugierig. *Deswegen* wollte er mich gestern Nacht. Als Exemplar für seine Sammlung.

Ich schlucke, weigere mich, Emmett zu zeigen, wie unwohl ich mich fühle.

»Vielleicht würde er das tun«, sage ich. »Vielleicht könnten wir zu einer Vereinbarung kommen.«

Etwas in meinem Tonfall lässt ihn zwinkern und zögern. »Nun gut«, sagt er langsam. »Und dann? Selbst wenn du es in die Hände bekommst ... Was machst du dann damit? Bewahrst es in einem Banktresor auf, wo niemand es sehen kann?«

»Ja, genau!«

»Und liegst wach, weil du dir Gedanken machst, wer sonst noch den Schlüssel hat? Stehst mitten in der Nacht auf und gehst durch halb Castleford, um nachzuprüfen, ob es noch da liegt? Lässt dich noch einmal binden, damit du nachts schlafen kannst?«

»So funktionieren Banksafes nicht! Man kann nicht hingehen und sie selbst aufmachen, wann immer man will ...«

Er scheint mich nicht zu hören. »Du wirst Angst haben. Du wirst ständig Angst haben. Immer und ewig. Willst du das?«

Ich zwinge mich, ihn anzuschauen. »Es wird schon gut«, sage ich.

Er lässt mich los. Er macht einen Schritt zurück. Mein Arm schmerzt, wo er mich berührt hat.

»Was wirst du jetzt tun?«, fragt er, und ich weiß, dass er nicht mehr über das Buch spricht.

»Mach dir um mich keine Sorgen. Ich denke, ich kann meine Angst und meinen Selbsthass mit Alkohol und bedeutungslosen Liaisons betäuben.«

»Hör auf damit, Lucian!«

»Wieso interessiert dich das? Du bist doch auf dem Weg nach Newton, um dir eine Arbeit zu suchen. Du brauchst mich nie mehr wiederzusehen.«

Er macht den Mund auf, als wollte er noch etwas hinzufügen, aber letztlich nickt er nur. Er fingert am Träger seines Rucksacks herum. Eine Windbö schleudert uns Zweige und welke Blätter ins Gesicht.

Ich gehe weg. Meine Augen brennen im eiskalten Wind. Ich trabe stolpernd los. Ich will so weit wie möglich von ihm weg. Aber wenige Schritte später merke ich, dass er mir nicht folgt.

Ich schaue mich um.

Er rennt zum Haus zurück.

Ich brauche eine Sekunde, um zu begreifen, was er tut. Dann renne ich hinter ihm her, schlittere durch das rutschige Gras. »He!«

Er hält nicht einmal inne. Er wirft sich durch das Fenster und stolpert in den Raum, hält sich den Ellbogen. Als ich endlich hinterhergeklettert bin, kauert er schon am Kamin und stochert mit der Feuerzange in den Flammen.

»Das kannst du nicht machen!«, sage ich.

»Du kannst mich nicht aufhalten.« Er steht auf, hält ein brennendes Stück Kohle in der Zange. Ich strecke den Arm aus, und er macht instinktiv einen Schritt zurück, schwingt die Glut von mir weg.

»Ich verbiete es dir«, rufe ich. Er zieht die Augenbrauen hoch und geht an mir vorbei, hält die Zange seitlich. Die Flamme schrumpft in der Zugluft. »He – du hast gesagt – was ist mit dem Einverständnis?« Aber er hört nicht zu. »Was ist mit den anderen Büchern? Wenn du meines anzündest ... Farmer!« Er steigt die Treppe hinauf. Ich packe ihn beim Arm. Er windet sich frei, verzieht das Gesicht, als ihm die Kohle beinahe wegrutscht. Ich versuche, ihn wieder zu greifen, und er stolpert zwei Stufen auf einmal hinauf.

»Ich habe gesagt, ich verbiete es dir!«

»Lass los!«

Ich zerre ihn herunter. Er schwankt an der Kante einer Stufe, versucht das Geländer zu packen und greift daneben. Er taumelt zurück, beinahe mir in die Arme. Ich drücke ihm den Daumen in die Schulter, bis er keucht; aber als er sich losreißt, lacht er. Wir ringen, wanken beide auf derselben Stufe. Es ist beinahe ein Tanz.

»Komm schon, lass mich einfach – oh, das ist alles so blöd ...«
Er *lacht*.

Ich schlage ihn auf die Wange. Er sackt auf die Knie. Die Zange fällt durch eine Lücke im Geländer, und die Glut schlittert über den Boden und sprüht Funken. Er schnauft. Ich mache einen hilflosen Schritt nach unten, noch einen, bis ich auf festem Boden stehe. Zumindest blutet er nicht. Ich sehe, wie er sich aufrappelt. Seine Augen huschen an mir vorüber zu der Zange auf dem Boden, dann wieder zu mir.

Wir bewegen uns gleichzeitig. Während er sich darauf stürzt, werfe ich mich ihm in den Weg. Wir raufen, schieben und zerren aneinander wie kleine Jungen. Er reißt eine Hand aus meiner Umklammerung los, schlägt mich aber nicht. Stattdessen zieht er wirkungslos an meinen Fingern, versucht sie von seinem Oberarm zu lösen. Er lacht nicht mehr.

»Wir haben keine Zeit ...«
Ich habe nicht genug Luft für eine Antwort. Mein Hals brennt. Ich drücke ihn nach hinten. Plötzlich weicht er zurück, und wir taumeln zusammen auf das Fenster zu. Ich spüre es bis in die Arme, als er mit dem Bein an den Schreibtisch prallt. Er sackt zusammen und wimmert vor Schmerzen. Mein Griff lockert sich. Sofort packt er meine Handgelenke und entwindet sich mir. »Nein!« Er wirbelt herum und duckt sich. Eine Sekunde hält er inne, starrt mir über die Schulter, und ein Stirnrunzeln huscht über sein Gesicht. Ich drehe mich, um zu sehen, was er anschaut, verliere dabei mit den Füßen den Halt. Mein Ellbogen trifft sein Kinn. Sein Kopf ruckt zur Seite und prallt gegen den Schreibtisch. Er geht in die Knie und atmet schwer.

Stille.

Nicht ganz. Irgendetwas knistert, murmelt ...

Feuer.

Es muss die Glut gewesen sein, die über den Boden geschlittert ist – oder ein einzelner Funke –, der den Stapel mit den Büchern erwischt hat, die Farmer zur Seite geworfen hat ... Es tut nichts zur Sache, wie es geschehen ist. Flammen lecken an den Bücherregalen empor, zerfetzte Hitzebänder klatschen gegen das Glas. Das lackierte Holz wirft Blasen und wird schwarz. Die Bücher brennen wie Kampfer: wild, überschäumend. Licht flammt in den Vitrinen auf, züngelt hoch und höher, bis auch das oberste Regalbrett lodert. Neue Funken brechen hervor wie aus Samenkapseln, schlagen Wurzeln, wachsen. Rauch quillt nach oben. Schon kratzt er mich im Hals.

Ich blicke dumpf auf die Sandeimer neben dem Kamin. Aber dafür ist es zu spät. Ein Regal bricht zusammen. Glas birst. Das Feuer stürzt sich auf einen neuen Berg Bücher. Flammentatzen zerren die Seiten auseinander. Bände seufzen und röcheln ihre Erinnerungen in einem Wirbel glitzernder Asche an die Zimmerdecke.

Ich versuche, wieder zu Atem zu kommen. »Das kann nicht sein ... so schnell ...«

»Bücher wollen brennen«, antwortet er. »Sie gehen in Flammen auf, denn ... die Erinnerungen wollen nicht in ihnen bleiben ...« Seine Worte vergehen in einem Hustenanfall. Es klopft an der Tür, und Sally drängt, wir sollten sie einlassen. »Hör auf damit. Wir müssen weg«, sagt Emmett und zwingt mit Mühe die Worte heraus. »Jetzt!«

Ich bücke mich und packe das Schüreisen neben dem Kamin. Dann renne ich die Wendeltreppe hinauf ins Herz des Feuers.

28

Der Rauch ist so dicht, dass ich mich darin verlieren könnte. Er erstickt mich beinahe. Er kratzt mir im Hals und brennt mir in den Lungen. Ich taste mich den Steg entlang, tränenblind. Unter mir brüllt das Feuer. Die Hitze ist wie eine Mauer. Ich halte den Schürhaken fest im Griff. Die Wärme des Metalls dringt durch das Kalbsleder meines

Handschuhs. Ganz in der Nähe höre ich Glas zerbersten. Pulsierend schwärmen dunkle Sterne aus.

Ich habe keine Zeit zum Nachdenken. Ich taumle zur Büchervitrine. Plötzlich erwächst ein Schmerz aus dem Nichts. Er schießt mir den Arm hinunter. Das Eisengitter. Das Glas ist fort, und die Stangen sind glühend heiß. Sie brennen sich durch meinen Handschuh. Aber das heißt, dass ich an der richtigen Stelle bin. Irgendwo hier ist mein Buch. Das Regalbrett ist auf Augenhöhe. Ich hole mit dem Schürhaken aus und schlage damit gegen das Gitter. Es bebt.

Rufe. Stimmengewirr. Farmer schreit meinen Namen. Er kommt dröhnend die Treppe herauf.

Ich schlage erneut auf das Gitter ein. Ich bekomme keine Luft mehr. Ich huste und huste. Sterne ziehen brodelnd über mein Gesichtsfeld. Ich versuche, sie wegzublinzeln.

Noch einmal. Aber es ist vergebens.

Ich führe den Schürhaken zwischen den Stäben durch und verdrehe ihn. Ich lehne mich mit meinem ganzen Körpergewicht darauf. Ich gebe nicht auf. Wenn die Stäbe nicht nachgeben wollen, versuche ich es immer weiter, bis mich der Rauch erwischt. Dann bin ich zumindest bewusstlos, ehe der Steg zusammenbricht. Ich werde die Flammen nicht spüren.

»Lucian! *Lucian!*«

Mein Herz muss sich plagen. Ein schlaffer, flatternder Schlag wie von einer zerbrochenen Trommel. Jedes Husten reißt mir tiefer in die Lungen. Mein Mund ist voller Ruß.

Das Gitter gibt nach. Beinahe falle ich rücklings hin.

Ich drücke mich gegen die Vitrine. Farben verschwimmen zu einem grauen Nebel, der mir in den Augen brennt. Ich ziehe die Ecke des Gitters so weit vor, dass ich mit der Hand durchfassen kann. Ich taste mich an den Buchrücken entlang. Meine Handschuhe sind an den Fingerspitzen versengt. Irgendwo hier ist mein Buch. Werde ich es merken, wenn ich es berühre? Bücher fallen zu Boden. Ich habe im Rauch die Orientierung verloren. Jemand flüstert mir Liebesworte zu. Der Duft von Blausternchen. Dann das hohe, scheußliche Krächzen von brennendem Holz. Der Boden biegt sich mir entgegen. Schwarze Wolken drohen mich zu umhüllen. Ein Wirbel erfasst mich. Die Bücher sind warm. Sie fühlen sich an, als seien sie lebendig. Jeden Augenblick werden sie sich mir aus den Fingern winden, sich in die Flammen stürzen. Sie brennen so schnell. Sie wollen brennen.

Ich falle.

Ich falle eine Ewigkeit. Ich stürze ab. Die Zeit stellt sich auf den Kopf: Ich lande, ich falle wieder. Schmerz reißt mich in die Höhe wie eine Flutwelle. Ich ringe um Atem. Ich drücke mich hoch. Ich begreife, dass ich nicht tot bin. Mir dreht sich alles. Ich liege auf dem Boden. Hier unten ist mehr Platz zwischen den Rauchschleiern. Mehr Sicht auf Büchervitrinen und geschnitzten Stuck. Mehr Farben, nicht nur Feuerbernsteinrot und Hellgrau. Bücher rutschen und fallen dumpf. Dann schießt eine neue Rauchsäule in die Höhe. Sie breitet sich aus und wallt zur Decke. Graue Dämpfe tanzen mir vor Augen.

»Lucian.« Ein Krächzen durch das Brüllen und Zischen des Feuers. Ein schluchzendes Lachen. Jemand hat Schmerzen. Emmett. »Verdammt«, ruft er. »Versuchst du, dich umzubringen?« Ich blinzele die Tränen weg und spähe durch zusammengekniffene Lider hoch. Die Wendeltreppe ist noch da – es ist nur ein Teil der Galerie eingestürzt.

»Hör auf!« Er packt mich. »Das ist gefährlich – wir müssen hier weg – bitte!«

Ich lache. Es tut weh. Die Hitze brennt mir in den Adern.

»Sie versuchen gerade, die Tür aufzubrechen.« Draußen auf dem Flur sind Stimmen zu hören. Männerstimmen. Die Tür erbebt im Rahmen. »Der Riegel wird nicht ewig halten.«

»Ich gehe nicht ohne mein Buch.« Ich reiße mich von ihm los. Er taumelt. Er hält mich immer noch fest, doch diesmal ist sein Griff so schwach, als wäre er am Ende seiner Kräfte. Er ist verletzt. Wir verschwenden nur Zeit. Wenn ich ihn jetzt fest schlage, lässt er los.

»Hör zu.« Er erhebt die Stimme. »Lass es brennen. Wenn du mich hinterher bittest, dich wieder zu binden, verspreche ich dir, dass ich es tue.«

Mir tränen die Augen. Ich schaue auf. Flammen tanzen durch das Loch in der Galerie, leuchten scharlachrot und golden im Dunst. Als Nächstes wird die Vitrine mit dem zerborstenen Glas Feuer fangen.

»Was glaubst du denn, was du getan hast, Lucian? Was wäre es wert, dafür zu sterben?«

Ich mache den Mund auf. Rauch strömt hinein. Beißende Tränen stürzen mir über das Gesicht. Ich dachte, ich wüsste, wovor ich mich fürchte – vor einem Mord vielleicht. Aber wie konnte ich auf den Gedanken kommen, dass so etwas das Allerschlimmste ist? Jetzt in der blendenden Hitze des Feuers und im Rauch, während das Feuer brüllt und Fäuste an die Tür trommeln, ist es, als fiele etwas in mir in sich zusammen – eine letzte schützende Schranke. Bruchteile eines Alptraums überfluten meine Gedanken, lebendig und grässlich. Die wirklichen Erinnerungen sind schlimm genug: Nells rot unterlaufene Augen, wie sie in ihrer improvisierten Galgenschlinge hängt, de Havilland, wie er überfallen wird, mein Vater … Doch dahinter lauern schattenhafte Bilder von schlimmeren Dingen. Dingen, die vielleicht mein Vater getan hat, von Dingen, zu denen er mich gezwungen hat. Von Dingen, die so lasterhaft und böse sind, dass ich sie mir gerade eben vorstellen kann. Gerade eben … aber wenn ich in der Lage bin, sie mir vorzustellen, dann bin ich auch fähig, sie zu tun.

Ich ringe nach Luft. Mein Gesicht ist tränennass. »Du verstehst das nicht. Ich bin … wenn du wüsstest …«

Er presst seinen Mund auf meinen. So grob, dass es kaum ein Kuss ist: Unsere Zähne schlagen aneinander, mein Schädel ruckt, ein Pfeil des Schmerzes schießt mir durch die Unterlippe. Ich rede immer weiter, und einen Augenblick lang spüre ich meine Stimme in seinem Mund. Er weicht zurück, gerade weit genug, um mir in die Augen schauen zu können.

»Ich liebe dich«, sagt er.

Einen Augenblick ist mir, als wäre ich anderswo. Die wütende Hitze und der Lärm sind nur der Vordergrund. Dahinter kann ich die Stille hören, die Leere am entferntesten Ende der Erde. In mir ist eine solche Ruhe, dass ich sterben könnte. Er blickt auf. Der Feuerschein spiegelt sich in seinen Augen wider. Angst steht auf sein Gesicht geschrieben, gefolgt von einem Aufblitzen von einer Art Triumph. Das Feuer. Die Vitrine. Ich schiebe ihn zur Seite. Doch es ist zu spät. Ich keuche, als die Hitze über mich hinwegflutet. Die Flammen züngeln empor, setzen meine Gedanken in Brand, lassen mir Funken vor den Augen sprühen.

In meinem Kopf lodert die Wahrheit auf, strahlend hell, so gleißend, dass ich sie nicht anblicken kann. Dann brennt sie sich durch mich hindurch.

Als ich die Augen aufschlage, ist die Welt verändert.

Ich weiß nicht, wo ich bin. Ich weiß nicht, wer ich bin. Mir ist kalt. Meine Lungen schmerzen. Wenn ich versuche, mich zu räuspern, fühlt es sich an, als hätte ich glühende Kohlen verschluckt. Beißender Schmerz. Die Luft brennt mir in den Lungen wie Jod auf einer Wunde. Mein Gesicht ist rau gekratzt vom Rauch.

Unter all dem liegt ein Glück, so abgrundtief und mächtig, dass es sich wie dunkle, nasse Erde anfühlt. Ich weiß nicht, was es bedeutet. Ich weiß nicht, warum es da ist. Aber ich könnte den Arm ausstrecken und eine Faustvoll davon packen.

»Geht's dir gut?«

Emmett. Sein Name kommt mir, ehe ich mich an meinen erinnere.

»Ich … ich glaube schon …« Ich krächze. Das Sprechen schmerzt. Ich setze mich auf. Mir ist schwindelig.

»Nur still. Keine Sorge. Du bist in Sicherheit.«

Ich blinzele, bis sich meine Augen beruhigen. Ich weiß nicht, wo wir sind. In einer Art Steingebäude, dessen Seiten offen sind. Abblätternde Säulen rahmen eine von Bäumen umsäumte Wiese ein. Das Gras hat das müde Grünbraun des Winters. An einem Hang hängt noch eine grau werdende Matte aus Schnee. Es ist kaum Zeit vergangen. Doch ich habe das Gefühl, Jahre fort gewesen zu sein. Ein ganzes Leben.

»Besser?«

Ich nicke.

»Es wird einfacher. Die ersten paar Tage ist es ... seltsam.«

»Ja.«

»Danach legt es sich.«

»Gut.«

Ich atme den Geruch von Schlamm und totem Laub ein. Von altem Rauch. Versengtem Kalbsleder. Erbrochenem. Auf dem Steinboden ist eine Pfütze. Ich muss mich übergeben haben. Wie Emmett, als er sein Buch verbrannt hat ... Ich verziehe das Gesicht. Ich bin froh, dass ich ohnmächtig war. Ich blicke nach unten und ziehe mir die Handschuhe von den Fingern. Ich hatte Glück, dass ich sie anhatte. Darunter sind meine Finger rosa und empfindlich. Schmerz kribbelt mir auf der Haut. Warum bin ich so glücklich?

Wegen der Farben. Weil die triste Winterwelt so hell ist, dass ich es kaum aushalten kann. Weil der Schmerz näher ist und der Geschmack des Rußes in meinem Mund so fest wie jedes Essen, das ich je gekaut habe. Weil ich Wurzeln riechen kann und Dinge, die schlummern, und Saaten, die darauf warten, zu wachsen. Weil ...

Ich schaue zur Seite. Emmett erwidert meinen Blick. Er sieht ängstlich aus.

Ich lache. Jetzt sieht er ängstlich aus.

»Alles gut.«

Er nickt unsicher. Er hat einen schwarzen Striemen auf der Stirn. Seine Augen sind rot umrandet. Ein weinroter Bluterguss bedeckt sein Kinn.

Auf dem Dach singt ein Vogel. Ein Rabe antwortet von der anderen Seite der Wiese. Hohes Zwitschern und saftiges Krächzen. Beide Geräusche sind wunderschön. Dahinter läutet eine Glocke, und man hört ferne Rufe. Eine hohe Rauchsäule erhebt sich rechts über den Bäumen.

»Ich denke, wir sind in Sicherheit. Sally wird niemandem verraten, dass sie uns ins Haus gelassen hat.«

»Darüber habe ich mir keine Sorgen gemacht.« Es war mir gar nicht in den Kopf gekommen.

»Vielleicht sollten wir aber besser nicht hierbleiben. Ich weiß nicht, wohin wir jetzt gehen sollten.«

Ich schaue zu ihm. Der Anblick lässt mein Herz erbeben. Bald will ich ihn nur noch anschauen und immer weiter anschauen. Ich will jede Sommersprosse neu entdecken, jedes Zucken seines Mundes, jede Wimper. Aber noch nicht. Ich schaffe es gerade eben, seinen Blick zu erwidern und trotzdem weiter zu atmen.

Wenn man ausgehungert ist, ist es gefährlich, zu bald zu viel zu essen. Aber es kostet mich Mühe, mich abzuwenden. Ich blicke auf die grüne Wiese und sehe vor mir eine Burgruine, einen Bauernhof, ein schartiges Loch in einem zugefrorenen Wassergraben.

Es sind zu viele Erinnerungen, um sie alle zu fassen. Sie wirbeln um mich herum wie ein Karussell. Allmählich verlangsamen sie sich. Jetzt kann ich Formen erkennen, Einzelheiten. Das Licht, das auf einem blauvioletten Stein in der Hand eines Juweliers schimmert. Eine Reihe Spielkarten auf einer schäbigen Bettdecke. Ein Terrierjunges, das sich in meinen Armen windet. Ein Garten, ein aufgeknöpftes Hemd, ein blutender Kratzer auf sonnenwarmer Haut. Wenn ich meine Gedanken schweifen lasse, tauchen schlimmere Dinge auf: eine verriegelte Tür, Essen, das auf einem Tablett verdirbt, mein Vater mit dem Gürtel in der Hand … Wochen später ein staubiger Hof. Alta, die mich anspuckt. Das offene Fenster darüber und Schreie, die zu Schluchzern verebben. Ihr Gesicht, als sie mit den Schultern zuckt und weggeht. *Dann mach schon. Wenn du unbedingt sehen willst, was du ihm angetan hast* ... Emmett in der Buchbinderei, der mich mit den Augen eines Fremden ansieht.

Doch selbst diese Erinnerungen sind nun erträglich. Ich atme. Es tut noch weh, aber es wird leichter.

Sich erinnern und sich nicht erinnern, alles überschneidet sich. Nachdem ich gebunden war ... Diese Monate der Benommenheit. Verachtung von meinem Vater, schräge Blicke von Lisette. Fernes Leid, als wäre es jemand anderem widerfahren. Und – ich zucke zusammen – das erste Mal, als ich Emmett sah ... Als er kam, um Nell zu binden. Irgendetwas in mir krampft sich zusammen, wenn ich daran denke, wie ich mit ihm geredet habe. Damals und später. Und an die Nacht, die wir miteinander verbracht haben, als er es wusste und ich nicht.

Ich schiebe diesen Gedanken von mir. Es war nicht seine Schuld. Wenn es andersherum gewesen wäre, hätte ich es genauso gemacht.

Ich drehe mich zu ihm. Er erwidert meinen Blick ängstlich.

»Es tut mir leid«, sage ich. »Dass ich dich verlassen habe. Und ... alles andere ...«

Er zuckt mit den Achseln. »Das ist nicht wichtig.«

»Ich habe dich nie nach *deinem* Buch gefragt. Nach deinen Erinnerungen. Ich habe gesehen, wie du es verbrannt hast, und ich habe nicht einmal ...«

»Das Binden stellt merkwürdige Dinge mit einem an«, sagt er. Eine Spur von einem Lächeln spielt um seine Lippen. »Besonders wenn man ohnehin schon sehr mit sich selbst beschäftigt war.«

»He.« Wir schauen einander in die Augen und blicken gleichzeitig weg. Ich lehne mich an eine Säule des Sommerhauses und stecke die Hände in die Taschen. Meine Fingerspitzen berühren etwas Weiches, Feuchtes. Ich ziehe es heraus. Es ist die Rose, die ich am Morgen im Knopfloch getragen habe. Das scheint eine Ewigkeit her zu sein. Ich werfe sie auf das Gras, so weit weg wie möglich. Emmetts Augen sind meiner Bewegung gefolgt, aber er schweigt. Ich hole tief Luft. Ich weiß nicht, was ich sagen will, aber nicht das, was mir jetzt über die Lippen kommt. »Hast du das ernst gemeint?«

»Was?«

»Was du gesagt hast. Kurz bevor …«

»Oh.« Er rutscht hin und her. »Ich habe versucht, dich abzulenken. Wollte dich davon abhalten, dich ins Feuer zu stürzen.«

»Das habe ich nicht gefragt.«

»Nein, nun …« Er steht auf. Er stellt sich mit dem Rücken zu mir hin. Endlich sagt er. »Frag mich morgen früh noch mal.« Ich nicke. Ich nicke immer weiter. Ein gewaltiges Lächeln baut sich in mir auf, aber im Augenblick kann ich es noch zügeln. »Du hast mein Buch verbrannt. Ich habe es verboten, und du hast es trotzdem gemacht.«

»Ja.«

»Gut.« Eine Pause. Der Rauch quillt wie ein Pilz über die Bäume. »Und du hast all die Bücher der anderen Leute verbrannt. Du hast die ganze Bibliothek verbrannt.«

»Ja.« Er dreht sich um und schaut den Rauch an.

»Ist das nicht gefährlich? Ich meine, wenn sich all die Menschen jetzt erinnern?«

»Ich weiß es nicht«, antwortet er. »Ich hatte das nicht vor.« Er sieht mich an. »Es ist nur eine Vermutung, aber ich glaube, die meisten dieser Bücher waren ohnehin für den Handel bestimmt. Diesen Leuten wird es nichts ausmachen, wenn sie ihre Erinnerungen wiederbekommen, wenn sie sie vorher verkauft haben. Ich hoffe es jedenfalls.«

Wo sind sie wohl jetzt? Fallen irgendwo auf der Straße auf die Knie. Auf Wiesen. In Küchen. Halten mitten in einem Kuss oder einem Streit inne. Man stelle sich vor, all das zurückzubekommen. Die Hochzeit deiner Tochter. Das erste Mal, als du deinen Sohn in den Armen gehalten hast. Blausternchen. In meiner Kehle baut sich ein Schmerz auf, der nichts mit dem Rauch zu tun hat.

Ich stehe auf. Mir ist schwindlig. Ich gehe an Emmett vorüber aus dem Sommerhaus auf das Gras. Es ist kalt. Der Wind beutelt mich. Obwohl er eisig ist, ist er mit dem Duft nach Erde und Feuchtigkeit beladen, nach dem Ende des Winters. Ich lehne mich an eine Säule und sauge das alles in mich auf. Aus dem Wirbel der Erinnerungen taucht eine an die Oberfläche: ein feuchter, blauer Abend im letzten Frühjahr, als ich vom Bauernhof zum New House zurückging. Ich war zum Abendessen geblieben, weil Emmett mich eingeladen hatte. Als ich Gute Nacht gesagt hatte, lächelte er mich an, mit diesem unbeholfenen, schnell wieder unterdrückten Grinsen, das mir immer das Gefühl schenkte, wir wären die einzigen Menschen auf der Welt. Ich ging pfeifend nach Hause, tanzte auf dem Weg wie ein Varieté-Künstler, lachte leise vor mich hin. Ich trug Emmetts Hemd. Mir war so leicht ums Herz, dass ich hätte fliegen können. Die Erinnerung daran raubt mir den Atem. Ich wusste nicht, dass Glück so einfach ist.

Es wird nie wieder so sein. Es sind Dinge zerbrochen, die nicht mehr gekittet werden können. Aber jetzt ... Ich werfe den Kopf in den Nacken und nehme den blanken Himmel wahr, die Zickzackwege der Vögel. Ich bin kein Vergewaltiger. Ich bin kein Mörder. Ich fange an zu lachen und dann zu weinen, und Emmett hält den Blick von mir abgewendet. Schließlich wische ich mir mit dem Ärmel über das Gesicht.

»Emmett«, sage ich, und dann fällt mir nichts weiter ein.

Er streckt mir seine Hand hin, hat eine Falte zwischen den Brauen, als sei er sich meiner nicht sicher. Ich ergreife seine Hand. Unsere Finger schieben sich ineinander. Sein Ring gräbt sich mir in den Knöchel.

Er schluckt. »Du erinnerst dich also?«

»Ja, ich erinnere mich.«

»An alles?«

»Soweit ich weiß.« Ein Lachen bleibt mir im Hals stecken. Es ist zu wahr, um lustig zu sein.

Er schließt die Augen. Seine Lider flattern, als schliefe er und träumte. Seine Wimpern sind mit Ruß verklebt. Sein Bluterguss

wird schon dunkler. Bald werde ich ihn küssen. Aber jetzt bleibe
ich da, wo ich bin und schaue ihn an.

Eine Kutsche rumpelt über die Einfahrt auf das Haus zu. Abrupt beugt er sich vor und späht durch die Bäume.

»Na dann«, sagt er. »Komm, lass uns gehen.«

LESEPROBE

HELGA GLAESENER

DAS ERBE DER
PÄPSTIN

ROMAN

11. KAPITEL

Rom, April 858

Rom war ... riesig, die Stadt war einfach überwältigend.
Freya und Kasimir näherten sich ihr von Norden, in einem
Pulk anderer Reisender, die mit Karren und Sänften, zu Pferd
oder wie sie auf Schusters Rappen unterwegs waren. Freyas
Blicke waren auf die rötliche Ziegelmauer geheftet, die so hoch
war, dass sich sieben oder acht Männer hätten aufeinander-
stellen müssen, um ihre Zinnen zu erreichen. Wehrtürme in
unglaublicher Zahl schützten die einzelnen Mauerabschnitte.
Es war ein Bauwerk wie von Riesen, zu vergleichen höchs-
tens mit dem Danewerk, nur dass sich hinter diesem Schutz-
wall kein karger, wenig bewohnter Landstrich verbarg, sondern eine komplette Stadt. Freya hatte während ihrer Reise
Köln, Worms und einige andere Städte betreten, die einen tiefen Eindruck auf sie gemacht hatten. Aber in der Erinnerung
wirkten sie plötzlich nur noch wie Weiler. Wie viele Menschen mochten wohl in der Stadt Gottes leben, auf die sie sich
zubewegten?

Die Strecke vom Waldstück, von dem aus sie die Mauer
erstmals erblickt hatten, bis zu dem Wachtor, auf das ihre
Straße zuführte, dehnte sich. Kurz bevor sie es erreichten,
blieb Kasimir stehen. »Männer«, sagte er unglücklich. Gegen
Männer hatte er etwas. Sie waren grob, manchmal gefährlich,

fast immer machten sie sich über ihn lustig. Auch Freya nahm die Bewaffneten misstrauisch ins Visier. Die Männer wirkten argwöhnisch und grob. Sie hielten jeden zweiten Passanten an, viele davon wurden anschließend durchsucht, gelegentliche Schreie zeigten, dass es dabei nicht eben sanft zuging. Aber es half ja nichts. »Jutta sagt, dass Gerold von Villaris hier lebt«, wiederholte sie, was sie Kasimir schon dutzendfach erklärt hatte.

Denn das war es, was ihr die alte Frau gebeichtet hatte, als sie etwa eine Woche nach ihrer Flucht aus Dorstadt in einem von Regen gepeitschten und von nassen Blättern aufgewirbelten Wald gesessen hatten und sie Juttas flieberglühende Hand hielt. Ihre Wohltäterin hatte bei dem Überfall auf Dorstadt nur einen kleinen Ratscher mit einem Messer erhalten, kaum der Rede wert. Die Wunde würde bald zuheilen, hatte Freya angenommen. Aber dann war es zu einem Wundbrand gekommen − und sie hatte in dem verfluchten Wald gesessen und keine Idee gehabt, wie sie ihn bekämpfen könnte. Warum nur weiß ich so erbärmlich wenig vom Heilen!, hatte sie stumm geflucht. Womöglich wuchs direkt neben ihrem Fuß das Kraut, mit dem sie ihrer alten Freundin helfen könnte. Kurz hatte sie überlegt, nach Dorstadt zurückzukehren. Aber ihre Heimat lag damals bereits mehrere Tagesmärsche hinter ihnen und befand sich womöglich in Hasteinns Gewalt.

Und dann hatte Jutta plötzlich zu reden begonnen. Freya müsse nach Süden gehen, immer weiter nach Süden, bis sie in die Heilige Stadt komme. Zischend, drängend, unter Hustenanfällen, so dass man sie kaum verstehen konnte, hatte sie ihnen den Grund genannt: Johann, der Dorstädter Händler, der bei ihr zu Besuch gewesen war, hatte ihr anvertraut, dass er während einer seiner Reisen den Markgrafen von Villaris getroffen hatte. »In Rom. Dein Großvater Gerold lebt in Rom. Er ist in den Dienst des Papstes getreten, als Kommandeur seiner Garde«, flüsterte sie. »Ich wollte es dir sagen, aber ich hatte solche Angst … ich wollte nicht, dass du mich verlässt. Ich … bitte, hasse mich nicht …« Tränen der Scham liefen ihr über die Wangen.

»Mein Großvater? Du meinst …«

Jutta hustete. Es kam kein Blut, aber Freya spürte, dass ihr angestrengtes Keuchen den nahen Tod ankündigte. Sie hatte die Hand der alten Frau in die eigenen genommen. War sie zornig gewesen? Nein, dazu war sie viel zu verfroren gewesen. Aber als es dunkel wurde und Jutta zu atmen aufgehört hatte und Kasimir Freya mit beiden Armen umschlang, aus Angst, sie könnte ebenfalls sterben, beschloss sie, tatsächlich nach Rom zu gehen. Zu dem einzigen Mitglied ihrer Familie, das noch lebte, denn Asta, die erbarmungslose Mutter, zählte sie nicht mehr dazu. Und so hatten sie sich, nachdem sie Juttas Leichnam verscharrt hatten, auf den Weg gemacht.

Die Reise hatte länger als vermutet gedauert, viel länger. Sie schleppten sich das ganze nächste Jahr und auch noch im folgenden Frühling von Dorf zu Dorf und von Stadt zu Stadt, wobei sie sich mit Hilfsdiensten ihre Mahlzeiten verdienten. Oft mussten sie sich irgendwelcher Lumpen erwehren, die den schmächtigen jungen Burschen und seinen unbeholfenen Begleiter für leichte Beute hielten. Aber Freya trug inzwischen einen soliden Stock bei sich. Sie hatte verbissen geübt, damit zu kämpfen, stundenlang, so wie sie es bei Snorri gelernt hatte, als ginge es um ihr Leben, was gelegentlich auch der Fall sein sollte.

Doch das lag nun hinter ihnen. Sie hatten ihr Ziel erreicht, und Freya nötigte Kasimir, sich mit ihr in eine der Warteschlangen einzureihen. Er krallte sich an Freyas Umhang und starrte die Bewaffneten an wie ein Vogel die Katze.

»Sie tun uns nichts.«

Und so war es dann auch: Roms Wächter hielten Freyas

Kampfstock wohl für eine Wanderhilfe und winkten die beiden jungen Männer anstandslos durch. Jenseits des Tors erwarteten sie neue Wunder. Ein weitläufiger Platz tat sich vor ihnen auf, umsäumt von Häusern, die wie kleine Paläste wirkten, allesamt aus Stein, viele doppel- oder sogar dreistöckig, mit Säulen, Giebeldächern und hohen gebogenen Fenstern, durch die die Sonne eine Flut an Licht in die Zimmer tragen musste. Hinter einem der Fenster sah Freya eine elegante Frau in einem fließenden gelben Gewand stehen, die mit jemandem plauderte, den man von draußen nicht sehen konnte. Sie hielt einen durchsichtigen Becher in der Hand, in dem man roten Wein schimmern sah. Aufgeregt stieß Freya Kasimir an und machte ihn darauf aufmerksam. »Der Becher muss aus Glas sein«, flüsterte sie. »Schau dir das an. Als wäre er aus Luft gemacht. Das ist Glas!«

»Es sind so viele Menschen hier«, beklagte sich Kasimir. »Ich werde sie aus der Stadt jagen.«

»Das kannst du doch gar nicht. Es sind viel zu viele.« Er begann ihr auseinanderzusetzen, warum es für sie unmöglich wäre, ihr Vorhaben umzusetzen. »Wirklich, was du dir so ausdenkst!«

Scherze verstand er immer noch nicht.

Hinter den Dächern erhob sich ein wehrhafter Turm, und Freya fragte sich, ob er womöglich zu der Festung gehörte, die den Heiligen Vater schützte. Sie hatte auf ihrer Reise davon reden hören, dass sarazenische Piraten die Stadt zu einem ihrer bevorzugten Angriffsziele gemacht hatten. In solchen Fällen musste sich der Papst ja irgendwo verschanzen können. Und damit war sie wieder bei dem Grund ihrer Reise: Sie musste ihren Großvater finden, den Kommandeur der päpstlichen Garde.

Ein Mann schob Freya eine Karre in die Kniekehlen und drängte sie und Kasimir rüde auseinander. Sie trieben zwischen Fußgängern und Reitern, Karren und Sänften und wurden hin und her gestoßen. Schließlich schaffte Kasimir es wieder an ihre Seite. Er klammerte sich ängstlich an ihren Ärmel. »Warum sind wir hier?«

»Du weißt doch, mein Großvater.«

Seine Schulter begann zu zucken, sicheres Anzeichen eines bevorstehenden Tränenausbruchs, und Freya beschloss zu handeln. Sie packte einen Mann am Arm, der sie jedoch in einer fremden Sprache rüde zurückwies. Ihr fiel ein Bewaffneter auf, der die Straße hinabging. Sein schwarzes Haar war sorgfältig geschnitten, genau wie der kurze Bart, vor allem aber war er jung, kaum älter als sie. Sie bahnte sich den Weg zu ihm und fragte in dem altmodischen Latein, das Kasimir ihr beigebracht hatte: »Wo finde ich den Kommandanten der päpstlichen Garde?«

Überrascht nahm der Mann sie in Augenschein. »Was willst du denn von ihm?«

»Ist eine private Angelegenheit.«

»Ah ja?« Auf seinem Gesicht erschien ein Lächeln, so unangenehm, dass es ihn um Jahre älter machte. »Wie ist dein Name?«

Freya hasste es, ausgefragt zu werden. Sie war immer schon misstrauisch gewesen – die Lehre ihres Sklavendaseins –, aber die Reise nach Rom hatte ihr den Argwohn in die Knochen gebrannt. Sie wollte sich abwenden, allerdings zu spät. Der Mann packte sie bei den Schultern und schob sie wortlos vor sich her. Sie warf Kasimir, der aufgeregt neben ihnen her trabte, einen warnenden Seitenblick zu: *Abstand wahren!* Hoffentlich hatte er verstanden. Nach einigen hundert Schritten versuchte Freya sich zu befreien. Unmöglich. Die Hände waren wie Eisenkrallen.

»Lass mich los!«

»Werde ich. Wenn's an der Zeit ist.« Nun tat der Griff richtig weh. Der Mann steuerte auf eine Gruppe anderer Bewaffneter zu, die vor einem Gemüsekarren standen und den Käufern des Bauern den Weg versperrten. Einige waren zu Pferde, die meisten gehörten zum Fußvolk. Der Mann, den sie unvorsichtigerweise um Auskunft gebeten hatte, nahm einen aus dem Trupp zur Seite – einen Kerl mit einem kantigen Gesicht, kühlen dunklen Augen und widerborstigem, schwarzem Haar. Er schob Freya am ausgestreckten Arm von sich, so dass sie nicht lauschen konnte, und flüsterte mit ihm. Nach einem kurzen Gespräch reichte er sie an seinen Kameraden weiter und verschwand wieder in der Menschenmenge.

»Na, dann komm mal.« Der Schwarzlockige verabschiedete sich von seinen Kameraden mit einem Nicken.

»Lass mich los! Ich hab niemandem was getan.«

Keine Antwort.

»Wohin gehen wir?«

»Du willst doch zur päpstlichen Garde.«

»Ich will …«

»Das spielt jetzt gerade keine Rolle. Gib mir mal das Ding.« Er nahm ihr den Stock ab, und Freya hörte auf, sich zu wehren. Es war zwecklos.

Trotz ihrer Aufregung bemerkte sie, wie sich das Stadtbild allmählich veränderte. Die Gassen, die sie im Schlepptau des Fremden durchmaß, wurden zwar breiter, aber auch schmutziger, und an die Stelle der Villen traten zuerst hässliche Mietshäuser und dann verfallene, teilweise durch Brand zerstörte Ruinen, zwischen denen Schafe und wilde Ziegen grasten. Vor Jahrzehnten oder Jahrhunderten mussten hier einmal Kämpfe ausgetragen worden sein, aber offenbar hatte es an Geld gefehlt, die Stadt danach wieder instandzusetzen. Der Heilige Vater mochte mächtig sein – reich war er bestimmt nicht. Ein verstohlener Blick über die Schulter verriet ihr, dass Kasimir ängstlich von Mauer zu Mauer schlich.

Ihr Bewacher schüttelte sie leicht. »Du könntest dir selbst einen Gefallen tun, wenn du mir erzählst, wer dir den Auftrag gegeben hat, den Kommandanten zu suchen.«

»Ich nehme keine Aufträge an. Ich bin frei.« Freya zögerte. »Gerold von Villaris ist mein Großvater.«

Der Mann lachte schallend auf. »Weniger geht nicht, was? Ich kenne den Kommandanten ziemlich gut. Da gibt's keine Familie. Bring dich nicht in größere Schwierigkeiten, als du schlucken kannst, Bursche.« Sie wichen einem Reiter aus, der in waghalsigem Tempo die Straße hinabpreschte. »Ich rate einfach mal: Dein Auftraggeber ist Kardinal Anastasius?«

Freya schüttelte den Kopf, versuchte aber nicht mehr, sich zu rechtfertigen. Sie hörte Schritte. Kasimir schloss auf. Glücklicherweise kamen jetzt auch wieder aus einigen Seitenstraße Passanten. Sie hatten einen belebteren Teil der Stadt erreicht. Bald tauchte eine Kirche vor ihnen auf, größer als der Dorstädter Dom, größer als alle andere Gebäude, die Freya jemals gesehen hatte. Neben dem Gotteshaus stand eine hohe, schlanke Säule, in die Buchstaben eingemeißelt waren. Ein vorsichtiger Blick über die Schulter zeigte ihr, dass Kasimir mit offenem Mund davor stehen blieb. Ja, genau, die Buchstaben stammten aus einer Sprache, die sie noch nicht kannten.

Hinter der Säule befand sich ein gedrungenes achteckiges, vom Alter gezeichnetes Gebäude, das sie für eine Kapelle hielt. Daneben breitete sich ein Gebäudekomplex aus, und ohne dass der Gardist etwas gesagt hätte, wusste sie, dass es sich um den Palast des Heiligen Vaters handeln musste – ein rechtwinkliger Bau mit mehreren Stockwerken und langen Reihen großer Fenster, belebt wie ein Ameisenhügel, nur dass darin keine Insekten wuselten, sondern vermutlich Geistliche, die ihren Angelegenheiten nachgingen.

Aus der Kapelle drang plötzlich ein leiser Gesang. *Cum*

sancto spiritu in gloria Die patris: Mit dem Heiligen Geist in der Herrlichkeit Gottes ...

Was der Palast nicht geschafft hatte, löste der Gesang bei Freya aus. Ein Schauer der Ehrfurcht ergriff sie. Ihr war klar gewesen, dass sie die Stadt des Heiligen Vaters, des Stellvertreters Gottes, betreten würde. Aber zum ersten Mal wurde ihr bewusst, dass sie ihn tatsächlich zu Gesicht bekommen könnte. Hielt er womöglich in diesem Augenblick, nur durch eine Mauer von ihr getrennt, einen Gottesdienst ab? Sie vergaß ihre beklemmende Situation – und wurde im selben Moment grob in die Wirklichkeit zurückbefördert. Der Gardist war stehen geblieben und zwang sie, ihn anzublicken:»So, Bursche, das wäre jetzt deine letzte Möglichkeit zu beichten, wer dich gedungen hat.«

Ihr fiel keine Antwort ein, und er nötigte sie eine Treppe hinauf. Ein Blick zeigte ihr, dass Kasimir wieder auf ihren Fersen war, wenn auch in großem Anstand. Der Gardist öffnete eine Tür, die hinter ihnen mit einem Krachen wieder zufiel. Sie liefen endlose Flure entlang. Durch offene Türen sah Freya Säle mit langen Tischreihen, an denen vielleicht gespeist wurde. In anderen Räumen befanden sich gepolsterte Stühle. Und dann ... ein Raum mit Regalen voller Bücher. Das waren nicht nur einige wenige, sondern ... Hunderte, vielleicht Tausende ... Es musste sich um eine Bibliothek handeln. Davon hatte sie gehört: Dass es Häuser gab, in denen die Gelehrsamkeit ganzer Jahrhunderte aufbewahrt wurde.

Der Gardist zerrte sie weiter.»Wenn es nicht Anastasius war, wer dann? Und was genau solltest du tun? Ging es um Gift? Reinschleichen, rausfinden, wo dein Großvater ...«, das Wort kam mit ätzendem Spott,»wohnt, und dann ein Pülverchen in eine Flasche edlen Weins ...«

Sie ließ den Mann reden. Wenn sie Glück hatte, würde er sie geradewegs zu Gerold bringen, um ihm den angeblichen

Enkel vor die Füße zu werfen – und dann könnte sie erklären, wer ihre Mutter war. Sie bogen um eine Ecke und blieben vor einer Tür stehen.

»So, Bursche, letzte Möglichkeit.«

Als Freya schwieg, öffnete er die Tür und schob sie in ein geräumiges Zimmer hinein. Er war nur spärlich möbliert. An den Wänden hingen Waffen – ob als Schmuck oder um sie im Zweifelsfall bei der Hand zu haben, konnte sie nicht ausmachen. In der Mitte stand ein großer Tisch, um den sich ein gutes Dutzend Männer mit düsteren Mienen gesammelt hatten.

»Du bist spät, Aristid«, murmelte einer von ihnen. Er hob kaum den Blick von dem Papier, über dem er brütete. Die Stimmung im Raum war angespannt und die Männer so nervös, dass es sich auf sie übertrug.